Friedrich Wilhelm Joseph von Schelling

Aus Schellings Leben

Zweiter Band: 1803 - 1820

Friedrich Wilhelm Joseph von Schelling

Aus Schellings Leben
Zweiter Band: 1803 - 1820

ISBN/EAN: 9783741130434

Hergestellt in Europa, USA, Kanada, Australien, Japan

Cover: Foto ©Raphael Reischuk / pixelio.de

Manufactured and distributed by brebook publishing software
(www.brebook.com)

Friedrich Wilhelm Joseph von Schelling

Aus Schellings Leben

Aus

Schellings Leben.

In Briefen.

Zweiter Band.
1803—1820.

--- --- --- --- --- --- ---

Leipzig
Verlag von S. Hirzel.
1870.

Vorbemerkung.

Einer solchen bedarf es diesmal nur, um zu erklären, warum der Abschluß dieser Sammlung nicht, wie in Aussicht gestellt ward, in Einem Bande, sondern in zweien erfolgt. Durch überraschend reiche Mittheilungen besonders für die letzten zwanzig Lebensjahre Schelling's wurde das Material derartig vermehrt, daß die Zusammenfassung in Einem Bande diesem im Verhältnisse zum ersten eine unschöne Stärke gegeben haben würde. Deshalb erschien eine Theilung als rathsam. Das Material für den dritten Band liegt druckfertig vor, so daß die Veröffentlichung ohne Unterbrechung fortschreiten wird.

Um dem Ganzen keine zu große Ausdehnung zu geben, hat der Herausgeber in den Ueberblicken und Anmerkungen die möglichste Kürze erstrebt und in der Auswahl der Briefe eine zunehmende Strenge geübt. Aus diesem Grunde ist der Brief Schelling's an Sulpiz Boifferée als schon einmal gedruckt nicht mit aufgenommen, wie auch mit den spätern Briefen Schelling's an denselben geschehen soll. Die zwei Briefe an Gries mußten, obwohl schon gedruckt, wiederholt werden, weil das Leben von J. D. Gries, in welchem sie stehen, als Manuscript erschien und daher nur Wenigen zugänglich ward. Von den Briefen an Schelling ist nur das Nothwendigste aufgenommen; eine Reihe interessanter Briefe von Atterbom, Creuzer, Eichstädt, Georgii, Gries, Klein, Marcus, Oken, Pfister, J. W. Ritter, Schubert, Steffens, A. W. Schlegel, Martin Wagner, Windischmann, welche in die von diesem Bande umspannte Zeit gehören, sind zurückgelegt. Daß dabei doch die Goethiana aufgenommen wurden, wird keiner Rechtfertigung bedürfen, und ebenso werden die anziehenden Briefe von Pauline Gotter an Schelling, die ohnehin zum Verständnisse der Antworten nöthig waren, selbst den Platz vertheidigen, der ihnen eingeräumt ist.

Erlangen, den 7. April 1870.

G. L. Plitt.

Inhaltsverzeichnis.

Würzburg.

Die Universität Würzburg ward durch die kurbayrische Regierung, an welche die säcularisirten fränkischen Bisthümer gefallen waren, einer gründlichen Umgestaltung unterworfen, welche dieselbe als wirklich gleichartige und ebenbürtige Genossin den andern deutschen Hochschulen erst wieder zur Seite stellte *). Die neue Regierung that Alles, um die Universität, die eine Lichtspenderin für ganz Deutschland werden sollte, zu heben. Für die verschiedenen Zweige der Wissenschaft waren weithin bekannte Vertreter theils schon berufen, theils stand man noch mit solchen in Unterhandlung. Mit Schelling waren Hufeland, Paulus, von Hoven u. A. gekommen und auf die weiteren Berufungen blieb er wenigstens zu Anfang nicht ohne Einfluß. So begann in Würzburg ein reges, bisher hier unbekanntes, wissenschaftliches Leben sich zu entfalten und gerade an Schelling knüpften sich hierfür besondere Hoffnungen. Er ward von der Regierung begünstigt und der Erfolg, den seine Vorlesungen von Anfang an hatten, mußten sie vor sich und Anderen über die auf ihn gefallene Wahl rechtfertigen. Die Anzahl seiner Zuhörer war eine für Würzburg sehr bedeutende und unter diesen sah er nicht wenige seiner Collegen nebst anderen schon älteren Männern. Eine der noch vorhandenen Listen beginnt mit den Namen: Professor v. Hoven, B. v. Siebold, Fuchs, Ruland, Jörg, Köhler, E. v. Siebold, Land. Dir. R. Sturz, Prof. Rückert,

---

*) Vgl. Die Reformation der Universität Würzburg. Festrede von Dr. Franz I. Wegele. Würzburg 1863.

Lambiron, Dr. Bunge, Dr. Paulus, Dr. Borgard, Dr. Rizeron, Dr. Nägele u. s. w.

Diese Anerkennung seiner Thätigkeit als Lehrer mußte ihm Befriedigung gewähren; er durfte die Hoffnung hegen, daß bei denen, auf deren Urtheil er etwas gab, seine Philosophie bald siegreich durchdringen werde. Seine äußere Lage hatte eine erwünschte Sicherheit gewonnen; war ihm doch neben dem Gehalte auch noch freie Wohnung in dem kürzlich aufgehobenen Seminare über der Bibliothek zugewiesen. Er lebte hier mit Paulus, mit welchem er zuerst noch in leidlichem Vernehmen stand, und mit seinem Landsmanne von Hoven unter Einem Dache*). Auch die übrigen Verhältnisse schienen angenehm und das Klima sagte ihm und seiner Gattin zu.

Seine Absicht war nun, an dem neuen Orte in Ruhe den Studien obzuliegen und die Jugend zu den höchsten Zielen der Wissenschaft zu führen. Aber er sollte bald erkennen, daß dieser Wunsch ein noch unerfüllbarer sei. Wenn sich die Studirenden auch zu seinen Vorlesungen drängten, so mußte er doch erfahren, daß sie hier viel weniger im Stande seien ihn zu fassen, als in Jena. Besonders die Conversatorien, die er hielt, waren geeignet, ihm dies zu zeigen. Und daß an Ruhe und Friede für ihn hier nicht zu denken sei, lehrte ihn alsbald das erste Semester.

Schon vor seinem Uebertritt in die bayrischen Dienste, ja als zuerst davon verlautete, daß ein solcher möglich sei, hatte sich im eigentlichen Bayern ein entschiedener Widerspruch hiergegen erhoben. Dieser gieng vornehmlich von Salat und Cajetan Weiller, den Führern der bayrischen Aufklärungspartei, aus und fand seinen kräftigsten Ausdruck in den Spalten der Allgemeinen Oberdeutschen, eben nach München verpflanzten, Literaturzeitung. Dieselbe Partei vertrat in Würzburg der Professor der Theologie Berg**), der schon früher Schelling befehdet und zu dem letzten Handel mit Schütz den eigentlichen Anlaß gegeben hatte. Diese Partei verschrie ihn als einen Mystiker und Dunkelmann, dessen Wirksamkeit dem

---

*) Reichlin-Meldegg, H. E. G. Paulus I, 372.

**) Vgl. J. B. Schwab, Franz Berg, geistlicher Rath und Professor der Kirchengeschichte an der Universität Würzburg. Würzburg 1869. S. 328 ff.

eben erst aufleuchtenden Lichte der Aufklärung in Bayern gefährlich werden könne.

Daneben erhob sich in Würzburg selbst noch eine andere Gegnerschaft, die jedoch weder so laut noch so gefährlich ward. Die neue Regierung suchte nämlich den seiner weltlichen Herrschaft entkleideten Bischof auch in seinen sonstigen Rechten möglichst zu beschränken und besonders trieb ihr Aufklärungsstreben sie zu dem Wunsche, die jungen Kleriker seinem Einflusse zu entziehen. Dies mußte zum Streite führen, in welchem das Recht nicht immer auf Seiten der Regierung war*). Sie hatte statt der bisherigen theologischen Facultät eine „Section der für die Bildung des religiösen Volkslehrers erforderlichen Kenntnisse" errichtet, in welcher auch Theologen evangelischer Confession angestellt waren. Als sie nun forderte, daß den Seminaristen ihrem Wunsche gemäß gestattet sein sollte, die Vorlesungen auch dieser Lehrer zu besuchen, widersetzte sich der Bischof. Ausdrücklich verbot er den Besuch der Vorlesungen von Paulus und Schelling und drohte, keinem Ungehorsamen die Weihe ertheilen zu wollen. So ward Schelling hier als Protestant gefürchtet, während seine münchner Gegner ausbreiteten, er neige zum Katholicismus.

Anfangs kümmerte er sich um diese Anfeindungen wenig, sondern freute sich an dem Erfolge seiner Vorlesungen und bereitete neue wissenschaftliche Unternehmungen vor wie die Herausgabe der Jahrbücher für Medicin. Aber bald nöthigten ihn die Gegner zur Abwehr. Im Sommer 1804 trat sein College Berg, der vorher den Professor Metz, den Vertreter der kantischen Philosophie an der Hochschule, bekämpft hatte, mit einer eignen Schrift unter dem Titel: „Sextus, oder die absolute Erkenntnis von Schelling", gegen ihn hervor**) und beschuldigte seine Philosophie nicht nur der Falschheit, sondern auch der Schädlichkeit. Dieser offene Angriff aus nächster Nähe mußte bei den damaligen Censurverhältnissen die Ueberzeugung in ihm erwecken, daß auch die Regierung ihre günstige Gesinnung gegen ihn geändert habe; Privatnachrichten deuteten auf das-

---

*) Vgl. Reininger, Die Weihbischöfe von Würzburg, im Archiv des historischen Vereins von Unterfranken und Aschaffenburg, Bd. XVIII, 302 ff.

**) Vgl. Schwab a. a. O. S. 392 ff.

selbe hin und die Verhandlungen mit Bouterwek und Fries, welche letzteren durch Paulus betrieben wurden", zeigten, daß man in der That für nöthig erachtete, ihm ein Gegengewicht zu setzen. Nun hielt sich Schelling des Versprechens nicht zu polemisiren, welches er bei seinem Amtsantritte gegeben hatte, für entbunden und zeigte dies der Regierung an mit der Erklärung, daß fortan auch er gegen seine Gegner zu Felde ziehen und schonungslos die letzten Gründe ihrer Feindschaft aufdecken werde. Die Erwiederung war ein Verweis, der vielleicht zur Folge hatte, daß Schelling ein schon angekündigtes Buch über die wissenschaftlichen Zustände im eigentlichen Bayern nicht erscheinen ließ. Dagegen gab er, als die Gegner ihre Angriffe fortsetzten**), eine scharfe Erklärung an das Publicum in der Jenaer Allgemeinen Literaturzeitung***); und gelegentlich in andern Blättern, und verbündete sich um so enger mit gleichgesinnten Freunden, besonders mit Windischmann, um troß aller Gegner, die er der Mehrzahl nach gering schätzte, seiner wissenschaftlichen Anschauung zum Siege zu verhelfen. Von da an war ihm natürlich der Aufenthalt auch in Würzburg ziemlich verleidet, so daß es ihm ganz erwünscht kam, als zu Anfang des Jahres 1805 die Aussicht sich eröffnete, diese fränkischen Gebiete würden unter eine andere Herrschaft gestellt werden. Das Gerücht hierüber erfüllte sich bald. Das Fürstenthum Würzburg kam im Austausche an den Großherzog Ferdinand von Toscana, der sogleich die Regierung übernahm. Aber nun entstand die Frage: wo bleiben? Die großherzogliche Regierung, die von der Bevölkerung mit Jubel begrüßt ward, machte Vieles von der bayrischen Reform der Universität wieder rückgängig und war vor Allem nicht gesonnen, sämmtliche an der Hochschule angestellte Lehrer beizube-

---

*) Vgl. Denk, Zal. Friedr. Fries S. 94.

**) Vgl. besonders die bezeichnende, Salat zugeschriebene Schrift: Die Fortschritte des Lichts in Bayern. Briefe und andere Aufsäße. Nebst Zugaben über eine idealistische Bolle, welche neuerlich dort aufgestiegen ist. Deutschland 1805. Auch: Fichte im Kaisergarten zu Würzburg, in: Allgemeiner Anzeiger für die Bewohner der gesammten Churpfalzbaierischen Staaten, 1805, Nr. 104, ein Artikel, der wohl von Berg ist; der Freimüthige, 1805, Nr. 245.

***) Im Intelligenzblatt vom 6. Mai 1805. Dazu: Allgemeine Justiz- und Polizel Fama 1805, Nr. 70 gegen Salat und Nr. 74 gegen Weiller. Die Erwiederungen in Nr. 75 und 102

halten. Andererseits war es fraglich, ob die bayrische Regierung es als ihre Verpflichtung anerkennen würde, die von ihr neu berufenen Profesforen in ihrem Dienste zu behalten, und besonders ob sie dies auch auf Schelling würde ausdehnen wollen. Jedenfalls drohte diesem eine Versetzung in das eigentliche Bayern, von wo bisher die schärfsten Angriffe gegen ihn ausgegangen waren. Dies mochte ihn bedenklich machen. Dennoch beschloß er das aus seiner Berufung herzuleitende Recht an Bayern in keiner Weise aufzugeben und hütete sich vor allen Schritten, die man ihm nach dieser Seite hin hätte auslegen können. „Schelling — schrieb Caroline am 12. März 1806 an ihre gothaer Freundin — hat sich bereits aus der Schlinge gezogen, indem er sie zerriß. Er hat von Anfang den Weg genommen, lieber Alles aufzugeben als sich einer zweideutigen Lage hinzugeben, hat daher an nichts Theil genommen, weshalb man ihn als übergegangen ansehen konnte, keine Collegia angekündigt, schließlich am 6. März den neuen Diensteid nicht geleistet, und wir gehen gleich nach Ostern von hier weg zu meiner großen Freude. Schelling geht nach München und wartet dort seine anderweitige Anstellung ab, ich werde indeß seine Eltern besuchen." Der allgemeinen Präsentation vor dem kaiserlichen Commissar Herrn von Hügel entzog er sich und nahm Abschied von den Studirenden, die ihm am Abend des 24. März noch eine Ovation brachten[*]). Schon hatte man ihm Andeutungen gegeben, daß er eine Stelle an der Akademie in München erhalten werde. Um die Entscheidung hierüber zu betreiben reiste er am 15. April dorthin ab und bereits nach wenig Tagen erfuhr er aus dem Munde des neuen Königs selbst, daß seine Anstellung in Bayern gesichert sei, so daß er seine in Würzburg zurückgebliebene Gattin nachkommen lassen konnte.

[*]) Vgl. den etwas überschwänglichen Artikel: Schelling's „Lebe wohl" in Würzburg, in der Zeitschrift Germania Nr. 42 vom 29. März 1806.

Graf Thürheim an Schelling.

Bamberg, den 7. Nov. 1803.

Ich eile Ew. Wohlgeboren zu benachrichtigen, daß mir so eben das Rescript zugekommen ist, wonach die künftige Organisation der Universität bestimmt und weiters festgesetzt wird, daß dieselbe in Würzburg verbleiben soll.

Wenn es die Menge von Aufträgen, welche ich mit dem nämlichen Courier erhalten habe, nicht ganz unmöglich gemacht hätte: so würde ich Ihnen die Nachricht selbst überbracht haben. Indessen muß ich bekennen, daß es mein sehnlichster Wunsch ist, über manches, was in Ansehung der inneren Einrichtung, der Form u. dergl. meinem Ermessen freigestellt ist, Ihre Meinung zu hören. Sollte es Ihnen nicht zu beschwerlich sein, in Begleitung meines*) guten Hofen und gegen Vergütung der Unkosten schleunig hierher zu kommen: so würden Sie mich außerordentlich glücklich machen, ich wage es aber kaum Sie darum zu bitten.

Empfehlen Sie mich meinem Freunde und empfangen Sie die Versicherung meiner unbegränzten Verehrung.

Thürheim.

————————

Goethe an Schelling.

Gegenwärtiger Brief und seine Beilage**), die ich wohl lieber niemals abgeschickt hätte, wird Sie nun wahrscheinlich in Würzburg treffen, wo ich Ihnen Glück und Gedeihen wünsche.

Wir flicken unsere alten akademischen Zustände und, nach Eigenschaft lebendiger Wesen, so ist auch hier jene Hülfe die beste, die sich, bei geringer Anregung, die Natur selbst giebt.

————————

*) Vgl. Reichlin-Meldegg, D. E. G. Paulus und seine Zeit I, 373.
**) Das Entlassungsdecret.

Sie finden sich in einem neuen Zustand, der sich auf eine sonderbare Weise bildet; möge viel Gutes durch und für Sie entspringen.

Das jenaische kritische Institut*) gewinnt wieder active Theilnehmer. Eine solche Gesellschaft wird nach und nach einer unsichtbaren Akademie ähnlich, die aus einer Menge geheimer Lehrstühle besteht, von wo herab sich so heterogene Naturen aussprechen, als immer auf einer sichtbaren Akademie geschehen mag.

Daher könnte ich, bei allem guten Fortgang, der Sache keinen Geschmack abgewinnen, wenn man sich nicht entschlossen hätte eine Einleitung zu treffen, welche Sie aus einer abschriftlichen Anlage kennen lernen.

Dadurch wäre ein für allemal ausgesprochen, was sich in der Ausführung ohnehin ergeben würde: daß hier von keinem anmaßlichen Ganzen, sondern von einem Nebeneinandersein gleicher, ähnlicher, ungleicher und unähnlicher Ansichten die Rede sein könne.

Möchten Sie denn wohl auch dieser Anstalt, mit oder ohne Chiffer, die Recension irgend eines bedeutenden Werkes zuwenden? Vielleicht findet sich eins, das Sie günstig darstellen, dessen Verdienste Sie vor den Augen des Publicums entwickeln möchten. Was wir an andern billigen, versetzt uns selbst in eine productive Stimmung und diese wirkt immer wohlthätig.

Leben Sie gesund und froh und gedenken mein im schönen Franken. Mich kann Ihre Imagination noch immer in den einsamen Zimmern des jenaischen alten Schlosses finden, wo mich die Erinnerung der Stunden, die ich daselbst mit Ihnen zugebracht, oft zu beleben kommt.

Schließlich melde ein Ihnen gewiß nicht unangenehmes Ereignis: Wir haben einem würzburger Künstler Martin Wagner, den Sie der Michaeliskirche gegenüber erfragen können, unsern diesjährigen ganzen Preis von 60 Ducaten zuerkannt.

Können Sie etwas von Ihrer Seite thun ihn hervorzuziehen, weil

---

*) Da die A. L. Z. mit Schützens Abgang von Jena nach Halle verlegt war, ward in Jena unter der Redaction des Hofrath Eichstädt ein neues kritisches Institut, dem vorigen im Aeußern wie im Namen gleich, gegründet. Die öffentliche Ankündigung, welche das Erscheinen vom 1. Jan. 1804 verhieß, erfolgte unter dem 30. Sept. 1903.

er wenige Mittel zu haben scheint; so werden Sie sich Verdienste um die Kunst und Freude zugleich machen. Es ist, recht genau besehen, unglaublich, was er in seiner Lage geleistet hat, ob gleich noch manches zu erinnern ist.

Können Sie ihm den Unterschied zwischen allegorischer und symbolischer Behandlung begreiflich machen; so sind Sie sein Wohlthäter, weil sich um diese Are so viel dreht.

Glauben Sie, daß es Herr Graf v. Thürheim freundlich aufnimmt, wenn ich ihm diesen jungen Mann empfehle; so werde ich es mit Vergnügen thun. Besonders wenden Sie allen Ihren Einfluß an, daß er gerade nach Rom und nicht zuerst nach Paris geht; denn diese falsche Instrodation verwindet das größte Talent nicht.

Ein herzliches Lebewohl.

Jena, den 29. Nov. 1803.   Goethe.

Schelling an Windischmann.

Würzburg, 1. Febr. 1801.

Ich kann nicht anders wie beschämt vor Ihnen erscheinen, werthester Freund. Es ist schwer glaublich, aber doch wahr, daß die Unfähigkeit für höhere Arbeiten bei mir auch die für das Briefschreiben involvirt, woraus denn freilich folgt, daß wenn ich zu jenen Laune fühle, ich für das Letztere nicht Zeit habe, und wenn mir Zeit für dieses gegönnt ist, die Laune fehlt. Erklären Sie, ich bitte inständigst, mein langes Stillschweigen aus keinem andern als diesem Grunde, und seien Sie überzeugt, daß ich weder jetzt noch jemals anderes gewünscht habe, als Ihre Freundschaft mir zu erhalten und Ihnen die meinige zu beweisen.

Sie haben sich ein neues großes Verdienst durch die Uebersetzung des Timäos erworben. Ich freue mich recht, ihn deutsch zu lesen, da ich ihn so oft griechisch gelesen.

Aber was werden Sie denn sagen, wenn ich behaupte, daß der Ti

mäos kein Werk des Plato ist? — Es raubt ihm nichts von seinem
wahren Werth, wenn er diesen Namen nicht trägt, aber wir erlangen
durch jene Kenntniß doch einen ganz neuen Gesichtspunkt der Beurtheilung,
und ein neues Document für die Einsicht in den Unterschied des Antiken
und Modernen.

Ich möchte fast unerachtet der Citation des Platonischen Timäos
durch Aristoteles und andere Schriftsteller ihn sogar für ein ganz spätes,
christliches Werk erklären, das den Verlust des ächten ersetzen sollte, wenn
es ihn nicht veranlaßt hat.

Zwei Dinge nehme ich mir die Freiheit, nach unserer Freundschaft,
an Ihrer Uebersetzung zu misbilligen.

Die Anmerkungen unter dem Text, die mir hie und da den Timäos
zu sehr nach einer gewissen, der gegenwärtigen Welt verständlicheren Seite
zu deuten scheinen.

Ein gewisses Bestreben, in den angefügten Abhandlungen, in strei-
tenden Meinungen eine gewisse Gleichheit der Wahrheit nicht ohne Nachtheil der Schärfe des Ausdruckes und der Darstellung zu behaupten. Die
Humanität möchte Sie hierin doch immer noch zu weit führen und der
Präcision nicht sowohl Ihrer eignen Vorstellungen als der Darstellung
davon schaden.

Ihre gute Meinung und Liebe zu mir, die Sie in der Zueignung
ausdrücken, erfreut mich innigst, und ich muß Ihnen höchst dankbar dafür
sein. — — Die hiesige Lage können Sie sich ohngefähr denken. Die
geistliche Partei abhorrirt mich, und die jungen Kleriker, welche meine,
so wie Prof. Paulus Vorlesungen besuchen, sind mit der Excommunication
bedroht. Das ist an sich zwar sehr gleichgültig, doch mir nicht, da ich
hier an Ort und Stelle soviel möglich Frieden und Eintracht wünsche.
Ihr Churfürst*) hat, wie ich aus sicherer Quelle weiß, dem hiesigen
Bischof Gutes von mir geschrieben und sich meiner angenommen. Ich
möchte dem edlen Fürsten dafür danken, daß er dadurch doch mir vielleicht
eine Wohlthat erzeigt, wenigstens die geistliche Wuth gegen mich gemildert

*) Karl Theodor von Dalberg.

hat. Sein Sie so gut, mir die Titulatur-Adresse und Curialien, die man gegen Ihn beobachtet, detaillirt zu schreiben. Ich werde Ihn bitten, noch weiter Seine Auctorität für den Frieden zu verwenden. Ich schicke dann den Brief Ihnen zu, ihn weiter zu besorgen, da ich ihn hier, aus Gründen, nicht auf die Post geben will.

In der gegenwärtigen Ruhe hoffe ich Sie bald einmal hier oder in Aschaffenburg zu sehen. Wenn der Churfürst dort ist, will ich Ihm gewiß meine Aufwartung machen, da er mich auf der Durchreise durch Regensburg so gut und edel aufgenommen hat.

Leben Sie wohl, liebster Freund, und schreiben Sie bald wieder Ihrem aufrichtig ergebensten

Schelling.

───────

Schelling an Windischmann.

Würzburg, 25. Febr. 1804.

Noch freue ich mich innigst, lieber Freund, Ihrer Bekanntschaft und der Paar Stunden, die ich so angenehm in Ihrer Gesellschaft zugebracht habe. Möchte ich diesen Umgang nur öfter genießen oder in der Folge auch mit einer Art von Beständigkeit seiner mich freuen können.

Sie haben mir in der That mit Uebersendung der herrlichen Ausgabe von J. B.[*]) ein sehr großes Vergnügen, aber zugleich eine nicht geringe Beschämung gemacht. Ich fürchte Sie zu beleidigen, wenn ich Ihr Geschenk nicht annehme, und doch betrachte ich bei Ihrer Liebe für den Autor das Opfer, das Sie der Freundschaft durch Ueberlassung an mich bringen, beinahe für zu groß. Erlauben Sie dagegen, gleichfalls Etwas zu meinem Andenken in Ihre Büchersammlung stiften zu dürfen. Ich würde Sie bitten, gleich den Don Quixote zu behalten, wäre dies nicht auch ein Geschenk, meiner Frau an mich. Zudem wünsche ich auch Ihnen

───────

[*]) Jacob Böhme.

turch etwas eben so Seltnes und Schwer zu habendes eine Freude zu machen.

Das Mysterium Cosm., für welches ich gleichfalls höchlichst danke, sende ich zurück, sobald ich es nur gelesen habe.

Meine Frau empfiehlt sich unbekannt, mit mir, auch Ihrer Frau Gemahlin und Ihnen.

Leben Sie wohl, herzlich geliebter Freund, und behalten Sie lieb

Ihren

Schelling.

Schelling an Hegel.

Würzburg, 3. März 1804.

— *) Du schreibst mir nichts von Deinem Befinden, und lässest es mich gewissermaßen entgelten, daß ich so lange geschwiegen habe. Es ist aber jetzt der erste Moment, der mich so weit frei läßt, einige Briefe an Freunde zu schreiben, und schon längst hätte ich Dir geantwortet, wenn es möglich gewesen wäre. Ich habe, zu meinem großen Jammer, eine Stelle im Senat angenommen und mir damit Arbeiten zugezogen, die mir die beste Zeit verderblich rauben. Unser Zustand ist sonst bis daher gut, wir haben hübsche Wohnung und genießen die Wohlthaten des Klima und der Gegend. Es ist denn doch um weniges theurer hier als es in Jena in den letzten Zeiten war. — Innerliche Reactionen giebt es wohl von Seiten der Geistlichkeit und anderer, indeß ohne weitern Erfolg, als über den man lachen kann. Der Geist der Studirenden ist noch weit von dem in Jena herrschenden entfernt, und sie finden die Philosophie noch gewaltig unverständlich. Dagegen setzt es auch keine so blutigen Händel als in Jena, den Zeitungen nach.

Von Karl melde ich Dir, daß er noch in Wien ist, wo er sich wohl

*) Der Eingang des Briefes enthält nur Geschäftliches. Antwort auf H.'s Brief vom 27. Febr.

befindet. Er hat an J. Kr. Schmidt einen großen Freund gefunden, mit dem er vielleicht auch auf Ostern eine Reise in's nördliche Deutschland macht und nach Jena kommt.

Unser Bekannter, der Salzburger Wagner, hatte bei der Regierung eine Bittschrift um Anstellung eingegeben, ich wurde um meine Meinung gefragt und empfahl ihn als allerdings brauchbar. Nun hat sich aber gefunden, daß er ein wahrer Klotz, ein Musterbild von Polyphem ist, und ist mir physisch und moralisch nicht sehr angenehm. Ich hätte die Rohheit seiner Ideen, wenn er welche hat, freilich wissen können, hätte ich die Annalen fortgelesen*).

Leb wohl und mache auf den Sommer oder im Mai eine Wanderschaft hierher. Du sollst wohl aufgenommen sein in unserm Haus von meiner Frau, die Dich grüßt, und von

Deinem

Sch.

Schelling an Windischmann.

Würzburg, 1. März 1801.

Haben Sie Dank für die gütige Bemühung mit Abschrift der Recension. Das Datum vom 17. Dec. stimmt merkwürdig zusammen mit gleichzeitigen Bewegungen. Ist es an dem, daß ich aus dem Katholiken plötzlich Atheist geworden bin, so ist das in der That erwünscht, und wäre den Münchnern nur zu gönnen, daß Sie vorher nicht das Erste gesagt hätten. Denn in der That ist mit der Calumnie des Atheismus noch immer viel mehr auszurichten, als mit der Beschuldigung der Hyperreligiosität, die auch in ihren Verirrungen die meisten ruhiger läßt als jener.

Eschenmayer haben Sie sehr richtig charakterisirt.

---

*) Vgl. L. Rabus, J. J. Wagner, sein Leben, Lehre und Bedeutung, S. 5 ff.

Eschenmayer an Schelling.

Kirchheim, den 30. März 1804.

Dies kleine Geschenk war schon längst für Sie bestimmt. Was es verzögerte, war die Beschäftigung mit den Schriften Ihrer Widerleger, um Ihnen zugleich den Entschluß mittheilen zu können, mir mit denselben etwas zu schaffen zu geben. Ich meine Fries, Köppen, Weiller und den anonymen Polarch. Die Standpuncte dieser und das Nichtverstehen Ihrer alles belebenden Idee in der Philosophie zu zeigen, mag nicht ganz ohne Interesse seyn.

Ob ich in dieser Schrift mir etwas von dem Bildenden Ihrer Ideale zu eigen gemacht habe, kann ich nicht selbst entscheiden, mir scheint es wenigstens so. Daß ich den Glauben für das Höchste und nicht für ein Kantisches blos subjectiv-zureichendes und reflectirtes Fürwahrhalten ansehe, hat sich bis jetzt meiner Ueberzeugung aufs innigste aufgedrungen, und ich gestehe, noch keine befriedigendere Auflösung der höchsten Probleme in der Philosophie zu kennen, als durch die Annahme der Abhängigkeit des Wissens vom Glauben. Sollte ich das, was Sie das Göttliche nennen, recht fassen, so scheint es mir auch keine Idee zu sein, sondern vielmehr das Beherrschende aller Ideen, was, um dem Natürlichen sich einzuverleiben, seine Würde ablegt und dann erst in Idealen sich offenbart.

Eine Bitte an Sie habe ich für den mir zwar selbst persönlich unbekannten Freund Oken, von dem ich auch schon mit Ihnen sprach. Seinen Brief an mich und seine gedruckte Uebersicht zu einem naturphilosophischen System schicke ich Ihnen selbst zu. Er wünscht als noch unbekannt durch meine Empfehlung einen Verleger für sein Werk zu bekommen. Allein ich finde meine Empfehlung an solche Leute, die mir in der literarischen Welt die schlafenden Monaden sind, für zu unbedeutend, um dadurch zur Bekanntwerdung dieses Freundes etwas beitragen zu können. Vielleicht haben Sie die Güte, etwas für ihn zu thun. Seine Arbeit, welche ich im Manuscript gelesen habe, glaube ich ohne Anstand zu den bessern Versuchen, für die Naturwissenschaft zu schreiben, rechnen zu dürfen. Es enthält manche originelle und neue Ansicht, freilich auch oft in paradoxen und gezwungenen Zusammenstellungen. Ob seine durchgängige Vergleichung der geometrischen Formen mit Natur-Functionen eine strengere Prüfung aushält, möchte ich nicht bejahen, aber interessant bleibt sie immer.

Mit vollkommenster Hochachtung und Empfehlung an die Frau Professorin

der Ihrige
Eschenmayer.

Schelling an Eschenmayer.

Würzburg, April 1804.

Ihre Schrift*) war mir auch jetzt noch ein angenehmes Geschenk, obgleich ich sie schon lange gelesen und wieder gelesen hatte, wie sich versteht. Herr Professor Paulus machte mich gleich bei ihrer Erscheinung damit bekannt. Sonderbarer Weise kommt Ihr Geschenk in dem Augenblick, da ich eben das letzte Blatt einer kleinen Schrift: Philosophie und Religion,**) die sich fast durchgehends auf die Ihrige bezieht, in die Druckerei geben will. Sie erhalten diese, sobald sie fertig und aus der Presse ist. Wie vielen Dank ich Ihnen für Ihre Schrift, deren Tiefe mich im Innersten angeregt hat, schuldig bin, will ich Ihnen hier nicht sagen. Ich glaube, daß so, wie Sie mich genommen haben, allerdings noch ein bedeutend höherer Schritt in ein anderes Gebiet geschehen muß; aber dieses Gebiet glaube ich noch in der Speculation selbst zu finden, und viel klarer durch dieses Organ in ihm zu sehen, als durch Glauben. Sie haben vieles als durch diesen erfaßt ausgesprochen, was ich im ersteren zu besitzen längst die Gewißheit habe, wenn ich es auch noch der inneren und äußeren Mangelhaftigkeit meiner Darstellungen nach nicht ausgesprochen haben kann. Ich habe gestrebt, das edle Verhältniß, das Sie gegen mich

*) Es ist hier die Schrift gemeint: Die Philosophie in ihrem Uebergange zur Nichtphilosophie von C. A. Eschenmayer.
**) Tübingen 1804. SW. I, 6, 13 ff.

beobachtet haben, auch gegen Sie zu beobachten und habe nur die A u s ·
s ch l i e ß u n g d e r T u g e n d *), die Sie mir schuldgeben, etwas härter
nehmen müssen, wie ich sie härter für mich empfunden habe.

Ich zähle es zu meinen frohesten Erwartungen zu denken, daß ich
einen Geist wie Sie mit mir vielleicht ganz aussöhnen kann; wie ich es
auf jeden Fall als eine große Freude empfunden habe, auf keine Weise im
Gegensatz, sondern mehr oder weniger i n d e r S a ch e schon jetzt überein·
stimmend zu sein.

Wegen O l e n ' s will ich sehen. Zur Ostermesse seine Schrift zu brin·
gen ist einmal unmöglich und ich selbst habe so wenige Verbindungen mit
Buchhändlern, daß ich kaum einigen Erfolg versprechen kann. Doch will
ich es versuchen, auch Cotta'n, wenn er herkommt, den Antrag machen,
obgleich der immer so übersetzt ist, daß er gar keine Empfehlungen an·
nimmt.

Leben Sie wohl und glücklich, mein edler Freund!

Wollen Sie die K ö p p e n ꝛc. irgend einer Berücksichtigung würdigen,
so ist das vortrefflich, aber nur in wiefern alles vortrefflich ist, was von
Ihnen kommt, nicht, in wiefern es jene verdienen.

Ihr

Schelling.

___

Schelling an Windischmann.

W. 7. Apr. 1804.

Sein Sie nur immer ein wenig böse, lieber Freund! es kann doch
nichts helfen. Ich habe seit der Zeit eine kleine Arbeit vollendet, die Sie
kann vielleicht ein wenig freut, und konnte daher nicht Briefe schreiben.

Daß ich die Bücher nicht beilege, für die ich Ihnen so viel Dank
schuldig bin, ist der Grund der, weil ich diesen Brief so viel möglich zu
beschleunigen wünschte.

Die Sache ist die: ich habe Auftrag, zu fragen, ob Ackermann als
Professor der Anatomie hierher will? Bejaht er es, so hat er binnen einiger

*) Siehe Schelling's Philosophie und Religion S. 59, oder W.W. I, 6, 54.

Wochen die Vocation, verlassen Sie sich hierüber auf mein Wort. Sie, lieber Freund, sollen mir nun gleich seinerseits eine ostensible Antwort schaffen, und zwar darf diese nicht an mich gerichtet sein, auch darf Ackermann aus Gründen, die sehr dringend sind, nicht wissen, daß ich die Anfrage gemacht habe, (diese Gründe will ich Ihnen mündlich sagen), sondern: Sie schreiben ihm, ohne im geringsten zu veranlassen, daß er auf mich räth, man wünsche eine Erklärung von ihm, ob er unter den gleichen oder auch noch bessern Bedingungen, als die sind, unter denen er nach Jena geht, nach Würzburg gehen wollte? Er solle den Brief ostensibel schreiben und zugleich seine Bedingungen ohngefähr angeben. Er könne sich verlassen, daß, sofern er Lust habe, dem Ruf zu folgen, er ihm nicht entstehen werde.

Diese an Sie gerichtete Antwort schicken Sie mir baldmöglichst zu und beschleunigen die Sache soviel möglich. — Sollte Ackermann wider Verhoffen sogar schon nach Jena abgegangen sein, so verschlägt das nichts, man wird ihm die Reisekosten bezahlen.

Ich kenne zu sehr Ihre Freundschaft für Ackermann, als daß ich zweifelte, Sie werden allen Eifer anwenden, seine Antwort zu beschleunigen; auch, da hierauf viel ankommt, diesen von mir ausgehenden Anstoß ganz für sich behalten.

Die Bücher folgen demnächst.

Sehen Sie doch, ich bitte, vorläufig nach, ob nicht Plotin's Enneades, edit. Marsil. Ficini auf Ihrer Bibliothek zu haben sind? Es könnte sein, daß ich Sie darum ersuchte: denn noch habe ich hier nicht nachgefragt. Eine andere Ausgabe ist übrigens auch gut, obwohl es fast keine sonst gibt.

Leben Sie wohl, werthester Freund. Viele Empfehlungen von meiner Frau und herzlichen Gruß von

　　　　　　　　　　　　　Ihrem

　　　　　　　　　　　　　　　Schelling.

Können Sie den Jord. Bruno bekommen, kaufen Sie ihn für mich, ich bezahle was er kostet gern.

Schelling an Windischmann.

Hier mit wärmstem Dank die geliehenen Bücher; nebst einem Paket an den Kurfürsten. Ich überlasse Ihnen, es von einer dritten Hand genau und richtig überschreiben zu lassen, sowie die Sorge es genau und richtig in seine Hände zu bringen. Ich habe ihm auch den kritischen Plan geschickt. — Schon zuletzt meldete ich Ihnen etwas über das Unternehmen von Paulus.*) Der Kurfürst scheint noch nichts zugesagt zu haben. Wäre ich so glücklich, ihn selbst zu sprechen, so würde ich ihm darüber klaren Wein einschenken. Will er etwas für Würzburg und die Wissenschaft thun, so unterstütze er doch lieber unser Institut etwa mit Preisen, die er aussetzt, oder womit sonst immer.

Haben Sie Joh. Müller — und hat dieser Ihren Kurfürsten ge-sehen? — Hätte ich den Tag seiner Anwesenheit in Aschaffenburg gewußt, ich wäre auf diesen gekommen.

Eiligst

S.

Schelling an Windischmann.

22. Apr. 1804.

Hier, lieber Freund, eine kleine Sendung zum Gruß! Ein Exemplar des Bruno kommt nebst Lamark und Kepler per Postwagen. Wegen Plotin schreibe ich demnächst. Ich lege meines Bruders Dissertation bei, in dem einzigen Exemplar, das ich noch habe. Erlauben Sie, Lieber, daß ich den Brief von Ackermann noch eine Zeit behalte, da er zu meiner Le-gitimation dient. Man hat es seitdem in München zu betreiben gewußt, daß ein quondam famulus des Herrn Loter die hiesige Stelle erhält: — man hat von Ackermann versichert: er käme auf keine Weise. — Ich

---

*) Ueber die zunehmende Spannung zwischen Schelling und Paulus vgl. Reich-lin-Meldegg, H. E. G. Paulus u. s. Z., I, 375 ff.

wünsche Ihrem Kurfürsten ein Exemplar der mitfolgenden Schrift zu
schicken. Ist er schon in Aschaffenburg? Melden Sie mir nochmals Anrede und Titulatur. Ich schicke Ihnen das Paket zu und Sie sorgen freund-
lichst, daß es unmittelbar in seine Hände kommt.

Leben Sie wohl, bester Freund.

Ihr

S.

— — · —

Schelling an Windischmann.

Würzburg. 26. Juni 1801.

Sie werden, theurer Freund, trotz der im Vorgefühl meiner Schuld
so dringend gemachten Bitte, aus dem Schweigen auf nichts als die me-
chanische oder geistige Unmöglichkeit zu schreiben, bei mir zu schließen —
nichts desto weniger nicht wissen, was Sie von diesem hartnäckigen, verstockten und allerdings höchst verwerflichen Stillschweigen denken sollen.
Und noch mehr Grund dazu giebt Ihnen, daß ich die durch Ihre Güte so
lange zu Danken gehabten Bücher so ungebührlich lange, wider alles
Versprechen behalten. Zürnen Sie nun mir nicht allzu sehr; die Bücher
gehen mit dem morgenden Postwagen ab, dabei ein Exemplar des Bruno,
auf Velin, wenn ich nicht irre — und ich selbst komme dann ganz gewiß
bald nach. Es war mir bisher unmöglich, die kleine Reise zu machen;
die paar freien Tage, Ende dieser Woche, gehen auf eine andre in Fami-
liensachen nöthige Reise — aber dennoch werd' ich Sie binnen des nächsten
Monats einmal unversehens überfallen. Schon längst habe ich eingesehen, daß es vernünftig, ja gewissermaßen Pflicht der Devotion wäre, Ihrem
edeln Kurfürsten die kleine Schrift zu Füßen zu legen — auch soll dies das
Erste von der Art seyn, das ich thue — melden Sie mir nur nochmals,
ich bitte, (werden Sie nicht böse, Anrede und Titulatur. — Ihr Vogt
scheint auch keine Lust nach Würzburg zu haben, und so sehr ich es gewünscht
hätte, ihn zum Collegen zu erhalten, so thut doch, wer warm sitzt, wohl,
sich nicht nach Würzburg zu verpflanzen. Es sieht hier immer bunter,

toller aus und diese weinreiche Tiefe ist in der That ein verruchtes Nest.
Ich habe alles dran gesetzt, Ackermann noch vociren zu machen und uns
den Doderschen Famulus Hrn. Fuchs vom Leibe zu halten — aber nicht
durchdringen können und nur noch Verdruß dazu geerndtet. Ackermann
mag also nur in Jena bleiben, denn der 14te oder 15te Professor der Medicin unter so vielen schlechten wird er doch nicht sein wollen. Vielleicht
daß dies medicinische Unwesen (?), hier bald zusammenbricht und neu organisirt wird, welches allgemeiner Wunsch der Verständigen ist.

Wir empfehlen uns alle Ihnen und Ihrer Frau, und wünschen, daß
Sie recht wohl leben.

Ihr

Schelling.

Windischmann an Schelling.

Aschaffenburg den 30. Jun. 1804.

Ich antworte Ihnen, geliebter Freund, sogleich, um Ihnen zu sagen,
daß Ihr Stillschweigen auf keine Weise meinen Zorn erregt, wohl aber
mich in die peinigende Besorgnis versetzt hat, in dem Andenken meines
Freundes erloschen zu sein. Dies und jede Veranlassung hierzu wäre vorzüglich, was mich niederschlagen könnte. Sollten wir auch in manchen
Dingen verschieden denken, so hoffe ich doch, daß dies niemals meine
Seele von der Ihrigen zurückstoßen soll, und wenn es selbst wesentliche
Ansichten beträfe, wie ich z. B. von der Unstatthaftigkeit einer esoterischen
und exoterischen Behandlung der Religion in der neuen Welt ganz überzeugt bin: die neue Zeit hat eine höhere Tendenz, die man durch Frei-
maurermysterien und Ordensceremonien nicht zu hemmen suchen soll, auch
hierdurch nicht aufhalten wird: die Hierarchie hat auch lange genug gedauert, als daß man sie unter neuen Formen wieder einführen sollte. So
reines Vergnügen mir Ihre Schrift sonst gewährt hat, so auffallend war
mir bei weiterem Nachdenken der Anhang, den ich jedoch immer mehr als
eine Beschreibung der Dinge wie sie sind und sich von selbst verbergen
und offenbaren, ansehe, als wie sie sein sollten. Doch mehr mündlich.

2*

Also ich soll Sie bald sehen — ein seliger Genuß für mein Herz!
O! wie viele Dinge hab' ich Ihnen zu sagen, wie viele Sie zu fragen!
Würzburg liegt mir, wie in Aegyptischer Finsterniß — ich kann aus den
sich durchkreuzenden Gerüchten von dort nicht klug werden. Jede Woche
lese ich in der Münchner Literaturzeitung neuen Unsinn und erhalte allerhand Anlaß mich zu ärgern. Warum muß doch dieses niedrige Blatt existiren? Glauben Sie mir, auch bessere Menschen saugen doch zuweilen
Gift aus demselben. Erhält dann die Wissenschaft nicht eine Verkündi-
gerin, die ihr Ehre macht? Daß es in Würzburg etwas chaotisch hergeht,
höre ich von allen, die daher kommen, wohl auch, daß Spannungen herrschen,
Verfolgungen sich an Tag geben, — alles dies macht mir Ihre Verhältnisse
an diesem Ort begreiflicher und nun noch Ihre eigne Klage darüber. Sie
werden sich erinnern, was ich Ihnen vom Charakter der Franken gesagt
habe — ich kenne das Geschlecht und habe voraus vermuthet, daß an einem
Ort, wo man nie etwas Höheres kannte, weder die Wissenschaft gedeihen,
noch die Freundschaft sich erhalten kann: denn sie wird überall von dem
Dampf eines bösen Geistes erstickt. Dies ist vorzüglich ein Grund,
warum Vogt dem Ruf nicht folgte, den er aber demohngeachtet vielleicht
noch angenommen hätte, wenn seine Familie sich entschließen könnte, nach
W. zu ziehen. Daß man auch dem Grafen Thürheim ein nieder-
schlagendes Pülverchen gegen die Philosophie beigebracht haben muß,
schließe ich aus dem, was mir mein Onkel sagte, gegen den sich Thürheim in Würzburg äußerte: „er möge doch Vogt um so mehr anliegen,
dahin zu kommen, als man eines praktischen Mannes bedürfe, der dem
excentrischen Wesen der Philosophie das Gegengewicht hielte und die unfruchtbare Speculation bei den jungen Leuten, die nur allzusehr izt in
Würzburg genährt würde, mit der praktischen Tendenz vertausche." Dies
hat Vogt etwas verdrossen, da er selbst ein Feind aller geistötödtenden Dinge
ist. Für Ihre Verwendung um Ackermann tausend Dank! — es ist mir
leid um ihn; ich glaube kaum, daß er in J. bleibt; er wird auf seine
Güter im Rheingau privatisiren gehen.

Also zum dritten mal die Titulatur des Kurfürsten: ich merke, Sie
haben kein Gedächtnis für Titulaturen: Hochwürdigster Erzbischof,

Gnädigster Kurfürst und Herr, und in der Rede: Euere Kur-
fürstliche Gnaden. Aber warum dem Kurfürsten Ihre Schrift zu
Füßen legen? wir wollen uns lieber der natürlichen Gewohnheit bedienen,
auch den Fürsten unsere Geschenke zur Hand zu überreichen. Ich bitte
Sie, dergleichen Ausdrücke, die, wie ich wohl weiß, an sich nichts bedeuten,
aber doch den Schein der Bedeutung haben, bei unserm Fürsten zu vermeiden, denn er liebt sie nicht.

Ich hoffe nicht, daß Sie die Kleinigkeit vom längern Ausbleiben der
Bücher noch einmal entschuldigen werden. Was liegt an solchen Dingen?
hätte ich sie gebraucht, so hätte ich sie früher gefodert.

In der frohen Erwartung Sie zu sehen, grüßen wir Sie von Herzen.

Ewig

Ihr

Windischmann.

Schelling an Windischmann.

Würzburg, 14. Juli 1804.

Beiliegendes Blatt*) macht Sie mit einem der Wissenschaft gewid-
meten Plane bekannt, und die Meinung ist, daß Sie, lieber Freund, ernst-
lichsten Antheil daran nehmen sollen. Nach den jetzigen Aspecten können
Sie sich immerhin etwas recht Gutes von dieser Unternehmung versprechen
und daß sie die jetzige Gestalt der Dinge in der Medicin wovon auch Hr.
M ...ans neuestes Opus ein Zeugnis ablegt, beträchtlich ändern wird.
Melden Sie mir baldigst, in welchem Fach, in welcher Form, ob in der
von Uebersichten, oder Recensionen oder in beiden, Beiträge von Ihnen
erwartet werden dürfen und mit welcher Sicherheit darauf gerechnet
werden kann.

Wählen Sie sich selbst Ihre Gegenstände aus der Naturphilosophie
oder Medicin; sind sie sonst noch nicht occupirt, so wird jeder mögliche
Beitrag von Ihnen höchst willkommen sein. Ich eröffne das erste Heft

---

*) Der Plan zu den Jahrbüchern für Medicin als Wissenschaft.

mit einer kritischen Uebersicht sämmtlicher bisher auf die Medicin versuchter
Anwendungen der Naturphilosophie. Ich wünschte als Begleitung eine
gleiche Uebersicht der rein-Brownianischen Schriften von den letzten
Jahren, gleichsam als Probe, wie weit oder vielmehr nicht weit man mit
Brownianismus ohne alle Naturphilosophie kommen kann? Hätten Sie
dazu Lust?

Die Kritik soll ohne alle Rücksicht, frei, stark, wenn schon nicht
heftig, doch kurz und rund ausgeübt werden.

Ich kann Ihnen ein sehr bedeutendes Honorar zusichern, das ich demnächst genauer bestimmen werde. Der Verleger accordirt eine Summe im
Ganzen, die dann so ausgeglichen wird, daß der seltnere, bessere Schriftsteller das größte Honorar erhält.

Fodern Sie auch in meinem Namen Ackermann auf und schiden
ihm ein Exemplar des Plans. Arbeitet er auch nicht mit, so ist es doch
gut, daß er mit genannt wird.

Was Sie mir von wegen der esoterischen Religion schreiben, die Sie
für eine Hierarchie oder Pfaffenthum, oder Freimaurerorden zu halten
scheinen, zeigt mir, lieber Freund, wie leichtsinnig Sie meinen Anhang *)
gelesen haben.

Nichts ist ferner von mir, als solche abgedroschne Dinge.

Dann könnten Sie mir wohl, dächt' ich, auch die Wissenschaft zutrauen, daß man keinem Menschen der Welt etwas zu Füßen legt, und
mir Ihre überrheinische Lection über solche gleichgültige Ausdrücke
ersparen.

Ihr Kurfürst hat angeboten, zu Stiftung einer gelehrten Gesellschaft
nützlicher Wissenschaften einen Theil seiner Pension als hiesiger Dompropst
herzugeben. Hiesiger Seits hat man diese großmüthige Anerbietung wie
sich versteht, begierig ergriffen und zugleich zum Etablissement eines literarischen Instituts benutzen wollen. Des Letztern, sowie des Geldes, hat
sich denn Paulus zu bemächtigen gesucht, der aus der Sache jüdisch-mer-
cantilisch seinen Vortheil zu ziehen und nach bornirten und höchst me-

---

* Zur Schrift: Religion und Philosophie.

ricrten Ansichten ein elendes Journal mit schlechten Theilnehmern zum
Nachtheil der Wissenschaft entrepreniren würde. Noch ist die Entscheidung
des Kurfürsten nicht ergangen. Können Sie ihn darüber sprechen oder
sprechen lassen, daß er die Summe, die er großmüthigst schenken will, doch
auf etwas Nützlicheres als auf eine Finanzspeculation des Prof. Paulus
verwenden möchte — (der Universität kann auf vielfache andre Weise ge-
nützt werden) — so ist dies ein wahres Verdienst um die Sache.

Leben Sie wohl und antworten bald.

Schelling an Hegel.

Würzburg, den 14. Juli 1804.

Das beiliegende Blatt, lieber Freund, macht Dich mit einem Plane
bekannt, zu dessen Ausführung von der philosophischen Seite ich Dich mit-
gewinnen möchte. Es wird sich doch hier und da ein wissenschaftliches, auf
Naturlehre oder Medicin sich beziehendes Werk darbieten, worüber Du
gern ein Urtheil niederschriebest. Nicht minder willkommen wären auch
eigne Ausarbeitungen und Ausführungen, ja selbst abgerissene Gedanken
von Deiner Hand. Ich kann Dir ein beträchtliches Honorar anbieten und
versichern, daß die Ausführung des vorliegenden Plans von nicht geringem
Nutzen begleitet sein wird, so wie die Umstände jetzt sind. Erlaube also auf
jeden Fall, Dich unter der Anzahl theilnehmender Freunde zu nennen.

Es freut mich, daß nun doch Niethammer hieher vocirt ist. Grüße
ihn und bezeuge ihm dies in meinem Namen. — Paulus hat im Anfang
nichts dafür thun wollen und würde auf alle Weise entgegengearbeitet
haben, so daß ich in der Sache nichts zu thun vermochte. Jetzt hat er selbst
Veranlassung dazu gegeben und auf Niethammer's Vocation angetragen.
— Entschließen sich Niethammers vielleicht hierher zu gehen, so biete ich
mich ihnen zu allen vorläufigen etwaigen Dienstleistungen und Bestellungen
an. — Vor ohngefähr 4 Wochen überraschte mich Sinclair, es kam mir
vor, daß mit den schnell zusammengerafften noch Fichtischen Ideen er sich
dann übrigens so ziemlich in die Plattheit begeben hat. Er war auf dem

Wege nach Schwaben, Hölderlin dort abzuholen, mit dem er dann auch
hieher zurückkam. Dieser ist in einem besseren Zustand als im vorigen
Jahr, doch noch immer in merklicher Zerrüttung. Seinen verkommenen
geistigen Zustand drückt die Uebersetzung des Sophokles ganz aus. Er
sagte mir, daß er Bibliothekar des Landgrafen zu Homburg geworden sei,
und ging mit S. dahin.

Lebe wohl und antworte bald Deinem

Sch.

Eschenmayer an Schelling.

Kirchheim unter Tek, den 24. Juli 1804.

Mit dem Dank für Ihre letzte Schrift wollte ich Ihnen noch etwas
Anderes zuschicken, was ich dieses Frühjahr ausgearbeitet habe, aber noch
nicht erscheinen kann. Ihre letzte Schrift schon hat mir hinlänglich bewiesen, daß ein Theil des Mißverstehens nicht in der Hauptidee sondern
im Ausdruck liege. Aber noch mehr und ich möchte sagen, alle Mißver-
ständnisse finde ich in dem Schema gehoben, das Sie mir in Ihrem Brief
zuschickten. Denn das, was ich nachher erinnern werde, scheint mir nicht
mehr unter das Mißverstehen zu gehören. Ja, ich finde in Ihrem Schema
meine eignen Ideen in einer reinern Anschauung, als ich sie ursprünglich
hatte. Ich setze Ihr Schema selbst wieder hier bei:

Das **Subject** der Absolutheit, die unendliche alle Realität in sich
begreifende Idealität oder das Unendliche, —

die **Form** der Absolutheit, die unendliche alle Idealität in sich begreifende Realität oder das Objective, Endliche, —

das **Ewige als Absolutheit der Absolutheit** oder als Indifferenz, — endlich

das **Absolute außer aller Potenz und Einheit = Gott.**

Das Erste, oder das Subject der Absolutheit ist mir der Verstand
sammt allem, was ihn angeht — ich nenne ihn das **Bild.**

Das Zweite oder die Form der Absolutheit ist mir das Universum in
seiner ganzen Mannigfaltigkeit — ich nenne dies das **Gegenbild.**

Das Dritte, oder das Ewige als die Indifferenz beider ist mir die Vernunft — ich nenne sie das Urbild.

Das, was ich demnach Vernunft nenne, ist sowol Bild als Gegenbild, sowol Verstand, in welchen alle Realität eingeht, als Universum, in welches alle Idealität ausgeht.

Der Gegensatz von Urbild aber ist mir das Nachbild, und dies nenne ich philosophisch betrachtet allein das Absolute. Nemlich die Philosophie hat es allein mit dem getreuen Nachbilden des Urbildes zu thun, und das Absolute ist daher ihre alleinige Basis und die höchste Höhe der Speculation.

Die Vernunft als Urbild soll gleich sein dem Absoluten als Nachbild — dies ist die Aufgabe für die Philosophie.

Was mich nun über das Absolute hinausführt, ist Folgendes: Will der Philosoph ein getreues Nachbild von dem Wesen der Vernunft als dem Urbild entwerfen, was vermittelst der intellectuellen Anschauung zu Stande kommt, so muß ihm die Vernunft oder das Urbild oder die Indifferenz im Ewigen ganz und völlig zum Object werden. Wird aber die Vernunft als das Urbild ganz zum Object, wo ist alsdann das Auge noch, das die Gleichheit und Aehnlichkeit des Urbildes mit dem Nachbilde — oder der Vernunft mit der entworfenen Idee des Absoluten erkennt und anschaut? In der Vernunft, welche ganz Object ist, liegt dies Auge nicht, es muß also über sie hinaus liegen, und dies ist der Grund, warum ich den letzten Anker der Philosophie über dem Absoluten in der Seele oder dem Glauben zu suchen gezwungen war, und es als die Potenz des Seligen ausdrückte, weil sie wahrhaft über das Erkennen und Wollen hinausliegt, und nur als Andacht oder Glaube sich offenbart. Es ist nemlich meines Erachtens unmöglich, daß die Vernunft sich selbst so projicire, daß der Philosoph, wie der Maler vom Bilde, eine getreue Copie von ihr nehmen kann, was aber nothwendig ist, wenn das Absolute das Wesen der Vernunft ganz ausdrücken soll.

Jenes höhere Auge also, welches die Gleichheit der Indifferenz im Ewigen oder der Vernunft mit dem Absoluten als seinem getreuen Nachbilde erkennt und anschaut, ist mir die Seele. Das Jenseits des Absoluten

ist keine Wiedererweckung der Differenz, sondern wie mir alles Differente
im Absoluten verschwunden ist, so verschwindet mir in diesem Höhern auch
vollends das Absolute, als der letzte Rest unserer unheiligen Natur. Das
Jenseits tritt hier freilich mit dem Dießeits in einen Gegensatz, dies ist
aber ein Gegensatz, der die Speculation nichts mehr angeht; denn hier
tritt das S y m b o l ein, in welchem das Beweisen aufhört. — Dieses Höhere nun haben Sie unstreitig als den vierten Punct Ihres Schema dargestellt, was Sie das Absolute nennen, so fern es alle Potenzen auflöst,
und weil es alle enthält, selbst k e i n e besondere (aber wol die Höchste und
Allumfassendste) weder ideal noch real, noch selbst blos die Einheit davon
ist. Dieses Absolute, was Sie = Gott setzen, ist mir nach dem Obigen
noch die Seele, über welche schon keine Speculation mehr statt findet, weil
alle Speculation erst in ihr entsteht. Denn der Philosoph müßte ja eine
Existenz außer seiner Existenz haben, wenn er die ganze Seele als ein Ur-
oder Vorbild projiciren wollte, um sie in einem getreuen Nachbild darzustellen. Gott selbst ist mir die Asymptote der Seele, welche nicht mehr
wie in den vorigen Potenzen zur Tangente werden kann nur als solches
nur Gegenstand der Andacht und des Glaubens ist. — Unmittelbarer ist
das, was ich hier meine, in dem Unterschiede beider folgender Fragen
enthalten: Ist Gott in Uns? oder — sind wir in Gott? Im erstern Fall
müßte Gott als ein Product der Speculation — sei es auch, wie im Absoluten, das Höchste, — erscheinen und mithin, weil alle Speculation,
als ein Theil der Seele, ihrer Totalität nicht gleich kommt, geringer sein
als die Seele. Im zweiten Fall hingegen ist seine Dignität über die Seele
erhaben, aber eben darum auch kein Gegenstand mehr der Erkenntniß und
der Anschauung. Im erstern Fall müßte er unter den Ideen sein, im
zweiten ist er unendlich darüber erhaben. Dies ist die wahre Ansicht
meiner letzten Schrift, welche mit ihr steht und fällt. Allein, bester Herr
Professor! in Ihren bisherigen Schriften kommen unzählige Aeußerungen
vor, welche eben das, was ich meine, auf die klareste Weise enthalten und,
wenn ich es sagen darf, über die bisher gegebenen formellen Darstellungen
ihrer Hauptideen hinaus gehen. Nur auf dem Standpunct des Heiligen
und Seligen ist die Sinnenwelt ein wahres Nichts, was Sie so oft sagen,

in der Ureinheit der Ideen hingegen ist sie immer noch etwas, obwohl nicht viel. Alles was Sie von den Mysterien sagen, deutet darauf hin. Nur auf dem Standpunct des Heiligen und Seligen entsteht eine Sehnsucht nach dem Tode, was Sie schon mehrmals sagten und was meines Erachtens selbst die Herrlichkeit der Ideen übertrifft. — In Ihrer letztern Schrift sagen Sie: Die große Absicht des Universums und seiner Geschichte ist keine andere als die vollendete Versöhnung und Wiederauflösung in die Absolutheit. Die Bedeutung einer Philosophie, welche das Princip des Sündenfalls zu ihrem eigenen macht, kann nicht groß genug angeschlagen werden.

In dieser und andern Aeußerungen glaube ich mit Recht zu sehen, daß Sie selbst schon das in der Speculation erhaltene Absolute zurückgelassen haben.

In einer neuern Schrift hat Professor Weiller auch das Heilige und Gott zu seinem Absoluten gemacht und in der That im Bessern nichts anders als Ihre Bahn verfolgt. Es ist aber ärgerlich, daß dieser Mann dies nicht gestehen will, sondern Ihnen vielmehr andichtet, als ob Sie nicht über den Gegensatz des Subjects und Objects hinausgekommen seien, da Sie doch in der That der Erste waren, welcher diese Einseitigkeit mit Füßen getreten hat. Hinter dem, was ich Andacht und Glauben nenne, will Herr Weiller erst den Begriff wieder aufleben lassen, indem er sagt, daß meine Ahndung nicht zum Begriff hindurchgedrungen sey. Sonderbar!

Meine Arbeit, die ich dies Frühjahr vornahm, besteht eben darin, die Idee des Sündenfalls und der Wiederversöhnung als Princip der Weltgeschichte darzustellen; wie es mir gelungen ist, werde ich von Ihrem Urtheil erwarten.

Die Recension meiner Schrift in der Hall. lit. Zeitung hat mich zur Gegenwehr veranlaßt, denn von dieser Zeitung ertrage ich am wenigsten. Ich schickte eine Antikritik an die nemliche Expedition, erhielt aber die Nachricht, daß die Insertionsgebühren 75 fl. betragen würden, worauf ich sie, um mein Geld nicht an diese Menschen wegzuwerfen, zurückbat. Sobald ich sie erhalte, werde ich ihr einen andern Platz anweisen.

An die Theilnahme Ihrer medicinischen Zeitschrift gebe ich mit Ver-

gnügen ein, um so mehr, da ich mir die Verbindung meines Berufs mit
dem wissenschaftlichen Theil der Medicin schon längst zur Pflicht gemacht
habe. Gestehen aber muß ich Ihnen, daß ich selbst noch nicht weiß, ob
und wie ich mit einigem Erfolg in dieser Wissenschaft arbeiten werde.

Leben Sie wohl, theuerster Herr Professor, und empfehlen Sie mich
Ihrer Frau.

Ihr

Eschenmayer.

Schelling an Windischmann.

Den 6. Aug. 1804.

Diese Woche war zur Reise nach Aschaffenburg bestimmt, lieber
Freund; allein ein viertägiges Kränkein hat alles vereitelt.

Mit den Jahrbüchern ist noch nicht alles in Ordnung gebracht —
doch sie erscheinen ganz gewiß! Ehe die Erscheinungsweise bestimmt ist,
kann ich über den Inhalt und die innere Ordnung des Ganzen noch keine
bestimmte Entschließung fassen: daher ich Ihnen noch nichts Näheres geschrieben habe. Prüfen Sie indeß, theurer Freund, nur zu, was Sie dafür ausarbeiten wollen: ich verlasse mich auf Ihre thätige Theilnahme. —
In größter Eile

S.

Schelling an Windischmann.

Bamberg, den 18. Septbr. 1804.

Theuerster Freund!

Verzeihen Sie mein langes Stillschweigen. Viele Arbeiten, mit denen
ich den Sommer in Würzburg beschloß, und die Reise, die ich zur Erholung hierher machte, wo ich wohl bis Ende nächsten Monats bleiben
werde, haben mich immer davon zurückgehalten.

Zuerst von der Angelegenheit der Jahrbücher. Alles ist arrangirt. Zu Neujahr erscheint das erste Stück derselben. Erklären Sie sich, was und wie viel Sie zu diesem beitragen wollen? Ihre Beiträge müßten Anfang oder spätestens Mitte November in meinen Händen seyn.

Ich bezahle gleich nach Erscheinung jedes Heftes 2 Louis'd'ors oder 18 Gulden für den Bogen.

Für eine Recension, die ein Verf. freiwillig übernimmt, erhält er keine Entschädigung wegen Anschaffung des Buches. Sonst wird ihm auch dieses angeschafft. Alles was die Gegenstände der Medicin näher oder entfernter berührt, findet in den Jahrbüchern Platz.

Einzelne treffende Einfälle, besonders polemischen Inhalts, sind nicht minder erwünscht.

Haben Sie Wagner's Idealphilosophie gesehen? Seine angenommene gegnerische Rolle ist der Nothschrei um Zuhörer und Brod. Ich werde höchstens in den Jahrbüchern etwas über ihn fallen lassen. — Wollten Sie eine Recension der sogenannten Natur der Dinge nicht für das erste Heft übernehmen?

Noch etwas, die Manuscripte müssen deutlich seyn, mit einem Rand versehen, auf den etwas beigeschrieben werden kann. Veränderungen, die den Inhalt betreffen, werden natürlich bei keinem Aufsatz von einem Schriftsteller wie Sie gemacht.

Meine sämmtlichen Angelegenheiten und Verhältnisse mit der bayerischen Regierung sind in einer wohlthätigen Krisis.

Ich habe dem ganzen Illuminirungs-Wesen und den Welt-Erziehungsplanen, welche in jenem Lande ausgeheckt werden, jetzt den offnen Krieg erklärt — und der ganze künftige Winter soll unter steten Exploits dieser Gattung vergehen.

Wir wollen sehen, welche Wirkungen dies hat und ob ein muthiger Angriff von allen Seiten über diese Rotte von Schwachköpfen nicht wird Meister werden können.

Können Sie mir, was Sie einmal von einer Aeußerung des Grafen Thürheim gegen einen geistlichen Rath von Aschaffenburg, wegen Vogts, mir vertrauten, bestimmt versichern? War es etwa Colborn, der den

Auftrag erhielt? Sein Sie versichert, daß ich keinen unvorsichtigen Gebrauch davon mache.

Eben ist auch Röschlaub hier.

Leben Sie wohl, theurer Freund, und antworten Sie mir bald
hierher.

Ihr

Schelling.

Schelling an Graf Thürheim.*)   1804

26. Sept.

Bei meinem Eintritt in die Bayerischen Dienste wurde mir der
Wunsch zu erkennen gegeben, mich soviel möglich der Polemik zu enthalten.

Dieser Wunsch traf damals mit meiner eignen Neigung zusammen.

Theils hatte über meine früheren Gegner die Zeit und die öffentliche
Meinung bereits das Urtheil gesprochen, theils waren in meinen Schriften
Gründe hingelegt, welche ein gleiches Schicksal der übrigen mit Sicherheit
voraussehen ließen.

Die Widersacher, die ich in den Kurbayerischen Staaten
selbst entweder schon hatte oder doch sicher zu finden rechnen mußte, achtete ich, aufrichtig zu sprechen, nach der Classe, zu welcher sie gehören, und
der Stufe wissenschaftlicher Cultur, auf welche meine Arbeiten allein berechnet sind, nicht wichtig genug, um zu befürchten, daß ich ihretwegen
je von einem solchen Vorsatz abgehen zu müssen im Fall sein könnte.

Zudem war es meine Absicht, die mir vielfach zugesagte Ruhe zur
Ausarbeitung unabhängiger, für sich bestehender Werke anzuwenden.

Es wird auch niemand etwas aufzeigen können, worin ich jenen ersten
Vorsatz verletzt hätte, da ich vielmehr wirklich seitdem aller Polemik mich
enthalten habe.

---

*) Nach einem Concepte im Nachlasse.

Allein man scheint dieser Ruhe eine ganz andere Bedeutung untergelegt, und aus ihr endlich den falschen Schluß auf eine gränzenlose Ge-
dulb, die ich meinerseits üben würde, gezogen zu haben.

Die Münchner Literatur-Zeitung schien sich von dem Augenblick, als
ich mein Lehramt in Würzburg antrat, ein eigentliches Geschäft daraus
zu machen, ihre gewohnten Ausfälle auf mich noch häufiger zu wiederholen
und wo möglich zu vergröbern; — allein dieses Blatt und seine Urheber,
beide sind zu verachtet und zu verächtlich, als daß ich nicht darüber hätte
hinwegsehen können und noch sehen würde. Aber es entwickelte sich von
Tag zu Tag mehr von oben her die Absicht, in der Sache und zwar gegen
mich Partei zu nehmen.

Die Ankunft Ew. Excellenz in Würzburg gab — ich darf es wohl
sagen und ich muß die Sache mit dem eigentlichen Wort bezeichnen, um
Sie selbst in's Klare zu setzen — das Signal zu persönlichen Unbilden
gegen mich: öffentliche Lehrer in Würzburg selbst, denen E. E. zuvor ein
ruhiges Verhalten gegen mich theils wirklich, unter Androhung ihrer Entfernung von der Universität, auferlegt theils anbefehlen zu wollen früher
wenigstens versichert hatten. — Menschen von anerkannt unwürdigem
Charakter — traten mit einem Ton der Unverschämtheit gegen mich hervor,
aus dem leicht abzunehmen war, daß ich für einen Mann gehalten werde,
gegen den alles erlaubt sei.

Es war sichtbar zum System geworden, mir und meinen Freunden,
uneingedenk früherer Verhältnisse, eine Ugnade empfinden zu lassen: so
wie die Naturphilosophie auf der Universität durch alle Mittel, welche zu
Gebot standen, zu unterdrücken.

Aeußerungen Ew. Excellenz selbst, die vielleicht nicht so gemeint waren, die aber indiscreter Weise benutzt wurden, diese Meinung hervorzu-
bringen, machten nicht nur Einheimischen, sondern auch Fremden, die
nicht wenig erstaunt waren, nach dem Pomp, mit dem man die Naturphilosophie hierher verpflanzt hatte, solche Gesinnungen zu finden, die
persönliche Theilnahme Ew. Excellenz daran glaublich.

Nun hat das General-Schulen- und Studien-Directorium in dem
neuesten, gedruckten Lehrplan für alle Kurpfalzbayerische Mittelschulen,

sich herabgelassen, in dem § 45 no. 1—8*) ganz in den gegen mein System gewöhnlichen Ton einzugehen, Seitenblicke gegen dasselbe aufzunehmen, und einen kurfürstl. approbirten Studien-Entwurf zum Echo der

---

*) Dieser ganze Lehrplan für alle kurpfalzbayerischen Mittel-Schulen, oder für die
sogenannten Real-Classen Principien, Gymnasien und Lyceen. München 1808 ist ein
höchst charakteristisches Zeichen jener Zeit. Im letzten Abschnitt: Lehrmethode lau-
tet § 45 also:

Diese, gewiß von keinem unbefangenen Beobachter des ZeitGeistes getadelte
Tendenz fordert zu einer näheren Entwickelung der Frage auf: Wie soll auf unseren Lyceen Philosophie gelehrt werden? Oder: Welche Hauptrücksichten
hat der Lehrer der Philosophie bey dem Vortrage über Weilers Anleitung zur freyen
Ansicht der Philosophie als dem § 37. allgemein-vorgeschriebenen Lehrbuche zu
nehmen?

1. Vor Allem behalte der Lehrer den so leicht aus dem Auge verlierbaren Zweck
aller Philosophie — nicht für die Schule, sondern für das Leben zu lehren — unverwandten Blickes im Auge. Ohne diesen immer vorleuchtenden ZielPunkt
entsteht bey der so sehr zusammengesetzten Thätigkeit des Geistes, welche Philosophie
heißt, nur zu leicht Verwirrung, und im Gewühle derselben wird die am frühesten ge-
wandte Kraft des bloßen Raisonnements, d. i. der bloß grübelnde Verstand, zum
Nachtheile der übrigen, vorherrschend. Philosophie wird alsdann ein größten Theils
hohles Spiel der Schule, da sie doch die schönste, inhaltvollste Frucht des Lebens werden soll.

2) Nirgends als beym Vortrage über Philosophie hat der Lehrer mehr Ursache,
vorzüglich auf den sich immer mehr erweiternden Geist und nicht auf ein bloßes geschlos-
senes System hinzuarbeiten. Er sorge daher mit aller Anstrengung dafür, daß nicht
etwa diese Erhebung über jedes bloße System selbst wieder als eine Art von
System aufgefaßt werde. Er sorge für die Ueberzeugung, daß der philosophische Geist,
wenn er nur übrigens in einem edlen Herzen einen fruchtbaren Boden findet, unter
allen Systemen, wie der Mensch unter allen Zonen, freylich an der einen
Stelle leichter und vollständiger, als an der andern, leben und gedeihen könne.

3) Der Lehrer achte daher auch darauf, daß die von ihm gegebene Ansicht der
Philosophie nicht bloß mit dem Verstande und seinem Gefährten, dem Gedächt-
nisse, also bloß mit dem Kopfe (und selbst mit diesem alsdann nur einseitig aufge-
griffen werde. Nicht den Verstand allein, den ganzen Geist seiner Schüler hat der
Lehrer immerwährend zu beschäftigen. Sein Vortrag muß auf die Bedürfnisse aller
höheren GeistesKräfte berechnet seyn. Er muß immer dem ganzen Geiste des Menschen
zusagen. Jede Kraft desselben hat hier über jede Behauptung wenigstens das Veto.
Was Eine dieser Kräfte empört, empört endlich Alle.

4) Um aber diese allgemeine harmonische Geistes Thätigkeit zu bewirken, muß die
Anregung dazu zwar immer allumfassend, doch zugleich auch Stufen-weise geschehen.
Alle höheren Kräfte müssen berücksichtigt werden; aber Vorzugs-weise immer nur eine
nach der andern. Vor Allem ist dafür zu sorgen, daß der Verstand sich über sich
selbst orientire, sofolglich an dem unbedingten Werthe seiner Operationen und
an seiner Allmacht zu zweifeln beginne, und nur auf das Wissen des Wesentlichen

Weiller'schen und anderer ähnlicher Aeußerungen gegen mein System her-
abzuwürdigen, ja sogar des letzteren, mit einer durchaus von Geist und
Ton gemeinen Polemik erfüllte sogenannte Anleitung zur freien Ansicht
der Philosophie als Lehrbuch dieser Wissenschaft auf allen Mittelschulen
ausdrücklich und gesetzlich vorzuschreiben.

Da ich nun deutlich bemerke, daß es darauf abgesehen ist, gegen den
Geist der Philosophie, den ich für den ächten erkenne, in der ersten Erziehung und Bildung der Jugend schon eine Anlage zu machen und den

der Hauptsache, mit Beseitigung aller bloß neugierigen Fragen um jabllose Nebendinge
sich beschränke.

5 Es ist die Erfahrung lehrt es nur zu leicht, in den Fehler zu verfallen, über
den schon Seneca klagte: »Ecce sagt er Romanos quoque invasit inane studium
supervacanea discendi. Ista liberalium artium consectatio molestos,
verbosos, intempestivos, sibi placentes facit, et ideo non discentes
necessaria, quia supervacanea didicerunt«. Der Verstand soll die Anmaßung
aufgeben, als könne er allein durch sein bloßes in sich selbst versunkenes Grübeln,
und nicht erst durch sein auf eine äußere Bürgschaft bauendes Denken, in höchster
Instanz entscheiden. Dahin kann und soll der Lehrer schon gleich Anfangs bey Gelegenheit der philosophischen Systeme arbeiten.

6. Da der Verstand in Sachen der Philosophie gewöhnlich zu thätig ist (und es
auch nach der Meinung Vieler nie genug seyn kann ; der Wille aber dabey meistens zu
wenig thätig zu seyn, und seine Thätigkeit hierin auch wieder von Vielen für sehr
folgenlos gehalten zu werden pflegt, so fordert und verdient die Anregung des Willens, und die Begründung der Ueberzeugung, daß seine Thätigkeit, also sein sittlicher
oder unsittlicher Zustand, für das Schicksal der Philosophie äußerst wichtig sey, ebenfalls
die volle Aufmerksamkeit des Lehrers.

7. Wenn diese und die vorhergehende Rücksicht nicht ver...... bläßigt, — nähmlich
der Glaube an die Allmacht des Verstandes immer mehr geschwächt, und der an
die Einflüsse des Willens immer mehr gestärkt wird, so haben Vernunft und
Gefühl zu ihren freyen Regungen schon so viel Spiel-Raum und Anläße, daß sie beynahe
von selbst gehörig thätig sind, und nur noch in ihrer ganzen Eigenthümlichkeit kennen
gelehrt werden dürfen. Der Haupt-Punkt, worauf alle der Lehrer hierbey zu sehen hat,
ist immer, daß die Vernunft ohne Vermengung mit dem Verstande, und das Gefühl in seiner Reinheit von der Empfindung wirke.

» Auf die Spuren dieser beyden Vernunft- und Gefühls-Regungen, und auf die
Unabhängigkeit derselben vom bloßen Systemen-Zwange die Schüler aufmerksam zu
machen, bieten sich wieder bey der Geschichte der philosophischen Systeme Gelegenheiten
genug dar.

Auf diese Weise wird es dem Lehrer der Philosophie gelingen, das Vorurtheil zu
besiegen, als sey Philosophie nur Sache des Wissens. Und dieß ist der
schönste Sieg über den jetzt so imponirenden philosophischen Dogmatismus und Mysticismus.

gebrauchten Mitteln nach die Sache so weit zu bringen, daß künftig auch jeder Schulknabe gegen mich aufzutreten sich fähig und berechtigt glaube: da dies ferner eine öffentliche, mit der Auctorität der Regierung beglaubigte, Declaration gegen mich ist: so glaube ich, es der Sache, diesem meinem neuen Vaterland und meiner literarischen Ehre, die ich, durch anerkannten Eifer, nicht erworben habe, um sie von Bayerischen Scribenten ohne Namen und wahres Verdienst, selbst durch das Medium von Rescripten, antasten zu lassen, schuldig zu sein, nicht länger zu schweigen.

Ich will in dieser Sache offner verfahren, als gegen mich verfahren worden ist, und mein bisheriges Verhalten nicht ohne vorherige Anzeige aufheben.

Ich mache daher E. E. hiermit die Eröffnung, daß vom gegenwärtigen Augenblick an der Zustand der Ruhe, den ich beobachtet habe, aufgehoben ist und daß ich der mir von Gott verliehenen Kraft mich bedienen werde, meiner Sache Recht zu verschaffen und diese, förmlich organisirte, Angriffspläne auf sie zu vernichten.

Ich werde nie die einer Regierung schuldige Achtung aus den Augen setzen: aber jede in das Wissenschaftliche eingreifende Aeußerung, wenn auch ein Collegium dieselbe publicirt, unterliegt dem Inhalt nach der in jenem Gebiet gebräuchlichen Beurtheilungsart, wo bekanntlich nur geistige Ueberlegenheit, nicht äußere Macht entscheidet. Ich werde daher sowohl die Individuen, welche die Idee zu dem oben erwähnten Passus angegeben haben, als diese Ideen selbst, soweit sie gegen meine Sache angehen, in ihrer ganzen Blöße, mit aller nur möglichen Klarheit darstellen.

Ich werde den ganzen jetzigen Zustand der intellectuellen Cultur Bayerns, soweit er durch diejenigen Schriftsteller repräsentirt wird, die jetzt das große Wort führen, von seinen ersten Anfängen her ableiten, und jenes unverkennbare System, auch die Angelegenheiten des menschlichen Geistes, gleichsam an der Stelle der Vorsehung, leiten zu wollen, auf seine ersten weltbekannten Grundlagen zurückführen *).

Es wird sich bei dieser Gelegenheit zeigen, ob jenes wohl zusammen-

---

*) Durch die letzten Zeilen von und jenes an ist ein Strich gezogen

gefügte Ganze von umgekehrtem Jesuitismus, das die Bayrischen Schriftsteller predigen, und der gerühmte Geist der Toleranz, die nur duldsam ist
gegen das, wogegen man in früheren Zeiten es nicht war, unduldsam aber
gegen das, wogegen selbst unaufgeklärte Regierungen sich duldsam erzeig-
ten, die Philosophie, der Kraft eines einzigen Mannes widerstehen können,
der die Sache ernstlich und muthig angreift.

Ich fürchte nicht, daß die Regierung das heiligste Recht des Schriftstellers und Denkers in mir beschränken werde, und will selbst den Individuen, deren ganzes Denksystem ich angreifen werde, so viel Zuversicht
auf ihre Sache zutrauen, als ich auf die meinige setze, nämlich, daß sie
sich ohne politische Mittel bloß durch sich selbst zu behaupten wissen werden.

Ich verlange nur die sichere Ausübung derjenigen Rechte, die man
gegen mich bereits überschritten hat, und da ich auf diese Sicherheit rechnen
muß, so bitte ich E. E. diese gegenwärtige Anzeige als eine officielle anzusehen, auf die ich mich in der Folge, wenn es nöthig sein sollte, berufen
werde.

Der ich übrigens ꝛc.

. . . .

Schelling an Windischmann.

Bamberg, 21. Oct. 1804.

Vor der Rückreise nach Würzburg schreibe ich Ihnen noch, theuerster
Freund, daß ich Ihre Beiträge zu den Jahrbüchern bis Ende folgendes Monats spätstens erwarte. Es scheint, dieses Unternehmen wird
guten Fortgang gewinnen und der Sache einen erwünschten Schwung
geben. — Anbei folgt auch das dickleibige Buch des Herrn Wagner, so ich
bestens empfehle. Ich höre zwar, daß demnächst ein Gericht darüber in
der Jenaischen L. Z. ergehen wird: indeß vermuthe ich, daß es dort vorzüglich von der physikalischen Seite gepackt wird. Ich empfehle Ihnen
insbesondere die saubre Psychologie am Ende des Buchs, weil aus dieser
sich am deutlichsten machen läßt, daß der Verf. weder von Philosophie

3 *

überhaupt noch insbesondre vom Standpunct reinen Philosophirens eine Ahndung hatte, als er dies Buch compilirte.

Ich werde noch vor Ostern mit einer Schrift hervortreten: Darstellung der Secte, welche in Bayern der Philosophie entgegen arbeitet; in Bezug auf jene fast blos satirisch, in Ansehung der Sache ernst und gründlich. Ich bedarf dazu des Jahrganges 1803 und 1804 der Münchner L. Z. Sollten Sie mir diese nicht aus Ihrem Lesezirkel verschaffen und zuschicken können?

Man ist in B. in nicht geringer Verlegenheit wegen meiner; doch will ich nicht dafür stehen, daß wenn jene Schrift erscheint, man nicht unklug genug ist, mich Landes zu verweisen.

Ich verlange es nicht besser und will mich nur nicht so im Dunkeln, heimtückisch wegbrängen lassen. Ich wünschte auf den Fall, bei Ihrem Kurfürsten ein Asyl zu finden. Ich verlange keine Anstellung, nur etwa einen Charakter und ruhigen Aufenthalt — meinem Wunsche nach in Regensburg. Glauben Sie, daß ich dies erlangen kann?

Es ist jetzt viel Lärm im Publicum über Kilian und Marcus. Mich geht diese Geschichte überall nichts an, aber versichern Sie doch vorläufig, wo man davon spricht, daß sie sehr gut für Marcus und sehr schlecht für Kilian ausgehen wird.

A Dio!   Ihr

                                        S.

Graf Thürheim an Schelling.

Der Unterzeichnete hat sich verpflichtet gehalten, dasjenige Schreiben, welches der Professor Dr. Schelling unterm 26. September an denselben abgesendet hat, Seiner Kurfürstl. Durchlaucht vorzulegen.

Höchstdieselbe haben hierauf, unterm 29. vorigen Monats in terminis rescribirt:

„daß dem Briefsteller Höchstdero gerechtes Mißfallen über die „von ihm bewiesene Arroganz, welche einen überzeugenden Beweis

„liefere, wie wenig die speculative Philosophie die Menschen ver-
„nünftiger und sittlicher mache, zu erkennen gegeben, und derselbe
„auf das landesfürstliche Edict über die Preßfreiheit, wo eine be-
„scheidene Freimüthigkeit, Erforschung nützlicher Wahrheiten ge-
„schätzt, so wie Inurbanität und Zügellosigkeit leidenschaftlicher
„Schriftsteller in die Schranken gesetzlicher Ordnung zurückgewiesen
„würden, aufmerksam gemacht werden solle."

Dies wird hiermit dem besagten Professor unverhalten.

Würzburg, den 7. November 1804.

Kurfürstliches General Land Commissariat in Franken.

Graf v. Thürheim.

Eschenmayer an Schelling.

Kirchheim unter Tek. den 26. Nov. 1804.

Ich sende Ihnen hier die Schrift, wovon ich Ihnen in meinem letzten
Brief sagte. Nehmen Sie es auf als einen Beweis meiner unveränderten
Hochachtung. Die Tendenz derselben ist, eine Idee für die Weltgeschichte
aufzufinden und ihren Zusammenhang mit der Religion zu zeigen, welche
mir von Sittlichkeit sehr getrennt erscheint. Vielleicht finden Sie hier das,
was mir Religion und das Heilige ist, und ihren Abstand von dem, was
mir die Speculation ist, besser ausgedrückt.

Leben Sie wohl und nehmen Sie wahre Hochachtung und Freundschaft von

Ihrem

Eschenmayer.

Schelling an Windischmann.

Würzburg, den 7. Dec. 1801.

Ich habe mit Bedauern gehört, daß Sie an den Augen leiden und dadurch in Ihren Arbeiten unterbrochen werden.

Haben Sie Dank für die überschickten Bücher. Wäre es denn auf keine Weise möglich, daß ich selbige noch 11 Tage behielte. Ich bin so beschäftigt, daß ich noch keinen Augenblick Zeit gefunden habe, sie durchzugehn. — Daß ich wünsche, Sie mögen von Jean Pauls Aesthetik die 2 ersten Theile als ein kleines Andenken von mir annehmen, hat vielleicht meine Frau schon geschrieben.

Mit Ihren Ideen zur Physik, die ich jetzt gelesen habe, bin ich, nach der unter uns bestehenden Freiheit der Mittheilung davon zu reden, nicht zufrieden. Sie haben insbesondre von Seite der Form meine Erwartungen nicht erfüllt. Ich wünschte mündlich mit Ihnen sprechen nur Ihnen ganz vernehmlich sagen zu können, worin es, nach meiner geringen Einsicht, diesem Werke gebricht. Vorstellungen, über die wir schon ehemals nicht einig waren, besonders Ihre Begriffe von Schönheit der Darstellung müßten dabei zur Sprache kommen. — Dies mein Urtheil über Ihr Werk ist ganz unabhängig von dem, was mich persönlich darin betrifft, und was ich auch als ganz uninteressirter Leser hätte misbilligen müssen, ja vielleicht Sie selbst jetzt misbilligen. So haben Sie die Stelle S. 263 ohne Zweifel dem Herrn Prof. Paulus zu lieb und vielleicht in einer Stunde geschrieben, wo Sie von seinem Conclamatum est! über mich besonders lebhaft gerührt waren. — Misverstehen Sie mich nicht: ich tadle nicht, daß Sie meine spielende Vergleichung, wie Sie es nennen, tadeln, sondern daß Sie diese Einzelheit ergreifen, einen allgemeinen Ausfall auf mich anzubringen, der dem großen Haufen wie aus dem Munde genommen ist und zu dem Sie durch nichts berechtigt waren weder an dieser Stelle noch in einer Schrift und noch viel weniger in diesem Abschnitt, der durch die Hauptidee... bestimmt an meine Darstellungen erinnert, ohne die er wahrscheinlich ganz anders ausgefallen wäre. —

Kurz: der Ausfall dieser Stelle ist — unwürdig: und doch ist er mir lieber, als die kahle Lob- und Schutzrede, die Sie mir am Ende halten und der ich nicht bedurft habe. Und doch wieder, lieber Windischmann, ist es mir lieber, daß Sie sich so, als wenn Sie sich anders benommen hätten. Es ist eine Schwachheit in mir, über einen Freund ein nachtheiliges Urtheil nicht ohne Verlegenheit aussprechen zu können; auch die öffentliche Meinung pflegt dies Gefühl zu theilen, denn nicht alles, was gerecht ist, ist schön. Ich schweige daher lieber in solchen Fällen, wodurch der Wahrheit doch nichts vergeben wird. In Rücksicht Ihrer bin ich von dieser Verlegenheit durch Sie selbst befreit: wenn ich die Schwächen Ihres Werkes noch so sehr heraushöbe, man würde es nicht unzart oder unschön finden. Ich zwar werde mich doch desselben enthalten, aber wundern Sie sich nicht, wenn Sie von irgendwem in den Jahrbüchern eine Beurtheilung lesen, die ohne Rückhalt und ganz nur der Wahrheit gemäß ist. — Ich halte überhaupt die Sache für viel zu gut um sie ferner jeden, wie es ihm beliebt, so wie bisher brauchen zu lassen, in der Art nämlich, daß sie benutzt wird, soweit es gut ist, dem Buch ein höheres Ansehen zu geben, und dann wieder beiläufig herabgesetzt, so weit als nöthig ist, durch das erstere bei dem Publicum nicht anzustoßen. Solche Halbheiten verdienen keine Schonung, gesetzt auch es werde durch sie manches unter dem Volke eingeschwärzt, das mit Protest wäre zurückgeschickt worden, hätte das ächte Zeichen darauf gestanden.

Dies alles soll meinerseits nichts in den bisherigen übrigen Verhältnissen ändern: ich werde mich jederzeit erfreuen, Ihnen einen Freundschaftsdienst leisten oder von Ihnen empfangen zu können, am meisten aber wenn ich bemerke, daß Sie eine Sache, welche nicht Sache des Tags ist, mit mehr Ernst behandeln.

Meine Frau und ich empfehlen uns Ihnen und Ihrer Frau Gemahlin bestens. Leben Sie recht wohl.

Schelling.

Windischmann an Schelling.

Aschaffenburg, den 10. Dec. 1504.

Ihr Brief, mein Freund, trifft mich gerade in einer Verfassung, worin ich Ihnen sogleich wenigstens einige Worte zur Antwort geben kann, da mein Auge auf dem Wege der Genesung ist.

Es ist nun, so scheint es, die Reihe auch an mich gekommen, von Ihnen vernichtet zu werden. Ich glaube in der Demuth meines Herzens wohl, daß an mir nicht viel zu vernichten ist, und würde es schon darum glauben, daß Sie es sagen. Ich will auf alle Ihre Aussprüche, welche darum, daß sie mit gereizter Empfindlichkeit geschehen, nicht wichtiger geworden sind, gar nichts erwiedern: verstatten Sie mir nur diese Frage, ob Ihre frühern Schriften schon in Absicht auf Gehalt und Form die vollendeten seien, und ob denn Sie durchaus auf keinen Vorgänger sich gestützt haben?

Nur das einzige thut mir wehe, daß Sie mir sagen können, ich soll mir's mehr Ernst sein lassen mit Dingen, die nicht blos Erscheinungen des Tages sind. Dieser Vorwurf könnte mich beleidigen, wenn es mir eben nicht so sehr Ernst wäre; aber mein besseres Bewußtsein, meine vom Ewigen ganz durchdrungene Seele setzt mich über alle dergleichen Vorwürfe hinaus, die nur aus der eitelsten Zeitlichkeit stammen und mich stets auf eine Schule hinweisen, von der ich denn doch in der That weniger gelernt habe, als Sie von mir zu denken scheinen. Wer mich erkennt, wird auch wohl zugleich erkennen, daß ich zwar, gleich anderen, nachdenken, aber doch auch denken kann. Auch hat mich niemals die Sucht ergriffen, zu einer Schule zu gehören; ich liebe die Freiheit und werde mich niemals einer vom Leben abgewichenen Schulform ganz fügen. Ich bin mir aber auch nicht bewußt, irgend etwas von Ihnen in schlechter Absicht benutzt zu haben; noch werde ich dies jemals.

Ich hätte übrigens nicht gedacht, daß Sie über freie Mittheilung der Ueberzeugung empfindlich würden, und sich so leicht eines zwar nicht in ihrem eignen Leibe wohnenden, aber doch, wie Sie aus so manchem Zug wissen könnten. Sie liebenden Herzens entschlagen könnten, so zwar, daß Sie mich nicht würdigen wollen, selbst von mir zu sprechen, da ich doch selbst von Ihnen sprach; sondern gesonnen sind mich einem Unbekannten zu überlassen, dem es zwar Ernst sein mag, mir eins zu versetzen, dessen besser sein sollender Form ich aber doch immer mit gutem Gewissen meine Gesinnung entgegen setzen kann. Auch möchte ich Sie, meiner Vorrede gemäß, ersuchen, doch nicht so voreilig und vor der Erscheinung des 2. Bandes über mich aburtheilen zu lassen.

Mehr darf ich meiner Augen wegen noch nicht schreiben. Leben Sie wohl und denken Sie meiner nicht mehr in Groll.

Windischmann.

Den 11. Dec.

Nur noch dies:

Es ist mir ganz unbegreiflich, daß ich gerade von Ihnen so sehr misverstanden werde, daß Sie so ganz meiner Gesinnung und meines Strebens über der Form vergessen. Wenn Sie mich öffentlich so ungerecht und wahrhaft unschön behandeln wie in Ihrem Schreiben, wenn Sie wie von einem Kilian z. B. von mir zu sprechen gesonnen sind, so mögen Sie mich zwar auf manchfache Weise kränken, oder durch Andre kränken lassen; ich aber werde dem allem Gerechtigkeit und Besonnenheit entgegenzusetzen wissen, wie ich diesen schon in der Schrift selbst nachgestrebt habe.

Aschaffenburg, den 12. Dec. 1804.

Ihren Brief vom 7. würde ich gestern schon beantwortet haben, wenn mir nicht durch mein Augenweh die Arbeiten so sehr angewachsen wären. So thu' ich nun heute das mögliche, da ich meinen Augen noch nicht viel zumuthen darf.

Es ist schon seit meiner Uebersetzung des Timäos her, daß ich Ihre großmüthige Schonung meiner Schwächen, aber unter dieser Hülle auch

Ihre stets wachsende Abneigung gegen mich vernehmlich fühle. Die bescheidene Rüge der Ungerechtigkeit, welche Sie gegen Fichte und Jacobi begangen, mag Ihnen Grund dazu gegeben haben, so wie meine Art aufzufassen und darzustellen auch schon früher einiges Missfallen bei Ihnen erregt hatte, da ich, wie Sie Sich damals ausdrückten, nicht metaphysisch genug sei. Diese metaphysisch dunkle und herzlose Weise war aber nie mein Ziel und wird es nie sein, nach solchem Maß darf ich demnach auch nicht beurtheilt werden. Wenn Sie nun diesen Mangel als das wesentlichste ansehen und immer angesehen haben, warum sagten Sie mir dann in einem von Ihren Briefen aus Jena noch: „Sie sind mitten im Ewigen, wo Zeit und Ort verschwinden. In der Hauptsache sind wir einig, das andre sind mehr oder minder Kleinigkeiten." Dies hätten Sie einem Unwürdigen wie mir nicht sagen sollen, oder gehört dies auch unter die Complimente, die man einem aus Schonung sagt? Es ist wenigstens hieraus nicht zu erkennen, daß Ihnen jener Ernst ganz inwohnet, den Sie an mir vermissen. Es thut mir leid, daß Sie gesonnen sind, mir Ihre fernere Freundschaft in dem Maß zuzugestehen, in welchem ich die gute Sache mit mehr Ernst behandeln würde. Ich habe niemals im Verhältnis des Schülers gegen Ihnen über gestanden und weiß daher nicht, was ich von solchen Aeußerungen denken soll. Ich fand und finde Sie noch in der Reihe derjenigen Geister, denen der Vorzug vor vielen Andern zuerkannt werden muß, aber ich habe diesen Vorzug nie als einen göttlichen angesehen, der sich allein ohne Hoffart so an den Tag geben würde, wie Sie es gethan in den Worten: „ich halte die Sache für zu gut, um sie ferner von jedem brauchen zu lassen, wie es ihm beliebt". Die Sache, von welcher Sie als von der Ihrigen sprechen können, habe ich mir nie zueignen mögen, weil ich mich nie zu einer Schule verstehen will, am wenigsten zu einer, von welcher alle übrigen als Halbheiten oder als Nullen angesehen sind, und die um das Leben sich nicht kümmert. Ich bin indeß sehr froh, unter einem göttlichen Herrn zu leben, der eine viel bessere Sache jeden nach Belieben brauchen läßt. Diesem lasse ich es anheim gestellt sein zu entscheiden, ob es mir im Innersten Ernst ist. Mit meinen Aeußerungen mögen Sie dann, wie Sie sich vorgesetzt, nach Belieben verfahren,

was mir, wenn Sie auch nach Ihrer Meinung keinen Fleck mehr an mir
ganz lassen, dennoch in der That sehr gleichgültig sein kann, da ich der
besser sein sollenden Form eines gläubigen Schülers stets meine innere
Gesinnung entgegenzusetzen habe.

Demohngeachtet aber thut es mir wehe, Sie, den ich bisher so sehr
hochgeachtet, den ich, wie Sie aus vielen Zügen wissen könnten, so innig
geliebt habe, nun über Kleinigkeiten in die heftigste Leidenschaft anlodern
zu sehen; oder ist vielleicht Ihr Ausspruch über meine Schrift, besonders
über meine nur das Einzelne betreffenden Aeußerungen gegen Sie nicht das
ungerechteste und unwürdigste Verfahren, welches nur immer gegen mich
möglich gewesen? Wahrlich! wenn Sie den Philosophen so sehr vergessen
können, so ist es kein Wunder, wenn das Volk Sie nicht achtet. Die
Stelle 263 ist von niemand eingegeben oder auch nur erregt. Das schale
Lob ist und soll kein Lob sein, sondern Ueberzeugung — wenn gleich diese
gegen die Ihrige schal genug sein mag u. s. w. Nach diesen und allen
übrigen ungerechten Aeußerungen kann ich nichts anderes auch öffentlich
erwarten; ja ich ersuche Sie sogar, sobald meine Schrift ganz erschienen,
sogleich einen Enragirten über sie herfallen zu lassen. Ich werde ihm zu
begegnen wissen, und somit auch Ihnen selbst, denn ich muß mich ja doch
wohl vertheidigen.

Für Jean Paul meinen besten Dank. Ihrer Frau Gemahlin empfehlen wir uns schönstens.

Windischmann.

Schelling an Eichstädt.

Würzburg, 20. Dec. 1804.

Kaum habe ich noch den Muth, Ew. Hochwohlgeboren das schon so
oft Wiederholte nochmals zu wiederholen: nämlich, daß ich bereit bin, den
thätigsten Theil an Ihrem trefflichen Institut zu nehmen, sobald ich nur
kann. Dieses beständige Nichtkönnen zu erklären, müßte ich Ihnen ein

Ganzes von Arbeiten detailliren, das seit geraumer Zeit alle meine Zeit und Thätigkeit absorbirt. Sehen Sie also nur noch eine kurze Weile meine Gesinnung für die That an und zürnen Sie nicht mir, der ich mir selbst zürnen würde, hätt' es in meiner Macht gestanden, fleißiger für die Lit. Z. zu sein, als ich gewesen bin. Sind denn aber auch die andern so eingeschränkt in ihrer Muße? Fast sollt' ich es glauben, da ich im philosophischen Fach schon einige Recensionen fand, welche aufzunehmen bei Ihnen selbst fast blos der Mangel besserer rechtfertigen konnte. Ich rede nicht von den Reinholdschen Arbeiten, diese haben ihren relativen Werth und verläugnen ihre Herkunft nicht; aber ein so elender Scribent, als der hiesige Professor Wagner ist, den vom traurigsten Abschreiber fast nur der prahlerische Ton unterscheidet, sollte billig an Ihrem Institut keinen Antheil haben. Einigemal glaubte ich Steffens zu bemerken; auch Troxler ist sehr empfehlungswerth. Wollten Sie meinem Bruder Dr. Karl Schelling Arbeiten auftragen, so würde auch der vielleicht einiges Gutes leisten können. — Ich schätze mich ausnehmend glücklich, Voßen auf seiner Durchreise hier kennen gelernt zu haben. Mögen Sie oder ihn, den seine gerechte Indignation sonst gewiß dazu bestimmen würde, keine andre Rücksichten zurückhalten, den neuen Schulplan ohne Schonung öffentlich zu würdigen! Selbst in München, wie hier, ist bei sonst auch verschieden Denkenden nur Eine Stimme darüber oder vielmehr dawider. Ich würde es freilich immer beklagen, daß uns Voß entgangen ist, doch mag es sein guter Genius gewesen sein, der den vermaledeiten Schulplan gerade in dem Augenblick erscheinen ließ. Seine unbefangne Geradheit hätte sich hier schwerlich lange mit Personen und Sachen vertragen.

Nachrichten über das neue Studienwesen in Franken und die Proceduren zur Einführung desselben, möchten wohl von Interesse für Ihr Intelligenzblatt seyn: ich erbiete mich Ihnen solche zu verschaffen. Wegen des Mitarbeiters im Fach der schönen Literatur weiß ich keinen andern Vorschlag zu thun, als diesen: Schicken Sie eine Anzahl Bücher aus diesem Fach hierher an mich. Sie erhalten davon Recensionen; finden Sie diese gut, so übernehme ich ein für allemal die Besorgung und kann für eine Anzahl Beiträge von derselben Hand stehen. Die monatlichen Sendungen der Lit. 3. kosten mich zu viel Porto: ich werde sie daher im nächsten Jahr auf dem gewöhnlichen Wege beziehen und habe unter dem heutigen Datum auch Herrn Prof. Schelver, der einiges Geld von mir in Händen hat, ersucht, den Preis des bisher erhaltenen Exemplars bei der Expedition zu berichtigen. Erlauben Sie, daß ich meine Antwort auf die Aufforderung von Herrn Troxler Ihnen einschließe und zugleich bitte, daß Sie die Lücke ausfüllen lassen, welche ich lassen mußte, weil ich das Blatt eben nicht zur Hand hatte, worin die Aufforderung abgedruckt ist.

Darf ich bitten, mich bei Goethe und Voß durch eine Empfehlung in Erinnerung zu bringen?

Verehrungsvoll

Ew. Wohlgeboren

gehorsamster Diener
Schelling.

— — — —

Schelling an Eschenmayer.

— — — — — — — — — —*)

Wenn ich mir einzelne Theile der Philosophie zur Behandlung auslese, so ist dies kein Ausschließen der andern; ein solches müßte in den Principien liegen.

Haben Sie nicht selbst die Vermuthung, daß der Hallesche Recensent Ihrer Schrift Herr Dr. Paulus ist? — Mir ist es, da ich sie nicht selbst gelesen habe, aus den von Ihnen angeführten Bruchstücken höchst wahrscheinlich. — Das ist ein von Gott verlassener Mensch, der den äußersten Ingrimm gegen die jetzige Philosophie hat, mit der seine Geistesdürftigkeit, welche sich auf Hinwegerklären von Wundern in der Bibel concentrirt, weder den Berührungspunct eines offenen Gegners, noch den eines Freundes erlaubt; daher er insgeheim durch anonyme Recensionen, Aufsätze und vorzüglich Cabalen sich schadlos zu halten sucht.

.*) Der Anfang dieses Briefes hat sich nicht vorgefunden.

Trotz aller Gegenwirkungen, deren Mittelpunct vorzüglich dieser Mann
ist, hat meiner Wirksamkeit als Lehrer auf hiesiger Universität noch kein
Eintrag geschehen können. In der Vorlesung über die Philosophie
habe ich diesen Winter an die anderthalbhundert Zuhörer, worunter auch
Dr. Oken ist, ein trefflicher Mensch, eine reine Seele und von durch-
dringendem Geiste. Dagegen sind meine philosophischen Gegner, wozu
sich neuerdings, wie Sie wissen werden, auch ein Herr Wagner gesellt
hat, in öffentlicher Verachtung. Der letztere ahmt Herrn Weiller nach,
er plündert mich, während er mich schmäht, und hat durch seine Schrift
bewiesen, daß er in der That von dem Wesen meiner Philosophie nicht
das Geringste eigentlich begriffen, obgleich er seit 2 Jahren sich die Gewalt angethan hat, in alles einzustimmen und zu wiederholen, was ich
sagte. Jetzt entschädigt er sich, in seiner Meinung, für diese Passionszeit
durch Schmähungen und Einwürfe, deren Ideen selbst wieder von mir
entlehnt sind. Er hat auch Sie gesucht als zum Theil übereinstimmend
mit ihm vorzustellen, welches eine wahre Beschimpfung ist; ich wünsche
aber, daß Sie ihm mit der Verachtung begegnen, welche ein geistig und
sittlich so niedriger Mensch verdient.

Von den Jahrbüchern*) ist nun eben das erste Heft in der Geburt. Es wird eröffnet durch Aphorismen über Naturphilosophie, wo bei Gelegenheit der ersten Grundsätze auch Ihrer vielmals
Meldung geschehen muß. — Dürfte ich denn auf keinen, wenn auch der
Ausdehnung nach noch so kleinen, auch übrigens ganz allgemein-naturphi-
losophischen Beitrag von Ihnen zählen?

Leben Sie wohl, verehrter und geliebter Freund! Schreiben Sie bald

Ihrem

Schelling.

Würzburg, den 22. Dec. 1804.

*) Das erste Heft der Jahrbücher der Medicin erschien Tübingen 1805.

Schelling an A. v. Humboldt. [*]

Würzburg, im Jan. 1805.

Unter den Vielen, welche mit Sehnsucht Ihre Rückkehr nach Europa erwartet haben, darf ich auch mich zählen. Nicht nur das viele Herrliche, das Sie, einem Eroberer ähnlich, aus entfernten Regionen zurückgebracht haben, wird die Epoche Ihrer Wiederkehr ewig denkwürdig machen für die Wissenschaft: auch in Bezug auf den Zustand, in dem Sie die Naturlehre im Vaterland finden, wird Ihre Rückkehr von den wohlthätigsten Folgen sein.

Ich wage, Ihnen von Naturphilosophie zu sprechen, da mir versichert worden ist, dieser neue Gang der Philosophie, wodurch sie ihr altes Besitzthum, die Natur, wieder ergriffen hat, habe bereits auch Ihre Aufmerksamkeit erregt. Man hat sich in Deutschland gegen diese Sache, wie noch immer gegen alles Neue, benommen. Man hat sie erst misverstanden und verdreht und die gröbsten Vorurtheile dagegen verbreitet. Man hat vorgegeben, die Naturphilosophie verschmähe die Erfahrung und hemme ihre Fortschritte, und dies zu gleicher Zeit, als einzelne Naturforscher von den Ideen derselben den besten Gebrauch zu ihren Experimenten machten und diese darnach regulirten. Es hat bis jetzt in Deutschland von Seiten der empirischen Forscher an dem Mann gefehlt, der die Ansicht im Ganzen und Großen aufgefaßt und darnach beurtheilt hätte. Höchstens hatte man gegen einzelne Puncte, vielleicht mit Recht, Zweifel erhoben: aber diese können nichts im Total der Ansicht ändern, welche tiefer gegründet ist.

Wenn ein Mann Ihres Geistes, von dieser Tiefe und Fülle der Erkenntniß, daß in ihm, wenn dies überhaupt möglich wäre, die Totalität derselben erreicht scheinen könnte, dessen Wissen nicht bloß auf das jetzige und die nächstvorhergehenden Zeitalter eingeschränkt ist, der das Große verflossener Jahrhunderte kennt und vom Geiste des Alterthums genährt ist — wenn ein Geist von solcher wahrer Universalität diese neue

---

[*] Nach dem Concepte.

Ansicht der Probe unterwerfen wollte, welche schnelle Entscheidung, welcher Gewinn für den menschlichen Geist!

Vernunft und Erfahrung können sich nie anders als blos scheinbar widerstreiten, und so habe ich das festeste Zutrauen, Sie werden in vielen Puncten die überraschendste Uebereinstimmung der Theorie mit der Erfahrung in der neuen Lehre nicht verkennen. Ihr Geist hat, schon mitten im Zeitalter des Empirismus, so mächtig über die Schranken der damaligen Physik hinausgestrebt, daß Ihnen die kühneren Ideen der jetzigen Ansicht wie Bekannte sein müssen, und unmöglich fremd sein können. Wenn Sie, Ihrem Charakter als empirischer Naturforscher getreu, mit weiser Enthaltsamkeit, jenen Ideen in Ihren Werken keinen Eingang verstatteten, als so weit sie sich durch Erfahrung bestätigten: so werden Sie deßhalb ihren Werth jetzt nicht verkennen, nachdem Sie die Sanction der Vernunft, durch Philosophie, erhalten haben.

Ich bin so frei, die Ankündigung eines Unternehmens für organische Naturlehre und Medicin Ihnen zusenden zu lassen, für welches ein großer Theil der besten Köpfe besonders von der neuen Generation sich vereinigt hat. — Ich würde es für das größte Glück achten, wenn Sie diesem Unternehmen Ihren Beifall schenken wollten und, auf welche Art es Ihnen gefiele, zu demselben mitzuwirken sich entschließen könnten.

Mit Sehnsucht erwarte ich den Augenblick Ihrer Rückkehr nach Deutschland, wo ich so vieles von Ihnen lernen und erfragen zu dürfen vielleicht das Glück habe, das mir wichtig ist.

Der Gipfel meiner Freude wäre erreicht, wenn ich das Ganze der naturphilosophischen Ansicht Ihnen mündlich entwickeln und an Ihrem scharfen Geist prüfen könnte.

Indeß erbiete ich mich zu jeder literarischen Mittheilung aus Deutschland, die Sie während Ihrer Entfernung wünschen könnten, und bitte Sie schließlich, die Versicherungen der größten Verehrung, welche mir dieses Schreiben eingegeben hat, gütig aufzunehmen von

Ihrem

ganz geh. Diener

Schelling.

A. v. Humboldt an Schelling.

Paris, den 1. Febr. 1805.

Wie kann ich und soll ich Ihnen genngsam für den geistvollen und zugleich schmeichelhaften Brief danken, mit dem Sie mich gestern beehrt haben! Meiner Abreise nach Rom so nahe und durch chemische Arbeiten, die ich früher vollenden soll, zerstreut, eile ich Ihnen so schnell als möglich die Versicherung meiner ꜗ ihen Bewunderung und Hochachtung an den Tag zu legen. Herr Walter, durch dessen Freundschaft ich mich überaus geehrt fühle, hat Ihnen unstreitig gesagt, wie sehr ich mir anzueignen wünsche, was Sie durch Begründung einer Naturphilosophie in den letzten Jahren Großes und Schönes errungen haben. Was sollte auch in der That mehr meine Aufmerksamkeit auf sich ziehen, als eine Revolution in denjenigen Wissenschaften, denen mein ganzes Leben gewidmet ist. Seit sechs Jahren von Europa abwesend, ohne Bücher, bles mit der Natur beschäftigt, ist mir eine unbefangnere Ansicht gewährt, als manchem Physiker, dem durch die Sittenverderbniß, welche die literarischen Kriege nach sich ziehen, seine alten Meinungen lieber als das Object selbst, die Natur, geworden sind. Nein! ich halte die Revolution, welche Sie in den Naturwissenschaften veranlaßt, für eine der schönsten Epochen dieser raschen Zeiten. Zwischen Chemismus und Erregungstheorie schwankend, habe ich stets geahnt, daß es noch etwas Besseres und Höheres geben müsse, auf das Alles zurückgeführt werden könne, und dies Höhere verdanken wir nun Ihren Entdeckungen.

Lassen Sie es sich aber nicht anfechten, daß diese Entdeckungen, wie alles Wohlthätige in der Welt, Vielen zum Gift geworden sind. Die Naturphilosophie kann den Fortschritten der empirischen Wissenschaften nie schädlich sein. Im Gegentheil, sie führt das Entdeckte auf Principien zurück, wie sie zugleich neue Entdeckungen begründet. Steht dabei eine Menschenklasse auf, welche es für bequemer hält, die Chemie durch die Kraft des Hirnes zu treiben, als sich die Hände zu benetzen, so ist das weder Ihre Schuld noch die der Naturphilosophie überhaupt. Darf man die Analysis verschreien, weil unsere Müller oft bessere Maschinen bauen als die, welche der Mathematiker berechnet hat? Nicht die Mathematik, nein, ihre voreilige, unphilosophische Anwendung und die schlechten Zwischenglieder haben allein die Schuld.

Hier haben Sie, vortrefflicher Mann, eine freimüthige Erklärung über einen für die Menschheit so wichtigen Gegenstand. Immer nach außen strebend, fühlt doch Niemand mehr als ich Bewunderung für das, was der Mensch aus seiner eignen Tiefe und Fülle schöpft und hervorbringt. Aber was kann meine Stimme, was soll sie in Deutschland bewirken? Die Wahrheit strahlt endlich doch durch die Finsternis durch, und wir haben ja das Glück einer Nation anzugehören, deren Geistesthätigkeit mit jedem Jahrzehnt neubeflügelt scheint.

Ehe ich mich aufs Neue aus Europa entferne und in das Polar-Eis vergrabe, hoffe ich Sie noch in der Nähe genossen zu haben. Versichern Sie Herrn Walter, Herrn Marcus, Herrn Steffens meiner tiefsten Hochachtung. Ich sehe mit Sehnsucht Ihrem Journale entgegen, in dem Sie uns das Geheimnis des Organismus enthüllen werden.

Ihr   —
Alex. Humboldt.

Schelling an Windischmann.

Würzburg, 9. Jan. 1805.

Auch Sie scheinen mich nun entgelten lassen zu wollen, oder sind Sie vielleicht zu beschäftiget? leiden die Augen? Wie ihm sei, ich schreibe Ihnen, was hier vorgeht, nämlich daß Würzburg in allem Ernst Salzburg wird. Man erzählt sich das Nämliche von Aschaffenburg und so kämen dann unsre Köpfe noch unter Einen Hut. — Sie können sich die Bewegung von all' den Köpfen denken, die nun noch bunter als zuvor gegen einander rennen. Man sagt der Gr. Station, Eleve Ihres Onkels, wird Minister der neuen Regierung.

Schreiben Sie mir bald und bleiben Sie gesund in dieser trüben Zeit.
                                    Ihr
                                                    S.

Würzburg, den 19. Febr. 1805.

Rechnen Sie es mir nicht an, geliebter Freund, daß ich Ihnen so lange nicht geschrieben. Auch schweigend nehme ich stets und mit gleicher Liebe Theil an allem, was Ihnen begegnet. Es verlangt mich, Nachricht von Ihrem Befinden zu haben.

Hier wieder neue Aphorismen; ich wünsche zur Erquickung. Schreiben Sie mir aufrichtigst die Meinung über Einzelnes, das Ihnen verfehlt scheinen sollte. Als ich die Sätze niederschrieb, dünkte es mir gut damit zu sein; jetzt bin ich nicht ganz damit zufrieden, auch hat leider das Ganze zu früh abgebrochen werden müssen. Sie sehen, daß es mit den Jahrbüchern doch immer noch fortgeht, obgleich langsam genug. Diese drei Bogen haben um gedruckt zu werden gerade zwei Monate gebraucht. Im nächsten Monat wird jedoch der Druck des dritten Hefts angefangen, und bis dahin also muß auch Ihr Beitrag längst in meinen Händen sein.

Sobald Sie die Aphorismen gelesen, erbitte ich sie mir zurück, denn bis jetzt ist dies mein einziges Exemplar.

Wir empfehlen uns Ihnen aufs allerbeste und hoffen sehnlichst, bald von Ihnen gute und beruhigende Nachrichten zu erhalten.
                                    Ihr
                                                    Schelling.

Würzburg, 26. Febr. 1805.

Ich habe sehr um Verzeihung zu bitten wegen der langen Zurückbehaltung der Bücher, welche ich, unter vielen Arbeiten, in der That aus den Augen verloren hatte, die Sie aber nun erhalten haben werden.

4 *

Nach dem Ton, in welchen Sie, auf die in meinem letzten Briefe gemachte Erwähnung, gegen mich gefallen waren, schien es mir rathsam,
daß unsre Correspondenz aufhöre. — Ohne auf den Punct der Unwürdig-
keit Ihres Ausfalls, insofern er ein bloßer Ausfall war, einzugehen, er-
wiederten Sie mit neuen und griffen sogar zu den gewöhnlichsten Phrasen
gegen den Ernst der Wissenschaft. Wenn ich auch für meine Person davon
wegsehen kann, wie ich es sehr leicht kann, so müssen Sie es doch wissen,
daß ich, ohne Unbescheidenheit, mehr Achtung von Ihnen zu fodern habe,
als Sie durch jene Insinuation beweisen wollten, und daß ich einem Freunde
die äußerliche Schicklichkeit wie die innere Festigkeit wünschen darf, nicht
in den allgemeinen Ton einzustimmen, welcher sich so gern aller Achtung
entschlägt und, wo er sie nicht ganz verweigern kann, sie sich so leicht wie
möglich zu machen versucht. — Sie versicherten mich dann weiter: Sie
haben nie in dem Verhältnis des Schülers zu mir gestanden und scheinen
ein solches Verhältnis für etwas ganz Schmähliches anzusehn. Ich weiß
nicht, daß ich Ihnen zu dieser Erklärung Veranlassung gegeben, wohl
aber, daß Sie auf keine Weise damit zu eilen gebraucht hätten, indem doch
weder die Welt noch ich den jemals als den Schüler irgend Eines Menschen ansehen können, der alles auszugleichen bemüht ist. Uebrigens
habe ich mich nie geschämt, von Jemanden zu lernen und oft an Andern
gefunden, daß es besser ist, vor der Hand nur recht Schüler zu sein.
Denn bei allem, was man ist, kommt es doch nur auf das recht sein an;
viel weniger darauf, was man ist. — Auch die Dunkelheit, die Sie
meiner Manier vorwerfen, ist Ihnen sicher noch nie zum Vorwurf gemacht worden, wird es auch wohl nie. Was ich Ihnen von der Sache
schrieb, die ich nicht wollte misbrauchen lassen, deuten Sie zu meiner
Sache um. Inwiefern ich sie führe, ist sie denn freilich auch meine
Sache, zu deren Wissenschaft ich nicht zufällig gelangt bin und in Absicht
Ihrer Schriften noch darauf warte, daß auch Sie wirklich zur Sache
gelangen. — Durch laues und unbestimmtes Schreiben sie enerviren zu
sehen, dazu fehlt es mir immer noch mehr an Gedule, als für die Seiten
hiebe aus freundschaftlicher Hand. Diese haben inzwischen unläugbar
etwas Empörendes, nicht aber, was man einem Freunde noch so hart

nur unumwunden privatim sag! Was mein Herz betrifft, so trage ich
es allerdings nicht zur Schau; meine Gesinnung aber verstelle ich niemals. — Daß Sie sich indeß doch einbilden können, Ihr Vorwort für
Fichte und Jacobi beim Timäos) habe meinen Unwillen rege machen
können, während Sie in Ihrem letzten Ausfall nichts Tadelswerthes
finden können, ist mir doppelt verwundersam. So ein Gerede von Billigkeit ohne alle Gründe kann in der That — Nichts rege machen. Sie
haben dagegen, wie es sich zeigt, Ihre gute und würdige Meinung von
mir nur gelegentlich laut werden lassen. — Indessen unterscheide ich
immer, und auch in Ihnen, den Menschen von seinen einzelnen Aeußerungen. Wurden Sie, neben dem Anschein eines freundschaftlichen Verständnisses, dennoch getrieben, auch Ihren Beitrag zu dieser Zeit gegen
mich anzubringen, so ist Ihnen dies vielleicht ebenso angeflogen, wie
irgend eine leichte That einem Andern. Ich werde also in Ihnen den
Menschen, so weit ich ihn für besser und liebenswerther erkenne als seine
Aeußerungen, nicht aufhören zu achten und mich freuen, Ihnen Beweise
davon zu geben. — Bis zu dem oben bemerkten Zeitpunct wo Sie zur
S a c h e kommen) bitte ich Sie zugleich, allen literarischen Streit ruhen zu
lassen, so wie den persönlichen, dessen Anlaß für mich alle Bedeutung verloren hat.

Leben Sie recht wohl mit Ihrer wackern, lieben Frau: und sorgen
Sie, daß Ihre Augen Sie nicht weiter stören, deren Uebel mich in der
That bange gemacht hat.

Ihr Brief vom 9. Februar ist nach der guten Einrichtung unsrer
Posten nicht eher als am 18. desselben in meine Hände gekommen.

Schelling.

Windischmann an Schelling.

Aschaffenburg, den 2. März 1805.

Es scheint Ihnen, mein Freund, ganz entgangen zu sein, wessen In-
haltes und Tones der Brief gewesen, der mich zu der in Ihren Händen

befintlichen Antwort veranlaßte. Statt mir freundschaftlich zu sagen, worin denn eigentlich die Schwächen meiner Schrift bestehen, haben Sie auf die empörendste, mein ganzes Sein herabwürdigende Weise Ihre Indignation an Tag gelegt, was Sie wohl, ohne mir so empfindlich nahe zu treten, hätten thun mögen, wenn Sie nur jener ersten gewiß nicht ungerechten Foderung einigermaßen Genüge geleistet hätten. Ich wollte zuerst ganz schweigen, und dies wäre besser gewesen: denn es hätte Ihnen keine Gelegenheit gegeben zu noch größerem Misverständnis meiner Gesinnungen, welches mir nun um so kränkender ist, je empörender mir dessen erste Aeußerungen waren. Statt aller weiteren Fortsetzung eines eiteln Streites und statt aller Empfindlichkeit über Ihre erniedrigenden Aussprüche gegen mich in Ihrem Schreiben vom 26. Febr. hören Sie meine unumwundene und, wie ich glaube, billige Meinung.

Sie fodern Hochachtung von mir und haben Ursache sie zu fodern: aber ich glaube auch niemals dieselbe außer Acht gelassen zu haben, selbst in meinem Brief habe ich es an Tag gelegt, wie sehr ich Ihre Verdienste verehre. Glauben Sie mir, wenn ich die in meiner Schrift gethane Aeußerung als einen Beweis geringerer Achtung nur hätte ahnen können, ich hätte sie sicher nicht gethan; viel weniger, daß ich, wie Sie mir leider! zutrauen, gern etwas Einzelnes ergriffen hätte, um allgemeine Ausfälle auf Sie anzubringen. Durch Herabsetzung eines Freundes würde ich mich sogar schämen mir Aufmerksamkeit des Publicums zu erwerben, und ich habe es, wie S. 232 meiner Schrift zu lesen, nie verborgen, daß ich Ihre Grundsätze als die wahren und Ihnen eignen erkenne, woran ich meine Darstellungen nur als specielle Ausführungen knüpfen möchte. Es wäre demnach zwar ganz recht gewesen, Ihnen wider mein Vermuthen misfällige Stellen zu rügen, wohl aber auch die Beweise meiner Verehrung, die in dem Buche deutlich genug am Tag liegen, nicht zu übersehen.

Mit der Aeußerung: ich sei nie im Verhältnis des Schülers zu Ihnen gestanden, wollte ich nichts mehr und nichts weniger sagen, als meine Verwunderung über solche Correctionen, wie Sie mich fühlen lassen wollten, zu denen Sie auf die Art, wie es geschehen, in keinem Falle berechtigt waren, die nur dem Lehrer der Jugend eines Mannes und das

nicht in diesem Tone verstattet sey. Uebrigens habe ich nie den Schüler-
stand als etwas Schmähliches angesehen und habe von Allen gelernt, aber
eben darum nicht von Einem. Ich weiß auch wohl, wie weit ich in diesem
Lernen gekommen, weiß, wie weit ich von der wahren Meisterschaft noch
entfernt bin, kenne die Mängel meiner Schrift z. B. mehr als irgend Jemand. Ich weiß aber auch, daß die früheren Versuche bei Niemanden
schon die Meisterwerke sind und daß es vor allem vieler Kraft und Uebung
bedarf, um in der ernsten Wissenschaft recht Meister zu sein. Indessen
glaube ich auch ist schon auf keine Weise zu verdienen, daß man mich ganz
zu den Verworfenen zähle. Wenn Sie mich auch zu dem, was Ihres
Sinnes ist, niemals reif genug sehen sollten, so will ich dergleichen Ver-
kleinerungen gerne ertragen: dieses aber thut mir wehe, wie ein Mann
von Ihrem Geist und Herzen das ernste Streben nach dem Höheren und
Besseren in mir so ganz verkennen mag, oder wenigstens so gering achtet,
während doch nicht selten an Andern eine scheinbar wissenschaftliche Ueber-
tünchung der Oberfläche sehr werth geschätzt und gepriesen wird. Die
Hoffnung habe ich indessen noch, daß ich einstens mehr Gerechtigkeit bei
Ihnen finden werde: denn Sie wollen den Menschen von seinen Aeußerungen unterscheiden. So werden Sie dann auch des Menschen Aeußerungen alle erwägen und sie mit dem Menschen in Harmonie zu bringen
suchen.

Dies alles hab' ich Ihnen gesagt, nicht um zu streiten oder zu
rechten, sondern weil es mich schmerzt, von einem Mann, den ich wahr-
haftig achte, so ganz miskannt zu werden. Den eiteln Tand, etwas zu
sein oder zu bedeuten, gebe ich sehr gerne auf, wenn ich nur mit dem Bewußtsein mich beruhigen kann, daß kein braver und würdiger Mann an
meinem wesentlichen Charakter etwas auszustellen hat. Gerade darum
muß es mich aufs tiefste schmerzen, daß Sie in Ihrem letzten Schreiben
sagen mochten: „ich habe neben dem Anschein! eines freundschaftlichen
Verständnisses doch auch meinen Beitrag gegen Sie anbringen wollen."

Freund! wie ich Sie immer noch zu nennen mir erlauben darf, —
war es möglich, mich so weit zu erniedrigen und gleich dem Koth von den
Schuhen zu schleudern? —

Meine Augen sind jetzt ganz gut, nur Nachts muß ich sie schonen.

Ich habe noch Wagner's Natur der Dinge: was soll ich damit anfangen?

Der Ihrige
Windischmann.

Schelling an Windischmann.

Würzburg, den 6. Mai *) 1805.

Ihren Brief habe ich durch Herrn Entres erhalten. Die Freundschaftsversicherungen, die Sie mir darin machen, mußten mir schmeichelhaft sein: wenn ich sie aber nicht auf die Weise erwiedre, wie Sie vielleicht erwarten, so bitte ich, dies mir nicht zu verübeln: denn wie ich eine Meinung nicht leicht fasse, ohne überzeugende Gründe, so lasse ich eine gefaßte auch nicht wieder ohne solche fahren: beurtheilen Sie nach der Beständigkeit, die ich hierin zeige, die Beständigkeit, der ich in einer zutrauensvollen und wohlgegründeten Freundschaft fähig bin. Ich liebe über alles die Reinheit der Verhältnisse; mit Ihnen glaube ich mich am reinsten in einem ganz objectiven Verhältniß befinden zu können, ehe ich solidere Beweise Ihrer ernstlichen nicht etwa bloß einzeln aufwallenden Freundschaft, wie sie zwischen Männern sich geziemt, erhalten habe. Als solche betrachte ich die angekündigte Selbstrüge nicht, die zu nichts dienen kann. Ihre Achtung können Sie mir nicht durch Complimente bezeugen, sondern durch eine gerechte Beurtheilung meiner Arbeiten und Widerlegung meiner Irrthümer, nicht mit Seitenhieben oder in Buchhändler-Anzeigen und Selbstrecensionen, ein Mittel, das Sie billig Andern überlassen sollten. Derjenige der je fähig war, Einflüsterungen von Paulus und Consorten gegen mich Gehör zu geben, oder so schwache Ausfälle zu versuchen, wie noch

*) Muß März heißen.

kürzlich in der Ankündigung Ihrer Physik, die zum Theil eine wahre Reso
nanz hiesiger heischerer Töne ist, von denen ich nicht erwartete, daß sie
sich auch nur bis Aschaffenburg erstrecken würden, ist auch ferner vor
Rückfällen nicht sicher, und so lange erlauben Sie mir, meinerseits das
reine Verhältniß der Gerechtigkeit und der unpartheiischen Beurtheilung
gegen Sie zu behalten, das ich bisher beobachtet zu haben glaube.

Ich werde versuchen, Wolf's Prolegomena auf der Briefpost wegzu
bringen: sonst stehen sie Ihnen auch auf der fahrenden zu Dienst.

Wir empfehlen uns bestens Ihrer Frau Gemahlin, und wünschen
Ihnen herzlichst, recht wohl zu leben.

                                                  Schelling.

Eschenmayer an Schelling.

Kirchheim, den 23. März 1805.

Was Sie von einem potenzlosen Schauen sagen, finde ich sehr wahr,
wie auch die weitern Folgerungen, daß das Absolute selbst keine Potenz
sei, und daß es irrig sei, das Selige als Potenz aufzustellen, wozu mich
früher nur die Schulform verleiten konnte. Ich finde in diesem potenzlosen
Schauen unsere Annäherung auf folgende Weise: Ist das Absolute nichts
andres, als der im Munde des Philosophen gesetzte höchste Ausdruck für
das Urbild Vernunft), so ist jenes potenzlose Schauen, eben weil es ein
Schauen in das Absolute ist, selbst außer*) demselben, es ist der auf die
Gleichheit des Nachbildes (Philosophie) mit dem Urbilde (Vernunft) ge
richtete Blick der Seele. Dieses Schauen, so eminent es an sich ist und
aller Philosophie vorhergeht, ist dennoch keine Potenz sondern vielmehr
das Princip und der Umfang aller Potenzen, und ebendaher auch Totali
tät des Erkennens und Wollens. Soweit bin ich vollkommen mit Ihnen
einverstanden, und Ihre Gegner, welche unsere Differenz darin suchen,

_____
* Wie doch irgend etwas außer dem Absoluten). Randbemerkung Schelling's.

wie z. B. Wagner und Weiller, mögen ihre vorzeitigen Urtheile zurück
nehmen. Allein — mir ist eben dieses Schauen nur die diesseitige Richtung
der Seele zum Erkennen und Handeln auf einer Weltsphäre, und ich unterscheide sie von einer jenseitigen Richtung der Seele im Glauben und in
der Andacht, welche an sich unerkennbar, indemonstrabel ist, aber eben daher
nur durch Offenbarung vorhanden ist. Mir ist Religion nicht — Genuß
derselben Totalität, welche durch Philosophie erkannt wird, sondern viel
mehr außer aller Totalität; sie hat mit der Profanität der Vernunft und
der Philosophie gar nichts gemein. Das Geoffenbarte ist weder ein Erkanntes[*], noch Demonstrirtes, noch Angeschautes, noch irgendwo Aus-
gesprochenes, sondern nur durch intellectuelle Empfindung Gefühltes und
eben daher das Einzige Unmittelbare, an welches alles Mittelbare sich anschließt. Ich möchte dies den religiösen Sinn nennen, welcher zwar in
allen Völkern und zu allen Zeiten rege ist, aber meistens nur leise sich
andeutet. Ganz lebendig ist er in Christo und besonders auch in den Mär-
tyrern gewesen. Es mag sein, daß Sie die Gränze zwischen Philosophie
und Religion, welche bei mir die Frucht eines häufigen Nachdenkens ist,
noch höher hinaufrücken und denjenigen Act der Seele, in welchem sie
die Vernichtung aller Speculation in sich gleichsam empfindet, selbst wie
der zur Philosophie rechnen. In diesem Fall büßt aber die Philosophie
ihren wesentlichen Charakter ein, welcher in einem beständigen Objectiviren
der Vernunft oder des Urbildes besteht und Speculation heißt.

　　Sie gehen von einem Schauen aus. — Ist es etwa von der Art, wie
ich es in einer Stelle meiner ersten Schrift darstellte: „Der Glaube ist
wohl auch ein Erkennen oder vielmehr ein Anschauen, aber einer unsichtbaren Welt, deren negativer Pol gegen die Vernunft gekehrt ist, und
die Offenbarung ist in der unsichtbaren Welt das, was das Licht in der
sichtbaren ist."

　　Wenn Sie dies meinen, so ist zwischen dem, was Sie Schauen und
ich Glauben nenne, kein Unterschied mehr. Nur ist dieses Schauen kein
philosophisches sondern ein blindes, und eben daher Glaube.

_____

　*. Randbemerkung Schelling's: Als ob es in der Philosophie dies gäbe　—

Von Ihrem Offert, in Ihr Journal auch Kleinigkeiten schicken zu
dürfen, mache ich durch Beiliegendes Gebrauch. Der Aufsatz ist durch
Zeitungs-Nachrichten veranlaßt und trägt auch das Gepräge solcher Dinge.
Inzwischen glaubte ich doch, ich müßte den Brownianern solche Probleme
nicht vorenthalten. Sie mögen sehen, wie sie dabei zurechtkommen.

Daß Oken in Ihrer Nähe und in Ihrem Umgang ist, freut mich
sehr. Jede Universität würde in der Natur-Geschichte einen wahren Mann
an ihm finden. Er wird Sie ohne Zweifel auch schon mit einem scharf-
sinnig projectirten Werk bekannt gemacht haben, wovon ich auch eine Abschrift besitze.

Wagner schickte mir auch ein Avertissement von seinem Kunst-Jour-
nal mit einer Einladung zu.

Hochachtung und Freundschaft

von Ihrem ergebensten
Eschenmayer.

Schelling an Windischmann.

Würzburg, 20. April 1805.

Es ist mir leid, daß das Buch von der Natur der Dinge Ihnen
so lange zur Last gewesen: eine Beurtheilung desselben habe ich seit geraumer Zeit schon für unnöthig gehalten. — Wollten Sie zu den Jahrbüchern,
wovon das 1. Heft jetzt eben in den Druck kommt und von denen ich Ihnen
auf Ihr Verlangen jederzeit das neue Heft zusenden werde, in irgend einer
Form oder Art etwas beitragen: so wissen Sie schon nach meiner frühern
Erklärung, daß mir dies erwünscht sein würde. — Den Bayerschen
Schulplan übersende ich hier und zwar, auf den Fall daß ich hier noch
ein Exemplar auftreiben kann, bitte ich Sie, ihn nur zu behalten.
Vossens Recension wird, wie alle Bessere hoffen, diesem Verdrückungs-
und Verfinsterungssystem in Bayern das Ende, das ihm ohnehin schon
nahe bevorstand, beschleunigen. Berg hat seinen Ingrimm hier vielleicht

mehr zurückgehalten: es kann Ihnen zwar sehr gleichgültig sein, ob er
Sie als Verf. kennt oder nicht; jedoch ist der Consequenz wegen, nur weil
ein solcher Pfaffe sich sonst einbildet, ein unantastbares Wesen zu sein,
zu wünschen, daß Herr Hofrath Eichstädt von Ihrer Erlaubnis keinen
Gebrauch mache. Von Ihrer Schrift kann in dem 1. Hefte keine Beurtheilung erscheinen; also wohl überhaupt keine, bevor der 2. Theil erschienen ist. Zudem können Sie überzeugt sein, daß ich sie nicht recensiren
werde, und daß sie auch in keine Hände fallen soll, die sich daran ver-
greifen möchten.

Meine Frau und ich empfehlen uns bestens Ihnen und Ihrer Frau
Gemahlin.

Leben Sie recht wohl und behalten in gutem Andenken

Ihren

aufrichtigen Freund und Diener
Schelling.

Schelling an Eschenmayer.

Würzburg, den 30. Juli 1805.

Dieser Brief ist eine sehr späte Antwort auf den Ihrigen vom 23.
März dieses Jahres. Ich will mich nicht bei der gewöhnlichen Entschul-
digung von Geschäften aufhalten, sondern aufrichtig gestehen, daß Ihr
Brief mich mit einem Lichte überraschte, das mir Ihre vorangegangenen
Schriften nicht zu geben vermocht hatten, das mich aber in der That außer
Stande setzte, Ihnen sogleich zu antworten.

Sie setzen den wesentlichen Charakter der Philosophie darin, daß sie
sei „ein beständiges Objectiviren des Urbildes" welches Sie noch überdies
= Vernunft annehmen, und insofern, sagen Sie, heiße dieselbe Speculation. Nun habe ich seit dem Augenblicke, daß mir das Licht in der Philosophie aufgegangen ist, seit 1801, wo ich die bekannten Aphorismen erscheinen ließ, ja früher schon, gegen das Ende meines Systems des

Idealismus mit aller mir möglichen Deutlichkeit behauptet, daß die Philosophie keineswegs in einem Objectiviren des Urbildes, d. h. in einem insofern subjectiven, Setzen des Urbildes oder Absoluten als eines Objectiven bestehe; daß vielmehr das Setzen in der Vernunft kein Setzen des Menschen des Subjects, und wie dasjenige, wovon die Vernunft das Setzen ist, weder ein subjectives, noch ein objectives, sondern eben ein absolutes sei.

Sie dagegen sagen: das Absolute sei nichts andres, als der im Munde des Philosophen gesetzte höchste Ausdruck für das Urbild! Im Gegensatz mit der Philosophie erklären Sie: das Geoffenbarte sei weder ein Erkanntes, noch Demonstrirtes, noch Angeschautes. Gleichsam als ob das Göttliche dies für die Philosophie wäre; als wäre nicht eben dieses: das Absolute nicht als Object zu betrachten, das, was meinem ganzen Philosophiren seine gegenwärtige Richtung gegeben hat, das, wodurch es von dem Dogmatismus oder der Unphilosophie, wie von der Nichtphilosophie unterschieden ist; als gäbe ich jene besondere subjective, Sphäre des Erkennens überhaupt zu, in welche das Absolute hereingezogen werden könnte; als wäre nach der Grundansicht ohne welche meine philosophische Lehre überhaupt nicht einmal entstehen könnte, nicht nothwendig alles Erkennen des Absoluten objective auch wieder ein Erkennen des Absoluten subjective, und im Absoluten; demnach selbst göttlich, von Seiten des Subjects aber ein absolutes Selbstvergessen u. s. w.

Diese Aeußerungen scheinen mir ein Verstehen meiner Philosophie auf Ihrer Seite zu zeigen, welches vorauszusetzen ich mir bis daher nicht getraut hatte. Da ich jedoch nach den bloßen Aeußerungen Ihres Briefs nicht urtheilen wollte, mußte ich meine Antwort verschieben, bis ich Ihre Schriften, welche diese Differenz zwischen uns betreffen, wieder genau und in ihrem ganzen Zusammenhang zu durchdenken Muße gehabt. Nachdem ich es nun zur vollkommenen Ueberzeugung gebracht, daß die Aeußerungen Ihres Schreibens in der That den Geist Ihrer Schriften ausdrückten, so mußte ich auch, um das weitere Misverständnis abzuschneiden, als könnte der Glaube Ihrer Nichtphilosophie wirklich eine Gränze meiner Philosophie sein, mich über jenen kategorischen erklären, welches Sie nach der zwischen uns bestehenden, auf gemeinschaftliche Liebe zur Wahrheit gegründeten Freundschaft gewiß nicht übel aufnehmen werden.

Ich habe Herrn Cotta den Auftrag gegeben, Ihnen das erste Heft der Jahrbücher, sobald es fertig ist, zuzusenden.

Ich danke Ihnen herzlich für Ihren geistreichen Aufsatz, den ich in's zweite Heft aufzunehmen wünsche, da der Platz im ersten schon durch früher eingegangene Beiträge occupirt war. Nur wünschte ich Einiges, das jedoch nichts Wesentliches ist, in jenem ändern zu dürfen. Wollen Sie mir die Erlaubnis dazu geben, so bitte ich es bald zu thun, weil der Druck des zweiten Heftes der Jahrbücher jetzt eben beginnen soll.

Leben Sie recht wohl und glücklich und seien Sie meiner innigsten Hochachtung versichert.

　　　　　　　　　　　　　　　　　　　　Schelling.

Schelling an Röschlaub.*)

　　　　　　　　　　　　　　　Würzburg, 30. Juli 1805.

Endlich muß ich, theurer Freund, mein Andenken wieder bei Ihnen auffrischen. Die Zwischenzeit meines Stillschweigens war durch fleißige Arbeit an den Jahrbüchern hinweggenommen, wovon 2 Hefte noch vor dem Herbst erscheinen werden. Der Verleger hat den Auftrag, sie Ihnen sogleich zu schicken, wenn sie aus der Presse kommen: das erste sollte schon längst fertig sein; leider aber kann ich den Druck nicht selbst leiten. Doch hoffe ich, Sie werden es in ganz kurzer Zeit erhalten.

Was ich in diesem Heft von Naturphilosophie sowie von organischer Naturlehre vorgetragen habe, soll, wie ich hoffe, meinen Freunden Freude, den Gegnern aber Aerger machen. Wenigstens wird sich finden, daß die Sache dieser Philosophie noch immer fest und ruhig dasteht.

Ein Durchreisender erzählte hier: Sie wollen mich für einen Heiden, sich selbst aber für einen christlichen Philosophen, sowie Tieck für den einzigen christlichen Dichter erklären. Ich glaube dies nicht, und werde

---

*) Nach dem Concept.

nie glauben, daß Sie sich von der Empfindsamkeit oder richtiger zu reden,
Empfindelei und Kopfhängerei einnehmen lassen, die seit einiger Zeit
manche Menschen treiben, ohne daß das geringste rechtliche Gefühl dahinter steckt, und die mir in Poesie und Philosophie höchst zuwider zu werden
anfängt. — Jene Behauptung wäre eine Bambergische Thesis für den
Ritter von Greifenfels und würde sich für dies anbetungssüchtige Gemüth
ganz schicken; wahrscheinlich rührt die Aeußerung von diesem her und
man hat sie Ihnen zugeschrieben, wie man auch mir viel zuschreibt, was
Nachschwätzer oder Menschen in meiner Nähe sagen.

Ihre physiologischen Fragmente haben mir aufs Neue die
größte Achtung Ihres herrlichen Kunstgeistes eingeflößt, den ich jederzeit
ich darf es sagen) erkannt habe. Nur habe ich Ihre Condescendenz zu
dem neuesten Glaubensunwesen in einer Anmerkung bedauert. Dies läuft
gegen Ihre wahre und ursprüngliche Individualität und die Art Ihres
Geistes, der nur in Subjectivität versunken war, wovon jener Glaube nur
eine neue gefälligere Form ist. Doch könnte mir dies so wenig den Genuß
des Ganzen stören, als die kleine Kritik gegen mich wegen des Primum
Existens, die auf einem Misverständnis beruht, und die ich in diesem
Aufsatze nicht erwartet hätte. Wäre es meine Neigung gewesen, kritische
Anmerkungen gegen Sie in meine bisherigen Werke einzuschalten: so wissen Sie selbst, daß es mir auch nicht an Stoff gefehlt haben würde. Indeß — chacun à son gout, nur daß nur die Reciprocität hierin erkannt
werde.

Wie ich höre und nun mit eignen Augen mich überzeugt habe, so hat
Herr Walther in Landshut sammt dem jungen Marcus die Geschichte der
Bambergischen Thesen auch dort so ziemlich wieder erneuern wollen. Ich
bitte Sie, mit all' Ihrem Ansehn, das Sie in München und Landshut genießen, sich gegen diese Caricaturen zu setzen und wo Sie Gelegenheit haben, auch meinen Unwillen darüber zu erklären, den ich
nicht ermangeln werde, bei ehester Gelegenheit öffentlich laut werden zu
lassen.

Nur nun noch eine Bitte an Sie! Wär' es nicht möglich, daß Sie
den Herbst hierher kämen, mit Ihrer Frau, uns zu besuchen? Ich bin

hierin freilich doch nur geistig eigennützig; doch wenn Sie keine bessere Reise zu machen haben: so werden Sie auch hier vielleicht nicht ohne alles Interesse und Vergnügen sein. Kämen Sie im September, so würde ich Sie dann im October zurückbegleiten. Sie können bequem bei mir logiren und so Vieles, das zu weitläufig ist zu schreiben, würde ich Ihnen mündlich mittheilen können.

Empfehlen Sie meine Frau und mich dem gütigen Andenken der Ihrigen und leben Sie recht glücklich. Ich hoffe, der Bund männlicher Freundschaft, der zwischen uns auf eine zu dieser Zeit vielleicht einzige Weise bestanden hat, wird auch ferner dauern und immer mehr befestigt werden.

Ihr

Schelling.

Eschenmayer an Schelling.

Kirchheim unter Tek, den 10. Aug. 1805.

Den Aufschub mit meinem Aufsatz, wovon Sie mir schrieben, habe ich sogleich benutzt, um denselben in eine ganz andere Form zu bringen, das Unzusammenhängende zu ergänzen, ihn für die Aerzte schmackhafter und für das Interesse an den Schriften über das gelbe Fieber eindringender zu machen. Ich bitte Sie daher, den beifolgenden für den ächten anzusehen und jenen gelegentlich zurückzuschicken. Sollten Sie auch an diesem hie und da etwas vermissen, so steht es Ihnen frei, daran zu ändern, es kann ihm nur zum Vortheil gereichen.

Da ich das Wissenschaftliche vom Persönlichen zu trennen weiß, so werde ich nie das übel nehmen, was meine Ideen bestreitet; ich erwarte daher ihre Einwürfe in der Ueberzeugung, etwas dabei zu gewinnen. Mir ist es lieb, wenn ich eine irrige Ueberzeugung habe, sie durch die Darstellung des Wahren verbessern zu können. Ich gestehe freilich ein, daß, wenn Sie Ihr Schauen über das, was ich Glauben nenne, setzen und in jenem das Absolute finden, was ich dem Glauben unterordne, daß

in dem, was Sie und ich absolut nennen, eine Differenz sein muß. Vielleicht wird mir dieser Mißverstand klarer, wenn ich Ihre Einwürfe kenne.
Daß ich die Philosophie ein beständiges Objectiviren des Urbildes nenne,
schien mir daher natürlich, weil ich überhaupt nicht begreifen würde, wie
der Philosoph irgend etwas von der Vernunft aussagen könnte, ohne eben
das, was er von ihr sagt, sich vorher objectivirt zu haben. Vernunft und
Philosoph sind zwar in einer Person, aber jene lehrt und dieser empfängt,
und dies scheint mir nicht möglich, ohne daß sich die Vernunft selbst projicire. Diese Projection drückt sich ganz in dem Satz aus, daß die Vernunft Erkennendes und Erkanntes, Anschauendes und Angeschautes zugleich
sei, oder daß sie sich selbst zum Object werde. Dieses Object ist nun in
der Projection nichts anderes als das im Nachbilde gesetzte Subject, und
ebendaher ist die Aehnlichkeit des Nachbildes mit dem Urbilde die höchste
Forderung der Philosophie. Das Absolute würde vom Philosophen erreicht
sein, wenn er die vollkommenste Gleichheit des Urbildes (Vernunft) in
seinem Nachbilde entwerfen könnte. Da ich dies aber weder für das Gebiet der Ideen noch der Begriffe für möglich halte, eine solche Forderung
der Gleichheit aber doch vorkommt, so war eben hier für mich der Gränzpunct zwischen Glauben und Schauen. Können Sie durch deutliche Darstellung eben das, was mir hier Gränze der Speculation scheint, aufheben,
so werde ich Ihnen auf's innigste danken. Ich gestehe, von den verschiedensten Seiten immer an den nemlichen Gränzpunct gekommen zu sein,
so daß er mir zuletzt unüberwindlich schien. Meine Individualität mag
dabei im Spiele sein, und diese opfere ich gerne für das Höhere und
Wahre auf.

    Hochachtungsvoll

                    der Ihrige

                              Eschenmayer.

Röschlaub an Schelling. [*]

Bamberg, den 29. Aug. 1805.

Unmöglich konnte ich, so sehr ich es gewünscht hätte, mich in Würzburg bei meiner Durchreise anhalten. Tief in der Nacht kam ich an: und frühe mußte ich fort, da ich nach Hause eilen muß.

Ihr Schreiben, welches vermuthlich gerade zur Zeit von Würzburg nach Landshut abgieng, als ich den dritten oder vierten Tag im Bambergischen war, hätte mich geschwinder, hierher gesendet, treffen können. Ich erhielt es gestern von Landshut aus, und beantworte es kürzlich.

Es wird sehr gut sein, wenn einmal von Ihnen selbst Ihr System uns vorgetragen wird. Schlechte Waare wurde bisher nicht selten dafür von Ihren Nachbetern ausgegeben.

Daß sich ein Schelling von Reisenden, Schreibenden aus der Ferne u. s. f. so vieles von mir erzählen läßt, was ich gegen ihn behaupte, ist mir etwas sonderbar, um so mehr, da nicht auch das, was für ihn ist, erzählt wird. Das Capitel von Empfindelei und Nepotängerei kenne ich. Aber ich weiß, daß im Jahre 1805 manches also genannt wird, was vor einigen Jahren nicht eben so genannt wurde. Ob Stransky's Meinungen re. Ihnen gefallen, oder nicht? — Mir ist er ein redlicher Mann und Freund. Mögen Sie Sich immerhin von mir selbst alles erzählen lassen, und erklären Sie Sich's nicht, indem Sie zu Gunsten meiner diesem, mir werthen, jungen Manne etwas in den Busen schieben wollen. Was ich übrigens von Ihrer Philosophie halte, werde ich öffentlich sagen. Reisende brauchen wir wohl dazu in der Folge nicht mehr. Aber ich wünsche auch, daß Sie das, was Sie gegen meine Meinungen. z. B. in Ihren Collegien, vertragen, öffentlich sagen mögen, in Ihren Schriften nämlich. Ich gestehe: ich finde es eben so sonderbar, daß Sie keinen Widerspruch vertragen zu wollen sich die Miene geben, als beleidigend für mich, daß Sie mich bisher schonen wollten. Mögen Sie, ohne

---

[*] R's letzter Brief an Schelling

alle Zurückhaltung alles, was Sie gegen meine Meinungen, oder wofür
Sie es nehmen wollen, einzuwenden haben, eben so, wie Sie es ja doch vor
Ihren Zuhörern thun, auch in Ihren Schriften sagen. Ich werde dann
ein Gleiches thun. Wir können ja doch dabei uns Freunde sein, wenn
Sie es anders noch mir zu sein wahrhaft gedenken: womit freilich manches von Ihnen nicht ganz harmoniren möchte. Daß ich wahrer Freund
von Ihnen bisher war, das weiß ich. Aufdringen meine Freundschaft
werde ich nicht. — Ich gratulire, wenn Sie mit Ihrer neuen Sippschaft
besser fahren, als wenn Sie etliche ehrliche Männer zu Freunden haben,
welche herzlich Ihnen gut sind, ohne jedoch Ihren Worten nachzubeten.
Es würde mir wehe thun, mich an Ihnen verrechnet zu haben. Doch hoffe
ich, nie ohne Freunde zu sein; so wie ich zeitlebens Ihren Geist hochachten
und nie Ihrem Gemüthe, sondern gewissen Influenzen auf Sie die Spannung zwischen uns zuschreiben werde. Ich spreche ohne Zurückhaltung an
den Mann, den ich bis auf diese Stunde für meinen Freund hielt. Waren
Sie das je wirklich, so werden Sie mir diese Sprache nicht verargen. Ich
hoffe, daß Sie mich auch in der Folge Ihrer Achtung nicht unwürdig
finden werden, gesetzt auch, daß Ihre Zuneigung mir geraubt sei.

Herr Walther und Dr. Marcus wollten sich mit der Naturphilosophie !? über mich, vor den Herrn Curatoren, zu Landshut einen
Triumph bereiten. Ich versalzte ihnen ihr Unternehmen. Meine Ansichten, so sagte mit deutlichen Worten der bübische Präses vor der Ver-
sammlung, sollten als falsch dargestellet werden. Ich zeigte ihnen, daß
keiner von denselben meine Ansicht kenne, und daß sie dummes Zeug auf
die erbärmlichste Weise und mit bloßen Lufthieben zu vertheidigen sich ab-
zappelten und endlich im ganzen durchfallen mußten. Kein Argument,
das ich vorlegte, wurde von ihnen gelöset. Mit den Sätzen ließ ich sie
gerne anlaufen.

Ich habe überhaupt Lust, meine Gegner tüchtig zu zeichnen, und
bedarf dazu keiner Verdrehung. Mir ist es blos um ächte Erkenntniß und Wahrheit zu thun. Ich habe keine Nebenabsicht. Mein Gemüth
soll von mir auch in der Folge so rein, wie bisher, erhalten werden. Sollten Sie mir wahrhaft Freund sein wollen, so fordere ich Sie auf, es da-

durch thätig zu zeigen, daß Sie solche gemeine Menschen keiner Begünstigung mehr würdigen. Ich will für mich keine Schonung. Geschont kann nur der Schwächling oder Invalide sein wollen. Leben Sie vergnügt.

Ihr Freund

Röschlaub.

Schelling an Windischmann.

Würzburg, den 23. Aug. 1805.

Erst vor einigen Tagen habe ich die infame Recension Ihrer Ideen in der Leipziger Lit. Z. zu Gesicht bekommen und mich nicht wenig darüber indignirt. Der Verf. ist ein förmlicher Falsarius, wie ich mich durch Vergleichung mehrerer von ihm angeführten Stellen mit dem Original überzeugt habe. Ich würde sagen, daß Berg der Verf. ist, wenn dieser auch nur so viel dürftige Mathematik wüßte, als der Recensent zu wissen scheint. Ein Pfaffe aber, der es darauf anlegt, Sie zu verschwärzen oder Ihnen politisch zu schaden, ist es, nach allen Spuren zu urtheilen. Ich wünsche recht sehr, daß Sie diesen Menschen öffentlich und zwar ganz als das was er ist, nämlich als infam ohne Scheu darstellen.

Ich habe das gute Zutrauen, daß Sie sich noch für die Jahrbücher interessiren. Da aber wegen der unausstehlichen Langsamkeit des Drucks und der Incorrectheit, die mehrere Blätter umdrucken zu lassen nöthigte, das 1. Heft, das vor einem Monat schon hätte erscheinen können, noch immer nicht da ist, schicke ich Ihnen einstweilen einen besondern Abdruck der ersten Abhandlung in demselben, und bitte Sie, dies als Beweis meiner Freundschaft und meines Andenkens anzusehen. Sobald Sie es gelesen haben, schicken Sie mir das Exemplar zurück, und behalten es rein für sich, ohne es irgendwem mitzutheilen.

Ich bin auf Ihr Urtheil begierig und bitte um Ihre etwaigen Bemerkungen, da ich eben die Continuation für's 2. Heft abschicken will und ich davon bei der Revision b Gebrauch machen könnte.

Ich hoffe, Sie leben wohl nur vergnügt mit Ihrer lieben Frau, die ich Sie bitte in unsrem Namen bestens zu begrüßen.

Ihr

Schelling.

Schelling an Windischmann.

27. Aug. 1805.

Die Recension in der Leipziger Lit. Zeitung habe ich in einer Gesellschaft gelesen, worin jedes Heft wenigstens dreißig Tage zu seiner Circulation braucht; so daß, wenn ich es auch von dem Entrepreneur nach vollbrachtem Umlauf erhalten könnte, dies doch immer noch eine ziemliche Zeit anstehen könnte. Ich will hier in einer Buchhandlung fragen, ob das Blatt nicht insbesondere zu haben ist; indeß wird das Beste sein, Sie wenden sich nach Bamberg an Göbhardt, der diese Zeitung hält und das Blatt entweder gleich überschicken oder doch auf der Stelle für Sie verschreiben kann. Es ist in der That der Mühe werth, daß Sie dies Product einer höllischen Verfälschun.. und Lügenkunst, wie sie freilich jetzt immer allgemeiner wird, selbst kennen lernen; und etwas Entscheidendes, Allgemeines für diese Classe von Bösewichten in der Literatur thun.

Ihre Recension von Weiller habe ich fast so eben gelesen. Sie ist brav, kräftig und rund gearbeitet, und hat mir noch besser als die von Berg gefallen. Ich glaube, wir alle haben Gelegenheit genug gehabt uns zu überzeugen, daß nur die freieste unumwundenste Handlungsweise in Sachen der Wissenschaft dieser den endlichen Sieg erwerben kann. Freund Röschlaub hat für gut gefunden, mich auf dem Rückweg nicht mehr zu besuchen, dagegen mir von Bamberg aus einen Brief voll Insolenzen zu schreiben. Ich gestehe Ihnen, daß die durchaus persönlichen und selbstsüchtigen Ausbrüche dieses Menschen mich lange angewidert haben. Die Idee der Jahrbücher, bei welchen ich (Gott weiß es!) an nichts weniger dachte, als mit ihm in Rivalität zu treten, hat ihn ganz außer sich gesetzt; er läuft wie ein Besessener umher und schimpft und schändet auf allen

Landstraßen über mich. Ich habe durch Gerede nur Freundschaftsbezeugung ihn zu erhalten gesucht; jetzt muß die Sache ihren Lauf haben und ich denke, es soll nicht unnütz für die Wissenschaft sein, wenn auch zwischen ihm und mir der Scheidungsproceß vorgeht. Auf jeden Fall ist er wenigstens der Mann, an welchem die Kraft einer Sache probirt werden kann, da es mit den andern nur bisherigen keine Ehre war, sich einzulassen.

Die Jahrbücher stehen Ihnen offen, so viel möglich, da zu vier Heften beinah schon aller Platz genommen ist. Lassen Sie sich dieß indeß nicht abhalten, da vielleicht auch manches Versprechen nicht eingeht. Ich werde Sie treu und redlich honoriren, nur da die Einrichtung ist, daß nicht alle Gleiches erhalten, so wird sich auch hier eine Auskunft für Sie finden lassen, da Ihnen das Honorar, wie Sie Einmal äußerten, zu gering schien.

Ich freue mich mit Ihnen über die Vermehrung Ihres Hauses: bezeugen Sie von uns beiden Ihrer lieben Frau unsre Theilnahme und herzlichsten Gruß.

Möchte bald auch Ihre Lage eine erwünschte Wendung bekommen! — [Welche Katastrophen und Confusionen uns hier bevorstehen, ist schwer zu sagen. Ich denke, ich werde die längste Zeit hier gewesen sein. — Gott befohlen von

Ihrem

wahren Freund
S.

Schelling an Röschlaub. [*)]

Ob ein Brief, wie der, welcher mit Ihrer gewöhnlichen Hand geschrieben und Ihrem Namen unterzeichnet von B. aus mir zukam, eine Antwort von meiner Seite verdiene, mögen Sie bei kälterem Blute und nochmaliger Ueberlesung desselben selbst überlegen. Nur der Folgen wegen

---

[*)] Nach dem noch vorhandenen Concepte.

finde ich nöthig, einige Verfälschungen des eigentlichen Verhältnisses, die sich dieser Brief zu Schulden kommen läßt, zu rügen, indem ich an jenen auf keine Weise Schuld zu haben auch nur scheinen will.

Wer Ihnen gesagt hat, daß ich in Vorlesungen gegen Sie geredet habe, der hat eine Unwahrheit gesagt. Ich erinnere mich dessen ebenso wenig, als daß ich öffentlich etwas gegen Sie geäußert: beides zwar nicht aus Schonung, wie Sie mir zutrauen, sondern aus einem andern ganz natürlichen Grunde, den ich Ihnen selbst zu errathen überlassen will.

Sie reden von einer Spannung gegen Sie, die auf meiner Seite durch fremde Einflüsse entstanden. Jedermann weiß aber, daß der einzige Grund dieser Spannung auf Ihrer Seite in dem Gedanken lag, den ich mir beigehn ließ, Jahrbücher der Medicin herauszugeben. War es Ihnen unangenehm, daß ich dem längst vorgesteckten Ziel, meine Ansicht bis zur Construction der organischen Natur fortzuführen, mich zu nähern anfieng, oder erwarteten Sie, daß ich alle Ihre *odia* theilen und mit Männern, die mich nie beleidigt haben, deßwegen keine Verbindung eingehen sollte, blos weil es Ihnen gefiel, sie nicht leiden zu können? Daß ich mich aber nie zum Werkzeug Ihrer Leidenschaft mache, nur daß ich solche Ausbrüche der Selbstheit und ungebildeter und durchaus persönlicher Abneigung mit der Ruhe eines contemplativen Gemüths nicht *ec.* träglich finde, habe ich Ihnen verlängst gesagt.

Ob mir Herrn Stransky's Meinungen gefallen? Ich weiß nicht, ob Herr Stransky irgend eine Meinung hat, noch weniger, daß ich eine Meinung über seine Meinung habe. Bis jetzt kenne ich ihn von der gelehrten Seite nur durch die Bambergischen *Theses*, und von daher kann ich doch wohl keine absonderliche Meinung über ihn erhalten haben. Wie können Sie aber eine scherzhafte Erwähnung von Herrn Stransky (den ich wegen anderer Eigenschaften ja doch immer hochachten kann und wirklich hochachte) so übeldeuten, da Sie sich seit der Ankündigung der Jahrbücher erlauben, in allen Briefen Insolenzen gegen meine Freunde zu sagen.

• In der letzten Beziehung erniedrigen Sie sich sogar zu den gemeinsten Ausdrücken, indem Sie mir wünschen mit meiner neuen Sippschaft besser zu fahren als mit der alten, wozu Sie ohne Zweifel sich zählen? Wir

wollen sehen; inteß bin ich nie mit einer Sippschaft, alten oder neuen gefahren. Ich bin nicht der Mann, der sich je wo anzulehnen nöthig hatte,
und so werden Sie mich auch in der Folge immer finden.

Ihre Drohungen finde ich übrigens, aufrichtig zu reden, blos lächerlich. Ich würde wohl zeitlebens nie den Kitzel empfunden haben, an
Ihnen zum Ritter zu werden; indeß da Sie sagen wollen, was Sie! von
meiner Philosophie halten: so müssen wir ja wohl unsre Kräfte gegen
einander versuchen.

Bewußt bin ich mir, an diesem gereizten Zustand, der Sie für jedes
elende Geträtsche und Hetzereien empfänglich macht und Sie bis zur Beleidigung des Mannes, der mit der strengsten Redlichkeit gegen Sie handelte, bethört, keine Schuld zu haben.

Wollen Sie mir noch Briefe schreiben: so muß ich Sie übrigens
bitten, daß sie in andrem Tone geschrieben seien. Es wäre mir Leid, Ihre
Hand, bei deren Erblickung ich sonst mich freute, als den Vorboten von
bittern und widerwärtigen Ergießungen ansehen zu müssen.

Leben Sie recht wohl und vergnügt.

　　　　　　　　　　　　　　　　　　　Schelling.

N. S. Die Jahrbücher werden in dem Augenblick fertig sein. Schon
vor 14 Tagen habe ich dem Verleger den Auftrag gegeben, Ihnen das
erste Heft gleich zuzuschicken, nur es wird wohl nun·geschehen sein. Dies
thut mir nun Leid; denn ich fürchte, daß es Ihnen einen unangenehmen
Eindruck machen wird.

Schelling an Windischmann.

　　　　　　　　　　　　　　　　W. 5. Sept. 1805.

Haben Sie Dank für Ihre schönen und redlichen Bemerkungen über
meine Aphorismen: so viel hatte ich nicht erwartet; denn auch Ihre Zeit
muß Ihnen theuer sein. Wegen der Idee des Abfalls haben Sie Recht;
sie läßt sich wohl durch alle Puncte durchführen, und was gegen sie gesagt worden, ist leicht zu beantworten, nur müssen dabei zu viele Worte

gemacht werden, weil sie zu vielen Mißverständnissen ausgesetzt ist. Sie
ist daher unbequem für den wissenschaftlichen Vortrag der Philosophie,
daher ich sie für diesen auch fallen lasse, wie ich sie ursprünglich nur für
die Darstellung eines philosophischen Gesprächs aufgenommen hatte.

Was zwischen uns obgewaltet hat, dies soll von meiner Seite ganz
verschwinden und ist verschwunden. Ich habe mich überzeugt, daß auch
Sie nicht Ihre Sache suchen, und was Sie gegen mich im Busen trugen,
nicht gegen die Sache gieng. Ich reiche Ihnen die Hand zum ewigen
Bündniß für das, was unsre gemeinschaftliche Religion ist — Darstellung
des Göttlichen in Wissenschaft, Leben und Kunst und Verbreitung der All-
Anschauung und Befestigung derselben in den Gemüthern der Menschen.

Haben Sie den besten Dank für die herrlichen Plotinischen Stellen,
die ich doch wohl noch eine kurze Zeit behalten darf. Ihre Vermuthung,
die Sie am Ende der Bemerkungen äußern, hat sehr viel Plausibles.
Hätte doch Einer, der es vermöchte, Zeit und Lust, dieses göttlichen
Mannes Werke herzustellen.

Wenn Sie aus Plotinos noch andere bedeutende Stellen über Materie, Zeit, Raum, Tod und Endlichkeit ausgezogen haben: so lassen Sie
mir wohl diese auch einmal zukommen. Dürfte ich Ihnen einen Vorschlag
für die Jahrbücher machen? Nämlich Döllinger's Physiologie zu recensiren. Ich kann Ihnen das Buch schicken. Mir liegt daran, daß überhaupt und daß besonders in den Jahrbüchern das Mißverstandne in den
ersten Grundsätzen dieses Buchs zur Sprache kommt. Der Vf. hat sich
in seine Abstraction, wonach er den Organismus als rein thätig annimmt, so versaugen, daß darüber in seinem Werk die Frucht der Naturphilosophie und der vielen Kenntnisse des Verfassers fast ganz zu Grunde
gegangen ist. Döllinger kennt mein Urtheil hierüber und wünscht auch
selbst eine eindringende Recension seines Buchs in den Jahrbüchern.
Ohne zu großen Aufwand von Zeit kann durch Darlegung des Irrigen
in den Grundsätzen und des Eigenthümlich-guten, das er z. B. im Empirischen der Assimilation, Secretion u. s. w. geleistet zu haben scheint, eine
bei aller Kürze doch interessante Beurtheilung davon gemacht werden.

Die Nummern des Berlinischen Schaublatts sind mir noch nicht zu Gesicht gekommen. Aber ohne alles Complot hoffe ich, daß endlich dieser Schlange der Kopf werde zertreten werden, und ich selbst will mein Möglichstes dazu thun.

Grüßen Sie Ihre liebe Frau mit den zwei kleinen Kindern, und können Sie etwas Weniges abkommen und sich von der Wochenstube entfernen, so kommen Sie hierher auf einige Tage, wo Sie alles in Unruhe und Bewegung finden werden.

Ihr

S.

D. 25. Sept. 1805.

Mit Freude erinnere ich mich Ihrer hiesigen Anwesenheit und danke nochmals für die Beweise von Freundschaft, die Sie mir gegeben.

Ich bin trostlos, Ihnen das erste Heft der Jahrbücher noch nicht schicken zu können. Vor länger als 14 Tagen wurde mir versprochen, sie sollten mit dem nächsten Postwagen abgehen. Gestern ist aber noch nichts angelangt und es scheint, ich soll durch alle Grade der Geduld gehen.

Meine Hoffnung steht nun auf nächsten Freitag; kommen die Exemplare an, so erhalten Sie das Ihrige mit der Sonnabend-reitenden Post. — Herzlichen Dank für die verschiednen Communicata. Herr Bonterwek dessen Hefte Sie mit Döllinger's Physiologie zugleich erhalten, verdiente wohl eine gründliche Weisung zu erhalten.

Es hat sich in mir seit Ihrer Anwesenheit vollends der Gedanke entwickelt, ein eignes philosophisches Journal mit dem nächsten Jahr wieder anzufangen, und zwar ein monatlich erscheinendes.

Es sollte nur ein Jahr dauern, aber den entscheidenden Krieg führen. Nicht streng wissenschaftlich, wie das Kritische: sondern populär im großen Styl, so daß sich die Rede an den Kern des deutschen Volkes wendet und in Klarheit ohne Scheu und Furcht das Höchste ausspricht.

Einiger Freunde bin ich für diese Unternehmung gewiß und deren bedarf ich, wenn wirklich die monatliche Erscheinungsweise die ich für nothwendig halte beliebt wird.

Wollten Sie sich noch dazu mit mir in Ernst und Liebe verbinden,
habe ich keinen Zweifel mehr und schreite zum Werk. Sie müßten sich
auf einen bestimmten Beitrag für jeden Monat anheischig machen können.
Die besten Grüße und Empfehlungen von uns beiden an Sie beide.

Ihr

Schelling.

Würzburg, 8. Oct. 1805.

Mit dem heutigen Postwagen ist der Bouterwek abgegangen und
Döllinger's Physiologie. Jenen habe ich mir zum philosophischen
Journal vorbehalten. Den Sinn dieses letzteren habe ich Ihnen, wie ich
glaube, schon hinlänglich bezeichnet. Die Zeit ist gekommen, wo unsere
Sache eine größere Oeffentlichkeit annehmen muß; wo wir reden müssen,
nicht zum Pöbel, sondern zum Volk, nicht populär, wie der, welcher dem
Gemeinsinn schmeichelt, sondern durchdringend, ergreifend, faßlich wie der
Reformator. Schon lange reifte diese Darstellung in meinem Geiste
heran, und ich wollte den Anfang derselben durch eine eigne Schrift
machen, dazu möchte aber die Ruhe fehlen, und die abgebrochne, aber
wiederholt wirkende Form einer zeitschriftlichen Darstellung mußte daher
gewählt werden. Von selbst bringt die Idee dieser Unternehmung mit sich,
daß gerade diejenigen Seiten der Philosophie, wodurch sie mit dem Leben
zusammenhängt, zuerst und fast ausschließlich bearbeitet werden müssen.
Manche ihrer Resultate (ich sehe es voraus) werden in dieser Beziehung
noch viel heftigeren Widerstreit finden — aber für eine kurze Weile. Es
muß sich bald zeigen, auf welcher Seite die Hoffnung zur Wiederherstellung der Lebensschönheit ist, auf welcher das stets wachsende Verderben. — Die kritische oder polemische Seite ist dabei ganz untergeordnet.
Diejenigen, die wir durch Kritik demüthigen könnten, gerathen zur Ver-
zweiflung, sobald sie bemerken, daß wir uns selbst an den bessern Theil
derjenigen Klasse wenden, die sie zu belügen versuchten, und diesem die
Augen öffnen. Auch der Titel Philosophisches Journal scheint

mir nicht ganz passend zu dem angegebenen Zweck, gleichwohl muß die Absicht auch nicht gleich durch den Titel verrathen werden.

Döllinger's Physiologie empfehle ich zu baldiger Beförderung. Ich wünsche ihn mit Strenge behandelt im Allgemeinen und mit Liebe und Anerkennung im Besondern, wo er Reichthum verräth und gute Einsicht.

Seit gestern liegen zwei Mann einquartiert in meinem Auditorium und rauchen ihren Lausenzwenzel. So weit ist es mit jenem gekommen. Leben Sie recht wohl.

Ihr

Sch.

W. den 21. Dec. 1805.

Unter meinen vielen Sünden, liebster Freund, ist dies keine der geringsten, daß ich so faul bin — im Briefschreiben. Es ist dies eine unüberwindliche Schwäche meiner Natur, daß, indem ich im geistigen Produciren begriffen bin, außer dem mich sonst nichts beschäftigen kann und die Zwischenaugenblicke dann nur mit dem reinen Nichtsthun ausgefüllt werden müssen.

Nun habe ich indeß die Arbeit für mehrere Hefte der Jahrbücher vollendet; das zweite ist im Druck, das dritte kann ihm gleich folgen; denn auch von Ihnen hoffe ich binnen einiger Tage oder Wochen das Versprochne zu erhalten.

Ich hoffe, daß, was ich von der Natur, der Materie und der Bewegung geschrieben, Ihre Billigung findet, wenigstens glaube ich nie in größerer Reinheit die wahre Ansicht ausgesprochen zu haben.

Wie es mich schmerzt, daß Sie so lang und viel an den Augen leiden, kann ich Ihnen nicht ausdrücken. Fassen Sie Muth, wackrer Freund, und vergessen Sie im Schaffen und Wirken des physischen Uebels, das ja nun doch wohl auch gelindert ist. Kommen Sie wieder hierher, so lasse ich Ihnen keine Ruhe, ehe Sie etwas Gründliches für Ihre Augen unternehmen. Stände mir ein solcher Sorgenbrecher zu Gebot, als Sie

mir geschickt haben, ich hätte ihn längst zu Ihnen gesendet, damit Sie
nicht mismuthig werden; so aber haben wir hier nichts mehr, als unsern
steinschweren Steinwein, der den Kopf nicht erheitert. Zudem, bester
Freund, sagte mir Köhler, Sie seien ein entsetzlicher Bon vivant; um
also diesem Laster nicht noch mehr Vorschub zu leisten, schicke ich Ihnen
keinen Wein, sondern muß auf etwas Anderes denken, das das Herz und
die Augen wacker macht. — Wenn der Frühling anbricht, an den ich
schon mit großer Hoffnung denke, müssen wir, wo es nun sei, zusammenkommen; da wollen wir des Winters mit einander in Lust und Freude
vergessen!

Köhler's neuestes Unglück wird Ihnen Herr Schott erzählt haben.
Es freute mich, diesen zu sehen; das scheint ein innig gesunder und kräftiger Mensch zu sein.

Meine Frau läßt sich entschuldigen, daß sie der Ihrigen nicht schreibt;
sie ist in diesem Augenblicke wieder die geheime Cancellistin in Sachen der
Jahrbücher.

Leben Sie recht wohl; haben Sie Dank für alle Freundschaft und
bleiben Sie gut

Ihrem

Schelling.

Würzburg, den 16. Jan. 1806.

Ich freue mich innig, geliebter Freund, über das Ende Ihrer physischen Noten und wünsche nichts mehr als die gründliche und völlige
Genesung.

Ihre Freundschaftsversicherungen, denen ich aufrichtig glaube, thun
mir wohl, in dieser Auflösung aller Verhältnisse, der wir entgegensehen
und in der wir zum Theil schon leben, und wo es doppelt nöthig ist, daß
die, welche das Rechte empfinden und kennen, sich eng aneinander schließen.
— Sie glauben nicht, welchen Schwierigkeiten jede gute Unternehmung jetzt
zu begegnen hat; so z. B. das projectirte philosophische Journal, dessen

Idee ich nicht aufgegeben, das ich aber bis jetzt noch nicht habe realisiren können. Kann ich doch von den Jahrbüchern noch immer nicht das zweite Heft gedruckt bekommen, und wie es mit dem dritten werden soll, ist gar nicht abzusehen.

Ich will dem Himmel danken, wenn ich hier noch so viele Ruhe finde, um das Angefangne zu vollenden; etwas Neues zu beginnen fehlt mir die Lust: denn meines Bleibens wird nicht lange mehr sein. Es ist keinem Zweifel unterworfen, daß wir Fremden, Hergerufenen nicht der neuen Regierung überlassen werden; doch ist uns noch nichts officiell erklärt! Aber welche Perspective, nun in das eigentliche Bayern hinein zu müssen.

Sobald ich den ruhigen Fleck der deutschen Erde gefunden habe, will ich etwas Radicales und Gründliches unternehmen, um in diesem Krieg des bösen gegen das gute Princip entweder ganz unterzugehen oder völlig zu siegen. Etwas Halbes zu thun hilft nicht, und mehr zu thun erlaubte die bisherige Lage nicht.

Bis sich dies nun alles gefunden hat, so benutzen Sie die Zeit, das Positive zu thun, das Sie thun wollen; dann aber will ich mit Macht und zutrauensvoll Sie aufrufen mitzukämpfen in diesem würdigen Kampf, der bei dem gleichen Verderbnis aller Grundsätze des Wissens nur des Lebens wirklich allgemein werden muß.

In meiner Abgeschiedenheit zu Jena wurde ich weniger an das Leben und nur stets lebhaft an die Natur erinnert, auf die sich fast mein ganzes Sinnen einschränkte. Seitdem habe ich einsehen lernen, daß die Religion, der öffentliche Glaube, das Leben im Staat der Punct sind, um welchen sich Alles bewegt und an den der Hebel angesetzt werden muß, der diese todte Menschenmasse erschüttern soll.

In der That sind auch diese die Stelle, in welcher alle diejenigen noch zuletzt sich halten und festsitzen, denen die Wissenschaft zu übermächtig geworden ist.

Ich schicke Ihnen mit der heutigen Post das Exemplar einer Schrift von Klein, die Philosophie betreffend.*) Er hat mich darum gebeten.

* Beiträge zum Studium der Philosophie als Wissenschaft des All. Nebst einer vollständigen und faßlichen Darstellung ihrer Hauptmomente. Von G. M. Klein

und ich füge eine andere Bitte hinzu. — Ich weiß zwar nicht, in welchem Grade diese Schrift Sie befriedigen wird. Was jedoch die Darstellung meiner Ideen betrifft, so ist sie ziemlich treu nach meinen Vorlesungen abgefaßt, und vielleicht nur zu resultirisch geschrieben. Dem sei, wie ihm wolle, so trachtet der bekannte Satanas und Erbfeind dieser Philosophie, Hr. Paulus, das Buch in der Hall. Lit. Z. gewaltig herunterzureißen und zwar, wie ich nicht zweifle, in der löblichen Absicht, den Verfasser sowohl der Bayerschen Regierung, als derjenigen, welche kommt, verdächtig zu machen. Hier können Sie nun durch die Jenaische Lit. Zeit. ein gutes Werk ausüben. — Der Verfasser hat bisher unter dem Schuldirectorium gestanden und verdient um so mehr eine öffentliche Auszeichnung, als er, der Rector des hiesigen Gymnasiums war, die Edicte und Bannstrahlen jener Scholarchen nicht gefürchtet hat. Man denkt jetzt auch in München über die Sache etwas vernünftiger, und das Werk darf wohl eben etwas gelobt werden, ohne daß man ihm dadurch zu schaden fürchten müßte.

Leben Sie recht wohl, lieber Freund. Wir grüßen Sie und Ihre liebe Frau aufs beste.

Ihr

Schelling.

20. 21. Febr. 1806.

Unsre Briefe haben sich begegnet. — Es ist mir Leid, Ihre theilnehmende Fra   wegen meines künftigen Geschicks nicht bestimmter beantworten zu können. Noch schwebt es für mich selbst im Dunkeln; nur . viel ist klar, daß ich nicht hier werde bleiben können. Mancher Plan mußte und muß noch jetzt wegen der Ungewißheit der künftigen Lage aufgegeben werden. Es wäre z. B. ein uz artiger Gedanke gewesen, sich hier pensioniren zu lassen und nach Aschaffenburg zu ziehen, wenn dies, wie man sagte, mit Würzburg vereinigt würde. Jetzt aber kann von so etwas nicht die Rede sein, ob Sie mich gleich so bestimmt vor Bayern warnen, als wüßten Sie schon Thatsachen, daß mich dort das größte Unglück erwartete. Seien Sie ruhig, auf eine B—sche Universität, z. B. Landshut, gehe ich nicht: was ich erwarten kann, ist (aber unter der Rose der innigsten Freundschaft Ihnen vertraut) eine Stelle an der Akademie, welche mich dann also nach München führen würde und mit der sich auch mein Plan, nach Italien zu reisen, vereinigen ließe. — Uebrigens werde ich mein Recht auf Entschädigung an Bayern nicht aufgeben, woran ich ja sehr Unrecht hätte, sondern mich in jedem Sinn des Worts und auf alle Weise zuvor noch bezahlt machen für die genossenen Höflichkeiten. — Von Ulm ist keine Rede, auch nicht einmal überhaupt, geschweige für mich.

Werden Sie nicht kleinmüthig oder kleingläubig, lieber Freund! Lassen Sie nur erst mich die äußere Ruhe wieder gefunden haben, was doch nicht lange währen kann; dann soll jeder Augenblick des Lebens, jede Kraft und jeder Nerv in mir der Ausführung unsres edlen Vorhabens gewidmet sein, das keine Gewalt der Erde rückgängig machen oder vereiteln kann. Nachdem ich gewissermaßen den Anlauf und Angriff des ganzen Zeitalters ertragen und überstanden habe, ist es ja billig, daß ich hinwiederum dieses Zeitalter angreife; um es mit Erfolg und Kenntnis zu thun, waren auch manche Vorbereitungen nothwendig, die ich in der Stille seit geraumer Zeit gemacht habe. — Die Prolegomena folgen hier; aber ich kann sie nur bis in die Mitte des folgenden Monats entbehren, wo wenigstens meine Bücher schon abgehen werden. Fac ut valeas.

Zur Messe kommt eine neue Auflage von der Weltseele; vom Bruno, nebst der Zugabe eines neuen, kleineren Gespräche.

Schelling.

Windischmann an Schelling.

Aschaffenburg, den 15. März 1806.

Heute erhalte ich auf Röschlaub's Veranstaltung von der Verlagshandlung dessen Ausgabe von Brown's Werken zugesandt. Ich glaube,

Sie werden dieselbe auch bekommen haben. Es giebt wohl schwerlich einen sprechenderen Beweis von der Niedrigkeit dieses Menschen, als die Vorrede. Ich habe ihm sonst immer einen Funken höheren Sinnes zugetraut, wenn ich gleich auf seine Erkenntnis als wissenschaftlich und vollständig nie etwas gehalten. Was er nun gethan, dient zur weiteren Bewährung, ... Mangel an Selbständigkeit alle Tugend und Wissenschaft ausschließt. R. war mir widerlich, ich wußte nicht recht warum, bei unserem Zusammensein 1794 in Würzburg: ich achtete es als Sünde, so ohne Grund einem, wie es schien, immer wackerer hervortretenden Manne abgeneigt zu sein, und achtete ihn mehr noch, als ich hörte, Sie seien sein Freund. Was ich damals dunkel fühlte, erkenne ich nun: der Teufel der Unruhe und Unzufriedenheit plagt und neckt ihn, er weiß nicht was er thut. Indessen halte ich für das Unwürdigste, seiner ferner nur noch zu gedenken, oder gar bei der Herausbildung der Medicin als Wissenschaft auf sein Thun Rücksicht zu nehmen, als ob es ein wahres und wirkliches wäre. Was er zu Brown hinzugethan, ist wahrlich nicht verbessernd, und was er vor einem halben Jahre in jenem physiologischen Aufsatz geträumt (denn er weiß wachend nichts davon), kann ihm nicht angerechnet werden. — Es schmerzt mich, solche Gemeinheit an R. finden zu müssen. Freilich hätte ich mir meiner frühern Bekanntschaft mit ihm gemäß nicht erwarten sollen, durch die Vorstellung: er möge sich doch bei seinem Vorhaben die Philosophie ganz originell auszuprägen, aller Persönlichkeiten, die der guten Sache schaden, enthalten und die lächerliche Eitelkeit eines Gegnerthums vermeiden. (?) Nun liegt sein schmuziger Handschuh da: ich hebe ihn nicht auf, und Sie brauche ich um dieselbe Negative nicht zu bitten.

Sie werden die Recension von Döllinger erhalten haben.

Herzlichen Gruß an die liebe Frau. Ewig

der Ihrige

Windischmann.

Weil Sie vielleicht das Röschlaubsche Buch noch nicht haben, so sende ich Ihnen hier Abschrift von der betreffenden Stelle.

—

Schelling an Windischmann.

Ich danke Ihnen, geliebter Freund, für die Recension von Döllinger, welche in der That vortrefflich ist und bald möglichst abgedruckt
werden soll. — Sie wissen, daß ich noch immer einigermaßen Röschlaub's
Partie genommen, und daß ich ihn solcher Gemeinheit doch nicht fähig
geachtet. Haben Sie Dank für die Mittheilung; sie hat mich noch trüber
in's Klare gesetzt. Einerseits freilich verachte ich tief diese schwächliche Lust
mir zu schaden: von der andern halte ich es für eine Art von Pflicht,
nachdem ich so lange zu der Meinung, die das Publicum von dem Menschen hegte, wenigstens durch mein Stillschweigen über ihn beigetragen
habe, jetzt ohne Schonung — nicht mich gegen ihn zu vertheidigen —
sondern — ihn ganz historisch und völlig objectiv darzustellen, ohne eignes
Urtheil, damit er sich selbst ausspreche. Wär' es nur des Exempels
wegen: immer müßte diese Gelegenheit nicht verloren werden. — Stellen
Sie sich vor, wie der Mensch sonst noch gegen mich handelt. Er hört, daß
Würzburg von Bayern abzutreten ist; daß ich nicht hier bleiben will; daß
man daran denkt, mir einen Platz in der Akademie in München zu geben.
Er reist nach München, geht zu allen Ministern, wo er nur kann, mich
als einen gefährlichen Menschen, Feind der Bayerischen
Grundsätze und Aufklärung darzustellen. Zu gutem Glück ist er
allgemein für einen Narren gehalten, und sein Wüthen gegen mich hat mir
vielmehr den besten Nutzen gebracht. Auch zu Jacobi, auf den er noch
vor Kurzem vom Katheder geschimpft hatte, geht er, seinen Haß und alten
Groll neu zu erregen; auch bei diesem erreicht er nicht seinen Zweck rc.
Genug von dem Menschen. Transeat cum aliis. —

Hier schicke ich Ihnen eine kleine Abhandlung von Humboldt, die
vielleicht nicht in Ihre Hände gekommen ist. Sie wird Sie, wie mich, erfrischen, und scheint mir in der That ein kleines Kunstwerk zu sein. Es
wird Sie freuen, aus dem beiliegenden Brief zu sehen, daß dieser Mann
für uns gewonnen ist, der wenn er etwas ergreift, immer zugleich lebhaft
davon ergriffen ist. — Ich bitte aber dieses kleine Werk mir wo möglich

mit umgehender Post wieder zuzuschicken. Den Plotinos erhalten Sie
demnächst auf der fahrenden Post. Es kann sein, daß ich bald von hier
verreise, um mir anderwärts eine Stätte zu bereiten: ich habe mich hier
weder überliefern noch verpflichten lassen. Meine Frau bleibt aber so lange
noch zurück, so daß auch ich unfehlbar wieder in diese Gegend komme und
Sie hier noch zu sehen hoffe. Gruß an die Frau, und bestes Befinden
Ihnen allen!

S.

Schelling an Eichstädt.

Würzburg, 2. April 1806.

Ihr Brief, theuerster Herr Hofrath, hat mich wegen verschiedner inzwischen eingetretner Verzögerungsgründe meiner Reise noch hier ange-
troffen. Ich wollte Ihnen dieses noch melden und behalte mir vor, Ihnen
demnächst von München aus ausführlicher zu schreiben. Daß ich bei der
Wahl eines Aufenthaltsortes und Wirkungskreises geistige Vortheile mit den
physischen oder ökonomischen zugleich in Anschlag bringe, trauen Sie mir
wohl von selbst zu. Bei einem Gleichgewicht der Bestimmungsgründe, das
auf diese Weise erreicht wäre, würde für den Aufenthalt bei Ihnen immer
die Neigung und ursprüngliche Gesinnung entscheiden, wenn auch, was
jetzt die neueste Wahrscheinlichkeit ist und durch alle Umstände, so wie
durch bestimmte Nachrichten aus München selbst glaublich gemacht wird,
Würzburg wieder an Bayern zurückfallen sollte.

Dieser Ungewißheit wegen, in der jetzt alle Verhältnisse schweben,
wünsche ich auch die Ihnen für das Intelligenzblatt zugeschickten Nachrichten noch nicht gedruckt, und hoffe, daß mein Brief nicht zu spät kommt,
sie noch zurückzuhalten. Sobald sich irgend etwas entschieden hat, sollen
sie durch andre ersetzt werden. —

Die Recension wird, wie ich hoffe, Ihren Bemerkungen entsprechen;

6 *

ich muß mich unverständlich ausgedrückt haben, da Sie einen Aufsatz
über den bewußten Autor erwarteten.

.Ich empfehle mich Ihnen bestens und bin mit innigster Hochachtung
Schelling.

Schelling an Windischmann.

W. 17. April 1806.

Geliebter Freund!

Das Ende meines Hierseins ist gekommen, und morgen werde ich
für meine Person abreisen. Die Frau bleibt noch hier, bis ich sie an einen
bestimmten Ort abholen kann. Alle Unruhen des Aufbrechens von einem
Ort, an dem man mehrere Jahre gelebt hat, auch einige wissenschaftliche
Arbeiten, die ich noch vollenden wollte, haben meine Zeit so hinweggenommen, daß ich nur noch diesen Augenblick finde, Ihnen mit schlechter Feder
für einige Wochen Valet zu sagen.

Ich habe zu der Weltseele, welche diese Messe nun herauskommt,
eine Abhandlung geschrieben, die ich selbst für das Beste halte, was in
langer Zeit aus meinem Geist in dieser Art geflossen. Wenigstens ist es
einmal wieder recht aufrichtige und frische Naturphilosophie.

Noch liegt Ihr Plotin bei mir; ich habe ihn Carolinen empfohlen,
wollen Sie ihn gleich, so schreiben Sie, wo nicht, so kommt er in 14 Tagen mit Schott.

Auch was Sie von mir noch etwa haben, ich glaube Wolf, schicken
Sie wohl binnen dieser Zeit.

Leben Sie wohl, froh, gesund. Noch immer hoffe ich, wir sehn uns
noch, eh' ich ganz aus dieser Gegend Abschied nehme. Wohin ich auch ver-
schlagen werde: so wollen wir festhalten an einander und am Rechten.
Schreiben Sie mir oder auch Carolinen nur hierher und grüßen Sie Ihre
treffliche Frau bestens.

Ihr
Schelling.

Schelling an seine Frau.

Den 1. Mai 1806.

Ich hoffte heute eine decisive Antwort zu erhalten; allein der Minister ist so beschäftigt, daß nicht allein ich, sondern daß selbst die Geschäftsmänner ihn kaum sprechen können. Morgen wird nun wohl die Antwort mir gewiß sein; aber ich erhalte sie nicht so bald, als dieser Brief abgeht; denn meine Briefe müssen immer früh Morgens auf die Post, dafür hast Du sie aber auch am 3. Tag Abends, wenn ich richtig gerechnet habe. — Ich bin in so weit meiner Sache gewiß ob ich gleich das Detail nicht in Briefen angeben kann), daß ich noch entschiedner als im gestrigen Brief Dich aufforderte, ja, wenn Du willst, Dir hiermit Ordre zuschicke, nun aufzupacken und baldmöglichst zu kommen. — Was ich Dir neulich von Paulus schrieb, daß nämlich dieser mit mir in Eine Kategorie geworfen werden, bezieht sich hauptsächlich nur auf den Genuß des Gehaltes NB. er hat sich zu einem Nachlaß erboten; und Du kannst dies als bestimmtes Factum in Würzburg aussagen,; ob er aber irgend eine Anstellung erhält, daran zweifle ich; denn er ist allgemein übel angeschrieben und Niemand will ihm wohl. — Meine Sache hat sich aber darum verzögert, weil ich erklärt habe, einen Wirkungskreis zu wollen. Warum? wirst Du leicht begreifen. — Schreibe mir also nun mit der ersten Gelegenheit, wann und wie Du kommst? Ich selbst will Dir darüber morgen noch ausführlicher schreiben, wenn ich die Zeit habe; wo nicht, doch gewiß übermorgen. Auch muß ich noch verschiedene andere Briefschaften und Sachen mitschicken. Du siehst aus allem, daß ich mir nicht einfallen lasse, Du könnest krank sein und dadurch verhindert werden, so bald zu kommen. Die Probe wäre zu hart; ich glaub' es daher nicht, ob mir gleich oft augenblicklich bang ist.

Jacobi ist in der That ein liebenswürdiger Mann, für die erste Bekanntschaft wenigstens. Er ist doch anders, als ich mir ihn vorgestellt; weniger ernst und abgezogen, mehr heiter und gegenwärtig; im Uebrigen, wie man ihn aus seinen Schriften kennen lernt, viel mit Briefschaften

umgeben unt Excerpten aus Büchern, Recensionen, u. s. w. Wir sprachen
hauptsächlich von seiner Gleimschen Angelegenheit. In ter Sammlung
steht ein Brief an Heinse, worin unter antern ein Wort Lessing's über
Goethe: „wenn tieser erst gescheut werte cter zu Verstant komme, werte
er ein ganz gemeiner Mensch werten".*) Ferner, ein gewaltiges Vertam-
mungsurtheil über Wieland unt seinen Oberen. Diese literarischen hor-
reurs sint es hauptsächlich, wegen teren Jacobi allarmirt scheint, sowie
tazu auch t e r Getanke beiträgt, taß viel Briefe von i h m noch in ter
Welt sein mögen. Er ist tarüber auch mit Therese in eine große Contes-
tation gerathen, tie s e i n e Briefe an Forster als ein Eigenthum ansah
unt herausgeben wollte. Er hat ihr tarüber einen terben unt in Bezug
auf F's Schicksal, taran sie Miturfache war, herzturchschneitenten Brief
geschrieben. Therese antwortete in einem Brief, ter anfängt: „Lieber,
wuntertlicher Mann!" — — — Huber tagegen schrieb einen antern, web-
müthigen, in tem er sein unt Theresens L e b e n als Buße für sie angiebt.
Forster's Tod als Buße für tiesen. — Das alles hat Jacobi mir erzählt
unt seinen Brief an Therese mir vorgelesen. Kommst Du nach Anebach,
so laß Dir von ter Liebeslini eine Probe ihrer j e t z i g e n Verrücktheit
mittheilen.

Nach Dir hat sich Jacobi sehr freuntlich erkuntigt, ob Du nicht kalt
kämest. Tieser in ein wissenschaftliches Gespräch mich einzulassen war
nicht Zeit noch Ort. Die alten Jungfern sitzen tabei, wie zwei alte Katzen,
tie sich Gelehrte oft halten, unt tie nicht vom Sopha zu bringen sint,
wenn man ihnen gleich eins versetzt, ter alten Gewohnheit wegen. Sie
sint insbesontre tarum fatal, weil sie ein Personificat seines ganzen vergangenen Lebens sint, währent er noch wohl gegenwärtig ist. Sie sollen
sonst nicht so tabei sitzen, bei mir aber machte es tie Neugierte. Die älteste
ist besonters vom Argen, sie schielt auf eine horrible Weise.**, — —

---

*) Vgl. tazu: K. Zoeppriz, Aus F. H. Jacobi's Nachlaß, I, 28 u. 356.
**) Der Schluß des Briefes ist zerrissen. Ueber Jacobi's weiteres Verhalten zu
Schelling vgl. auch Henke, Joh. Fr. Fries, S. 311.

München.

Die bayrische Regierung erkannte ihre Verpflichtung gegen die von ihr nach Würzburg berufenen Lehrer an, aber sie konnte noch nicht gleich erklären, wie sie deren Dienste weiterhin zu verwenden gedenke. Schelling verhieß man baldmöglichst eine Stelle bei der Akademie der Wissenschaften, und dies entsprach ganz seinen Wünschen, indem es ihn den Händeln, welche ihm die Universitätslaufbahn verbittert hatten, entzog und ihm bei unabhängiger Stellung Zeit und Ruhe zum Arbeiten in Aussicht stellte. „Ich lebe — schreibt am 28. Nov. Caroline Schelling an ihre Freundin Louise Gotter in Gotha — hier in der Hauptstadt, als wenn ich auf dem Lande lebte, nach meiner gewöhnlichen stillen Weise. Wir haben ein Logis, wo die Face der Häuser auf einen freien Platz vor der Stadt hinausgeht, und ich sehe die Thyrolergebirge aus dem Fenster. Mein Mann ist sehr heiter, sehr gesund und so placirt, wie er es nur wünschen konnte. Er hat als Mitglied der Akademie der Wissenschaften seine ganze Zeit für sich und ein Gehalt, das ihn vor Sorge schützt. Eingerichtet habe ich mich nur ganz nothdürftig; mich dünkt, ich möchte mich nirgends mehr ansiedeln und es ganz buchstäblich nehmen, daß wir nur Pilger sind." Auch fehlte es den von ihren früheren Freunden nun so weit Getrennten nicht an freundlichem Entgegenkommen. Wenigstens konnte Schelling mit der Stellung, die Jacobi anfänglich zu ihm einnahm, zufrieden sein; zu Baader bildete sich bald ein freundschaftliches Verhältnis und mit Ritter, dem Physiker, verbanden ihn gemeinsame Studien und Forschungen.

Die Unsicherheit der politischen Lage verzögerte die Ausführung mancher in München gefaßter Plane noch etwas, und so blieb auch Schelling bis ins folgende Jahr hinein in einer ihn etwas, drückenden, weil immerhin noch schwankenden, Stellung. „Wir haben hier immer gelebt, — meldete Caroline am 9. März den Freunden in Gotha — wie der Vogel auf dem Zweige, ohne alle Einrichtung, eben nur das Nothdürftigste an Mobilien u. dgl. Es wollte sich noch nicht anders machen, doch hoffen wir, daß sich die Umstände bald so wenden werden, wie wir es lange wünschen." Und diese Hoffnung erfüllte sich noch in den Sommermonaten. „Schon seit längerer Zeit — heißt es in einem Briefe Schelling's an Windischmann — gieng man hier mit Errichtung einer Akademie der bildenden Künste um; man forderte, daß ich meine Ideen darüber mittheilen sollte, welches dann nebst manchen anderen Vorarbeiten, die für die künftige Akademie gemacht werden mußten und welche mir zufielen, weil man mir eine Stelle an derselben zugedacht hatte, meine literarischen Arbeiten sowie meine Correspondenz auf eine geraume Zeit unterbrach. Die Sache ist jetzt in Ordnung; die ersten Geschäfte sind gethan, ich bin nämlich zum Generalsecretär dieser Akademie mit dem Charakter und Rang eines Directors und einer ansehnlichen Gehaltserhöhung ernannt; und jetzt athme ich freier, zugleich auch durch die größere Unabhängigkeit meiner Lage und weil ich in dem neuen Geschäft eine mit meiner Neigung übereinstimmende, zugleich aber auch reellen Nutzen versprechende Arbeit sehe, etwas froher, wie vorher." An derselben Akademie hatte sein naher Verwandter Dreyer Anstellung gefunden, wie denn überhaupt der Kreis von auswärts Berufener sich vergrößerte, so daß man in München schon anfieng „über den Zuwachs von Ausländern und Protestanten zu schreien", mitunter vielleicht nicht ohne Grund, „da jene sich gar zu sehr als Ausländer und Protestanten anstellten".*) Unter den Fremden waren Jacobs und Schlichtegroll, die, Schelling's Gattin schon von Gotha her bekannt, nun dem Schellingschen Hause nahe traten, und bald kehrten auch alte und neue Freunde, die München besuchten, in diesem ein. Kurz vor Weih-

*) Caroline Schelling an Luise Gotter, geb. Stieler.

nachten kamen Frau von Stael nebst ihrer Familie und A. W. Schlegel. Sie blieben etwa acht Tage und ihr Besuch gewährte Schelling viel Angenehmes. „Schlegel war sehr gesund und heiter, die Verhältnisse die freundlichsten und ohne alle Spannung. Er und Schelling waren unzertrennlich".* Und schon hatten sich für das Frühjahr Rumohr und Ludwig Tieck angemeldet.

Als Schelling so in München eine neue Heimath gefunden und sich in den ihm angewiesenen Geschäftskreis eingelebt hatte, beschloß er sich wieder mit aller Kraft der schriftstellerischen Thätigkeit zuzuwenden, um theils mit bisher erstandenen Gegnern abzurechnen und unverständige Anhänger wie widerwillige Vertreter seiner Anschauungen gründlich zurückzuweisen, theils seine Philosophie weiter zu führen und klarer und allgemeinfaßlicher darzustellen. Er wollte auf das Ganze des Volkes wirken, um es zu kräftigen und zu heben. Aber wieder trat ihm die Ungunst der Zeitverhältnisse, welche alle literarischen Bestrebungen lahm zu legen drohte, hindernd in den Weg. Dazu kam, daß er von Kränklichkeit heimgesucht ward. Schon zu Ende des Jahres 1808 hatte er über längeres Unwohlsein zu klagen, und im Frühlinge des nächsten Jahres befiel ihn ein anhaltendes Katarrhalfieber, welches besonders seine Stimmung so niederdrückte, daß er genöthigt ward, etwas Ernstliches für seine Genesung und Erholung zu thun. Er erwartete hierfür viel von Veränderung der Luft und dem Umgange mit den Seinen. Am 19. August verließ er, um Beides sich zu verschaffen, München und gedachte einige Wochen bei seinen Eltern im Kloster Maulbronn zuzubringen. Aber eben hier, wo er an Körper und Geist zu gesunden hoffte, traf ihn der schwerste Schlag, indem ihm am 7. Sept. nach nur kurzer Krankheit die so geliebte Gattin durch den Tod entrissen ward. Schelling war wie niedergedonnert durch den unerwarteten Verlust seiner Frau; nur schwer vermochte er sich zu fassen. Tief gebeugt kehrte er, nachdem er noch einige Wochen bei seinem Bruder in Stuttgart verweilt hatte, in die verödete Wohnung nach München zurück. Aber er konnte es hier nicht lange aushalten; der Um-

---

*) Car. Schelling an L. Gotter.

gang mit den dortigen Freunden vermochte nicht ihn aufzuheitern und bald fesselte neues Unwohlsein ihn ans Haus. Daher erbat er sich schon im Januar 1810 wieder Urlaub, um abermals Erholung in Stuttgart zu suchen, und eine spätere Verlängerung dieses Urlaubs ermöglichte ihm, bis zum Herbste in der Heimat zu weilen. Dieser Aufenthalt übte einen günstigen Einfluß auf ihn. Sein Gesundheitszustand besserte sich und auch die Stimmung seiner Seele ward eine ruhigere. Wohlthätig war ihm der Briefwechsel mit Pauline Gotter, die seinen Schmerz um die Verstorbene theilte, und vornehmlich die Wiederaufnahme der Arbeit. Hierzu ward er veranlaßt durch den Wunsch mehrerer Stuttgarter Freunde, vor allen des Präsidenten von Wangenheim, von ihm selbst in seine Philosophie eingeführt zu werden. Es kam im Februar zu einer Reihe philosophischer Gespräche, zu welchen die Eingeladenen sich beim Oberjustizrathe Georgii versammelten. Diese Gespräche nöthigten Schelling, der nun ein ganzes System entwickeln sollte und Mißverständnissen zu begegnen, Unklarheiten aufzuhellen hatte, zu anstrengender Vorbereitung. Aber eben dies führte ihn dazu, daß er seiner wieder Herr ward. Als er im October zu seiner Berufsthätigkeit in München zurückgekehrt war und eine neue ihm sehr zusagende Wohnung gefunden hatte, die ein früherer, zum Freunde erwachsener Schüler mit ihm theilte, fühlte er sich stark genug, an die Ausführung eines schon länger gehegten Planes Hand anzulegen. Mit aller Kraft und mit entschlossenster Sammlung des Geistes machte er sich daran, die Weltalter auszuarbeiten, in welchen er den Zeitgenossen sein gegenwärtiges System darlegen wollte. Aber die Arbeit wuchs ihm unter den Händen, so daß er trotz des Verzichtens auf fast allen Verkehr mit Freunden, trotz der Flucht in die Waldeinsamkeit Hesselohe's in den Sommermonaten 1811 die den Freunden schon mehrfach angekündigte Veröffentlichung von Termin zu Termin hinausschieben mußte. Er wollte nichts Unvollendetes geben und konnte doch noch zu keinem Abschlusse kommen. So gelangte er an das Ende des Jahres, an dessen Anfang der Druck des Werkes schon begonnen hatte, als neue Störungen eintraten, welche das ersehnte Ziel noch weiter in die Ferne rückten.

Schon seit längerer Zeit hatte das anfänglich freundliche Verhältnis

zu Jacobi sich geändert, ohne daß es doch zu einem offenen Bruche gekommen wäre. Schelling sah in dem Präsidenten der Akademie einen Gegner,
der bei freundlichem Gesichte im persönlichen Verkehre doch sonst, wo die
Gelegenheit sich biete, ihn anfeinde und seine Philosophie der Irreligiosität
verdächtige. Diese anscheinend freundliche, in Wirklichkeit aber entfrem-
dete Stellung zu jenem war ihm zuwider, und so fühlte er sich wie ent-
lastet dadurch, daß Jacobi in der Schrift von den göttlichen Dingen ihn
literarisch angriff. Er erfaßte die Gelegenheit das Verhältnis zu klären,
und da er die Wirksamkeit seines Gegners überhaupt als gemeinschädlich
ansah, beschloß er, ihn womöglich mundtodt zu machen und bot für die
Schrift, die ihn nun bis in den Anfang des Jahres 1812 beschäftigte, die
Begeisterung des Zornes und die ganze Kraft seiner Polemik auf. Der
Erfolg entsprach seinen Erwartungen und ermuthigte ihn zu einem neuen
Unternehmen. Das Ziel seiner ganzen Lebensthätigkeit war ihm die sitt-
liche Erneuerung des Volkes; er hoffte sie von der Erkenntnis der Wahr-
heit, zu deren Verkündigung er sich berufen fühlte. Und nun erwedte der
Umstand, daß man in weitern Kreisen auf seine Schrift gegen Jacobi
aufmerksam ward, in ihm den Glauben, daß überhaupt das Volk für eine
in's Große und in's Tiefe gehende Einwirkung empfänglich geworden sei.
Um sie zu üben, beabsichtigte er im Vereine mit gleichgesinnten tüchtigen
Männern eine Zeitschrift von Deutschen für Deutsche herauszugeben.
Schon im Februar kündigte er sie an, doch zog sich das Erscheinen des
ersten Heftes bis in's nächste Jahr hinaus. So störten wissenschaftliche
Zwischenarbeiten die Vollendung der Weltalter, und als er, um dies sein
Hauptwerk zu fördern, im April 1812 sich wieder in die Ruhe des Land-
aufenthaltes zurückgezogen hatte, rief ihn nach wenig Wochen eine noth-
wendig gewordene Reise wieder von der Arbeit.

Der Briefwechsel zwischen Schelling und Pauline Gotter, den Carolinens Tod angeknüpft hatte, war ununterbrochen fortgesetzt und hatte
beide einander näher geführt. Schelling fand in Pauline eine Freundin,
die mit lebhaftester Theilnahme auf alle seine Angelegenheiten eingieng;
ihre freundliche Zusprache war seinem Herzen wohlthuend, der Verkehr
mit ihr ward ihm fast zum Bedürfnis. Je mehr er seine Vereinsamung

in München empfand, um so mehr erwachte in ihm der Wunsch, sie, die
jugendliche Freundin Carolinens, zur Gefährtin seines weitern Lebensgan-
ges zu machen. Diesem Wunsche zu Liebe riß er sich um Pfingsten von
seinen Arbeiten los, um zu der schon im vorigen Jahre beabsichtigten, aber
damals vereitelten Zusammenkunft mit der Gotterschen Familie an die
Nordgränze Bayerns zu eilen. Die persönliche Begegnung mit Pauline,
die er nur einmal als Kind in Weimar gesehen hatte, sollte die Entscheidung bringen; und sie erfolgte in glücklichster Weise. Im Posthause
zu Lichtenfels ward die Verlobung gefeiert, und da Schelling vorher in
München alle etwaigen Verzögerungsursachen beseitigt hatte, konnte in
Gotha schnell die Hochzeit nachfolgen. Nach einer Abwesenheit von nur
einigen Wochen kehrte er mit seiner Frau zur beiseite gelegten Arbeit zurück, die er nun schneller hoffte abschließen zu können, so daß er Freunden
wieder zur Ostermesse 1813 ihr Erscheinen verhieß. Doch auch diesmal
brachte ihn das angestrengte Arbeiten während des ganzen Winters nicht
zum ersehnten Ziele. Er konnte noch nicht zum Abschlusse kommen, und
die gewaltigen weltgeschichtlichen Ereignisse verboten ohnehin die Veröffentlichung. Diese nahmen die Aufmerksamkeit Schelling's, der die Ernie-
drigung des Volkes, die er als eine selbstverschuldete erkannte, schmerzlich
fühlte, in hohem Maße in Anspruch, wiewohl er sich ein unmittelbares
Eingreifen in das Werk der Befreiung versagt sah. Mit inniger Freude
begrüßte er die großen Thaten, die Deutschlands Ketten brachen. „Gestern
— schrieb seine Gattin am 12. Februar 1814 an ihren Schwager in
Stuttgart — haben wir hier dem Beispiele Ihres Königs gefolgt und
ein Dankfest gefeiert, es war viel Jubel in der Stadt. Schelling steht an
der Spitze derer, die über den Sieg der guten Sache frohlocken." Er hoffte
wieder auf eine bessere Zeit für das deutsche Volk.

So hatte sich seine Lage wieder aufs freundlichste gestaltet. Wohl
traf ihn wenige Wochen nach der Hochzeit ein harter Schlag, indem ihm
unerwartet der Vater, an dem er mit der herzlichsten Liebe und Dankbarkeit hieng, durch den Tod entrissen ward. Dieser Verlust schmerzte ihn
tief. Aber im nächsten Jahre hatte er die Freude, seine Mutter auf längere Zeit in seinem Hause zu beherbergen und ihr seine kindliche Liebe

beweisen zu können, und während ihrer Anwesenheit im December 1813,
ward ihm der erste Sohn geboren. Diesem folgten später noch zwei
Brüder und drei Schwestern. So entfaltete sich im Hause Schelling's ein
reiches und fröhliches Familienleben, in welchem er, dem die Oeffentlichkeit
immer weniger zusagte, seine liebste Erquickung suchte und fand. Denn
er war ein ebenso liebevoller Gatte und zärtlicher Vater, wie er sich als
dankbaren und pietätsvollen Sohn bewährt hatte. Neben der Gattin aber
und den Kindern stand seinem Herzen für die ganze Lebensdauer keiner so
nahe, als der Bruder Karl in Stuttgart. Die zahlreichen noch vorhandenen Briefe an diesen sind schöne Beweise der aufrichtigsten brüderlichen
Liebe, und lassen erkennen, wie er in ihm nicht nur den treuen und er-
fahrenen ärztlichen Rathgeber schätzte, sondern ihn zum Vertrauten aller
Anliegen seines Herzens machte. So oft es ihm möglich war, suchte er
ihn in Stuttgart auf oder bemühte sich doch um eine Zusammenkunft mit
dem Bruder und dessen Gattin an einem dritten Orte, und sollte später
bei solchen Besuchen die Freude vollkommen werden, so mußten, besonders
wenn man eigenes Fuhrwerk benutzte, auch einige der Kinder dabei sein.
Wie hoch Schelling von seinem edlen, ihm so gleichgesinnten Bruder hielt,
zeigte er am offenkundigsten dadurch, daß er ihm, dessen Ehe anfangs eine
kinderlose war, seine zweite Tochter in ihrer frühesten Kindheit mehrere
Jahre ins Haus gab und zur Erziehung anvertraute. Es war und blieb
bei beiden bis zum Ende ein Verhältnis der innigsten und ungetrübtesten
Brüderlichkeit.   •

Durch verschiedenartige Störungen war die Arbeit an den Weltaltern unterbrochen worden; immer wieder nahm Schelling sie auf und
doch konnte er sie nicht so, wie er wünschte und für nöthig hielt, vollenden;
er entschloß sich sogar zweimal, 1811 und 1813, die schon gedruckten
Bogen wieder zurückzunehmen. Alljährlich kehrten in den Briefen an die
Freunde die Ankündigungen des Werkes wieder, und alljährlich hatte er
über neue Hindernisse zu berichten. Schelling gieng allen Störungen möglichst aus dem Wege. Er wechselte die Wohnung, um für sich ein recht
abgelegnes Zimmer zu bekommen, und zog sich wohl schon mit beginnen-
dem Frühling wochenlang aufs Land zurück, um volle Ruhe zu finden.

Aber bald besuchten ihn hervorragende Fremde, die ihn länger in Anspruch nahmen, wie z. B. im Jahr 1817 der schwedische Dichter Atterbom,*) im nächsten Jahre der französische Philosoph Victor Cousin. Bald verlangte seine Berufsstellung von ihm, der nicht wohl mit Mehrerem gleichzeitig sich ernstlich beschäftigen konnte, andere Arbeiten, wie z. B. 1815 den Aufsatz über die Gottheiten von Samothrake oder 1817 die kunstgeschichtlichen Anmerkungen zu Wagner's Bericht über die Aeginetischen Bildwerke. Bald erschütterten ihn Gemüthsaufregungen und machten ihn auf eine Weile zu angestrengter geistiger Thätigkeit unfähig. Im Winter 1814—15 beunruhigte ihn die schwere Krankheit seines geliebten Bruders. Im Sommer darauf starb neben ihm in Folge unglücklicher Experimente sein Freund Gehlen, ein Todesfall, der tiefen Eindruck auf ihn machte. Zu Anfang des Jahres 1817 ward er selbst durch eine Halsentzündung auf das Krankenlager geworfen, während er am Ende des Jahres bis in den Frühling hinein große Ursache hatte, für seine Frau zu fürchten. Der Sommer 1818 endlich raubte ihm seine Mutter und schlug damit seinem Herzen eine schmerzliche Wunde, nachdem er im April seinen nahen Anverwandten Breyer, dessen ganzes Haus ein Lazareth geworden war, unter schweren Leiden hatte sterben sehen müssen. „Du kannst Dir leicht denken — schrieb er damals tief erschüttert an seinen Bruder — wie sehr auch ich von diesem traurigen Vorfall angegriffen bin. Mein ganzes Leben hindurch hat Breyer mich begleitet; ich mochte mich hinwenden, wo ich wollte, so fand ich ihn bald wieder an meiner Seite. Der Tod hat hier in wenigen Jahren alle meine besten Freunde um mich her weggeräumt. Es ist wohl natürlich, wenn ich unter diesen Umständen auch an meine Sterblichkeit denke. Besonders bei dem fortwährenden Leiden meines Unterleibes; sollte in diesem Zustande etwas an mich kommen, so würde ich es auch kaum überwinden." — In der That, den schlimmsten Störefried trug er in seinem eigenen Körper mit sich herum. Auch wenn es sonst um ihn her gut stand, plagte dieser ihn und nöthigte ihn, seine Arbeit zu unterbrechen. Und alle Versuche, eine grünliche

* Vgl. Aufzeichnungen des Schwedischen Dichters P. T. A. Atterbom, übersetzt v. Fr. Maurer, S. 115 ff.

Heilung herbei zu führen, schlugen fehl; nur zeitweilige Erleichterung
konnte er ... h verschaffen. Als besonders wohlthätig empfand er den Aufenthalt auf dem Lande; dahin eilte er daher so oft wie möglich, indem er
sich etwa in einem Bauernhause an einem der bayrischen Seeen einmiethete,
aber dann vermißte er wieder Frau und Kinder, zu denen seine Gedanken
schweiften und die ihm häufige Briefe abnöthigten. Im Juni 1817 besuchte er zum ersten Male zur Herstellung seiner Gesundheit mit seiner
Gattin das Wildbad Gastein, wo die großartige Natur ihn mächtig ergriff. Zwei Jahre später trieb das Unwohlsein ihn nach dem in der Folge
so oft wieder aufgesuchten Karlsbad, während er seine Gattin nach Fran-
zensbad bringen mußte. Und wenige Monate, nachdem er von dort neu-
gestärkt zurückgekehrt war, befiel ihn eine Brustentzündung, die ihn an
den Rand des Grabes brachte. Er war auf's äußerste geschwächt, da
man ihm durch Blutegel und siebenmaligen Aderlaß in fünf Tagen viel
Blut entzogen hatte, und erholte sich nur sehr allmählich wieder. Aber
als es ihm anfing besser zu gehen, erkrankte seine Frau in Folge der Sorge
und der Anstrengungen, und nach einander legten die Kinder sich am
Scharlach. Ja nicht einmal seine Genesung schritt ungestört vorwärts,
denn schon im Februar stellte sich eine Halsentzündung ein, bei der man
abermals Blutentziehung für nöthig erachtete. So war er ziemlich drei
Monate lang an das Krankenzimmer gefesselt, und fast den ganzen Sommer
hindurch spürte er die Nachwehen der Brustentzündung. Da erwachte
lebhaft bei ihm, der mit den damaligen münchener Aerzten so wenig zufrieden war, der Wunsch, den Bruder zu sehen und von seiner Erfahrung
sich berathen zu lassen, und ernstlich beschäftigte er sich mit dem Gedanken,
den Aufenthalt in München als einen ihm nicht zuträglichen ganz aufzugeben.

Schon einige Male war ihm dieser Gedanke nahe gelegt worden.
In den ersten Tagen des Jahres 1816 gelangte von der weimarischen
Regierung der Antrag an ihn, die erste philosophische Professur in Jena
zu übernehmen, ein Anerbieten, welches anzunehmen er eine kurze Zeit
nicht abgeneigt war, indem sich dabei in ihm der Wunsch regte, dann auf
der Universität zu theologischer Lehrthätigkeit überzugehen. Dennoch blieb

er damals. Noch leichter ward ihm der Entschluß, als im nächsten Jahre
von gewissen Seiten ihm ein Ruf nach Tübingen in Aussicht gestellt ward.
Während der würtemberger Verfassungswirren ließ sich bekanntlich von
Wangenheim, der bis zu einem gewissen Grade gegen Schelling auf
die Seite Eschenmayer's getreten war, von Hegel ein dann veröffentlichtes
Gutachten geben.*) Zu eben der Zeit besuchte von Neurath Schelling,
um bei ihm über dieselbe Angelegenheit sich Rath zu erholen, der, wie der
später mitzutheilende Brief zeigt, etwas anders ausfiel. Damals kam in
Stuttgart das Gerücht auf, Schelling werde als Canzler der Universität
nach Tübingen berufen werden, ein Gerücht, welches seine Verwandten
mit größter Freude aufgriffen und möglichst schnell verwirklicht zu sehen
hofften. Sie setzten ihn in Kenntnis davon; aber so viel Reiz es auch für
ihn hatte, in die Nähe der Seinen und in die von ihm so heiß geliebte
Heimat zurückzukehren, so scheute er sich doch davor, selbst hierzu mitzuwirken und irgend etwas zu thun, was als Undankbarkeit gegen die bayrische Regierung erscheinen könnte. Er verbot den Seinigen, für seine
Anstellung sich zu bemühen, und ein wirklicher Ruf ergieng damals nicht
an ihn. So blieb er beide Male in München. Aber jetzt waren die Verhältnisse andere geworden und machten ihm einen Wohnungswechsel wünschenswerth. Im Juli 1820 hatte er mit Frau und Kindern den Bruder
in Stuttgart besucht und war von da, um sich ganz herzustellen, wieder
nach Karlsbad gegangen. Aber wenn ihn diese Reisen auch gekräftigt
hatten, so kündigte ihm sein Arzt doch an, was er auch von Andern hören
mußte, daß er in einem rauhen Klima wie dem münchener vor neuen
Anfällen nicht sicher sei. Da eröffnete ihm die Liberalität der Regierung
einen erwünschten Ausweg, indem ihm unter Belassung seines Amtes an
beiden Akademien mit vollem Gehalte ein unbestimmter Urlaub gewährt
ward. Dies ergriff er mit Freuden. Er beschloß mit Rücksicht auf das
mildere Klima Frankens nach Erlangen zu gehen und hier unter Geneh-
migung der Regierung, soweit es seine Gesundheit zulasse, Vorlesungen
zu halten, ohne sich doch zu bestimmten Leistungen zu verpflichten. Auch

---

*) Vgl. Haym, Hegel und seine Zeit, S. 348 ff. Dagegen Rosenkranz, Hegel als
deutscher Nationalphilosoph, S. 144 ff.

hoffte er in der evangelischen Stadt bessere Schulen für seine heranwach-
senden Kinder zu finden, als sie ihm in München geboten wurden.

Mit allem Eifer wurden, als die Regierung sich entschieden hatte,
die Vorbereitungen zur Auflösung des Hausstandes in München getroffen;
die Uebersiedelung sollte noch vor dem vollen Winter Statt finden. Und
es gelang, obwohl eine Erkrankung des ältesten Sohnes die Abreise wieder
in Frage stellte. In den letzten Tagen des November brach Schelling mit
den Seinen auf nach Erlangen, voll guter Hoffnungen für den dortigen
Aufenthalt. „Wenn ich", schrieb er kurz vor der Abfahrt an seinen Bruder,
„an die vielen Krankheitsfälle denke, die mir das Leben hier verbitterten,
mich in allen meinen Arbeiten störten, ja wahrhaft zu keinem Lebensgenuß
mehr kommen ließen, so glaube ich die größte Ursache zu haben, mit der
Veränderung, die ich vorhabe, zufrieden zu sein." —

Schelling an Windischmann.

München, 1. Aug. 1806.

Wohl, geliebter Freund, dürften Sie dem Freunde zürnen wegen des
verstockten und verhärteten Stillschweigens, wenn Sie nicht seine Art
kennten und wüßten, daß es gegen Sie niemals aus Mangel des Andenkens oder der Freundschaft entspringen kann. Hier nun das erste Wort
zur blosen Wiederanknüpfung; denn Vieles kann ich auch heute nicht
schreiben und heute will ich doch schreiben.

Was sagen Sie zu Fichte's neuesten Sprüngen? Was ich dazu sage,
haben Sie wohl zum Theil schon in der Jen. L. Z. gelesen, obgleich das
nur eine flüchtige Arbeit ist, gefertigt nach der Ansicht des Einen Buchs.*)
Seitdem habe ich die übrigen gelesen und eine eigne Abhandlung geschrieben,
darlegend das Verhältnis zwischen ihm und mir. Diese wird in einigen

---

* W. I, 7, 4 ff.

S. H. llina's Leben II.

7

Wochen erscheinen; so lange bleibt es unter uns. — Ich halte diese
Schrift für eine meiner besten und tüchtigsten.")

Was nun meinen hiesigen Wandel betrifft, so ist er um ein gut Theil
freier und fröhlicher als der in Würzburg. Die Luft ist elastischer, ich bin
gesund, wie seit vier Jahren nicht; viel Herrliches in Kunst hat sich ver-
sammelt. — Ich genieße einstweilen einen Gehalt von 1500 fl. und bin
zu einer Stelle in der Akademie der Wissenschaften resignirt, obgleich noch
nicht ernannt, welches blos zufällig verzögert wurde; daher auch bis jetzt
noch nichts bekannt geworden ist. Es wird aber diesen Sommer auch das
Uebrige noch richtig werden, und so hätte ich mich denn glücklich aus dem
Würzburger Schiffbruch in einen Hafen gerettet, nach dem ich lang mit
sehnenden Augen hingeblickt habe.

Nun wünsche ich nur, auch von Ihnen ferner erfreuliche Nachricht
zu vernehmen.

Hier eine kleine Abhandlung der neuen Auflage der Weltseele zuge-
geben. Sie ist nicht schlecht diese Abhandlung, sondern gut, und darum
nehmen Sie sie gut auf.** Gruß von uns an Sie und die liebe Frau
und herzlichen Wunsch steten Wohlbefindens.

Ihr
Schelling.

(Adressiren Sie: vor dem Karlsthor No. 7. Rechter Hand.)

Schelling an seinen Vater.

München, am 7. Aug. 1806.

Endlich muß ich mich doch auch wieder in das Andenken meiner
lieben Eltern bringen, und Ihr herannahender 69ster Geburtstag, der
Gedanke, daß Sie ihn in Stuttgart feiern könnten und ich so durch diesen

---

* SW. 1, 7, 21 ff.
**) SW. 1, 2, 359 ff.

Brief wenigstens an dem Fest Antheil nehmen möchte, fodern mich doppelt
auf, Ihnen zu schreiben. Mögen Sie diesen uns allen so theuren Tag
noch oft mit Freude und Gesundheit im Kreis Ihrer Kinder feiern — ach,
warum kann ich von den übergebliebnen allein nicht daran Theil nehmen!

Die letzte Zeit hat auch Ihnen manche Sorge und Bekümmernis gebracht: Sie sind mit höheren Jahren in die schlimme Zeit gekommen, deren
Schicksale wir so früh erfahren müssen. Wir müssen uns alle fügen:
Rex est, qui metuit et qui sperat nihil; hoc regnum sibi quisque dat.

Ich hoffe, daß es Ihnen Freude machen wird zu hören, daß mein
Loos nun für München entschieden ist und daß ich hoffen darf, hier als in
einem Hafen von den bisherigen Stürmen auszuruhen. Die Bayrische
Regierung hat sich edel gegen mich benommen und mir das frühere Unangenehme vergolten. Seit ich aus den Würzburgischen Diensten getreten,
beziehe ich hier einen einstweiligen Gehalt von 1500 fl., bei dem man sich
freilich einschränken muß, bei dem es aber auch nicht sein Bewenden haben
wird. Ich habe jetzt auch die schriftliche Zusicherung einer Stelle in der
Akademie der Wissenschaften erhalten: die förmliche Ernennung wird wohl
erst im nächsten Monat geschehen, da Herr Geheimer Rath von Zentner
bis dahin krankheitshalber abwesend ist, auch erst bis dahin die neue Organisation dieses Corps vollzogen wird. Auf jeden Fall wird Sie das
Ehrenvolle dieser Bestimmung erfreun, die mir Ruhe und ein ungekränktes
Leben noch außerdem verspricht und den Zänkereien des Universitätslebens
entzieht. Ich wünsche vor der Hand noch nichts öffentlich bekannt gemacht
über meine Bestimmung; indeß darf es auf andern Wegen Jedermann bekannt werden, daß ich als Académicien in München verbleibe. —

Ich muß nun schließen, theuerste Eltern, und wünsche nochmals
Heil und Glück zum 69sten Geburtstag, mir aber Ihre fortdauernde
Liebe.

Ihr

Fritz.

München, 7. Sept. 1806.

Bester Vater!

Ich habe mich innigst erfreut, aus Ihrem letzten Briefe Ihr Wohlbefinden zu ersehen, aber mich sehr betrübt über den traurigen Fall, der Ihre in Stuttgart genossene Freude so bald wieder getrübt hat.

Ich hätte gern die liebe Mutter getröstet;[*] aber was hätte ich vermocht, wenn Sie es nicht konnten. Doch Sie werden ihr Beruhigung aus Gründen der Religion und Vernunft wenigstens jetzt haben mittheilen können, nachdem der erste Schmerz vorübergegangen ist. Erfahrung und Vernunft überzeugen uns, daß ein solcher Schritt nie geschehen kann ohne einen Zustand des Wahnsinns und wenigstens partieller Verrückung in einem Menschen. Ist dieser nicht schon unglücklich genug, daß ein solcher Zustand über ihn verhängt wurde, und welch' ein Gedanke von Gott, daß er einen solchen Unglücklichen noch weiter — für dieses Unglück strafen werde!

Ihre Salomonische Schrift, nach der ich schon längst verlangt habe, ist mir denn wirklich nicht zugekommen. Ich habe darum nach Würzburg geschrieben, aber noch keine Antwort erhalten. Sollte das Paket unglücklicher Weise verloren gegangen oder verlegt worden sein, so möchte ja wohl Herr Löflund noch ein Exemplar für mich übrig haben und es an Herrn Cotta schicken, von dem ich nächstens ein Paket erwarte. Es ist ein seiner Fall, daß ein Alter wie das Ihrige, noch so schöne Früchte trägt, deren Trefflichkeit freilich auf ihrer lang gezeitigten Reise beruht. — Ich wünschte eine Recension davon in die Jenaische Lit. Z. besorgen zu können; in der ehemaligen Jen. jetzt Hallischen wurden Ihre Animadversiones von Paulus recensirt; diesmal wird er wohl unterlassen, eine Anzeige Ihrer Schrift zu machen.

Wissen Sie denn, welch' ein theures Pflastergeld dieser noch in Würzburg bezahlt hat? — Als die Nachricht von meiner definitiven Anstellung

---

[*] Ein naher Anverwandter derselben hatte sich erschossen.

nach Würzburg kam, war er ganz außer sich darüber und beschloß auf
heftiges Andringen seiner Frau, die ihn schon die ganze Zeit fast zu Tode
gequält hatte, augenblicklich selbst hierher zu reisen, und der Tag war schon
festgesetzt. Den Tag vorher reitet er noch auf einem schlechten Pferd spazieren und — bricht den Arm. — Er wird jetzt indeß von Bayern doch
übernommen werden müssen. Die dortige (Würzburgische) Regierung hat
erklärt, daß, da die beiden noch dort befindlichen protestantischen Theologen
doch nicht für das Würzburger Land, wo wenige Protestanten sind, angestellt werden sein können, sondern für den Bayerschen Gesammtstaat, sie
vom October an beide auch nicht mehr bezahlen werde! Nun fragt sich,
ob man P. nicht beim Wort nimmt, und ihn mit 1100 fl. nach Stuttgart ziehen läßt. Ich will ihm Alles gönnen, wenn er nur nicht mehr
in meine Nähe kommt. Bayern bekommt übrigens die Universität Alt-
dorf, und wenn diese erhalten wird, so möchte er wohl dort sein Unterkommen finden.

Nun bin ich so frei, Sie noch um Etwas zu bitten. Mein Freund,
der hiesige Geh. Rath Baader, ein sehr gelehrter Mann und großer Liebhaber mystischer und theosophischer Schriften ist auch denen unsres Oetinger auf die Spur gekommen und möchte sie gern sämmtlich haben.
Er hat mich ersucht, sie ihm wo möglich aus dem Würtembergischen zu
verschaffen, und ich habe es versprochen, in Hoffnung auf Ihre Güte.
Wenn Sie nämlich etwa die Zeit hätten, an den guten Pfarrer Pregizer,
den ich vor drei Jahren bei Ihnen gesehen, ein Brieflein zu erlassen, so
glaube ich, daß dieser, schon ob amorem tam curi nominis, sich alle
Mühe gäbe, die Schriften überall her herbeizuschaffen, und was er selbst
entbehren kann, zu spenden. Er hätte sie dann blos, mit Berechnung der
Kosten, an Herrn Cotta zu schicken, dem ich auch gleich den Auftrag geben
werde, die Bezahlung für mich zu leisten. Hier das vollständige Register,
wie ich es von gedachtem Freund erhalten habe. Einige der bemerkten
Bücher sind in Ihrer Bibliothek; diese aber wollte ich mir für mich selbst
ausbitten, wenn sie Ihnen entbehrlich sind und Bruder Karl sie nicht zu
sich genommen hat.

Ich empfehle mich nun nebst meiner Frau in Ihre Liebe und gütiges

Andenken, und flehe den Himmel an, Sie in Ruhe, Freude und Gesundheit leben zu lassen.

Ihr

Fritz.

Goethe an Schelling.*)

Weimar, den 13. Sept. 1806.

Ihrer verdienten Schauspielerin bin ich vielen Dank schuldig, daß sie
mir einen Brief von Ihnen verschafft hat, aus dem ich sehe, daß Sie noch
immer mit Neigung und Zutrauen an mich denken. Leider kann ich Ihrer
Empfohlenen nichts bestimmtes zusagen. Macht sie ohnehin eine Reise,
etwa über Frankfurt nach Leipzig, Dresden, Berlin u. f. w., so führt sie
ihr Weg nothwendig über Weimar, und sie soll von mir persönlich aufs
freundlichste aufgenommen werden. Ob sie aber dazu gelangen kann,
einige Gastrollen zu geben, das hängt bei unsern vorwaltenden Verhältnissen, Einrichtungen und Gebräuchen von so mancherlei Umständen ab,
daß ich zum Voraus etwas bestimmtes zu erklären nicht im Stande bin.
Mögen Sie ihr das mit einem freundlichen Gruße ausrichten, so werden
Sie mich verbinden.

Daß Sie nunmehr wirklich fixirt sind, freut mich ganz besonders,
und ich gratulire vorzüglich den schönen Wissenschaften, die an Ihnen
eine so gute Acquisition machen. Fahren Sie fort, auch aus einer größern
Ferne an unsern literarischen und kritischen Bemühungen Theil zu nehmen,
um so mehr als wir so gerne fördern, was Sie billigen mögen und Sie
interessiren kann. Ich schließe mit dem freundlichsten Lebewohl.

Goethe.

---

*) Antwort auf einen Brief Schelling's, von dem nur noch ein fast durchweg un-
leserliches Concept vorhanden ist.

Weimar, den 31. October 1806.

Indem ich Ihren so herzlich freundlichen Brief erhalte, mache ich
mir Vorwürfe, daß ich mehrere Blätter nicht abgeschickt, die schon seit
dem 16. auf meinem Tische liegen und davon auch eins nach München
sollte. Das was geschehen ist, war leider ziemlich vorauszusehen; doch
hatten wir nicht die stolze Furcht, einen Namen in der Weltgeschichte um
solchen Preis zu gewinnen. Nun eil' ich Ihnen, mit lebhaftem Dank für
Ihren treuen Antheil, von mir, meiner Umgebung und was mich sonst
mittelbar berührt, gute Nachrichten zu geben. Die schrecklich dringenden
Ereignisse waren durch ahnungsvolle Tage vorbereitet. Zwei und siebzig
Stunden von Gefahr und Noth können wir ohne Uebertreibung angeben.
Den Aufwand an Geistes- und Körperkräften, an Geld und Verräthen
verschmerzt man gern, weil doch so vieles und darunter das wertheste erhalten ist. Meine Gesundheit hat kaum gewankt, und ich befinde mich seit
meiner Rückkehr von Karlsbad unausgesetzt so wohl, als ich nur wünschen
darf. Jena hat mehr gelitten als Weimar, der gute Schelver sehr viel.
Frommanns und andere Freunde sind glücklich durchgekommen. Was
von Wissenschafts- und Kunstanstalten in Jena und Weimar unmittelbar
unter mir selbst steht, hat wenig gelitten. Jedermann sucht sich herzustellen. Die Collegia gehen den 3. November wieder an, und wenn der ungeheure Kriegsstrom uns nicht zum zweitenmal berührt, so sollen Sie bald
hören, daß Leben und Thätigkeit bei uns noch nicht erloschen sind. Herzliche Grüße an Jacobi's, an die Ihrige und an alle mein Gedenkende.

G.

Schelling an Windischmann.

München, 1. Nov. 1806.

Der Himmel weiß, daß ich Ihnen oft habe schreiben wollen in dieser
Zeit. Aber wer kann jetzt wie er will, oder vielmehr wer kann jetzt nur
wollen? Mein Geist und Herz sind nicht bei mir selbst, einen großen Theil
der Zeit, sondern weit ab; die Augenblicke, für die ich sie sammle, gehören

ten dringendſten Geſchäften, die nur mit Mühe gethan werden. Das
erſtemal empfinde ich, daß es mir tauſendmal beſſer wäre, das Schwert
zu führen, denn die Feder. —

Jhs.*) ſoll im Preußiſchen Hauptquartier geweſen ſein, vor der Ka-
taſtrophe. Sie können leicht denken, daß ich unter den obwaltenden Umſtänden alles zurückgenommen hätte, wenn er auch nicht über mich an
Eichſtädt mit ſo vieler Liebe geſchrieben hätte, als ich ihm nie zugetraut
hätte. Sie werden alſo von — P**) — nichts zu leſen bekommen. Sie
müßten denn meine Frau bitten, es Ihnen abzuſchreiben, und das Uebrige
für — ſich zu behalten geloben. Sobald die Zeiten ruhiger werden, will
ich ſelbſt mit Jhs. den Freundſchaftsbund zu ſchließen ſuchen, den ich
lang gewünſcht. Ich glaube, wenn er uns ganz verſtünde und wir ihm
von einer andern Seite her näher kämen, daß dieſes Bündnis nicht ohne
eine große Frucht bleiben könnte. Man muß abwarten, was die ſchmerz-
lich ringende Zeit gebähren wird. Geht Deutſchland nicht unter, ſo darf
alles Hohe und Schöne ans Licht treten, und offenbar, volksmäßig werden,
was bis jetzt geheim war.

Ich freue mich, wenn Sie das Buch über Fichte gefreut hat. Es iſt
geſchrieben mit der Abſicht, Aergernis zu geben; hoffentlich wird es daran nicht fehlen. Ich berge nicht, daß ich einen wahren Ingrimm über
Fichte empfunden, nicht in Bezug auf mich, (was ſollte mich wohl noch
erzürnen können?) aber über die unerhörte Anmaßung, mit ſolchen Vorſtellungen ſich über dem Zeitalter zu wähnen, und es zurückrufen zu
wollen zum platteſten Berlinismus, der wahrlich in ſeiner urſprünglichen
Heimat bald ſich ſelbſt vernichtet haben wird. — Fichteſche Philoſophie,
Staatsanſicht und halbherzige Religionslehre wäre der Weg zur voll-
kommnen Niedrigkeit der teutſchen Nation in dem Zuſtande, der ihr wahrſcheinlich bevorſteht. Was wollte man wohl mit ſolchen Begriffen und
verworrenen künſtlichen Vorſtellungen noch ausrichten und wirken? —
Ich glaube daher, daß auch die Polemik gegen ihn verdienſtlich iſt: und
nicht blos das Thetiſche meines Buchs, iſt es gleich auch mir ſelbſt lieber.

---

* Johannes von Müller.

**) Sch. zeichnete auch P — p — s und Π — χ — r.

Ich schicke Ihnen das 3. Heft der Jahrbücher, welches um so leichter geschehen kann, da es sehr klein ausgefallen ist. Cotta schloß den Druck, ohne die Kritische Fragmente, die ich für das Heft bestimmt hatte, mit aufzunehmen. Diese sollen ein stehender Artikel werden und jeder Freund und Gleichgesinnte dazu beitragen. —

Hier ist etwas abgerissen.)

— Ueberhaupt machen Sie nun Ernst mit dem Versprechen beizutragen; sonst glaub' ich, Sie nehmen es übel, nicht gleich als Theilnehmer genannt worden zu sein, und wollen mit der Sache gar nichts zu thun haben. Schicken Sie eine Abhandlung für das 4te Heft, von dem der Druck eben anfängt! — Meines Bruders Aufsatz wird Sie interessiren. — Sie müssen einmal einen Besuch in München machen; ich lasse Ihnen keine Ruhe. Es lebt sich gar angenehm hier; und ich bin hier freier, wie je. Jacobi leidet sehr und ist fast beständig krank. Röschlaub ist seit einigen Tagen hier und sagt, ich hätte mich sehr an ihm versündigt; Sie, sagt man, haben mich gegen ihn aufgebracht, und doch habe ich dem armen Menschen bis jetzt nicht das Geringste gethan. —

———

Schelling an Goethe. *)

München, 16. Nov. 1806.

Ihr Brief vom 31. Oct. ist uns allen beruhigend, ja wir dürfen sagen, erfreulich geworden, da er uns zugleich die Versicherung Ihres allgemeinen Wohlbefindens brachte. In diesen Tagen des Zerfalls kehrt sich unsere Liebe fast von dem Oeffentlichen ab, das doch Keiner zu retten vermag, und wendet sich ganz den einzelnen Herrlichen zu, in denen wir ein harmonisches Ganzes lebendig und gegenwärtig sehen. Die Welt ist noch nicht arm, wenn ein Geist wie der Ihrige, in ihr wirkt und seinen Glanz auf sie wirft.

<hr>

*) Nach dem Concepte.

Mit aller Beruhigung, die uns die erhaltenen Nachrichten gewähren mochten, können wir doch nicht umhin, das harte Loos so vieler unserer Freunde im Norden zu beklagen, und könnten fast uns glücklich preisen, in den Süden entflohen zu sein, wo wenigstens die Ruhe herrscht, welche der überstandenen Reise folgt.

Nach öffentlichen Blättern hat Herr Prof. Meyer einen nicht unbedeutenden Verlust an Kunstsammlungen gemacht; es muß ihn nicht wenig schmerzen, was er aus dem italiänischen Schiffbruch noch für sich gerettet und in einen sichern Hafen gebracht hatte, auch noch zu Staub werden zu sehen. — Die Lit. Ztg. in Jena hat uns ihre Fortdauer schon wieder durch einige Blätter kund gethan; mögen alle Wünsche und Hoffnungen für diesen Ort erfüllt werden, der jetzt auf eine so unerwartete Weise verewigt ist.

Mit den innigsten Wünschen für Ihr fortdauerndes Wohlbefinden und ewig treuer Verehrung

Schelling.

Schelling an Eichstädt in Jena.

München,*) 16. Nov. 1806.

Wir dürfen Sie und die meisten unsrer Freunde glücklich preisen, daß der schreckliche Drang der Ereignisse nicht noch tiefere und traurigere Spuren zurückgelassen hat. Wie man die Französischen Heere hier im Süden hat kennen lernen, konnte man sich laum vorstellen, daß ein so kleiner Ort als Jena der gänzlichen Verwüstung bei dem plötzlichen Einrücken so großer Massen habe entgehen können. Doch hart genug bleibt, was Sie gelitten; und doch ist es wieder ein erhebender Gedanke, solch' eine große Scene erlebt und mit angesehen zu haben. Weil härter als das Ihrige, scheint das Loos der Hallenser zu sein; wie man versichert, haben sie nicht einmal Aussicht auf Wiederherstellung. Ihre Universität bleibt als solche

--

*) Jena hat Schelling geschrieben, das Postzeichen des Briefes ist aber München

ungekränkt; so viel geht schon aus den ersten Versicherungen hervor. Wie
herzlich wünsche ich Ihnen die völlige Herstellung der bisherigen Verhältnisse! Wenn aber durch die Veränderung derselben Jena aufhört, ein Ort
für liberale Thätigkeit und freie Geistesäußerung zu sein, so wird sich doch
ein anderes Asyl finden: vielleicht daß bei dieser Gelegenheit der Süden
Deutschlands, zum Theil wenigstens, für die Wissenschaft wird, was der
Norden so lange für sie war. Gebe der Himmel, daß die guten Gesinnungen
der Bayerschen Regierung für dieselbe fortdauern! Der voreilige Plan einer
Universität in Nürnberg, von dem man hier gar nichts gewußt hatte, ist
hier auch nicht ratificirt worden. Bei der unfehlbaren Acquisition von Erlangen denkt man dort eine rein protestantische Universität zu errichten, von
der bessere Hoffnungen zu fassen wären als von früheren Unternehmungen. — Sollten Sie je in den Fall kommen, eine Transplantation nach
Süden wünschen zu müssen, so schenken Sie mir das Zutrauen, mich es
wissen zu lassen; wenigstens werde ich Mittel und Wege angeben können
und würde mich glücklich schätzen, Ihnen auf irgend eine Weise zu dienen.
Die Blätter der Lit. Z. vom 14—17. October nebst dem Intell.-Blatt,
das Sie die Güte hatten mir vorläufig zuzuschicken, sind hier schon angekommen, und der freie Postenlauf scheint also ganz wieder eröffnet. Wir
zerbrechen uns hier den Kopf darüber, was wohl jenes in den französischen
Berichten erwähnte schmale, kleine Plateau d'Jena sei, das die
Preußen unbesetzt gelassen hatten und wohin die Franzosen in der Nacht
Artillerie schaffen ließen. Haben Sie doch die Güte, es mit einem Wort
im nächsten Brief zu bemerken.

Die Körtesche Sammlung cum annexis wird nun sogleich in die
Arbeit genommen *).

Sein Sie auch ferner unsres innigsten Antheils überzeugt an dem
was Sie und was Jena betreffen mag, so wie der aufrichtigsten, hochach-
tungsvollsten Freundschaft

Ihres
ganz ergebenen
Schelling.

---

*) Eine Recension für die A. L. Ztg. Die Sammlung: Briefe zwischen Gleim,
Wilhelm Heinse und Johann von Müller. Zürich 1806.

N. S. Ich erhalte so eben einige Nachrichten über die neuesten obscurantischen Verfügungen der Regierung in Würzburg: ich glaube, sie qualificiren sich für das Intell.-Blatt. Auf jeden Fall sende ich Ihnen selbige demnächst zu, und bitte, einstweilen über die dortigen Veränderungen keinen andern Bericht aufzunehmen, wenn ein solcher Ihnen etwa zugeschickt werden sollte.

Schelling an Windischmann.

München, 18. Dec. 1806.

Ich freue mich herzlich der aus dem Herzen gequollenen Schrift, von der Sie mir Nachricht geben. Wen sollte die Zeit jetzt nicht zum Seher oder Sprecher machen? Und doch empfinde ich tief die Unheilbarkeit der Zeit und fahre fort der Zertrümmerung mich zu freuen. Die Dummheit von oben her, die tiefe Gemeinheit der Regierungen, die wir fallen sehen, haben wir uns nicht vorstellen können; jetzt ist sie klar, und ich möchte nicht klagen, sondern wo möglich selbst noch helfen, daß das Alte vergehe. — Die Zeit, wo das vielleicht alle unsere Gedanken übertreffende Neue gepredigt werden und hervortreten kann, ist noch nicht gekommen: ich erwarte eine völlige Versöhnung aller europäischen Völker und wieder eine gemeinschaftliche Beziehung auf den Orient; bewußtlos oder bewußt arbeitet der Zermalmer dahin und ist schon außer den Gränzen, worin er bisher sich hielt. Diese hergestellte Einheit der Beziehung mit dem Morgenland halte ich für das größte Problem, an dessen Auflösung der Weltgeist jetzt arbeitet. Was ist Europa, als der für sich unfruchtbare Stamm, dem alles vom Orient her eingepfropft und erst dadurch veredelt werden mußte? Wir können des letzteren nicht entbehren, offne, freie Communication mit demselben muß sein, damit das alte Leben des 15. und 16. Jahrhunderts schöner wiederkehre.

Ich habe eine Sorge wegen Ihrer Schrift: Sie möchten sich in die Politik aus dem Standpunct des Deutschen zu viel eingelassen haben.

Nicht daß ich die Gesinnung selbst tadle; aber wer möchte an diese Sache jetzt seine Persönlichkeit verschleudern? Und gefährlich ist immer davon wahrhaft zu reden; halb, versteckt, nicht durchschlagend davon zu sprechen, unwürdig. Verzeihen Sie der Freundschaft, welche Sie darauf aufmerksam macht und Sie warnt, sich zu schaden, wo der Sache nichts zu nützen ist; vielleicht ohne Grund, vielleicht blos aus Mißverständnis Ihrer Tendenz.

Mit Cotta stehe ich so, daß er meine eignen Schriften bis jetzt ohne Widerrede verlegt hat, aber noch nie eine Empfehlung angenommen. Ich habe eine Probe davon an Ihren Ideen zur Physik gemacht und seit einigen nachherigen Erfahrungen mir vorgenommen, ihm nichts mehr zu empfehlen. —

Eine literarische Neuigkeit, die Sie erfreuen wird! Vor einigen Monaten kam die Nachricht von einem Erz- und Wasserfühler in Italien, ähnlich dem Pennet, Thouvenel u. a. — Franz Baader (ein herrlicher Seher und trefflicher Mensch), Ritter und ich gaben uns alle Mühe, die Sache zur Untersuchung zu bringen. Der für alles Große und Schöne empfängliche Minister hat Geld dazu bewilligt, und Ritter ist vor einigen Wochen abgereist. Die ersten Nachrichten sind da. Die Wünschelruthe schlägt jenem Individuum. Dies ist ausgemacht. Welch' ein Phänomen, aufschließend die Magie und Obergewalt des menschlichen Wesens über die Natur! Ritter ist mit Campetti (so heißt der Mensch) zu Volta gereist. Dort soll das Factum zuerst constatirt und Campetti dann hieher gebracht werden, um alles außer Zweifel zu setzen. — Die Aufgeklärten schreien entsetzlich über die Impertinenz der Natur. Divulgiren Sie das Factum noch nicht, damit kein verlautes, einfältiges Geschrei Unberufener entstehe. — Adio.

Ihr

S.

München, 7. Jan. 1807.

Es ist wahr, geliebter Freund, unsere Aeußerungen stimmen wunderjam überein — und wie möchte es auch anders seyn? Vielmehr hoffe ich und bin gewiß, es wird darin immer weiter gehen. Je mehr die Convenienzwelt untergeht, desto mehr tritt die Natur und das Ursprüngliche wieder hervor; und diese Naturwelt ist die eigentlich neue, an die Stelle der alten tretende, welche keiner Umschaffung werth billig zertrümmert wird. Möchten alle, die noch an dieser Convenienzwelt hangen, davon befreit werden; unsern Johannes*, davon abzubringen, lassen Sie sich angelegen sein. Die Revolution hat jetzt erst in Deutschland angefangen; ich meine nämlich, daß erst jetzt Raum wird für eine neue Welt.

Campetti, der Rhabdromantist, ist hier, und Ritter hat aus Italien, wo diese Kunst schon hoch vervollkommnet ist, — obgleich im Stillen — Wunderringe mitgebracht.

Ich habe über die Maßen viel zu arbeiten, und schließe daher nur mit der Ermahnung, nicht zu säumen mit dem für die Jahrbücher Versprochenen, und dem Wunsch wohl und heiter zu leben.

Ihr

S.

Schelling an Hegel.**

München, den 11. Jan. 1807.

Wie sehr ich mich über Deinen Brief gefreut habe, könnte ich Dir fast nicht sagen, ohne Dir zugleich auszudrücken, wie sehr ich bedauert habe, seit geraumer Zeit fast außer aller Verbindung mit Dir zu sein. Ich hoffte durch Uebersendung meines Anti-Fichte mich wieder in Deine Erinnerung zu bringen, und siehe, es ist gelungen. Was Du über den Gegenstand dieses Buches sagst, ist ganz richtig, und als ich mit diesem

* von Müller.
** Antwort auf H.'s Brief vom 3. Jan.

fertig war, hatte ich fast Lust zu einem zweiten über die Fichtesche Ansicht vom Leben, vom Staat, von der Sitte rc. (im Capitel von dieser
handelt es hauptsächlich von der Verbesserung des Criminalrechts). Denn
man kann sagen, daß sein blindes Wehren gegen das Zeitalter der .. ..
stinct ist, der ihm selbst sagt, daß er demselben ganz gleich und homo-
gen ist.

Ich habe Dich oft herausgewünscht aus dem veröden Norden, der
nachgerade selbst zum Gefäß, das Bessere zu fassen, verdorben scheint.
Da ich von Niethammer hörte, daß Du in Bamberg seiest, hoffte ich, Du
solltest gleich da bleiben, und war sehr erstaunt einen Brief von Dir aus
Jena zu erhalten.

Was nun die Lage der literarischen Dinge in Bayern betrifft, so
existirt zuvörderst Landshut, welches ich nur die Landes-Hut nenne. Dorthin wird dem Vernehmen nach ein Philosoph gesucht, da der Pfarrer, der
ihn bisher vorgestellt, für besser findet, sich auf's Land zurück zu ziehen
— jener aber muß von der moderirten Art sein, besonders um die Zweige,
welche Ast, aus der Aesthetik herauswuchernd, in die Philosophie aussendet,
wieder zu beschneiden — einer unsrer jungen Weisen, etwa ein Herbart
in Göttingen oder Fries oder dergl., und wohl zu gönnen wäre auch diesen
der Aufenthalt, den man Freunden kaum wünschen kann. — Gewiß ist
aber, daß in Erlangen oder Nürnberg eine neue rein protestantische Universität errichtet wird, so wie nur der nordische Krieg geendet ist. Dies ist
aber auch alles, was bis jetzt bekannt ist. Den größten Einfluß auf die
Organisation dieser Universität wird der Herr Graf Thürheim haben.
Wie nun an diesen zu gelangen sei, werden Dir die Bamberger Freunde
vielleicht eher sagen können. Was mich betrifft, so ist Dir mein Verhältniß mit ihm ohne Zweifel bekannt. — Der Mann, auf den es hier ankommt,
ist mir nicht ungewogen. Doch hat er erstens kaum den Willen, etwas zu
thun, wozu der Provincial-Commissär nicht schon den Vorschlag gemacht
hat; zweitens reicht die Gunst nur eben so weit, daß mir einigermaßen
Gerechtigkeit widerfahren ist, daß ich aber für einen Freund zu sprechen
nicht einmal versuchen mag, weil ich nie weiß, ob ich ihm nicht mehr
schade als nütze. Dies ist die aufrichtige Schilderung meiner Verhält-

nisse. Ich bin für meine Person zufrieden und halte mich von allen weitern Ansprüchen fern: denn ich habe in weniger Zeit oft erfahren, daß das Mediocre et rampant noch immer das beste Recept zum Empfehlen und Empfohlenwerden ist. — Ich kann Dir sonach nur mit dem etwaigen, auch unbedeutenden, Rath an die Hand gehen, Dein zu Ostern erscheinendes Werk an Herrn Gr. Th., desgleichen an Herrn Geheimer Rath von Zentner, von Schenk und etwa auch an den Minister zu schicken und Deinen durch die Lage im Norden motivirten Wunsch oder Anerbieten auszudrücken, auf der neubayerischen Universität zu lehren. Willst Du mich, wann Du es thust, davon benachrichtigen, so kann ich dann wenigstens hören und auf das Gehörte nöthigenfalls antworten. Am meisten wollte ich wünschen, daß Du hierher versetzt würdest, und an Gelegenheit dazu fehlte es nicht; aber wer kann vor den Zudringlichen aufkommen?

Das sind schlechte Nachrichten — aber wenigstens offne und redliche, wie die Versicherung, daß wenn je die unerwartete Gelegenheit sich fände. ubi fas esset für Deine Wünsche zu reden oder zu handeln, mir nichts Angelegeneres sein würde, als eben dieses. — Jacobi hat sich gegen mich sehr gut benommen; auch würde er, ohnerachtet sein Einfluß nicht unbedeutend ist, gewiß Dir nichts in den Weg legen.

Auf Dein endlich erscheinendes Werk bin ich voll gespannter Erwartung. Was muß entstehen, wenn Deine Reise sich noch Zeit nimmt, ihre Früchte zu reifen! Ich wünsche Dir nur ferner die ruhige Lage und Muße zur Ausführung so gediegener und gleichsam zeitloser Werke.

Wir sind gegenwärtig hier alle mit höchst wundersamen Dingen beschäftigt. —*) Vor einiger Zeit kam Nachricht aus Italien, daß an der Thyroler Gränze ein Erz- und Wasserfühler lebe; der für alles ihm dargelegte Große und Gute wirklich empfängliche Minister beschloß, auf geschehene Vorstellung, daß Ritter dahin reisen sollte — und siehe, es hat sich noch weit mehr gefunden. Ritter hat zuvörderst die von Fortis schon vor 20 Jahren angegebenen Pendelschwingungen über Wasser und

---

*) Vgl. zum Folgenden BW. 1, 7, 457 ff.

Metall, [*] damit in Verbindung gesetzt, die, obgleich vorerst den meisten
Physikern angeblich mißlungen, uns jetzt gelingen. Nehme, um Dich zu
überzeugen, einen Würfel von beliebiger Materie, Schwefelkies z. B.,
gediegen Schwefel, Metall, vorzüglich Gold, hänge ihn wagerecht an
einem nassen Faden auf, den du stets zwischen den Fingern hältst, und über
Wasser und Metall geräth der Körper bald in elliptische, immer mehr der
Kreisform sich annähernde Schwingungen. Dies ist das Geringste, aber
mittelst dieser Bewegungen und ihrer entgegengesetzten Richtung lassen
sich sonst unerkennbare Polaritäten darlegen, z. B. über dem Nordpol
schwingt sich das Pendel in dieser Richtung O‿, über dem Südpol eines
Magnets in dieser — — — O⁄; eben so verhalten sich die Schwingungen über Silber, Kupfer u. s. w. zu denen über Zink, Wasser. Aber noch
mehr, Ritter hat in Mailand einen Abbate gefunden, der auf diese Weise
den ganzen menschlichen Körper durchexperimentirt hat. Mache Versuche
über dem Kopfe, den Gesichtstheilen, den Fingern, äußerer und innerer
Fläche der Hand, rechter und linker Seite, überall wirst Du denselben
Gegensatz finden. Ueber dem Stielende eines Apfels schwingt das Pendel
wie über dem Nordpol — über dem entgegengesetzten wie über dem Südpol. So verhält sich auch das contrahirte und expandirte Ende eines Ei.
Ich schreibe Dir dies, weil ich weiß, daß diese Versuche dich in Verwunderung setzen werden. Laß Dich Variationen nicht irren, sie kommen immer von bestimmten Veränderungen der Operation her; hebst Du das
Pendel während des Schwingens senkrecht auf und näherst Dich dann
wieder dem Mittelpunct des Metalls, so geht die Bewegung in die entgegengesetzte über; eben so ist die Richtung anders, wenn Du von der Seite
kommst, oder von oben herab. Bei gleichem Verfahren sind aber die Resultate immer gleich und kehren sich eben so regelmäßig um, wenn jenes
umgekehrt wird.

Aber auch die eigentliche Wünschelruthe schlägt uns nun allen, über
der kleinsten Masse von Metall oder Wasser, d. h. uns allein, die wir
uns damit beschäftigen, denn Vielen hat Natur die Kraft versagt, oder

---

[*] Diese Worte sind jetzt mit einer Ecke des Originals abgerissen, finden sich aber
noch in einer von Hegel's Gattin angefertigten Copie.

Lebensart geraubt. Es ist dies eine wirkliche Magie des menschlichen Wesens, kein Thier vermag sie auszuüben.

Der Mensch bricht wirklich als Sonne unter den übrigen Wesen, die
alle [seine] *) Planeten sind, hervor. Die Theorie der Circulation, der
Generation, Formation des Fötus, Assimilation und wie viel Anderes
noch wird seine Aufklärung hierdurch erhalten. Es beginnt die Physica
coelestis oder urania nach der bisherigen terrestris. — Ritter will ein
eigenes Journal anlegen unter dem Titel: Der Siderismus. — Ich melde
Dir dies zu Deinem Privatgebrauch, mit der Bitte, es vorerst nur den
besten Freunden mitzutheilen, da Ritter wohl bald selbst öffentliche Nachricht davon geben wird. Er hat den Erz- und Wasserfühler mit hieher
gebracht, und wird aus diesem neuen Phänomen viel Herrliches ziehen.

Lebe wohl, und laß die Verbindung zwischen uns nicht wieder so lang
unterbrochen werden. Sei der unverbrüchlichsten und innigsten Freundschaft versichert von

Deinem

Schelling.

N. S. Meine Frau grüßt Dich bestens. Empfiehl uns an Frommanns. Meine Frau wird M⁻ˢ. Frommann in wenigen Tagen für ihren
Brief danken.

München, den 22. März **) 1807.

— Recht sehr freue ich mich, daß Du wieder in Bamberg angekommen und nun vorerst wenigstens auf bayerischem Grund und Boden bleiben wirst. Dieser behält immer das Eigenthümliche, daß es Guten und
Schlechten leicht wird sich auf ihm zu fixiren, wenn auch schon diesen in
der Regel leichter, denn das Haupt-Princip, das dabei beobachtet werden
muß, ist das der gänzlichen ἀπραγμοσύνη: daher zur ersten Entrée die

---

*) Wie die vorige Anmerkung.
**) Antwort auf H.'s Brief vom 23. Febr.

Ankündigung eines Plans wie der Deinige vielleicht eher nachtheilig als
gut wirken möchte. Die Akademie soll zwar ein liter. Blatt unternehmen;
daran werden aber so viele und so vielerlei Menschen pfuschen und stüm-
pern, daß nichts Kluges herauskommen kann; die Verläugnung, die Sache
E i n e m Tüchtigen zu überantworten und ihn schalten zu lassen, um daß
es gelinge — kennt man hier nicht: und ich fürchte unter uns gesagt, wie
dies alles — eine solche Zeitung würde bald ein Jacobisches Institut
werden, eben so wie die Akademie selbst. Ich weiß, daß Cotta mit einem
ähnlichen Plan umgeht und sich mit der Akademie gern zu dem Ende
associiren würde, da wäre denn die Sache bald gemacht und Deine Idee
unmittelbar anzuknüpfen: aber freilich müßte Alles blos von Cotta ab-
hängen, denn was die Uebrigen betrifft, so glaubst Du nicht, welche Angst
sie vor Jemandem wie Du, haben und wie ungern sie einem solchen das
Messer in die Hand geben, froh genug, wenn er es nicht sich selbst nimmt.
Ich glaube also, Du müßtest in Bayern, wie man zu sagen pflegt, ohne
Sang und Klang Deinen Einzug halten und vorerst ganz einfach nur
darauf sehen, auf Staatskosten ernährt zu werden, ohne Pläne anzukün-
digen.⸗ So will man es, und diesem gänzlichen Verfall alles Gemeingeistes
ist nicht zu steuern, so lang ängstliche, kleinmüthige und der Zeit völlig
unkundige Menschen nur auf diese Weise die Herrschaft sich sichern zu können meinen. So ist es auch mit dem, was ich Dir von C. schrieb, eigentlich zu verstehen. Könnte man sich versichern, daß Du auf's Beschneiden
Dich einschränktest, oder vielmehr daß Du selbst vorläufig schon beschnitten
wärest, so möchte es wohl gut sein, sonst hat man doch die flosculos
immer noch lieber als die großen Scheeren. Indeß wäre doch jetzt ein Anknüpfungspunct zu versuchen, da ein gewisser Reiner, Prof. der praktischen
Philosophie, kürzlich verschieden ist, nur ich kann und darf ihn nicht machen,
weil da gleich Feuer und Flamme unter die bayr. Zionswächter käme.

[Mit den Versuchen, von denen ich Dir neulich geschrieben, geht es
denn doch vorwärts, und hat allerdings seine Richtigkeit. Die größere
Kraft des Campetti erlaubt, sie auf eine Weise anzustellen, bei der alle
Täuschung wegfällt. Es drehen sich ihm Staniolstreifen oder auch breite
schwere Metallplatten, auf dem blosen Zeige- oder Mittelfinger balancirt,

mit der größten Regelmäßigkeit. — Das Tiefste in der Sache ist der un-
leugbare unmechanische magische Einfluß des Willens, ja des leisesten Gedankens auf diese Versuche. Das Pendel oder auch die Baguette verhält
sich völlig als ein willkürlicher Muskel, so wie hinwiederum diese wahre
Wünschelruthen sind, die jetzt nach außen — Extensoren — jetzt nach
innen — Flexoren — schlagen. Und was noch wunderbarer ist, bis jetzt
ist kein Phänomen entdeckt worden, das nicht schon vor Alters bekannt
gewesen; aber jener Einfluß des Willens machte die ganze Sache verdächtig, so daß man selbst den Teufel im Spiel glaubte. Den Versuch mit
dem Stundenschlagen des Ringes wirst Du Dir hieraus vollkommen erklären können, denn wenn Du weißt und bestimmt Dir vorstellst, daß es
eben 12 Uhr ist, so schlägt der Ring wirklich nicht mehr als so viel. Ein
ähnlicher Versuch mit dem Drehen eines Degens ist Dir wohl auch schon
vorgekommen.

Kommt Dir das letzte Heft der Jahrbücher der Medicin in
Bamberg vor, so bitte ich Dich, einen Aufsatz über thierischen Magnetismus von unserem Karl zu lesen, den Du darin noch immer als den alten
finden wirst, und der manche Aufschlüsse hierüber giebt.

Lebe recht wohl; empfiehl mich Niethammer und schreibe mir bald.

     ·

Schelling an Schubert.

München, 24. April 1807.

Der Wunsch, den Sie so bestimmt ausdrücken, daß ich Ihnen gleich
antworten soll, erlaubt nicht so zu antworten, wie ich wünschte und wie
es Ihres Briefes einigermaßen würdig wäre. Ich habe ihn, da er seit
vorgestern Abend in meinen Händen ist, nur durchlesen aber nicht studiren
können, nicht ihm nachgehen in allen seinen Details. Was Sie versucht
haben, ein rein mathematisches Gesetz auch für Größe und Distanzver-
hältnis der Planeten zu einander zu finden, ist herrlich und, wenn sich Alles

fügt, eine der schönsten Entdeckungen, welche jetzt gemacht werden könnten. Schon hat sich der noch erwartete Planet seitdem gefunden. Ich hoffe, er wird auch an der rechten Stelle sein. Ich habe oft und vielmals den Ansatz gemacht zur nämlichen Untersuchung, bin aber immer ermattet zurückgekommen von den Rechnungen, welche durch zweideutige und unsichere Angaben noch mühsamer wurden. Heil Ihnen und Segen vom Himmel, daß Sie's vollenden! — Ihre zoologischen Ideen habe ich unmittelbar auffassen können. Die Idee der Keplerschen Gesetze im Organischen ist mir seit Jahren nicht fremd, ob ich gleich nur in dem höchsten, nämlich dem eigentlich Menschlichen, die Nachweisung zu geben im Stande war. Was Sie vom Proceß der Verwesung schreiben, ist vortrefflich, ebenso Ihre Gedanken von der prima materia. — Doch was kann Ihnen, lieber, frommer und treuer Freund, kahles Lob nützen, oder wie Sie erfreuen? Und doch kann ich jetzt nicht mehr; denn ich eile mich, nur vorläufig zu antworten, um wegen des letzten Punctes in Ihrem Brief, wenn es sein könnte, Sie zu beruhigen, und auch dies kann nur im Fluge geschehen; denn ich selbst habe Arbeiten vor mir liegen, deren Beendigung ich mir selbst und Andern heilig gelobt habe. Muße und stille Betrachtung aber verlangen die himmlischen Dinge. —

Also nun von den irdischen! Es wundert mich, daß Ihr Verleger, wie Sie schreiben, wegen des 2. Theiles zaudert. Denn an guter Aufnahme hat es ihm doch wahrlich nicht gefehlt; und selbst dem großen Lesepublicum haben Blätter, die Werke Ihres Geistes sonst schmähen, ihn angepriesen. Zudem steht der 2. Theil im neuen Meßkatalog als fertig. Indeß will ich thun, was Sie wünschen, in Hoffnung, daß es nützen könne. Ritter will ich um den Entwurf einer Anzeige des 1. Theils bitten, den ich dann ausführe und hinzufüge, was gut für den 2. wirken kann. Ich selbst getraue mir nicht, im Augenblick das Treffende darüber zu sagen, da es mir ganz an Zeit fehlt, den 1. Theil jetzt wieder zu lesen, und ich doch nicht zu sehr im Allgemeinen bleiben möchte. Fehlt es Ritter'n an Zeit oder Lust dazu, so will ich durch einen andern Freund es doch möglich zu machen suchen. Durch unmittelbare Empfehlung bei Buchhändlern vermag ich nichts; ich kenne nur Cotta, und dieser hat noch nie, da ich es

einigemal versuchte, eine Empfehlung von mir angenommen, daher ich es
für immer aufgegeben habe.

Gern hätte ich schon im letzten Brief Ihnen die Jahrbücher zu
einer Niederlage Ihrer Ideen angeboten. Ich habe sie eigentlich für
Freunde gestiftet; denn was ich dazu beizutragen vermag, ist Weniges.
Schicken Sie also ja die Abhandlung von den Keplerschen Gesetzen im Organischen; erhalte ich die Abhandlung binnen eines Monats, so kann sie
noch in das nächste Heft (3. Bandes 1. Stück) kommen. Ich werde Sie
gut und redlich bezahlen, wie kein Verleger, damit Sie und die Übrigen
auch eine Freude und Erleichterung durch Ihre Arbeit verspüren. Die
Einrichtung ist so, daß ich für verschiedene Mitarbeiter größeres und ge-
ringeres Honorar ausmachen kann. Ich hoffe, das größte für Sie zu erhalten, mit der einzigen Bitte, daß es kein Anderer erfahre, um keine Ungelegenheit zu haben.

Erhalte Sie der bei Kraft und Wohlsein, dessen Werk Sie fördern.
Ihnen und Ihren Mitgenossen werden noch schönere Tage blühen. Möge
dann auch mein Andenken noch in Ihrem Herzen bleiben! — Was jetzt
von mir erscheint, ist nicht das, was ich eigentlich arbeite. Gelingt es,
was ich in der Stille und nur allmählich vollbringen kann, so wird — —*)
für mein Dasein bezahlen. — Leben Sie recht wohl mit den Übrigen, die
ich herzlich grüße. Wie ich Sie zuerst und im Anfang unserer Bekanntschaft
liebend erkannte und umfaßte, mit derselben Liebe werde ich ewig sein

Ihr

Schelling.

Schelling an Windischmann.

München, 30. Juni 1807.

Zimmer hat mir vor Kurzem Ihre Gespräche geschickt; an beiden,
besonders dem ersten, habe ich mich nicht wenig erbaut. Es ist aus der

---

*) Etwa zwei Worte sind abgerissen.

Seele geschrieben mit Luft und derjenigen Heiterkeit, die mich überall erquickt, wo sie erscheint. Noch bin ich Ihnen Dank schuldig für die Mittheilung des Briefs von Joh. Müller und Ihrer Antwort, worin treffliche
Dinge stehen und große, tiefe Griffe geschehen sind in die Geschichte der
Vorwelt und den Geist der jetzigen Zeit.

Ihren Aufsatz haben die Morgenblättler nicht aufgenommen, wie
mehrere andere, und sich damit entschuldigt, daß ich ihnen geschrieben,
sie sollten keine andern als von uns kommende Aufsätze annehmen. (Ich
hatte sie nämlich gewarnt, keine Calumnien und historisch-falsche Notizen,
dergleichen von hier zu erwarten standen, aufzunehmen.) Jetzt ist das
Blatt offen, und haben Sie etwas, so spenden Sie es.

Die Versuche haben sich indeß schon ziemlich weit fortgebildet. Mich
verwunderte, daß Sie in Ihrem Aufsatz noch keine Kenntnis von dem Einfluß des Willens (dem magischen, unmechanischen nämlich) zu haben
wenigstens schienen. Oder wollten Sie davon als einem $\mu\nu\sigma\tau\acute{\iota}\varrho\iota\sigma\nu$
noch schweigen? Pendel, Baguette, und was man ihnen substituiren mag,
folgt dem Entschluß des Willens (ja auch leisem Gedanken) ebenso wie der
willkürliche Muskel, dessen Bewegung ohnedies eine rotatorische ist. So
sind unsere Muskeln in der That nichts anderes als Wünschelruthen, die
nach innen oder außen schlagen -- Flexoren, Extensoren — je nachdem
wir es wollen.

Form, Figur, Zahl u. s. w. hat den bestimmendsten Einfluß auf das
Phänomen. In manchen einzelnen Beobachtungen und Versuchen zeigt
es schon seine nahe Verwandtschaft mit der magnetischen Clairvoyance.

Kurz, hier oder nirgends ist der Schlüssel der alten Magie — wie
auch Sie sagen —; das letzte Entgegenstehende ist überwunden, die Natur
kommt in des Menschen Gewalt, aber nicht auf Fichtesche Weise, der Ihre
schöne Ironie sein und werden möge, was die platonische dem Gorgias
und Andern. — Noch eine Bitte. Sollten Sie meinen Brief, den ich
Ihnen unmittelbar nach dem Fall der preußischen Monarchie geschrieben,
zufällig aufgehoben haben, so lassen Sie ihn mir, aber baldigst (ich bitte!)
wieder zukommen, wenn auch nur um ihn zurückzusenden, wenn Sie es
verlangen. Ich schreibe an einer Schrift, darin ich einiges Aehnliche zu

fagen wünfche mit dem, was jener Brief enthält, der mir fonach als Erinnerung dienen fann.

Schreiben Sie bald, aber recht bald wieder

Ihrem

Schelling.

Schelling an feinen Vater.

München, den 22. Oct. 1807.

Sie werden es faft unverzeihlich finden, befter Vater, daß ich Ihnen
für Ihren liebreichen Brief fo lange nicht gedankt, befonders aber zu Ihrer
fo ehrenvollen und in jeder Rückficht erfreulichen Verfetzung nach Maulbronn bis jetzt glückzuwünfchen verfäumt habe. Ich habe mich wirklich darüber von ganzem Herzen erfreut, befonders weil Sie damit wieder in eine
Ihrem Geift und Sinn ganz angemeßne Lage und Befchäftigung eintreten.
Wie wohl wird es Ihnen thun, wieder junge Leute vor fich zu haben, an
deren Bildung Sie den fchönften Antheil nehmen werden, und eines
mehr gelehrten Umgangs zu genießen als bisher; von den Vorzügen der
Gegend und dem angenehmen Beruf, jährlich wenigftens zwei Monate in
der Hauptftadt zuzubringen, nichts zu fagen. Wären Sie bereits in dem
neuen Orte aufgezogen und eingerichtet, fo follte mich die fchon weit vor-
gerückte Jahreszeit nicht aufhalten, Sie dafelbft noch diefen Herbft zu be-
fuchen. So hoffe ich Sie vielleicht im kommenden Frühling dort zu begrüßen. Die Verfpätung meines Glückwunfches kann ich einigermaßen
damit entfchuldigen, daß ich feit dem Empfang der erfreulichen Botfchaft
unabläffig mit einer nothwendigen Arbeit befchäftigt war. Ich werde
nämlich morgen die jährliche akademifche Rede zur Feier des Namens-
feftes unfres geliebten Königs halten, und da ich die Aufforderung dazu
fehr fpät erhielt, zugleich aber nichts Gemeines leiften wollte, fo nahm
mir die Ausarbeitung und Beforgung derfelben zum Druck feit 11 Tagen
faft alle Zeit hinweg. Ich werde Ihnen in den nächften Tagen mehrere
Exemplare derfelben zuzufenden das Vergnügen haben. Es wird diefe

Rede vielleicht nicht ohne Einfluß auf mein nächstes Glück sein. Die Minister und der vor wenigen Wochen zurückgekommene Kronprinz werden Zuhörer sein. Es ist mir eingefallen, ob ich nicht auch Sr. Majestät dem Könige von Würtemberg ein Exemplar derselben zu überschicken wagen dürfte?

Sie entschuldigen die Kürze dieses Schreibens mit der Beengung meiner gegenwärtigen Zeit. Die liebe Mutter, höre ich, soll ganz verklärt sein und höchst glücklich, daß sie das Ziel aller ihrer Wünsche erreicht hat. Wir grüßen die Frau Prälatin von Maulbronn auf's zärtlichste, und küssen Ihnen, lieber Vater, und ihr die Hände. Möge Ihnen der Himmel noch lang Gesundheit und Kraft schenken, Ihres Glücks und wohlerworbenen Ruhms freudig zu genießen. Mit ewiger Liebe

Ihr

Fritz.

Schelling an Schubert.

München, 30. Oct. 1807.

Wundern soll' es mich nicht, geliebter Freund, wenn Sie nach so langem Stillschweigen gänzlich an meiner Freundschaft zweifelten. Zur Entschuldigung kann ich nichts vorbringen, als die seltsame Idiosynkrasie, die mir Briefe zu schreiben fast unmöglich macht, so wie ich mit irgend einer Geistesarbeit beschäftigt bin, ob ich gleich müßige Augenblicke genug dazwischen mache. Ich glaube, sie ist ein Beweis für die dunkeln Vorstellungen, indem sich die Seele mit dem Gegenstand, den sie ergriffen, auch dann noch fortbeschäftigt, wenn sie ausruht, und daher nicht ohne Unwillen zu einem andern auch dem leichtesten Geschäft abgelenkt wird. Tragen Sie hierinnen meine Schwäche, die ich nicht verläugne und freiwillig bekenne. Ich beruhigte mich durch die Hoffnung, daß Ritter Ihnen meinen Dank für Ihr mir so höchstinteressantes Geschenk, des zweiten Theils Ihrer Ahndungen, vermelden würde. Zugleich hoffte ich immer,

auch den zweiten Abschnitt noch diesen Sommer lesen zu können, wie ich
den ersten, über die Verwesung, nicht ohne freudigen Schauder gelesen
hatte. Allein die Zerstreuungen des Sommers und Spätjahrs waren zu
viele, daher ich Ihnen jetzt etwas Näheres darüber zu schreiben außer
Stande bin, und nur meine Freude und Bewunderung über das so glücklich gefundene Gesetz, dessen Bestätigung der Himmel selbst gegeben, ausdrücken kann. Sobald ich Ihre astronomischen Lehren ganz durchdrungen,
werde ich nicht allein Ihnen darüber schreiben, sondern auch öffentlich
meinen Jubel anstimmen. Unbegründetes, untiefes Lobpreisen kann Ihnen
keine Freude machen; ich habe Audre möglichst aufgemuntert, Ihre beiden
Theile zu beurtheilen, auch an die Jen. L. Z. meine Meinung von dem
Werk geschrieben; aber ich selbst konnte bis jetzt nichts öffentlich darüber
sagen. Gewiß wird dieses Ihr Werk in Kurzem durchdringen und Sie
mit ihm. Wenn von den Vielen, die nach dem großen Ziel gerungen,
einer den Kranz verdient, so wären es Sie, und stünde mir zu Kränze zu
vertheilen, ich wollte den Ihrigen Ihnen selbst auf das Haupt drücken.
Ihnen darf nicht bangen: Gott ist sichtbar mit Ihnen gewesen in Ihrem
Werk: so wird er auch mit dem Erfolg sein.

Lassen Sie die letzte Trübung zwischen uns vergessen sein; entschuldigen Sie auch, wenn ich zu herbe meinen Unmuth geäußert; es thut mir
Weh, ich läugne es nicht, sehr Weh, von Ihnen verkannt zu werden, den
ich von Anbeginn an mit Liebe umfaßt hatte. Reden wir davon nicht
mehr; es ist nicht gewesen und wird nicht wieder sein.

Begreifen kann ich nicht, worauf sich die in Ihrem letzten Briefe geäußerte Kleinmüthigkeit gründet, indem Sie schreiben: „mit M. ist es
nichts, das sehe ich nun schon." Ich wünsche, daß Sie über diese Dinge
mir immer ganz unverhohlen schreiben. Es steht Ihrem und unsrem
Wunsch nichts, bis jetzt, im Wege, obgleich für die definitive Erfüllung noch
nichts directes geschehen konnte. Ritter und Baader wollen Ihnen gleich
wohl; mein Einfluß ist gar gering oder keiner, dennoch kann ich mit reden:
Sie meiner Gesinnung erst versichern, Ihnen sagen wollen, daß es mir
selbst Herzensangelegenheit ist. Sie bald in einer ganz günstigen und der
Entwicklung Ihrer Arbeiten vortheilhaften Lage zu wissen, finde ich un-

nöthig, da ich hoffe annehmen zu dürfen, daß Sie daran weder zweifeln
noch gezweifelt haben.

Sie fragen mich vielleicht, was ich denn in aller Welt gearbeitet,
daß ich weder habe lesen noch schreiben können? — Ich kann freilich nichts
aufweisen; dennoch habe ich die Zeit nicht verloren. Eine fast ganz exo-
terische Arbeit ist von mir gefertigt worden, eine akademische Rede über
das Verhältnis von Natur und Kunst,[*] berechnet für ein ge-
mischtes Publicum. Mit ehester Gelegenheit, da ich sie Ihnen ohne Porto
zubringen kann, erhalten Sie dieselbe.

Nun leben Sie recht wohl, und lassen mich bald wieder von Ihnen
hören. Die Erzählungen aus dem Karlsbad haben mich sehr ergötzt.
Goethe'n habe ich erkannt in dem, was Sie von ihm schreiben. Daß aber
ein Astronom es noch einmal mit dürren Worten sagen würde, die Keplerschen und alle Naturgesetze seien Willkür, hab' ich mir doch kaum versprochen. Leben Sie einen heitern nur wo möglich frohen Winter mit
den Ihrigen durch; es wird, es muß Ihnen wohl gehen. — Ich grüße
Sie herzlich

Ihr

treu ergebner Freund
Schelling.

Schelling an Hegel.[**]

München, den 2. Nov. 1807.

Ich schicke Dir hier eine Rede, die vor einiger Zeit von mir gehalten
worden. Du wirst sie beurtheilen, wie solche Gelegenheitsreden, die für
ein größeres Publicum berechnet sind, beurtheilt sein wollen.

Du hast lange keinen Brief von mir erhalten. In Deinem letzten
versprachst Du mir Dein Buch. Nachdem ich dieses erhalten, wollt' ich

[*] S.W. I, 7, 291 ff.
[**] Antwort auf Hegel's Brief vom 1. Mai; letzter Brief Sch.'s an H.

es lesen, ob ich Dir wieder schriebe. Allein die mancherlei Abhaltungen und Zerstreuungen dieses Sommers ließen mir weder die Zeit noch die Ruhe, die zum Studium eines solchen Werks erforderlich sind. Ich habe also bis jetzt nur die Vorrede gelesen. Inwiefern Du selbst des polemischen Theils derselben erwähnst, so müßte ich, bei dem gerechten Maß der eignen Meinung von mir selbst, doch zu gering von mir denken, um diese Polemik auf mich zu beziehen. Sie mag also, wie Du in dem Briefe an mich geäußert, nur immer auf den Mißbrauch und die Nachschwätzer fallen, obgleich in der Schrift selbst dieser Unterschied nicht gemacht ist. Du kannst leicht denken, wie froh ich wäre, diese einmal vom Hals zu bekommen. — Das, worin wir wirklich verschiedener Ueberzeugung oder Ansicht sein mögen, würde sich zwischen uns ohne Aussöhnung kurz und klar ausfündig machen und entscheiden lassen; denn versöhnen läßt sich freilich Alles, Eines ausgenommen. So bekenne ich, bis jetzt Deinen Sinn nicht zu begreifen, in dem Du den Begriff der Anschauung opponirst. Du kannst unter jenem doch nichts andres meinen, als was Du und ich Idee genannt haben, deren Natur es eben ist, eine Seite zu haben, von der sie Begriff, und eine, von der sie Anschauung ist.

Sei so gut, Dein Exemplar meiner Rede auch Liebeskind zum Lesen mitzutheilen; ich selbst habe, bei der kleinen Auflage, die davon gemacht worden, nur noch Eines übrig; kann ich noch ein andres auftreiben, so werde ich es ihnen schicken.

Lebe recht wohl; schreibe mir bald wieder und bleibe gewogen als

Deinem aufrichtigen Freund
Sch.

—

Schelling an Windischmann.

München, 31. Dec. 1807.

Am letzten Abend des Jahres muß ich Sie noch begrüßen, lieber Freund; früher wär' es geschehen ohne die Noth eines Aus- und Umzugs, wozu ich in dieser Jahreszeit genöthigt wurde. — Ihre Nachrichten von Fr. Schlegel haben mich sehr interessirt; was mir sein Bruder bei neulicher Durchreise mit Frau von Stael erzählt, war in manchem Betracht bestätigend, unter anderm, daß er so voll und stark geworden, daß er einem wahren Mönch gleicht. Außerdem scheint er ganz historisch geworden und meditirt eine Geschichte des österreichischen Hauses. Frau von Stael ist eine bewundernswürdige Frau, die Form ist französisch, so viel sie es nur sein kann, der Grund aber um gar viel besser. Ich habe sehr viel mit ihr gesprochen und mich nicht wenig an den Lebhaftigkeiten, der Schnelle und dem Feuer ihrer Reden ergötzt. Zur Erwiederung will ich Ihnen von Fichte melden, wenn Sie es noch nicht wissen, daß er den Dante übersetzt (ein Gesang dieser Uebersetzung ist bereits in einer Königsberger Zeitschrift erschienen); unserm Freunde Köhler, der beiläufig zu sagen, mit gar viel Ehre und Lob eben aus dem Felt zurückgekommen ist, hat er drei Sonette recitirt, worin seine ganze Philosophie enthalten ist — (diese werden nun zum Verstehen übersetzt, da das Zwingen nicht helfen wollte), und nachdem er jenem die verborgenen Schönheiten, dieselben vordocirend, enthüllt, setzte er hinzu: das wäre doch kein Schlegelscher Sing Sang und Kling Klang. Sonderbar ist, daß unter dem Ruin des preußisch-juridischen Staats, dessen Ideal zur letzten Verherrlichung sich eben in Fichte reproducirt hatte, er auf Machiavelli fiel und ganz von ihm ergriffen auch gleich eine Abhandlung über ihn ad modum des Götheschen Winkelmanns (in der nämlichen Zeitschrift, schrieb, welche (Abhandlung) von verständigen Leuten sehr gerühmt wird. Ein solcher schrieb aus Königsberg recht gut über ihn hierher, „seine alte Wahrheit sei ihm genommen worden; das woll' er sich nicht gestehen, nun sei er ein Betrüger seiner selbst und der Welt, ein Deutler und Wortklauber" ꝛc. Interessant wird sein zu sehen, wohin die verschiedenen Naturen alle sich wenden. Die unseres Johannes hat gewaltige Sprünge gemacht; mög' es ihm Gott gesegnen, und mög' er viel Kluges und Tüchtiges thun können für deutsches Wesen!

Die Schrift von Rottmanner[*]) ist immer gut genug für den Gegenstand; tiefer wäre unbarmherzig. Es ist ein junger Mann, dergleichen,

---

[*] Krint der Abhandlung F. H. Jacobi's über gelehrte Gesellschaften. Landshut.

wie er ist, hier zu Lande erblicken, ist immer erfreulich, traurig aber, daß endlich sogar Kinder und Unmündige schreien müssen, was die Erwachsenen und Alten nicht sehen wollen.

Leben Sie nun wohl sammt Ihren vielen Kindern, und führen Sie ein glückliches, frohes neues Jahr, welches wegen der doppelten 8 keinen besondern Wohllaut hat. Gott sei Dank, daß wir beide 1888 nicht erleben werden. Antworten Sie bald Ihrem Freund

Schelling.

Schelling an Eberhardt Wächter. (?)

München, 16. Juli 1808.

Ihr Brief, mein werther Landsmann, hat mir wahre Freude verursacht. Ich kenne Ihr schönes Gemüth aus mehreren Ihrer Werke, die ich zu sehen Gelegenheit gehabt, unter anderem in Weimar. Habe ich meiner Rede Beifall gewünscht, so war es der Beifall solcher Künstler, die wie Sie aus der Urquelle der Natur schöpfen. Ihre Schilderung der Meisten mag wohl nur zu richtig sein, daß sie die Kunst mehr als eine Nebensache ansehen, die sie treiben, weil man doch irgend etwas treiben muß, da diese doch, wie jede andere Sache, die eine göttliche Gabe fordert, den ganzen Menschen allein besitzen will. — Sie haben wohl von der Errichtung einer Akademie der bildenden Künste in München gehört. Ich übersende Ihnen einen besondern Abdruck ihrer Verfassung. Vielleicht können und wollen Sie mir Ihre Bemerkungen über dieselbe mittheilen, vielleicht reizt Sie die nähere Ansicht, mit der Akademie irgend einmal in Verbindung zu treten. Könnte ich Ihnen je etwas Angenehmes in irgend einer Hinsicht erzeigen, wie sollte es mich freuen! Ganz gewiß werde ich Rom noch sehen, denn die Erde und das auf Wänden Befindliche wird doch bleiben. Sie, lieber Landsmann, sollen mich durch alle Herrlichkeiten führen und deren Dollmetscher bei mir sein. Leben Sie recht wohl, lassen Sie mich bald

wieder von sich hören, und sein Sie der wärmsten Theilnahme an Ihrem
Kunstleben und aufrichtiger Zuneigung versichert von

Ihrem

ergebensten
Sch.

Schelling an Windischmann.

München, 30. Juli 1808.

Ich bin herzlich zufrieden, lieber Freund, wenn Sie nur meine Thätigkeit als Redacteur eines Journals nicht zum Maßstab meiner Freundschaft machen, oder nach der Saumseligkeit, mit der ich die in einem solchen
Fall nöthige Correspondenz betreibe, die Lauigkeit meiner Gesinnungen beurtheilen.*) — Das ganze Journalwesen ist mir äußerst zuwider; und
wenn ich's nicht zum Aerger der Dummen thäte, und andererseits nicht seit
Kurzem manche gescheute Leute sich herbeigefunden hätten, die für die
Jahrbücher zu arbeiten sich anbieten, — so daß sie vielleicht doch noch
aus ihrer bisherigen Schläfrigkeit sich emporarbeiten, — so hätte ich sie
längst aufgegeben.

Ihre Recension meines Bruders hat mich herzlich gefreut. Endlich
kam doch Jemand, der sich der ungerecht vergessenen und vernachlässigten
Schrift annahm, aus der doch schon manches Körnchen in die allgemeine
Ernte sich verloren. Wenn es Ihr sonstiger Ton in Recensionen ge-
stattete, hätten Sie den jungen Mann immer noch etwas ohrenfälliger
loben können; das Publicum hat ein gar dickes Trommelfell, und der arme
Mensch hat das Unglück wie ich zu heißen, wo man denn glaubt, kurz über
ihn weggehen zu dürfen, was doch gar nicht der Fall ist und sich noch ganz
anders zeigen wird.

Wie es guten Freunden geziemt, erlaube ich mir über Ihre Recensionen in der Jen. L. Z. überhaupt eine Bemerkung. Sie haben mir hie

*) W. hatte sich darüber beklagt, daß ihm ein eingesandter Aufsatz nicht rechtzeitig
zurückgeschickt war.

und da zu fromm geflungen und war zu viel von Gottesfurcht die Rede.
Das Verfinten in Gott ist wohl herrlich als Fassung und Zustand des
Empfangens, aber nicht als Ausbildung des Empfangenen. Wär' es damit gethan, so müßten wir der Meinung unseres ehrwürdigen Braminen
und Fleischhassers, Fr. Schlegel's, zu Folge alle Philosophie überhaupt für
abscheulichen Hochmuth und Gräuel halten. Wollen wir aber einmal diese
gräuliche Sünde begehen, so laßt sie uns wenigstens recht begehen, damit
wir nicht von beiden Seiten ausgestoßen werden, von den Verstockten, die
es noch mit der Wissenschaft und dem Verstand halten, und den Erleuchteten, die dem allem gänzlich erstorben sind. Es scheint — (aber werden
Sie ja nicht böse), — es schwebt Ihnen bei solchen Arbeiten öfters das
Exempel unseres guten Joh. Müller vor, und Sie spielen, ihm nach,
manchmal ungebührlich den alten Herrn. Gott sei Dank, daß wir es noch
nicht nöthig haben; wir können uns noch rühren und brauchen der Frau-
baserei nicht, womit man im Alter zwischen Gutem und Schlechtem sich
durchbringt. — Ich bin sehr begierig, was Sie mit Hegel angefangen.
Mich verlangt zu sehen, wie Sie den Weichselzopf entwirrt haben; hoffentlich haben Sie diesen nicht von der gottesfürchtigen Seite genommen, so
unrecht es wäre, ihm andentheils die Art hingehen zu lassen, womit er,
was seiner individuellen Natur gemäß und vergönnt ist, zum allgemeinen
Maß aufrichten will. Walther hat viele Ideen, die er im Gespräch über
Campetti und Aehnliches vernommen, seiner Physiologie de bonne foi
einverleibt: Sie werden solche wohl unterscheiden. Meine Vermischten
Schriften*) kommen zu Michaelis ganz gewiß heraus, und es freut
mich zu hören, daß Sie zum Recensenten derselben bestimmt sind. Machen
Sie es nur nicht gar zu arg, wenn ich gleich hoffe — der Himmel gebe,
daß es wirklich werde, und die Zeit nicht fehle, was ich lang herumtrage,
tüchtig hinzustellen! — nicht Sie zwar, aber die Schwachen aller Art,
auch die mir gern die Füße abhackten, um darauf herumzuhüpfen, nicht
wenig zu ärgern — nämlich nicht sie zu erzürnen, sondern ihnen ein

---

*) Unter diesem Titel sollten, wie es scheint, Schelling's philosophische Schriften
zuerst erscheinen.

Skandal zu bereiten. — Bleiben Sie mir gut und schreiben Sie bald wieder
Ihrem

Schelling.

- - - - - -

Schelling an Niethammer.*)

München, 25. Oct. 1808.

Auf Ihre gestrige Frage, mein verehrungswürdiger Freund, ob mir
kein Mann bekannt sei, dem man bei dem Real-Institut zu Nürnberg die
Stelle eines Lehrers der allgemeinen philosophischen Wissenschaft und der
classischen deutschen Literatur sammt der Direction der Anstalt übertragen
könnte, glaube ich Ihnen heute eine befriedigende Antwort geben zu können.
Bei weiterem Nachdenken fiel mir als zu dieser Stelle durchaus schicklich
nur geeignet der Dr. G. H. Schubert ein, der auch Ihnen durch die
eine oder andre seiner Schriften oder wenigstens durch die Vorlesungen
bekannt sein wird, die er seit mehreren Jahren vor einem gemischten Publicum in Dresden gehalten und von denen in öffentlichen Blättern jedesmal mit ausgezeichnetem Lob die Rede war.

Da ich ihn noch von seinen Universitätsjahren her, und zwar ziemlich genau kenne, so kann ich die Versicherung geben, daß er von Anfang
sich ganz dem Studium der alten, sodann dem der neuern classischen Literatur gewidmet hat. Von seinen gelehrten Kenntnissen der letzteren kann
eine von ihm herausgegebene Sammlung der ältesten Monumente der
castillanischen Poesie zum Beweis dienen, die ihm namentlich den Beifall
und die Gunst des sel. Herder in hohem Maße erwarb und welche ich zu
Ihrer Einsicht beilege. Die spätern Universitätsjahre widmete er ganz dem
Studium der Philosophie, der Naturkunde in ihrem weitesten Umfang,
endlich der Heilkunst. Von seinem philosophischen Talent so wie von seinen
gründlichen und ausgebreiteten Kenntnissen in der Naturwissenschaft geben
seine seitdem erschienenen Schriften ein unverwerfliches Zeugnis. Die be-

*) Nach dem Concept.

kanntesten derselben sind die Ahndungen einer Allgemeinen Geschichte des Lebens, wovon bis jetzt zwei Bände erschienen sind, die
ich ebenfalls beilege. Diese Schrift unterscheidet sich zu ihrem großen
Vortheil von den meisten ähnlichen unsrer Zeit durch die Vereinigung
von gründlicher Speculation mit reicher Erfahrung, durch die Entfernung
von allem leeren Formelwerk und durch die schöne Sprache, in der sie
verfaßt ist. — Eben jetzt erscheinen zwei neue Schriften von ihm. Die
eine enthält seine im vorigen Winter zu Dresden gehaltnen naturwissen-
schaftlichen Vorlesungen; in der andern hat er astronomische Untersuchungen über das Gesetz, nach welchem die Massen, Distanzen und Ex-
centricitäten der Planeten bestimmt sind, niedergelegt und die Bahn unsres großen Landsmanns Kepler mit Glück betreten.

Zu den geistigen Vorzügen dieses Mannes gesellt sich ein sanfter,
liebenswürdiger, jedoch mit Ernst verbundner Charakter, der ihm die Achtung und Liebe aller seiner näheren Bekannten erworben hat, wie seine
Schriften den allgemeinen Beifall der Kenner. Mit Einem Wort, ich
wüßte in diesem Augenblick keinen jüngeren Gelehrten zu nennen, in dem
sich die zu jener Stelle erforderlichen Eigenschaften so glücklich als in
Schubert vereinigten. Ich glaube zugleich, daß er den Ruf an jene Stelle
mit Vergnügen annehmen würde, und erbiete mich, wenn meine Empfehlung Beifall erhalten sollte, zu jedem Auftrage, den Sie mir deßhalb ertheilen wollten.

Mit den bekannten Gesinnungen herzlicher Hochachtung und Freundschaft   der Ihrige.

— —

Schelling an Schubert.

München, den 27. Oct. 1808.

Geliebter Freund!

Schon lange bin ich Schuldner gegen Sie im Schreiben und Antworten. Nicht Mangel freundschaftlichen Andenkens war Schuld an dieser

Versäumniß; mich verdroß, Ihnen immer noch nichts melden zu können, das unsern gemeinschaftlichen Wünschen entsprach. Jetzt kann ich es endlich. Vor mehreren Tagen ersuchte mich Niethammer, den Sie von Jena her kennen und der jetzt hier zu Lande an der neuen Einrichtung aller Lehranstalten den wesentlichsten Theil hat, ihm für ein in der Stadt Nürnberg zu errichtendes polytechnisches Institut einen Director und Lehrer der Philosophie und Literatur vorzuschlagen. Ich wußte im Augenblick nicht, wen ich nennen sollte; vorgestern in der Nacht fiel mir plötzlich Ihr Name ein; ich begriff auf der Stelle, daß Sie der Mann dafür wären, wie kein andrer, eilte daher gestern Morgen mit dem Gedanken zu Niethammer, der nicht säumte Gebrauch davon zu machen, noch gestern Alles höhern Orts ins Reine zu bringen, und mir nun bereits heute den Auftrag ertheilt hat, mit Ihnen deßhalb in Unterhandlung zu treten.

Um Sie nun ganz au fait des Antrags zu setzen, bemerke ich, daß auf Niethammer's Vorschlag in Bayern, neben den Gymnasien, wo die alte streng-philologische Zucht wieder eingeführt wird, zwei polytechnische Schulen oder wie man sie zu nennen gedenkt, Real-Institute zu Nürnberg und Augsburg errichtet werden sollen, bestimmt zur Bildung solcher Köpfe, die für Natur- und Kunstideen unmittelbares, treibendes Talent haben, für künftige Chemiker, Physiker, Naturforscher überhaupt und Künstler. Ich sehe nach meiner Kenntnis der Umstände voraus, daß diese Schulen ein kräftiges, wirkungsvolles Leben erlangen werden, so wie ich weiß, daß sie durchaus die vorzüglichste Unterstützung finden werden. Dadurch, daß sie dem (freilich nothwendigen) Gymnasial-Pedantismus in gewissem Betracht entgegengesetzt sind, werden sie schon von selbst ein freieres höheres Leben gewinnen. Der Lehrer philosophischer Wissenschaft insbesondere hat den Beruf, dem etwaigen Mechanismus und Atomismus des übrigen Studiums entgegenzuwirken, die künftigen Naturforscher frühe zu höheren, geistigen Ansichten zu erheben — und wer könnte zu diesem Zweck wohl trefflicher erfunden werden als Sie? Das andre Fach, das Sie übernehmen müßten, deutsche classische Literatur, kann Ihnen, der so viel in Poesie, selbst exotischer, gelebt hat, nicht unerwünscht sein, um so mehr, da die Art der Behandlung ganz Ihrem Ermessen überlassen und Ihnen sogar freistehen soll, dieses Fach mit dem der Philosophie in Eins zu ziehen. —'Mir ist bei der ganzen Sache dies das Erwünschteste, daß Sie durch diesen Ruf, wenn Sie ihm folgen, ein- für allemal in Bayern nationalisirt sind. Jeder weitere Schritt ist dann unendlich leichter. Lieber wäre mir freilich, wenn ich Ihnen gleich jetzt einen Ruf an die Akademie oder an eine Bayerische Universität melden könnte. Dazu ist aber vor der Hand keine Aussicht. Die vorhandenen Fonds sind schon zu stark angegriffen, besonders nimmt man, Fremde zu rufen, wenn nicht überwiegende Gründe dafür sind, großen Anstand, nachdem so manche gewissenlos Empfohlene der Erwartung so wenig entsprochen haben. Sind Sie aber einmal in Bayern einheimisch, dann ist jeder Schritt leicht, und ich glaube vorauszusehen, daß Sie nicht lange in Nürnberg bleiben werden. Dann kommen Sie in diese liebe, alt- und ächtdeutsche Stadt, wo Vieles Ihrem Geist über die Maßen zusagen wird. Sie kommen in nicht unangenehme Berührungen. Sie finden dort als Rector des Gymnasiums Hegel; als Collegen erhalten Sie den genialischen Alterthumsforscher Kanne; Nürnberg ist noch jetzt ein Mittelpunct von literarischem Verkehr und Buchhandel, ja wenn Sie dort die äsklepische Kunst üben wollen, so verspricht die große volkreiche Stadt eine erkleckliche Praxis. — Noch diesen Herbst, wo möglich schon im nächsten Monat, müssen Sie sich nach Nürnberg verfügen.

Ich lege zu Ihrer größeren Sicherheit das Billet von Niethammer bei und lasse einen andern Brief unter der Adresse von Reclam in Leipzig abgehen, auf den Fall, daß dieser Sie nicht in Dresden finden sollte. Antworten Sie bald und in einem Brief, den ich vorlegen kann.

Leben Sie wohl, lieber Freund; ich bin und bleibe

ganz der Ihrige

Schelling.

Geliebter Freund!

Die Bedenklichkeiten Ihres ersten Briefes habe ich vollkommen begriffen, und sie erwartet. Jede äußere Veränderung unserer Lage ist von

Folgen für unser inneres Leben; und Ihr Gemüth, das mit so seltner
Treue an seinem göttlichen Berufe hält, mochte im ersten Augenblicke nur
mit Mühe sich entscheiden, konnte nicht ohne Aengstlichkeit die vorgeschlagne
Veränderung betrachten. — Wären Sie in der Lage, wo es sich blos um
ein Mehr oder Weniger äußeren Vortheils handelte, so hätte ich Ihnen
vielleicht selbst gerathen zu warten, bis eine Ihrem Geist noch unmittelbarer zusagende Veränderung sich darböte. So aber, da es darauf ankommt, daß Sie nur überhaupt erst einen festen Fuß in der bürgerlichen
Welt, besonders aber in dem Staate fassen, nach welchem doch Ihre
Wünsche Sie gezogen zu haben scheinen, konnte ich den Antrag schon
zuversichtlicher machen. Ihre nächste Aussicht geht auf ein Jahr ruhigen
und sorgenlosen Lebens, die, welche sich Ihnen in Bayern öffnet, ohne
Zweifel auf ein ganzes Leben, von Nahrungssorgen und äußerer Noth befreit. Dennoch, lieber Freund, misverstehen Sie mich nicht! Seit ich selbst
von Tag zu Tag die Welt besser kennen gelernt, bin ich über die Maßen
schüchtern geworden, Andern zu rathen; Freunden besonders, wenn ich auf
ihr ferneres Verhältnis keinen bestimmten Einfluß haben kann. Also
auch Ihnen will ich nicht zureden; Sie müssen den Entschluß und was
daraus folgen kann, rein auf sich nehmen. Nur das sichere ich zu, daß ich
nebst allen unsern hiesigen Freunden Alles aufbieten werde, in jedem Fall
für Sie zu erlangen, was Sie wünschen, was zu Ihrem äußern Glück und
Beruhigung beitragen kann. — Dann, was haben Sie eben zu fürchten?
— Glauben Sie mir, schwerlich etwas andres, als was Sie bei jeder
Veränderung Ihrer Lage, zu der Sie sich doch einmal entschließen müßten,
wagen müßten. Sie werden in der ersten Zeit die gewohnte Ruhe des
Geistes vermissen, weil auferlegte äußere Pflichten ganz anders auf uns
wirken als innere selbst übernommene, weil Sie in neue Verhältnisse, in
Berührung mit andern Menschen kommen, weil die Umgebungen in der
ersten Zeit Ihre Aufmerksamkeit fodern, um Ihr Handeln darnach einzu-
richten, weil Ihnen Manches im Anfange fremd und ungewohnt sein wird.
Was aber am meisten unsre Geistesruhe unterbricht, Verdruß, erlittene
Verfolgung, Hader und Neid, wird die Ihrige nicht stören. Theils schützt
Sie dagegen Ihre eigne friedliche Gemüthsart, theils der nun allmählich

auch bei uns eingetretene Geist der Erkenntniß des Besseren nur der Liberalität in der Leitung der Unterrichtsanstalten, die rechtliche und in jeder
Hinsicht wackere Denkart des Mannes, von welchem Ihre Lage zunächst
abhängt. (Niethammer's), dann selbst die Beschaffenheit der Anstalt, an
welche Sie gerufen werden, und die zu Verdrießlichkeiten aller Art weit
weniger Veranlassung, als z. B. eine jetzige Universität giebt. Nur Eine
Regel würde ich Ihnen geben, um sich gut in Ihrer Lage zu finden, daß
Sie nicht zu viel von den ersten Fortschritten der neuen Anstalt erwarten.
Eben weil sie ein ganz neuer Versuch ist, an den sich die Nation erst gewöhnen muß, kann auch auf den regelmäßigen Fortgang derselben nicht
so sicher gerechnet werden. Aber es liegt in ihrer Idee ein eigner Lebens-
keim, der sich schon kräftig entwickeln wird. Da wir den äußeren Gang
der Dinge so wenig in unsrer Gewalt haben, so können wir nicht besser
für unsre Ruhe sorgen, als indem wir unsere Pflicht erfüllen und im
Uebrigen den von uns unabhängigen Lauf der Dinge uns so wenig als
möglich zu Gemüth ziehen. In Ihrer nächsten Pflichterfüllung werden
Sie keine Ursache des Unmuths finden. Man ist nicht gesonnen, diese
Lehranstalten durch Vorschriften und Lehrplane zu beengen; was Ihnen
der eigne Geist und das eigne Gemüth eingiebt und wozu es Sie treibt,
das können Sie lehren; und was Sie auch lehren mögen, immer wird es
dem Zweck der Anstalt entsprechen, immer werden Sie dadurch die Gemüther und Geister Ihrer Lehrlinge erregen, die mit doppelten Banden
an Sie gebunden, Ihre Freude und Ihre Liebe sein werden. Auch kommen
Sie nicht in ein ganz wildes Land, wo Wissenschaften und Künste nie ge-
blüht, Sie finden einen Ort vor, wo Unterricht und Kenntnisse längst vorhanden waren.

Ein Jahr Ihres Lebens werden Sie mit all' dem doch daransetzen
müssen, bis Sie in der neuen Lage völlig wieder die gewohnte Ruhe gefunden haben; aber früher oder später werden Sie Einmal diesen freilich
immer sauren Schritt thun müssen.

Franz Baader's Meinung über diese Sache konnte ich Ihnen im ersten
Brief nicht melden. Ich hatte ihn davon nicht gesprochen, weil ich überhaupt Niemand davon sagen wollte. Doch war es mein Vorsatz, ihn,

deſſen Meinung ich wohl wiſſen konnte, noch ausdrücklich zu fragen, ehe die letzte Entſcheidung geſchehe. Ich habe ihm nun Alles mitgetheilt; er iſt unbedingt der Meinung, daß Sie den Ruf annehmen ſollen, beſonders auch aus dem Grund, weil dann jede Verpflanzung in eine andre Ihnen vielleicht liebere Stelle weit weniger Schwierigkeiten finden werde. Was aber Rittern betrifft, ſo habe ich ihm Ihren Brief geſchickt, und werde Ihnen ſeine Antwort beiſchließen, wenn er mir ſie bis heut Abend zuſchickt: denn ich eile mich, Ihnen zu antworten.

Es ſoll nun alſo wegen der Sache noch nichts ausgemacht ſein. Noch einmal ſollen Sie ſich bedenken, mit ſich ſelbſt und Gott zu Rath gehen, und dann Ihren letzten Entſchluß melden. Zwar nach Ihrem letzten Brief (einen zweiten, außer dieſem, deſſen Sie gedenken, wenn Sie nicht etwa darunter das Nebenblatt zum erſten verſtehen, habe ich nicht erhalten) haben Sie dieſen Entſchluß ſchon gefaßt. Aber es verſteht ſich, daß bis zur nächſten Antwort Ihnen Alles frei bleibt. Ihren Brief an Niethammer habe ich noch nicht abgeben können, weil er auf einer Amtsreiſe ſchon ſeit-dem abweſend iſt. Dies iſt auch der Grund, warum ich Ihnen wegen Er-füllung meines wie Ihres Wunſches, den Gehalt der Stelle auf 1200 fl. zu bringen, noch nichts Beſtimmtes melden, auch keine Hoffnung machen kann. Wegen des Reiſegeldes bin ich ruhiger; ich hoffe, es ſoll nicht fehlen. Sobald Niethammer zurückkommt, wird er Ihnen den letzten Brief ſchreiben, der für die Vocation gilt. Ein förmliches Decret erhalten Sie erſt an Ort und Stelle von der dortigen oberſten Behörde. Dies darf Sie aber nicht abhalten zu kommen. Das Billet von Niethammer iſt ſo gut als ein Königliches Decret.

Wegen Ihres andern Wunſches, noch den Winter in Dresden zuzu-bringen, um den dritten Theil der Ahndungen zu ſchreiben, werde ich Alles anwenden; doch ſehe ich Schwierigkeiten voraus, da Sie die erſte Stelle bei dieſem Inſtitut bekleiden ſollen. Es ſoll aber meinerſeits nichts verſäumt werden. Mislingt es, ſo tröſte ich mich mit dem Gedanken, daß die Unruhe, mit welcher die Vorausſicht einer nahen Veränderung uns oft mehr als dieſe ſelbſt erfüllt, doch vielleicht Sie nicht mit der Muße ar-beiten ließe, als Sie erwarten. Dann werden auch Ihre Vorleſungen in

Nürnberg Sie unmittelbar zur Ausarbeitung dieſes Werks führen. Denn
wie geſagt, man fodert nichts Beſtimmtes, ſondern nur Erregung der
höheren Naturanſicht überhaupt. An welchem Puncte Sie nun dieſen
Kreis anfaſſen, iſt gleichgültig, beſonders da Sie dort nicht eine geſchloſſene
Wiſſenſchaft in den Gränzen eines Halbjahrs, wie auf der Univerſität,
vortragen, ſondern Ihre Schüler mehrere Jahre hindurch bilden und
erziehen ſollen. Doch würde ich freundſchaftlich vorſchlagen, daß Sie
irgend eine Einweihungs- oder Eröffnungs-Abhandlung oder Rede ausarbeiten, durch welche Sie ſich und das Inſtitut gleich dem Bayerſchen
Publicum bekannt und beliebt machen. Sagen Sie darum Alles, was
S i e ſich über den Zweck eines ſolchen Inſtituts denken, Sie brauchen
nicht mehr davon zu wiſſen, als meine Briefe enthalten; überhaupt ſoll
und wird das Inſtitut ſein, was die Lehrer daraus machen. Man wird
ſo gut wie Nichts vorſchreiben: Sie können alſo ganz und gar Schöpfer
dieſes Inſtituts werden, das, wenn Sie ihm Ihren Geiſt widmen und
diejenige Beſtimmung geben, welche Ihren eignen hohen Anſichten ent-
ſpricht, bald das einzige in ſeiner Art ſein wird.

Nun muß ich endlich ſchließen. Grüßen Sie Ihre liebe wackere Frau
vielmals von mir und bleiben Sie mir gut, wie ich es Ihnen von ganzem
Herzen bin und bleibe.

Schelling.

M. den 12. Nov. 1808.

Schelling an Windiſchmann.

München, 8. Dec. 1808

Wie ſtehe ich mit Ihnen, lieber Freund? Wer hat die Schuld, daß
ich ſo lange nichts von Ihnen höre? Habe ich für Ihr mediciniſches Buch,
das ich mit vieler Erbauung geleſen, wie auch Ihre Recenſion von Walther, darin excellente Gedanken vorkommen, ſchon gedankt? Meine wenigen Freunde ſollten nicht ſo wortkarg gegen mich ſein. Unter der Roſe der

Freundschaft sei es vertraut, ich fürchte, die Faulheit beschleicht mich, ich thue weniger als ich sollte. Ist der Grund davon der Mangel kräftiger Erregung in meiner nächsten Umgebung, so sollten meine entfernten Freunde doch wie wackere Kriegsgenossen mir aufmunternd zurufen, nicht dahinten zu bleiben.

Seit vielleicht 6 Wochen ist Ludwig Tieck mit seiner Schwester bei uns. Er ist und bleibt ein anmuthiger, liebenswürdiger Mensch. Sein Talent, Comödien und Tragödien — nicht sowohl vorzulesen als leibhaft zu agiren und zu tragiren, hat den höchsten Grad von Vollkommenheit erreicht; es läßt sich kein königlicher Vergnügen denken als eine Gozzische Comödie von ihm vorgelesen und improvisirt zu hören. — Die Producte der Einsiedler, welche er hier erst durch Clemens Brentano vollständig zu lesen bekam (so wie ich durch ihn), haben ihm bitteres Bauchgrimmen verursacht. — Haben Sie denn Görres wahnsinniges Programm zur Ankündigung seiner Vorlesungen (ich glaube vom vorigen Jahr, oder ist es älter?) gesehen? Wie ist es möglich, daß Männer wie Creuzer und Daub einen so wahnwitzigen Mitarbeiter an den Studien und der Universität in ihre Protection nehmen! Vossens Gekreisch und Katzenmusik dazwischen vollendet dies heidelbergische Concert, das jedem gesunden Menschen die Ohren zerreißt.

Hier versichert man allgemein, der Uebergang Regensburgs an Bayern sei vor der Thür. Mein Rath wäre, Sie ließen sich mit einem guten Gehalt dorthin noch vorher versetzen. Vielleicht oder vielmehr gewiß können Sie durch Ihren Onkel das Sichere erfahren. Schreiben Sie mir ja bald wieder; sagen Sie mir auch, wie es mit Ihnen leiblich und geistig steht. Ich fürchte, jenes malum radicale der menschlichen Natur meldet sich oft auch bei Ihnen; oder sind Sie stets und ununterbrochen fleißig, wie ich leider nicht rühmen kann?

Leben Sie recht wohl und in Frieden.

Ihr

S.

Schelling an Schubert.

München, 30. Dec. 1808.

Ich danke Ihnen, herzlichgeliebter Freund, von Grund der Seele für Ihre Sendung vom 9. Dec., die eben recht kam, mir die Feiertage zu heiligen und Herz und Geist vielfach zu erbauen. Mit dem größten Interesse habe ich zuvörderst Ihre **Vorlesungen** gelesen. Was Sie an diesem Buch irrt, ist vielleicht, daß es allerdings nicht gleichförmig gearbeitet ist; dagegen ist der Grundgedanke der Zusammenstellung dieser Erscheinungen trefflich, die Aneinanderreihung der Thatsachen zwar hier und da loser, als man es von Ihnen gewohnt ist, aber doch gehalten durch Ihre tiefen Blicke in das Leben des Ganzen und durch Ihr liebevolles, schönes Gemüth, das wie ein warmer Hauch milder Frühlingsluft alles anregt. — Mit dem Gedanken der Verbindung dieser Thatsachen sind Sie mir gewissermaßen zuvorgekommen, ob ich gleich diesen Zweck nur in der bestimmten Beziehung auf Medicin vor Augen hatte. Ich habe aus den Alten viel zusammengebracht; aber auch tief in die neuere Geschichte herein reicht das Wunder. — Durch einen Franzosen wurde ich unter anderm darauf gebracht, die Jeanne d'Arc als Clairvoyante zu betrachten; Sie glauben nicht, wie bei dem genaueren Studium ihrer actenmäßigen Geschichte alles zusammenstimmt, sie in diesem Lichte zu zeigen. Aber was ist alle unmittelbare Offenbarung — was sind alle wunderbaren Heilungen u. s. w. als Phänomene, die in diesen Kreis gehören, der freilich wieder so viele Abstufungen in sich schließt, als die Welt überhaupt, die von dem Einfluß des Teufels so gut als von der Allmacht Gottes zeugt. — Am wenigsten (ich bekenne es) bin ich mit den letzten Vorlesungen zufrieden. Sie scheinen mir da fast etwas über Gebühr zurückhaltend, so wie die Erklärungen, die Sie von einigen Phänomenen geben, mir zu natürlich sind. Reduction aller Sinne auf's Gemeingefühl scheint mir ein zu geringer Ausdruck für das Hellsehen. Ich denke es mir am liebsten als einen Vorschmack unsres künftigen Daseins, oder vielmehr umgekehrt suche ich mir dieses durch jenes deutlich zu machen und sehe es als den Weg an, wie

uns auch dort alles erhalten wird, was wir geliebt, unser Leben von Anfang bis zum sogenannten Ende, ohne Bedarf der Organe und Medien,
die wir zu unserer Individualität zu rechnen gewohnt sind — — kurz
als das Geheimnis der vollkommensten Individualität bei gänzlicher Auflösung in's Eine und Ganze.

Daß Sie das Keplersche Gesetz der Umlaufszeiten durch das Newtonsche von Abnahme der Schwere im umgekehrten Verhältnis des □ der
Entfernung erklärbar halten, ist mir auch nicht recht faßlich. Diese Er-
klärbarkeit kommt mir ganz zufällig vor; oder dieses (das Newtonsche)
Gesetz müßte eines viel höheren Sinns fähig sein, um die Tiefe des innern Lebens in dem Keplerschen zu erreichen.

Was soll ich nun aber von der Zueignung der besonders gedruckten
Abhandlung sagen? Wie verdiene ich sie, der in diesem Fach gerade kaum
ein Verdienst der Anregung sich zuschreiben kann? Doch es sei, wie Sie
es gewollt! Jedes Zeichen der Liebe von Ihnen, den ich von Anbeginn
geliebt und mit jeder neuen Entfaltung seines Geistes tiefer und inniger
lieben lerne, ist mir wohlthätig und erfreulich. — Leider aber kann ich
Ihnen nichts über die Sache schreiben. Sonderbar ist's, aber die erste
Darstellung in den Ahndungen, unbeschadet der Verbesserungen der
zweiten, war mir deutlicher, ob ich sie gleich auch nicht völlig durchdrungen. Bei meinen jetzigen — literarischen und andern — Arbeiten, (wovon
ich Ihnen ein andermal mehr schreibe), bin ich gar zu weit von diesen Gegenständen abgezogen und kann ihnen auch nicht die gehörige Zeit widmen.
Dennoch habe ich die brennendste Sehnsucht, Ihre Entdeckungen recht
einzusehen, die ich schon ihrem Gegenstand nach zu den größten und wichtigsten rechne. Wenn Sie (dem ja das Ganze äußerst gegenwärtig ist)
einmal — nicht eben jetzt — einen Augenblick haben, in dem Sie Ihre
Theorie für mich, ganz dogmatisch, vom ersten Punct aus in wenigen
Sätzen aufschreiben könnten, so würde mir dies sehr behülflich sein. Besonders dunkel ist mir der Uebergang von der ersten in die zweite Reihe auch
diesmal geblieben, aber gewiß nicht durch Ihre Schuld, sondern durch die
gegenwärtige, vielleicht auch durch Krankheit verursachte, Stumpfheit
meines Kopfs.

Laffen Sie sich durch nichts abhalten, Ihre Entdeckungen in ein im=
mer höheres und helleres Licht zu setzen. Die Mathematiker und Astrono=
men befinden sich schon so lange hinter ihrem Bollwerk beruhigt und
sicher, daß sie noch sich einbilden, ignoriren und durch dieses sehr gemeine,
gewöhnlich aber auf Ignoranz beruhende Mittel der Ignoration, nieder=
schlagen zu können. Aber hierbei wird es nicht ausreichen. Das zweite
Exemplar will ich an Wurm schicken, der mir als ein redlicher, rechtschaf=
fener Mann bekannt ist, wenn ich gleich nicht erwarte, daß Sinn und Ein=
sicht weiter reichen werden als bei Gauß. Zuvor aber will ich es unsrem
akademischen Astronomen Seyffer — nur zur Probe — zuschicken, sein
Ruhm ist zwar unter den Männern seines Fachs nicht groß, ja soviel ich
weiß nicht einmal sein — doch halte ich ihn für fähig, einen Auszug Ihrer
Abhandlung zu verfertigen und ihn der Akademie vorzulegen, und dazu
will ich ihn zu bewegen suchen. Baader hat das andere Exemplar der Vor=
lesungen erhalten und läßt danken. Er ist jetzt stark auf andere Weise
beschäftigt, so daß ich nicht weiß, ob er sie schon hat lesen können.

Nun von Ihrer nächsten Lebensangelegenheit!

Der Brief ist sogleich an Niethammer besorgt worden. Ich fürchte
nur zu sehr, Sie mögen seitdem in Unruhe gewesen sein. Ich wollte
Ihnen antworten, sobald ich Niethammer gesprochen hätte, und so ver=
zog es sich einen Tag um den andern. Wohnen wir gleich in Einer Stadt,
so erlauben doch seine Geschäfte nicht, ihn täglich zu sprechen, und mich
hält seit 11 Tagen ein allgemeines körperliches Mißbehagen, aus Schnu=
pfen u. s. w. entstanden, zu Hause, und will ich Gott danken, wenn ich
damit abkomme.

Ich hoffe aber, Niethammer hat Ihnen bereits geantwortet, und so
sind Sie wenigstens beruhigt. Wenn es möglich ist ihn zu treffen, so
lasse ich noch vor Abgang dieses Briefs eigends bei ihm nachfragen.
Sollte er aber auch noch nicht geantwortet haben — (wie es denn leicht
möglich ist, weil er Ihnen vielleicht das Decret gleich mitschicken will, das
erst dem König zur Unterschrift vorgelegt werden muß, womit es gewöhn=
lich lange hergeht, oder auch weil er sich die Mühe giebt, die völlige Be=
willigung Ihrer Forderungen für Sie zu unterhandeln) — so seyn Sie

deßwegen nicht beunruhigt. Zu den 1000 fl. jährl. Gehaltes war noch
eh' Ihr Brief an Niethammer kam, auch schon die freie Wohnung ausge-
mittelt. Diese ist nichts Geringes und dürfen Sie dieselbe immer zwischen
1 und 200 fl. anschlagen, oder wenn Sie die Kosten und Beschwerden
eines öftern, bei Miethwohnungen unvermeidlichen Umzugs in Anschlag
bringen, wohl zu 200 fl. rechnen, so daß also im Ganzen Ihr Gehalt
doch die geforderte Summe erreichen würde. Inzwischen habe ich Niethammer auf alle Weise angelegen, alle Ihre Wünsche zu erfüllen. Er
wird thun was möglich ist; er ist ein braver Mann und weiß die Acquisition, die er an Ihnen macht, wohl zu schätzen. —

Wegen Eines Umstandes will ich Sie auf alle Fälle präveniren.
Niethammer ist nämlich mit der Besetzung der nämlichen Stelle zu Augsburg in Verlegenheit; Ihren Freund (dies bleibt unter uns) wagt er
nicht zu rufen, da er ihm weder bekannt noch anders als mittelbar empfohlen ist; in Nürnberg ließe sich die Stelle leichter besetzen. Dies hatte
Niethammern in der Zwischenzeit mehrmals auf den Gedanken gebracht,
Sie nach Augsburg zu rufen, wogegen ich mich aber jedesmal aus Leibes-
kräften gesetzt und erklärt habe, daß Sie dies nicht thun würden, daß ich
dadurch compromittirt wäre, indem ich Ihnen bestimmt den Antrag zu der
Stelle in Nürnberg und nicht in Augsburg gemacht habe. (Letzteres ist
ein fataler Ort und undankbarer Boden. Könnte ich hoffen, daß Sie da
ausdauerten, so hätte ich Sie gleich nach Augsburg zu bringen gesucht,
weil es so nah bei München ist, weil ich Sie dann bald — und nachher
öfters zu sehen hoffen könnte.) Nun könnte es sein, ob ich gleich nach meinen bestimmten Erklärungen daran zweifle, daß Niethammer mit diesem
Gedanken noch einen Versuch bei Ihnen selbst zu machen gesucht hätte; in
diesem Fall müßten auch Sie durchaus auf Nürnberg bestehen, sich darauf
berufen, daß Sie dorthin — und nach keinem andern Ort — den Antrag
durch mich erhalten. —. —

Sie schreiben mir in Ihrem letzten Brief wegen Fr. Schlegel's. Ich
will Ihnen unter der Rose der Freundschaft offenherzig darauf antworten.
Nach Augsburg möchte ich ihn nicht vorschlagen, seiner selbst wegen.
Nürnberg hätte ihm vielleicht wegen dortiger (vermeinter) Freunde einge-

leuchtet; dann aber müßten Sie zurückstehen. Wenn ich aber die Wahl — für diese Stelle wenigstens — zwischen Ihnen und ihm hätte, so würde ich, von allen Seiten die Sache angesehen, keinen Augenblick anstehen. Sie vor allen müssen in eine von außen weniger bedrängte Lage zu kommen; Fr. Schlegel weiß sich zu helfen und hilft sich, wie Sie es vielleicht nicht könnten. Aber auch abgesehen von aller Collision, könnte ich es doch nicht unternehmen. Erstens wären große Vorurtheile und Schwierigkeiten zu besiegen. Zweitens glaube ich meinen Freunden und mir selbst schuldig zu sein, das Zutrauen, das mir jetzt geschenkt wird, nicht zu wagen. Kennen Sie Fr. Schlegel einigermaßen, so wissen Sie auch, daß auf Fleiß und Stetigkeit in einem solchen Amte nicht bei ihm zu rechnen ist. Ein anderes wär' es mit einer Stelle auf der Universität; hier kann ein berühmter und geistvoller Mann auch durch seine bloße Gegenwart vortheilhaft wirken; eine Stelle wie die in Nürnberg und Augsburg verlangt wirkliche redliche Thätigkeit. — Gott weiß, daß mein persönliches Verhältniß zu Fr. Schlegel, (das von seiner Seite wenigstens sich schon lange Zeit feindselig gezeigt hat,) auf mein Nichtsthun hierin keinen Einfluß hatte. Im Würzburgischen Senat, wo eine Bittschrift um eine Professur von ihm begutachtet werden sollte, war ich der einzige, der lebhaft für ihn sprach, während seine vermeinten Freunde, auf die er sich berufen hatte, am meisten gegen ihn sprachen; und könnte ich ihm heut eine Stelle an der Universität oder irgend eine Pension verschaffen, so würde ich aus Ueberzeugung und Anerkennung seiner vorzüglichen Geistesgaben und Verdienste keinen Augenblick anstehen. Dies Letzte dürfen Sie dreist jedem Freund von ihm versichern; denn wenn sich die Gelegenheit giebt, werde ich gewiß mein Wort lösen.

Den 31. Dec. Ich habe mich heute herausgewagt, und Niethammern gesprochen. Die Sache mit dem Gehalt steht wie ich vermuthet. Sie erhalten nicht 1000 sondern 1100 fl. (= 600 Thlr.) baaren Gehalt und freie Wohnung, welches Sie immer zu 1400 fl. zusammen anschlagen dürfen. — Das Einzige, was mit unsrer beider Rechnung nicht zusammentrifft und was mir sehr Leid thut, ist, daß man Sie nun erst auf Ostern verlangt. Der Grund ist, daß die andern Stellen nicht früher bejetzt sein können. — Als Prof. der Mathematik z. B. kommt Wilhelm Pfaff aus Dorpat 'Verf. des Voltaismus', der früher nicht abgehen kann. Ebendies ist mit Kanne der Fall. Die Sache verdrießt mich, weil ich Ihnen eine andre Meinung erregt hatte. Sie, bester Freund, sollen indeß zuerst kommen und Ende März Dresden verlassen. Das Decret erhalten Sie in wenigen Wochen. — Ergeben Sie sich nun in die Verspätung. Solche Dinge haben wir nicht immer in unsrer Gewalt. Schreiben Sie noch Ihre Eröffnungsrede, und nehmen Sie diese oder eine andre Arbeit der, die in dieser kurzen Zeit vollendet werden kann. — Die Hauptsache ist fest und unumstößlich. Niethammer hat mir ausdrücklich aufgetragen Sie zu versichern, daß Ihre Annahme hinwiederum acceptirt nur Ihr ohnehin nur alternativ ausgedrückter Wunsch soweit ratificirt sei, daß Sie nebst 1100 fl. Gehalt freie Wohnung erhalten. Nun leben Sie wohl; der Himmel schenke Ihnen ein glückliches neues Jahr, das für mich wenigstens mit dem frohen Gedanken beginnt, einen lieben Freund nun in einer Laufbahn zu sehen, die ihn von Stufe zu Stufe zu der äußerlichen Lage bringen wird, die er so sehr verdient. —

Ihr

S.

Pauline*) Gotter an Caroline Schelling.

Gotha, den 6. September 1808.

Mit dem herannahenden Herbst haben sich alle Ausgewanderten wieder heimgefunden, und legen nun vereinigt ihre Wünsche und Sehnsucht, recht bald wieder ein freundliches Wörtchen von München zu hören, an den Tag, indem sie selbst von ihrem Thun und Treiben Nachricht ertheilen. Caecilie**) kam 8 Tage später als ich von den Nymphen der Quellen zurück, und so zufrieden sie auch von ihrem Aufenthalte und ihren dortigen Umgebungen spricht, so himmelweit verschieden waren sie doch von den

---

*) Tochter der oben erwähnten Louise Gotter, nachmalige Gattin Schelling's.
**) Paulinens Schwester.

meinigen, und ich glaube, schon die überwiegende Schönheit der Natur in
Karlsbad ist hinreichend, es jedem andern Badeaufenthalte vorzuziehen.
Eine unvorhergesehene glückliche Zusammentreffung der Umstände bereitete
uns aber dort einen Genuß, den ich keinem Vergnügen in der Welt an die
Seite setzen möchte. Gleich in den ersten Tagen wurde uns durch Zie
gesars die Freude, Goethe's Bekanntschaft zu machen, unter freiem
Himmel war sie geknüpft und unter freiem Himmel wurde sie täglich fort
gesetzt. Spaziergänge, Landpartien und Vorlesungen wechselten angenehm
ab, und wir machten bald mit Ziegesars, Goethen und seinem Freund
Riemer einen kleinen Zirkel aus, der fest zusammenhielt und gewiß der
lustigste und vergnügteste in ganz Karlsbad war. Um die übrige elegante
Welt wurde sich wenig bekümmert und weder Bälle, Assembléen noch
Concerts verführten uns; aber dafür wurde auch täglich die entzückend
schöne Gegend zu Wagen und zu Fuß durchstrichen, und ich kann wohl
sagen, es ist kein schöner Felsen drei Stunden in der Runde um Karlsbad,
den wir nicht mit Goethe erklettert hätten. Er war die Seele unsrer Ge
sellschaft, immer gleich liebenswürdig, heiter und mittheilend. Nachdem
Ziegesars weg waren, die 14 Tage früher, als die Seckendorfen und ich
Karlsbad verließen, machten wir beide mit Goethen und Riemer allein
die Partien, und die Abende beim Thee theilte uns Goethe immer sehr
artige Kleinigkeiten, die noch im Manuscript sind, mit. Jetzt arbeitet er
sehr fleißig an einer Fortsetzung des Wilhelm Meister. Ich möchte wohl
sagen, ohne mich zu rühmen, daß er insbesondere viel Güte für mich ge
habt hat und sich auf alle Weise meiner angenommen, oft ist er früh ge
kommen mir botanische Stunden zu geben, und einigemal hat er mich ganz
allein zu weiten Spaziergängen abgeholt.

Ein von dem unsrigen sehr verschiedener Zirkel, wo doch gewisser
maßen aber auch ein Dichter präsidirte, war der der Frau von der
Recke und ihrem Freund Tiedge: die tugendhafte Gesellschaft, wie sie
Goethe immer nannte, weil man dort täglich die Urania sang und recitirte,
aber leider waren wir niemals so glücklich, so sehr uns auch übrigens die
Frau von der Recke zu protegiren schien, so einem Oratorium beizuwoh
nen, wahrscheinlich unsres profanen Umgangs wegen; denn sonst mußten

alle vornehmen und tugendhaften Baregäste, vom Fürsten bis zum Polizei-
diener, sie mochten wollen oder nicht, zuhören. Unser Landesvater hat
auch 3 Wochen das Bad, wie Sie wahrscheinlich wissen, gebraucht; er
kam aber den Tag unsrer Abreise erst an, worüber ich mich auch nicht ge-
grämt habe, und so leid es mir auch war R. zu verlassen, so innig freute
ich mich doch nach einer 3monatlichen Abwesenheit die Mutter und Schwestern wieder zu umarmen. Alle sagen Ihnen die zärtlichsten Grüße, und
wiederholen nochmals mit mir die Bitte, uns recht bald durch einige liebe
Zeilen Ihrer Hand zu erfreuen.

Leben Sie nun wohl, verehrte Freundin, und empfangen Sie nochmals die zärtlichsten Versicherungen unserer Anhänglichkeit.

Pauline.

Herr Rousseau kann auf ein freundliches Gesicht von uns rechnen,
wenn er Schelling's Rede nicht mitbringt.

Goethe an Pauline Gotter.

Da ich nicht hoffen konnte, daß mein Dank für Ihre letzten lieben
Worte, daß ein freundliches Lebewohl Sie noch in Weimar erreichen
könnte, so soll es Ihnen bei dem schönsten Sonnenschein auf dem Fuße
folgen. Leben Sie recht wohl und heiter, wie Ihr Reisetag sei Ihr Leben,
liebe, gute Pauline. Und wenn es so recht hell Mittag ist, dann lassen
Sie die Freunde in der Camera clara Ihres feinen Gemüths auf- und ab-
spazieren und seien Sie den wandelnden Bildern freundlich. Lassen Sie
einmal wieder von sich hören und erlauben, daß ich Ihnen manchmal ein
Büchelchen oder sonst etwas unterschiebe.

Adieu liebes Kind.

W. den 16. Nov. 1808.

Goethe.

Mit einigen Widersprüchen des menschlichen Herzens, liebe Pauline,
sind Sie bekannt, und lassen Sich nicht irren. Ihre Veilchen und Mai-

blumen, die Sie in der Nähe gewiß vortheilhafter anbringen könnten, an
einen entfernten Freund zu wenden; und dieser richtet seine Rhythmen und
Reime nach einem abgeschiedenen guten Mädchen, demselben im Namen
der edleren Menschheit zu danken, indeß er den Dank zu vergessen scheint,
den er seinen wohlbehaltenen freundlichen Nachbarinnen schuldig ist. Mit
diesen Betrachtungen empfangen Sie gegenwärtiges Gedicht *), das eigentlich recht gut gelesen sein will, wenn es Wirkung thun soll. Deßwegen
lege ich es in Ihre Hände und an Ihr Herz. Lassen Sie den Verfasser
nicht fern sein!

　　　Jena, den 29. May 1809.

　　　　　　　　　　　　　　　　　　　　　　　Goethe.

　　Schon längst, liebe Pauline, hätte ich Ihnen gerne ausgedrückt, wie
viel Vergnügen mir die köstliche Gabe gemacht hat, und immer wußte ich
nicht recht, wie ich's anfangen sollte. Nun kommt mir ein zartes Gewebe
in die Hände, woran zwar nicht so viel Maschen sind als Stiche an Ihrer
lieblichen Stickerei; doch denken Sie Sich, es seien lauter freundliche Worte,
die ich für das allerliebste Geschenk erwiedern möchte. Leben Sie recht
wohl und lassen mich manchmal erfahren, daß ihre Gesundheit dauerhaft
sei und daß Sie mein gedenken.

　　　Weimar, den 22. Oct. 1809.

　　　　　　　　　　　　　　　　　　　　　　　Goethe.

Schelling an Friedrich Roth *).

　　　　　　　　　　　　　　　München, 5. Jan. 1809.

　　Wie soll ich Ihnen, Verehrungswürdigster, genug danken für die so
gütig und mit so langer Nachsicht überlassene Sammlung Hamannscher
Briefe und die Lebensbeschreibung mit der Einleitung zum Bibel-Commen-

---

*) Das Gedicht: Johanna Sebus, auf einem Einzelblatt gedruckt.
**) Der nachmalige Präsident des protestantischen Oberconsistorium, der Brief nach
dem Concepte.

tar. Ihnen habe ich es allein zu danken, daß ich diesen Magus und Propheten weit mehr verstehen gelernt habe, als ich es aus seinen Schriften
für sich je gekonnt hätte. Nicht ohne Scham darüber, daß ich sie so lange
zurückbehalten habe, sende ich diese Herrlichkeiten zurück. Ich habe eine
ganze Woche, über einer allgemeinen körperlichen Mißstimmung, verloren,
die mich unfähig machte zu allem Besseren, und in welcher die Lectüre der
Briefe zu vollenden ich für ein nefas gehalten hätte. Nur in den schönsten und freiesten Stunden und mit recht bewußter Wollust wollte ich sie
genießen. Entschuldigen Sie nun auch diese — diesmal nicht ganz ver-
schuldete — Saumseligkeit mit Ihrer großen Nachsicht. Einer andern
mehr verschuldeten muß ich mich anklagen. Seit mehreren Wochen liegt
der Humboldtsche Brief abgeschrieben bei mir; aber weil ich ihn nicht ab-
schiden wollte, ohne ihn erst noch mit Ihnen durchgegangen zu haben, und
viele feindliche Zufälle mich verhindert haben dazu zu gelangen, ist er
immerfort liegen geblieben. Den ersten Tag, den es der Umstände wegen
sein kann, bitte ich um Erlaubnis, damit zu Ihnen zu kommen. Auch meinen Glückwunsch zum neuen Jahre habe ich Ihnen diesmal nicht persönlich bringen können, indem ich den ganzen Neujahrstag durch heftiges
Kopfweh zu Hause gehalten wurde. Nicht weniger innig waren darum
meine Wünsche für Ihr Wohl und Ihre so theure Gesundheit. Lassen Sie
Ihrer Gewogenheit auch im angetretenen Jahr empfohlen sein

Ihren

verbundensten und aufrichtig-
treuen Verehrer.

Schelling an Schubert.

München, 11. März 1809.

Ich konnte auf Ihren letzten Brief nicht eher als heute antworten,
weil ich Niethammern nicht früher sprechen konnte. — Ihre Berufung
nach Nürnberg ist schon seit einem Monat vom König unterzeichnet; viel-

leicht, daß bei dem Drang der Geschäfte die Expedition nach Nürnberg etwas lange liegen geblieben ist und daß Sie aus diesem Grunde das Decret noch nicht erhalten hatten, vielleicht auch, weil man es dort, wo Niemand anmahnt, vergessen hatte. Denn Sie erhalten Ihr Decret von dem Königl. General-Commissär in Nürnberg, an welchen auch das Rescript wegen Ihrer und der übrigen Berufungen ergangen ist, indem der Name des Königs nicht weiter als bis zu den obersten Behörden geht. Es ist dies der nämliche Fall wie beim Ruf an eine Universität: in Jena z. B. ergehen die fürstlichen Rescripte nur an die Akademie und diese erläßt das Vocationsschreiben an den Berufenen. Ob Sie nun das Decret in Händen haben oder nicht, ist sehr gleichgültig für Ihre Abreise. Sie haben ein officielles Schreiben von Niethammer, von dem Jedermann weiß, daß er Ministerial-Rath für den öffentlichen Unterricht ist. Wollen Sie also das Decret nicht erwarten, so reisen Sie ohne auf die Bedenklichkeiten ununterrichteter Bekannter zu hören ruhig ab. Sobald Sie in Nürnberg ankommen, gehen Sie zu Dr. Paulus, der dort Kreisschulrath ist, der Sie sodann dem General-Commissär vorstellen wird, von dem Sie Ihr Decret mündlich fordern und auf der Stelle erhalten werden. Was die Reise-kosten betrifft, so ist es auf jeden Fall eine außerordentliche Vergünstigung, wenn sie Ihnen ins Ausland übermacht werden. Regel kann dies nicht sein, da man ja nicht weiß, ob der, der das Reisegeld erhalten hat, nicht ausbleibt. Inzwischen hat Niethammer auch dies für Sie arrangirt. Da aber die Wechsel deshalb von der Schul-Fonds-Administration ausgefertigt werden mußten, so mag es wohl sein, daß bei diesen die Sache liegen ge-blieben ist und die Befehle nach Nürnberg noch nicht abgegangen sind. Darum, wenn Sie nicht warten wollen und das Reisegeld nicht absolut bedürfen, gehen Sie nur immer nach Nürnberg; bis Sie dorthin kommen, hat der dortige Stiftungs-Administrator sicher bereits Befehl, Ihnen das Reisegeld auszuzahlen, worüber Sie sich auch bei dem General-Commissär und Paulus zu erkundigen haben. Eben dieser hat Sie in Ihre Wohnung einzuweisen. Sie werden diese vielleicht nicht ausgeputzt und ausgeweißt antreffen, und überhaupt Ungelegenheiten von der Art noch manche haben. Allein diese muß man sich gefallen lassen, besonders heutzutag, wo man

es nicht immer und Jedem auf dem Teller bringen kann. Solche Unannehmlichkeiten sind bei jeder Veränderung unvermeidlich. Was den Paß
betrifft, so hat mir Niethammer versprochen, Ihnen morgen noch einmal
officiell zu schreiben und in dem Schreiben zu bemerken, daß die bayersche
Gesandtschaft Ihnen einen Paß auszustellen habe. Inzwischen rathe ich
Ihnen nicht darauf zu warten. Ein Paß von der Obrigkeit Ihres jetzigen
Aufenthaltsortes reicht vollkommen hin, Sie selbst durch die Armeen,
wenn Sie deren antreffen sollten, sicher durchzubringen. Sollten Sie
dieserwegen die geringste Scheu haben, wozu doch wohl keine Ursache ist,
so wäre gut, wenn Sie sich entschließen könnten, sich der öffentlichen Post
zu bedienen, was freilich Ihrer Frau wegen nicht angehen wird. Ich
denke, Niethammer's Schreiben wird Sie vollends ganz beruhigen. Was
die Besorgnisse Ihrer Freunde wegen Nichtbezahlung betrifft, so sind sie
schon an sich, besonders aber darum sehr unnöthig, weil Ihr Gehalt gar
nicht aus der Staatskasse, sondern aus dem Schul-Studien- und milden
Stiftungs-Fond bezahlt wird, der ansehnlich und gut administrirt ist. Wir
alle sind bis jetzt immer bezahlt worden; entsteht oft auch ein Retardat
von 1—2 Monaten, so sind wir doch besser daran, als die Diener anderer
Staaten, die nur alle Vierteljahre bezahlt werden. Machen Sie in Nürnberg mit dem Stiftungsadministrator gute Bekanntschaft, und Sie werden
nie in Verlegenheit kommen.

Ich habe den Aufsatz in Zach's Correspondenz gelesen. Es scheint
mir, Sie könnten wohl antworten, nicht für den Verfasser und seines
Gleichen, sondern für die Besseren, und sich ruhig über alle die Puncte erklären, die er Ihnen vorwirft. — Ich glaube nicht, daß Goethe gegen die
bestimmte Meinung von der Vortrefflichkeit der Urwelt auftreten will, die
zu viel für sich hat, auch von zu vielen gelehrten und weisen Männern
verlängst behauptet ist, sondern gegen die Absichten, die man damit verbinden will; und darüber freue ich mich herzlich. Möge diesem Unwesen
einer neuen Frömmelei, die mit Gottesfurcht und Religion jetzt Handel
treibt und damit das lockerste und loseste Leben und Wesen verbindet, so
wie den Absichten, aus den Blüthen des Alterthums, Judens Dufte und
der Würze orientalischer Wissenschaft ein nervenbeschleichendes, narkotisches

Gift zu bereiten, das alle selbständige Kräfte des Geistes lähmt, bald ein
Ende gemacht werden! Ich werde ebenfalls nicht länger dazu schweigen.
Ich vermuthe, daß Ihnen dies auffallen wird, der Sie meine ganze Denk-
weise nicht kennen, und da ich wohl ahnten kann, wie sehr Sie sich durch
die Außenseite, da Sie die Menschen schwerlich so genau kennen zu lernen
Gelegenheit gehabt haben als ich, noch deren Absichten so gut wissen, und
dieser Ansicht haben hinleiten lassen. — Ich weiß, daß Sie Ihre Freundschaft für mich gegen jene Menschen verbergen und gewissermaßen entschuldigen zu müssen glauben; dies ändert in meiner persönlichen Gesinnung für Sie nichts: ich weiß, daß Sie immer auf dem Wege der Wissenschaft und treuer Erforschung wandeln werden, und Ihre Werke nicht das
Licht scheuen, wie jene Werke der Finsternis, die eben darum Wissenschaft
und Vernunft hassen müssen. — Ich bitte Sie, als redlicher Freund, in
Ihrem Antrittsprogramm ja der Empfindsamkeit keinen Raum zu geben.
Unsre Frömmigkeit gehört vor Gott und uns selbst, nicht für die Welt.
Die Welt soll die Früchte sehen, unser Wesen soll nur Gott erkennen. —
Nicht Frömmler und von geistiger Unzucht entnervte Schwächlinge bedarf
unsre Zeit, sondern Männer, die stark genug sind, mit Würze zu leiten
und mit Würde zu handeln. Jene *desponsio animi* ist das schlechteste
Symptom in unsrer ganzen, gedrückten und innerlich nicht minder als
äußerlich elenden Zeit.

Leben Sie recht wohl, reisen Sie glücklich und bleiben Sie mir gut.

Ihrem
aufrichtigen Freunde
S.

M. 28. April 1809.

Als ich Ihren ersten Brief aus Nürnberg vom 25. des vorigen Monats erhielt, war ich eben mit Vollendung einer liter. Arbeit beschäftigt,
die hernach doch wegen des Einrückens der Oesterreicher und der damit
verknüpften Unruhen aufgegeben werden mußte; dann entstand die Sperre

aller Posten und Wege, und als diese frei wurden, hatten sich Geschäfte
und die nöthigsten Briefe so gehäuft, daß dies in der That der erste Augenblick ist, in dem ich die Feder ergreifen kann, um an Sie zu schreiben.
Sonst würde ich gewiß nicht gesäumt haben, Ihnen gleich, besonders über
den Einen Punct zu schreiben, der mir so wenig als Ihnen gleichgültig ist.
Sie trauen mir wohl zu, und ich darf diesen Glauben von Ihnen fordern,
daß ich den Grund zu jener Erwähnung nicht aus der Luft gegriffen habe.
Weiteres brauchen Sie zu Ihrer Genugthuung nicht zu wissen, denn daß
Sie sagen, die Sache ist schändliche Lüge, boshafte Verläumdung, hebt
sogleich Alles auf; ich glaube kein Wort mehr davon und damit ist es, was
diesen Punct betrifft, gut; die Sache ist zwischen uns von dieser Seite ab-
gethan. Der einzig übrig bleibende Punct ist: wie ich dazu gekommen, die
Sache für möglich zu halten? Hierauf könnte ich viel Allgemeines und
Specielles antworten. Ich habe vielleicht mehr, als irgend einer meines
Gleichen, Gelegenheit gehabt, die Unredlichkeit, die sich in die besten
Freundschaften einmischt, kennen zu lernen. Es ist dies der herrschende
Dämon des Aeons, in dem wir leben. Freundschaft und treue Ergeben-
heit sind Gottheiten, die von den Deutschen gewichen sind; darum vermö-
gen sie auch nichts, nicht einmal in der Wissenschaft, wo auch das Beste,
wenn es angeregt wird, nur die schmählichste Verwirrung zur Folge hat.
Ich weiß, daß Ihr Herz sich von diesen Uebeln reiner und unbefleckter erhalten hat, als vieler Andern, unter den mannichfaltigsten Beispielen von
Arglist und Bosheit. Aber für möglich zu halten, wenn ich Belege der
Wirklichkeit zu haben glaubte, daß Sie die Freundschaft für mich gegen
Andere verbergen, deren Eigendünkel sie zu meinen Feinden macht, —
mehr habe ich nicht für möglich gehalten — hierüber rechtfertigt mich
einestheils die Bemerkung, die ich gemacht zu haben glaubte, daß Sie Anderen, die oft weit unter Ihnen stehen, einen ungebührlichen Einfluß auf
sich verstatten, der ja wohl auch vermag Sie über andere Freunde schweigen zu machen; anderntheils denn doch einige eigne Erfahrung, wie Sie
z. B. in Jena, wo Ihnen gewiß Niemand mit aufrichtigerer Liebe entge-
gengekommen, die letzte Zeit meinen Anblick vermieden, wie Sie, noch
im 2. Theile Ihrer Ahndungen, (wenn ich nicht irre) anspielend auf eine

etwas hyperbolische Redensart, ich glaube im Bruno, bei Gelegenheit der
Gestirne ausrufen: Siehe das sind Ihre Götter! gewiß im innersten Herzen nicht meinend, daß ich, den Sie doch oft gehört hatten, die Gestirne
für wirkliche Götter halte, nur also hierin vielleicht nur etwas nachgebend
andrer Leute Meinung; dann Ihr Mißtrauen bei Gelegenheit der Fragmente in den Jahrbüchern, was mich besonders darum frappirte, weil wir
dem keinen tückischen, lügenhaften Angriff zutrauen, für den wir selbst
Freundschaft hegen. Ich bitte Sie, dies alles nicht so zu nehmen, als
wollte ich Sie hier wirklich anklagen; ich führe dies alles nur zu meiner
Entschuldigung an; ich habe ja, den letzten Punct ausgenommen, den ich
wohl berühren mußte, von allem Andern nie etwas erwähnt, und noch ist
es mir blos aus dem Zusammenhang erklärlich, daß ich auch die andre
Erwähnung gemacht. Ich habe weder jetzt noch jemals gezweifelt, daß
Sie immer zur Freundschaft für mich zurückkehren werden, weil Sie doch
vielleicht am Ende finden würden, daß es Niemand leicht aufrichtiger mit
Ihnen gemeint denn ich. Es ist mir so schon mit manchen Andern ergangen. Nun bitte ich Sie aber recht sehr, die Sache ruhen zu lassen. Einer
Niederträchtigkeit habe ich Sie nicht beschuldigen wollen, theils weil ich
nach meinen vielfachen Erfahrungen dergleichen überhaupt nicht so hoch
nehme, theils weil ja ein bloßes Verbergen (nicht Verläugnen) unter
manchen Umständen räthlich und eben nicht schlecht ist, wenn man Ent-
zweiung für sich selbst dadurch verhindern will. Meine Absicht, die mich
aber zu weit geführt hat, war blos, Sie aufmerksam zu machen, Sich von
gewissen Personen unabhängig zu erhalten, da ich Ihre Meinung von
ihnen unmöglich Ihrer würdig finden kann. So ist z. B. der H. v. H.,
dessen Sie erwähnen, nach meiner Kenntniß von ihm ein äußerst schwacher
Kopf, der etwa Erbauungsbücher zu schreiben Talent hätte, dem aber ein
Mann wie Sie, nicht, vielleicht bestochen durch seine Frömmelei, weiß
machen muß, daß es etwas Besonderes um ihn sei. Das Eindrängen der
Ascetik und der neuesten sentimentalen Poesie in die Wissenschaft hat dieser
wahrlich wenig gefruchtet. Es läßt sich darüber nicht Alles schreiben;
wenn wir uns einmal sehen, wollen wir weiter von dieser Nachkommenschaft des Novalis so wie von ihm selber sprechen, den ich recht gut gekannt

zu haben glaube. Es war vielleicht Anmaßung, Ihnen überhaupt hierüber einen Wink geben zu wollen, indem Sie wohl selbst Unterscheidungsgabe genug besitzen; allein ein Freund erlaubt sich wohl dergleichen.

Was Sie mir von Friedrich Schlegel schreiben, hat mich außerordentlich interessirt, obgleich die Empfindung, welche Ihnen sein Umgang und Gespräch über das böse Princip verursacht, eine meiner obigen Aeußerungen zu bestätigen scheinen könnte. Ich habe mir bisher, besonders seit der Bekanntschaft mit Ihren Dresdner Vorlesungen, auch nach Ihrem in den Ahnungen aufgestellten Begriff der Reaction der Basis vorgestellt, daß Sie über diesen Punct im Reinen und völlig in der rechten Ansicht wären. Indeß wir besitzen auch geistig Manches, wovon wir nichts wissen und zu dessen Bewußtsein uns erst Andere bringen müssen. Was mich betrifft, so hat Friedrich Schlegel gemeint, mit seiner crassen, höchst allgemeinen und unvollständigen Schilderung des Pantheismus mich zu schildern. Er und seine Anhänger haben diese Vorstellung meines Systems sogar unter den Pöbel der philosophischen Literatur mündlich schon lang verbreitet. Mit solchem Volk, als man bisher gegen mich aufzuhetzen gesucht, mich einzulassen, habe ich unter mir gehalten. Es war mir daher sehr angenehm, daß er selbst hervorgetreten. Ich habe seiner künstlichen und auf Schrauben gesetzten Polemik eine gerade, unumwundene Erklärung meiner Ansicht entgegengesetzt, und betrachte von jetzt an sein ganzes Beginnen und Wesen als eine Sache, der ich mit aller Kraft, wissenschaftlich und literarisch auf jedem Wege entgegenwirken werde. Ich wünsche nichts mehr, als daß die Sache durch das, was ich darin gethan, zum offenbaren und entscheidenden Streit komme. Glauben Sie darum nicht, daß ich nicht die größte Hochachtung für Friedrich Schlegel habe. Ich schätze ihn weit höher, als Novalis und alle die Andern. Aber ich halte sein jetziges Wollen keineswegs für rein, und sein Beginnen in philosophischer Hinsicht für ungenügend. In dem Werk über Indien herrscht nach B.'s Ausdruck eine wahre Gouvernanten-Philosophie. Fr. Schlegel ist Philolog im höchsten Sinn des Worts; ich betrachte sein jetziges Treiben als eine Rückkehr zu dieser Bestimmung. Ich glaube, seine wahre Meinung über Bös und Gut wohl ziemlich deutlich zu sehen; Sie würden mir aber einen großen

Gefallen erzeigen, wenn Sie mir, da Sie ihn mündlich darüber gehört, nur mit einigen Worten die Frage beantworten wollten: Nimmt Friedrich Schlegel wirklich ein böses Ur- und Grundwesen, im Manichäischen oder (wie dies System gewöhnlich verstanden wird) Parsischen Sinn an? Ist er wirklich für den absoluten, oder auch für irgend einen modificirten Dualismus, bei welchem ein wesentlich- und ursprünglich-böses Princip angenommen wird? Aus Ihrer Aeußerung von einem solchen, noch über die Lehre des Christenthums hinausgehenden Princip scheint es mir, daß Sie nicht wie ich blose Vermuthungen darüber haben, sondern bestimmte Kenntniß. Ich versichere Ihnen, ich werde von dieser Mittheilung nie Gebrauch machen; auch ist, was ich in dieser Beziehung gegen Friedrich Schlegel zu sagen habe, bereits geschrieben und gedruckt.

Sollte es wohl wahr sein, was französische und deutsche Zeitungen verbreitet haben, daß er sich mit der Armee des Erzherzog Karl als Schriftsteller in Bewegung gesetzt habe? Es sollte mir für ihn sehr leid thun.

Nun versprechen Sie mir, lieber Freund, den ich mit im Grunde nie geschwächtem Zutrauen so anrede, die Kränkung, die Ihnen meine vielleicht zu rasche Erwähnung verursacht hat, zu vergessen, wie ich die frühere eines weit schlimmern Verdachts von Ihrer Seite ebenfalls vergessen habe.

Sprechen wir von heiterern Gegenständen! Noch habe ich Sie nicht als nunmehrigen Mitbürger und Landsmann gegrüßt. Seien Sie herzlich willkommen im Bayerlande! Möge es Ihnen so wohl darin werden, als Sie verdienen! Etwas Apathie in einigen Beziehungen wird dabei nicht schaden. Sie haben gleich in den ersten Wochen Ihres Daseins den drehenden Sturm mitgemacht, der bei Ihnen eben so schnell und glücklich oder noch glücklicher als hier bei uns vorübergegangen ist. Desto ruhiger können Sie nun der Zukunft entgegensehen. Möge Ihre ganze Umgebung Ihnen so angenehm sein, als es in dieser Welt sein kann! Schreiben Sie mir doch ja, wie es Ihnen geht, wie Sie sich in Personen und Verhältnisse finden, ob Ihr Institut schon eröffnet ist oder nicht, ob ich Ihnen hier in Nichts dienen kann? Niethammer hofft, die Anweisung wegen Ihres Reisegeldes werde noch vor der Sperre der Posten dort angekommen

sein. Sind Sie schon in Ihrer Amtswohnung? Können Sie Bücher aus
Altorf erhalten?

Erfreuen Sie mich bald mit einem Brief und mit den besten Nachrichten von Ihnen und den Ihrigen. Ewig

Ihr
treuer und aufrichtiger Freund
S.

N. S. Die Abhandlung, wovon ich Ihnen oben geschrieben, steht
in dem ersten Band meiner Philosophischen Schriften, der diese
Messe bei Krüll in Landshut erschienen, und der den Auftrag hat Ihnen
mit einer der nächsten Posten zu schicken. Ich hoffe, Sie werden in dieser
Abhandlung Manches finden, das Sie beruhigt und Ihre Zustimmung hat.
Schreiben Sie mir über Alles Ihre offne Meinung. Sagen Sie mir unter
anderm, ob das, was ich von der Periode des goldnen Zeitalters und
von der Erscheinung des Christenthums sage, nicht mit Ihren Dresdner
Vorlesungen zusammenstimmt, und ob ich daher oben nicht Recht gehabt habe? Ich hatte bei der Abfassung, da ich gern noch eine andre Arbeit
zur Messe gebracht hätte, nicht Zeit, auch Ihr Buch zu vergleichen, sonst
würde ich es bei jenem Passus angeführt haben; denn ich war und bin
ohne das nicht ganz gewiß, ob der Sinn einiger übereinstimmenden
Behauptungen bei uns beiden der nämliche ist? Nochmals leben Sie
recht wohl.

Ich werde jetzt eine Zeit lang wieder recht viel schreiben. Auch von
Baader erscheint diese Messe eine Sammlung früherer und neuerer Abhandlungen, die gewiß von den heilsamsten Wirkungen sein wird.

——— —

Schelling an Windischmann.

München, 9. Mai 1809.

Es ist eine Ewigkeit, daß wir uns nicht geschrieben, und seitdem hat
sich der Anfang einer halben Weltgeschichte entwickelt. Wenn bis zur

nächsten fahrenden Post sich hier und in Ingolstadt, wo die ganze Auflage
des zu dieser Messe fertig gewordenen ersten Bandes meiner Schriften
angehalten liegt, eine Gelegenheit findet, die mir meine Exemplare davon
überbringt, so erhalten Sie mit jener ein Exemplar dieses Bandes. Sonst
wenn die Sperre alles Fuhrwesens noch länger dauert, muß ich noch
länger die Ungeduld tragen, mit der ich wünsche, dieses Exemplar in Ihre
Hände zu bringen. Dieser Band enthält zwar nur Eine eigentlich neue
Abhandlung; inzwischen umfaßt diese gewissermaßen die ganze ideelle Seite
der Philosophie und gehört zu dem Wichtigsten, was ich seit langer Zeit
geschrieben.* Wenn ich nicht irre, sagten Sie mir einmal, daß Sie zum
Recensenten dieses Bandes schon lange vorher bestimmt seien. Machen
Sie's nur nicht gar zu arg damit, wenn die Sache etwa Ihren Beifall
nicht hat. Im entgegengesetzten Fall aber, und wenn Sie darin einen
eigentlichen Fortschritt der Wissenschaft erkennen, geben Sie auch der
Wahrheit die Ehre und zeichnen Sie diese Abhandlung aus als etwas
Besseres denn die Nebelgebilde unserer Zeit. Besonders in der polemischen
Beziehung, welche die Abhandlung hat, bitte ich Sie um ein kräftiges,
lebendiges Wort. Ich weiß, daß Sie nicht wie Fr. Schlegel denken, dessen
verdeckte Polemik ich in eine offne zu verwandeln gesucht habe. Sein höchst
crasser und allgemeiner Begriff des Pantheismus läßt ihn freilich die
Möglichkeit eines Systems nicht ahnen, worin mit der Immanenz der
Dinge in Gott Freiheit, Leben, Individualität, desgleichen Gutes und
Böses besteht. Er kennt nur die drei Systeme seines indischen Buchs;
das Wahre liegt aber gerade zwischen diesen dreien mitten inne und hat
die organisch verflochtenen Bestandtheile eines jeden in sich. Es giebt einen
(aber auch nur einen) Punct, bei dem die Vorstellung der Emanation an-
wendbar ist, einen (aber auch nur einen), wo die des Dualismus, und
endlich wieder einen, wo die Indifferenz des Pantheismus. Ich glaube,
diese Puncte in meiner Abhandlung mit zuvor nie erreichter Deutlichkeit
bezeichnet zu haben. Die Privatmeinung Fr. Schlegel's ist ein Alles zer-

---

* Philosophische Untersuchungen über das Wesen der menschlichen Freiheit,
SW. I, 7, 331 ff.

reißender Dualismus, ein eigentlich böses Grundwesen, das über das böse Princip im Christenthum noch weit hinausgeht. Ueber den Dualismus von Gut und Schlecht, den er in die Historie einzuführen gedenkt, habe ich mich auf eine ähnliche Weise erklärt, wie Sie, wenn ich nicht irre, in der Recension einer persischen Schrift von Dalberg. Ich würde Sie dabei angeführt haben, wenn ich nicht jene Recension erst erhalten hätte, da mein Aufsatz schon im Druck war. Ich habe in dieser Abhandlung das, was man mein System nennen kann, da hinausgeführt, wo es auf dem Wege der ersten Darstellung wirklich hinaus sollte. Es war ein Unglück, daß diese nicht fertig geschrieben wurde; viel Mißverstand wäre dadurch in der Wurzel abgeschnitten worden. Ich habe jetzt viel Fertiges liegen; ein fast ganz vollendeter Aufsatz, ähnlichen Inhalts wie jene Abhandlung, wurde wegen der österreichischen Unruhen nicht mehr fertig. Aber ich werde jetzt überhaupt mit neuer Thätigkeit zu Werk gehen und wieder einmal aufräumen, wie sich gebührt.

Fr. Schlegel hat unter der Hand eine Partei gegen mich aufzubringen gesucht; mit solcher Misère als dieser wollte ich mich nicht abgeben. Sehr erwünscht war mir darum sein Hervortreten. Sie können den inquisitorischen Geist in Sachen der Philosophie gewiß nicht billigen; darum arbeiten auch Sie dagegen. Ein Täufling Fr. Schlegel's scheint auch der bewußte Moliter zu sein. Ich bitte Sie doch, thun Sie diesem verworrenen Kopf keinen Vorschub, der mit ächt-jüdischer Unverschämtheit über Systeme räsonnirt, da er von Rechts wegen den Schüler machen sollte. Sind wir vor 8 und 9 Jahren und seitdem die ganze Zeit solche Lumpenhunde gewesen, daß ein solcher Mensch, cui crassa Minerva, uns zurechtweisen und des Besseren belehren könnte? — Mir dünkt, die Einsichtigen sollten sich fester als je zusammenschließen. Wenn etwas Tüchtiges, Bleibendes, der teutschen Nation zur ewigen Lehre und zum Ehrendenkmal Dienendes aus den wissenschaftlichen Bewegungen unserer Zeit hervorkommt: so ist es auf unserm Wege. Noch sind wir nicht am Ziel; aber die Andern sind nicht einmal auf dem Weg dazu und betrachten die gewonnene Freiheit des Geistes nur als Freiheit zum Unsinn, zum Herumschwärmen und zu dem lächerlichen Dünkel, daß jeder gern sein eignes Kirchlein bauen möchte, anstatt mit vereinten Kräften ein großes Münster teutscher Wissenschaft zu erbauen. — Es ist leider wahr, daß Fr. Schlegel mit den Oesterreichern hier in Bayern und schon zu Landshut eingerückt war. Zu welchen Abenteuerlichkeiten reißt diesen trefflichen Geist der furor fanaticus fort! — Leben Sie recht wohl und schreiben Sie bald

Ihrem

Schelling.

Schelling an seinen Bruder Karl.

München, 25. May 1809.

Durch Buchhändlergelegenheit, weil ich das Porto Dir nicht verursachen wollte, wirst Du den ersten Band meiner philosophischen Schriften erhalten. Ich bin auf Dein Urtheil über die neue Abhandlung darin sehr begierig.

Meine Büste wird jetzt bald fertig sein. Soviel sich sehen läßt, wird sie sehr ähnlich und sprechend werden. Sobald ein Abguß davon zu haben ist, schicke ich einen an die lieben Eltern. — Wie ich zu einem gemalten Portrait von mir komme, das ähnlich und gut genug ist, will ich dann auch sehen.

Wenn der Vater darauf besteht, mir von seinem Wein schicken zu wollen, ob ich gleich nicht einsehe, wodurch ich ein so ansehnliches Präsent verdiene, besonders da ich doch hoffe, diesen Sommer wenigstens auf einige Wochen nach Würtemberg zu kommen und also seinem Wein an Ort und Stelle zuzusprechen hinlängliche Gelegenheit haben werde: so käme er mir freilich jetzt, bei der Annäherung des Sommers, am besten zu statten. Allein ich fürchte, daß die beständigen Truppenzüge und Kriegstransporte noch immer große Schwierigkeiten machen. Augsburg ist ein Haupt-Etappen-Ort, und auch in der Gegend von Ingolstadt ist das Fuhrwesen noch sehr gehemmt. Der dortige Spediteur müßte dafür stehen, daß der

...ein nicht irgendwo unterwegs liegen zu bleiben und zu verderben Gefahr liefe.

Wächter thut mir recht Leid mit seinem Bild*); indeß glaube ich, kann er außer Sorgen sein. — Langer behauptet keinen Brief von Wächter erhalten zu haben. Ich bin seitdem fast jeden Tag verhindert worden, nach dem Bilde zu sehen; indeß soll es binnen heut und morgen geschehen. Es ist ein sonderbares Betragen, das W. darin beobachtet hat. Wenn er sich nur einigermaßen erkundigte, könnte er erfahren, daß jetzt kein Bild der Art gekauft wird, ohne die Andern darüber zu hören, und S..... ist auf keinen Fall der Mann, etwas anzubringen.

Lebe recht wohl, grüße die lieben Eltern, auch die Schwester sammt den Ihrigen bestens und schreibe bald wieder

Deinem

Fritz.

Schelling an Schubert.

München, 27. Mai 1809.

Ihr Brief, geliebter Freund, hat mich recht erfreut. Es hatte mich schon einigemale verdrossen, die Erwähnung gemacht zu haben. Nun bin ich dessen desto froher. Ich kann mit Menschen überhaupt nicht halb sein, am wenigsten denen, die ich liebe. Eine Ahndung der Neigung, die Sie selbst sich zuschreiben, hatte mich öfters angewandelt; ich wünschte immer diesen dunkeln Punct aus unsrer Freundschaft hinweg: jetzt ist er es, und ich danke der Veranlassung. — Wir sind beide Männer; worin wir nicht einstimmen, das können wir einander geradezu, auch öffentlich, sagen: nur die heimlichen Dissidien, die Zurückhaltungen taugen nichts. — Wie ich Ihnen schreibe, so sollen Sie mir auch schreiben; dies sei der Bund, den wir errichten. Keines kann dem andern mehr Freundschaft erweisen,

*) Vgl. D. F. Strauß, kleine Schriften, S. 346.

als durch Erinnerung und wo's nöthig ist, Besserung. Wir fehlen seltener durch Irrthum, als durch zu läſſige Ergreifung der Wahrheit, und wer noch nicht ganz abgekühlt ist vom erſten Feuer des Suchens und Findens, ſchweift leicht nach einer Seite aus, ſo ſehr er ſich auch beſtrebt, die rechte Mitte zu halten. Da iſt die einlenkende Hand des Freundes heilſam und erwünſcht.

Was Sie mir von Raumer's *) Charakter ſchreiben, betrachte ich als großen Gewinn. Ich konnte dies aus Ihren bisherigen Aeußerungen von ihm noch nicht abnehmen. Solcher Charaktere bedarf unſre Zeit; ich ſuche ſie, wo ich ſie finden kann. Die leere Sentimentalität macht Partei und ſetzt Alles unter Waſſer; dagegen müſſen auch mehrere ſtehen. Nun halte ich von R. noch eins ſo viel als zuvor, und warte mit Sehnſucht auf das, was er uns enthüllen wird. Schreiben Sie mir doch etwas von ſeinen Lebensumſtänden: wie er ſich gebildet, wie und wo er lebt und warum er zaudert? — So iſt auch Baader durch und durch doctrinal und dem Misbrauch der Wiſſenſchaft zur Ascetik herzlich abgeneigt. Was Sie mir von dem Rühmen des B. v. Kr. und des ſächſiſchen von Arel ſchreiben, hat mich ſehr beluſtigt. B. hat die liebenswürdige Eigenſchaft der Mittheilſamkeit und der Luſt zum dociren; da dies nicht bei Jedermann angewendet iſt, ſo läßt er ſich wohl auch herab, einem abgelebten liſtän= diſchen Baron von ſeinen Perlen mitzutheilen; das geſchieht aber nicht des Barons, ſondern nur ſeiner ſelbſt wegen. — Kanne, da er mich einmal in Würzburg beſucht, hat mir gleich gar ſehr eingeleuchtet. Allein ich bin immer ſchüchtern, meine Liebe zu zeigen, beſonders gegen Solche. Seine Urkunden habe ich mir lange vorgeſetzt zu leſen; was Sie mir daraus mittheilen, macht mich noch begieriger, als ſchon vorher ſeine Mythologie: es ſollen jene nun meine nächſte Vectüre ſein. — Es thut mir nun Leid, in meiner letzten Abhandlung nicht meiner Meinung auch in Anſehung des Geſchichtlichen von Fr. Schlegel gefolgt zu ſein. Ich habe viel Morgen= ländiſches geleſen, aber nie als Studium: doch ſchien auch mir das Hiſto= riſche der philoſophiſchen Syſteme oberflächlich und falſch, wie ſchon der

*) Karl von Raumer.

Natur der Sache nach der recht verstandene Pantheismus gewiß das älteste
sein muß; aber die Mangelhaftigkeit meiner Kenntnisse legte mir Schweigen
auf. Auch den Dualismus habe ich auf seine Art im Zendavesta nie gefunden, noch weniger in indischen Schriften; höchstens ist er so bei
Manes. Meine Ueberzeugung von der vollen Wahrheit des ächten Pantheismus, (ob ich gleich bisher den Namen mied, der Nebenbegriffe wegen),
hat ebenfalls durch die neuen Angriffe nur gewonnen. Vielleicht habe ich
mich in jener Abhandlung nicht einmal stark genug erklärt. In meinen
bisherigen Darstellungen ist vielleicht die Tagseite zu sehr hervorgehoben,
so gut wie übrigens die entgegengesetzte von Anfang bekannt war. Nur
habe ich an einigen Stellen vielleicht zu sehr in's Dunkel gemalt; doch kann
dies jeder Verständige zurechtlegen. Ich bitte Sie recht sehr um Ihre bestimmte Meinung und Bemerkungen über diese Abhandlung. Ich will
nicht, daß Sie mich loben. Ich wünsche, daß Sie mich tadeln, wo Sie
anders denken. Es ist dies die beste Art sich zu verständigen. Schon vor
vielleicht länger als vier Wochen schrieb der Buchdrucker, daß er das
Exemplar an Sie abgesendet habe. Vielleicht hat es Sie nicht gefunden,
weil keine bestimmte Adresse angegeben war; vielleicht ist das Paket durch
Gelegenheit geschickt und unterwegs aufgehalten worden oder verloren;
oder es liegt auf der dortigen Post, Mauth oder bei einem Buchhändler
und wartet der Nachfrage. Einstweilen schicke ich Ihnen die einzelnen
Bogen, die Sie mir, wenn das vollständige Exemplar angekommen sein
wird, gelegenheitlich zurückschicken mögen. — Recht ergötzlich war mir zu
sehen, wie gut und richtig Sie auch Hegeln genommen haben. Die spaß-
hafte Seite ist wirklich die beste, wenn auch nicht die einzige. Ein solches
reines Exemplar innerlicher und äußerlicher Prosa muß in unsern über-
poëtischen Zeiten heilig gehalten werden. Uns alle wandelt da und dort
Sentimentalität an; dagegen ist ein solcher verneuneuter Geist ein treff-
liches Correctiv, wie er im Gegentheil belustigend wird, sobald er sich
übers Regiren versteigt. Die Wirkung, wegen der Faust über Mephisto-
pheles klagt, kann er bei dem, der ihn einmal begreift und übersieht, nicht
hervorbringen. In seinen politischen Urtheilen über die Zeitgeschichte hat
er indeß ohne Zweifel Recht; obgleich die Art, sie zu äußern, selber nicht

ganz frei von Politik sein mag. Mit Paulus mögen Sie sich ja leidlich
halten, doch ihm nie trauen oder Ihr Innres eröffnen: jenes, weil er ein
sehr boshafter Feind ist, dies, weil er durch alles Höhere und Bessere
zur Feindschaft gereizt wird. Wegen Ihres Reisegeldes konnte ich nichts
thun, als Niethammern aufs dringendste darum anliegen, der mir auch
versprach, sich persönlich aufs Neue darum zu verwenden. Vielleicht ist
inzwischen der Befehl dahin abgegangen. Mich freut herzlich, daß es
Ihnen wohl zu werden anfängt in Nürnberg. Bleiben Sie bei Ihrem
guten Muth; es wird noch Alles gut werden. Meine Meinung ist ohnedies, daß Ihre jetzige Lage nur ein Paar Jahre dauern soll. Ihre Anstalt
müssen Sie allerdings erst m a c h e n. Nun richten Sie nur fein Alles so
ein, daß Sie uns auf Michaelis hier besuchen können. Unsre natur-
historischen Sammlungen sind freilich hier noch sehr weit zurück. —
Haben Sie sich in Nürnberg noch nicht mit Antiquaren in Verbindung
gesetzt? Sollte Ihnen da je die Quartausgabe von J. Böhme aufstoßen
und Sie diese nicht etwa für sich nehmen, so bitte ich Sie, selbige um
welchen Preis es sei, gleich für mich zu erstehen. Ich hatte diese Ausgabe, schenkte sie aber Baadern, der schon so lange darnach geschmachtet
hatte; nun vermisse ich sie aber doch.

Leben Sie nun recht wohl und bleiben Sie in jedem Sinne des
Wortes mein Freund, wie ich

der Ihrige

Schelling.

N. S. Lassen Sie die Bogen doch auch Kanne lesen; es ist um's
Experiment zu thun, was er davon hält.

Schelling an Windischmann.

München, 17. Juni 1809.

Es war mir nicht wenig erfreulich, zu sehen, geliebter Freund, wie Sie meine letzte Abhandlung gerade von der Seite nehmen, von welcher ich sie genommen wünschte, und das darin finden, was ich eben am meisten hineinzulegen suchte. Ihr Wort ist mir eines der erfreulichsten. Ich habe noch wenige Aeußerungen vernommen; doch scheint sie auf alle, deren Empfindung mir etwas gilt, Eindruck gemacht zu haben. Ich bin zwar nicht geneigt zu Fichteschem Mißmuth; indeß wenn ich die schlechten Wirkungen manches Bestrebens und das niedrige Verkennen von beiden Seiten sehe, kann ich doch irre werden und die Lust zu literarischer Thätigkeit verlieren. Das Urtheil von Männern wie Sie richtet mich wieder auf. Es wird mir gar lieb sein, wenn Sie bald ein öffentliches Wort darüber sagen, und dabei den Leuten den Kopf noch bestimmter als ich zurechtrücken. Das sentimentale Geschlecht, welches seit einiger Zeit sein Unwesen treibt, weiß sich gar viel damit, daß sie die Natur Gott unterordnen; in den Heidelberger Jahrbüchern erfand neulich Daub die neue! Formel, Gott nicht = All oder = Mensch, sondern Gott > All > Ich; was wir freilich alle von der Kinderlehre her wissen. Die Frage, um deren willen allein philosophirt wird, ist aber die, wie jenes Untergeordnete, das durchaus anerkannt werden muß, aus Gott heraus- oder zu Gott hinzukomme, und da weder das eine noch das andere von diesen beiden denkbar ist, so wird es wohl immer in Gott selbst gesucht werden müssen; und da scheint mir der Begriff von Potenz noch immer bezeichnender als jeder andere, und die Natur als Gottes Wesen in der untersten Potenz (als Dunkelheit) begreiflicher, wie als Stoff, Werkzeug, Basis oder dergl. — Sie mögen ganz Recht haben, daß meine Polemik gegen Fr. Schlegel noch viel zu sanftmüthig ist, und ich bitte Sie, mir das auch öffentlich vorzuwerfen. Theils aber habe ich wegen alter Bekanntschaft mit ihm ein gewisses Maß zu halten schicklich gefunden, theils wurde Manches verspart auf eine andere Abhandlung, die zugleich mit jener erscheinen sollte und

an deren Vollendung die Kriegsunruhen mich gehindert haben. Noch ein
anderer Grund war, daß ich über sein ganzes Wesen nicht reden konnte,
ohne das ganze neu·ästhetische Unwesen mit zu berühren, wozu da kein
Raum war; dieses mit unsern Ideen vermengt, hat uns den größten
Schaden gethan; ich werde mich nun aber auch davon säubern und zwar
tüchtig und öffentlich, wie ich mich privatim von Anfang an darüber lustig
gemacht. Besonders werfe ich mir vor, über das geschichtlich Falsche
seiner Darstellungen auch nicht einmal einen Wink gegeben zu haben, indem es scheint, als ob ich die Wahrheit derselben zugebe. Ich bin aber
überzeugt, daß so dürftig und armselig seine Philosophie erscheint, ebenso
gering und dürftig auch seine historischen Kenntnisse des orientalischen
Alterthums seien. So bin ich theils durch eignes Studium theils durch
die Natur der Sache selbst überzeugt, daß gerade der recht·verstandene
Pantheismus das älteste System ist, wie er das wahre ist, nur daß der
Dualismus der frühesten Zeit entweder eins mit jenem war, (wie sich denn
vernünftiger Weise ein Dualismus nur innerhalb des Pantheismus, d. h.
eines Systems der Einheit denken läßt), oder doch ein Abkömmling von
ihm und ein durch Isolirung entstandenes, aber darum entweder schon
gleich Anfangs verderbtes oder doch zum Falschen hinführendes Denksystem. So roh aber, als Fr. Schlegel den Dualismus denkt, hat er als
öffentliches System wohl schwerlich vor den Zeiten des Gnosticismus und
Manichäismus existirt. In den Zendbüchern wie in indischen Denk-
mälern findet sich nichts dergleichen. — Verfolgen nun Sie, wackrer
Freund, diesen wunderbaren Zusammenhang und die seltsam wechselnde
Gestaltung des Einen Urglaubens, wozu in Ihrer Schrift über Magie ꝛc.
schöne Gelegenheit sein wird. — (Im Vorbeigehen, kennen Sie Le Brun's
Histoire des pratiques superstitieuses? Es läßt sich daraus viel treffli-
cher Stoff ziehen, und ich habe immer gewünscht, daß einer unserer
Freunde diesen Auszug macht.)

Sie sehen aus den obigen Aeußerungen, daß ich alles billige, was
Sie weiter gegen Fr. Schlegel nöthig finden können. Ihre Recension,
wenn sie bald erscheint, wird die beste Gelegenheit geben, Sie auf die Art,
wie ich es lang gewünscht, zu erwähnen, indem ich die durch mancherlei

Unruhen liegen gebliebene Abhandlung jetzt eben wieder vorgenommen habe, und selbige noch im Lauf des Sommers theils in den Jahrbüchern theils als besondere Schrift erscheinen lassen werde. — Auch mich hat . Joh. Müller's Tod nur herzlich betrübt, ob ich gleich in den letzten Jahren gar nicht mit ihm zufrieden war; nicht wegen seiner Sinnesänderung, sondern wegen dessen, was ihr vorhergegangen war, und was ich von dem Mann, dem die Weltgeschichten offen lagen, mir nicht denken konnte. Ich hätte ihm ein besseres Ende gewünscht. Dahin hat ihn die zu große Weichheit und Unstetigkeit des Charakters geführt, daß man seinen Tod hauptsächlich darum bedauert, weil er ihm die Gelegenheit genommen, sich die Hochachtung, die sein großer Geist verdiente, auch persönlich wiederzuerwerben. Die Rede, die an seinem Grab gesprochen worden, ist eine wahre Beleidigung seiner Manen. Eine so leichtsinnige Trauer, mit hohl französischer Phraseologie und der lauten Verkündigung, daß nach unserm Tod nichts übrig bleibt als der Staub in unserm Grabe und unsere Werke in der Zeit, hat er nicht verdient. — — Leben Sie recht wohl. Mit immer gleicher Gesinnung der

Ihrige

Schelling.

München, 7. August 1809.

Die schlechte Witterung dieses Sommers hat mir ein Katarrhalfieber zugezogen, an dem ich nun seit 6 Wochen zu thun gehabt habe. Diese ganze Zeit habe ich rein verloren, und meine literarischen Plane haben für diesen Sommer einen großen Stoß erlitten. Es war mir während dieses Zustandes doppelt erfreulich, zu vernehmen, daß Sie, lieber Freund, sich meiner erinnert haben und in der Ferne mit mir umgegangen sind. Möge ich nur bald Gelegenheit haben, Ihnen hinwieder meine treue und innige Freundschaft zu beweisen. Ich bin sehr begierig auf Ihre Recension; man hört so selten öffentlich ein ermuthigendes und entgegenkommendes Wort, was uns doch zur Anregung und zum Weiterkommen

so nöthig ist. Leider werde ich die Recension nun noch nicht so bald zu
sehen bekommen, wenn sie auch ohne Verzug abgedruckt wird, indem ich
meiner Gesundheit und anderer Angelegenheiten wegen vielleicht schon
Ende dieser Woche eine Reise nach dem Würtembergischen antrete, um
einige Monate im Kloster Maulbronn, wo mein Vater jetzt Prälat ist, ein
völlig einsames Leben zu führen, was so wie die Landluft mir großes Bedürfnis ist. Vielleicht daß doch in dieser Zeit die Arbeit noch gedeiht, von
der ich Ihnen geschrieben. Ich habe so viel auf dem Herzen, daß ich nicht
weiß, wo anfangen, und mich jetzt ernstlich beschränken muß, um nicht
wie so lange Zeit gar nichts zu thun. Was ich Ihnen versprochen, halte
ich gewiß, und zu Ihrer vollkommenen Zufriedenheit; verlassen Sie sich
darauf. Wollte Gott, wir könnten Sie hier haben! Es fehlt mir trotz
Baader doch sehr an Ansprache und beständiger Erregung. Baader ist
viel in Geschäften anderer Art absorbirt und einen Theil des Jahres immer
auf seiner Glashütte abwesend, was so wie seine übrigen Verhältnisse doch
keinen gleichförmigen Umgang mit ihm erlaubt. — Leider ist, was Vo-
cationen betrifft, der Karren hier so verfahren, daß wenig Gescheites
mehr zu hoffen ist. Das Geld ist verschleudert und aufgebraucht, ehe die
nothwendigsten Stellen besetzt sind. Aber überhaupt die ganze facies
rerum ist in Deutschland traurig, und für den Gelehrten viel mehr als
für jeden Andern. Es sind Zufälle, die mich in meine jetzige Lage gesetzt,
und wahrlich ich wüßte jetzt keine andere für mich, was doch gewiß sehr
traurig ist in Vergleichung mit sonst, wo dem Gelehrten fast ganz Deutschland offen stand. — Baader hat viele seltene Bücher über Theosophie
und Magie; machen Sie namhaft, was Sie wünschen, so hoffe ich von
ihm so wie von unserer in vielen Fächern wirklich herrlichen Bibliothek
Vieles verschaffen zu können. — Ich muß schließen; Alles drängt sich zusammen, da ich so lange unthätig gelegen. Nochmals haben Sie Dank
für alle Liebe und Freundschaft und leben Sie gesund und glücklich sammt
Frau und Kindern. Stets der

Ihrige

Schelling.

Schelling an Wagner *).

M. 7. August 1809.

Ich hätte Ihnen, lieber Freund, billig schon lange schreiben sollen.
Aber es konnte nicht sein: unter andern Verdrießlichkeiten hatte ich auch
die, einige Wochen theils das Bett theils das Zimmer hüten zu müssen.
Dieser Sommer ist noch schlechter wie der vorige. Ihre beiden Briefe
habe ich erhalten, den einen durch die Post, den andern durch Herrn Offen-
müller, der sich jetzt wieder ich weiß nicht wohin entfernt hat. Er dauert
mich, indem unter den gegenwärtigen Umständen wohl an keine Unterstützung zu denken sein wird. Recht oft habe ich Sie hergewünscht, nur
um über manche Dinge einmal wieder ein gescheites Wort zu reden. Aber
auf Ihre Fragen weiß ich nicht, was ich antworten soll. Ob Sie mit
Sack und Pack sicher kommen können? Warum nicht? Es wird Sie unterwegs Niemand anfallen, die Straßen sind sicher. Ob Sie aber viel lieber
hier als in Würzburg sein werden, weiß ich nicht. Ich selbst reise vielleicht schon Ende dieser Woche fort, um bis Ende nächsten Monats im
Würtembergischen zu bleiben. Kommen Sie doch dahin, wir wollen dort
fröhliche Tage leben.

Hier wird in allen Ihren Angelegenheiten wohl nicht viel zu thun
sein vor dem Frieden. Gärtner sagt mir, das letzte Vierteljahr an Ihrer
Forderung für das Gemälde sei nicht ausbezahlt worden, und wegen
Ihres Gehaltes sei noch keine Weisung an die Casse ergangen; das alles,
sowie Ihre Rückstände, müssen Sie freilich persönlich betreiben: aber jetzt
macht die Kriegsnoth alle Ohren taub. Auf den Herbst werden wir ja
doch, so Gott will, den Frieden haben. Es geht uns allen nicht besser.
Mir scheint also, Sie sollten sich noch ein Paar Wochen in Würzburg gedulden, dann eine Seitenreise nach Schwaben machen und im October
mit hieher ziehen, um den Winter bei uns zu bleiben. Richten Sie sich
so ein, daß Sie hier eine Arbeit anfangen können. Ich biete Ihnen dazu

---

*) Vgl oben S. 7.

eines meiner hintern Zimmer an. Wie es in Rom steht, mag Gott wissen; daß der Pabst weg ist, werden Sie aus den Zeitungen gesehen haben. Ich denke also, den Winter werden Sie schon noch bleiben, aber Sie sollen ihn hier zubringen und etwas arbeiten; denn gar zu lange müssen Sie doch nicht feiern. — Ich hoffe also gewiß, Sie wenigstens im October hier zu sehen; was dann weiter zu thun ist, wollen wir schon besprechen. — Von Wächter mag ich gar nichts mehr hören. Ich muß glauben, daß er entweder der ungefälligste oder der verstockteste Mensch von der Welt ist. Was er mit seinem Bilde hier gewollt hat, weiß der liebe Gott. Mich ließ er durch meinen Bruder posttäglich plagen, mich doch des Bildes anzunehmen. Endlich gehe ich zu S., dem er schon einige Zeit vorher geschrieben hatte, er sei mit seinen Anstalten wegen des Bildes ganz zufrieden, so daß ich mir noch von diesem Hausknecht Grobheiten gefallen lassen mußte. Hierauf schrieb mir Wächter ein Billet, worin er mich zum Frieden ermahnt! Jemandem, der so einfältig ist, kann billigerweise Niemand helfen.

Besuchen Sie mich doch ja in Schwaben, auf jeden Fall aber kommen Sie im October gewiß hierher. Wollen Sie mir dorthin schreiben, so adressiren Sie nach: Maulbronn über Stuttgart; und leben Sie recht wohl. Wir grüßen Sie bestens

Ihr

Schelling.

Documente über Carolinens Tod.

.

Frau Caroline Dorothee Albertine Schelling, geborne Michaelis aus Göttingen, Herrn Friedrich Wilhelm Joseph Schelling's, der Königlichen Akademie der Wissenschaften in München ordentlichen Mitgliede, auch Direktors und General-Secretärs der Akademie der bildenden Künste daselbst, und des Königlich-Baierischen Civil-Verdienst-Ordens zur Baierischen Krone Ritters, gewesene treueste und zärtlich geliebteste Ehegattin,

starb zu Maulbronn, im Königreich Württemberg, wohin Sie mit Ihrem
Gatten auf einen Besuch im schwiegerälterlichen Hause nur wenige Tage
vorher gekommen war, an einer nur 3 Tage gedauerten Ruhr und damit
verbundenen Nervenfieber den 7. Sept. des vorigen Jahrs, und wurde
den 10. darauf Abends unter allgemeiner Theilnahme, welche die Ver-
ewigte nach Ihren vortrefflichen Eigenschaften zu kennen das Glück hatten,
und tiefster Trauer ihrer Schwiegerältern, vornehmlich aber Ihres Gatten
an der Stelle zu Grabe gebracht, wo dereinst auch Ihr Schwiegervater
seine Ruhestätte an Ihrer Seite finden wird; Aus dem Tottenbuch der
Kloster-Kirche daselbst getreulich ausgezogen zu haben, bezeugt den
19. März 1810

Gen.-Sup. und Praelat des Kl. M.

I. S. S.

Obelisk!

auf dem Grabe der Seligen Frau Direktorin.

I. Auf der Vorderseite.

Hier ruhet
Caroline Dorthee Albertine
Schelling, geb. Michaelis.

Das Grab
der treuen und ewig Geliebten
bezeichnete mit diesem Stein
Ihr hinterbliebener Gatte
Fried. Wilh. Joseph Schelling.
Jedes fühlende Wesen stehe mit Andacht hier,
wo die Hülle schlummert, die einst
das edelste Herz und den schönsten Geist einschloß.

Ruhe sanft, du fromme Seele
bis zur ewigen Wiedervereinung.
Gott, vor dem du bist, lohne dir
die Liebe und Treue, die stärker ist, als der Tod.

II. An der linken Seite.

Sie starb
bei dem Besuch des älterlichen Hauses
zu Maulbronn
den 7. Sept. des 1809ten Jahrs
ergriffen von der herrschenden Seuche
der Ruhr und des Nervenfiebers.

III. An der rechten Seite.

Gott hat Sie mir gegeben,
der Tod kann Sie mir nicht rauben.

Pauline Gotter an Schelling.

Gotha, den 23. September 1809.

So ist sie denn nicht mehr, diese theure unvergeßliche Freundin, die in unsren Herzen wohnte wie eine zweite Mutter, die wir mit kindlicher Zärtlichkeit und Liebe verehrten; so ist sie von uns geschieden, und wir werden sie erst da wiedersehn, wo keine Entfernung, kein irdisches Band uns von ihr scheidet! — Wie ist mir das Herz zerrissen! — Seit gestern, wo diese schmerzliche Nachricht zu uns drang, kann kein andrer Gedanke, keine andere Empfindung die unaussprechliche Betrübniß unterbrechen, in die wir alle versetzt sind. Was Sie erst leiden müssen, wie es Ihnen geht, das liegt uns nun zunächst am Herzen. Sie waren ihr das Theuerste auf der Welt, in Ihnen fand Sie noch Alles, was ihr das Leben lieb machen konnte. Ihnen wurde noch der Trost ihr die Augen zuzudrücken, deren heitrer Glanz uns nun nicht wieder erfreuen soll. —

Wie waren wir so ganz ihr eigen: aller Enthusiasmus eines jugendlichen Herzens war ihr geweiht, ich hätte ihr Alles opfern können, und mit welcher Freude! — Seit Jahren waren meine Wünsche, meine Hoffnungen sie wieder zu sehn, ihr thätig zu beweisen diese Anhänglichkeit. Wir fühlten uns so reich von ihr geliebt zu sein, und nun zerstört ein Augenblick, was so viel Jahre erst bauen konnten. Ach mir scheint die halbe Welt in ihr untergegangen, und es ist kein Kummer, kein Schmerz, der nur im Augenblick heftig faßt und den die Zeit bald mildert, nein ich fühle es zu gut, es ist ein Schmerz, der immer so bleiben wird; denn nichts kann es ersetzen, es kann nie wieder so werden. — Aber ich sollte Sie nicht, mit den ungestümen Ausbrüchen unsres Jammers, noch weicher machen. — Verzeihen Sie, und wenn es Ihnen möglich ist, lassen Sie bald etwas von sich hören. Unsre Liebe zu ihr war das Band unsrer Freundschaft, dieses ist zerrissen, aber das Andenken dieser herrlichen Freundin halte uns verbunden. Lassen Sie uns mitfühlend an einander denken, das wird auch ohngeachtet der Entfernung wohlthätig auf uns wirken. Leben Sie wohl, Ruhe und Trost sei mit Ihnen.

Pauline Gotter.

Schelling an Louise Gotter, geb. Stieler.

Stuttgart, den 24. Sept. 1809.

Sie wissen es nun bereits, verehrteste Freundin der ewig theuren Carolina, daß die beste, geliebteste Frau für dieses Leben nicht mehr ist. Ihnen als ihrer treuesten Freundin hätte diese betrübte Nachricht billig nicht zuerst durch Fremde zukommen sollen; aber der unsägliche Schmerz erlaubte mir kaum den Einen nöthigsten Brief an den Bruder in Haarburg zu schreiben: noch immer fehlt mir die nöthige Fassung, und ich weiß nicht, wie ich im Stande sein werde, Ihnen auch nur die Hauptumstände

zu melken. Doch ist der Gedanke, an Sie zu schreiben, tröstend für mich.
Ich weiß, auch Ihre Thränen fließen bei dem schmerzlich-süßen Andenken.
wie die Ihrer lieben Töchter. Auch Sie alle haben eine Freundin an ihr
verloren, wie es keine oder wenige giebt — und Sie begreifen meinen
Schmerz. Sie können ahnen, wie viel ich verloren habe. —

Caroline wünschte mit wahrer Sehnsucht die Reise nach dem Würtembergischen; sie bedurfte der Erholung: zwei Monate hatte sie meiner
gewartet, da ich fast seit dem Frühling krank war. Die sonstige Ordnung
hatte sich verkehrt: immer besorgt für ihre Gesundheit wurde ich nun der
Gegenstand ihrer Sorgen — ach die viele Mühe, die ihr meine Wartung
verursachte, hat ohne Zweifel die Schwäche vorbereitet, die der Krankheit
nachher so schnelle Wirkung verstattete. Wir verließen München am 18.
Aug., sie fröhlich, heiter, wie immer auf der Reise, ohne Anstoß in ihrer
Gesundheit; wir eilten über hier nach Maulbronn, einem württembergischen
Kloster, dem Aufenthaltsort meiner guten Eltern, bei denen ich der 6
Jahren mit Caroline fast den ganzen Sommer gelebt hatte und denen sie
äußerst lieb und ergeben war.

Mich hat auf der ganzen Reise ein drückend schmerzliches Gefühl begleitet, das ich mir nicht zu erklären wußte, wie ich den ganzen Sommer
mehr gemüths- als körperlich krank war: ihr Tod hat eine schreckliche
Klarheit auf dieses wunderbare Gefühl geworfen. Sie schien wenigstens
keine bewußte Ahndung zu haben: das Einzige, was alle meine Verwandte
bemerkten, war, daß sie diesmal so ganz besonders liebevoll und zärtlich
gegen alle war, recht als ob sie noch mit ihnen ableben wollte: allen schien
sie wie verklärt zu sein und schwebt ihnen jetzt nach ihrem Tode wie ein
göttliches Wesen vor. Auf einer kleinen Nebenreise von Maulbronn aus
— in eine der schönsten Gegenden dieses Landes — die auch ihr Wunsch
war, die aber — ach! ich bin es nur zu gewiß — mit zur Erschöpfung
ihrer Kräfte beitrug, so sehr sie sonst durch Bewegung und Reisen gestärkt wurde — auf dieser ganzen Reise war sie auf eine wunderbare Art
still und in sich gekehrt, wenn gleich bei dem äußeren Ausdruck der völlig-
sten inneren Heiterkeit. Hundertmal trieb es mich, sie zu fragen, warum
sie so still sei, und immer wurde ich durch die Gesellschaft daran verhindert

Ich sehnte mich innig, mit ihr wieder allein und zu Hause zu sein: aber wenige Stunden nach der Rückkehr zeigten sich auch die ersten Anfälle der Krankheit.

In der Gegend von Maulbronn hatte schon seit einem Monat eine epidemische Ruhr mit Nervenfieber grassirt: nur Maulbronn war bis zu unsrer Ankunft noch immer verschont geblieben. Erst am zweiten Tag unsres Dortseins wurde die Frau eines dortigen Professors Pauli davon ergriffen. Noch vor 3 Jahren hätte ich bei der ersten Nachricht davon den Unglücksort verlassen und Caroline gerettet. Damals wachte ich beständig über sie und beobachtete jeden Schritt, der ihr gefährlich werden konnte. Seitdem sie in der gesunden Luft Münchens neu aufgeblüht ist und so stark und gesund geworden war, daß sich alle meine Verwandte beim Wieder- sehen darüber verwunderten, seit dieser Zeit war ich sicherer geworden und überließ sie in Allem ihrer natürlichen Freiheit. Bei der Rückkehr von je- ner Reise war ihre erste Frage: was die gute Professorin Pauli machte, (die sie übrigens nie gesehen hatte, an der sie aber vielen Theil nahm). Die Antwort war: sie sei gestern gestorben! — Einige Stunden nachher kamen die ersten Anfälle mit einigen schnell auf einander folgenden Aus- leerungen: Caroline scherzte noch selbst darüber und fürchtete nichts; auch wurden durch die Anwendung der gewöhnlichen Hausmittel die Anfälle vor der Hand zurückgehalten; aber spät am Abend stellten sich Schmerzen und Fieber ein und schon am andern Morgen, da ich frühe vor ihr Bette trat, sagte sie zu mir die Worte: „Ich fühle die Destruction solche schnelle Fortschritte machen, daß ich glaube, ich könnte diesmal — sterben!" Ach, sie hatte nur zu wahr geredet! — Schon der erste Anblick, die auffallende Veränderung ihres Gesichts zeigte die Heftigkeit der Krankheit: ihr Puls setzte mich in den äußersten Schrecken. Ich redete ihr den Gedanken aus, ob ich gleich meine Bestürzung nicht ganz verbergen konnte, Alles zeigte, daß sie von der unseligen Krankheit ergriffen sei. Von diesem Augenblick an wurde Alles aufgeboten sie zu retten. Ich übergab sie dem Maulbron- ner Arzt, einem allgemein für geschickt gehaltenen Mann, der eine Menge Kranker in der ganzen Gegend an der nämlichen Epidemie behandelt hatte. Ein Expresser ging nach Stuttgart, meinen Bruder zu rufen, der hier

als praktiſcher Arzt in beſondrem Anſehen ſteht und zu dem auch Caroline
das größte Zutrauen hatte. Aber leider kam er zu ſpät, da keine Hülfe
mehr war. — Laſſen Sie mich dieſe Tage des Schmerzes und der
ſchrecklichſten Furcht übergehen! Die einzige wenn gleich ſchwache Beruhigung iſt, daß Caroline jede Art von Hülfe und Wartung genoſſen hat, die
ſie bedurfte. Bei dem höchſtſchmerzlichen Gedanken, daß ſie auf der Reiſe,
nicht im eignen Hauſe hinſcheiden mußte, iſt dies das einzige Tröſtende,
daß ſie wenigſtens in den Armen zärtlicher Eltern geſtorben iſt. Die großen Schmerzen, die mit dieſer Krankheit verbunden ſind, hat ſie faſt nur
Einen Tag und mit der edelſten Standhaftigkeit und wahrer Geiſtesgröße
getragen. Ihre letzten Tage waren ruhig: ſie hatte kein Gefühl von der
Gewalt der Krankheit noch der Annäherung des Todes. Sie iſt geſtorben,
wie ſie ſich immer gewünſcht hatte. Am letzten Abend fühlte ſie ſich leicht
und froh; die ganze Schönheit ihrer liebevollen Seele that ſich noch einmal auf; die immer ſchönen Töne ihrer Sprache wurden zur Muſik; der
Geiſt ſchien gleichſam ſchon frei von dem Körper und ſchwebte nur noch
über der Hülle, die er bald ganz verlaſſen ſollte. Sie entſchlief am Morgen des 7. Septembers, ſanft und ohne Kampf: auch im Tode verließ ſie
die Anmuth nicht; als ſie todt war, lag ſie mit der lieblichſten Wendung
des Hauptes, mit dem Ausdrucke der Heiterkeit und des herrlichſten Friedens auf dem Geſicht. — — Ach ſo lange ſie noch dalag, ſo lange ich noch
die letzten Reſte von ihr mit meinen Thränen benetzen konnte, war ich
nicht ganz unglücklich; nie kehrte ich von dem Anblick zurück ohne geſtärkt
und getröſtet zu ſein, ſo heiter war ihr Ausdruck. Ach, endlich mußte ich
mich auch von dem Letzten trennen; ich begleitete ſie zu ihrem Grab, wohin ſie mit jeder Feierlichkeit gebracht wurde, die zur Ehre der edeln Ver-
ſtorbenen gereichte, der ich leider! im Leben nicht alle die Ehre hatte erzeigen können, die ich gern wünſchte. Nun ruht ſie in dem ſtillen Thale,
an deſſen romantiſchem Anblick ihr Auge oft mit ſtiller Schwermuth gehangen hatte, an einer Stätte, wo einſt auch meine guten Eltern ruhen
werden.

Dies war das Ende Ihrer — meiner Caroline. Ich ſtehe da er-
ſtaunt, bis ins Innerſte niedergeſchlagen und noch unfähig meinen ganzen

Jammer zu fassen. Meine Verwandte haben mich jetzt hierher geführt; aber mein Herz und alle meine Gedanken sind dort, wo ich sie leiden und sterben sah und wo ihre Hülle schlummert. — Welch' ein schrecklicher Kreis von Verhängnissen wird durch diesen Tod geschlossen! Vor 9 Jahren raffte die nämliche Krankheit auf der Reise die liebliche Tochter dahin; jetzt ebenfalls auf der Reise unterliegt ihr das theure Leben der Mutter. Ihr ist jetzt wohl; der größte Theil ihres Herzens war schon längst jenseits dieses Lebens. Mir bleibt der ewige durch nichts als durch den Tod zu lösende Schmerz, einzig versüßt durch das Andenken des schönen Geistes, des herrlichen Gemüths, des redlichsten Herzens, das ich einst im vollem Sinne mein nennen durfte. Mein ewiger Dank folgt der herrlichen Frau in das frühe Grab. Gott hatte sie mir gegeben, der Tod kann sie mir nicht rauben. Sie wird wieder mein werden, oder vielmehr sie ist mein auch in dieser kurzen Trennung. — —

Sie, verehrte Frau, sind eine von den Wenigen, mit denen ich ganz nach meinem Herzen von Caroline reden darf. Sie haben nie aufgehört sie zu lieben, und auch ihr Herz gehörte Ihnen. Lassen Sie einen Theil der Freundschaft, die Sie zu der Lieben getragen, auf mich übergehen. Ich werde einen Trost darin finden, von denen, welche sie im Leben geliebt, mit Freundschaft angesehen zu werden. Lassen Sie mich ein theilnehmendes Wort von Ihnen und Ihren lieben Töchtern hören!

Könnte ich die letzten Briefe, die Ihnen Caroline geschrieben, erhalten, so würde mich dies erquicken.*) Ich sammle jede Reliquie der Theuren. Die Briefe sollen Ihnen nicht verloren sein. Erhalte ich bald ein Wort von Ihnen, so trifft es mich noch hier. Den harten einsamen Rückweg nach München muß ich antreten. Ich habe noch die heilige Pflicht auf mir, die Verlassenschaft der Seligen in Ordnung zu bringen. Dieser Gedanke wird mir Kraft geben, in das öde Haus zurückzukehren, wo zugleich das süße Andenken an sie durch jeden Gegenstand erneuert wird.

Leben Sie wohl, edle Frau, mit allen den Ihrigen; möge nie ein

---

*) Caroline hatte fleißig mit der Gotterschen Familie, der Mutter und den drei Töchtern, am fleißigsten mit Pauline Gotter correspondirt.

ähnliches Ereignis Ihre weiteren Tage trüben! Ich empfehle mich Ihnen allen und bin und bleibe mit der innigsten Hochachtung

Ihr

ergebenster

Schelling.

Schelling an Wagner.

Stuttg., 5. Oct. 1809.

Das Gerücht, wenn nichts Andres hat es Ihnen gewiß schon lange zugetragen, welchen herben schmerzlichen Verlust ich hier erlitten habe. Sie haben die Treffliche gekannt; Sie können meinen Schmerz fühlen und wissen, was ich empfinde. Es haben Wochen dazu gehört, um so viel Fassung zu gewinnen, als ich jetzt habe. Entschuldigen Sie daher meine lange verzögerte Antwort.

Jetzt wäre mir die Erfüllung Ihres Versprechens, hierher zu kommen und mit nach München zu gehen, doppelt erwünscht. Den schrecklichen, einsamen Rückweg zu erleichtern wäre ein Freund wie Sie besonders geschickt. Auch in München finde ich Wenige, mit denen sich so recht von Herzen weg reden läßt, wie mit Ihnen — und jetzt ist mir dies doppeltes Bedürfnis, da das einzige liebe Wesen, mit dem ich mich völlig verstand, mir auf eine so grausame Weise entrissen worden ist. Ich lade Sie also nochmals ein, bald möglichst hierher zu kommen und mit mir nach München zurück zu gehen. Könnten Sie den Winter bei mir wohnen, so wäre es noch angenehmer. Bis zum 14. oder 15. aber wünschte ich, daß Sie hier wären; jedoch kommt ein bejahender Brief vor diesem Termin, so warte ich auch noch einige Tage zu.

Wir haben viel mit einander zu reden; wir wollen uns gemeinschaftlich so viel als möglich die Bitterkeit des allgemeinen und persönlichen Zustandes versüßen. Nöthig für Ihre weitern Verhältnisse und Plane ist es doch wohl auch, daß Sie nach München zurückkehren.

Antworten Sie bald   Ihrem

aufrichtigen Freund

Schelling.

Schelling an Pauline Gotter.

Stuttg., 9. Oct. 1809.

Sie schrieben mir, edle Pauline, noch ehe mein Brief in Ihren Händen sein konnte. Daran erkenne ich Ihr Herz, das wohl werth war, von der edlen Todten so geliebt zu sein. Es genügt Ihnen nicht, über diese zu trauern: Sie gedenken auch des armen Verlassenen, der allein zurückgeblieben ist von einer Verbindung, die auf Leben und Tod geschlossen war. Auch diese Theilnahme danke ich noch der ewig Geliebten: sie war Ihnen so gut und beschäftigte sich noch in der letzten Zeit so viel mit Ihnen, daß das Wort, das von Ihnen kommt, fast ist, als ob es von i h r käme. Ich nehme es mit Dank, ich nehme es mit inniger Rührung auf. Sie reichen mir in Ihrem Brief den wahren Trost. Sie glauben nicht, daß irgend etwas oder irgend eine Zeit diesen Schmerz mildern könne: Sie fühlen, daß er ewig ist. — Sie fühlen es, und ich sollte anders fühlen? O halten Sie den Ausbruch Ihrer schönen Empfindung nicht zurück! So tief meine Traurigkeit ist — es liegt eine Süßigkeit darin, die ich um die Freuden aller andern Menschen nicht vertauschen möchte. Ich glaube es jetzt, daß wir alle glücklicher sind im Schmerz als in der Freude.

In dem Briefe an Ihre theure Mutter habe ich alles geschrieben, was ein bewegtes Herz und durch große Leiden geschwächte Besinnung von dem Ende der Geliebten zu schreiben verstatteten. O es war ein wunderbarer, außerordentlicher Tod, mit Umständen, die sich nur mündlich frommen Herzen erzählen lassen und die den höheren Willen, der sie abrief, fast sichtbar machten.

Noch oft wollen wir davon reden, so wie von ihr, der einzigen ewig Unvergeßlichen.

Ich nehme Ihr Wort an, beste Pauline, das Sie auch im Namen der Schwestern und der Mutter sagen. Lassen Sie uns immer verbunden bleiben durch das gemeinschaftliche Andenken. Ich werde mich nicht ganz verlassen glauben, wenn die, welche Caroline in ihrem Leben so ganz besonders geliebt, auch nach ihrem Tode eine Empfindung der Freundschaft für mich behalten.

Nehmen Sie es nicht als unbescheidne Bitte auf, wenn ich den Wunsch ausdrücke, daß Sie nicht blos mitfühlend an mich denken, sondern daß Sie mir auch, so oft Sie können, schreiben mögen. Ich werde immer mit Gewissenhaftigkeit antworten; und wenn dort ein Bewußtsein unsrer Schmerzen die Ruhe der Seligen stören könnte, so würde Caroline Ihnen danken für alles, was Sie an dem Verlassenen thun, für jedes Wort der Erquickung, das von Ihnen herfließt.

Ihr letzter Brief hat den Umweg über München hierher gemacht. Sie sehen, daß ich noch nicht zurück bin. Meine Verwandten haben mich vor 14 Tagen hierher gebracht, wo sie jetzt alle beisammen sind. Morgen mache ich noch eine Wallfahrt nach Maulbronn, um mich von den letzten Resten der Geliebten zu trennen; dort ruhn sie in klösterlicher Einsamkeit in dem Lande, das mir das Leben, ihr den Tod gab.

Binnen 14 Tagen findet mich ein Brief schon in München. Der einsame Rückweg wird zerreißend sein, aber der Anblick der Umgebung, in der mir zuletzt mit ihr zu leben gegönnt war, der Ordnung, die noch von Ihrem Geiste zeugt, wird mich mit süßer wehmüthiger Wonne erfüllen.

Ich küsse der Mutter die lieben Hände, und grüße Sie und die Schwestern mit dem besten herzlichsten Gruß.

Schelling.

Pregizer an Schelling.

Wohlgeborner, theuerster Herr Director!

Es war mir ein sonderbares Phänomen, daß ich von Ew. Wohlgeboren mit einem werthesten Schreiben beehrt und erfreut wurde.

Dies ist eine für mich sehr angenehme Folge von der gehorsamsten Aufwartung, die ich Ihnen vor sechs Jahren in Murrhart machte. Der

damals belehrende Discours ist mir noch in frischem Angedenken. Ich
war damals sehr vergnügt, daß ich mich Ihnen in Absicht auf meine
Schriftideen, zu welchen mir auch der große Oetinger durch seine mündlichen und schriftlichen Zeugnisse verhalf, recouvriren konnte und durfte,
und ein so angenehmes Echo aus Ihrem belehrenden Munde bekam. Es
ist mir noch wohl erinnerlich, daß wir damals Vieles von Oetinger und
Böhm, den zwei ächt aufgeklärten Zeugen und Herolden der göttlichen
Wahrheit sprachen.

Es ist mir nun sehr erfreulich, daß Sie mich nach sechs Jahren
schriftlich versichern, wie theuer Ihnen Oetingers Schriften seien. Sie
sind und bleiben es auch mir. Gott lohne ihm die Erleuchtung, die auch
ich durch ihn, als sein gesegnetes Werkzeug, in das allumfassende Geheimnis Gottes und des Vaters und Christi bekam, und lasse der ge-
segneten Früchte noch viele werden, die aus seines treuen Zeugen der
großen und unverfälschten Wahrheit — auch für die Nachkommenschaft —
ausgestreuten Lichtsamen erwachsen! — Ich stimme mit voller Ueberzeugung Ihrer Behauptung bei:

„die Zeit ist nahe, wo Vieles allgemeiner, lebendig und bestimmt
„wird eingesehen werden, was Oetinger für seine Person vorlängst
„eingesehen." —

Ich bin sehr erfreut, daß ich Ihren mir schriftlich geäußerten Wünschen, mehrere Schriften von Oetinger zu bekommen, vergnüglich entsprechen kann.

Hier folgen die verlangten:

1. Güldene Zeit. 3 Th.
2. Philosophie der Alten. 2 Th.
3. Inbegriff der Grundweisheit nebst einigen andern wichtigen
   Piecen, worunter sich auch befindet   .
4. Spiegel einer Kinder- und Exempel-Bibel guter und böser
   Menschen.

Mit dem Geld, das Sie dafür nach Ihrem Belieben und Gutdünken
mir überschicken werden, wird der Verkäufer, der es ganz Ihrer Dispo-
sition überläßt, gewiß zufrieden sein.

Ich gönne Ihnen recht sehr Ihr reelles Vergnügen über diese schöne erwünschte Acquisition.

Nun habe ich die Ehre, Ihnen auch noch Ihre Fragen gehorsamst zu beantworten.

1. Es ist mir nicht bewußt, daß ein vollständiges Verzeichniß der Oetingerschen Schriften existire. Hier schicke ich Ihnen eines, das — wo nicht alle — doch die meisten derselben enthalten wird. Die interessantesten, z. E. die Theologia ex idea vitae deducta 2c., der Catechetische Vorrath 2c., Biblisches Wörterbuch 2c., die Antonientafel*) 2c. sind darunter. Auf Ihren Wink werde ich mir ein Vergnügen daraus machen, Ihnen dieselben anzuschaffen, um Ihre Freude über diesen raren Fund zu vermehren. Ich weiß es gewiß, daß schon seit vielen Jahren keine einzige Schrift vom sel. Oetinger bei den Verlegern mehr zu haben war. Man kann jetzt nur noch aus Bibliotheken der einen oder der andern habhaft werden.

2. Der sel. Oetinger verfaßte mehrere Jahre vor seinem Tode seinen merkwürdigen Lebenslauf unter dem Titel: Genealogie meiner Gedanken 2c.**) Ich besitze ihn nicht, werde mich aber auf Kundschaft legen, wo er etwa zu bekommen sein möchte, um Ihnen denselben communiciren zu können. Er ist Manuscript und wurde,˙ soviel ich weiß, noch nie gedruckt.

Ein Manuscript de Corporatismo S. Scripturae hinterließ auch der Selige. Wer es hat, weiß ich nicht, ich werde aber bei meinen Freunden, die Oetingers Schriften lieben und zum Theil besitzen, nachfragen, um Ihnen zu seiner Zeit weitere Auskunft davon geben zu können. Dies wichtige Manuscript ist dem Jrealismo der meisten Theologen und Philosophen unserer Zeit e diametro nach allen Wahrheitsgründen entgegengesetzt.

*) Vgl. Oetingers Selbstbiographie, herausgegeben von Hamberger, S. 117.
**) Im Jahre 1845 von Dr. J. Hamberger herausgegeben.

Hier übersende ich Ihnen ein sehr rares Manuscript, das Niemand im ganzen Land besitzt. Ich bitte, wenn Sie es nach Ihren Absichten benutzt haben, um gütige Remission. Sollten Sie es des Drucks werth achten, so werde ich mich darüber freuen, wenn auch diese Arbeit des sel. Schriftforschers bei den Liebhabern der biblischen Grundideen viele Frucht schaffen sollte.

Sonst weiß ich von keinen weiteren Manuscripten, die Oetinger hinterlassen hat.

Ich werde mich aber auf Kundschaft legen und darauf bedacht sein, Ihre diesfällgen edlen Wünsche realisiren zu helfen.

Die in der Conf. Censur ehemals unterdrückten Schriften sind gleichwohl meistens im Ausland gedruckt und zum Fruchtschaffen in und außer Lands verbreitet worden. Gottes Werk kann Niemand hindern. Seine und seiner Knechte Arbeit darf nicht ruhn — und wenn gleich alle Teufel durch Pheudotheologos, Pheudophilosophos und Pheudopoliticos wollten widerstehn, so wird doch ohne Zweifel Gott in seiner Allwirksamkeit nicht zurück gehen. Veritas divina regnat, vincit, triumphat in secula seculorum. — An dem empfindlichen Verlust der treuen Gefährtin Ihres Lebens nehme ich aufrichtigen Antheil und wünsche von Herzen, daß sich die unversiegbaren Trostquellen, aus welchen Worte eines ewigen Lebens fließen, auch in Ihr bekümmertes und mit keiner Philosophie gründlich und satisfaisant zu beruhigendes Herz reichlich ergießen möchten. Hoffnung ewigen Lebens gewährt allein der kindliche Glaube an den großen Fürsten des Lebens, Jesum, den Sohn Gottes, der dem Tode die Macht genommen und Leben und unvergängliches Wesen an das Licht gebracht durch sein herrliches, in der ewigen Wahrheit Gottes felsenfest gegründetes Evangelium. Er setze Sie zum Segen und mache alle Ihre mündlichen und schriftlichen Zeugnisse, die Sie zur Ausbreitung seiner ewigen Wahrheit, zur Verherrlichung seines hochgelobten Namens und zur ächten Erleuchtung so vieler falsch aufgeklärten und gleichwohl in Finsternis und Todesschatten sitzenden und schmachtenden Gelehrten und Ungelehrten, zu scharfen bis zum Ziel treffenden Pfeilen!

Ich habe die Ehre unter meiner gehorsamsten Empfehlung mit der ehrerbietigsten Hochachtung zu verharren

Ew. Wohlgeboren

gehorsam ergebenster

M. Pregizer,

Stadtpfarrer.

Haiterbach, den 31. October 1809.

N. S. Mit sehnlichem Verlangen sehe ich einer hochgeneigten Antwort von Ihnen, mein theuerster Herr Director, entgegen. Ist Ihnen auch der **Hirtenbrief an die wahren und ächten Freimäurer alten Systems, 1785.** bekannt? Diese interessante Schrift, in welcher Böhm's und Oetinger's theosophisch-theologisches System concentrirt ist, wiegt meines Bedünkens manche große Bibliothek weit auf. Quot verba, tot pondera.

Die beigelegten Blättlein dürfen Sie behalten. Ich denke, sie werden Ihnen nicht unbedeutend sein. — Leben Sie wohl, und wirken Sie in Ihrem großen Wirkungskreis für die Sache der Wahrheit und des Reichs Gottes, so lange es noch Tag ist! — Denn es kommt nach allen Prognosticis die Nacht, da Niemand mehr für die Publicität wird wirken können und dürfen.

O bone Deus, in quae tempora nos reservasti! rief der große Cyprian aus.

Pauline Gotter an Schelling.

Gotha, den 7. Nov. 1809.

Haben Sie Dank, innig Dank, werther Freund, für Ihren theuren Brief; es ist so tröstend, so erquickend, in einer andern Brust seinen Schmerz, seine Liebe wiederzufinden, fühlen zu dürfen, daß wir verstanden werden. Ihre Trauer, Ihre Liebe zu der angebeteten Frau ist Balsam für unsre Wunde, und nur das Gefühl unsres gerührten Herzens vermag Ihnen dafür zu danken. Ach daß wir Sie einmal selbst sprechen könnten,

unfre Thränen mit den Ihrigen mischen, aus Ihrem Munde Alles und
Jedes von dem Ende der unaussprechlich Geliebten hören! — Welche
Wonne, immer und immer von ihr zu reden! — das ist jetzt das höchste
Glück, das ich mir denken kann, da das süßeste, mit ihr zu reden, mir
auf ewig misgönnt ist. Aber Sie wollen uns schreiben, edler Freund,
Sie fodern uns zu einem Gleichen auf, und wie dankbar sind wir Ihnen
dafür, wie begegnen Sie unsren leisesten Wünschen; lassen Sie uns so
das Andenken unsrer verklärten Freundin heiligen — der tiefste Schmerz
ist das innigste Band — lassen Sie uns so entfernt mit einander fort
leben, bis wir einst wieder mit der Lieben vereinigt zu einem schönern
Dasein erwachen.

　　Die Briefe meiner Mutter und Schwestern werden Sie noch in
Stuttgart erhalten haben, mit den letzten theuren Zeilen der ewig Geliebten; ich bin mit Thränen von ihnen geschieden, und nur indem ich
sie in Ihre Hand legte, vermochte ich mich davon zu trennen; aber Ihr
Herz mag Ihnen auch sagen, ob Sie sie lange behalten dürfen. Dieser
Brief sucht Sie wieder an dem Ort auf, wohin sonst alle meine Wünsche
und Hoffnungen flogen, Sie werden das einsame Haus wieder betreten
haben, wo jeder Gegenstand von Carolinen spricht. Uns ist es anders,
die Leere um uns herum, die äußern Gegenstände mahnen uns nicht; aber
unser Inneres ist zerrissen, und kein Frohsinn, keine Heiterkeit kann
wieder über uns kommen. Noch vor wenig Tagen erhielt ich so einen
herzlichen Brief von Goethe, mit einem kleinen Geschenk begleitet; wie
viel Freude würde mir sonst dieses Zeichen seines Andenkens gemacht
haben, und mit welchen gemischten Empfindungen empfieng ich es jetzt!
So ist es mit Allem; Alles was mich sonst zur Freude stimmte, weckt jetzt
nur von neuem meinen Schmerz; denn gerade das Gute, das Schöne
ruft sie ja am lebendigsten hervor. Aber wir sollen nicht murren gegen
die Fügungen des Höchsten; und wohnt das Glück sie gekannt zu haben,
die Seligkeit von ihr geliebt zu sein, ihr Bild, ihr Andenken nicht eben
so tief in unsrem Innersten, als der Schmerz sie verloren zu haben? —
Dieser ist nur für dieses kurze Leben, aber jenes ist ewig, keine Macht der
Erde, keine Gottheit kann es uns rauben.

Leben Sie wohl, theuerster Schelling; meine Mutter und Schwestern grüßen Sie mit Freundschaft und Hochachtung. In stillen Stunden fühlen Sie die geistige Nähe Ihrer treuen Freunde.

Pauline Gotter.

Schelling an Philipp Michaelis.

München, den 29. Nov. 1809.

Rechnen Sie es, bester Schwager, meinem innern und äußern Zustand zu, deren einer immer den andern schmerzlicher macht, daß ich so spät erst auf Ihren Brief vom 25. September antworte, der mir in manchem Betracht so tröstlich gewesen ist. Ich hätte Ihnen noch von Stuttgart schreiben sollen, wenigstens um zu danken für den Antheil, den Sie bei eignem Schmerz an dem meinigen nehmen, für die Bezeugung Ihrer Gesinnungen gegen den verlassenen Freund der verewigten Schwester. — Immer meinte ich, früher nach München zurückzukehren. Die Sorge meiner Eltern hielt mich zurück und das eigne Gefühl, dem Eindruck der vorigen Umgebungen noch nicht gewachsen zu sein. Ach, Herz und Gefühl machen jede Berechnung zu Schanden. Es ist, als hätte mein Leiden hier erst recht angefangen; es scheint, daß ein solcher Schmerz mit der Zeit eher zu- als abnimmt. In je größere Ferne sie mir tritt, desto lebhafter fühle ich ihren Verlust. Sie war ein eigenes, einziges Wesen, man mußte sie ganz oder gar nicht lieben. Diese Gewalt, das Herz im Mittelpuncte zu treffen, behielt sie bis ans Ende. Wir waren durch die heiligsten Bande vereinigt, im höchsten Schmerz und im tiefsten Unglück einander treu geblieben — alle Wunden bluten neu, seitdem sie von meiner Seite gerissen ist. Wäre sie mir nicht gewesen, was sie war, ich müßte als Mensch sie beweinen, trauern, daß dies Meisterstück der Geister nicht mehr ist, dieses seltne Weib von männlicher Seelengröße, von dem schärfsten Geist, mit der Weichheit des weiblichsten, zartesten, liebevollsten Herzens vereinigt. O etwas der Art kommt nie wieder! Wie glücklich sind Sie, sich sagen zu können, für dies edle Wesen gehandelt, ihr Aufopfe-

rungen gemacht zu haben. Hätte ich Jahre noch zu leben, ich wollte sie
alle mit ihr theilen, ja gern jeden Tag, den ich mit ihr wäre, mit einem
Blutstropfen bezahlen, um mit ihr zu sterben. Was sie Ihnen in dem
letzten Brief schrieb, war wirklich Ihr Gefühl. München war ihr verleidet — für den Augenblick wenigstens. Alle Uebel der Zeit drangen
diesen Sommer gewaltthätiger auf uns ein: die Frechheit und kaum glaub-
liche Rohheit französischer Envoyés, dergleichen vielleicht nur München
kennt, erschien in der häßlichsten Gestalt. Menschen, mit denen wir zuvor
als Leuten von Sitte und scheinbarer Bildung in einem anständigen Verhältnis gestanden hatten, wurden verwandelt, die Zeit der Denunciationen
und politischer Verfolgungswuth fieng wieder an; es hat nicht an diesen
Menschen gelegen, daß nicht alle Fremde vor ein Revolutionstribunal
geschleppt wurden. Obgleich dies alles mich weniger als manchen Andern
traf, so machte es doch gerade auf Carolinen den widrigsten Eindruck.
Dazu kam mein zweimonatliches Kranksein, dessen Grund sie in den hiesigen Verhältnissen suchte. Ach ich kann, ich darf es mir nicht verbergen,
daß sie das vollends so ermüdet hat, daß diese Sorgen, diese Mühen,
diese Nachtwachen ein Hauptgrund zu jener Schwäche der Nerven wurden,
die sie so schnell zum Raub der schrecklichen Krankheit machte. Ueberhaupt
war sie widrigen Eindrücken seit langer Zeit weniger gewachsen. Ihre
Seele hatte sich seit dem Tode Augustens immer mehr jener Welt zuge-
wandt; nur eine stete liebevolle freundliche Gegenwart konnte sie zurückrufen und festhalten. — Wir haben viel durch die Zeitumstände gelitten.
Im Anfang unsrer Verbindung war es ihr Wunsch, nach Italien zu reisen.
Ich brachte sie davon zurück, aus dem vielleicht engherzigen Gesichtspunct,
ihr erst einen Zustand in der Welt zu schaffen, und in der Hoffnung, die
Reise leicht in der Folge zu machen. Diese Hoffnung trog; von Jahr zu
Jahr machten es die Zeiten schwerer. Jetzt hatten wir uns wieder, durch
manche Aufopferungen besonders von ihrer Seite, zu einem freieren Dasein emporgearbeitet, und lebte sie, so sähen wir im nächsten Jahre das
Land, nach dem sie so sehr sich sehnte. Nun sind die lieben Augen geschlossen, und mein Herz saugt aus diesen Umständen für sich selbst die
bittersten Vorwürfe. — Die sanftesten Ahndungen scheinen hier noch ihrem

Tode vorangegangen zu sein. Einer Frau von Stengel, die vom ersten Augenblick der Bekanntschaft mit ganzer Seele an Carolinen hieng, wie diese an ihr, fiel sie am letzten Tage auf die Worte: „Nun ich sehe Sie bald wieder" — (außerdem erschöpft vielleicht durch die Unruhen des letzten Tages) mit den Worten um den Hals — Vielleicht nie wieder. —

Wir sahen uns den ganzen Nachmittag nicht, da ich noch Vieles außer dem Hause zu besorgen hatte; ich kam erst um 10 Uhr zum Nachtessen. Dabei war ihr erstes Wort: Schelling, wenn ich zurückkomme, wünsche ich doch eine andere Wohnung. Ich nahm das wenn für wann (quand) und bemerkte ihr, daß es um die Zeit unserer Zurückkunft zum Wechsel zu spät sein würde. Mit manchen Gefühlen von Kränklichkeit u. s. w. mochte sie mich verschonen wollen, weil ich krank war. — Einmal im Fenster zu Maulbronn sagte sie mir: Schelling, glaubst Du wohl, daß ich hier sterben könnte? Ich erinnerte mich erst lange nachher wieder dieser Worte; damals nahm ich sie als Ausdruck vom Klösterlich-melancholischen der Gegend. Wie sollte ich auch dergleichen Gedanken hegen — ich war ja der Kranke, sie die Gesunde! — Die ganze letzte Zeit war sie sanfter und lieblicher als je, ihr ganzes Wesen in Süßigkeit aufgelöst. Bei der Rückkehr von der kleinen Nebenreise konnte ich fast nicht erwarten, mit ihr wieder allein zu sein — wenige Stunden nachher kamen die ersten Anfälle. Und doch lag seit Anfang des Sommers das drückendste Vorgefühl eines nahen Unglücks auf mir — es war eine Ursache meiner Krankheit. — Ach es giebt doch keinen andern Trost, als den, von dem Sie so zweifelhaft reden. Aus Weichherzigkeit würde ich ihn nicht ergreifen, wenn nicht Verstand und Ueberlegung, die in diesem dunklen Ganzen sonst nirgends einen Ausweg sieht, mich längst auf diesen Standpunct gestellt hätten. Ich sammle alle Reliquien der Theuren aus der letzten Zeit. Enthält ihr letzter Brief nichts, das zwischen Ihnen und ihr bleiben muß, so bitte ich, lassen Sie ihn mir zukommen, er soll bald wieder in Ihren Händen sein.

Erhalten Sie mir Ihre Freundschaft, sie wird meinem Herzen theuer sein. Ich weiß, was Sie für Caroline gethan haben. Es würde mir

eine wehmüthig frohe Empfindung gewähren, Sie einmal persönlich zu
begrüßen.

Der Himmel segne Sie und Ihre Familie! Ich bin mit achtungs-
vollster Freundschaft der

Ihrige

Schelling.

Schelling an Windischmann.

München, den 14. Januar 1810.

Daß ich Ihren Brief nach Maulbronn nicht beantwortet, geliebter
Freund, haben Sie sich selbst erklärt; Ihr zweiter Brief drückt es ganz
aus, wie zart Sie für mich gefühlt, wie sehr Sie erkannt, daß hier von
keinem blos persönlichen Verlust die Rede sei, daß die Welt ärmer werde
durch solchen Tod. — Nie werde ich Ihr und anderer besserer Freunde
schönes Gefühl hiebei vergessen, es verknüpft mich noch inniger auf die
ganze Lebenszeit mit Ihnen; denn wenn die, die ich verlor, mein Herz
selbst war und bleibt, so sind die meinem Herzen am nächsten, die sie am
meisten erkennen. Sie ist nun frei und ich bin es mit ihr: das letzte
Band ist entzweigeschnitten, das mich an diese Welt hielt; all' mein Liebes
deckt das Grab, die letzte Wunde öffnet und schließt, je nachdem wirs denken, alle übrigen. Ich gelobe Ihnen und allen Freunden, von nun an
ganz und allein für das Höchste zu leben und zu wirken, so lang' ich vermag. Einen andern Werth kann dieses Leben nicht mehr haben; es in
Unwerth zuzubringen, da ich es nicht willkürlich enden darf, wäre
Schmach; die einzige Art es zu ertragen ist, es selbst als ein ewiges zu
betrachten. Die Vollendung unseres angefangenen Werks kann der
einzige Grund der Fortdauer sein, nachdem uns in der Welt Alles verschwunden — Vaterland, Liebe, Freiheit. Zählen Sie auf mich, rechnen
Sie auf mich — ich werde alle Kräfte aufbieten; erst kann, wenn es nicht
gelingt, dann beklagt mich, Freunde; dann erst ist mir nichts mehr ge-

blieben — kann bin auch ich wirklich todt, sollte ich auch noch athmen und vegetiren.

Krankhaft seit ich hier bin, konnte ich nicht schreiben. Sie erhalten Ihre Recension nebst den andern dazu gehörigen Papieren zurück. Ihre Beurtheilung, die mein Werk lobt, wieder loben mag ich nicht; das Rechte versteht sich unter Freunden von selbst. Mit Ihrer Sprache allein bin ich hier und auch andernwärts nicht immer zufrieden. Sie scheinen mir, was diese betrifft, noch in einem Streben begriffen und zur rechten Ruhe noch nicht gekommen zu sein. Wir müssen einmal da hindurch, daß wir uns bestreben kunstmäßig zu schreiben; aber dies muß sein Ziel haben, alles muß wieder natürlich werden, leicht, der Gedanke nicht dem Wort und der Wendung, sondern diese jenem angegossen, als ob es eben nicht anders sein könnte und von selbst so gekommen wäre.

Eichstädt und seine Zeitung sind zwar nicht viel werth, doch wünschte ich nicht, daß Sie sich meinetwegen mit ihm entzweiten. Lassen Sie ihn laufen. Wegen Oken's mögen Sie leider! Recht haben; er ist mir auch schon längst so vorgekommen, und habe ich ihm das gelegentlich auch nicht verborgen. Allein was hilft alles! Man muß Jeden machen lassen, wenigstens in der Art; entweder bringt er sich selbst in der kürzesten Zeit fertig, oder er merkt es und kehrt noch um. Wegen des Auszugs der Rede hätten sie ihm (dem Redacteur) nachsehen können. Es ist wahr, daß er seit Jahr und Tag eine Recension der weimarschen Kunstfreunde in Händen hat, die er unter dem nichtigsten Vorwand zurückhielt; nun wird er sie gar nicht mehr drucken lassen, was mir leid ist, nicht wegen des Lobs, das ich nach einer Anmerkung zum dritten Theil des Winkelmann etwa erwarten konnte und das nun für mich verloren gehen wird, sondern wegen des Instructiven, das sie für mich noch von einer andern als der wissenschaftlichen Seite haben könnte.

Ich habe gefühlt, daß ich hier nicht gesund werden kann, und gehe nun mit einem neuen viermonatlichen Urlaub vorerst nach Stuttgart, wo wenigstens die Natur und dem größten Theile nach auch die Menschen anders und menschlicher sind, denn hier. In München könnte man wirklich versauern oder versteinern. Schreiben Sie dorthin und leben Sie wohl nur froh mit den Ihrigen. Ein Riß in die Welt geschieht doch wohl auch wieder, eh' der Frühling kommt. Adieu, Lieber.

S.

Perthes an Schelling.

Hamburg, 4. Februar 1810.

In Auftrag meines Freundes Runge übersende ich Ihnen hierbei dessen Abhandlung über die Farben; — er empfiehlt sich Ihnen bestens und läßt sich entschuldigen, Ihnen nicht dazu geschrieben zu haben; er wollte es, da aber gerade diese Zeit seine Ansichten und Gedanken sich leichter zu Bildern gestalteten, als verständlich in Worten sich ausdrückten, so hat er die Mittheilung, die er in sich für Sie trägt, auf einige Zeit verschoben.

Für Ihren so gütig bereitwilligen Brief auf meine Bitte für das Vaterländische Museum danke ich Ihnen auf's herzlichste und verbindlichste. — Auf Ihre Bedenklichkeit glaube ich antworten zu können; — Sie nennen mein Unternehmen (ich nenne es Versuch) gefährlich, weil ohne meine gute Absicht zu verkennen, für die jetzt herrschende Halbheit eine ähnliche, vielleicht noch schlechtere dadurch untergeschoben werden könnte! — So verstehe ich Ihre Aeußerung: gefährlich.

Sie verlangen von dem Menschen eine gänzliche Umkehrung, ohne welche an eine Besserung nicht zu denken sei: eine Aufopferung des Ich's, der eignen kleinen Individualität! — Wohl! sage auch ich; — da aber diese Individualität etwas Reales, ja das Einzige ist, was der Mensch wirklich zu besitzen meint, so kann diese Dahingebung seiner selbst billigerweise nicht zugemuthet werden, man gebe ihm denn dafür ein höheres Gut! Dies Gut muß aber nicht erst gesucht, dargelegt werden, es muß da sein, gegeben positiv! — Dies Gut ist Gott, gegeben positiv durch die Offenbarung, uns zunächst im Christenthum; die Gesinnung die erheischt wird, ist Gottesfurcht! — Diese Zeit hat durch Unglück die Menschen für solche Erkenntnis bereitet, ich wollte durch das Journal versuchen, diese Zeit zu benutzen.

Verstehen Sie nun unter „geistlicher Magie", unter „Glauben der Berge versetzt", was ich niedergelegt finde im Christenthum, so sind wir in Zweck und Mitteln einstimmig. Ueber den Zweck sind wir es gewiß, vielleicht aber haben Sie in der Tiefe der Geistesanschauung das Mittel, ein anderes gefunden, und dann würde mein Weg nicht der Ihre sein, und den Ihrigen müßte ich erst in der Anwendung als „geistlichen Talisman" bewährt finden.

Verzeihen Sie, daß ich Ihnen gegenüber versucht habe, meine Ueberzeugung, die es wahrlich und fest ist, herzustammeln. Es ist Ihnen nun ganz überlassen, was Sie für das Journal glauben thun zu dürfen. Mit dem Juli beginnt es. Recht mit wahrer Hochachtung

Ihr treu ergebenster

Fr. Perthes.

––––––––

Pauline Gotter an Schelling.

Gotha, den 6. Februar 1810.

Sie schreiben uns nicht mehr, seit dem October haben wir vergebens auf Nachrichten von Ihnen gehofft, und wir wissen nicht einmal, wie es Ihnen an dem einsamen Ort ergeht, wo die herzlichste Theilnahme Sie so oft aufsucht. Ach lassen Sie uns nicht länger in dieser Ungewißheit, das Andenken an unsere immer gleich theure Caroline ist innigst mit dem Gedanken an Sie verknüpft. Sie waren ihr ja das Liebste, was sie auf dieser Welt zurückließ. Wenn wir noch in einem Verhältnisse zu Ihnen stehen, wenn noch Kunde von Ihnen zu uns gelangt, dann fühlen wir uns noch nicht ganz von der Geliebten entfernt, das unwiederbringlich Verlorene, das mit heißen Thränen zurück Gesehnte scheint uns noch anzugehören, und das Gefühl ihres Todes wirkt nicht so zerstörend, so vernichtend auf unser ganzes Wesen. Wenn ich Ihnen auszudrücken vermöchte,

wie es nicht möglich ist, wie Niemand in der Welt den ganzen Umfang
Ihres Schmerzes mehr verstehen, tiefer und inniger theilen kann als
wir, wenn ich Ihnen sagen könnte, wie es in mir liegt, wie die Erinnerung an die liebe herrliche Frau meine ganze Seele füllt, mit welcher Zärtlichkeit, mit welcher Inbrunst wir sie liebten: ach dann würden auch Sie
einen Trost darinnen finden, uns zu schreiben, Sie würden uns nicht
ganz vergessen; denn wer sich in diesen Empfindungen berührt, kann sich
nicht fremd werden.

Sie haben auch noch ein Heiligthum von mir in Händen, die letzten
Briefe unserer verewigten Freundin, und wenn ich Ihnen dadurch nicht
Weh thue, so möchte ich Sie wohl bitten, sie mir wieder zu senden. Ich
habe so eine Sehnsucht danach, daß ich mich nicht länger von ihnen trennen
kann; oft ängstet mich, ich gestehe Ihnen, der Gedanke, daß sie verloren
gegangen sind — wir haben seitdem kein Wort von Ihnen gehört — ich
bitte Sie, beruhigen Sie mich bald darüber.

Wie verlassen, wie traurig mag Ihnen der Winter verstrichen sein
an dem Orte, wo jeder Gegenstand zwar die Freude zurückruft, mit ihr gelebt zu haben, aber auch den Schmerz doppelt fühlbar macht, sie auf immer
zu entbehren. Wie ist Alles so anders worden, als ich noch vorigen Sommer wähnte; damals überließ ich mich ganz der süßen Hoffnung, sie wieder
zu sehen, auf einige Zeit in ihrer Nähe zu leben, ich fühlte mich so glücklich in diesem Gedanken, und selbst wie ich durch Jacobi's erfuhr, daß es
vor der Hand nicht sein könnte, so sah ich es nur als etwas Aufgeschobenes
an und ahndete nicht, daß mir die Wonne, sie wieder zu sehen, in eine
ferne uns unbekannte Zukunft entrückt würde. Aber der Herbst hat uns
das Herz gebrochen, und nun weht schon der Schnee über das Grab, das
die Freude unseres Lebens einschließt. Leben Sie wohl, werther Freund,
die gute Mutter und Cäcilie grüßen Sie herzlich. Julchen ist seit dem
November in Schleusingen. Lassen Sie das Andenken Ihrer treuen
Freunde Ihnen gegenwärtig sein.

Pauline.

Schelling an Pauline Gotter.

Stuttgart, d. 12. Februar 1810.

Hier, in der freundlicheren Umgebung, wollte ich Ihnen, beste Pauline, zuerst wieder schreiben. — Ich glaubte dem Eindruck der Gegenstände in München gewachsen zu sein. Ich irrte mich. Eine ansehnliche Wohnung, in die ich allein zurückkehrte, erfüllte mich mit grauenhaften Vorstellungen einer fürchterlichen Oede: selbst die Fülle, die ihr sonst zum Schmuck gereichte, wurde bedrängend durch ihren Contrast mit meiner persönlichen Einsamkeit, die Leerheit der Menschen dagegen doppelt fühlbar, seitdem ich ihnen allein gegenüber gestellt war. Meine Gesundheit erlag zu gleicher Zeit; ich war über einen Monat empfindlich krank und unfähig zum Schreiben, wenn ich auch die zerrüttete Gestalt meines Innern Freunden hätte zeigen mögen. Dieser Zustand konnte nicht anders als durch Entfernung aus der vorigen Umgebung geändert werden. Ich erhielt einen neuen Urlaub, um mich auf vier Monate in mein Vaterland zu begeben. Seit dem 20. war ich hier; mehr als Ein angefangenes Blatt könnte ich Ihnen schicken, um Sie zu überzeugen, daß ich mehr als einmal an Sie schreiben wollte und immer wieder abgezogen wurde; nun kommt gestern Ihr liebes Briefchen und heute soll mich nichts abhalten, Ihnen recht von Grund aus zu schreiben. — Soll ich zurückgehen und der Mutter, Cäcilien, Julchen, Ihnen, beste Pauline, für Ihre lieben Briefe, Ihre von Herzen kommende, aus innigem Gefühl geflossene Theilnahme danken? Sie waren mir in jenen Augenblicken die werthesten Freunde und werden es ewig sein. Ich kenne Niemand, der an der Geliebten mit so treuer Liebe gehangen hätte, wie Sie alle; aber auch an Niemand war sie mit einer so innigen, stets sich erneuernten Neigung geknüpft, als an Sie. — Ihre Briefe lese ich noch oft in Stunden süßer Wehmuth und freue mich Ihrer mitfühlenden Herzen. Glauben Sie doch nie, wie Sie in Ihrem Briefe es ausdrücken, daß ich je Ihrer vergessen, je Ihnen fremd werden kann. Mein langes Stillschweigen habe ich Ihnen erklärt. Ein großer Schmerz kann nur in der Einsamkeit überwunden werden: wir müssen den ganzen bittern

Kelch austrinken, um uns mit Besonnenheit nach den Mitteln der Fassung umzusehen, die uns noch übrig sind: selbst ein Engel, vom Himmel gesandt, kann ihn nicht von uns nehmen. Hier drang ein doppelter Schmerz auf mein Inneres ein und aus meinem Innern hervor. Nun die Liebe nicht mehr war, nun erst hatte ich auch Augusten ganz verloren. Iphigenia's Gesang: Es ist geschehen, all' die Lieben deckt das Grab, ist mein tägliches Lied.

Nehmen Sie nun den Freund freundlich auf, so wie er sich wiedergefunden und den Schmerz nicht verloren, aber ganz gefaßt und begriffen hat. Lassen Sie ihn oft die sanften Töne Ihrer Stimme hören — (singt Pauline auch?) — und helfen Sie ihm vollends die Fassung gewinnen, die des heiligen Gefühls würdig ist, das ihm ewig bleiben muß, das in süßen Schmerz übergehen aber nie aufhören kann, Schmerz zu sein.

Es gibt so Manches, worüber wir — denn ich rechne darauf, daß auch Sie nicht aufhören mir zu schreiben — uns freundlich unterreden können. Z. B. die Wahlverwandtschaften! Wie denkt man bei Ihnen davon — oder vielmehr, wie denkt Pauline darüber? so weit nämlich das Buch sie anregen kann. — Wissen Sie etwas über des Verfassers Gedanken dabei? wann und wo er es geschrieben? Auch dies interessirt mich.

Mir schien es, daß Wenige oder fast Niemand von meiner Bekanntschaft den rechten Gesichtspunct dafür habe, so klar er für jeden, dem er nicht überhaupt fehlt, bezeichnet ist; und die theils abgeschmackten, theils blos äußerlichen Beurtheilungen, die in öffentlichen Blättern stehen sollen, deuten auch auf kein besseres Verständnis. In München haben sich ordentlich Parteien darüber gebildet; namentlich die edle Familie, von der, wie ich sehe, auch Caroline in den letzten Briefen an Sie noch geschrieben, machte sich's zum Geschäft, es auf alle Weise herabzusetzen.

Wissen Sie, wie es Goethen diesen Winter geht? — Gewiß dauert der Briefwechsel fort. Schickt es sich, wenn Sie ihm schreiben, meiner zu gedenken, so versichern Sie ihn meines besten Antheils an seinem Wohlbefinden.

Um Ihnen etwas von meinem hiesigen Leben zu sagen: so habe ich hier zwei Brüder und eine verheirathete Schwester; ich wohne wie auf

dem Lande, in einer Art von Garten, mit der Aussicht auf ein Amphi-
theater von Bergen, deren anmuthige Formen auch der Schnee nicht ganz
verbirgt. Außer einem täglichen Spaziergang um die Mittagsstunde gehe
ich fast nicht aus dem kleinen Hause. Ich habe angefangen zu denken,
auch gewissermaßen zu produciren, und vergesse in einer erschaffenen Welt
der gegenwärtigen. Der Schmerz mischt sich mit der Wonne eines stillen,
sanften Daseins, und die Tage fangen wieder an, unmerklich wenn gleich
nicht unnützlich zu verfließen.

Daß ich Ihnen die theuren Briefe nicht vorenthalten wollte, sehen
Sie jetzt. Verzeihen Sie, daß ich mir den Anschein zuzog. Ich habe so
manches herzliche schöne Blatt von der lieben Hand, daß ich es für Sünde
achtete, ein so liebes Gemüth wie Sie auch nur Einer Zeile zu berauben.
Die Reliquien der Theuren können in keinen bessern Händen sein als den
Ihrigen. Ich sinne darauf, aus dem Vorrath, der mir geblieben, einige
auszusinnen, die der Mutter, den Schwestern, Ihnen besonders angenehm
sein könnten. Helfen Sie mir selbst dazu; Einiges habe ich mir wohl ausgedacht, aber ich wünschte in Ihrer aller Händen noch ein besonderes
Andenken der Geliebten. Hätte sie ihren Tod geahndet, ich weiß, sie hätte
es mir aufgetragen.

Ihre Ruhestätte habe ich noch nicht wieder besucht; ich will sie nur im
Frühling sehen. — Dann erhalten Sie eine Rose von Carolinens Grab.

Ich küsse der lieben Mutter die Hände; grüßen Sie die Schwestern
und schreiben Sie doch ja recht bald wieder

Ihrem

innigen Freund

Schelling.

Schelling an Georgii.

Ew. Hochwohlgeboren

bitte ich überzeugt zu sein, daß ich Bemerkungen, wie die heute gütigst mitgetheilte, nach ihrem ganzen Werthe zu schätzen weiß.

Die Gesellschaft hätte ich allerdings kleiner und übereinstimmender gewünscht*) — (von Mehreren, die das überschickte Schreiben nennt, habe ich bisher nichts gewußt) — überhaupt so wenig Förmlichkeit als möglich in der Sache, indem es gar nicht meine Absicht sein kann, mich hier zum Lehrer zu constituiren.

Wie sich meine Ueberzeugungen zu Pestalozzi verhalten, ist mir bis jetzt fast unbekannt. Von meiner Seite hat noch keine Berührung stattgefunden, auch halte ich gern alles mir fern, was nicht meines Amtes ist, d. h. was nicht unmittelbar in den Kreis des Geschäftes eingreift, für welches ich mich berufen und bestimmt glauben darf. Das einstimmige Zeugniß glaubhafter Männer versichert mich übrigens, daß P. ein wesentlich religiöses Gemüth sei: von Herrn Niederer muß ich, zufolge meiner Seelenkunde, nach Einigem, was ich von ihm gelesen, das Nämliche glauben. Gehen wir nun zusammen, so kämen wir auch ohne die hiesige Veranlassung zusammen, wie es nach Ihrer Erwähnung durch Niederer bereits geschehen ist; passen wir nicht, so kann das hiesige Experiment in der Hinsicht keinen Schaden anstiften.

Uebrigens werden Ew. Hochwohlgeboren durch Ihre Theilnahme das Meiste zu einer erwünschten Richtung des Gesprächs, auch in Rücksicht auf den wichtigen Punct, den Sie in Ihrem Briefe berühren, beitragen können, und ich bitte Sie besonders auch in dieser Beziehung, die Veranlassung zu jeder Erläuterung zu geben, welche die Sache der Religion oder des öffentlichen Unterrichts fördern zu können scheint.

Ich wünsche, daß nichts von meinen Ueberzeugungen in Welt und Leben übergehe, das nicht die Feuerprobe des ernsthaftesten Geistes bestanden hat.

Bei dieser Gelegenheit bitte ich Ew. Hochwohlgeboren um die Erlaubniß, meinen Bruder, den Doctor Medicinae, zu den Unterredungen mitbringen zu dürfen, der gewiß kein unnützes Mitglied sein wird.

Ich würde Ew. Hochwohlgeboren selbst besucht haben, wenn nicht heute eine Menge zu schreibender Briefe mich nöthigte zu Hause zu bleiben.

---

*) Vgl. oben S. 90. Die Theilnehmenden waren: Georgii, v. Wangenheim, v. Neurath, Kebul, Jäger, Storr, Haug, Reinbeck, Lindenau, Lehr, Hartmann.

Empfangen Ew. Hochwohlgeboren die Versicherung meiner vollkommensten Verehrung.

Stuttgart, den 12. Febr. 1810.

Schelling.

Ew. Hochwohlgeboren

werden sich verwundern, das mitgetheilte Heft so stark von meiner Hand interpolirt zu finden; ich habe mir nämlich, da Sie es doch wieder abschreiben lassen müßten, die Freiheit genommen, die nöthig geglaubten Veränderungen gleich Ihrer Handschrift beizusetzen.*)

Ueber die pag. S. 9. aufgestellte Vergleichung des Leibnitzischen und Fichteschen Systems mit dem meinigen sind mir bei genauerer Erwägung doch einige Zweifel entstanden, ob ich gleich in dem Manuscript nichts ändern mochte, weil es ohne Weitläuftigkeit nicht geschehen konnte.

Wenn nämlich von Leibnitz gesagt wird: „er habe nur eine einzige Grundform, aber verschiedene Wesen", von mir dagegen: „ich habe nur ein einziges Urwesen, aber verschiedene Formen", so müßten, dem Gegensatz zufolge, unter den verschiedenen Wesen, die Leibnitz bei Einer Grundform statuiren soll, auch verschiedene Urwesen verstanden werden. Diese finden sich aber bei Leibnitz nicht. Er statuirt nur Ein Urwesen, Gott, und dieses ist von den abgeleiteten Wesen innerlich nicht verschieden, indem ihm auch Gott nur Vorstellkraft ist, nämlich eine Kraft, unendliche Welten vorzustellen, indeß die einzelnen Monaden nur die Welt sich vorstellen, die durch ihr Verhältnis zu andern Monaden bestimmt ist. — Sind aber durch die verschiednen Wesen des Leibnitz nur die numerisch verschiedenen Monaden verstanden, welche er statuirt, so findet in dieser Hinsicht zwischen ihm und mir kein Unterschied statt, indem ich ebenfalls numerisch verschiedene Wesen (Individuen im eigentlichen Verstand) nicht nur zugebe sondern behaupte.

---

*) Vgl. WW. I, 7, VI und 421 ff.

Wollen Ew. Hochwohlgeboren die Genealogie der philof. Systeme bis auf unsre Zeit nach meiner Vorstellung kennen und etwa an der angeführten Stelle einschalten, so wäre sie ohngefähr folgende:

Cartesius statuirt zwei absolut verschiedene Substanzen

A　　　　　　und　　　　　　B

ideale oder geistige Substanz.　　　reale, ausgedehnte oder materielle Substanz.

Er ist absoluter **Dualist**. Spinoza ist absoluter **Anti-Dualist**, d. h. er setzt

$$A = B,$$

die denkende und ausgedehnte Substanz als **Eins**, er setzt **Identität**, hebt aber allen Dualismus auf, indem ihm die denkende und die ausgedehnte Substanz wirklich **numerisch einerlei** sind.

Leibniz nimmt B **ganz weg** und statuirt blos A. Er hat damit zwar auch eine **Identität**, weil nämlich ihm zufolge Alles blos geistiges Wesen ist, aber er hat nur eine **relative oder einseitige** — keine **absolute — zweiseitige — Identität**.

Die **Franzosen** (z. B. das Système de la Nature) nehmen A, d. h. das Geistige ganz hinweg; sie haben blos B, d. h. die Materie, als ein rein Aeußerliches; und damit zwar auch eine Identität, die aber durch einen an allem **Geistigen** begangenen Todtschlag entsteht.

Leibniz statuirt wenigstens in oder **unter** dem A noch ein A und B — inwiefern er die Realität der Körperwelt wenigstens in so fern zugiebt, als auch in dieser — Monaden sind, z. B. unsre Seele ist eine Monas — unser Leib auch; — hier ist also im Ganzen zwar nur A, aber unter dem A doch noch ein A und ein B.

Kant und noch entschiedener **Fichte** haben vollends das B auch unter A weggenommen. Nach Fichte kommt dem Körper — oder äußern Welt nicht einmal eine ideale — sondern eben **gar keine Existenz** zu. Das **Ideale** ist nicht, einmal subjectiv (in uns), das andremal objectiv (außer uns, sondern es ist überall nur subjectiv gesetzt, — **Idealismus** in seiner höchsten Steigerung oder äußersten Einseitigkeit.

Was mich betrifft, so besteht meine Grundansicht in der
Verknüpfung oder absoluten Identität
der Einheit und des Gegensatzes.

Ich unterscheide mich

a. von Cartesius dadurch, daß ich keinen absoluten Dualismus behaupte, d.·h. einen solchen, der Identität ausschließt;

b. von Spinoza dadurch, daß ich keine absolute Identität in
   dem Sinn behaupte, daß sie allen Dualismus ausschlösse;

c. von Leibniz dadurch, daß ich Reales und Ideales (A und B nicht
   wieder ins bloße Ideale (A) auflöse, sondern einen realen Gegensatz beider Principien bei ihrer Einheit behaupte;

d. von den eigentlichen Materialisten dadurch, daß ich nicht Geistiges und Reales blos ins Reale (B) auflöse; was übrigens nur
   noch bei den geistreicheren Materialisten — den Hylozoisten — der
   Fall ist. Denn die eigentlichen französischen Materialisten haben
   auch von A und B unter B wieder A hinweggenommen, und
   also ein bloßes B zurückgelassen (Atomistiker und Mechaniker, die
   also das Gegenstück zu Fichte sind, der von A und B unter A nur
   A zurückgelassen hat;

e. von Kant und Fichte dadurch, daß ich — weit entfernt, auch das
   Ideale wieder blos subjectiv (im Ich) zu setzen, vielmehr diesem Idealen ein reelles Reales entgegensetze — also zwei Principien,
   deren absolute Identität Gott ist.

Ew. Hochwohlgeboren sehen, daß seit Cartesius, dem Vater aller
neu-europäischen Philosophie, alle möglichen Einseitigkeiten — bis auf die
äußersten und härtesten — im Idealismus Fichte's und dem Mechanismus
der Franzosen — durchlaufen waren, daß also einem Kopf, der unbefan-
gen die Philosophie von Grund aus wieder untersuchen wollte, kein andres
als das Alles vereinigende übrig blieb.

Erlauben mir nun Ew. Hochwohlgeboren noch ein offenherziges Be-
kenntnis. Ich sehe es ungern, daß Sie durch die Beschäftigung des Auf-
schreibens dem Antheil an dem Gespräch, was doch immer Hauptabsicht
ist, entzogen werden. Auch würde sich ein dogmatischer Vortrag leichter,

als ein genetischer, d. h. die eigne innere Thätigkeit des Zuhörers in Anspruch nehmender zu Papier bringen lassen. Bei einem solchen Vortrag
wird allerdings Manches eingemischt, das nur als Erläuterung, Verbin-
dungsmittel dient; inzwischen geht doch auch durch die Reduction desselben
auf die demonstrative Form manche feinere Nüance, die nachher oft als
wesentlich erscheint, und jener geistige Duft verloren, der den lebendigen
Zusammenhang des Ganzen unterhält. Selbst ein Geist von Ihrer Pene-
trationskraft wird schwerlich das doppelte Geschäft jener Reduction und
zugleich das der lebendigen Nacherzeugung der angeregten Ideen immer vereinigen können. Für mich, für die ganze Gesellschaft würde
es äußerst instructiv sein, wenn Ew. Hochwohlgeboren, ohne während
des Vortrags aufzuschreiben, nachher jede einzelne Unterredung zu Papier bringen wollten, indem hiebei eine eigentlich lebendige Reproduc-
tion durch das Medium Ihres Geistes vorgienge, wobei auch der Vortra-
gende allein beurtheilen kann, ob er wirklich verstanden worden. Der
Zweck der Wiederanknüpfung des Fadens würde dadurch auf eine viel in-
teressantere Weise erreicht, ohne Ew. Hochwohlgeboren mehr Mühe zu
machen, indem Sie das Nachgeschriebene doch erst wieder ins Reine bringen müssen. Sollten Sie aber dieses Geschäft nicht, wie ich doch sehr
wünschte, übernehmen wollen, so würde ich mich — um des, freilich eigen-
nützigen Zweckes willen, Sie so viel möglich für das Gespräch zu gewinnen und Sie ganz dabei gegenwärtig zu wissen — gern anheischig machen,
am Anfang jeder folgenden Unterredung die vorhergehende kurz zu wiederholen, oder auch die Themata derselben schriftlich aufgesetzt mitzubringen.

Verzeihen Sie diese Aeußerung dem lebhaften Interesse, welches für
mich Ihr Antheil an der Sache hat, und seien Sie der vollkommensten
Verehrung versichert, mit der ich stets sein werde

Ew. Hochwohlgeboren

St. den 18. Febr. 1810.

geh. Diener
Schelling.

Ew. Hochwohlgeboren

will ich noch heut Abend Einiges auf Ihren Brief erwiedern, weil er mir einen nicht vermutheten Mißverstand zeigt.

Dieser würde sich zwar im Fortgang von selbst verlieren, weil er auf einer Anticipation über eine Materie beruht, auf die ich vielleicht erst in der 3. oder 4. Unterhaltung zu reden komme, und mir über diese eine Meinung beilegt, welche nicht die meinige ist. Aber ebendarum, weil Sie dann erst in der 3. oder 4. Unterhaltung bemerken würden, dem Princip einen Sinn untergelegt zu haben, den es nicht hat, halte ich für meine Pflicht, diesen Punct jetzt gleich zu berichtigen.

Ich sehe nämlich aus Ihrer Erwiederung in Betreff des zwischen Leibnitz und mir angestellten Vergleichs, daß Sie die absolute Ircntität — wenigstens zugleich oder auch — für eine numerische ansehen, indem Sie ihr die Mehrheit der Wesen entgegensetzen. Sie scheinen der Meinung zu sein, als habe ich eine substantielle Einheit Gottes und der endlichen Geister (wie Sie es nennen) behauptet, und ich sehe wohl, was Sie unter substantieller Einheit verstehen — ohne Zweifel, was ich eine persönliche nennen würde. Eine solche Ircntität der Geister mit Gott würde allerdings alle Mehrheit von Wesen aufheben.

Nun kann aber in dieser Region, worin wir uns noch zur Zeit mit unsern Unterhaltungen befinden, von einer numerischen (d. h. blos äußern) Einheit (unicitas) überhaupt nicht die Rede sein — am wenigsten kann sie dem Urwesen zugeschrieben werden —, sondern blos von der innern (unitas), die wir wohl die logische nennen könnten, wenn wir uns über diesen Ausdruck verständen, oder deutlicher, die metaphysische, im Gegensatz der physischen numerischen. Ueber Mehrheit oder Nicht-Mehrheit der Wesen im numerischen (persönlichen) Sinn wird hier noch gar nicht entschieden, weil dieser Begriff einer viel tiefern Sphäre angehört und der Gegend, in der wir uns noch befinden, völlig fremd ist.

Hat vielleicht der Ausdruck: Identität der Natur- und der
Geister-Welt zu dem Misverstand Anlaß gegeben? Verstehen Sie
diese als eine Identität in der Natur- und in der Geisterwelt, die in beiden
alle innere Vielheit aufhöbe? Mir bedeutet sie vor der Hand nur die
Identität zwischen beiden; — das Innere der Natur- und Geisterwelt —
also auch ob eine wirkliche Viel- oder Mehrheit darin stattfinde? kann hier
noch gar nicht verhandelt werden, wo es sich noch von der Existenz dieser
beiden Welten überhaupt handelt.

Auf die beiden Endfragen Ihres Schreibens muß ich dieser gemäß so
antworten.

Ad 1. Ob Leibniz eine mehr als blos logische — nämlich eine
substantielle oder (wie ich es ausdrücken würde) persönliche Identität (mit einem Wort: eine Einerleiheit) Gottes und der endlichen
Geister statuirt habe? — diese Frage ist blos historisch. Beantworte ich
sie blos in diesem Sinn, so behauptet Leibniz allerdings eine Personalität
der Monaden gegenüber von Gott — also nach Ihrem Ausdruck eine
Nicht-Identität im substantiellen Verstand.

Deßwegen kann aber doch nicht gesagt werden: Leibniz behaupte eine
Mehrheit von Wesen, während ich nur Eines (unicum) behaupte; der Gegensatz wäre hier unrichtig, weil im ersten Glied desselben
(bei Leibniz) offenbar von abgeleiteten Wesen, im zweiten (bei mir)
vom Urwesen die Rede ist. Denn ich habe nur die Einheit (unitatem)
des Wesens aller Wesen behauptet, die Leibniz auch behauptet, wenn
er sie gleich einseitig, nämlich idealistisch, bestimmt.

Eine andre Frage wäre: ob Leibniz eine Personalität der endlichen
Geister wirklich consequent behaupten könne? Diese Frage wäre nach
Gründen, die vielleicht in der Folge noch deutlich werden, zu verneinen.

Leibniz ist am aufrichtigsten, wo er die Monaden blose coruscationes
divinitatis nennt; das kommt von seiner einseitigen Identität. Ohne
eine zweiseitige giebt es keinen wahren Unterschied der Dinge von Gott.

Ad 2. Die Nothwendigkeit einer substantiellen Einheit Gottes und
der endlichen Geister — (wo kommen denn diese schon her?) — läßt
sich durchaus nicht beweisen. Vielmehr läßt sich das Gegentheil, näm-

lich eine reelle Differenz der endlichen Wesen NB. als solcher von Gott
erweisen.

———

Ganz deutlich kann ich Ihnen über diesen Gegenstand hier unmöglich
werden. Diese Fragen kommen viel zu früh.

Ihr durchdringender Geist möchte gern gleich im Princip das Ganze
sehen. Dies ist aber unmöglich. Wir müssen die Entwicklung des Princips abwarten; auf jede Frage kommt an der rechten Stelle gewiß auch
die rechte Antwort. Bei jedem Satz ist blos zu denken, was unmittelbar
in ihm liegt, aber keine seiner Folgen, ehe sie eigens entwickelt ist. — —

Eine Mehrheit von Wesen kann mit der absoluten Identität des Princips — da diese keine numerische Einheit oder Einzig-
keit aussagt — in keinem Widerspruch liegen, (so viel ist gewiß, schon
jetzt); wo ich sie aber her bekomme, (jene Mehrheit), kann sich erst in der
Folge ausweisen.

———

Ich lasse den Gründen, (besonders dem einen factischen), den Ew.
Hochwohlgeboren für das unmittelbare Aufschreiben anführen, volle Gerechtigkeit widerfahren und möchte nun vielmehr bitten, daß Sie damit
continuiren. Das Aufsetzen der Thematum könnte ich bei genauerer
Schätzung der Zeit, die mir meine nothwendigen literarischen Arbeiten
übrig lassen, doch nicht mit Gewißheit versprechen. Es wird mir daher angenehm sein, wenn Ew. Hochwohlgeboren bei Ihrem ersten Vorsatz bleiben.
Verehrungsvoll
18. Febr. Nachts 10 Uhr.

Schelling.

———

Fahren Ew. Hochwohlgeboren doch ja fort, mir Ihre Einwendungen
schriftlich oder mündlich, wie es Ihnen gefällt, mitzutheilen. Ich habe
den lebhaftesten Wunsch — nicht Sie zu überzeugen, wozu vieles gehört,
das weder in meiner noch in der Gewalt der Sache ist, auch nicht in

Fichte Sie zum Verstehen zu zwingen, sondern nur es dahin zu bringen, daß Sie mich über die Hauptpuncte nicht misverstehen.

Ihre Fragen — (ohne alle Schmeichelei, die in Dingen der Wahrheit lächerlich ist, sei es gesagt) — sind für mich alle belehrend, sie geben mir Licht über viele andre Misverständnisse, und der kräftige Ausdruck derselben erhöht ihren Werth, wie Bestimmtheit in allen Dingen den ersten Vorzug ausmacht.

Ueber den Wunsch, daß gleich im Anfang über Personalität und hypostatische Verschiedenheit Gottes von uns und der Creatur überhaupt die bestimmteste Erklärung gegeben werde, wollen wir also morgen ausführlicher reden. Ich hoffe, Ihnen genügende Antwort geben, so wie überhaupt was diesen Punct betrifft, Sie befriedigen zu können.

Es wird mir lieb sein, wenn Sie Ihren Aufsatz morgen zuerst vorlesen wollen. Sollten Sie Gelegenheit haben, die andern Herrn zu bitten, daß Sie wo möglich genau um 5 Uhr kommen, so wär' es in der Hinsicht nicht übel, als ich morgen gern die Unterredung bis auf einen Punct führen möchte, wo Alles schon lichte ist, und wo möglich auf dem fruchtbaren Boden der Wirklichkeit anzukommen suchen werde — ein Pensum, das bei den noch über das Frühere zu ertheilenden Antworten und Erklärungen etwas stark ist.

In Hoffnung Ew. Hochwohlgeboren morgen zu sehen, — da der immer noch sich erhaltende Katarrh bei dieser Witterung jeden Ausgang misräth —

Ew. Hochwohlgeboren

20. Febr. 1810.

geh. Diener
Schelling.

Schelling an Wagner.

Stuttgart, 17. April 1810.

Was werden Sie dazu sagen, lieber Freund, daß ich Ihnen so spät antworte? Doch alle Entschuldigungen sind langweilig; genug, es war natürlich. Gott sei gelobt, daß Sie so weit mit heiler Haut nach Rom gekommen sind. Der gute St. meinte immer, Sie möchten bei irgend einer Unternehmung, die sich von Ihren Neigungen erwarten lasse, umgekommen sein, und dies sei der Grund, warum Sie so lange keine Nachricht gäben. Ich tröstete mich aber immer mit einem gewissen Sprüchwort. Bleiben Sie nun nur hübsch in Rom und denken Sie gar nicht wieder heraus, wo es immer schlechter zu werden scheint. Sagen Sie mir doch, ob man noch großen Veränderungen, Modernisirungen und dergl. in Rom entgegensieht. Ewig werde ich beklagen, nicht vor sechs Jahren meinen Lauf dahin gerichtet zu haben. Was ich jetzt thun kann, läßt sich noch gar nicht sagen. Der Minister ist noch immer nicht zurück, und ich sitze hier, wo ich, wenn mich die Arbeit nicht hielte, vielleicht auch nicht mehr wäre. Duttenhofer hat mich einmal besucht, ich habe ihm alle Ihre laudes mitgetheilt; er sagte aber bei jeder neuen Probe, das wäre ihm nichts Neues, so haben Sie sich immer aufgeführt. Wächter ist Aufseher eines Kupferstichcabinets mit einem kleinen Gehalt geworden, dessen er höchst benöthigt war.*) Doch soll er sich jetzt Vorwürfe machen und meinen, das thue seiner Künstlerfreiheit Eintrag. Auch der wackere Uexküll hat mich besucht und ich ihn; er ist der beste Freund von Ihnen und der bravste Mann von der Welt. — Schreiben Sie mir doch, sobald Sie etwas Bestimmtes erfahren, über das Dortbleiben oder Weggehen der bayr. Gesandtschaft. Herr v. H. ist doch wohl auch da? Wissen Sie mir in Bezug auf mein Hinkommen irgend etwas anzugeben, so thun Sie's doch. Ist denn Alles so ganz verändert, daß vom alten Leben gar nichts übrig ist? oder haben Sie es seitdem wieder besser gefunden? Kann man noch so da leben, wie

---

*) Vgl. D. Fr. Strauß, Kleine Schriften, S. 348.

ich mir träumte und wie ich so sehr wünsche? Dannecker hat an der Ariadne
den Arm, der das eine Knie hielt, hinweggenommen und gestreckt zurückgelegt, wodurch die ganze Lage der Figur in etwas verändert wurde.
Dannecker hat an Graziösität und Ueberschaulichkeit gewonnen. Bruck
war dieser Tage hier und reist morgen auf dem Weg nach der Schweiz ab.
Ich könnte ihm diesen Brief mitgeben, aber es ist doch so besser, er bleibt
überall gar lange. Ist der Graf Rechberg von Seiten des bayrischen
Hofs oder des Kronprinzen oder für sich in Rom?'— Was machen Koch
und Schick? Grüßen Sie beide von mir. Haben Sie denn noch nicht an
Ihrem Gemälde angefangen? Seien Sie ja recht fleißig, es ist doch das
Beste, und schicken Sie bald etwas nach München, daß man wieder sieht,
was ein Kunstwerk heißt und was sich in unsrer Zeit leisten läßt. So
viele Künstler schieben mit unnachahmlicher Bescheidenheit die Schuld auf
das Jahrhundert; es ist wahr, es ist den Künstlern nicht so günstig wie
früher; aber daß etwas Eigenthümlich-Schönes und Rechtes darin möglich
ist, müssen Männer wie Sie zeigen. In Deutschland könnte einem alle
Kunst verleiden. O wie will ich schwelgen und jubeln, wenn ich dort bin.
Ich singe wie in dem alten Lied: Eija, wären wir schon da! Aber ehe der
Minister zurück ist, läßt sich kein bestimmter Entschluß fassen und auch
nichts ausrichten. —

Goethe an Silvie v. Ziegesar.

Wir dreie, meine schönen Freundinnen, könnten wahrscheinlich nichts
Bessers thun, als wenn wir aus unsern kleinen Uebeln und Gebrechen ein
Picknick machten und sie zusammen aufzuzehren suchten. Weil jedoch hierbei die Interessenten wo nicht unter Einem Dache doch wenigstens auf
Einer Flur sich befinden müssen, so hat mich mein guter Geist schon
einigemal der Ihrigen nahe geführt, so daß ich die einzelnen Steine Ihrer
alten Burg zwar nicht zählen aber doch unterscheiden konnte. Vermuthlich
wird sich die Anziehungskraft mit jedem Mal vermehren und ich werde zuletzt, ohne daran zu denken, vor Ihrer Thüre stehen, da ich mir denn eine

freundliche Aufnahme und meinem ärztlichen Vorschlag guten Erfolg
wünsche. Sollten sich die Uebel indessen verloren haben, so wird ja wohl
Rath werden, in der Geschwindigkeit neue anzuschaffen. Gedenken Sie
mein ja recht freundlich.

Jena, den 23. März 1810.

G.

<hr>

Pauline Gotter an Schelling.

Dradenborf, den 12. Mai 1810.

Lange habe ich geschwiegen, bester Schelling, aber mein Herz weiß
nichts davon, und die Empfindung der innigsten Freundschaft, des herzlichsten Dankes für Ihre lieben lieben Blätter war Ihnen schon längst im
Geist zugesandt. Sie haben mir wohl, recht wohl damit gethan. Ihre
herrliche Fassung hat auch meine Seele sanfter gestimmt und mich des
Andenkens der theuren Freundin würdiger gemacht: ich bin ruhiger, seit
ich weiß, daß auch Sie es sind. Meine Gesundheit bedurfte dieser mildern
Stimmung, sie war den ganzen Winter so abwechselnd und schwankend,
daß ich jede Bewegung des Gemüths, jede Mittheilung meiner Empfindungen unmittelbar fühlte, und so werden Sie mir verzeihn, daß ich Ihnen
erst heute antworte, Ihnen auch erst heute für die Zurückgabe der theuren
Briefe danke. Wunderbar ergriff es mich, wie ich Ihren Brief erhielt,
das Siegel erbrach und die liebe bekannte Hand wieder erblickte, und gleichsam wieder in jene schönen Zeiten versetzt schien, wo ein freundliches Wort
von der Geliebten zu uns kam. Eine Wehmuth ergriff mich, die ich nicht
beschreiben kann, ich vermochte nicht die Blätter herauszuziehn, mich aus
dem süßen Wahn zu reißen, daß sie noch lebe! Aber lebt sie nicht noch?
lebt sie nicht auf das allergegenwärtigste in unser aller Herzen? — Dort
spiegelt sich jeder freundliche Blick von ihr, dort hat ihre liebevolle Seele
ihren ewigen unveränderlichen Wohnsitz aufgeschlagen und kann nur mit
uns selbst untergehn.

Jedes Wort, was Sie uns sagen, werther Freund, ist so tröstend, so wohlthätig, aus jedem leuchtet hervor, daß Caroline Ihnen Alles war, wie sie Ihnen ja auch Alles sein wollte, und der Gedanke ist süß bei dem Schmerz ihres Verlustes: daß sie sich die letzte Zeit ihres Lebens noch so glücklich fühlte, daß sie durch Ihre Liebe gleichsam versöhnt mit dem Schicksal von dieser Welt geschieden ist. O ich möchte Ihnen mein ganzes Leben lang dafür danken, wenn ich nicht fühlte, daß Sie selbst die schönste Belohnung in Ihrem Innern dafür fänden.

Sie sind wohl noch in Stuttgart und werden vielleicht bald die Ruhestätte der Lieben sehn; dann gedenken Sie unser, und senden Sie eine Blume von ihrem Grab. Alles was Sie uns von der Geliebten geben werden, wird uns unschätzbar sein.

Vor 14 Tagen haben wir auch ein theures Haupt unsrer Familie in die bessere Welt gehn sehn, unser guter alter Großvater ist gestorben; es war zwar kein Sterben, nur ein Aufhören des Lebens, und wir konnten ihm kein längeres wünschen, da wir es ihm bei seinem hohen Alter nicht mehr zu versüßen wußten. Künftigen Monat wäre er 85 Jahr geworden. Caroline nahm so viel Theil an ihm und frug immer so freundlich nach ihm, und wirklich hat ihm sein wohlwollendes Herz ein bleibendes Andenken bei allen die ihn kannten gesichert. Mich trifft dieser Verlust in der Entfernung und es ist mir traurig, daß ich nicht in den letzten Tagen seines Lebens um ihn war, jede kleine Hülfe wird dann so beruhigend.

Schon seit Anfang März bin ich hier in Drackendorf bei Ziegesar's, deren zahlreiche Familie nur auf Vater und Tochter hier beschränkt ist. Ich lebe hier unter Blumen und Blüthen, Vögelgesang und Balsamduft, immer im Genuß der schönen Natur, fern von allem Zwang gesellschaftlicher Verbindung, und die reine Landluft, das friedliche Thal, die ruhigen Umgebungen wirken wohlthätig auf Seele und Leib, und bringen mit Gesundheit und einen stillen Frieden ins Herz. Jenen ungetrübten Frohsinn, jene unverwelkliche Lebenslust, wie es Goethe immer an mir nannte, kenne ich nicht mehr, ich bin nicht mehr dieselbe; aber ich möchte auch nicht den Gewinn meiner Empfindungen um jenes vertauschen. Oft durchstreich' ich einsam die Gegend, dann ist mir Ihr Andenken so nah, ich unterhalte mich mit Ihnen, mit der theuren Geliebten, und die Täuschung ist mir süß, wenn ich auch gleich weiß, daß es nur Täuschung ist. Aber ich lebe auch nur in diesem sanften stillen Genuß, nicht denkend, was die nächste Zukunft mit sich führt. Meine liebe gute Mutter schreibt mir alle Wochen, sie ist recht wohl und empfiehlt sich Ihnen mit den Schwestern auf das herzlichste.

Von Goethe wird es Sie freuen zu hören, daß er recht heiter und gesund ist; den ganzen Winter war zwar sein Befinden ziemlich abwechselnd und er hat Theater und Gesellschaft wenig besucht, die Aussicht nach Karlsbad zu kommen scheint aber schon jetzt im Vorgefühl genesend auf ihn zu wirken. In Weimar sah ich ihn zuerst wieder, und habe ihn ganz gegen mich gesunden, wie ich ihn verlassen hatte, liebevoll und herzlich. Beinah sein erstes Wort war Theilnahme an dem Verlust der Lieben, und auf eine so zarte innige Weise, wie ich es von ihm erwarten konnte; dieser Beweis seiner Freundschaft hat mich mehr erfreut, als alles Liebe und Freundliche, was er mir je gesagt hat. Ihnen, werther Freund, dankt er herzlich für Ihr Andenken, und hat mir die schönsten Grüße an Sie aufgetragen. Seit dem März hält er sich in Jena auf und hat die Optik beendigt, die nun diese Messe in zwei Theilen erscheint, wie Sie wissen, und nun eilt er so bald wie möglich nach Karlsbad; auf die nächsten Tage hatte er sich bei uns angemeldet, um mit Silvie und mir recht spazieren zu gehn, ich werde mich freuen, wenn er Wort hält, seine Gegenwart ist das Einzige, was mich wahrhaft anregt und erfreut. Schon einigemal war er hier: das erstemal ganz unter uns von der ausgelassensten Laune, die Gewalt seines Feuers und seiner Lebhaftigkeit habe ich wohl in einzelnen Momenten, aber nie so anhaltend wie damals gesehn, er vergaß sich ganz, ließ seine ganze Stimme ertönen und schlug immer mit den Händen auf den Tisch, daß die Lichter umher fuhren, es war eine wahre unbedingte Lustigkeit. Seine Begeisterung machte den wunderlichsten Contrast mit Hendrich's Prosa und Riemer's Phlegma, die ihn begleitet hatten. Herrliche Dinge sagte er uns über den 21sten Februar und seine Entstehung; er hat auch von Werner die Wirkung des Segens verlangt, aber sein Genie hat ihm bei dieser Aufgabe versagt. Goethe hat indeß selbst den Plan dazu gemacht, aber blos zu seinem augenblicklichen Vergnügen,

wie er meint. Hier lege ich Ihnen Verse bei, die er am Geburtstag des
alten Herrn von Ziegesar mitbrachte, auf eine sehr hübsche russische Me-
lodie zu singen. Die Gedichte von ihm zu den weimarischen Festen haben
Sie wohl alle erhalten? und ich wünschte wohl etwas über die romantische
Poesie von Ihnen zu hören. Sie fragen mich nach den Wahlverwandtschaften, bester Freund, und ich hätte gar gern noch recht viel mit Ihnen
darüber gesprochen, wenn ich nicht fühlte, wie unbescheiden es ist, Ihnen
schon so viel geschrieben zu haben, also auf ein andermal. Verzeihn Sie
indeß meinen langen Brief, ich konnte aber nicht schreiben, ohne Ihnen
ganz zu sagen, wie mir zu Muthe ist.

Wollen Sie uns viel viel Freude machen, bester Schelling, so lassen
Sie bald wieder von sich hören, ich sehne mich herzlich zu wissen, wie es
Ihnen geht. Leben Sie wohl und gedenken Sie freundlich

Ihrer

Pauline Gotter.

Morgen fahren wir auf einen Tag nach Jena, ich werde die Rose
aufsuchen, um mit ihr die treue Herrin zu beweinen.

Schelling an Pauline Gotter.

Kl. Maulbronn, den 17. Mai 1810.

Wie kommt es, beste Pauline, daß ich gar nichts mehr von Ihnen
höre? Bin ich ausgethan aus Ihrem Gedächtnis, oder sollten Sie den
Brief nicht erhalten haben, den ich schon im Januar oder doch im Februar
schrieb und in dem ich mein langes vorhergegangnes Schweigen entschul-
digte? Ich sehne mich sehr, wieder einmal von Ihnen zu hören. — Sie
sind doch alle wohl und bringen den schönen Frühling vergnüglich zu?
Welche Aussichten haben Sie und Julchen auf kleine Reisen und Ausflüge
während des Sommers? — Ich bin seit kurzem hier und kehre nächstens
nach Stuttgart zurück, wohin ich Sie auch zu schreiben bitte, wenn Sie

mich vor Ende des nächsten Monats mit einem Briefchen erfreuen wollten.
Ich setze nichts mehr bei, als — weil ich nicht anders glauben kann, als
daß Sie noch immer einigen Antheil an mir nehmen' — daß mein Befinden seit dem Frühling gut ist; daß ich nochmals bitte, mich nicht ganz
zu vergessen, Ihrer lieben Mutter mich zu empfehlen und die Schwestern
herzlich von mir zu grüßen; dann die innigsten Wünsche für Ihr aller-
seitiges Wohlsein.

Schelling.

Schelling an Pauline Gotter.

Kl. Maulbronn, den 27. Mai 1810.

Ihren lieben Brief, bestes Paulinchen, habe ich hierher erhalten und
beantworte ihn sogleich, um Ihnen so schön, als ich es vermag, dafür zu
danken. Ein Paar über Gotha gegangene Zeilen werden Ihnen indeß gesagt haben, wie sehr ich mich nach einem Wort von Ihnen sehnte. Wohl
Ihnen, daß Sie den schönen Frühling auf dem Lande in so angenehmer
Umgebung und beneidenswerther Nachbarschaft zubringen können.

Genießen Sie Ihr Glück ganz; fast könnte es mich erschrecken, wenn
Sie über Ihre Gesundheit zu klagen Ursache finden, oder gar meinen,
jener ungetrübte Frohsinn, die „unverwelkliche Lebenslust" sei nicht mehr
in Ihnen. Das kann ja doch nur Meinung sein, die Sie nicht aufkommen
lassen müssen. Leider muß man die Lebenslust sich oft zur Raison machen,
wenn man sie nicht mehr von Herzen empfindet; desto weniger sollte ein
so liebes Kind, wie Sie, an ihr zu zweifeln anfangen, dem sie so natürlich sein muß. Doch sie ist, wenn sie entflohen war, oder vielleicht nur
etwas nach innen zurückgetreten? unter den Einflüssen des Frühlings gewiß
wiedergekommen.

Was Sie mir von der Art schreiben, wie Goethe den Hingang unsrer
Freundin gegen Sie erwähnt hat, machte mir innige Freude. Ich konnte
zwar nie darüber zweifelhaft sein und hätte ihm gern selbst darüber

geschrieben, wenn mich nicht mein langes Uebelbefinden davon abge-
halten hätte.

Sehen Sie nur, wie ich in meiner jetzigen Lage zurückkomme, und wie
wünschenswerth es ist, daß Sie mir bisweilen eine Nachricht aus Ihrem
dortigen Olymp zukommen lassen. Von mehreren Herrlichkeiten, deren Sie
Erwähnung thun, kenne ich keine; nicht den 24sten Februar, (ist es
die Geschichte der Ermordung des rückkehrenden Sohns durch die Eltern?
und hat Goethe zu dieser Tragödie, die der Beschreibung nach etwas bar-
barisch sein muß, einige Veranlassung gegeben?) nicht die Wirkung des
Segens. Ich las zwar in einem Briefe von Heidelberg große Freude,
wie im Himmel über den umkehrenden Sünder, daß von Werner ein Stück
ohne alle Mystik in Weimar aufgeführt worden sei; vielleicht ist es
dieses; aber Sie sehen, wie mühselig ich meine jetzigen Kenntnisse zu-
sammenbetteln muß. Für alles, was Sie mir von Goethe melden oder
gar schicken können, wären es auch nur so schöngesellige Verse, wie die
letzten, soll Ihnen immer der schönste Dank geweiht sein. Die vorletzten,
die wir glaube ich auch durch Sie erhielten, auf Johanna Sebus, hat Caroline noch öfter vorgelesen, und legte einen doppelten Werth darauf, weil
es ihr nicht leicht schien. Sie las so, daß Goethe selbst davon wäre ergriffen worden. Um Ihnen noch etwas von mir zu schreiben, so habe ich
die Frühlingszeit zu manchen Ausflügen in der hiesigen an Naturschönheiten und Merkwürdigkeiten reichen Gegend angewendet, aber mich auch
sehr gesammelt in dieser Umgebung, welche die letzten Erinnerungen der
Geliebten enthält; so manche schöne und holde, die von der schmerzlichen
erst zurückgedrängt war, trat neben dieser hervor, auf so mancher Stelle,
wo ich fast, so zu sagen, ihre Fußtapfen noch fand, wo vielleicht, seit wir
da waren, kein Mensch wieder gestanden hatte.

Auf der Stelle fast, wo ich ihre letzten Blicke und süßen Worte empfieng, habe ich Einiges niedergeschrieben, das wohlgestimmten Seelen einst
Vergnügen machen kann.

Von dem alten Großvater hat sie mir oft erzählt; er hat sie
überlebt! — Wie süß ist der Gedanke, daß in einer harmonischen
Welt, die wir schon des Gegensatzes wegen nach dieser erwarten müssen,

Gleiches und Aehnliches nach dem innern Verwandtschafts-Gesetz sich finden muß!

Sobald ich nach Stuttgart zurückkomme, soll das für Sie bestimmte Andenken von der Theuren abgehen; nur weiß ich nicht, ob Sie nu... länger in der jenaischen Gegend verweilen. Mit dem für die Schwestern bestimmten muß es anstehen bis zu meiner Rückkunft nach München, die ich schwerlich länger als bis Ende Juli verschieben darf.

Lassen Sie mich daher doch nicht wieder so lange auf ein Wort von Ihnen harren; darf ich gleich annehmen, daß Sie und die Ihrigen bisweilen eines Freundes gedenken, dem Sie alle so werth und theuer sind, so ist doch das wiederholte Wort der Versicherung immer gleich erfreulich.

Schickt es sich, so sagen Sie Goethen alles Liebe und Gute von mir, was Ihnen Ihr eignes Herz für ihn eingiebt, und vergessen Sie meiner auch in den Briefen an die Mutter und Schwester nicht.

Leben Sie wohl, edle Pauline; sein Sie froh und glücklich in Ihrem schönen Aufenthalt; oft versetze ich mich auch in Gedanken wieder dorthin, und denke Sie mir an unsern ehemaligen Lieblingsplätzen, durch ein liebliches Thal hinwallend oder oben auf der Väterburg, den Schleier oder Shawl in der Frühlingsluft flatternd.

S.

Pauline Gotter an Schelling.

Drackendorf, den 17. Juni 1810.

Den schönsten Dank, werther Freund! für Ihren lieben Brief; er ist recht freundlich von mir empfangen worden, und Sie sehen, ich beantworte ihn auf der Stelle, daß nicht wieder eine so lange Zeit vergeht, in der wir ohne Nachricht bleiben; ich sehnte mich herzlich danach und selbst die wenigen Zeilen, die ich über Gotha erhielt, wenn sie mir gleich ein stiller Vorwurf waren, wurden mir lieb, wie ich die Versicherung Ihres Wohlseins daraus ersah. Guter lieber Schelling, wie freue ich mich, daß

es Ihnen besser geht, daß Ihr Gemüth sich stärkt in der Erinnerung der
Lieben; könnten Sie doch noch lange in dieser Gegend verweilen, die Ihnen
so theuer sein muß; mir ist so bange für Ihre Zurückkunft nach München;
— unter Menschen, die uns nicht berühren, schließt sich das Herz immer
zu und jeder Schmerz verwundet tiefer. Nur in Gottes freier Natur, wo
wir überall die Nähe des Weltgeistes fühlen, kann man sich wieder sammeln, wieder froh werden. Sie haben Einiges niedergeschrieben im Andenken der Geliebten, werden Sie es uns vielleicht einmal mittheilen?
Sie finden wenigstens ein empfängliches Herz und einen reinen Sinn;
nehmen Sie es aber nicht als unbescheidene Bitte auf.

Von Ihren verehrten Eltern sagen Sie mir nichts? Ich nehme das
als ein gutes Zeichen, daß sie recht wohl sind, und freue mich mit Ihnen
darüber.

Mir geht es auch recht gut, ich genieße täglich mehr das schöne Land-
leben und weiß nicht, wie es mir wieder in der Stadt gefallen soll. Wir
leben still und fleißig in beinahe klösterlicher Einsamkeit fort und fort frohe
schöne Tage, und wenn wir gegen Abend die Trümmer der alten Burg
durchklettern und mein Auge, in blaue Fernen sich verlierend, die Gegenden aufsucht, wo meine entfernten Freunde wohnen, da durchbebt mich
ihr Andenken doppelt liebevoll und ihr Bild steht freundlich mir zur Seite.
— Der alte H. v. Ziegesar ist verreist und Silvie und ich sind jetzt ganz
allein, doch darf ich eines dreijährigen Engels nicht vergessen, der viel zu
meiner Freude beiträgt und eine liebe Gesellschaft ist. Ein Kind, schön
wie der Tag, in Kraft und Gesundheit schwimmend, ein Enkel des alten
Ziegesar. Das liebliche Kind hat so viel Liebe zu mir, daß es mir nicht
von der Seite geht, und auch ich kann es nicht über das Herz bringen es
zu verlassen, wenn es seine kleinen Aermchen nach mir ausstreckt und mit
zarter Stimme ruft: Paulinchen, Paulinchen.

Pfingsten „das liebliche Fest" war ich auf der Kunitzburg, es war um
und um ein Feiertag — das reizende Saalthal lag in seiner ganzen Herrlichkeit vor mir, in der schönsten Beleuchtung. Welch' frohe, heilige,
stille Empfindung war in meiner Seele — Auguste, Caroline — hatten
vielleicht auf derselben Stelle gestanden — mir ging das Herz auf — im

süßen Andenken unserer Verklärten. Nur wie ich wieder zur Gesellschaft
kam und kein Auge fand, in das ich hätte blicken können und sagen: „Du
fühlst ebenso wie ich" — wurde mir's wehmüthig und ich sehnte mich nach
meinem Carlsbader Freund, der mich in ähnlichen Augenblicken so gern
verstand.

Leider hat er uns schon seit dem 20. Mai verlassen. Noch bis
zuletzt, von allen Seiten gequält und geplagt, war er doch immer gut und
liebenswürdig, und der Abschied wurde uns allen schwer. Durch den
rückkehrenden Kutscher hat er Kunde von sich gegeben und Stecknadeln geschickt, oder ein Paquet Spitzfindigkeiten, wie er schrieb, zum Zeichen seiner
glücklichen Ankunft. Sonst haben wir nichts von ihm gehört, er wird
immer bequemer und dictirt Riemern Alles, nur seine jungen Freundinnen
haben den Vorzug, daß er selbst schreibt, und warten gern dafür etwas
länger. Sobald erwünschte Zeilen kommen, theile ich sie Ihnen mit.
Einstweilen erhalten Sie die Stanzen, die Göthe diesen Winter bei Gelegenheit eines Maskenzuges aus den Nibelungen dichtete, ich glaubte sie
schon lange in Ihren Händen, sonst würde ich sie früher gesendet haben.
Sie kommen von Goethe selbst, aber Ihnen, bester Freund, überlasse ich
sie doch gern. Noch einige artige kleine Liedchen von ihm würde ich beilegen, wären sie nicht in Einem Heft mit andern Poesien, die zum Theil
nicht verdienen, vor Ihren Augen zu erscheinen. Haben Sie seine Pandora
schon beendet gesehn? sie ist dieses Jahr als Taschenbuch in Wien erschienen. Sonderbar, von allen Goetheschen Sachen hat sie mich am wenigsten ergriffen, vielleicht aber auch nur, weil ich sie immer abgebrochen und
stückweise gehört habe. Der 24. Februar oder die Wirkung des
Fluches ist ganz recht die Geschichte der Ermordung des rückkehrenden
Sohns durch die Eltern, und das Wernersche Stück ohne alle Musik,
was in W. aufgeführt worden ist, das grausenerregendste und schauer-
hafteste was es geben muß, aber das beste nach Goethe's Meinung, was
Werner in seinem Leben gemacht hätte oder machen würde. Goethe hat
ihm die Aufgabe gegeben und streng eingeschärft, all' sein verruchtes Zeug
diesmal wegzulassen, sein ganzes Talent aufzubieten und etwas Ordent-
liches zu Stande zu bringen, das ganze Stück dürfe nur aus 3 Personen

bestehen.   Werner hat gebeten und gefleht, wenigstens ein Kind, eine
Kaze, einen Hund auf's Theater zu bringen, aber durchaus nicht, endlich
hat er noch ohne sein Wissen eine Dohle angebracht.   In 14 Tagen ist
das Stück zu Goethe's ganzer Zufriedenheit beendet gewesen, und nun
hat W. auch die Wirkung des Segens schreiben sollen; aber nach
den ersten Blättern hat G. gemeint, er solle es gut sein lassen, das ge-
länge ihm nicht, und so ist es auch unterblieben.   Der 24. F. ist auch bei
der F. v. Staël aufgeführt worden.   Werner hat selbst den Vater vorgestellt, er mag gräßlich genug ausgesehen haben.

Doch es ist Zeit, daß ich schließe; leben Sie wohl, lieber, lieber
Freund, bis Mitte Juli bleibe ich noch hier, darf ich mich noch auf ein
Wort von Ihnen freuen?

Leben Sie nochmals wohl.   Mit Herz und Seele

Ihre

treue Freundin
Pauline.

Meine gute Mutter und Schwestern empfehlen sich Ihrem freundlichen Andenken mit mir.

In dem Augenblicke höre ich von Jena aus, daß Köthe wieder zurück
ist und seinen Weg nicht über München gemacht hat, wegen Kürze der
Zeit.   Es ist mir recht leid, er sollte Ihnen recht viel von uns erzählen
und einen Brief und eine kleine Arbeit von mir überbringen; nun hat er
das wieder mitgebracht; ich habe es aber noch nicht von ihm zurückerhal-
ten, sonst würde ich es Frau v. Martini jetzt mitgeben.

Nochmals, leben Sie wohl und schreiben Sie uns bald, es verlangt
uns sehr danach.

P.

Schelling an Pfister.

— Meine Rückreise nach Stuttgart konnte ich leider! nicht nach meinem Wunsch und Willen einrichten. Ich sollte aus Gefälligkeit Pierre bis nach Enzweihingen bekommen und konnte also nicht, wie ich sonst auf jeden Fall gethan hätte, in Vaihingen mich aufhalten. Nun hoffe ich desto gewisser, wenn nicht die Decanats-Geschäfte, die Du jetzt wahrscheinlich zu versehen hast, Dich ganz an Ort und Stelle binden, Dich, liebster Freund, vor meiner Abreise im nächsten Monat noch einmal hier zu sehen. Ich weiß nicht, ob ich so bald wieder nach Würtemberg komme, und ein Tag, den Erinnerungen unserer zusammen verlebten Jugend geweiht, würde uns beiden erquicklich sein.

Und nun meinen herzinniglichen Dank für den dritten Theil der schwäbischen Geschichte. Es ist keine bloße Redensart, wenn ich sage, daß ich ihn mit dem größten Interesse und Vergnügen gelesen habe; die Darstellung ist anschaulich, lebendig, frei; besonders erhöht die geschickte Einmischung particularer und individueller Züge die große Wirkung des Ganzen. Es ist kein bloßes sogenanntes Gemälde, es ist wirklich Historie, aber kunstmäßig gebildete. Die profunde Gelehrsamkeit kann ich nur bewundern. Ich wünsche nichts mehr, als daß Du recht bald in eine Lage versetzt werdest, wo Du Dich ganz der Geschichtschreibung widmen kannst. Ich erwarte, daß nach Vollendung der Geschichte von Schwaben Du eine andere wählen werdest, wo die Zerstreutheit des Gegenstandes weniger Schwierigkeiten verursacht und wo sich die Freiheit Deines Geistes unbeengt durch den Stoff in der Großartigkeit der Behandlung zeigen kann.

Lebe wohl, herzlich geliebter Freund; erfülle wo möglich meine Bitte mich noch hier zu besuchen, und zwar so, daß Du Deinen Lauf gleich zu mir richtest und den Tag bei und mit mir sein könnest. Behalte mich lieb und sei der stets gleichen Wärme der Freundschaft versichert, mit der ich bleibe   Dein

                                                    Schelling.

Stuttgart, 12. Juli 1810.

Diese ganze Woche, die ich noch zu verschiedenen Ausflügen zu benutzen suchte, war mein Hiersein ungewiß; und dies der Grund, warum
ich Dich, lieber Freund, nicht sogleich bestimmt gebeten habe, hieherzu-
kommen. Auch die nächste Woche wird mir durch mancherlei Umstände
vielfach gestört, daß ich keinen Tag genau bestimmen kann, an dem ich
Dich so ganz wie ich wünschte genießen könnte. Ich bin aber auch in der
dritten Woche noch hier und bitte Dich daher um Erlaubnis Dich zu benachrichtigen, sobald ich meiner Zeit völlig Meister sein werde. Denn ich
hoffe auf jeden Fall, Du werdest Dich so einrichten, daß wir den besten
Theil des Tages zusammensein können. Weggehen werde ich auf keinen
Fall, ohne Dich noch auf die eine oder andere Art gesehen zu haben.

Das Exemplar der Schwäbischen Geschichte der Münchner Akademie
zu überreichen, mache ich mir zum doppelten Vergnügen, indem ich dabei
das besondere Vergnügen habe, Dich meinen Landsmann und Freund zu
nennen; auch hat dieser Theil für bayrische Gelehrte billig ein erhöhtes
Interesse. Nur will ich Dir bemerken, daß ich schwerlich vor der letzten
Hälfte des nächsten Monats nach München zurückkomme.

Wünschest Du das Werk nicht früher abgegeben, so soll es eines
meiner ersten Geschäfte sein, es zu überreichen. Ich habe Dir über den
Eindruck, den dieser Theil auf mich gemacht hat, in der That nichts als
meine wahre Empfindung mitgetheilt, und auch diese nur sehr unvollkommen.

Du findest mich, wenn Du hieher kommst, auf dem Bollwerk nahe
dem Büchsenthor bei der Stadt-Uhrmacherin Widmann.

Leb' wohl und erhalte Dir und mir den Willen, mich hier noch zu
besuchen

Deinen

treuen Freund
Schelling.

Schelling an Georgii.

Stuttgart, 18. Juli 1810.

Ew. Hochwohlgeboren

wissen, wie sehr mich alle Bemerkungen, die Sie mir mittheilen wollen,
interessiren, sie mögen nun für oder gegen meine Grundsätze zu sein
scheinen. Ich bin übrigens gewiß so weit als irgend Jemand entfernt,
etwas behaupten zu wollen, woraus eine Herabwürdigung des Begriffs
von Gott folgte; und wäre ich auch so unglücklich dies zu thun, so würde
ich wenigstens von Niemandem verlangen, mir einigen Glauben beizumessen.

Bemerkungen Georgii's.

F 1) Die Worte: „wo nicht der Zeit — nach" sind von dem Nachschreiber hinzugesetzt
worden, weil er glaubte, daß diese Worte dem System gemäß seien. S. Abh.
von der Freiheit S. 430: „Was übrigens jenes Vorhergeben betrifft rc." Uebrigens bekennt er offen, daß er mit aller Anstrengung nicht fähig war, sich einen

F 2) Begriff davon zu machen. Er vermag es sich nicht zu erklären, wie nach dem
System der ideale, seiende persönliche Gott ohne zeitlichen Anfang da sein könnte.
Es übersteigt nicht nur alle sinnlichen Begriffe, sondern es scheint sogar unmöglich,

F 3) einen Begriff davon zu haben, wie ein Vorhergehen des Grundes statt haben könne,
wenn nicht Gott aus dem Grunde in der Zeit entstanden ist. Wie läßt sich ein
Sehnen nach Manifestation denken, wenn nicht eine Zeit war, wo das Erlebnte
noch nicht war! Was heißt Sehnen anders als wollen, daß etwas werde, was
noch nicht ist? Ich gebe gerne zu, daß dies eine Form blos menschlicher Anschauung
ist: aber wie kann man etwas für wahr halten, was man nicht zu denken vermag?
Wie kann Gott in sich einen innern Grund haben, der ihm als existirendem voran-

E) geht, und doch Gott wieder das Prius des Grundes sein, indem der Grund
auch als solcher nicht sein könnte, wenn Gott nicht actu existirte?*) Wie kann sich

D) der Mensch vom Grund einen Begriff machen, wenn dieser nicht causa Dei ist?
Ist dies aber, wie kann Gott wieder Causa Suae Causae sein? Man müßte vorerst einen neuen Begriff von Causa, von Grund festsetzen, wenn der alte Begriff

A) nicht gelten kann und soll. S. 12 b NB. 2. (A erregt sich in B selbst. Allein
würde doch A nicht sein können, wenn B nicht wäre: A oder der actuale Gott ist

B) also kein Ens a se, weil es, um zu sein, eines andern bedarf. Allein, erwiedert
man, A ist B und B ist A **): der Grund ist kein anderer, er ist idem. Ist dies
letztere, so scheinen wir in der Erklärung nicht sehr viel vorgerückt zu sein, denn
uns ist es um den actualen persönlichen Gott zu thun, der, wie wir annehmen

*) S. 430.
**) Dies wird NB. nicht erwiedert. Anm. Schelling's.

Die mir gestern mitgetheilten Bemerkungen zeigen mir, daß es mir noch nicht gelungen ist, mich Ew. Hochwohlgeb. verständlich zu machen. Den größten Theil der Schuld will ich gern auf die Unvollkommenheit meines Vortrags rechnen, einen ganz kleinen hat vielleicht auch das Nachschreiben daran.

Hier meine Gegenbemerkungen, so weit die Zeit es verstattet, sie niederzuschreiben.

Ich habe die entsprechenden Stellen Ihrer Bemerkungen mit Buchstaben bezeichnet, die sich auf die meiner Gegenbemerkungen beziehen; übrigens mir die Freiheit genommen, mit diesen von hinten anzufangen, weil ich dort das Misverständnis am deutlichsten hervorheben konnte.

Also

ad A.) Hier sagen Sie: „A erregt sich in B selbst", und so ist es auch S. 12 b nachgeschrieben. Das habe ich nie gesagt. Es ist vielleicht eine Abbreviatur des Nachschreibers. Ich habe gesagt: „A erregt in B wieder A", aber ich habe nicht gesagt: „Es erregt sich selbst."—Denn das in B erregte A ist ein ganz anderes als das erregende A — es ist das A so weit es im Nichtseienden sein kann, anstatt daß das erregte A das ursprünglich seiende ist. — Daß dies der Sinn ist, können Sie aus dem Folgenden sehen, wo Sie richtig aufgeschrieben haben: „B hat schon zum voraus alles in sich enthalten" — (was ist denn dieses alles? Antwort: eben vorzüglich A, — jetzt wird A (also das schon vorher in B gewesene A) geweckt, was also doch wohl von dem es weckenden (dem absoluten A) verschieden sein muß. Ferner ebendaselbst: „B wird potenzirt (soll heißen: polarisirt oder differenziirt) in A und B"; also muß B schon vorher A und B in sich enthalten haben, nur daß A durch die vorherrschende Potenz des B unterdrückt war.

Mit diesem Misverständnis fällt also auch der

ad B) daraus gezogene Schluß hinweg: A ist also kein Ens a se etc.

_____

müssen, von der Natur specie verschieden ist. Woher also diese specifische Verschiedenheit? woher das Originale in dem persönlichen Gott, woher seine Differenz
C) von der Natur? Gerade in seinem Eigenthümlichen muß seine Aseität gesucht werden; dieses Eigenthümliche kann also nicht wohl mit der Natur einerlei Grundstoff haben.

— A ift von ſich ſelbſt und an ſich ſelbſt das Seiende, wie der Geiſt in uns ſeiner Natur nach das Seiende iſt; aber wie ſich der Geiſt in uns nur dadurch als das Seiende bewährt, d. h. actu Sciendes iſt, daß er auf unſer Nichtſeiendes — auf das relativ Geringere und Unedlere in uns — handelt, es zu ſich zu erheben und ebenfalls zu veredeln (zu vermenſchlichen) ſucht: ſo iſt das in Gott sua natura, alſo κ sε, Seiende, doch nur dadurch actu, d. h. es bewährt ſich als das sua natura Seiende dadurch, daß es auch das relativ Nichtſeiende, B, zu ſich zu erheben, ſich zu verähnlichen, es zu vergöttlichen ſucht, welches eben dadurch geſchieht, daß es in dem B ſelbſt A und B, d. h. den Gegenſatz, und mit dieſem zugleich die Identität, d. h. das Göttliche erweckt. — Zu ſagen alſo: A (das ich immer für das sua natura — d. h. an ſich — Seiende erklärt habe) ſei kein Ens κ sε, weil es nur durch ſeine Wirkung auf B ſich actu manifeſtire, wäre eben ſo viel als zu ſagen: Der Geiſt ſei nicht, (was er doch iſt) das an ſich Seiende in uns, weil er ſich als das Seiende nur durch ſeine Wirkung auf das Nichtſeiende bewährt. — Iſt denn nicht gerade das, was das Thätige iſt, auch nothwendig das Seiende?

Ad C.) Das Eigenthümliche Gottes im eminenten Sinn, d. h. inwiefern er = A iſt, iſt aber dies, daß er das (ſeiner Natur oder was daſſelbe iſt, ſeinem Begriffe nach) Seiende iſt, ſchon vor aller Manifeſtation, welche ja nichts involviren kann, als daß er als das, was er dem Begriffe (der Natur) nach ſchon iſt, ſich der That nach zeige. — Die ſpecifiſche Verſchiedenheit Gottes von der Natur beſteht darin, daß das Grundweſen der letzteren das bloße Sein, d. h. das Nichtſeiende iſt, daß ſie ihrem Begriff nach, natura sua oder a sε, das Nichtſeiende iſt, wie Gott ſeiner Natur nach das Seiende, und daß ſie nur durch Gott, durch das A belebt wird, indem nämlich in dieſem bloßen Sein ſelbſt ein eigenes (zuvor unterdrücktes) Seiendes hervorgerufen wird.

Ad D.) Von einem Grund Gottes iſt meines Wiſſens nie die Rede geweſen, ſondern nur von einem Grund des actualen Exiſtirens Gottes, d. h. des Seienden. — Grund kann durchaus nicht mit Ur

jache verwechselt werden. Das an sich Seiende ist Ursache (Verur-
sachendes) des (abgeleitet oder secundario modo) Seienden im Grunde.
— Ursache und Grund verhalten sich wie causa und conditio sine
qua non. — Daß ich nicht Ursache unter Grund verstehe, glaubte ich
hinlänglich dadurch angedeutet, daß ich den Grund auch Fundament,
Unterlage, Grundlage, Basis nannte. — Daß ich auch in der Abhandlung über die Freiheit Grund in keinem andern Sinne brauche,
würde, wenn es nicht durch den Sinn des Ganzen ohnedies klar genug
wäre, z. B. aus der Stelle S. 440 Z. 11 erhellen, wo ich das Böse eben
darein setze, „daß das Verhältniß der Principien verkehrt, der Grund über
die Ursache erhoben werden soll." — Es bedarf dazu keines neuen
Begriffs von Causa und von Grund. Alle Systeme, die es mit
der philosophischen Sprache nur einigermaßen genau nehmen, unterscheiden sehr bestimmt Ursache und Grund in jeder Beziehung.

Ad E. Die angeführte Stelle hat den Sinn: der Grund könnte
nicht sein, wenn nicht Gott ein seiner Natur nach Seiendes wäre,
was gar nicht nicht-sein kann). Gott könnte gar keinen Grund seines
Seins in sich selbst haben, wenn er nicht das suâ naturâ Seiende wäre.
— Suâ naturâ Seiendes sein, und den Grund (das Realisirungsmittel)
seines Seins in sich selbst haben, ist zuletzt einerlei, und Eins folgt aus dem
Andern.

Ad F¹. Die zugesetzten Worte sind mit der kleinen, angegebenen
Veränderung meinem Sinn ganz gemäß.

Ad F². Ich zweifle, ob Ew. Hochwohlgeboren, wenn Sie die vorhergehenden Erklärungen gelesen und gefaßt haben, diesen Einwurf nicht
von selbst zurücknehmen. — Es wäre u. schon ein doch gar zu arger Widerspruch, wenn „der ideale, seiende — (doch wohl schon als idealer, als
A, und demnach seinem Begriff nach seiende) — Gott" noch eines
Anfangs bedürfte — noch dazu eines zeitlichen — um — da zu sein.
Der Seiende ist ja doch wohl schon an sich seiend? Freilich um sich, als
der Seiende, zu manifestiren, bedarf er eines Entgegengesetzten,
eines B, eines relativ-Nichtseienden, das er ja aber gleich uranfänglich
als zweites Principium in sich hat, und in der Manifestation nur von

sich ausschließt, um sich in ihm zu m a n i f e s t i r e n, aber nicht, um in ihm erst S e i e n d e s zu w e r d e n. — Wie dieses, beruht auch das ~ub F³ auf der falschen Meinung, als sei das aus dem G r u n d e Entstehende G o t t κατ' ἐξοχήν; der doch weder zu e n t s t e h e n braucht, noch etwas anders bedarf, um an sich S e i e n d e s zu sein. (Der S e l b s t l a u t e r, mit dem ich A verglichen, ist ja für sich schon Selbstlauter, d. h. er spricht sich schon allein und selber aus; der M i t l a u t e r aber, B, spricht sich nicht selber aus und hört nur durch die Verbindung mit A auf, st u m m zu sein. — So ist das I d e a l e schon vor aller Manifestation (wirklicher Aussprache) an sich selbst das S e i e n d e, das Reale (B) aber vor der Manifestation i n s i c h s e l b s t, das N i c h t s e i e n d e — erst im W o r t e wird es ein S e i e n d e s.

Der G o t t, der in der Natur von Gott gezeugt wird, ist nicht der Gott κατ' ἐξοχήν, obgleich auch G o t t, nur Gott der S o h n.

Der z e u g e n d e Gott (das absolute A) und der in B g e z e u g t e sind nicht e i n e r l e i, (so wenig als Gott der Geist und Gott der Sohn im Christenthum). — Das absolute A bleibt, nachdem es einmal B von sich geschieden, so lange über B, also auch über der Natur, und über dem im Schoß der Natur gezeugten G ö t t l i c h e n — bis es dieses etwa ganz zu sich erhoben (in fine mundi). — Es hängt mit der Natur und dem Göttlichen in ihr zwar immer noch z u s a m m e n, durch Gott, inwiefern er weder Sein (B), noch S e i e n d e s (A), sondern absolute Identität beider ist — also durch Gott den V a t e r —; aber es (als das anfänglich, s ne S e i e n d e, ist außer und über der Natur. — Nur der S o h n ist in der Natur, um — zuletzt M e n s c h zu werden. — Wir, nach unserm Beruf, als Philosophen die endliche oder wirkliche Welt abzuleiten, haben freilich vor der Hand blos mit dem in B gewedten oder gezeugten Göttlichen zu thun; — zu dem, jetzt über der Natur befindlichen, von ihr durch sich selbst geschiedenen, absoluten A werden wir nur mit den letzten Aufgaben zurückkehren; denn die Wahrheit zu sagen, unser ganzes Erdenleben hindurch sind wir doch nur im B und leben nur in diesem; in's absolute A hoffen wir erst im Tode überzugehen.

Ich bitte Ew. Hochwohlgeboren diese Blätter aufmerksam zu lesen; es wird Ihnen schwerlich etwas von Ihren Zweifeln zurückbleiben können. — Verzeihen Sie die Flüchtigkeit der Feder und die auf dieser Seite befindlichen Flecken, ich habe nicht die Zeit das Blatt noch umzuschreiben.

Das Manuscript folgt uncorrigirt zurück, wozu ich jetzt nicht die Zeit hatte; es bedarf, der größeren Flüchtigkeit meines Vortrags halber, sehr vieler Verbesserungen und Zusätze.

So bald ich kann, werde ich es gern revidiren.

Verehrungsvoll

        Ew. Hochwohlgeboren

                gehorsamster Diener

                Schelling.

Goethe an Pauline Gotter.

Das Theater ist noch das vorige, geliebte Pauline; aber die Schauspieler und andre, gewisse Persönchen vermißt man darunter gar sehr, besonders wenn man mit Augen sehen muß, was für neue Gestalten sich gegenwärtig an den lieben Orten herumtreiben. Ihre Zimmer im Wallfisch bewohnt Himmel und das ungeheure Meerwunder erstickt fast an diesem neuen Jonas. Auf dem Hammer war ich ein einzigmal mit Riemer in so abscheulichem Regen und Sturm, daß der Tag recht ausgesucht schien, um uns den Unterschied gegen frühere Stunden recht fühlbar zu machen.

Das Wetter ist wieder sehr schön und des Fahrens, Reitens, Spazierens vor meinen Fenstern und über die neue Johannisbrücke gar kein Ende, wobei Riemer sehr die Equipage der Freundinnen vermißt.

Bringen wir übrigens nicht in Anschlag was uns abgeht, so müssen wir bekennen, daß uns manches Gute begegnet. Unter anderm muß ich Ihnen erzählen, daß ich eine sehr schöne Abbildung von Wallenstein erhalten habe. Auf dem Schlosse Friedland nämlich befindet sich eins in ganzer Figur. Dieses hat Prof. Bergler in Prag, ein sehr geschickter Mann, mir gezeichnet und sehr geistreich radirt. Es stimmt vollkommen mit dem

Begriffe überein, den man sich von diesem merkwürdigen Manne bildet. Regelmäßige Züge, ernst, trocken und in den Augen etwas Bedenkliches. Ich freue mich Ihnen das Blatt gelegentlich sehen zu lassen. Auch außer diesem hat uns noch manches Interessante aufgesucht.

Möge die schöne Sonne, die uns gegenwärtig begünstigt, auch über Drackendorf scheinen, wie Sie früher unser kaltes und rauhes Wetter getheilt haben. Und so theilen Sie auch mit mir den Wunsch eines baldigen frohen Wiedersehens. Versuchen Sie einmal Sich ihn recht lebhaft auszudrücken und fühlen Sie, daß ich ein Gleiches thue. Leben Sie wohl, liebe Pauline!

Karlsbad, den 4. Juli 1810.

G.

Pauline Gotter an Schelling.

Gotha, den 18. Aug. 1810.

Sie haben so lange nichts von sich hören lassen, bester Freund! daß ich wieder schreibe um Sie zu mahnen; und daß es Ihnen nicht unleidlich den dünke schon wieder von mir zu lesen, lege ich ein Blättchen aus Karlsbad bei, um deswillen Sie das meinige verzeihen mögen; denn es macht Ihnen gewiß Freude sich selbst zu überzeugen, wie wohl und heiter der liebe alte Herr in seinen böhmischen Wäldern ist. Das Briefchen ist freilich schon einige Wochen alt, es traf mich noch in jenen ländlichen Umgebungen, von wo aus ich Ihnen zuletzt schrieb. Nun bin ich schon seit geraumer Zeit wieder hier, im alten Haus, im alten Leben, und die ruhige Gleichheit des Gemüthes, der Beschäftigung und Lebensweise, die ich wie der gefunden, erinnert mich kaum, daß ich abwesend war. Im Herbst habe ich versprechen müssen wieder auf das Land zurück zu kehren; man war so freundlich mich zu bitten länger zu verweilen, aber im mütterlichen Herzen regte sich die Sehnsucht, und ich habe sie endlich getheilt. Die gute Mutter und die Schwestern fand ich wohl, sie sagen Ihnen tausend

Freundschaftliches, und sehnen sich mit mir, von Ihnen zu hören, bester
Schelling.

Noch einige Gedichte aus Karlsbad könnte ich beilegen, die die Anwesenheit der östreichischen Kaiserin veranlaßte; aber Sie haben sie wohl
schon, oder werden sie noch in öffentlichen Blättern lesen, und so will ich
diesen nicht vorgreifen. Mich dünkt, man merkt ihnen ein wenig den Vorsatz des Dichters an, etwas dichten zu wollen, es ist nicht so das Leben,
der innere Drang, der aus jedem andern Goethischen Gedicht so lebhaft
spricht; den Verfasser würde ich aber immer darin erkennen, und kann
es nicht leiden, daß man sie so ganz und gar herunter setzt, wie von allen
Seiten, namentlich in Weimar, geschieht.

Auch ein Widersacher von Goethe, aber ein alter Freund unsres
Hauses, Meyer aus dem Holsteinischen, war kürzlich hier und hat uns
von Ihnen erzählt, wir haben ihn beneidet, daß er Sie gesehn. Durch ihn
erfahre ich, daß Sie noch in Stuttgart sind, ich hatte schon lange auf der
Seele, Sie um ein Wort des Andenkens zu bitten; aber ich wußte nicht
wo Sie meine Feder suchen sollte; daß meine Gedanken Sie immer da
finden, wo auch die unsrigen sich stets von neuem mit Sehnen und unverbrüchlicher Liebe hinwenden, sagt mir mein Herz. Ach jeden Tag, der
uns der Zeit entgegen bringt, in der die geliebteste Frau von uns schied,
wird es mir banger und ängstlicher, und meine Thränen fließen, als wäre
sie uns heute entrissen. Lieber, werther Freund! wie muß es Ihnen gehn?
Daß wir so fern stehn — daß unsre Theilnahme Sie nicht erreichen kann,
Sie nicht vorbei führen den Stunden, die mit den schmerzlichsten Erinnerungen bezeichnet sind! —

Leben Sie wohl, edler Freund! Nochmals bitte ich Sie uns nicht zu
vergessen; verzeihen Sie meine flüchtigen und eiligen Zeilen und daß ich
überhaupt geschrieben habe, und senden Sie mir das anvertraute Briefchen bald wieder zurück.

Pauline.

Gotha, den 7. September 1810.

Am Todestag der besten geliebtesten Frau wende ich mich im tiefsten
Schmerz zu Ihnen, bester Freund! ich möchte Ihnen unsre Theilnahme
auf das innigste, auf das lebhafteste ausdrücken, Ihnen ganz sagen, wie
wir heute mit Ihnen und in Ihre Seele leiden. Ich finde Trost und Erquickung Ihnen zu schreiben, wie wir in Stunden der Betrübnis so gern
zu denen flüchten, die durch gleiche Empfindungen unsrem Herzen nahe
sind, und wer wäre es wohl mehr wie Sie? — Ihre Thränen fließen
jetzt wie die unsrigen dem schmerzlich heiligen Andenken, wir verloren, was
uns nie wieder werden kann. — Das fühl' ich mit meiner ganzen Seele,
mit allen Fähigkeiten meines Gemüths, und werde es in 10 Jahren eben
so tief, eben so verwundend fühlen wie heut; ich weiß es wohl, wir können
uns wieder finden, wir können uns fassen und ruhiger werden, aber die
herrliche Frau ist unwiederbringlich dahin, und keine Glückseligkeit der
Erde kann ihren Verlust uns ersetzen. Nicht blos die Wiederkehr des
heutigen Tages sagt uns zwar dies, jeder kommende bringt es uns schmerzlich vor die Seele und mahnt uns an das, was wir verloren; aber ich
fühle heute eine Traurigkeit, die ich nicht überwinden kann und die ich
nicht aussprechen mag. Sie begreifen, Sie verstehn mich, bester Freund!
O könnte doch unser Mitempfinden Ihnen auch heute Trost geben, könnten Sie sich überzeugen, wie unsre Gedanken unaufhörlich bei Ihnen sind!
Lassen Sie uns bald wissen, wie es Ihnen geht, es verlangt uns sehr danach; seit dem Mai sind wir ohne Nachrichten, und mit wahrer Sehnsucht
sehn wir ihnen entgegen. Ich sende diese Zeilen nach München, in der Voraussetzung, daß Sie wieder dort sind; aber wo Sie auch sein mögen, edler
Freund, sind Sie der geistigen Nähe Ihrer treuen Freunde gewiß.

Pauline Gotter.

Schelling an Pauline Gotter.

Stuttgart, 14. Sept. 1810.

Es ist lange, fast unverzeihlich lange, beste Pauline, daß ich Ihnen nicht geschrieben, Ihnen, der ich so gern jede Woche schreiben möchte. Wenn ich Ihnen einen Begriff geben könnte von dem wunderlichen Zustand, in dem ich mich befinde, wenn sich etwas in meinem Kopf oder Innern entwickelt und ausbildet, so würden Sie begreifen, wie in solchen Augenblicken Hand und Feder mir versagt, wie ich auch dem liebsten Freunde nichts mittheilen kann und eben Alles für mich abmachen muß.

Sie unschätzbar gutes Kind haben mir geschrieben im Augenblicke der Annäherung der schmerzlichsten Zeit, die ich in doppelt tiefer Stille zuzubringen hatte. Könnte ich Ihnen sagen, wie wohlthätig Ihr Andenken mir gewesen! Wäre ich im Stande, Ihnen für die lieben Worte zu danken!

Hören Sie, wie wunderbar Alles erneut werden mußte. Vor ohngefähr 4 Wochen, fast an demselben Tag, an welchem im vorigen Jahr wir nach Maulbronn reisten, ging meine Schwester mit ihren 2 Kindern dahin, deren jüngstes von Geburt ein Engel war. Nach 14 Tagen verlangt sie zurück, weil wieder die unglückliche Krankheit dort herrscht; ein augenblicklich scheinbares Aufhören der Krankheit, freundlichere Witterung und das allgemeine Zureden bewegt sie zu bleiben. Vor ohngefähr 8 Tagen kommt sie Abends hier an, zerstört und in Thränen schwimmend: den Morgen desselben Tages (den 8. Sept.) war ihr holdestes Kind — an der Ruhr gestorben; am 7. war es ein Jahr, daß ich Carolinen verloren. — Ich habe das Kind unsäglich geliebt und in meinem Herzen getragen: nun ist es das Erste von uns, das neben meiner Caroline schlummert. — — Welche wunderbare Beziehungen giebt es in einer Welt, wo selbst Tage und Stunden nicht gleichgültig scheinen!

Herzlich sei Ihnen gedankt für die Mittheilung des Goethe'schen Briefs, der mir beim Studium seiner Farbenlehre, mit der ich mich viel beschäftigt, eine angenehme Distraction war. Es gefällt mir gar wohl an

15*

ihm, daß er gelehrten Freunden und ähnlichen Personen durch die Hand seines Famulus schreibt, nur liebenswürdigen Kindern und Freundinnen mit der eignen.

Von schönen Geistern haben wir diesen Sommer hier gesehen einen Herrn Boifferée aus Cöln mit vorzüglich schönen Zeichnungen und perspectivischen Ansichten vom dortigen Dom, die er herausgeben wird; sodann den Dr. Stoll aus Wien, den Sie vielleicht in Weimar gesehen haben und der jetzt Wien mit Paris vertauscht, wo er durch Vermittlung des kaiserlichen Leibarztes eine Stelle zu erhalten hofft.

Sie wundern sich vielleicht, daß ich noch immer aus Stuttgart schreibe; allein es ist jetzt auch mit meinem hiesigen Aufenthalt zu Ende, in den ersten Tagen des nächsten Monats soll und muß ich in München sein. Jacobs geht nach Gotha zurück? Es ist ihm nicht zu verdenken, ob es mir gleich Leid thut, ihn in München zu verlieren. Bleiben noch Schlichtegroll und Hamberger. Wäre doch unter unsern Gothanern eine einzige Familie, welche die Mutter und Sie reizen könnte, einmal einen Besuch in München zu machen!

Leben Sie wohl, beste Pauline! empfehlen Sie mich der lieben Mutter und grüßen Sie die Schwestern. Vergessen Sie mich nicht ganz, wenn ich es gleich hundertmal zu verdienen scheine; denn wirklich verdienen kann ich es doch nie.

Schelling.

Schelling an Wagner.

Stuttgart, den 20. Sept. 1810.

Was werden Sie von mir denken, liebster Freund, daß ich Ihnen auf Ihre letzten Briefe noch immer nicht geantwortet! Aber was sollte ich Ihnen schreiben? Mir schien es immer, es sei des großen Portos nicht werth, was ich Ihnen zu melden habe. Wie Sie aus der Aufschrift sehen, bin ich noch immer hier. Doch gehe ich Ende dieses Monats nach München zurück. Hätte sich füglich voraussehen lassen, daß mir der Urlaub

so weit verlängert würde, so hätte ich Sie im vorigen Januar ersucht bis
in den Februar zu warten, und wir wären zusammen gereist. Ich will nun
sehen, was bei der Rückkehr nach München zu thun ist. In der Abwesenheit ließ sich nichts anfangen, und es scheint Alles in solcher Confusion,
daß wohl auch gleich nichts auszurichten sein wird. Doch hoffe ich zu
Gott, die längste Zeit meines Bleibens in M. soll vorüber sein.

Wie werden Sie und die andern Künstler sich freuen, H. v. Uexküll
wieder in Rom zu sehen. Könnte ich ihn begleiten!

Hoffentlich machen Sie es wie ich und vergessen Umstände und Zeit-
läufte in fleißigem Arbeiten. Ach, lieber Freund, wenn ich denke, wie viele
Werke Sie noch zu Stande bringen müssen, wenn es nach meinem Wunsch
geht, so haben Sie nicht viel Zeit zu verlieren. Ist noch nichts Großes
wieder angefangen? — Gedenken Sie, daß Sie noch das platonische Gastmahl, eine Aristophanische Scene, eine aus dem Nibelungenlied und Gott
weiß was noch alles zu componiren haben. Wo man jetzt ist, wenn nur
die nächste Umgebung gut und annehmlich ist, scheint immer gleichgültiger
zu werden. Der Zustand in Deutschland ist so, daß man nicht daran denken mag, und nirgends Aussichten zum Bessern oder zu einer künftigen
Besinnung. Man rast vollends dem Abgrund zu; laßt uns fressen und
saufen, heißt es, denn morgen sind wir todt.

Goethe hat seine Farbenlehre herausgegeben. Es ist Schade, daß das
Werk so theuer ist, daß es wohl schwerlich bis nach Rom kommt. Manches
davon würde Sie sehr interessiren. An meinem Plan, von dem ich Ihnen
etwas vertraut, habe ich viel gearbeitet; die Idee hat sich mehr bestimmt
und in Jahr und Tag werde ich genau wissen, was in dieser Art zu machen ist; und damit ist doch viel, ja das Meiste gewonnen. Aber ich muß
in eine andre Umgebung, um an die Ausführung denken zu können. Prof.
Klein von Bamberg wird in diesen Tagen hierher kommen und dann mit
mir nach München gehen. —

Melden Sie mir doch bald wieder etwas von Ihrem angenehmen
Leben, Ihren Verhältnissen, Ihren Werken, Ihren sonstigen Leiden, Thaten oder Liebschaften. Ich kann nicht aufhören den wärmsten Theil zu
nehmen an allem, was Sie betrifft, und wünschte nur, wir könnten im-

mer zusammenleben. Tieck wird noch nicht in Rom angekommen sein;
er liegt ohne Zweifel noch in Zürich, wo er durch dieselben Ursachen fest-
gehalten wird, die ihn in München nicht fortließen. Was macht Schid?
Sehen Sie ihn, so grüßen Sie ihn doch von mir.

    Adio carissimo Pittore, fra Giovanni amato da cuore

                              Il. vostro

                                          Sch.

    N. S. Ihr letzter Brief war auf der Reise wenigstens viermal auf-
gemacht worden.

München, den 4. Nov. 1810.

    Herr Baron v. Uexküll wird Ihnen, liebster Freund, meinen Brief
nun befördert haben. Es hat mich ordentlich gerührt, wie Sie in einem
kurz vor der Abreise von Stuttgart erhaltenen Briefe meinen konnten, ich
habe Sie vergessen oder gedenke wenigstens Ihrer nicht mehr mit Freundschaft. Nein, lieber Giovanni, dahin wird es nie kommen; so lange ich
lebe und es geht nicht entweder mit Ihnen oder mit mir eine critische
Verwandlung vor, so lange werde ich Ihr wahrer Freund sein und Sie
für den meinigen halten: denn wir sind doch einmal, das glaube ich fest,
geboren und gemacht, Freunde zu sein. So etwas empfinde wenigstens
ich, und Sie gewiß auch. — Die Nachricht von mir, die Ihnen N. N.
gebracht hat, ist ganz ungegründet. Ich bin hier in meinen alten Verhältnissen. Hätte ich ahnen können, daß die Regierung mir den Urlaub
von Januar bis in den September verlängern würde, so hätte ich gesucht,
ein oder zwei Monate hier noch auszuhalten, und Sie gebeten, so lange noch
auf mich zu warten, bis ich mit Sicherheit hätte reisen können. Wäre ich
nun auch zurück, so hätte ich doch noch die Abendröthe Roms und Italien
gesehen und wäre diese Zeit über in Ihrer Gesellschaft gewesen. Denn
für einen längern oder gar beständigen Aufenthalt, wie ich sonst dachte,
scheint Rom nach allem, was ich höre, ganz den eigentlichen Reiz zu ver-

...ieren. Sehen muß ich noch diese ewige, allein wahre Hauptstadt; aber
da bleiben, da wohnen? das ist eine andre Frage. Nur in Einem Fall
vielleicht, wenn es überhaupt gleichgültig geworden ist, wo man wohnt.
Ich weiß, lieber Freund, daß Sie an allem, was mich betrifft, Antheil nehmen, so will ich Ihnen denn melden, wie ich mich hier eingerichtet habe.
In Stuttgart besuchte mich noch Prof. Klein von Bamberg und fuhr mit
mir hierher. Das war eine unterhaltende angenehme Fahrt. Hier fand
ich eine Wohnung, die ich immer gewünscht, nach der ich beständig gestrebt,
und die mir jetzt so zu sagen ein Zufall in die Hände gespielt hatte. Ich
wohne nämlich links vom Karlsthor, ganz auf der Ecke, gerade gegen das
Gebirg, herrliche Aussicht, Sonne den ganzen Tag über (NB. wenn sie
scheint), vortreffliche Zimmer, von denen Sie wenigstens Eines, das vier
Fenster hat, al fresco hätten malen müssen, wenn Sie hier gewesen wären.
Unter mir im nämlichen Hause wohnt der liebe Spix, der jetzt zum Ad-
juncten der Akademie der Wissenschaften mit 1000 fl. Gehalt ernannt worden ist. Nun fehlt nur noch Einer, Sie errathen es wohl wer? Wohl
50mal seit wir zusammen wohnen und essen, haben wir gesagt: Wenn
nur Wagner auch noch da wäre; nun fehlt uns nur noch der Pittore,
dann wären wir gemachte Leute und brauchten uns um Menschen und
Welt weiter nicht zu bekümmern. An Spaß würde es nicht fehlen. Spix
gibt immer noch 1000 Veranlassungen dazu. Wenn Sie ihm wieder
schreiben, reden Sie ihn doch Herr Subdiakon! an; das hat ihm Klein
aufgetrieben. Gegen den Herbst bekam er die Rötheln, und um sich nachher die Haut wieder herzustellen, wendete er Kalkwasser an und zwar von
angemachtem Maurerkalk, der in der Stube stand, wovon sein Gesicht ganz
entzündet und hellrosenfarb wurde. Gestern sollte er bei der Akademie
verpflichtet und vorgestellt werden, vergaß es aber und blieb zu Hause
sitzen. —

Ach lieber Freund, wenn es nur etwas bei uns wäre, wenn ich nicht
die klarste Anschauung hätte, daß in Verhältnissen wie die hiesigen, jeder
Funke von Kunst durch die conventionellen Formen und Erbärmlichkeiten
erstickt werden muß. So sagte ich: Freund, schnüre Dein Bündel und komme
heraus. Wäre ich blos auf mich bedacht, so redete ich Ihnen wirklich zu.

Ich wünsche mir mein Leben keinen bessern Umgang, männlichen versteht sich, als mit Giovanni d'Erbipoli. Dabei fällt mir ein, daß Ihr Schwager von Bamberg hier war als Mitdeputirter; Klein machte ihn mit mir an einer table d'hôte bekannt; wie ich ihm ins Gesicht sah, konnte ich kaum mich des Lachens enthalten, indem ich an Ihre Beschreibung von ihm und an den Streich dachte, den Sie ihm spielen wollten. Er erzählte mir, daß der Minister und König mit ihm von Ihnen gesprochen haben und zwar sehr günstig und gnädig, und schien sich — vielleicht das erste Mal — was Rechts auf einen solchen Schwager einzubilden. Nun wenn Sie kommen wollen, so steigen Sie nur gleich bei mir ab; das Quartier ist schon parat; zwei der schönsten Zimmer sollen für Sie bestimmt sein.

Gut Essen und Trinken treffen Sie auch wieder bei mir an; ich habe den friedfertigen Bedienten, der zuletzt bei mir war, beibehalten und außerdem die Eichstätter Köchin angenommen, die mir damals Frau v. Gärtner recommandirte und die Sie noch bei mir gesehen haben. Das ist ein gar saubres, reinliches und ehrliches Mädchen. —

Spitz ist noch die alte gute liebe Seele; aber so ein stachliches, salziges und bissiges Kraut, wie ein gewisser Martino, oder um es besser zu sagen, neben diesem Evangelisten eine tüchtige Faunsnatur könnte gar nichts schaden.

A propos, haben Sie denn seitdem das Gastmahl von Plato noch nicht gelesen? Wenn Ihnen dabei nicht der Kopf und die Hände jucken es zu malen, so verstehe ich Sie nicht. Der gute Spitz wird jammern, wenn ich ihm morgen sage, daß ich heute einen so großen Brief an Sie geschrieben habe. Wohl 10mal hat er sich seiner Saumseligkeit angeklagt; der gute Mensch ist aber auch gar nicht eingerichtet, hat keine Dinte, weder Tisch noch Stuhl, und nimmt sich überhaupt gar wunderlich bei seiner ersten Einrichtung. Nun habe ich Ihnen was Rechts die Länge und Breite vorgeschwatzt, aber grade so, wie ich weiß, daß Sie es gern haben. Nun will ich doch auch noch auf Einiges in Ihrem Briefe antworten. Daß Sie mit Werner nicht recht zusammenkommen können, begreife ich wohl; ich glaube nicht, daß er für bildende Kunst als solche Sinn und Freiheit des Geistes genug hat. —

Was Sie über die neuen altflorentinischen Dichter schreiben, ist ganz meine Gesinnung. Wer sich nicht zu einem eigenthümlichen Stil erheben kann, der seiner Zeit und seinem Volk gleichsam aus dem Gesicht geschnitten ist, mag jenen Weg betreten; immer aber wird man nur ein artiges Talent in dieser Nachahmung erkennen, nicht unbedingt Erfreuliches, was nur vom Originellen ausgeht. Könnte ein Mensch genau so wie die Nachtigall pfeifen, wir würden uns doch an seinem Gesang nicht ergötzen. Was machen oder malen Koch und Schick? Vor allen aber Sie? Ich fürchte fast, Sie haben noch nichts angefangen. Das wäre sehr unrecht. Muth und Fleiß, lieber Giovanni! Leben Sie wohl, empfehlen Sie mich H. v. Uexküll, schreiben Sie mir ja recht bald.

Schelling an Pauline Gotter.

München, 4. Nov. 1810.

Einen der ersten ruhigen Augenblicke benutze ich, Ihnen, edle Pauline, zu schreiben. Ich kam hierher im Zeitpunct der großen Festlichkeiten, von denen Sie in öffentlichen Blättern manche Beschreibung werden gesehen haben. Was mir die Wiederanknüpfung meines hiesigen Lebens sehr erleichterte, war die Wohnung, die ich gefunden. Diese hat unstreitig die freieste und schönste Aussicht von München, grade gegen das Gebirg: im Vorgrund unsre bayrischen Alpen, die schon ganz ansehnliche Berge sind; im zweiten Grund, die viel höheren, mächtigeren Gipfel der eigentlich tyrolischen Alpen. Seit ich zuerst hierher kam, hatte ich nach dieser Wohnung gestrebt: sie war Carolinens beständiger Wunsch; wohl 10mal waren wir bei dem Besitzer gewesen, um zu fragen, ob sie nicht an uns zu vermiethen sei, und immer hieß es, sie sei auf 12 Jahre vergeben. Nun sie die Annehmlichkeiten derselben nicht mehr mit genießen kann, erhalte ich die Wohnung, ohne daran zu denken, ja ohne es zu wissen, durch Bestellung eines Bekannten, der nur allgemeinen Auftrag hatte, nachdem die bisherigen Inhaber plötzlich München verlassen haben! — Es war aber keine geringe Sache diese Wohnung in ordentlichen Stand zu setzen: erst jetzt, nachdem ich über 4 Wochen hier bin, genieße ich einige Behaglichkeit darin. Alle Zimmer mußten frisch ausgemalt werden, und 3 Wochen lang waren alle Arbeiter fast ganz für die öffentlichen Festlichkeiten in Anspruch genommen. Diese Unruhe und eine Thätigkeit, die ich mir gleichsam zur Raison machte, halfen mir inzwischen über die ersten Wochen hinweg. Ich glaube jetzt wieder in München existiren zu können; ob es gleich eigentlich nicht München ist, wo ich wohne, und meine Wohnung wie für einen Aufenthalt auf dem Lande gelten kann.

Ein jugendlicher Freund, ehmals mein Zuhörer, jetzt bei der Akademie der Wissenschaften angestellt, wohnt in dem nämlichen Hause und ist mein Tischgenosse. Die Reisen, die er nach Frankreich und Italien gemacht hat, seine Kenntnis und große Liebe zur Natur machen ihn für mich zum erwünschtesten Gesellschafter. Ich habe auch in dieser Epoche meines Lebens empfunden, daß die wahre Heilkraft nur in der Natur liegt. Der Ernst ihres ewigen, stillen und nothwendigen Ganges flößt uns eine ähnliche Stimmung ein, und stärkt uns gegen die zerreißende Gewalt der Zufälle, deren Anerkennung und Erfahrung für den Menschen eigentlich das Schmerzlichste ist.

Sonst ist hier in den Menschen leider wenig Kraft, besonders in der Gesellschaft, von der man es am ehesten erwarten sollte, der gebildeten, der gelehrten. Jacobs läßt sich nach allem was ich höre, den Entschluß, nach Gotha zurückzugehen, wieder reuen, und fast muß ich etwas Aehnliches aus der verdrießlichen Stimmung schließen, in der ich ihn fast immer gesehen habe. Ich sehe ihn aber selten: er wohnt bei Hamberger und ist fast nie zu Hause; er versprach zwar, öfter zu mir zu kommen, hält aber nicht Wort. Doch hoffe ich ihn noch vor der Abreise zu sehen, um ihn zu bitten, daß er die kleine Sendung an Sie und die Schwestern mitnehme, die ich immer nicht wollte abgehen lassen, ohne sie selber mitzusenden. Schlägt die Gelegenheit fehl, so kommt sie mit dem ersten Postwagen.

Nun habe ich fast den ganzen Brief nur von mir gesprochen, ohne

einmal zu fragen, wie sich Pauline befindet? wie Sie den Winter zuzubringen gedenken, ob Sie alle zusammen bleiben, oder eine der Schwestern wieder verreist? ob Sie irgend etwas Neues beschäftigt, ob Sie
Goethe nicht gesehen haben? und so viele andre Fragen, deren Beantwor-
tung mich interessirt.

Nun, beste Pauline, gedenken Sie in den trübseligen Wintertagen
auch bisweilen des fernen Freundes; ich weiß gewiß, ich werde oft mit
meinen Gedanken bei Ihnen sein, oft mich in Ihren Kreis hinwünschen,
um ein trauliches Wort, ein herzliches Gespräch mit so lieben, in so
vieler Hinsicht theuren Freunden zu reden. Haben Sie ein Stündchen,
das nicht besser anzuwenden ist, so schreiben Sie mir ja wohl auch bisweilen. Wir haben Ein gemeinschaftliches Andenken, das uns ewig verbindet. Ich küsse der lieben Mutter die Hände und grüße die Schwestern
herzlich. Leben Sie wohl, liebe, edle Pauline.

Schelling.

Goethe an Silvie v. Ziegesar.

Sein Sie herzlich gegrüßt liebe Freundin! Wenn die Sonne uns
einigermaßen ihre Strahlen lindert, such' ich Sie auf. Nach Drackendorf
zu kommen ist mein eifriger Wunsch, ich hoffe er soll mir erfüllt werden.
Leider sind mir diese Wochen in tausenderlei Beschäftigungen verschwunden. Dem verehrten Papa und dem geliebten Paulinchen die besten Empfehlungen und Grüße.

G.

Goethe an Pauline Gotter.

(Als Nachschrift dem Briefe einer Andern an P. G. beigefügt.)

Und hierzu füge ich einen sehr schönen und herzlichen Gruß, indem
wir unter Blumen und Pflanzen Ihrer, liebe Pauline, gedenken. Wie

fleißig und kunstfertig unsre Louise sei, werden Sie sehen, wenn sie zurückkommt und wir uns in dem schönen jenaischen Thale begrüßen. Leider
ist das Blatt am Ende. Nur noch ein Lebewohl.

G.

Schelling an Sulpiz Boisserée.

München, den 5. Nov. 1810. Vgl. Sulpiz Boisserée I, 58.

Pauline Gotter an Schelling.

Drackendorf bei Jena, den 8. November 1810.

Wir waren gleich wieder zufrieden, bester Freund! wie wir nur Ihre
Hand wieder erblickten und Ihre freundlichen Gesinnungen uns überzeug-
ten, noch nicht ganz von Ihnen vergessen zu sein. Wir gedenken Ihrer
aber auch so oft und mit so warmer Freundschaft, daß wohl so etwas der
Erwiederung werth ist.

Die neue Wunde, die Ihrem Herzen geschlagen ist durch den Tod
des holden Kindes, hat auch uns innig gerührt. Es ist ein wunderbar
seltsames Zusammentreffen der Umstände; die Zeit, ja beinahe der Tag,
die gleiche Krankheit, alles dies wird Sie so tief erschüttert haben und aus
seinem leichten Schlummer alles Andere in Ihnen geweckt. Und Ihre
arme arme Schwester! Caroline hätte lebhaft mit ihr empfunden, sie liebte
die Kinder so sehr im Leben; nun scheint es, als hätte sie auch im Tode
eines um sich haben müssen, da ihr die eigenen so fern schlummern. Unbegreiflich sind die Wege der Vorsehung und wir ahnden oft nicht, was
uns der nächste Tag raubt oder bringt.

Sie sind nun wohl schon lange wieder in München, bester Schelling?
Viele Geschäfte werden dort Ihrer schon geharrt haben, und zu einer
freudenreichen Zeit für Ihr Königshaus sind Sie heimgekehrt. Möchten
diese Tage der lärmenden Freude nicht zu unsanft auf Sie gewirkt haben;

so etwas thut nicht wohl, wenn das Gemüth nicht frei ist. Niethammer's sind indeß bei Ihnen angekommen und werden, hoffe ich, alles Liebe und Herzliche ausgerichtet haben, was ich ihnen so wiederholt für Sie auftrug. Durch sie wissen Sie bereits, daß ich wieder in dem lieben Saalthal verweile, das freilich gegenwärtig seinen besten Schmuck fast ganz abgelegt hat; ich sehe die Blätter nun abfallen, die ich früher keimen sah, und Alles um mich herum ist nur ein matter Wiederschein der schönen Frühlingstage, die ich hier verlebte; bald wird es ganz unfreundlich und winterlich sein, und da thut den Landbewohnern eine heitere Gesellschaft doppelt nöthig. Man rechnet mir es hier als ein so großes Opfer an, die trüben Herbsttage auf dem Lande auszuhalten, daß es mich immer tief beschämt, da es nur meinem Gefühl der Billigkeit gemäß scheint: man muß ja die schlimmen wie die guten Stunden mit seinen Freunden theilen.

Von Gotha erhalte ich recht oft Nachricht, meine liebe gute Mutter ist wohl mit den Schwestern und empfiehlt sich Ihnen auf das beste. Die Jacobsen ist mit den Kindern indeß in unser Haus gezogen, Jacobs wird in der Mitte dieses Monats erwartet; ich werde wohl so ziemlich zu gleicher Zeit mit ihm eintreffen und freue mich schon um deswillen ihn zu sehen, weil wir von Ihnen, bester Freund! hören werden. Wie er das letzte Mal von München kam, brachte er uns noch Grüße von Carolinen; mit welcher lebhaften Freude wurden sie empfangen! es waren die letzten, die wir von der Geliebten erhielten, nun kommt er wieder daher und kann uns nichts von der Lieben sagen! —

Sie haben uns ein Andenken von Carolinen senden wollen, ich wage es Sie wieder daran zu erinnern.

Wir begegnen in der Welt so vielen Menschen, die uns gleichgültig sind, warum meint es der Zufall selten so freundlich uns mit denen zusammen zu führen, die wir lieben und ehren. So fürchte ich, lieber Schelling, wir werden Sie niemals wiedersehn — Sie kommen wohl nicht in unsere Gegend und wir nicht nach München, ich gestehe wenigstens, daß ich mich nie dazu entschließen könnte; sonst war es das Ziel meiner Wünsche, weil ich Carolinen dort zu sehen hoffte, mit wahrem Entzücken konnte ich daran denken; mit Ihnen beiden eine Zeit lang zu leben, war mir ein so süßer Gedanke, nun finde ich sie nicht mehr da und mag den ganzen Ort nicht sehen.

Nun kann ich meine letzte Seite wohl nicht besser ausfüllen, als indem ich Ihnen von unserem lieben alten Herrn rede, den ich leider noch nicht wieder erblickt, von dem ich aber weiß, daß er über alle Beschreibung wohl und heiter und wahrhaft vergnügt von seiner Reise zurückgekehrt ist. Wir zürnten ein wenig auf ihn, daß er durch Jena gehen konnte, ohne einen Seitensprung hierher zu thun; neulich hat er aber so artig sein Verlangen ausgedrückt uns bald zu begrüßen, daß wir ihm um der schönen Worte willen verziehen haben; so gutmüthige Geschöpfe sind wir. — Der Herzog thut alles Mögliche ihn wieder an Hof zu ziehen, er schenkt ihm Equipage, stellt seinen Sohn an und bezeigt ihm die artigsten und feinsten Aufmerksamkeiten, Alles in der Absicht, daß Goethe diesen Winter nicht nach Jena gehen soll, was sein Plan war; ich wette aber, daß er ihn doch noch ausführt und Hof und Stadt zum Troß seinen Musensitz aufsucht, und wenn wir etwas von ihm lesen wollen, ist das auch nöthig, den ganzen Sommer hat er ganz und gar nichts geschrieben.

Das ist ein sonderbarer Zufall! indem ich von dem alten Herrn spreche, erhalte ich einige Zeilen von ihm, die Gottlob 8 Wochen alt sind, noch von Dresden datirt, und durch eine schlechte Bestellung erst heute in meine Hände gelangen. Das uralte Briefchen wird ihn recht amüsiren.

Leben Sie wohl, lieber Schelling, und gedenken Sie mein im Geräusch der Hauptstadt so freundlich als ich Ihrer hier im stillen Thale

Pauline.

Eben erhalte ich Briefe von der Mutter, die mir die Nachricht von der Gefangennehmung des Hofraths Beder geben, der ganz plötzlich im Namen des franz. Kaisers aufgehoben worden; man hat sich aller seiner Privatpapiere bemächtigt, aber an die Expedition der Zeitung nicht gerührt. Noch weiß man nicht, warum und wohin er transportirt worden, und man hat deswegen von G. aus nach Paris, Hamburg und Cassel gesandt. Ich weiß nicht, ob die Nachricht dieses gewaltsamen Verfahrens schon ihren Flug bis zu Ihnen genommen, und füge sie so meinem Briefe noch bei.

Auch sende ich Ihnen hier noch die kleine Arbeit, bester Schelling, die diesen Sommer für Sie bestimmt war und nicht bis zu Ihnen gelangte; vielleicht findet sie eine freundliche Aufnahme, wenn auch etwas später. Mit gutem Gewissen konnte ich sie Niemand anders anbieten, da meine Gedanken nur mit Ihnen dabei beschäftigt waren. Nochmals leben Sie recht wohl.

Goethe an P. Gotter und J. v. Ziegesar.

Hier das Versprochene mit einer Zugabe. Es thut mir herzlich Leid die Freundinnen nicht persönlich zu begrüßen.

Der gestrige Theaterbesuch ist der königlichen Theorie nicht so günstig als das Westchen.

Wie ihm auch sei! Leben Sie recht wohl und reisen glücklich durch das schreckliche Wetter.

G.

Pauline Gotter an Schelling.

Drackendorf, den 27. December 1810.

Noch von hier aus schreibe ich Ihnen, bester Schelling! um aus vollem Herzen für Ihre lieben Briefe und die theuren Andenken der Geliebten zu danken; sie erwarten mich in Gotha, ich werde mit den Schwestern theilen und mir das wählen, was Caroline am meisten getragen hat. Unsre Briefe haben sich begegnet, Ihren früheren erhielt ich wenige Tage später, als ich den meinigen abgesendet hatte, und so wurde er für mich zu einer schnellen Antwort und ich erbrach ihn auch Anfangs in diesem Sinne. Nicht ohne innige Theilnahme habe ich gelesen, daß Sie sich in Ihre Lage und Verhältnisse wieder gefunden, daß Ihre Wohnung und Hausgesellschaft Ihren Wünschen entsprechen, daß Sie gleichsam ein neues Leben in alten Umgebungen wieder angefangen haben; daß die Erinnerung des Früheren nichts desto weniger lebendig in Ihnen wohnt, fühle ich gewiß recht lebhaft. Leider läßt sich Alles in dieser Welt mit Standhaftigkeit und festem Willen überwinden oder wenigstens übertragen, wenn nur dabei nicht so viel an uns selbst verloren gienge, das kein Muth, keine Ausdauer je ersetzen können. Wenn die zärtlichen Wünsche Ihrer Freunde über Ihr Schicksal etwas vermögen, so sind Ihnen noch frohe Tage beschieden, wenn sie auch jenen nicht gleich kommen können, die die beste Frau mit Ihnen theilte. Ach die liebe liebe Caroline! noch jetzt ist mir's wie ein Traum und scheint mir unmöglich, daß so viel Liebenswürdigkeit, so viel Anmuth, ein solcher Geist, ein solches Gemüth für dieses Leben auf immer dahin ist. —

Meine Abreise von hier hat sich verzögert, wie Sie sehen, meine Freunde haben mich gehalten und ich habe ihren Wünschen nachgegeben, meinen Aufenthalt noch bis in die Mitte des künftigen Monats zu verlängern. Dieses Ziel nun aber ist unwiderruflich, denn ich sehne mich herzlich nach meiner guten Mutter und ich weiß, auch sie theilt mein Verlangen. Diese Weihnachtstage waren mir recht wehmüthig, es sind die ersten, die ich nicht in ihrer liebevollen Nähe zubringe. Sie empfiehlt sich Ihnen mit den Schwestern auf das freundlichste und fühlt wie wir alle den Werth Ihrer Freundschaft.

Von Jacobs bestätigt mir die Mutter, was auch Sie mir sagen, er soll nichts weniger als zufrieden und heiter sein, ich weiß eigentlich nicht recht, was ich davon denken soll.

Von mir wüßte ich Ihnen wenig zu sagen, die Gleichheit meines ländlichen Aufenthaltes hält fast alle Mittheilung zurück. Es ist eine graue neblichte Zeit die jetzige, fast möchte man sagen in jedem Betracht, und mit Ungeduld wünsche ich den Frühling herbei; es kann mir angst und bange werden, wenn ich bedenke, daß noch vier lange Monate durchlebt werden müssen, bis es wieder grünt und blüht, die Lüfte wärmer wehen und die Herzen sich muthiger regen; die langen Winterabende sind doppelt unangenehm auf dem Lande; zwar vergehen sie mir gewöhnlich nur zu schnell und fast immer nützlich. Jetzt bin ich dabei die Farbenlehre zu lesen, Goethe gab sie mir heraus zu suchen, was mir Vergnügen gewähren könnte; nun schrieb er aber neulich ganz boshaft, es freue ihn.

daß ich mich daran abmüdete, ich würde ihn wohl nächstens verwünschen und das verrätherische Geschenk in's Feuer werfen, er hätte mir es auch nur für meine Sünden gegeben. Bis jetzt habe ich es aber noch nicht den Flammen übergeben. Das Wiedersehen dieses lieben Freundes war eine schöne heitere Unterbrechung in unserem sonst so einförmigen Leben. Wir waren einen Tag in Weimar, er besuchte uns gleich, dann gieng ich mit ihm in's Theater, wo uns ein schlechtes Stück völlige Freiheit ließ, uns nach einer so langen Trennung recht angelegentlich zu unterhalten. Er schrieb früher: die Zeit und die Abwesenheit hätten nichts an ihm und seinen Gesinnungen verändert, und ich fand es auch wahr, er schien eben so herzlich, eben so liebevoll wie sonst, was mich innig freute, wenn auch die lebhaftern Versicherungen seiner Zuneigung mich stets beschämen; denn ich fühle recht gut, daß ich sie mehr dem zufälligen Zusammentreffen der Umstände als mir selbst zu verdanken habe. Ich habe Goethen von Ihnen, werther Freund! Grüße gebracht, die er schönstens erwiederte; er freute sich sehr, daß ich ihm sagen konnte, Sie hätten sich mit seiner Farbenlehre diesen Sommer beschäftigt, und er äußerte sehr lebhaft den Wunsch, einmal mündlich mit Ihnen darüber sprechen zu können. Künftige Woche haben wir die frohe Aussicht ihn ganz in unsere Nähe zu bekommen, er bringt vierzehn Tage in Jena zu, um an Hackert's Leben fleißig zu arbeiten, das die Ostermesse erscheinen soll. Er hat von Dresden aus Compositionen zu seinem Faust erhalten, mit denen er sehr zufrieden ist, die Hexenküche und den Spaziergang vorstellend. Kügelchen hat ihn diesen Sommer zum zweiten Male gemalt, und Frommann hat eine Copie von diesem Bilde seiner Frau diese Weihnachten geschenkt; ich bin begierig es zu sehen, es soll aber dem erstern Bilde nicht beikommen, von dem ich selbst eine kleine Zeichnung besitze, die recht artig ist.

Nun leben Sie wohl, bester Schelling! schreiben Sie uns bald wieder, wir freuen uns immer mehr, als wir ausdrücken können, wenn wir Nachricht von Ihnen bekommen. Sonst wenn Briefe von Carolinen kamen, was war das immer für ein Fest für uns! — Leben Sie nochmals wohl und bleiben Sie unser Freund.

Pauline.

Schelling an Schubert.

M. 31. December 1810

Im Drang mancher Arbeit benutze ich die letzte Stunde des Jahres, Ihnen noch kurz das Nötige auf Ihr Letztes an mich zu schreiben.

Die Bittschrift schicke ich zurück; 1 ist sie in der Form nicht richtig, sie muß an den König gerichtet sein der Stempel ist nur 3 xr., in jener Form sieht sie mehr einer Privat-Note gleich, die man leichter bei Seite legen kann. 2, Da ich aus Ihrem Brief sehe, daß man versucht hat, bei der Regierung einige Unzufriedenheit mit Ihren Diensten bei dem Real-Institut zu erregen, so glaube ich, es wäre gar nicht unzweckmäßig in Ihrer Vorstellung zu sagen: Sie haben sich von je her dem Universitäts-Lehramt geweiht und darauf Ihre Studien gerichtet. Sie fühlen sich bei weitem tüchtiger, vor künftigen Gelehrten, die schon auf eine höhere Stufe vorgeschritten wären, als für künftige Kaufleute oder Handwerker, die noch dazu auf einer geringeren Stufe des Alters stünden, Vorlesungen zu halten; und wenn sie, unfähig den höhern Standpunkt Ihrer Studien aufzuopfern, kaum und mit Mühe zur Fassungskraft der Zöglinge eines solchen Instituts herabsteigen können: so würde dagegen der natürliche Geist Ihres Vortrags mit den Anforderungen, welche die schon höher stehende Classe akademischer Studiren-der mache, ganz parallel stehen. — Dies ist nur die ohngefähre Angabe, welche Sie selbst nach Ihrer genaueren Kenntnis und Gefühl modificiren müssen. Ich würde sogar gut finden zu sagen: Sie würden, wenn Sie einen Theil der Foderungen hätten voraussehen können, die bei der gegenwärtigen Stelle an Sie gemacht werden, diese gar nicht angenommen haben, und Sie fühlen sich in alle Wege außer Ihrem Platz. — Diese Ansicht darf man bei Geschäftsleuten nicht supponiren; sie sind im Stand auch so zu schließen: Er hat bei dem Real-Institut das Gehörige nicht geleistet, wie wird er es bei der Universität? Dies muß also abgeschnitten werden.

Es schmerzt mich recht sehr, lieber Freund, daß Ihnen Ihre Tage in N. so verkümmert und verbittert werden mußte. Es war aber auch ein

nicht vorauszusehender Unglücksfall, daß Paulus gerade dahin kam. Sie
erinnern sich, was ich Ihnen gleich damals geschrieben. Ich habe viele
böse Menschen kennen gelernt und viel Böses von Andern erfahren; aber
einen solchen wie P. und so viel als von ihm, keinen und von Niemand.
Ich kann mir vorstellen, wie, nachdem er einmal g e g e n Sie war — was
bei seiner Verfolgungswuth gegen alles Höhere nicht zu vermeiden stand
— er auch alle Schändlichkeiten sich erlaubt hat. Doch lieber Freund,
glauben Sie mir, der alle diese Unbilden vielleicht in weit größerem Maß
erfahren mußte: man nimmt sie gewöhnlich zu hoch. Verachtung, völlige
Ruhe, Zurückziehung in sich selbst und auf unseren von Gott und Natur,
nicht vom Staate oder Menschen erhaltenen Beruf — dies sind die wahren
Mittel. Dorthin kann kein Feind uns folgen; auch lassen sie es endlich
bereuen. Um so weniger, zum mindesten jetzt und künftig, sollten Sie
sich diese Sachen zu Gemüth ziehen, da Sie — ich bin es fest überzeugt
— in sich frei von allem Vorwurf sind und höchstens darin gefehlt haben
können, daß Sie Ihren Beruf zu hoch genommen.

Schicken Sie mir die so veränderte Bittschrift zu; ich will sie bestens
besorgen.

Was ich weiter thun kann, werde ich gewiß thun; Sie können sich
darin auf mich verlassen. Nur weiß ich nicht, ob es weit reicht. Niethammer ist im Grunde wie P. gesinnt, gegen Sie zwar nicht, so viel ich
aus einigen über Sie gefallenen Reden merken konnte, aber doch in der
Sache. Er hat Paulus zugesagt, ihm nach Erlangen zu helfen; auch
Hegeln dahin zu bringen ist Hauptangelegenheit für ihn. Schreiben müf-
fen Sie Niethammern doch gleich von Ihrem Wunsch, jedoch ganz im
obigen Ton und zugestehend, daß die Stelle in Nürnberg kein Platz
für Sie sei, andeutend, daß man Ihnen einen andern schuldig sei. — An
Hr. v. Zentner zu schreiben, ihm die ganze Lage, besonders die letzte in der
That strafwürdige Handlung von P. darzustellen, finde ich sehr gerathen.
Er ist ein Mann, der durch gezeigtes Zutrauen leicht gewonnen und der
mit dem barschen, herrischen Wesen der Niethammer und der Paulus selbst
gar nicht zufrieden ist. Brauchen Sie die Wendung, daß Sie sich gezwungen sehen, ihn um seinen Schutz anzurufen, da man so ganz gegen

alles Recht wider Sie gehandelt und Sie nach allem, was vorgefallen, nur noch Schutz von oben her gegen den Druck von Subalternen hoffen können.   Das Beste für Sie und die Sache würde Ihre Versetzung nach Erlangen sein. Schildern Sie ihm dabei Ihre zoologischen Studien. Sobald ich weiß, daß Sie ihm geschrieben, werde ich mit ihm sprechen und so weit ich es vermag, nachhelfen.

Nun genug für heute — bringe Ihnen die Stunde, die schlägt, ein fröhliches gutes Neues Jahr.

Ihr

S.

————————

Schelling an Pauline Gotter.

München, den 30. Januar 1811.

Beste Pauline, heute nehme ich die Feder, nicht sowohl um Ihnen zu schreiben als zu sagen, warum ich nicht schreibe. Ein Werk, woran ich viele Jahre innerlich entworfen und gearbeitet, soll endlich äußerlich werden.   Da muß die letzte Hand angelegt werden, und Arbeit und Mühe sind nicht gering. Wir möchten ein lang gehegtes Ganzes gern immer noch zurückhalten, wir meinen immer noch bessern zu können und trennen uns nur mit Schmerz davon, und doch ist der erste Wurf gewöhnlich der beste.   Schmerzlich muß ich in diesen Augenblicken ganz besonders meinen Verlust fühlen. Wie sicher konnte ich mich sonst ihrem reinen und zarten Urtheil anvertrauen! ja auch das verschmähte ihre Liebe nicht, das Letzte daran zu vollbringen, und mit der zierlichen Hand die Abschrift in's Reine zu bringen.

Ich lebe jetzt so einsam, daß ich außer einem täglichen Spaziergang nicht aus dem Hause komme und Niemanden sehe, als einen jungen Freund, der eifriger Zoolog und Naturforscher und mein Haus- und Tischgenosse ist.

Vergessen Sie den halb eingesponnenen Freund nicht, und finden Sie nichts Besseres zu thun, so schenken Sie ihm bisweilen eine Zeile.

Es wäre gar schön, wenn Sie mir ein Wörtchen über die Farbenlehre schrieben. Unser verehrter Herr kann es doch nicht lassen und will
auch durch das wissenschaftliche Werk ein weibliches Herz rühren. Was
sagen Sie aber zu der kleinen Malice, die er gegen die blaue Farbe aus-
übt? Ich zweifle nicht, daß sie ihm oft reizend gewesen; aber gewiß hat
er sie dann am wenigsten für ein Nichts angesehen. Uebrigens glaubt
man in dem Buch oft mit ihm zu Tische zu sein und ihn peroriren zu
hören; ich gestehe aber, daß diese Tischreden oft gerade das Ergötzlichste
für mich gewesen sind.

Grüßen Sie die liebe Mutter bestens von mir und die Schwestern.

Auch Jacobs, der seine Verbindungen mit München recht lebhaft zu
unterhalten scheint.

Herzlichen Dank für Ihren lieben schönen Brief. Gedenken Sie
meiner bisweilen und leben Sie den Winter vollends recht wohl durch.

Schelling.

Pauline Gotter an Schelling.

Gotha, den 16. März 1811.

Die wärmern Lüfte kündigen uns schon den Frühling an, und ich
freue mich dieser baldigen lieben Erscheinung, auch noch ganz besonders
in der Seele des entfernten Freundes, der in seiner heitern freien Wohnung sie recht genießen wird. Ich kann wohl sagen, mit dem ersten freundlichen Sonnenblick waren meine Gedanken bei Ihnen, bester Schelling!
aber auch nicht vergessend der Lieben, die Ihnen fehlt bei jeder schönen
Freude. Herzlichen Dank für Ihre lieben Zeilen. Sie sind recht gut, daß
Sie uns geschrieben, selbst im Augenblicke, wo Sie so vielfältig beschäftigt
sind. Der Winter ist Ihnen wohl fortgesetzt fleißig verstrichen? und das
begonnene Werk hat seinen Fortgang? Wohl muß es einem schmerzlich
weh thun, daß sie sich dessen nicht mehr erfreuen kann, ich erinnere mich
noch so lebhaft, wie ergriffen und begeistert sie von jener Rede am Namens-
tage schrieb.

Der Winter ist uns ziemlich einsam verstrichen, nach unsrer gewöhnlichen stillen Weise, und ich insbesondere habe mehr aus Zufall als aus
Vorsatz an keinem sogenannten Vergnügen Theil genommen. Es hat an
Zerstreuungen mancherlei Art hier nicht gefehlt — Madame Hänsel gab
einige Vorstellungen mit Schütz, der freilich sehr wenig Glück auf der
Bühne gemacht. Wir haben auch außerdem noch Theater hier, es ist aber
nicht der alte aus der Asche erstandene Phönix, sondern ein ziemlich gemeiner Vogel. Eine Freude in der Art oder vielmehr von ganz anderer
Art war die Vorstellung des s t a n d h a f t e n P r i n z e n in Weimar; wohl
schwerlich hat Calderon selbst eine so vollendete Darstellung dieses Stücks
gesehen. Mir hat es großen Genuß gewährt; aber auch eben so viel den
andern Tag die Tischgespräche darüber. Auch noch einen heitern Winter-
tag habe ich mit Goethe sehr vergnügt in Dradendorf verlebt, wo er in
der besten Laune von der Welt viel Schönes und Herrliches gesagt. Er
besuchte uns mit Knebel; wir hatten es darauf angelegt die alten Herrn
recht aufgeräumt zu haben, und uns deswegen ihnen zu Ehren auf das
zierlichste und gewähltteste geputzt; das verfehlte denn auch seinen Zweck
nicht und sie versicherten zuletzt: ihre Füße hätten zwar nicht getanzt, aber
ihre Herzen.

Im Mai geht Goethe wieder nach Karlsbad, von da nach Teplitz, und
den Spätsommer bringt er wieder in Dresden zu. Dem allen können
freilich noch manche Veränderungen bevorstehn. Es ist ziemlich unruhig
gegenwärtig in unseren Gegenden, man bedroht uns mit neuen Durch-
märschen und allgemein fürchtet man wieder am Vorabend eines Krieges
zu stehen. Wer will sich indeß das Herz gleich anstecken lassen von solchen
Besorgnissen; glücklich wem es so friedlich und gemüthlich im Busen
schlägt wie mir, ich möchte das jedem gönnen, dem ich gut bin.

Die gute Mutter und Schwestern sind wohl und grüßen Sie herzlich. Für die Reliquien der Theuren bringe ich Ihnen auch noch unsern
späten Dank, ich habe sie nicht ohne wehmüthige Freude hier empfangen.
Julchen hat das Kleid, Cäcilie die Ohrringe und ich habe mir den Shawl
gewählt als das, was die Liebe doch am eigentlichsten umfangen hat.

Von Jacobs soll ich auch viele schöne Grüße an Sie bestellen. Wir

sehen ihn im Ganzen wenig und ich finde ihn meist sehr beschäftigt und
selten heiter. Die arme Frau mit ihrer Kränklichkeit und die erwachsenen
Söhne machen ihm auf verschiedene Art Sorge. Wenn aber noch eine
Spur von Reue in ihm war, München verlassen zu haben, so hat, glaube
ich, der neuerliche Vorfall, der seinen Freund betraf*), auch die letzte ver-
tilgt. Schlichtegroll, höre ich, hat mit großer Angst und kläglichem Händer-
ringen darüber geschrieben.

Noch ein kleines artiges Gedicht von dem verehrten Herrn lege ich
Ihnen hier bei, das Ihnen gewiß Vergnügen macht**). Er theilte es
uns schon in Karlsbad mit und es wurde hernach immer viel darüber ge-
scherzt; ich bat ihn auch oft darum, er wollte aber nie damit herausrücken,
endlich hat er sich aber doch eines Bessern besonnen und ich halte es für
keinen Verrath es aus meinen Händen in die Ihrigen zu legen, lieber
Schelling, wo es ja noch besser aufgehoben ist; doch bitte ich Sie es aber
nicht weiter mitzutheilen. — Was Sie mir über die Farbenlehre schrieben,
hat mich gar sehr vergnügt; es sind auch gerade diese Tischreden, die ich
meiner Mutter und den Schwestern immer heraus ziehe, da sie von dem
Andern nichts wissen wollen. Mir hat das ganze Werk auf viele Weise
Freude gegeben und thut es noch. Hier findet das Wissenschaftliche viele
Widersacher und scheint von allen Seiten angefeindet zu werden, wie ehemals die Beiträge zur Optik.

Die Pandora habe ich diesen Winter auch wiederholt gelesen und
bin ganz damit ausgesöhnt; man findet Goethe doch in jeder Zeile wieder,
und je mehr man sich damit bekannt macht, je mehr geht einem der Sinn
dafür auf.

Leben Sie wohl, bester Schelling! und schreiben Sie uns bald wieder, denn ein Blatt von einer lieben Hand bleibt doch die eigentlichste
Wirkung in die Ferne.

Ihre

Pauline.

* Der Mordanfall auf Thiersch; vgl. Fr. Thiersch's Leben von H. Thiersch
I, 74, 49 ff.
**) Das Gedicht: Wirkung in die Ferne.

Schelling an Georgii[*)].

München am Osterfeste 1811

Heute als am tröstlichsten aller Feste kommt es mir, Ihnen, würdigster Mann, wieder zu schreiben. Wie sehr hat mich Ihr Brief erfreut!
Das hätte ich mir nimmer einbilden können, daß Sie meine geringen Bemühungen im vorigen Sommer mit Ihrer jetzigen Lage[**)] in eine solche
Verbindung brächten. Wenn es so war, wenn ich Ihnen Trost für eine
nahe bevorstehende Zeit bereiten mußte, so konnte mich dies nur in Rührung
und Demuth versenken, eine natürliche Empfindung, die uns ergreift, wenn
uns gewährt wird, daß wir ohne unser Wissen zu einem höheren Zweck
wirken mußten. Doch darf es mich auch freuen Ihnen etwas geworden
zu sein, da ich mich so oft im Reden mit Ihnen erquickt habe und Ihrem
Umgang so viele Bestätigung verdanke.

Wenn Sie irgend etwas in meinem letzten Schreiben würdig finden,
einem Denkmal auf die Selige einverleibt zu werden, so gebe ich dazu herzlich gern meine Einwilligung. Nur meinen Namen wünsche ich nicht genannt, was auch unstreitig nicht die Meinung ist. Ich sehne mich immer
mehr nach Verborgenheit; hienge es von mir ab, so sollte mein Name nicht
mehr genannt werden, ob ich gleich nie aufhören würde für das zu wirken, wovon ich die lebhafteste Ueberzeugung habe.

Ist es Ihnen bei dem Tod Ihrer geliebten Gattin nicht ebenfalls so
ergangen, daß Ihnen die hohe Beziehung des Weiblichen dadurch um vieles
klarer geworden ist? Ich habe von je her das Weibliche nicht so herabgesetzt,
als der Irrealismus unserer Zeiten gethan hat und noch thut; aber in
solchem Fall wird uns seine Wesentlichkeit noch in ganz anderer Weise
fühlbar. Wir können uns nicht mit einem allgemeinen Forttrauern unserer
Verstorbenen begnügen, ihre ganze Persönlichkeit möchten wir erhalten,
nichts, auch das Kleinste nicht, von ihnen verlieren; wie wohlthuend ist

---

[*)] Nach dem Concept.
[**)] G. hatte seine Gattin verloren.

ra der Glaube, daß auch der schwächste Theil unserer Natur von Gott an-
und aufgenommen ist, die Gewißheit von der Vergötterung der ganzen
Menschheit durch Christus. In der That, wenn diese mystische Verbindung der göttlichen und menschlichen Natur der höchste Punct im ganzen
Christenthum ist, so ist die Ueberzeugung von einer wirklichen Einheit
Gottes und der Natur, kraft der sie nicht blos als ein Fehlerhaftes oder
Hervorgebrachtes, sondern auf eine eigentlichere und persönliche Weise zu
ihm gehört, der wahre Vollendungspunct menschlicher Wissenschaft. Von
diesem aus erscheint uns erst Alles in höherem Lichte. Gerade der Tod,
der uns unsere Abhängigkeit von der Natur verwünschen läßt, und der ein
menschliches Gemüth im ersten Eindruck fast mit Abscheu gegen diese un-
barmherzige Gewalt erfüllt, die auch das Schönste und Beste, wenn es
ihre Gesetze fordern, schonungslos vernichtet, gerade der Tod tiefer erfaßt
öffnet uns das Auge für jene Einheit des Natürlichen und Göttlichen.
Wir können einmal der Natur eine gewisse untergeordnete Allmacht nicht
absprechen; wenn sie nun nicht Gott ist, so ist sie eine Art von anderer
Gott, dem wir wenigstens mit einem Theil unseres Wesens angehören;
wie können wir nur Kinder des wahren Gottes sein, da wir doch nicht
von seinem Fleisch und Blut sind? oder wie wird der Gott, der lauter Geist
ist, den Leib auferwecken, der dem andern Gott angehört, und ihn mit dem
Geist wieder verbinden, der allein seines Geschlechtes ist?

Zu diesen Gedanken leitete mich der heutige Tag, von dem ich mir
denken kann, zu welchem Trost er Ihnen in diesem Jahre gereichen wird.
Ohne jene letzte Hoffnung wäre selbst die Gewißheit der sog. Unsterblich-
keit nur eine halbe, mit Schmerzen vermischte Freude. Die Gewißheit,
daß der durch den Tod hindurchgegangen ist, der zuerst die Verbindung
zwischen der Natur und dem Geisterreiche wieder hergestellt hat, wandelt
den Tod für uns in einen Triumph, dem wir entgegen gehen, wie
der Krieger dem gewissen Sieg. Wir dürfen uns unseres Trostes als
Menschen freuen; denn gewiß, die Bestimmungen, die uns erwarten,
sind unglaublich hoch, und ich wenigstens, der ich weit entfernt bin von
aller sentimentalen Sehnsucht nach dem Tod und fest entschlossen zu
leben und zu wirken, so lang' es mir vergönnt ist, muß mir doch den

Augenblick des Sterbens als den wonnevollsten unseres ganzen Lebens denken.

Lassen Sie uns, würdigster Mann, auch ferner im Geiste verbunden bleiben. Der Schmerz befreundet am innigsten. Könnte ich doch jetzt nur bisweilen ein Stündchen bei Ihnen in Ihrem schönen Garten sein. wir wollten manches Opfer des Andenkens bringen und von würdigen Gegenständen reden.

Von den Weltaltern sind 11 Bogen, das ganze erste Buch gedruckt, es kann wohl über 30 stark werden. Der Druck geht langsam, weil er auswärts besorgt und die Correctur hierher geschickt wird; sobald das Ganze fertig ist, werden Sie es erhalten.

Ich empfehle mich Ihrem geneigten Andenken und bin mit der herzlichsten Ergebenheit und Verehrung ganz der Ihrige

S.

Schelling an Schubert.

München, 4. April 1811.

Ihr herzlicher Brief, lieber Freund, hat mich recht erfreut. Könnte ich Ihnen nur recht mit Verstand rathen in Ihrer Angelegenheit! Aber wer kann jetzt urtheilen, was besser, was schlechter ist? Es ist eine Zeit, da man Alles Gott überlassen muß. Bei Berlin ist freilich viel zu bedenken; doch ist es auch nicht gerade wegzustoßen. Am Ende kommt es doch hauptsächlich auf uns an. Trauen Sie sich Festigkeit genug zu, um auch in Berlin, nicht gegen Verfolgungen und Bedrückungen, die Sie dort nicht wie in Bayern zu erwarten haben, aber gegen das gleißnerisch-politische Wesen, worein sich dort von je her auch das Bessere hüllen mußte, und die Bedingtheit der Toleranz für das Rechte innerlich Stand zu halten, warum sollten Sie den Antrag gerade von der Hand weisen? Es ist wahr, man wird dort bald etwas Anderes aus Ihnen zu machen suchen, als Sie jetzt sind und sein wollen, aber es hängt ja von Ihnen ab, der Einwirkung nachzugeben oder nicht. Noch ist ja der letzte Moment der Entscheidung

nicht da. Antworten Sie also nur erst freundlich; machen Sie sich gute
Bedingungen (1500 Thlr. ist das Gewöhnliche; Sie können aber schon
auf 2000 bis 2500 gehen — das Aeußere hat leider einen gar großen
Einfluß; es ist Pflicht, auch dafür zu sorgen; der Mensch ist in vieler Hinsicht ein anderer, wenn er frei und sorgenlos lebt, und erwarten Sie dann
den bestimmten Erfolg. In Anträgen, die von jenem Mann kommen,
ist, wie mich Mehrere versichert, keine unbedingte Zuverlässigkeit, das Spiel
der Parteien nicht gering; vielleicht denkt R. Sie um ein Geringes bekommen zu können, und dies ist doch bei Berlin nicht möglich. Kommt der
bestimmte Antrag, dann ist es noch immer Zeit zu überlegen, was für
Sie das Beste ist, was Sie sich selbst, Ihrer Familie, Ihren Freunden,
was Bayern schuldig sind. Vor der Hand kann ich Ihnen leider wegen
Erlangen's nichts Erquickliches melden. Es fehlt ganz am nervus rerum
gerundarum; die Sache ruht bis jetzt trotz aller Gegenbehauptungen,
wie ich gewiß weiß; Schreber's Stelle soll wie man sagt einstweilen Gold-
fuß versehen; im besten Fall ist die Hoffnung und Aussicht doch nur geringe für das Ganze und für Sie. Ueberhaupt wird der Zustand immer
hoffnungsloser; ich möchte sagen, es ist nichts mehr zu erwarten. Aber
wo ist es anders? In Berlin am Ende auch nicht. Zuletzt ist es doch nur
ein Strohfeuer oder eine neue Regung des alten Hochmuths. — Da ist
also nicht viel zu rathen. Doch wenn Ihnen der Ruf nach Berlin eine
Stelle in Erlangen verschaffte, so würde auch mein Gefühl mehr für dieses
stimmen; aber selbst in jenem Fall ist nichts Gewisses zu versprechen.
Oeffnet sich also keine andere Aussicht und es werden Ihnen in Berlin
gute Bedingungen gemacht, so muß man glauben, es sei der Wille der
Vorsehung, der Sie dahin ruft.

Ich habe einen Theil des Winters viel gearbeitet, den andern wenig
oder nichts; auch ich habe viel inneres Leid gehabt. Baader ist noch
nicht zurück. Epix hat Ihren Brief erhalten und wird demnächst antworten. Burgers kenne ich nicht; aber daß er ein Freund Hahn's*) gewesen, sagt mir genug. Ich habe diesen großen Mann auch als kleiner

_____
*) Pfarrer in Kornwestheim in Würtemberg.

Knabe mit geheimer, unverstandener Ehrfurcht gesehen; und sonderbar ge
nug, mein erstes Gedicht, deren ich in meinem Leben wenige gemacht, war
auf seinen Tod. Nie werde ich seinen Anblick vergessen. — Haben Sie
Baadern vielleicht durch Burger den Johannes Angelus Silesius verschafft? Ich hatte ihn lang von Sailer geliehen und auch Baadern zuerst
damit bekannt gemacht. Nun habe ich ihn endlich zurückgeben müssen. Und
doch ist er ein Begleiter, den man nicht gern wieder verliert; es ist für
mich eins der liebsten Bücher. Hätten Sie durch diesen oder irgend einen
andern Freund Gelegenheit es mir zu verschaffen, so würde ich Ihnen
recht dankbar sein.

Leben Sie wohl und gedenken meiner.

Schelling.

Schelling an Schubert.

Sie haben mir, lieber Freund, mit Uebersendung des Joh. Angelus
eine große Freude gemacht, und würde ich Ihnen schon früher gedankt
haben, wenn das Paket nicht liegen geblieben und mir in der That erst
vor 6 Tagen zugekommen wäre.

Ich bitte Sie besonders Ihrem Freund Burger *) recht herzlich in
meinem Namen zu danken. Ich werde Ihnen mit ehester Gelegenheit die
1 fl. 30 kr. überschicken, wenn ich anders nicht sorgen muß, darin gegen
seine Meinung zu handeln, ob ich gleich auch nicht zugeben kann, daß er
sich eines Unbekannten wegen eines so kostbaren Buchs beraube; ich müßte
sehen, wie ich ihm auf andere Weise einigen Ersatz leisten könnte.

Ich schreibe Ihnen noch wegen eines andern Buchs, aber unter der
ausdrücklichen Bedingung, daß ich es nur zu haben wünsche, inwiefern ich
keinen Würdigen desselben beraube und inwiefern es käuflich ist: ich meine
Tauleri Schriften, besonders Von der Nachahmung des armen Lebens
Christi; es existirt eine so viel ich weiß vollständige — aber im Ausdruck
zu viel modernisirte Ausgabe von Speier; ich suche besonders von letzter

---

*) Vgl. die vor. Seite. Dazu Schubert, Leben II, 2, 364 ff.

Schrift eine alte (je älter desto lieber), die noch alle Eigenheiten des Verfassers treulich bewahrt hat. Denn diese Schriften sind für das Studium
unserer Sprache fast eben so wichtig wie für das der Mystik, und für Kräf-
tigung des Ausdrucks so mächtig wie für Erhebung des Geistes.

Ich kann Ihnen heute auch nicht weiter schreiben; lassen Sie mich
bald wieder von sich hören. Ihre Berliner Angelegenheit müssen Sie ganz
dem Himmel anheimstellen; von Erlangen, das bis zu Ostern organisirt
sein sollte, hört und sieht man nichts, und nach dem, was ich von dem Zustand der dortigen Anstalten namentlich des Klinikums u. a. gehört habe,
läßt sich unter den gegenwärtigen Umständen leider wenig hoffen.

Leben Sie recht wohl und gedenken Sie meiner

Ihres

M. 25. April 1811.

treuen Freundes
Schelling.

Goethe an Pauline Gotter.

Jena, den 12. Mai 1811.

Wenn es mir in dem schmiegsamen Westchen recht behaglich wird,
gedenke ich der freundlichen Urheberin und überlege, wie ich ihr gefällig
sein kann. Da entsinne ich mich, daß ihre Kleider nicht so aus Einem
Gusse sind als diejenigen, die Sie Ihren Freunden bereitet, und da hab'
ich nichts Angelegneres als von der spitzen Waare etwas zu senden, welche
so gute Dienste leistet. Das liebe Kind gedenke mein.

G.

Pauline Gotter an Schelling.

Gotha, den 24. Mai 1811.

Da kommt nun schon „Pfingsten das liebliche Fest" wieder ins Land,
und es waren 4 Wochen nach Weihnachten, daß wir zuletzt von Ihnen

hörten; wohl ist es also wieder Zeit, bester Schelling, Sie ganz leise zu
erinnern, wie herzlich wir uns nach einem Wort von Ihnen sehnen. Das
Andenken des werthen Freundes ist uns zwar immer gleich nah, gleich
gegenwärtig, und doch scheint es, als empfänden wir eine Leere, wenn
wir lange nicht wissen, wie es Ihnen ergeht? wie sie leben? Der köstliche
Frühling hat seinen erquickenden Einfluß gewiß auch an Ihnen bewiesen?
und wem sollte er auch das Herz nicht erweitern? Wir haben aber auch
einen Mai, wie ich mich nicht entsinne ihn je erlebt zu haben, es singt
und blüht und duftet um uns herum ganz unschätzbar, ein wahrer Frühlingsgarten wo man hintritt, ich möchte mir immer tausend Augen,
Ohren und Nasen wünschen, um Alles und Alles so recht zu genießen.
Bald soll es noch besser werden: im Anfang des künftigen Monats gebe
ich auf's Land und wende der Stadt gänzlich den Rücken, und sie soll mich
gewiß nicht wiedersehn, so lange noch ein Vögelchen in der Luft singt.
Wie wird es denn mit Ihnen, bester Schelling? Gedenken Sie den ganzen
Sommer in München zu bleiben, oder haben Sie irgend eine kleine Reise
vor? — Ich wüßte wohl, was am schönsten und uns am liebsten wäre
— Sie kämen nach Thüringen zu ihren Freunden und verlebten den Sommer mit uns, dann sollte mich auch nichts mehr in Drackendorf halten.
Es wäre wohl gar schön und wenn auch ein schmerzliches, doch auch ein
süßes Wiedersehn, die Tage sollten uns vergehn im Andenken unsrer Caroline. Wie würden wir uns alle freuen! Ich kann mir nichts Lieberes denken als Sie wieder zu sehn, viel recht viel durch Sie von der Lieben zu
hören, die schlummert. Es bleibt immer ein freundliches Luftschloß, woran
ich gern baue, wenn ich mir gleich selbst oft sagen muß, daß es wohl nie
zur Ausführung kommt.

　　Der liebe alte Herr ist nun bereits wieder in seinem Böhmerwald,
bei der Nymphe des Quells, nach der er sich sehr gesehnt hat, und wenn
Frau von Stael neulich an unsern Herzog schreiben konnte: »j'ai soif de
la mer, so kann man wohl auch von ihm sagen: il a eu soif du Sprudel. Bei dem heitern Wetter lebt er gewiß recht vergnüglich und durch-
streift die schönen Fichtenthäler, die in jenen Gegenden wahrhaft grandios
zu nennen sind. Zum Abschied habe ich von Jena aus noch ein kleines

Briefchen erhalten, was mir werth ist. Den ganzen Winter über war seine gewöhnliche Hausgesellschaft noch durch einen Künstler Rabe vermehrt, der ihn und seine Familie in Miniatur gemalt, meist zum Sprechen ähnlich, an der Spitze der frappanten Aehnlichkeit steht die Vulpiade. Goethe hat mit Hülfe dieses wirklich braven Künstlers viel von seinen italiänischen Kunstsachen geordnet.

Von Jacobs habe ich Ihnen viel herzliche Grüße zu bringen, er ist nun ganz wieder einheimisch bei uns; aber die Kränklichkeit der armen Frau nimmt täglich zu.

Leben Sie nun wohl, bester Schelling; die Mutter und Schwestern sagen Ihnen viel Freundliches und vereinigen ihre Bitten mit den meinigen, bald wieder ein Wörtchen uns zu senden, die Pausen sind allzu lang, in denen wir nichts von Ihnen hören. Nochmals adieu, gedenken Sie unsrer mit so viel Freundschaft, wie wir Ihrer gedenken.

Pauline.

Schelling an Pauline Gotter.

München, 2. Juni 1811.

Heute am lieblichen Feste komme ich dazu Ihnen, liebliche Pauline, zu schreiben. Was könnte ich Lieberes, Angenehmeres thun? Ich habe mich unzähligemal selbst gescholten, daß ich Ihnen nicht früher antwortete auf den freundlichen Brief, den der reizende Scherz von Goethe begleitete. Ich gestehe Ihnen, so oft ich die Feder ansetze zu schreiben, fühle ich so lebhaft das Ungenügende davon, daß ich vom Tische hinwegeilen möchte, Sie aufzusuchen und von Angesicht zu Angesicht mit Ihnen zu reden. Denken Sie nicht, daß wenn ich Ihnen lange nicht geschrieben, ich darum nicht viel mit Ihnen umgegangen bin. Es ist sonderbar, aber den ganzen Tag, eh' Ihr letztes Briefchen kam, war es mir im Kopfe herumgegangen: Wenn morgen ein Brief von Pauline käme! und doch konnte ich nicht an die Möglichkeit glauben, mir wohl bewußt, daß ich keinen Brief verdient

habe. Den innern Jubel, da ich Ihre Hand erblickte, können Sie sich
vorstellen. Nun möge alle Lust des Himmels und der Erde Ihnen lohnen,
daß Sie den unartigen Freund nicht vergaßen, daß Sie sich seiner noch
erinnern wollten, ehe Sie auf's Land giengen.

Was ich zu Ostern herauszugeben gedachte, hat sich unter der Hand
so ausgedehnt, daß ich wohl noch den ganzen Sommer damit zubringen
werde. Die Zeit thut mir nicht leid; es ist ein Lieblingskind, an dem ich
pflege; nur Eines macht mich ungeduldig. Der Himmel weiß, wo ich ohne
diese Arbeit wäre. Reden Sie mir nicht zu viel davon, liebe Pauline.
Sie können unmöglich wissen, wie reizend für mich der Gedanke ist, mich
einmal nordwärts zu wenden; mir ist, als würde mir ganz wohl werden,
wenn ich Sie und die lieben Ihrigen nur Einmal wiedersehen könnte.
Hier muß ich in einer wahren Einöde leben, unter Menschen, mit denen
es gleich fatal scheint umzugehen und nicht umzugehen. Hätte mir die
Natur nicht eine ziemliche Kraft zur Einsamkeit, zum In-mir-selbst-
sein gegeben, so würde ich es weniger leicht ertragen. So kann mich
nur oft der Gedanke ungeduldig machen, daß es so wenige Tage brauchte,
um bei den treuesten besten Freunden zu sein. Warum können wir nicht
fliegen? will ich gar nicht einmal fragen, obgleich es der Mensch immer
wieder und wieder fragen muß.

Wär' es denn, frage ich oft, so ganz und gar unmöglich, daß Pauline einen Ausflug nach München machte? Hat sie doch Böhmer besuchen
können! Leben wir denn hier so ganz in Böotien, daß kein Mensch uns zu
besuchen kommt, Niemand, den Pauline begleitete? An Heilquellen fehlt es
unserm Gebirge nicht; nur leider sind sie nicht berühmt. Aber Pauline
hat doch so manche Bekannte hier; unter andern spricht Mme Niethammer
nicht anders als mit Lust und Liebe von ihr, und ich glaube sehr aufrichtig;
wenn Pauline recht wollte, meine ich immer, es ließe sich eine Möglichkeit
ausdenken. Wenn Sie nun auch schreiben, daß es eine ganz undenkbare
Sache ist, so will ich mich doch einstweilen an der Möglichkeit weiden.

Ja wohl ist es ein herrlicher Frühling. Nicht nur Sie, ich glaube
die ganze lebende Welt erinnert sich keines solchen. Man kann sich nicht
satt leben, und möchte vergehen im Uebermaß des Lebens, das sich von

allen Seiten hervor- und herzudrängt. Lassen Sie sich nicht von Jacobs etwa sagen, daß die Gegend um München eine Wüste ist; von der einen Seite so sehr als irgend ein Ort in Deutschland, aber nach der andern findet sich in geringer Entfernung so viel Schönes, als nur immer Gebirgsgegenden darbieten können. Sie inzwischen werden in den Krümmen auf den Wiesen und den Hügeln des Saalthales herumwandeln. Ich möchte mich gern zu Ihnen hindenken; aber zu viele schmerzliche Erinnerungen sind an diese Orte geknüpft. Es ist kein Platz in der Gegend, den Sie betreten, wo ich nicht einmal mit Augusten und Carolinen gestanden. Ein Lieblingsplatz war das freundliche Burgau, und ein Ort hinter dem Dorf Maur, gegenüber der Felsenwand, an der Saale.

Gestern Abend waren es, dem Feste nach, 5 Jahre, daß Caroline hierher kam, wo ich über einen Monat allein gewesen war. Die Trennung hatte uns beiden unerträglich geschienen, wir gaben uns das Wort, uns in keinem Falle wieder zu trennen. Jenen ganzen Pfingsttag führten wir die Rede im Mund, mit der Sie Ihren Brief angefangen: Pfingsten, das liebliche Fest war gekommen — „und mit ihm die Freundin" setzte ich hinzu. Heute bin ich nun allein, aber ich habe meine Einsamkeit erheitert, indem ich Ihnen schrieb. Erfreuen Sie mich bald wieder mit einer Zeile von Ihrer Hand. Mich dünkt, Sie müßten fühlen, wie oft und viel ich mit Ihnen umgehe; habe ich doch geahndet, daß Sie mir geschrieben! Gehen Ihre Empfindungen eben so in die Ferne, so hätten Sie die letzten Tage des Mai gewiß recht oft ganz unwillkürlich an mich denken müssen.

Leben Sie wohl, bestes Kind, grüßen Sie die liebe Mutter und die Schwestern bestens von mir.

Schelling.

Pauline Gotter an Schelling.

Drackendorf, den 3. Juli 1811.

Daß ich Ihnen doch ausdrücken könnte, bester Schelling, wie mich das liebe schöne Blatt von Ihrer Hand erfreut hat! Ein so lebhaftes Ge-

fühl ergriff mein Inneres, endlich wieder von dem fernen Freund zu hören,
daß ich es fast körperlich empfand, und nun danke ich Ihnen von Grund
der Seele für die lieben Worte. Also haben Sie einen Brief von mir
erwartet? Nun ist es mir doppelt lieb, daß ich mich nicht abhalten ließ,
Ihnen das letzte Mal zu schreiben, wir sollten doch nie „dem stillen Wink
des Herzens nachzugehn verlernen"; ich entsinne mich noch wohl, daß ich
den Tag ein so unwiderstehliches Verlangen fühlte, Ihnen einige Worte
zu senden, daß die Bitten meiner Mutter und Schwestern, die mit mir
spazieren gehn wollten, mich nicht vom Schreibtisch abzuziehn vermochten,
ohne daß ich ihnen etwas Anders zu meiner Entschuldigung anzugeben
wußte, als eben diesen lebhaften Wunsch wieder Nachricht von Ihnen zu
erhalten. Nun bin ich schon seit geraumer Zeit wieder in den freundlichen
Umgebungen des reizenden Saalthales; ich bin hier empfangen worden,
wie man nur nach einer langen Abwesenheit im elterlichen Hause begrüßt
wird, von allen Seiten kamen Freunde und Bekannte und selbst die Kinder im Ort schienen mich noch zu kennen. So etwas fesselt, und ich fühlte
mich in den ersten Stunden wieder einheimisch. Das Thal hat seinen
besten Schmuck dieses Jahr angelegt, es ist unaussprechlich schön hier,
Alles in der üppigsten Vegetation, und ich bin, Dank sei's dem Himmel,
muntern Sinns und frohen Herzens genug, um die Herrlichkeit die mich
umgiebt mit vollen Zügen zu genießen. Der früheste Morgen findet mich
schon auf den Fluren und ich lebe und webe nur im Freien, auch jetzt, wo
ich mit dem lieben Freund rede, umgiebt mich eine Wiese, die von tausend
Blumen so voll steht; rechts liegt die alte Burg, links ziehn sich die Grünte
nach Kahle zu und vor mir sehe ich die Berge jenseits der Saale, von der
Morgensonne beleuchtet.

Daß Sie, lieber Schelling, in dieser Gegend einheimisch waren, daß
Caroline, Auguste es waren, ich kann Ihnen nicht sagen, wie mir das lieb
ist, wie mir das die Gegend erst recht lieb macht, wie sie mir gleichsam
geheiligt dadurch erscheint. Vor wenig Tagen habe ich das freundliche
Plätzchen hinter Burgau aufgesucht, dessen Sie gedenken, es soll künftig
auch mein Lieblingsort werden. Drei Kränze habe ich dort gewunden,
zwei entführte die Saale bald aus meinen Blicken, der dritte hängt zu

Ihrem Andenken in meinem Zimmer; aber es bedarf dieser Erinnerung
nicht — in der stillsten Einsamkeit wie im lautesten Vergnügen fliegt oft
mein Geist zu Ihnen, bester Schelling! und der liebste Wunsch bleibt immer — Sie nur einmal wieder zu sehn. Viele frohe Stunden stehn mir
diesen Sommer bevor, auf mancherlei Weise darf ich mir Freude versprechen; Goethe hat uns gestern unvermuthet in Jena überrascht, er wird den
Rest des Sommers dort zubringen und versprach uns bald und recht ordentlich zu besuchen. Auch in dieser Hinsicht darf ich'auf viel Schönes und
Angenehmes rechnen, und doch, lieber Schelling, auf alles dies, wie
gern leistete ich darauf Verzicht, wenn ich das herzliche Verlangen befriedigen könnte, den theuren Freund wieder zu sehn. Daß ich selbst nach
München kommen sollte, ist beinah undenkbar, ich sehe nicht ein, wie es
ausführbar wäre, und meine Freude wäre auch nur halb, wenn meine
Mutter und Schwestern, die es gewiß nicht minder lebhaft wünschen als
ich, nicht Theil daran nähmen. Können und wollen Sie nicht die große
Reise nach Gotha machen, so bliebe vielleicht der Ausweg einer Zusammenkunft an drittem Ort übrig, wir würden Ihnen mit Freuden einen
Theil des Weges entgegen kommen, um so mit Ihnen vereint Carolinens
Andenken zu feiern. Es darf nicht blos ein eitler Wunsch bleiben; daß er
für den Augenblick nicht ausführbar ist, wo Sie so beschäftigt sind, ist
leicht einzusehn, und wenn auch nicht diesen Herbst, der bei dem schnellen Wachsthum gewiß nicht auf sich warten läßt, so blieb uns doch vielleicht die Hoffnung auf künftigen Sommer. Ueberlegen Sie sich's.

Goethe ist auch wieder recht fleißig gewesen, der erste Theil von
W. Meisters Wanderjahren liegt bereits zum Druck fertig und wird wohl
zu Michaelis erscheinen. Haben Sie Hackert schon zu Gesicht bekommen?
ich möchte gar gern etwas von Ihnen darüber hören. Was über Kunst
im Allgemeinen darin ausgesprochen wird, hat mich am meisten interessirt,
die Erzählung der Lebensbegebenheiten selbst ist nach meinem Gefühl
nicht so befriedigend; wenn man sie mit anderm vergleicht, so steht sie doch
z. B. dem Benvenuto an Originalität des Ausdruckes und der Wen-
dungen sowohl, als der Ereignisse und Handlungsweise sehr nach.

Leben Sie wohl, edler Freund! die Mutter und Schwestern grüßen herzlich, und ich gedenke Ihrer auf Höhen und in Tiefen. Lassen Sie uns nicht so lange wieder auf ein Wort von Ihnen hoffen.

Pauline.

Gries hat mir neulich viele Empfehlungen an Sie aufgetragen, und fragt an, ob Sie seinen Tasso erhalten haben? —

———————

Schelling an Pauline Gotter.

Leider muß ich den Brief, wie immer, mit der Selbstanklage anfangen, beste Pauline! Es ist wieder über einen Monat, daß ich Ihren lieben Brief erhalten habe. Freilich gieng die Zeit hin im Hin- und -herüberlegen, wie es wohl anzustellen wäre, die lieben Freunde zu sehen, und immer hoffte ich, darüber etwas Gewisses schreiben zu können. Aber es ist jetzt Alles so erschwert mit dem Reisen, besonders angestellten Leuten, und über die Gränzen unsrer kleinen Staaten zu kommen kostet bald so viel Mühe, als ins große chinesische Reich hineinzukommen. Wollte ich Ihr freundliches Erbieten, das mich im Herzen gefreut, einen Theil des Wegs entgegen zu kommen, auch annehmen, was ich doch fast nicht verantworten könnte, so wäre mein äußerster Punct ohne die Gränze zu überschreiten Cronach an der Spitze des Bamberger Landes; wie könnte ich aber Ihnen zumuthen, den ganzen Thüringer Wald um meinetwillen zurückzulegen! — Ich habe mich nun so eingerichtet. Schon seit vorigem Monat habe ich mich auf das Land in fast völlige Wald-Einsamkeit begeben, wo ich ungestört arbeite und einmal wieder die angeborene Wald-Lust recht befriedigen kann. Hier geht es denn auch mit dem Arbeiten viel besser von Statten, und bleibt es bei dem schönen Wetter, das jetzt wieder aufs Neue angefangen, so denke ich bis Ende Septembers hier zu bleiben. Vielleicht giebt der Himmel Gnade, daß ich in dieser Zeit so viel beendige, als vor Winters-Anfang durchaus beendigt sein muß, und daß mir im October

noch Raum zu einem kleinen Ausflug wird, den ich, wenn es nur immer
möglich ist, nach keiner andern Richtung als der der Magnetnadel nehmen
werde. Aber davon sein Sie nur überzeugt, bestes Kind, wenn auch dieser
Herbst mir nicht zu wandern erlaubt, der nächste Frühling bringt mich
eines Tags in den Thüringer Wald und wenn nicht nach Gotha, doch
in solche Nähe, daß wir uns ohne zu große Beschwerde von Ihrer Seite
sehen und nach Lust sprechen können.

Ich muß Ihnen doch auch eine kleine Beschreibung von dem Ort
meines Aufenthalts machen. Es ist ein Punct an dem hohen Ufer der
Isar, die hier aus Schluchten und Wäldern hervorströmt, um sich dann
in die weite Ebene von München zu ergießen. Der Anblick eines durch
den grünen Wald strömenden reißenden Wassers, der gewiß zu den reizenden gehört, ist hier ganz vorzüglich schön. Nach allen Richtungen,
auf mehrere Stunden in die Weite, ist der schönste Laubwald voll reger
Thiere, Hirsche, Rehe und Vögel. Etwas wild sieht es freilich aus, aber
in der Art wie es gefällt. Es ist ein Punct, der Ihnen gefallen würde,
der auch zu den Lieblingsplätzen der Münchner Welt gehört, die eine Viertelstunde von dem Bauernhof, den ich bewohne, ihren sonntäglichen Be-
lustigungsort hat.

Sind Sie denn auch noch auf dem Lande, oder umfängt Sie schon
wieder die Stadt? Wo Sie sein mögen, meine Gedanken sind recht oft bei
Ihnen, ja ich muß sie mit Gewalt zügeln und halten, da ich sie zu meinen
jetzigen Arbeiten so sehr als möglich in der Nähe haben muß. Ich weiß
nicht, liebe Pauline, ob Sie von dem jetzigen Gelehrtenleben einen Begriff
haben; es hat mit dem Leben des Kriegers noch die meiste Aehnlichkeit.
Der Künstler stellt sein Werk als etwas von ihm selbst Unabhängiges hin,
das unmerklich die Gemüther, auch die nichtwollenden, an sich zieht und
allmählich sich verähnlicht. Der Gelehrte, der eine Ueberzeugung ausspricht und sie geltend machen muß, setzt zugleich seine Persönlichkeit daran, und wir Philosophen vollends sind die eigentlichen Krieger im Reiche
der Intelligenz. Bei einer Bewegung und Unruhe, wie sie in die Köpfe
gekommen ist, läßt sich an keinen Frieden denken, und auch hier liegt
alles daran, sich immer thätig, rüstig und wehrhaft zu halten. Dies ist

nun freilich je nachdem man's nimmt wieder das schönste Leben, aber die
fröhlichen Gedanken an ein friedliches, stillgenießendes Leben, mit denen
andre Menschen sich weiden, gedeihen nicht dabei, und fast müßte man
ihre Verwirklichung von einem künftigen Leben fodern, wie die Seele des
Ulysses, nach einer Erzählung bei Plato, sich dort nichts Anderes ausge-
wählet, als das stille Leben eines Privatmanns, fern von Krieg und von
Staat. — Lassen Sie mich doch immer wissen, liebe Pauline, was in
Ihrer Nähe im Reich des Geistes vorgeht. Es entzündet uns, wenn wir
Andre um und neben uns in Thätigkeit wissen, und hier herum ist fast
nichts zu gewahren, als der behaglichste Mittags- und Abendschlaf der
Wissenschaft und besonders der Poesie. Nur der Musik und bildenden
Künsten scheint dieser Himmel noch hold. In der ersten ward mir kürzlich
ein großer Genuß durch den Gesang der Madame Milder von Wien, die
hier auch in Gluck's Iphigenie auftrat. Ihre Stimme hat wohl nicht
ihres Gleichen in Deutschland; was aber die Aufführung betrifft, die auf
unserm Königl. Theater mit dem großen, unvergleichlichen Orchester gegeben wurde, so habe ich mich theils mit Freude theils mit Verdruß an
jene bescheidnen weimarischen Aufführungen erinnert, die ich Goethe'n
zu danken hatte, als er einst, in einer trüben Zeit, mich über die Weihnachten bei sich hatte; ich habe auch da wieder gesehn, auf welchen stillen,
fast unmerklichen Eindrücken und leisen Zusammenstimmungen die Wirkung eines Kunstwerks beruht. — Es geht doch nichts in der Musik über
diese göttliche Iphigenie, die mich jedesmal neu erquickt.

Leben Sie wohl, beste Pauline! Herzliche Grüße an alle die Ihrigen;
wie oft denke ich an Sie alle! Gedenken Sie auch meiner, doch nicht blos
in Gedanken, auch in Werken, worunter ich hier, bestehen sie gleich aus
Worten, Briefe meine, die von Ihnen zu bekommen immer ein Fest ist.

Heßellohe bei München, 18. Aug. 1811.

                                                Schelling.

Pauline Gotter an Schelling.

Drackendorf, den 7. September 1811.

Auch ohne Ihre lieben Zeilen, bester Schelling! hätten Sie in diesen
Tagen von mir gehört, meine Theilnahme regte sich zu lebhaft, als daß
ich hätte schweigen können, und wenn sie aus dem Herzen kommt wie die
meine, ist ihr ein freundlicher Empfang bei Ihnen gewiß. Das Andenken
der Lieben schlummert wohl nie; aber das Wiederkehren jener Tage und
Stunden, die in ihrer Erinnerung fast noch zerstörender wirken als in
ihrer Gegenwart, über die uns eine nie versiegende Hoffnung und die
Nothwendigkeit eines besonnenen Geistes leichter weghelfen, hat mich in
Ihrer Seele aufs neue ergriffen. Gern wäre ich Ihnen in diesen Augenblicken nah gewesen, und wenn die innigste Theilnehmung solche Empfindungen zu lindern im Stande ist, so hätte es Ihnen wohlthun sollen. Auch
heute fühle ich mich zu Ihnen hingezogen, lieber Schelling! auch mir ist
dieser Tag heilig, wie er es Ihnen ist, drum wende ich mich am liebsten
zu dem entfernten Freund, denn auch sein Herz ist heute d o r t, wo das
meine sich mit Sehnen hinneigt.

Eine liebe Aussicht eröffnen Sie uns in Ihrem Brief, bester Schelling! Ich kann Ihnen nicht ausdrücken, wie mich die Gewißheit erfreut, daß
wir Sie sehen sollen; oft kann ich mir die Möglichkeit noch gar nicht denken, aber wir haben Ihr Wort und darauf baue ich wie auf Felsen. Daß
es uns diesen Herbst schon so wohl werden sollte, darf ich wohl nicht glauben; so eine frohe Hoffnung läßt uns eben den trüben Winter, den ich sonst
von Herzen hasse, am besten bestehn, man sieht mit Lust immer dem Frühling entgegen und zählt Wochen und Tage, bis er erscheint; denn diesmal
bringt er nicht blos Blumen, Blüthen und Gesänge, er führt uns auch
den lieben Freund zu und mit ihm zwiefache Freude in unser Herz. Aber
das glauben Sie nur, bester Schelling! daß, wenn irgend etwas Ihrem
Plan zu der großen Reise in den Weg treten sollte, wir gern den Thüringerwald um diesen Preis zurücklegen werden und nicht anstehn, Ihnen bis
Cronach entgegen zu kommen.

Gar sehr lieb ist es mir, Sie fern von der Stadt in ländlicher Einsamkeit und schönen Umgebungen zu wissen, schon tausendmal habe ich Sie im Geist dort begrüßt, viel besser unter den wilden Thieren des Waldes zu wohnen als so einsam im Geräusch der Hauptstadt; nur sein Sie nicht zu fleißig, um auch Zeit zu finden Ihrer Freunde zu gedenken, die zu denen gehören, die sich nur am ruhigen Genuß des Daseins erfreuen können, je stiller und friedlicher, je besser! Sie sehn, ich bin auch noch auf dem Lande, und so vergnügt hier, daß ich kein Verlangen nach der Stadt fühle. Das herrliche Wetter, die liebliche Gegend, die ganze Freiheit unsrer ländlichen Lebensweise und mehr wie alles dies — der treue Freund, den ich im Herzen trage — mein heiterer Sinn, lassen mich in jedem durchlebten Tag einen neuen Reiz finden, und der Augenblick, wo ich das liebe Thal wieder verlassen soll, wird vor mir stehn, ich weiß nicht wie. Der alte Herr war diesmal nicht lange in unsrer Nähe und ziemlich griesgrämig, wie man sagt. Uns hat er sich zwar nicht so gezeigt, sondern immer wie billig seine Sonntagslaune angelegt; er pflegt aber auch oft zu sagen: „Deine Gegenwart, liebes Kind, verjüngt mich um 20 Jahr", und das ist immer Musik für mein Ohr. Die Herausgabe des W. M. wird vor der Hand noch unterbleiben, dagegen erscheint Michaelis der erste Theil seiner Biographie. Mit dem Titel hat er sich vorgesehn, und wie es hieß: Zur Farbenlehre, so heißt es diesmal: Aus meinem Leben, ja vielleicht mit dem Zusatz — Wahrheit und Dichtung. Den zweiten Theil bekommen wir Ostern und endigt mit dem Zeitpunct, wo er nach Weimar kommt; dann schließt das Werk, bis auch er einmal nicht mehr sein wird. Daß uns die folgenden Theile noch lange vorenthalten blieben! In die ersten 20 Bogen bin ich so glücklich gewesen zu blicken, und nun erst recht begierig auf das Nächste. Es ist eine Grazie in der Erzählung der unbedeutendsten Zufälle, die nur aus Goethe's Feder fließen kann und die einen entzücken muß; oft hätte ich ihn in der Freude meines Herzens in die Arme schließen mögen, als die einzige Aeußerung, die uns Menschen herzliche Empfindungen, als wirkliche aus dem Herzen kommende, nur einigermaßen zur Genüge ausdrückt. Mit den kleinsten Vorfällen seiner Kindheit wird man nach und nach vertraut, und es ereignet sich Alles, möcht' ich sagen, fast sichtbar vor unsern Augen, daß man eben sich zuletzt einbildet, man hätte es mit ihm erlebt. Wenn er sich mir bis jetzt bald als Lehrer und Vater, bald als Freund und Liebhaber zeigte, so empfand ich nun eine eigne Freude, ihn auch als Kind, als Knabe vor mir zu sehn. Das Ganze ist fein angelegt und motivirt, spätere Denk- und Handlungsweisen werden schon früh vorbereitet.

Und nun leben Sie wohl, bester Schelling! Mutter und Schwestern grüßen herzlich, sie haben sich mit mir über Ihren Brief gefreut und danken wie ich. Genießen Sie nach Lust der sonnigen Tage, mit denen uns der Himmel noch begünstigt, im grünen Wald, und ehe sich dieser ganz entblättert, lassen Sie wieder ein Wörtchen von sich hören. Oft versetze ich mich in Gedanken zu Ihnen am hohen Ufer am rauschenden Strom; möchte jede Welle erzählen, wie nah Ihnen meine Seele ist.

Pauline.

Schelling an Pauline Gotter.

München, 18. Oct. 1811.

Leider bin ich schon lange wieder in der Stadt, beste Pauline, und die angenehmen Träume, von dem schönen Nachsommer Gebrauch zu machen, vergehn allmählich. Seit mehreren Wochen bin ich durch fremdartige Geschäfte vielfach verhindert. Wir haben im vorigen Sommer eine allgemeine bayrische Kunstausstellung ausgeschrieben; da sind denn Sachen die Menge angekommen, worunter allerdings auch einige vortreffliche, wie Jos. Koch's ganz einzige, originelle Landschaft, ein Bild, das ich nicht genug bewundern kann. Ich schicke Ihnen einen Katalog der Ausstellung, den Sie wohl ein Paar Augenblicke durchblättern, vielleicht auch Goethen zeigen. Nehmen Sie diesen und die Paar hingeeilten Worte statt eines ordentlichen Briefs, den ich bei ruhiger Zeit schreiben will.

Vor einigen Wochen habe ich meiner braven Hausgenossin Frau v. Martini Grüße an die Ihrigen mitgegeben; sie reist wie ich höre den 23.

d. M. von Göttingen ab und wieder über Gotha. Wären Sie doch grade
dort, edle Pauline, damit ich auch von Ihnen durch sie hörte. Das wäre
nun die schönste Gelegenheit nach München zu kommen, aber die Freundin,
die Sie hier allein gesucht hätten, ist nicht mehr. Bedürfte es nicht wenigstens 8 Tage um zu einer solchen Reise mit den nöthigen Erlaubnissen versehen zu sein, so ließe sich ein umgekehrtes Impromptu denken. Doch das
sind alles nur eitle Gedanken; dieser allein nicht, daß Sie mir gut und
freundlich bleiben mögen; denn darauf zähle ich. Die besten Grüße an
die Mutter und Schwestern.

S.

N. S. Sehen Sie noch Frommann und Gries, so machen Sie beiden
viele Grüße, besonders letzterem, von dem mich sehr gefreut, daß er mich
mit der letzten Ausgabe des Tasso nicht vergessen.

Sie wissen doch — Philipp Michaelis ist Ende August, ein Opfer der
nämlichen schrecklichen Krankheit, gestorben, die Carolinen, die Augusten
hinwegraffte. Wie wunderbar sind die Verhängnisse! Ich kann Ihnen
nicht sagen, wie sehr mich dieser Fall wieder ergriffen, wie er Alles erneuert hat.

Pauline Gotter an Schelling.

Gotha, den 23. October 1811.

Ich lasse mich nicht irre machen, bester Schelling! Ihnen immer
wieder zu schreiben, wenn Sie uns auch nicht antworten, weil ich mir
gern einbilde, es sei Ihnen nicht unlieb von Zeit zu Zeit von uns zu hören,
und endlich kömmt doch auch einmal wieder ein Briefchen von dem lieben
Freunde, das denn freilich nicht des langen Erwartens bedürfte, um mit
der lebhaftesten Freude bewillkommt zu werden. Wir haben indeß gegenseitig mündliche Nachricht von einander erhalten — bei Ihnen wird Professor Röthe aus Jena gewesen sein und meine Zeilen mit den besten und

freundlichsten Grüßen Ihnen überbracht haben, und uns ist die Freude
geworden durch Frau von Martini Ihres lieben Andenkens versichert zu
werden; leider war ich noch nicht anwesend, aber ich hoffe sie bei ihrer
Rückreise zu sehen und ihr diese Zeilen für Sie mitzugeben.

Der herannahende Winter hat mich endlich wieder in die Stadt und
die Sehnsucht in die Heimath geführt. Mit still regem Herzen trennte ich
mich von Bäumen und Himmel, und nun kann ich mich nur mit Mühe
wieder an die Häuser und an den beschränkten Horizont gewöhnen. —
So umgeben von Gottes schöner Welt, da heißt das Leben erst Leben!

Bei diesen göttlichen Herbsttagen ist es mir oft in den Sinn gekommen,
ob Sie, lieber Freund, Ihren Plan vielleicht noch ausführten und uns
besuchten? Ich hatte mir das recht hübsch ausgemalt und hin und her über-
legt, wie es wohl möglich und thunlich wäre, und habe meine Freude daran
gehabt; nun hat aber freilich immer die Betrachtung, wie tief wir schon
im October sind, jeden herzlichen Wunsch wenn er sich regte unbarmherzig
unterdrückt. Der Frühling wird es besser meinen und fest halten wir uns
an die frohe Aussicht, daß er das ersehnte Wiedersehn herbeiführen soll.
Ich wiederhole Ihnen nochmals, bester Schelling! im Namen der Mutter
und Schwestern, daß wenn es Ihnen Schwierigkeit macht, die Gränze
von Bayern zu überschreiten, wir mit Freuden bis Cronach, Lichtenfels,
Bamberg, wohin es Ihnen am gelegensten ist, Ihnen entgegenkommen.
Mit dem Thüringer Wald sind wir so befreundet, daß wir uns nicht im
mindesten scheuen ihn zurück zu legen, und am wenigsten soll er uns ein
Stein des Anstoßes werden, wenn wir einem so werthen Freund entgegen-
gehn.

In Weimar habe ich jetzt 8 Tage zugebracht und mich gefreut, den
lieben alten Herrn wohl und heiter zu finden; leider haben wir uns eben
nicht so oft gesehn, als wir wünschten — die wunderlichsten Verhältnisse
traten dazwischen und verdarben uns den Spaß. Dort habe ich mich von
Neuem an dem standhaften Prinzen ergötzt, es ist zu bewundern, mit
welcher Kunst sie die Schwierigkeiten der Aufführung überwunden haben.
Ihr Sänger Brizzi wurde erwartet, dem es wohl seltsam vorkommen mag
mit diesem kleinen Orchester sich hören zu lassen. Wenige Wochen vor mir

war auch die pilgernde Thörin — Bettine in W., doch soll sie etwas soli-
der und vernünftiger als Frau von Arnim sich gezeigt haben. Goethen
mochte ich nicht nach ihr fragen, er will nichts mehr von ihr hören und
sehn, nach einem heftigen und pöbelhaften Streit, der sich zwischen ihr
und Frau von Goethe an einem öffentlichen Orte begeben hat. Daß die
Gemeinheit nur von Einer Seite obwaltete, hoffe ich zu Bettinens Ehre;
wenigstens ist es nur von dieser zum Handgemenge gekommen, wenn man
so sagen will, indem sie der unglücklichen Bettine die Brille von der Nase
gerissen und auf dem Boden zertrümmert hat. Es wäre wohl zu wünschen,
daß sie Jedermann so die Augen über sich öffnete, wenn auch auf eine
etwas sanftmüthigere Weise.

Daß Werner sich in Rom nun gänzlich dem Katholicismus zugewen-
det und sogar den Priester-Dienst dort versieht, ist Ihnen wohl schon bekannt? Nachdem er Luthern ein Denkmal errichtet, ist es doch eigen! —

Unsre Hausgesellschaft habe ich durch eine kleine Landsmännin von
Ihnen vermehrt gefunden, eine Tochter vom Banquier Schätzler aus
Augsburg, die die Mutter sehr gebeten worden ist zu sich zu nehmen, eine
treuherzige muntere Schwäbin, und dieses heitere Glied unsres kleinen
Kreises ist mir nicht unlieb, bei allem Ernsthaften, was mich umgiebt.
Außer diesen nächsten lieben Umgebungen hat Gotha wenig Erfreuliches
für mich; es ist mir aber auch immer am liebsten, so ganz auf diese nächsten
geliebten Wesen beschränkt zu sein. So eine gute Mutter zu besitzen wie
die unsrige ist das größte Glück im Leben — es sind Empfindungen aus
dem Himmel! — Daß doch München so entfernt ist! daß wir nicht in
e i n e r Stadt leben können, bester Schelling! das thut uns oft recht Weh.
Frau v. Martini wohnt mit Ihnen in Einem Hause — wir haben sie
recht darum beneidet, sie kann unmöglich das Glück so fühlen, wie wir es,
Ihnen so eng verbunden, empfinden würden. In solcher Nähe kann man
seinen Freunden erst zeigen, daß man ihnen etwas sein möchte — Ein
neuer Schlag hat Sie betroffen, lieber Schelling, in Carolinens Seele ha
ben Sie den Tod des Bruders gefühlt; — so hat denn diese unglückselige
Krankheit ihre zerstörende Gewalt an einem neuen Gliede dieser Familie
bewiesen? — Es wird Sie tief erschüttert haben, wie es auch uns gewalt-

sam ergriffen. Wohl ihr, daß sie da ist, wo kein irdischer Schmerz sie
mehr berühren kann! diesen Lieblings-Bruder zu verlieren wäre ein hartes
Schicksal für sie gewesen. Durch die Zeitung wurde uns dieser Tod bekannt; aber gestern haben wir auch Briefe vom Marburger Michaelis erhalten, der eine Tochter seines Bruders zu sich nehmen wird.

Leben Sie wohl, lieber, bester Schelling! gedenken Sie unser als
Ihrer treusten Freunde auf Leben und Tod, und wenn Sie nicht zu beschäftigt sind, so geben Sie uns bald ein Zeichen Ihres Andenkens, des
unsrigen können Sie täglich ja stündlich versichert sein.

Pauline.

Schelling an Windischmann.

München, den 12. Nov. 1811.

Es ist nicht Mangel an freundlichem Andenken, daß ich Ihnen, geliebter Freund, so lange nicht geschrieben. Es ist mir beinahe mit allen
Freunden so ergangen. Mein Kopf ist so eng, daß wenn mich eine Sache
recht beschäftigt, ich an nichts Anderes, auch das Liebste nicht denken kann.
Ich hoffte immer mein Werk*) bald zu vollenden, aber der Gegenstand
ist zu groß, der Arbeit zu viel, und mancherlei körperliche Beschwerden,
obgleich ich gesund im Ganzen, verzögern die Ausführung. Sie, mein
lieber Freund, scheinen den Gegenstand dieses Buchs sehr wohl aus der
letzten Abhandlung herauscalculirt zu haben, was Wenige gethan, da sich
die Meisten die seltsamsten Vorstellungen davon machen, wobei ich sie eben so
gern lasse, als Manche, die da meinen, weil ich so lang nichts geschrieben,
müsse es gar aus sein. Bitten Sie Gott, lieber Freund, daß er mir Kraft
und frischen Muth besonders gegen die Anwandlungen einer sonst ganz unbekannten hypochondrischen Laune gebe, und es wird ein Werk hervorgehn
zur Freude aller aufrichtigen Freunde und zur Beschämung aller Feinde.

------

*) Die Weltalter.

Hilft Gott, so kommt es nun ganz gewiß zu Ostern. Ich mag es nicht theilweise herausgeben, sonst hätten zwei Bücher schon ein Jahr früher erscheinen können. — Was treiben oder vielmehr was treibt Sie? Kommt wohl Ihr Werk über Magie bald zu Stande? Es interessirt mich in gar vieler Hinsicht, auch weil ich nach dessen Vollendung Sie gern für einen gemeinsamen Plan in Anspruch nähme. Es muß wieder einmal etwas Durchgreifendes geschehen; über die Art und Weise habe ich meine Gedanken in der langen Zeit ziemlich berichtigt. Nähere Mittheilung, sobald ich wieder Herr meiner Muße bin!

Welcher T..... besitzt denn den Jen. Redacteur? Steckt der kleine Oken dahinter, der sich sogar gegen Goethe mausig macht? — Menschen der Art schaden der guten Sache weit mehr als die erbostesten Feinde. Ich lese sonst keine Lit. Zeitung; aber zufällig sah ich vor einigen Tagen seine Antwort auf Walther's Empörung und die Herzählung einiger weniger seiner in die Hundert, ja Tausend gehenden Entdeckungen, wonach ich nun fast eine totale geistige Katastrophe bei ihm fürchte.

Nächstens erscheint oder ist schon erschienen: Ueber die göttlichen Dinge und deren Offenbarung von Hrn. Präsident Jacobi. Es ist schwer abzusehen, wie die göttlichen Dinge Zeit gefunden, bei einem so viel und so gar nicht göttlich beschäftigten Manne vorzukommen. In den Vorzimmern und an den Speisetischen der Großen haben sie ihn doch gewiß nicht aufgesucht. Es liegt in diesem Manne, der die Welt trefflich zu täuschen verstand, eine unglaubliche Anmaßung sammt verhältnismäßiger Leerheit des Herzens und Geistes, die man aus sechsjähriger Anschauung kennen muß, um sie zu begreifen. Unstreitig wird der Welt wieder die heillose Lehre des Nichtwissens vorgepredigt, mit frommen Verwünschungen der Gottlosigkeit unseres Pantheismus und Atheismus. Ich wünsche sehr, daß ihm von mehreren Seiten begegnet werde. Er hat unglaublichen Schaden gestiftet und stiftet ihn noch. — Auch unsere Zeit bedarf etwas ganz Anderes als das kahle Nichtwissen. Darin liegt sie ohnedies, und selbe Rauheit, Herz- und Charakterlosigkeit, womit sich allein das Verzichten auf Erkenntnis und feste Ueberzeugung vom Gewissesten und Höchsten verträgt, ist eben die Ursache ihres Unglücks. Finden Sie Gelegenheit,

auch ein kräftig Wort darüber auf Veranlaſſung jener Schrift zu ſagen:
ſo werden Sie der guten Sache den größten Dienſt leiſten. Leben Sie
wohl, grüßen Sie die Ihrigen, und behalten Sie mich in Liebe, wie
ich Sie.

Ihr

Schelling.

Schelling an Pauline Gotter.

München, 13. Nov. 1812. [*])

Ich zweifle nicht, beſte Pauline, daß Sie inzwiſchen einen kleinen
nichtsbedeutenden Brief von mir erhalten haben, wenigſtens ein Zeichen
meines Willens Ihnen recht ausführlich und oft zu ſchreiben, wenn ich
nur könnte. So habe ich auch zu meiner großen Freude Ihren Brief
durch Frau v. Martini erhalten; zu noch weit größerer Freude hat ſie mir
viel von Ihnen erzählt, viel von der lieben herrlichen Mutter und den
Schweſtern. Aufs Neue habe ich mein Geſchick beklagt, das auch dieſen
Herbſt meinen Ausflug hemmte. So viele Menſchen, darunter ganz
fremde, haben Sie geſehen und erzählen von Ihnen und Ihrer Familie,
und ich, der ſich ſchmeicheln darf nicht unter die Fremden zu gehören, habe
Sie nun — vielleicht ſeit 10 Jahren nicht geſehen. Sie, liebe Pauline,
gewinnen aller Menſchen Herzen; wen ich noch von Ihnen reden gehört,
ſpricht von Ihnen mit Liebe und Freude, auch die ſonſt eben nicht leicht in
Begeiſterung zu ſetzende Frau, die mir ausdrücklich aufgetragen, Ihnen
allen die beſten Empfehlungen zu machen und zu ſagen, wie ſehr ſie be-
raure nur gleichſam im Sturm bei Ihnen geweſen zu ſein. Eines allein
hat mich in Etwas betrübt, daß die Frau bemerkt haben wollte, daß Sie
nicht ganz wohl geweſen. Hoffentlich war es unbedeutend oder ein Irrthum der oft zerſtreuten Frau. — Wohl haben die ſchönen Herbſttage

---

[*]) Muß 1811 heißen.

mich gelockt aufzubrechen und auch davon zu ziehen; aber gerade diese
Monate sind für mich vermöge meiner Stelle die bindendsten, und da ich
auch alle mir in's Herz gewachsenen Lieblingsarbeiten wenigstens stark vernachlässigen müßte, so habe ich was Rechtes ausgestanden; es ist eins der
allerunerträglichsten Dinge, das Feuer der Begeisterung fühlen und ihm
nicht folgen zu können, es ist wie ein innerer Brand, wobei man sich wie
verkohlen fühlt. Gott erhalte mir immer freie Muße, und meint er's am
gütigsten mit mir, so schenke er mir Einsamkeit oder doch freie Wahl der
Gesellschaft.

Die Scene, welche Sie mir von W. melden, wäre in der That un-
bezahlbar, wenn sie nicht dem alten Herrn Verdruß gemacht hätte, der
indeß für seine Vertraulichkeiten mit jungen Frauenzimmern, die ihm doch
eigentlich nicht zustehen, schon eine kleine Strafe, gerade an dieser Bettine,
verdient hätte. Ich weiß nicht, ob Sie diese kennen, aber mir scheint, man
könnte nichts Angemeßneres ersinnen, als daß diese und die B. sich — —
Werner's jetziges Leben und Treiben ist mir nicht unbekannt; aber
ich gestehe Ihnen, an dem Verfasser des Luther konnte es mich nicht be-
fremden. Wahrscheinlich haben Sie diesen nie gelesen. Wissen Sie
etwas von L. Tieck? Vor einigen Monaten war bei einer neuen, in unser
sumpfartig stehendes Theater gekommenen Bewegung davon die Rede
gewesen ihn hieher zu ziehen, um Schauspieler und Schauspielerinnen zu
dressiren; jetzt ist es wieder still davon, vielleicht weil man oder er gefunden, daß die ihm zugedachte Besoldung kaum auf einen, höchstens zwei
Monate hingereicht hätte. Mad. Bernhardi oder vielmehr Frau Baro-
nesse v. Knorring, wie sie sich jetzt nennt, ist noch immer hier, aber von
Jedermann verlassen und in gänzlicher Einsamkeit. Wilh. Schlegel war
diesen Sommer auf kurze Zeit in Wien; er soll im Sinne haben sich von
Frau v. Stael loszumachen und sich dort niederzulassen. Das gebe Gott!
— Goethe's Lebensbruchstücke haben wir hier immer noch nicht.

Ja wohl hat der Tod des guten Schwagers in Harburg sehr schmerzhaft auf mich gewirkt; ich erfuhr ihn durch einen Brief von Louisen zuerst.
Dieser Tod war mir in vielem Betracht wunderbar. In Carolinen wohnte
eine prophetische Seele, ihr selbst unbewußt. Wie mir hundert kleine

Worte und Handlungen durch ihren Tod erst klar wurden oder vielmehr
in einem neuen Lichte erschienen, so auch Manches, was sie in Bezug auf
den Bruder geredet und gethan; ihr Herz hat gewußt, wenn auch sie nicht,
daß er zuerst von allen ihr folgen würde. O wie habe ich in diesen
Herbsttagen, da uns Alles an die Vergänglichkeit erinnert und die Zeit des
ersten Schmerzes durch tausend Bilder erneuert wurde, ihren Verlust gefühlt; wollte ich sagen, was sie gewesen und was ich an ihr verloren, ich
könnte nicht ausreden. Und doch, so verklärend wirkt der Tod, daß ich
sagen möchte, sie ist erst jetzt ganz mein. Noch diese Tage wurde ich tief
gerührt, als ich in Joh. Müller's, auch eines Verstorbenen, Werken jenen
Brief an seinen Bruder las, darin er ihm von einer Notiz des Athenäums
über seine Jugendbriefe aus der Schweiz schreibt: „Ich kenne den Verf.
nicht, sagt er, aber er ist mein vertrautester Freund. So hat mich im
Leben noch Niemand aus meinen Schriften heraus dechiffrirt ꝛc." — Der
Verfasser war — sie. — Es wäre mir ein großes Glück gewesen den
einen Knaben zu erhalten, den der Vater zurückließ, (der andere gieng ihm
voran, ein Opfer der nämlichen Krankheit), aber Wiedemann's haben
gleich nach ihm gegriffen, ob mir gleich scheint, sie könnten leichter eines
der Mädchen nehmen, das ich doch nicht erziehen könnte. Vielleicht erhalte
ich ihn noch. Philipp war der erste, der ihr Kunde von mir brachte,
wenn sie anders deren bedurfte; das ist auch ein Vorzug der Seligen, daß
sie uns nicht aus dem Auge verlieren, wie wir sie. In Ihrem Brief,
liebe Pauline, hat mich ein Wort ganz besonders erfreut, wie sie von dem
Glück eine so gute Mutter zu haben, reden und hinzusetzen: das sind Empfindungen aus dem Himmel! Halten Sie daran fest, liebe Pauline; ja,
es gibt Empfindungen aus dem Himmel bis zu unglaublicher Klarheit, die
allein allen Schmerz stillen, uns wahrhaft beseligen.

Leben Sie wohl, beste Seele; die herzlichsten Grüße an alle Ihre
Lieben.

S.

Pauline Gotter an Schelling.

Schleusingen, den 5. December 1811.

Um den ganzen Thüringerwald, bester Schelling! bin ich Ihnen
näher gerückt und seit einigen Tagen hier in Schleusingen auf dem alten
Schloß Henneberg, eine kranke Freundin, die es lebhaft wünschte, durch
meine Gegenwart ein wenig zu erheitern. Mein freier Wille war freilich
nicht bei der Sache, und so fällt denn auch die kleine Verdienstlichkeit weg,
die allenfalls noch darin läge. Höchst ungern, nur durch Zureden meiner
Mutter und Schwestern konnte ich mich zu dieser Reise verstehen; nicht
als hätte ich die kleinen Beschwerlichkeiten gescheut, den Wald um diese
Jahreszeit zu passiren; aber es schien mir so schwer, ja ich möchte sagen beinah' unmöglich, wenn auch nur auf kurze Zeit mich wieder von denen zu
trennen, die meinem Herzen immer die Nächsten bleiben werden. Aber weiß
in dieser Welt voll Zufälligkeiten, wie lange man sich eines harmlosen
Beisammenseins erfreut? — Hier hat mich auch zum ersten Mal in meinem Leben eine wahre Sehnsucht und das Gefühl des Alleinseins ergriffen; denn so freundschaftlich ich äußerlich mit diesen Menschen lebe,
so sind wir doch innerlich zu himmelweit verschieden, als daß ich je in ein
eigentliches Verhältnis zu ihnen kommen könnte. So viel wie möglich
lasse ich dies Gefühl nicht aufkommen, da ein heiterer Sinn hier doppelt
Noth thut, wo ich mehr seelen- als körperlich-kranke gefunden; auch geben
mir sechs liebe muntere Kinder eine große Erquickung, die mich nur zu
gern in ihre kleine Welt ziehen, und ich begreife oft nicht, wie einer Mutter
nicht schon bei ihrem Anblick jedes Mißbehagen verschwindet.

Ihre beiden lieben Briefe, bester Schelling! haben wir zu unserem
großen Vergnügen erhalten; jedes Wort, was von Ihnen herfließt, ist uns
unaussprechlich werth, nur ich wüßte nicht, was irgend auf der Welt uns
mehr Freude, mehr Genuß gewährte. Nur Eines hat uns in etwas betrübt — daß wir Sie so bald nicht sehen sollen; wir hatten wohl selbst
die Hoffnung schon aufgegeben, aber wie dem auch sei, im Augenblick, wo
man die Gewißheit so entschieden vor sich sieht, fällt es einem doch noch

oft aufs Herz und man fühlt, man konnte sich nicht ganz von einem Plan
los sagen, mit dem man sich lange mit Lust beschäftigte.

Auch für jedes Wort, was Sie uns von unserer Caroline sagen,
bester Schelling. möchte ich Ihnen noch danken; o glauben Sie nur, ihr
Andenken ist auch bei uns stets warm und lebendig, unauslöschlich ist die
Liebe und Dankbarkeit für sie in unseren Herzen, und wenn sie in ihrem
verklärten Zustand ein Bewußtsein von uns hat, so muß sie sich der treuen
Seelen freuen, die hier an ihr hängen. Die Worte von Joh. Müller
haben uns herzlich gerührt, man könnte fast wünschen, sie wären noch bis
zu ihr gedrungen. Auf meiner Reise brachte ich einen Tag bei einer Familie Hanstein zu, mit denen Caroline bei ihrem Marburger Aufenthalte
täglich umgegangen und die mir noch viel von ihr erzählten, viel von der
kleinen liebenswürdigen Therese, bei deren Tod sie ihr damals beigestan-
den. Sie sprachen mit wahrer Begeisterung von Carolinen und ich hätte
ihnen jedes Wort von den Lippen wegnehmen mögen, ja ich fühlte auf das
lebhafteste, wie der Zauber ihres Geistes nach langen Jahren noch so fort-
wirkte, wie er dem Unbedeutendsten noch Bedeutsamkeit verlieh. Diese
Menschen waren mir nie lieber, nie interessanter erschienen. Philipp hatten
sie auch gut gekannt und waren sehr von seinem Tode betroffen. Werden
Sie noch den einen Knaben erhalten? Daß der Marburger Michaelis eine
Tochter zu sich nimmt, glaube ich Ihnen geschrieben zu haben.

Die Nachricht, daß sich Wilhelm Schlegel vielleicht von der Stael
losmacht, war uns recht interessant; es wäre wohl zu wünschen, sie hat
sich auch in Weimar vor drei Jahren nicht eben mit viel Freundlichkeit
über ihn geäußert und gar sehr seine Abhängigkeit von ihr ans Licht gestellt. Von Fr. Schlegel's geschichtlichen Vorlesungen sprach Goethe diesen
Sommer mit unendlich viel Interesse.

Es Leben ist nun wohl endlich in ihren Händen? Die Herausgabe
hatte sich verzögert, weil es Frommann beim letzten Bogen an Papier
fehlte; so kam es nicht mit auf die Messe. Meine Mutter und Schwestern
sind jetzt dabei und behaupten steif und fest, der Brief des Freundes
in der Vorrede sei aus Goethe's Feder geflossen und die einzige Dichtung
im ganzen Buch; was ich aber nicht zugebe, nicht einsehend, wozu es

18*

dieser Einleitung als bloßer Erfindung bedürfe. Gern hätte ich mich hier
noch einmal daran erquickt; aber in dieser Geistes-Einöde ist es nirgends zu
erhalten. G. ist sehr fleißig an dem Folgenden; er möchte gern den Herzog
von W. bewegen, mit manchen Berichten und interessanten Notizen aus
ihrem früheren Zusammenleben, die dieser sorgfältiger gesammelt hat als
Goethe, herauszurücken, aber er verweigert es bis jetzt noch standhaft.

Nun hätte ich Ihnen noch die herzlichsten Empfehlungen an Fr. von
Martini von uns allen aufzutragen, es war uns recht leid sie nur so flüchtig gesehen zu haben. Mein Nichtwohlsein mag sie vielleicht mit Cäcilien
verwechselt, die an bösen Augen litt, oder aus meinem Aussehn geschlossen
haben, wie ich denn nur selten lebhafte Farben habe; meine Gesundheit
ist auch im Ganzen nicht die festeste und ich darf ihr nicht viel zumuthen,
will ich sie immer hübsch im Gleichgewicht erhalten. Der alte Herr scherzte
wohl manchmal darüber und meinte, „ich schiene ihm ein Pflänzchen, was
nicht auf diesem Boden einheimisch wäre"; aber im Grunde ist mehr Ernst
wie Scherz bei der Sache.

Der böse Winter behauptet hier mit Schnee und Eis schon völlig
seine Rechte, und der Wind stürmt so allgewaltig um die unzähligen
Thürmchen und Spitzen der alten Burg, daß alle Fenster und Thüren
klappern. Es ist ein Abend wie im 24. Februar, und man möchte sich
auch umsehn, ob sich nicht eine Eule am Fenster anklammert. Ja es
könnte mir grausen und schaudern, aber ich schreibe dem lieben Freund,
und bei seinem Andenken kann mich nichts Unholdes anwehen; so ist es
in mir recht friedlich und gemüthlich, während es um mich herum braust
und tobt.

Leben Sie wohl, lieber bester Schelling! Lassen Sie sich den rauhen
Winter recht segensreich und angenehm verstreichen. Möchten Sie immer
freie Muße finden, dem innern Genius nach Lust zu folgen, und auch
unser bisweilen zu gedenken als gewiß recht treuer guter Freunde.

Pauline.

Schelling an Georgii.

München, 14. Jan. 1812.

Da ich Vorwürfe verdient hätte, Ihr Schreiben vom 4. Juli v. J. noch nicht beantwortet zu haben, wollen Sie in Ihrem Letzten vom heil. Christtag sich vielmehr gegen mich entschuldigen, mir so lange nicht ge-schrieben zu haben. Beschämt davon will ich, augenblicklich etwas freier von Arbeiten, keinen Tag länger anstehen lassen, Ihren letzten Brief zu erwiedern. Mancherlei zum Theil Amtsgeschäfte haben meine Zeit diesen Sommer unter sich getheilt, aber besonders meine literarischen Arbeiten nehmen, wenn auch nicht meinen Geist, doch im eigentlichen Verstand mein Herz so gefangen, daß ich kaum fähig bin Briefe zu schreiben. Eine Verbindung wie die unsrige bedarf übrigens dieses äußeren Vehiculi nicht schlechthin nothwendig, sie beruht auf an sich unveränderlichen Sachen. Nie wird sich meine Hochachtung gegen Ihren Geist und Ihr Herz min-dern noch weniger verwandeln, und gleich lebhaft wird immer mein Wunsch bleiben, mit Ihnen geistig verbunden zu sein.

In Ansehung der Sache, wovon Ihr letzter Brief größtentheils han-delt, kann ich nichts bedauern, als Sie wegen derselben mit Hr. v. Wangen-heim in Spannung zu sehen. Wer hätte glauben sollen, daß ich die Veran-lassung dazu würde? Auf alles Persönliche dabei kann ich mich allerdings nicht einlassen; nur scheint mir, wenn Hr. v. W. einmal überzeugt war, daß der wissenschaftliche und religiöse Geist der tübinger Universität durch mich einen höheren oder besseren Schwung erhalten würde — ob er es mit Recht oder Unrecht glaubte, ist hier ganz gleichgültig — mir scheint, sage ich, daß hievon überzeugt Hr. v. W. als ein wahrer Curator der Universität und zugleich als rechtschaffener Mann gehandelt hat, und zu wünschen wäre, daß alle Menschen im gleichen Falle eben so handeln möchten. Ob er dabei gegen Sie gefehlt, kann ich so wenig als den modum proce-dendi beurtheilen. Mir sollte es herzlich Leid thun, wenn Hr. Prof. Abel wegen irgend einer Rücksicht auf mich in seiner Lage wäre gestört worden.

Sie meinen aber, daß auch ich Ursache habe, mit Hr. v. W. unzu-
frieden zu sein aus dem Grunde, weil er mich compromittirt habe.
Wenn aber dieses Compromittiren nicht etwa darin bestehen soll, daß bei
dieser Gelegenheit bekannt geworden, daß S. M. der König mich nicht
zum Professor gewollt haben, so wüßte ich nicht, wo ich es sonst suchen
sollte. Darin liegt aber so wenig Nachtheiliges für mich, daß vielmehr
Niemand mit der Entscheidung des Königs, (von der Sie etwas andere
Nachrichten zu haben scheinen, zufriedener sein kann als ich; sie ist ehren-
voll für mich, und die Hauptbemerkung (wegen der Theologen, ist so gegründet, daß ich nichts dagegen einzuwenden wüßte.

Vielleicht haben also meine lieben Landsleute nach der Meinung, die
sie fast von allen im Auslande befindlichen Würtembergern haben, vorausgesetzt, ich habe eine solche Stelle in W. gesucht, oder ich habe erklärt gehabt, einen solchen Ruf annehmen zu wollen. Das Erste werden Sie
wenigstens selber nicht glauben; vom Zweiten kann ich Ihnen entschieden
das Gegentheil versichern. Ich habe wohl Hr. v. W. so wie Ihnen, jedoch
ohne alle Absicht vielleicht einigemal geäußert, daß ich mitunter Lust habe,
wieder Professor zu werden; aber Hr. v. W. hat, so weit ich ihn kenne, zu
viel Verstand, dies für einen Wunsch nach einem Professorat in Tübingen
zu nehmen, und zu viel Rechtschaffenheit, um es dafür zu geben. Was
ich also im Fall eines wirklichen Rufs gethan hätte, das kann kein Mensch
wissen und ich selbst kann es mit der gehörigen Zuverläßigkeit für Andere
nicht sagen, weil ich gar nicht die Zeit gehabt einen Entschluß zu fassen.
Es ist mir in der Sache gegangen, wie Sie sagen daß es ihnen gegangen
ist: ich hatte nicht Muße noch Ruhe gehabt die Sache nur zu bedenken,
geschweige einen Entschluß zu fassen, und aufrichtig dankte ich Gott, als ich
auch dieser Mühe überhoben werden. Davon können Sie indeß gewiß
sein, daß ich ohne ganz besondere Bedingungen, die wohl kaum
wären eingegangen worden, gewiß nicht gekommen wäre. Und auch mit
diesen Bedingungen hätte die Wagschale sich auf die andere Seite neigen
können, ob ich gleich gestehe, es würde mich einige Schmerzen gekostet
haben, mit freiem Willen dem Vaterland zu entsagen. — Auf den Punct
wenn auch ohne mein Verdienst gestellt, auf dem ich mich besinde; mit

diesem nicht willkürlich genommenen, sondern mir durch deutliche
Führungen der Vorsehung gegebnen; nicht gesuchten, sondern ohne
mein Wissen und Wollen gewordenen Beruf hätte ich schwerlich glauben
können, meine Bestimmung auf einer Universität zu erfüllen, die als blose
Landesanstalt betrachtet wird und wo literarische Unthätigkeit — fast
möchte ich sagen Obscurität — zu den Haupttugenden eines Professors
gezählt wird. Zwar würde ich, wenn gleich nie meine Ueberzeugungen,
auch nicht die wenigen Entdeckungen, die ich im Reiche der Wahrheit zu
machen das Glück hatte — aber doch die Berühmtheit, die mir meine
lieben Landsleute zum Vorwurf zu machen scheinen, heute Jedem abtreten,
der dazu Lust hätte, indem ich, ohne sie weit glücklicher, nicht den geringsten
Werth darein setze; aber die Mission, zu deren Erfüllung ich mich in der
Welt glauben muß, hätte ich doch um keinen Preis aufgeben können. Hieraus bitte ich Sie abzunehmen, daß es für mich keiner Trostgründe bedarf
wegen des mislungenen Versuchs, den nicht ich, sondern Hr. v. W. (wie
ich überzeugt bin, in der reinsten Absicht) gemacht hat. Da ich den Entschluß, zu dem mich doch am Ende Alles hinführen mußte, nicht ohne
einigen Schmerz hätte fassen können, so erweckte mir die gleich erfolgte
Entscheidung die reinste Freude; nach wenigen Stunden hatte ich die
Sache, die mich einen Tag lang allerdings in etwas beunruhigt hatte, aus
dem Kopf geschlagen und bin an dieselbe wahrlich erst durch Ihren Brief
wieder erinnert worden.

Darin hat aber der König oder wer ihm diesen Gedanken angab, vollkommen Recht, daß meine Philosophie sich mit den Tübinger Theologen
nimmer vertragen hätte. Der Grundfehler derselben ist, daß sie in Ansehung ihrer philosophischen Principien völlige Socinianer sind,
quorum, wie einmal Leibniz sagt, semper paupertina fuit de Deo
rebusque divinis philosophia, und daß sie gleichwohl mit solchen Principien im Kopf die orthodoxe Lehre vertheidigen wollen. Hierdurch wird
diese zu einem — jeden gesunden Verstand, jeden besseren, nicht zum ge-
dankenlosen Nachbeten verdammten Kopf zurückstoßenden und empörenden
Unsinn. Es ist mir unbegreiflich, wie so viele religiös gesinnte Männer
unseres Vaterlandes dies nicht einsehen oder es sich absichtlich verbergen

können. Dieser historische Glaube, der z. B. die Lehre von der Fort=
dauer auf das bloße äußere Zeugniß Christi als des weisesten und edel=
sten aller Menschen — (nicht auf die That Christi, des Todesüberwin=
ders, nicht auf den wesentlichen Zusammenhang, in dem sie mit allen geist=
lichen Wahrheiten und nur dadurch mit der Religion des Geistes, dem
Christenthum steht) — gründen wollen, dieser historische Glaube, der sogar
für nützlich und zuträglich hält, das Dasein Gottes aus den Wundern und
Weissagungen als äußeren Factis zu beweisen, ist der crasseste Judaismus,
der nämliche, mit dem Christus in den Pharisäern und Schriftgelehrten zu
kämpfen hatte. — Dieses Urtheil, das ich übrigens nach der gewissenhaf=
testen Ueberzeugung niederschreibe und vor Gott und Christus zu verant=
worten bereit bin, muß wie sich versteht, im strengsten Verstande
unter uns bleiben.

Ich wünsche sehr, daß Würtemberg, das von je her eine Pflanzschule
der Religiosität war, einen Mann finde, der den ächten Geist derselben
in der Jugend wieder erwecke, und da dies schwerlich anders als von der
Seite der Philosophie geschehen kann, so wünsche ich ihm einen solchen
Philosophen. Nur wünsche ich ihm keinen, dessen Philosophie sich mit der
tübinger Theologie verträgt; was übrigens auch schwerlich zu erwarten
steht. Viel eher, daß sie einen bekommen, der gegen alle Theologie ist,
der aber wenigstens als Schärfer der Geister doch besser sein würde, als
einer, der Religion und Theologie die Hauptobjecte der Philosophie, da=
hingestellt sein läßt und solche flache, formelle, allgemeine Grundsätze
docirt, die sich zur Noth mit jedem Sinn und Unsinn, mit jeder Ketzerei
eben so gut als mit einer wirklich abgeschmackten und unvernünftigen Or=
thodoxie vertragen. — Könnten sie mir vorerst den alten Ploucquet wieder
von den Todten erwecken; das war wenigstens Metaphysik und schon als
solche erhebend zum Geistigen. Von diesem Mann schreibt sich die Ge=
diegenheit, der tüchtige Sinn, die Festigkeit unserer alten Pfarrer noch her,
an der ich mich oft erbaut habe und gegen welche die Leerheit und bloße
Buchstabenweisheit der jüngeren so sehr absticht.

Ich könnte mir leicht vorstellen, daß Sie von Jacobi's Buch so den=
ken würden, das nicht überschrieben sein sollte: Von den göttlichen Dingen

und ihrer Offenbarung, sondern: B. d. g. O. und ihrer Verheim-
lichung (Obscurirung). Durch diese Schrift ist meine Lage hier sehr
und zwar in's Vortheilhafteste geändert. Sie war wirklich in so fern
drückend, als ich der verderblichen Wirkung dieses Mannes ruhig zusehen mußte, ohne ihr frei entgegenarbeiten zu können. Jetzt hat er mich
selber frei gemacht, und ich verstehe nicht, wie Sie bedauern können, daß
mein Verhältnis mit ihm nun nicht mehr herstellbar sein werde. Es war
keines zwischen uns, dessen Herstellung ich hätte wünschen können; hätte
ich etwas gewünscht, so wär' es offner Krieg gewesen wie jetzt. Ich
werde Ihnen nächstens mehr darüber schreiben; ich kann erst jetzt sagen,
mit denen fertig zu sein, die vor mir gewesen. Die Erscheinung dieses
Buchs macht Epoche in der Entwickelung meines Systems und in seinem
Sieg über die vorher dagewesene Herzensträgheit und Geistlosigkeit, die
man sich für Glauben, ja für eine Art von höherer Philosophie aufreden
lassen. Es konnte schwerlich etwas Glücklicheres für mich geschehen.

Sie werden auch bei dieser Gelegenheit sehen, wie fest meine Grundsätze in Ansehung des höheren Religiösen sind, wie sie besonders was das
Christenthum betrifft mit Ihrem Urtheil übereinstimmen, und wie es mir
doch wirklich, kennte ich Sie nicht glücklicherweise genauer, etwas auffallen
mußte, daß Sie im letzten Brief unter andern die Wendung brauchen:
„Wenn Ihre Grundsätze noch die nämlichen sind." — In dem vorher ge-
gangenen Briefe stellten Sie mir das Zeugnis eines ehemaligen Zuhörers
entgegen, daß ich den Verdacht erregt habe, eine Auflösung der Individualität ins Allgemeine und Unendliche zu behaupten. Dieser Zuhörer,
der es immer beim Hören bewenden ließen, erhielt von seiner katholischen
Familie nicht eher die Erlaubnis mich zu hören, als nachdem er von einem
würzburgischen Pfaffen wohl vorbereitet war (und wirklich hatten dortige
Pfaffen gerade jenes von meiner Lehre verbreitet); er hörte mich nur
Einmal und Sie selbst wissen, wie nach einmal gefaßten Begriffen auch
der deutlichste Vortrag nicht hinreicht, Misverständnisse zu verhindern,
wenn nicht mündliche Unterredungen hinzukommen. Ich bin gewiß, Sie
selbst mit all Ihrem eindringenden Scharfsinn würden über mehrere
Puncte mich ganz falsch verstanden haben, hätte ich nicht Gelegenheit ge-

habt, Sie mündlich darüber zu berichtigen. Ich erinnere mich, daß der nämliche Zuhörer mir einmal in Ihrer und anderer Herrn Gegenwart die schwächsten Einwürfe machte, die auch Ihnen zeigen mußten, was ich längst wußte, daß er mich nicht verstanden. — Dies nur um Sie zu bitten, daß Sie sich durch dergleichen nicht irre machen lassen; forschen Sie nur fort, es wird sich alles finden. Wär' es meine Sache, ich würde nicht so sicher davon reden. So aber weiß ich, daß es nicht meine Sache ist. — Meine Sache dabei ist nur das, was noch unvollkommen, unangemessen der Grundidee ist; aber diese ist über mir.∫

Zürnen Sie mir nicht, wenn ich in diesem Brief so ganz freimüthig, Manches vielleicht allzu sehr geradezu sage. Dies muß sein in Freundschaften, die auf geistige Verhältnisse gegründet sind. Unter dieser Voraussetzung der erlaubten völligen gegenseitigen Aufrichtigkeit werden Sie nie einen anhänglicheren Verehrer und Freund als mich haben können; die Hochachtung, die ich Ihnen weihe, ist von allen persönlichen Rücksichten frei, und so lassen Sie denn auch nichts zwischen uns treten. Vielmehr wollen wir uns gegenseitig stärken im Ausharren auf diesem Kampfplatz; das Innerste unserer Gedanken muß immer jene künftige Welt bleiben, aber der Gedanke ist zu selig, um ihm sich unbeschränkt zu überlassen, am Abend nach der Arbeit, da mag man sich erquicken durch ihn; aber nur dem ausharrenden Kämpfer, der allen Schmerz über allgemeines und besonderes Leid um des höheren Berufs willen vergessen kann, ihn nur als einen innerlichen Schatz bewahrend und heilig haltend, kann sie endlich wahrhaft lohnen — jene allerhöchste Wonne des Sterbens.

Leben Sie wohl; erhalten Sie mir Ihre Güte und Freundschaft und erfreuen Sie mich bald wieder mit einem Briefe. Die besten Empfehlungen an Hrn. Superint. Rieger; das ist auch einer der Männer, die ich herzlich verehre.

Schelling.

Schelling an Pauline Gotter.

München, 15. Jan. 1812.

Was werden Sie auf's Neue von mir denken, beste Pauline, daß ich sogar das Neujahr vorüber gehen lassen, ohne Sie aus der Ferne wenigstens zu begrüßen? Lassen Sie mich nur gleich von Ihrem allerliebsten Geschenk reden, dessen Zierlichkeit und ungemeine Lieblichkeit mir die Geberin zu vergegenwärtigen scheint, so daß ich es fast als ein Zeichen und Sinnbild von ihr selbst beschaue. Denn weiter werde ich den Gebrauch nie ausdehnen; durch gemeines Geld soll es nicht entweiht werden. Haben Sie es dazu bestimmt, so müssen Sie mir Kenntnisse in der edlen Kunst des Goldmachens zutrauen; denn nur chemisches Gold wäre würdig, in so reinem Behältnis aufbewahrt zu werden. Aber es bedarf dessen nicht; es ist ein vollendetes Kunstwerk an sich, das man nicht anschauen kann ohne sich zu erfreuen, und das vollends entzückt, da man nicht umhin kann, der Künstlerin dabei auf's lebhafteste zu gedenken.

Ich wollte, beste Pauline, da ich Ihnen mit eigenen Kunstwerken weder meines Kopfs noch meiner Hand nicht dienen kann, Ihnen auf das einsame Schloß so bald als möglich Goethe's Lebensfragmente schicken, bei denen Sie sich gewiß heimlich und traulich gefühlt hätten. Aber das Mittel schnell genug ein Ihrer würdiges Exemplar aufzutreiben? Denn hier war nur ein Abdruck auf dem schlechtesten Papiere zu finden. Endlich ist das bessere angekommen. Jetzt fragt sich: sind Sie noch diesseits des Thüringer Waldes und kann es Ihnen noch zum Trost gereichen? Lassen Sie es mich nur recht bald wissen, wohin es gehen soll.

Ich habe den größten Theil des letzten Monats vom Jahr angenehm und unangenehm zugebracht, wie man es nehmen will. Jacobi, von dem Sie durch seinen deutschen Namensverwandten in Gotha *) oder auch sonst wohl gehört haben, gab eben dies Spätjahr ein Buch voll der gehässigsten und bissigsten Ausfälle gegen mich heraus. Bei dem Verhältnis, in wel-

---

*) Jacobs.

chem wir zu einander stehen, hätte ich nicht ganz gleichgültig bleiben können, auch wenn es nicht längst wünschenswerth gewesen, mich wissenschaftlich mit ihm aus einander zu setzen. So konnte ich die Gelegenheit
um so weniger vorbeigehen lassen, und muß nun Ihnen, Kind des Friedens,
bekennen, daß ich das Ende des Jahrs meist damit zugebracht, ein gar
sehr kriegerisches Buch zu schreiben, das in wenigen Tagen vielleicht
herauskommt. Während dieser Zeit war es nicht gut möglich Ihnen zu
schreiben, so sehr ich es immer wünschte. Denn ich fürchtete, es möchte
Ihnen dergleichen von mir zu hören nicht angenehm sein. Jetzt ist's eine
geschehene Sache, und zu geschehenen Dingen soll ja das Beste geredet
werden. Ich habe mir wirklich etwas zu Gut gethan bei dieser Gelegenheit, und für die vielen unangenehmen Erfahrungen, welche ich (auch Caroline noch) von dem unmoralischen Charakter jenes Mannes gemacht
habe, noch weit mehr aber für den Schaden, welcher durch ihn der
Wissenschaft und Kunst in reichem Maße zugefügt worden, volle Genugthuung genommen. Ihre Neigung zum Frieden, bestes Kind, hat mich
doch nicht abhalten können, ein Exemplar davon unter Adresse der Mutter nach Gotha durch den Buchhändler abgehen zu lassen. Das Beste bei
der Sache ist, daß durch diese Auseinandersetzung meine hiesige Lage entschieden gebessert wird. Sie hatte etwas Drückendes für mich durch das
zweideutige Verhältniß, in dem ich zu dem falschen Manne stand, der
lange suchte einen äußeren Schein der Freundschaft zu erhalten, um mir
desto mehr heimlich zu schaden. Auch Ihr ehemaliger münchner Hellenist,
der weder bei mir noch bei Andern einen großen Eindruck von der Männlichkeit seines Charakters hinterlassen, wird sich einigermaßen über dieses
Ende der Sache verwundern und vielleicht auch jetzt wieder sich glücklich
preisen, den gefährlichen Platz verlassen zu haben. Wie es mit Hamberger steht, werden Sie ja wohl auch gehört haben. Hochmuth wie eines
vom Pöbel emporgekommenen Menschen ist die Hauptquelle. Ueberhaupt
scheint die Zeit dieses sogenannten norddeutschen und protestantischen Reichs
hier ziemlich vorüber. Wer das Benehmen dieser Herrn gesehen hat,
muß sich darüber freuen. — Wie Sie nun auch im Uebrigen davon denken, so glauben Sie mir, daß ich bei dieser Gelegenheit meinen schlimm-

sten bösartigsten Feind los geworden bin, was in einer Welt wie dieser
doch immer dankenswerth ist.

Sie inzwischen, edle Pauline, umwehe der reinste Friede! Schützen
und wahren Sie sich nur gegen den recht kalten argen Winter; denn was
Sie mir von der Zartheit Ihrer Gesundheit schreiben, hat mich wirklich
etwas bang gemacht. Wo Sie sein mögen, ich bin in Gedanken immer
bei Ihnen und den lieben Ihrigen; die Wonne des Friedens überströmt
mein Inneres, wenn ich so lieber herrlicher Freunde gedenke. Nochmals
leben Sie wohl.

Schelling.

Pauline Gotter an Schelling.

Gotha, den 31. Januar 1812.

Des Freundes Wort kam zur rechten Zeit und Stunde, nach bangen
Augenblicken zuerst wieder Freudigkeit in unser Gemüth zu bringen, gleich-
sam als hätten Sie fühlen können, bester Schelling! wie uns in jenen
Tagen ein so herzliches Andenken doppelt wohl that. Wir waren mit der
Pflege einer guten Großmutter beschäftigt, die leider unsere Wünsche und
Sorgfalt nicht am Leben haben erhalten können, wenn auch ihre heitere
Seele, ihre Lebenskraft und Lebenslust ein höheres Alter hoffen ließen.
Ihr Verlust läßt eine Lücke in unsern Herzen und in unserm Kreis, die
uns lange fühlbar bleiben wird. Noch außer diesem hat mich manches
Schmerzliche aufgesucht; auch in Schleusingen bin ich vertrauter worden
mit der Vergänglichkeit jedes Besitzes selbst des — Liebsten: ich mußte ein
holdes Kind in meinen Armen verscheiden sehn, dessen frisch aufblühendes
Leben mich noch wenige Tage zuvor entzückte. Es war in der ahndungs-
vollen Stunde des Jahreswechsels, und es schien mir keine günstige Vor-
bedeutung für das beginnende. So ist in dieser Zeit abwechselnd mein
Gemüth bewegt, meine Empfindung bestürmt worden, und es waren Augenblicke darunter, in denen es meines festen Willens bedurfte, meine Besonnenheit nicht zu verlieren; aber es waren auch nur Augenblicke. Rings

um uns, nah und fern, geschehn täglich Ereignisse, durch die Natur und
durch Menschenhände, wo Menschenleben und alles, was Menschen theuer
ist, für nichts geachtet wird, wo ein Augenblick Tausende in Drangsale
versetzt, daß man auch immer fragen möchte: „Wer ist denn glücklich?"
Wenn ich dann um mich blicke, lieber Schelling, fühle ich in Demuth mein
unverdientes Glück, was mir vor vielen Andern an der Seite einer so
lieben Mutter zu Theil wird; aber der Himmel weiß auch, wie ich es
schätze, wie ich es immer mehr erkenne! Und auch Ihre Freundschaft,
bester Schelling! ist meiner Glückseligkeit unentbehrlich, und mehr, als ich
aussprechen kann, empfinde ich ihren Werth mit gerührtem Herzen.

Sie hatten wohl Recht, lieber Schelling, daß die eine Stelle Ihres
Briefes, meiner Neigung zum Frieden nach, mir Wehe thun würde. Mein
friedliebendes Gemüth möchte auch meine Freunde nicht gern in Krieg und
Streit wissen, und es hat mich wirklich betrübt, daß Sie auf eine so unangenehme Weise dazu aufgefordert und veranlaßt worden; ich besorge sehr,
es könne noch manches Verdrießliche weiter daraus für Sie entspringen,
was mir so Leid wäre und warum ich gern die Sache ungeschehen wüßte.
Lieb ist es mir indeß, daß wir das kriegerische Buch zu sehn bekommen,
wenn gleich seine Entstehung geradezu nicht erfreulich ist. Alles, was von
Ihnen kommt, hat das lebhafteste Interesse für uns.

In Schlichtegroll's Seelchen sieht es wohl recht ängstlich und bäng-
lich jetzt aus, seinen Gönner und Herrn in solchen Bedrängnissen zu wissen, und ich glaube, er sagte auch mit Freuden dem gefährlichen Platz ein
Lebewohl, der denn freilich seit Hamberger's Zustand peinlich genug sein
mag. Uebrigens thut es mir Leid, daß die Landsleute uns nicht mehr
Ehre gemacht. Neulich hörte ich von Jena aus, der Dr. Seebeck hoffe
eine Anstellung in München zu erhalten, ich weiß nicht, ob es gegründet
ist. Auch gilt es mir gleich, wer dieses Wegs zieht, ich frage nur danach,
wer dieses Wegs kömmt, und mahne Sie gern bei Zeiten, bester Schelling! Ihrer Versprechungen eingedenk zu bleiben. Der größte Theil des
trübseligen Winters liegt uns nun schon im Rücken, und es ist so reizend,
der Hoffnung auf einen baldigen Frühling die auf ein frohes Wiedersehn
des Freundes zu verweben! —

In dem einsamen Schlosse hause ich nun freilich nicht mehr; haben Sie mir aber Goethe's Leben zugedacht, bester Schelling, so bitte ich Sie auch noch darum, es ist mir tröstlich und erfreulich an jedem Ort.

Vor Kurzem hat uns ein Künstler aus Rom besucht, von Rohden, der uns manches Interessante von der dortigen Künstlerwelt erzählt hat, auch von Jos. Koch und seiner schönen Landschaft, die Sie erhalten haben. Rohden gieng nach Weimar, wo in diesen Tagen Romeo und Julie nach Schlegel's Uebersetzung mit einigen Abänderungen von Goethe auf das Theater gebracht wird. Der alte Herr verspricht sich viel Freude davon und ist schon seit mehreren Wochen mit der Umarbeitung beschäftigt.

Leben Sie nun wohl, lieber Schelling! Die Mutter und Schwestern sagen Ihnen mit mir tausend Liebes und Freundliches. Mit treuer Seele und ich darf wohl sagen mit frommem Sinn habe ich Ihnen im beginnenden Jahr das heiterste, freundlichste Loos vom Himmel erbeten, aber gerne wiederhole ich Ihnen auch den Einen Wunsch — und möchte ihn Ihnen so recht ans Herz legen, daß Ihr Wohlwollen, Ihre Theilnahme, Ihre Freundschaft uns immer begleiten möge, sie sind eine unerläßliche Bedingung unsrer Zufriedenheit.

Pauline.

Schelling an Eschenmayer.

München, d. 24. Febr. 1812.

Vor einiger Zeit schrieb ich an Herrn v. Wangenheim und bat ihn, Sie, verehrter Freund, von mir zu grüßen, wenn es sich schicke. Dies bezog sich auf Herrn v. Wangenheim's Verhältnis als Curator, wenn es sich nämlich für ihn schicke, mein Grußbesteller zu sein. Herr von Wangenheim aber bezog die Worte, wie es scheint, auf mich und hat mir dadurch wirklich Unrecht gethan. Es ist wahrlich nicht meine Schuld, daß ich Ihnen nicht schon längst selbst geschrieben habe. Aber die Möglichkeit, einen Brief wie der Ihrige, würdig zu beantworten, wenn man die

Hände voll von Arbeiten hat! Er betrifft die wichtigsten und geistigsten Sachen und trägt Ihre Gedanken so geistreich vor, daß ich aller Ruhe bedurft hätte, um ihn nach Würden zu erwiedern. Jetzt hat sich mir ein Gedanke aufgedrungen, der verwirklicht mich den langen Aufschub nicht mehr beklagen läßt. Sie wissen vielleicht, werthester Freund, daß ich eine **neue allgemeine wissenschaftliche Zeitschrift***) angekündigt habe. Den Klippen eines solchen Unternehmens hoffe ich hiebei durch die Vorsorge zu entgehen, daß ich mich in Ansehung der Erscheinungsart an keine der einschränkenden gewöhnlichen Formen gebunden habe. Unter den Gelehrten, auf deren Mitwirkung ich gerechnet habe, und denen ich eine solche Vereinigung zu gegenseitiger Mittheilung erwünscht glaubte, steht Ihr Name in der ersten Linie. Indem ich nun dem Ziele näher gerückt und im Begriff bin, das erste Heft womöglich noch zur Ostermesse erscheinen zu lassen, säume ich nicht, Sie bestimmt anmit einzuladen und zur thätigen Theilnahme aufzufordern. In dieser Beziehung unternehme ich Ihnen einen Vorschlag zu thun: ich wünsche, daß Sie mir erlauben mögen, Ihr Schreiben, das außer seiner nächsten Beziehung auf meine **Abhandlung von der Freiheit** die allgemein interessantesten Aeußerungen und Anregungen enthält, in das erste Heft jener Zeitschrift einrücken zu dürfen. Ich zweifle nicht, mir durch diese Bekanntmachung den Dank des ganzen wissenschaftlich denkenden Publicums zu verdienen. Zugleich sind unsere Differenzen der Natur der Gegenstände nach, auf die sie sich beziehen, von der Wichtigkeit, daß sie doch früher oder später wieder zur Sprache kommen müssen.

Ich schätze mich glücklich, unter der Menge unsittlicher und underler Widersacher an Ihnen einen so edlen Gegner gefunden zu haben. Wir beide sind im Stande, der Welt das Beispiel eines mit gegenseitiger Achtung, mit Anstand, Würde und Freundlichkeit geführten literarischen Streites (wenn selbst dies Wort nicht zu stark ist) zu geben. Schon die **Brief-form**, welche ich auch meiner Antwort**) geben würde, ist von der ge-

---

*) Zeitschrift von Deutschen und für Deutsche, Nürnberg, Schrag 1813.

**) Schelling's Sendschreiben an Eschenmayer, in der Zeitschrift von Deutschen und für Deutsche 1813. Vgl. WW. I, 8, 161 ff.

wöhnlichen Form teutscher Polemik so abweichend, daß ich glauben würde, durch diese unsere Erörterung ein neues und wünschenswerthes Beispiel zu geben. Meine Antwort würde zwar nicht gleich in dem nämlichen Heft, aber doch in einem folgenden erscheinen. Daß ich nirgends das Gepräge einer innigen, aufrichtigen Achtung, die ich gegen Sie trage, vermissen lassen würde, brauche ich wohl nicht zu versichern.

Lassen Sie mich nun bald, werthester Freund, Ihre Entschließung wissen, bei welcher ich Sie bitte, mehr das Interesse der Wissenschaft, als meine Bitte in Betracht zu ziehen. Sollten mir nicht denkbare Gründe Ihre Einwilligung zurückhalten, so hoffe ich wenigstens für die Zukunft auf Ihre Mitwirkung rechnen zu können. Die neue Zeitschrift steht Ihnen zu jedem Zwecke zu Gebot.

Ich kann es dem trefflichen Herrn von Wangenheim nicht genug danken, daß er Sie durch Umpflanzung auf die Universität wiederum ganz der Wissenschaft vindicirt hat, der Sie durch Ihre praktische Laufbahn zwar nie ganz entzogen werden konnten, aber doch zum Theil entzogen waren.

Ich bitte Sie, mich auch Herrn von Wangenheim zu empfehlen, sowie meinen andren Freunden. Herrn Professor Conz*) werde ich demnächst ebenfalls zur Theilnahme an meiner Zeitschrift auffordern.

Leben Sie recht wohl und glücklich, hochgeschätzter Freund; ich bitte mich auch Ihrer Frau Gemahlin zu empfehlen und in freundschaftlichem Andenken zu behalten

Ihren
aufrichtig ergebensten
Schelling.

*) Karl Philipp Conz, Professor der classischen Literatur in Tübingen († 1827).

Schelling an Pauline Gotter.

München, 25. Febr. 1812.

Wie hätte ich denken können, beste Pauline, daß Ihnen auf dem alten
Schloß solche Erschütterungen bevorstünden und daß Sie in den Schoß
der Ihrigen zurückkehrend einer gleichen schmerzlichen Erfahrung entgegengehen würden? — Auch mich hat dies Jahr schon herb genug begrüßt;
ein edler Jüngling, einst unter meinen Zuhörern, der mit warmer Jugend-
liebe an mir hieng, schon ein Freund im größten Sinne des Wortes, Sohn
eines Mannes, den ich ausnehmend verehre, wurde das Opfer seiner ersten
Ausübung der trefflich erlernten Heilkunst; ein durch Ansteckung erhal-
tenes Fieber riß ihn unrettbar dahin und ich mußte ihm zum frühen Grabe
folgen. Kaum gewöhnt sich das Herz solchen Verlust zu glauben; wir
halten das Geschehene lang für unmöglich und sehen die geliebte, lebens-
volle Gestalt vor uns mit einer Wahrheit, die der Wirklichkeit selbst wi-
derspricht.

Solche Erfahrungen schließen verbündete Herzen enger an einander;
täglich zieht sich der Kreis der Freunde mehr zusammen; desto inniger
müssen die wenigen fühlen, daß sie zusammengehören, daß sie wirklich Ein
Herz und Eine Seele sind.

Wende der gütige Himmel alle Vorzeichen ab, die wir aus solchen
Begegnissen am Anfang eines neuen Jahres ziehen, dessen früher täuschender Frühling mich gar nicht anlacht. Jammer und Elend wird es
genug über Tausende bringen, wenn nicht ein guter Stern auch dies noch
ablenkt.

Ich begreife es, liebe Pauline, wenn Sie mir nichts so sehr als den
Frieden wünschen; mein eigen Herz ist einverstanden mit dem Wunsch,
aber können wir hoffen, ihn in einer Welt wie diese immer zu erhalten,
und wird der Krieg nicht unter Umständen heilige Pflicht?

Lassen Sie sich mein letztes Buch nicht anfechten; es ist ein Opfer,
das ich dem Frieden selbst bringen mußte, den ich bis jetzt nur täuschender

Weise genießen konnte und der drückender war als offner Krieg. Das
Buch ist mir auch darum nicht unlieb, weil es in der Entwickelung meiner
Gedanken eine Art von Epoche macht. Literarische Unannehmlichkeiten,
die für mich daraus entstehen könnten, werde ich abzuwehren wissen, um
so mehr, da eben nicht abzusehen ist, was auf diese Art viel dagegen zu
thun ist. Aeußre und politische unangenehme Folgen hat es bis jetzt nicht
für mich gehabt und kann also ferner keine haben; im Gegentheil, es hat
mir hier eine Menge Freunde gemacht und alle Parteien vereinigt, die eine
ausgenommen, welche nun ganz blos dasteht. Von allen Anhängern hat
sich Schlichtegroll am klügsten und unbefangensten benommen; ich möchte
wissen, wie er die Sache nach Gotha berichtet.

Das Einzige, um dessen willen ich dem Buch feind bin, ist daß es
mich einen Monat gekostet und so viel Zeit meiner Hauptarbeit entzogen
hat. Ohne dies wäre ich wohl so weit gediehen, um mit dem ersten Frühling den lang' gewünschten Ausflug zu machen. Das werd' ich nun freilich nicht können; aber im Anfang des Sommers rechne ich, doch endlich
frei zu sein.

Hätte ich gewußt, daß Hr. Capellmeister Weber einen so langen Aufenthalt in Gotha machen würde, so hätte ich mir das Vergnügen gemacht,
ihn auch an Ihr Haus zu adressiren. Er ist in seiner Art ein sehr talent-
voller Mann. An Goethe nahm ich mir die Freiheit ihm einige Zeilen
mitzugeben; er klagte aber, von ihm sehr kalt aufgenommen worden zu
zu sein. Es scheint mir überhaupt, daß ich neuerlich bei dem alten Herrn
nicht mehr in Gnaden sei. Er schreibt hieher an diesen und an jenen;
mir hat er, ob ich ihm gleich nun einigemal geschrieben, seit langer Zeit
nicht geantwortet. — Mein Buch habe ich ihm durch den Buchhändler
zuschiden lassen; könnten Sie erfahren, wie und was er davon urtheilt,
so wär' es mir begreiflich sehr angenehm.

Doch ein Wörtchen von Ihnen, bestes Kind, wenn Sie nicht über
dem Geklirr der wissenschaftlichen Waffen gleich alle Lust verlieren, einen
Blick darein zu werfen, würde mir freilich über Alles werth sein.

Goethe's Lebens-Fragmente werden Sie inzwischen erhalten haben.
Gedenken Sie dabei bisweilen des entfernten Freundes, der Sie, die liebe

Mutter und die Schwestern mit den herzlichsten Grüßen grüßt und nicht
aufhört Ihrer in Freundschaft und Liebe zu denken.

S.

— — —

Schelling an Wagner.

München, 25. Febr. 1812.

Es ist eine rechte Sünde und Schande, daß ich Ihnen, lieber Freund,
so lange nicht geschrieben, ob ich gleich mehrere höchst ergötzliche Briefe von
Ihnen gehabt habe. Ich will mich nicht entschuldigen sondern nur sagen,
daß es eben von hier aus gar wenig zu schreiben giebt. In der Kunstwelt
ist durch eine große Kunstausstellung, wozu alle einheimischen Künstler
eingeladen wurden, eine ziemliche Bewegung entstanden. Die Krone der
Ausstellung war und blieb Koch's Landschaft, obgleich auch sie wie Alles
Gegner fand. Jetzt ist eine neue Kunstausstellung für's Jahr 1813 angekündigt, zu welcher alle pensionirten Künstler, auch die in Rom befindlichen, Arbeiten schicken sollen. 1812 wird eine Preisaufgabe bekannt
gemacht, zu deren Lösung alle Künstler außer den Mitgliedern der Akademie concurriren dürfen. Lieber Freund, da müssen Sie durchaus etwas
dazu schicken per mostrar in vera potenza dell' arte; denn es ist kläglich,
wenn man nichts als hierländische Producte sieht, weil es aldann an
allem Maßstab fehlt. Ich habe von Gärtner nicht ohne Verdruß gehört,
daß Ihre Pension schon seit laufendem Jahr nicht mehr flüssig ist. Schicken Sie doch ja bald die nöthige Schrift, es wird dann schon gehen.
Seit einem Monat hat ein von mir herausgekommenes Buch viel Lärmen
und großes Aufsehen gemacht. Der Präsident Jacobi hatte mich in einer
kurz vorher erschienenen Schrift auf hinterlistige, tückische Weise verleum-
det als einen Menschen, der gottesläugnerische Grundsätze lehre', die Un-
sterblichkeit der Seele läugne u. s. w., kurz als der gemeinste Ketzermacher.
Hierauf habe ich denn sehr freimüthig in einer kleinen Schrift geantwortet,
wodurch ich ihm die Larve abgezogen. Er ist dadurch in die entsetzlichste
Verlegenheit gesetzt; mir aber ist es recht, daß zwischen ihm und mir ein-

mal reine Sache und offener Krieg ist. Das Buch enthält unter anderm die Erzählung einer allegorischen Vision, worin ich unser wissenschaftliches Verhältnis dargestellt und welches dem Publicum viel Freude gemacht hat. Dies wäre etwas für Sie gewesen; wenn Sie sich hier befunden, so hätten wir sie zusammen gemacht. Glauben Sie aber nicht, daß ich über solchen Nebensachen meine Hauptideen verloren habe; ich arbeite beständig daran und hoffe sie bald der Welt vorlegen zu können. Sie wissen, daß ich wegen des der frühverstorbenen Tochter meiner sel. Frau zu errichtenden Monuments von früheren Zeiten her mit Tieck in Unterhandlung war; da aber dieser nach seiner löblichen Gewohnheit auch in der Schweiz wieder sitzen geblieben und vielleicht in seinem Leben nicht wieder über die Alpen kommt, so habe ich durch Vermittlung des Dr. Wieremann aus Kiel mich an Thorwaldsen gewendet, der auch zu meiner großen Freude die Ausführung übernommen. Aber er läßt wenig oder fast nichts von sich hören. Wissen Sie, was er damit vorhat, ob er die Arbeit angefangen hat 2c., so lassen Sie es mich doch wissen oder suchen es im entgegengesetzten Falle zu erfahren, doch ohne daß er inne werde, daß wir darüber correspondirt haben.

Verschiedene römische Künstler sind seit einiger Zeit hier durchpassirt, außer dem Dr. Sickler auch Rhoden, welche ich beide nicht gesehen, und Rauch, der wieder auf dem Rückweg nach Rom ist. Auch Alexander von Humboldt ist ein Paar Tage hier gewesen. — Meine Haushaltung habe ich jetzt wieder aufgegeben und esse mit Spiz bei Freund Köhler, wo wir schon oft gewünscht haben, daß Sie der 4. Mann sein möchten. Aber der Himmel weiß, was Sie thun und treiben. Man liest jetzt so viel in Zeitungen von der Unsicherheit der Gegenden um Rom; wenn Sie nur nicht gar — —. Die mislungene oder der Himmel weiß wie in's Stocken gerathene Autorschaft habe ich sehr bedauert. Es könnte doch nach meiner Meinung der Welt ein Dienst geschehen, wenn noch oft solche Giovanni's herumliefen. Vielleicht haben Sie indessen eine zweite Auflage veranstaltet, die besser aus der Presse gekommen ist. Lassen Sie mich doch ja alles wissen, was Ihre sämmtlichen Studien betrifft. Niemand der von Rom kommt weiß zu sagen, was Sie malen. Entweder machen Sie also ein

Geheimniß daraus, oder Sie malen gar nicht mehr und die obige Voraussetzung oder irgend eine andre ähnliche ist nur zu gegründet. Ist es an
dem, daß radirte Blätter von Ihnen erschienen sind? Kaum glaube ich es,
denn ich bin so eitel zu glauben, daß Sie mir dieselben zugeschickt hätten,
da Niemand größere Freude haben kann, etwas von Ihnen zu sehen, als
ich. Aber wie weit ist denn das große hierher bestimmte Gemälde gediehen?
Kommt es im nächsten Jahr sicher? Ich wünsche es sehr. Vergessen Sie
doch ja nicht, wie viel Sie noch zu malen haben. — Hier hat Director
Langer ein Altarblatt für die Schulkirche: Christus wie er die Kinder seg-
net, Prof. Langer ein andres für das große Krankenhaus, den heiligen
Rochus, zu malen. Beide werden weit über Lebensgröße und in allen
Dimensionen sehr ansehnlich. — Da Sie unstreitig bisweilen an den
Kronprinzen schreiben, so erzählen Sie ihm doch, wie es Ihnen mit Ihrer
Pension geht; es kann nichts schaden.

　　Nun leben Sie recht wohl, bleiben Sie gesund und denken Sie auch
an Einen, der Sie mit ewiger Freundschaft in's Herz geschlossen hat und
gern mit Ihnen leben möchte.

──────

Schelling an Windischmann.

München, 27. Febr. 1812.

　　Ihr Brief, Freund, war mir begeisternder Zuruf. Ihr Urtheil hat
für mich solchen Werth, daß ich mir nicht allein eitler Weise etwas darauf
zu gut thue, sondern davon zu Höherem und Besserem angefeuert werde.
— Bei dem Lob, das Sie dieser Schrift ertheilen, rechne ich jedoch viel
auf Ihre Nachsicht und die Bestochenheit der Freundschaft; denn ich fühle,
daß sie besonders im Einzelnen viele Mängel hat und weit besser werden
konnte, wenn sie nicht binnen zwei Monaten geschrieben und gedruckt
wurde.

　　Hier hat selbige ein ungemeines Aufsehen gemacht und ist nicht anders

wie eine Bombe in die Stadt gefallen. Trotzdem hat sie für meine äußere
und bürgerliche Existenz keine nachtheiligen Folgen gehabt. Im Gegentheil, sie hat mir viele Freunde erworben. Es ist auffallend, wie Menschen
aller Art und jeden Standes davon ergriffen worden, daß Sie mir ein
Bild wurde von der Wirkung auf die Gemüther, welche unsere vollkommen entwickelten Gedanken einst in ihrer Ausbildung zur letzten Klarheit
auf das Menschengeschlecht haben müssen. — Seit vielen Jahren habe ich
die anfängliche Bescheidenheit, blos für Wissenschaft und Schule, wenn
gleich auch dies Letzte doch in höherem als gewöhnlichem Sinn, zu wirken,
mehr und mehr aufgeben und einsehen müssen, daß die Vorsehung eine
Veränderung der ganzen Denkart und keinen Theil verschmäht will.
Vielleicht hat der erste Versuch, auch auf den geistlichen und alle Stände
zu wirken, darum so glücklich ausfallen müssen, um mich hierin zu bestär-
ken. Dies ist der eigentliche, stille, noch unausgesprochene Sinn der von
mir angekündigten Zeitschrift. Ihre Gedanken, Freund, sind völlig die
meinen. Polemik thut Noth, aber ganz andere, die mit Blitzen vom Himmel, mit Donnern der Begeisterung niederwirft, mit sanftem Wehen eines
göttlichen Geistes die gesunden Keime belebt. Hiezu seien wir denn beide
innerlichst verbündet! Ich nehme Ihre Hand und reiche Ihnen die meinige.
Unsere Gedanken müssen sich wohl nahe berühren; ich seh' und erkenn' es
aus Allem, und die Folge wird's ja zeigen. Sie und ich, beide haben wir
einige Jahre zugesehen, nur um desto kräftiger wieder einzugreifen.

Ich hoffe nebst dem schon fertigen Theil der Weltalter noch das erste
Heft der Zeitschrift zur Messe zu bringen. Nach diesem und auch nach dem
zuerst folgenden bitte ich Sie kein Urtheil zu fällen. Ich werde langsam
herausrücken, aber Volksmäßigkeit ist das Hauptabsehen. Auf Ihre Mitwirkung habe ich gar sehr gezählt. Schreiben Sie mir, ob Sie vielleicht
gleich zu einem der ersten Hefte etwas beizutragen wüßten. Der Bogen
wird mit 2 Carolins honorirt — das Mögliche in den schlechten Zeiten.

Heil und Segen Ihnen mit den vielen Kindern und den Zwillingen
insbesondere; das ist doch der reinste, lauterste Segen vom Himmel, und
keine Gebete dringen so mächtig zum Himmel als Kindergebete. Lehren
Sie doch ja die Kinder alle recht früh beten. Könnt' ich Sie doch einmal

sehen in Ihrem Reichthum! Neidlos, doch vielleicht nicht ohne Wehmuth würde ich in meiner Armuth neben Ihnen stehen.

Ich muß schließen, lieber Freund, auch dies hat mit größter Eile die Hand nur hingeworfen. Schreiben Sie mir bald wieder. Freundes-stimme geht über Alles im armen Leben. Rechnen Sie auf mich,

Ihren

treu ergebenen
Schelling.

Pauline Gotter an Schelling.

Gotha, den 19. März 1812.

Immer hat es mir im Sinn gelegen, bester Schelling! Ihnen wieder zu schreiben; ich habe den Dank noch auf dem Herzen für Goethe's Leben, den ich Ihnen gern auf der Stelle ausgedrückt hätte; aber die Hände waren zu beschäftigt franz. Militär zu bewirthen, um die Jeder zu regie-ren; nur dem Gedanken war es vergönnt den lieben entfernten Freund aufzusuchen, und flüchteten sich um so lieber zu ihm, um bei dem äußern Drängen und Treiben im Innern einen freundlichen Ruhepunct zu finden. Unser stilles Leben ist auf diese Weise sehr ins Tumultuarische gekehrt, selten vergeht ein Tag, daß man sich dieser lästigen Gäste überhoben sieht, die alten werden immer wieder durch neue abgelöst. Die Stadt ist über-schwemmt, die Bürger gedrängt und man fügt sich wohl mit Geduld in dieses allgemeine Loos, das so gelind erscheint gegen die Unsumme von Elend, die noch für Tausende daraus erwachsen wird. Wie ernst nur trübe sieht es wieder in der Welt aus, man hört nichts Andres in der Nähe und Ferne. Es gehört wohl eine entschiedene Heiterkeit des Gemüthes dazu, in dieser Gegenwart nicht allen Frohsinn einzubüßen! — Solche kriegerische Zeiten zu erleben, das sind auch Erfahrungen, bester Schelling! die die Banden der Freundschaft und Liebe fester knüpfen; bei der gänzlichen Un-sicherheit jedes irdischen Besitzes möchte man sich dieses himmlischen Guts um so unwandelbarer versichern.

Wie lieb ist es mir, bester Schelling! daß Ihr Buch nur Günstiges für Sie nach sich gezogen! Nun will ich mich auch nachgerade über seine Existenz zufrieden geben; aber keinesweges darüber, daß wir es nicht zu bekommen scheinen, von einem Tag zum andern habe ich vergebens darauf gehofft. Von dem, was Schlichtegroll darüber hierher berichtet, weiß ich nur ganz im Allgemeinen, daß er glaubt durch diese Auseinandersetzung die Wissenschaft gefördert zu sehn. Jacobs hütet sich wohl etwas mehr davon gegen uns zu äußern, er kennt zu bestimmt unsre Gesinnungen für den Verfasser.

Was Goethe darüber urtheilt, sollen Sie gewiß erfahren, das Frühjahr bringt mich wohl einmal wieder in seine Nähe, um es von ihm selbst zu hören. Wie können Sie nur in aller Welt glauben nicht mehr in seiner Gunst zu stehn? Nein, ich weiß gewiß, lieber Schelling! er ehrt und liebt Sie von ganzem Herzen, und wenn dem nicht so wäre, verdiente der alte Herr nicht Einen freundlichen Blick mehr. Daß er Ihnen nicht geantwortet, ist wohl nur zufällig, vielleicht bedurften Ihre Briefe geradezu keiner Antwort, und er erspart sich gern jeden Federzug. Schreiben Sie ihm nur immer wieder, wer wollte mit seinen Freunden so genau rechten? Wundern thut es mich auch nicht, wenn er den Hrn. Capellmeister Weber etwas kalt empfangen, ich kenne schon seine entschiedene Antipathie gegen alle Musici. Am auffallendsten bemerkt sich das, wenn er Reichardt gegenüber steht. Zelter ist der einzige, den er persönlich liebt und schätzt. Ich habe auch diesen Winter keine Zeile mit dem alten Herrn gewechselt, nur durch Fremde und Bekannte haben wir uns von Zeit zu Zeit begrüßen lassen; aber es ist mir nicht bange seine Gesinnungen unverändert zu finden, — er hat zwar ein wankelmüthiges Herz, aber doch nur auf gewisse Weise. Wie es diesen Sommer mit ihm werden wird, weiß ich noch gar nicht, sein Famulus wird Ostern bei der weimarischen Schule angestellt, und lange kann G. doch nicht in fremden Landen ohne diesen existiren. Es klingt freilich wunderlich, den alten Herrn für so unmündig zu erklären.

Also zu Anfang dieses Sommers, bester Schelling! sollen wir Sie sehn? Daß uns nur ja diese liebe Aussicht nicht noch weiter in die Ferne gerückt werde! es liegt so schon eine lange Zeit dazwischen — wir haben noch förmlichen Winter. Vor 4 Wochen gab es schon Veilchen, und auf einmal sind wir wieder eingefroren, als wollte sich der Sommer nie zeigen. Mich kann es ungeduldig machen, so tief im März zu sein und noch keinen Strahl der Frühlingssonne fühlen.

Da kömmt das kriegerische Buch, während ich schreibe, gleichsam als hätte ich's citirt. Ich habe mich nicht enthalten gleich hinein zu blicken, und bin erfüllt von Jacobi's Abscheulichkeiten, gegen die sich meine ganze Seele empört. — Rechtlicherweise hat man von so etwas keinen Begriff, wenn man es nicht mit Augen sieht, mir hat sich wahrhaft das Herz dabei umgewendet. Ich begreife nun, daß Sie nicht schweigen konnten; ob mehr Mäßigung möglich war, kann ich freilich nicht beurtheilen. Der Himmel bewahre Sie je wieder für so einen hämischen Gegner! Die beiden ersten Abschnitte des Buches sind wohl zu wissenschaftlich, um für uns ganz genießbar zu sein; ich freue mich desto mehr auf den letzten, dessen heitrere Behandlung uns noch mehr zusagen wird, schon beim ersten Blick fühlt man sich betroffen von der Gewalt des Geistes und Witzes, die diese ganze Vision beherrscht. Kaum kann ich erwarten es recht mit Muße zu genießen.

Leben Sie wohl, lieber, theurer Freund! lassen Sie bald wieder von sich hören und sein Sie von uns allen auf das liebevollste gegrüßt.

Pauline.

Schelling an Pfister.

München, den 4. April 1812.

— Ich habe es gewiß mehr als Du bedauert, daß Du bei der letzten Preisfrage nicht mit in die Schranken getreten. Mannert erhielt den Preis durch die bloße Wirkung jenes Parteigeistes, den Einige für nöthig halten, um die Protestanten und dadurch sich (weil ihre Personen es nicht vermögen) bei den Bayern in Respect zu setzen. Die Preisrichter erklärten selbst, daß die Schrift in ihrer damaligen Gestalt nicht erscheinen könne, daß sie durch unedle jenem Autor geläufige Ausdrücke,

durch Mangel hinlänglicher Nachforschung in mehreren Puncten wesentliche Verbesserungen nöthig mache. Durch nicht sehr löbliche Kunstgriffe
wurde sogar dem Verf. sein eingesendetes Original-Manuscript zurückge-
stellt, wovon er jetzt sogar die Abschrift verweigert, so daß die Akademie
nie wieder nachweisen kann, was in der Handschrift, als sie gekrönt wurde,
gestanden, was nicht. Unsere ehrlichen bayrischen Historiker, Westen-
rieder, Vallhausen u. A. sind über dieses Verfahren höchlich, wie billig,
entrüstet; auch sind nun höheren Orts Maßregeln getroffen, daß dergleichen nicht wieder geschehen kann.

Die neueste vor wenigen Tagen bekannt gemachte Preisfrage betrifft
das Leben und die Verdienste der bayrischen Herzoge Wilhelm und Al-
brecht um Künste und Wissenschaften. Diese Materie ist nun so speciell,
daß sich schwerlich auf ausländische Bewerber rechnen läßt. — —

Wie ich mir in polemischer Hinsicht auch einmal wieder etwas zu
gut gethan, wirst Du bei dem Lärmen, den es besonders in unserm lieben
Schwabenland gemacht zu haben scheint, wohl gehört haben. Ich wünsche,
daß Du meine Schrift lesest, die Du von Maulbronn aus leicht bekommen
kannst. Es ist mir wenigstens gelungen, einen der verfolgungssüchtigsten
und giftigsten Feinde des höheren wissenschaftlichen Strebens mundtodt
zu machen, daß auch seine Anhänger zwar mit neuen Lügen (denn deren
Möglichkeit ist unendlich), aber mit keinem wahren Wort erwiedern können. Meine lieben Landsleute hätten es zwar, wie ich aus einigen Sachen
fast schließen kann, lieber gesehen, wenn ich unterlegen; dagegen habe ich
da, wo es galt und noch gilt, die entschiedenste und erwünschteste Wirkung
hervorgebracht. Das Buch ist im Uebrigen, so stark einzelne Aeußerungen in der Ferne auffallen mögen, nach der gewissenhaftesten Ueberzeugung
geschrieben; es ist im Ausland vielleicht zum Theil, hier aber von Niemandem, der nicht zu der betroffenen Partei gehört, zu hart gefunden worden.

Mit unserer Akademie hat sich seitdem eine bedeutende Veränderung
zugetragen. Von nun an ist die oberste Leitung und Aufsicht der ganzen
Anstalt in den Händen eines beständigen Königl. Commissärs, das Publicum sieht diese Verfügung als eine stillschweigende schonende Absetzung
des bisherigen Präsidenten an, die er auch wohl verdient hat. Zum Glück

laſſen die perſönlichen Eigenſchaften und Einſichten des ernannten Com-
miſſärs alles Beſte hoffen. Inwiefern ich durch meine Schrift zur Be-
ſchleunigung dieſer Maßregel beigetragen haben ſollte, kann ich mir ein
wahres Verdienſt um die bayriſche Nation (die es laut anerkannt hat und
die Sache der Wiſſenſchaft zuſchreiben.

Das erſte Heft meiner Zeitſchrift befindet ſich unter der Preſſe. Ich
habe Vieles auf dem Herzen und hoffe durch dieſelbe in der That auch zu
wirken. Ich wende mich jetzt noch dringender an Dich und erſuche Dich,
mich ſobald als möglich mit Beiträgen zu erfreuen. Der „Von Deutſchen
in fremdem Sold“ wäre mir höchſt erwünſcht. — Du ſchreibſt von neuen
glücklichen Unterſuchungen über den Urſprung des Hauſes Würtemberg.
Möchteſt Du denn nicht dieſe auch meiner Zeitſchrift überlaſſen? Hiſtorie
iſt mein vorzügliches Abſehen bei derſelben; auch die gelehrteſten Recher-
chen ſchließt ihr Plan nicht aus. Was denkſt Du mit der Lebensbeſchrei-
bung Herzog Chriſtophs zu thun? — Beſondere Abdrücke von jedem ſolchen Aufſatz könnte ich Dir immer verſchaffen. Eine gute Zeitſchrift (und
ich hoffe, die meinige ſoll eine ſolche werden) iſt für literariſche, was eine
Ausſtellung für Kunſtwerke. Um was ich Dich aber hauptſächlich erſuchen
möchte, wären Beurtheilungen einzelner hiſtoriſcher Werke. Hier ſtellen
ſich nun fürnehmlich Fr. Schlegel's Vorleſungen als bedeutend, als wohl
werth eines kräftigen Wortes dar; denn von allen Arten der Sophiſtik
ſcheint mir doch die hiſtoriſche die allerempörendſte. — Sehr angenehm
wäre mir auch eine ſtrenge Beurtheilung von Mannert's Biographie Ludwig's d. B., eine von Breyer's Geſchichte des dreißigjährigen Kriegs;
denn vaterländiſch-bayerſche Sachen werde ich überall vernehmlich berück-
ſichtigen. — Nach den gegenwärtigen leidigen Verhältniſſen des Buch-
handels kann ich den Mitarbeitern freilich kein ſehr großes Honorar ver-
ſprechen; doch hoffe ich von dem Buchhändler für Dich 18 fl. für den
anſehnlich gedruckten Bogen zu erwirken. Laß mich nun über dies alles
bald Deine Geſinnungen wiſſen. — — Empfiehl mich Deiner lieben
Frau beſtens; küſſe und ſegne auch den Kleinen für mich. *) Grüße alle

---

*) Fl. hatte Schelling Pathe ſeines Sohnes zu werden gebeten.

Freunde, die sich meiner erinnern. Auch dem ehrwürdigen Schnurrer bezeuge gelegentlich mein Andenken; es ist zwar ein kleiner Umweg, doch weiß ich nicht, ob ich so bald nähere Gelegenheit finde.

Lebe wohl und fröhlich, und laß mich das lange Schweigen nicht entgelten. Ganz

Dein

Schelling.

N. S. Könntest Du mir die Reime schicken, welche in der Capelle zu Staufen unter Barbarossa's Bildnis stehen? In Angermüller's (so heißt glaube ich der Pfarrer) Schrift sind sie angeführt. Wie alt glaubst Du sie?

— —

Schelling an Windischmann.

München, 5. April 1812.

Seit Ihrem letzten Schreiben, lieber Freund, bin ich wieder stark in's Arbeiten gekommen; daher die verzögerte Antwort. Das Thema, das Sie sich zu bearbeiten vorgesetzt, ist von der größten Wichtigkeit, ich meine das von der Kraft der Wissenschaft in Bezug auf das Leben. So sehr ich davon durchdrungen bin, daß namentlich unser Heil allein in durchgebildeter Wissenschaft und daraus wieder entstehender lebendiger, gediegener Erkenntnis besteht, (denn wie mag der Zweifeler oder der blos glaubt im vulgären Sinne, d. i. meint, Großes vollbringen?), so bin ich doch nicht im Stande, diese Materie nach Würden auszuführen, wünsche aber um so mehr ein tüchtiges durchgreifendes Wort von dem einen oder andern Gleichgesinnten, vornehmlich von Ihnen. Können meine Worte bei Ihnen gelten, so lassen Sie sich doch ermuntern zu ungesäumter Ausführung Ihrer Gedanken; je eher ich eine davon handelnde Rede für meine Zeitschrift bekommen kann, desto lieber! Ich habe die Sache nur berührt in dem Vorwort zum ersten Heft meiner Zeitschrift, aber schon zum voraus auf den nachfolgenden Aufsatz eines Freundes verwiesen.

Friedrich Schlegel wird seinen Zweck nicht erreichen und sich in manchem Betracht getäuscht finden. Das, was er durch Abschwörung der Wissenschaft errungen zu haben meint und auch nur so erringen zu können glaubte: das und noch weit mehr (da es ihm namentlich an aller Naturanschauung gebricht) habe ich auf dem Wege der Wissenschaft vorlängst gefunden und erreicht. Er kommt freilich insofern zum Theil auf das Rechte, als er sich ganz an das Positive anschließt; aber er verderbt es im Grund und macht es auf's Neue zweifelhaft durch die Sophistik, die es begründen soll. Seit seinen historischen Vorlesungen halte ich ihn in Ansehung dieser Kunst zu Allem fähig. Von jeder Art der Ausübung derselben ist doch die historische Sophistik die allerempörendste. Die Recension von Jacobi's Buch ist in gewissem Betracht ein Meisterstück derselben Art; doch hat es mich gewundert, wie er auf seinem Wege zu einigen Gedanken gekommen ist, welche eine auffallende Bestätigung der meinigen sind. Jacobi war, doch vermuthlich mehr des Contrastes mit meinem Buch als des eigentlichen Inhalts wegen, sehr erfreut über die Recension, hat sich gleich in Briefwechsel mit dem einst über alles Gehaßten gesetzt, ihn zum auswärtigen Mitglied der Akademie vorgeschlagen. Ich rechne und erwarte nicht anders, als daß es zwischen Fr. Schlegel und mir noch einmal zur deutlichen Erklärung komme. Ich meinerseits bin dazu bereit und wünsche nichts Anderes.

Sobald Sie also, geliebter Freund, mit der mir bestimmten Abhandlung fertig sind (sogleich nach Ostern dachten Sie mir dieselbe zuzusenden), bitte ich, sie abgehn zu lassen. Der Druck des ersten Heftes beginnt in wenigen Tagen. Für dieses habe ich ein wahres Kleinod in einem höchst naiven Briefe Eschenmayer's, den er über meine Abhandlung von der Freiheit an mich geschrieben. Das Geheimnis des sogenannten Nichtwissens und der damit verbundenen Ansicht ist so darin ausgesprochen, daß nichts zu wünschen übrig bleibt. Aus diesem Grunde, auch weil es mir nicht wichtig genug war, ihm privatim zu antworten, habe ich mir das Sendschreiben zum Druckenlassen ausgebeten; meine Antwort erscheint ebenfalls im ersten Heft und wird den Schleier vollends wegziehen. Könnte ich das unmittelbar nachfolgende zweite mit Ihrer Abhandlung anfangen, so wär' es mir höchst erwünscht. — Wann erscheint denn nun Ihr Heft über Magie? Ich erwarte es mit großer Sehnsucht und bitte, es mir ja gleich zu schicken, sobald es die Presse verläßt. Wir müssen uns da gewiß oft begegnen.

Nun leben Sie recht wohl im Kreis Ihrer lieben Kinder, grüßen Sie alle die Ihrigen von mir mit dem Gruß herzlicher Freundschaft und schreiben Sie bald wieder Ihrem alten Freund, der nie aufhören wird es zu sein.

S.

Schelling an Eschenmayer.

München, 5. April 1812.

Es ist mir sehr angenehm, daß Sie eingewilligt haben, Ihren Brief drucken zu lassen und unsern Streit, wenn ich ihn so nennen soll, aus einem Privatstreit in einen öffentlichen zu verwandeln. Ich werde mir meinerseits alle Mühe geben, daß er für die Wissenschaft ersprießlich wird. Liegt unserer Differenz ein Mißverständnis zu Grunde, so muß es ja doch wohl auf diesem Weg an den Tag kommen. Denn ich will auch keineswegs mit Ihrem Schreiben und meiner Antwort, (bei welcher ich mit Ihrer Erlaubnis auch von einigen deutlicheren und sehr interessanten Erklärungen Ihres letzten Briefs an mich Gebrauch machen will), die ganze Sache beendigt ansehen. Dieselbe Zeitschrift steht Ihnen jederzeit zur Wiederaufnahme der Sache und zur neuen Bestreitung offen. Ich glaube, mir um die Wissenschaft und das sie liebende Publicum nicht leicht ein größeres Verdienst erwerben zu können, als indem ich einen Mann Ihres Geistes zu öffentlichen Aeußerungen bewege oder veranlasse.

Da die entworfene Zeitschrift nicht so sehr der reinen und strengen Wissenschaft, als ihrem Bezug und Verhältnis zum Leben gewidmet sein soll, so wünsche ich sehr, daß Sie auch in anderen Fällen, da Sie etwas

zum Besten des Ganzen mitzutheilen hätten, es der Welt nicht vorenthalten und meiner Zeitschrift einverleiben mögen.

Die von Ihnen gewünschten Veränderungen sind bereits getroffen,
und es befindet sich Ihre Handschrift schon unter der Presse.

Wegen des Schlusses sind mir erst bei der letzten Redaction einige
Bedenklichkeiten aufgestoßen, die ich Ihnen kaum aus einander zu setzen
brauche. Die Beziehung liegt zu nahe und wird bei dem gegenwärtigen
Zustand der Dinge nicht [nur] von Wohl- und gut-, sondern auch von Bös-
und übel-wollenden gemacht werden. Unsere innerste Denkart kann hierüber nicht verschieden sein, nur bin ich der Meinung, daß jede unmittelbare Gegenwirkung, selbst nach dem Willen der Vorsehung, eitel und
fruchtlos ist. Unser eigentlicher Beruf liegt in der Ausbildung der Wissenschaft in Religion und der Religion zu kräftiger, lebendiger Erkenntnis,
die nur durch Wissenschaft möglich, so wie nach meiner Ueberzeugung die
einzige Hoffnung einer kommenden Regeneration ist. — Ich wünsche daher von Ihnen autorisirt zu werden, mit den 2 letzten Seiten vorzunehmen,
was ich nach meinen und den allgemeinen Verhältnissen für durchaus
nöthig halte. Es versteht sich, daß ich nichts zu setzen will. Die einzige
Erlaubnis, die ich wünsche, ist Einiges streichen und die Lacunen etwa durch
Striche andeuten zu dürfen. Freilich werde ich dadurch auch die Gelegenheit verlieren, über die Verwandtschaft zwischen der politischen Tendenz und dem vermeinten Gange der Philoso-
phie in Deutschland, die schon Mehrere zu sehen glaubten, mich zu erklären; was ich inzwischen auf keinen Fall leicht thun könnte. Gerade das
Opponirteste erscheint freilich oft zugleich in einer gewissen Aehnlichkeit;
was aber allerdings beiden Sachen gemein ist, ist dies, daß der größte
Theil von der einen so wenig als von der andern zu begreifen scheint, wo
sie eigentlich hinaus will. —

Ich bitte Sie um eine baldige Antwort, damit der Druck nicht aufgehalten werde. Verlassen Sie sich dabei auf die größte Schonung Ihrer
Worte und Gedanken; nur das Bezeichnendste wünsche ich hinweg, weil es,
ohne Vortheil zu bringen, der ganzen Unternehmung schaden kann, und
wir, wie die Welt ist, nur noch froh sein müssen, die Freiheit zu solchen

literarischen Unternehmungen behalten zu haben. Ich bitte, mich Herrn Präsident von Wangenheim bestens zu empfehlen, dem ich nächstens schreiben werde.

Mit bekannter Hochachtung

Ihr

, ergebenster

Schelling.

Schelling an Pauline Gotter.

München, den 5. April 1812.

Diesmal, beste Pauline, schreibe ich Ihnen recht absichtlich gleich wieder; nicht daß ich mir schmeichelte, mein Schreiben könnte für Sie ein besondrer Trost sein, sondern um nur recht bald wieder Nachrichten von Ihnen zu erhalten. Das Leiden der ganzen dortigen Gegend ist mir (so engherzig bin ich) bis jetzt im Grunde wenig zu Herzen gegangen, aber so werthe, liebe Freunde bedrängt zu wissen, greift mir an die Seele. Denke ich nun dazu, wie lange dies alles währen kann, so kann ich den Gedanken nicht abhalten, den auch Caroline so oft geäußert: Wenn doch die liebe Mutter anstatt in Gotha, mit allen ihren Kindern in München wäre! — Hier sehen wir doch vorerst ruhigen Jahren entgegen, und München muß ja manche Vorzüge vor Gotha haben. Theurer lebt es sich hier gewiß auch nicht, ja in jetzigen Zeiten zweifle ich kaum, daß nicht wohlfeiler.

Ich kann mir den Gedanken recht lebhaft ausmalen; zufälliger Weise trifft sich, daß dieses Frühjahr in gleicher Linie mit meiner Wohnung, im nämlichen Haus, eine andere frei wird, die ich mir gerade groß genug für Sie denken kann und in der ich mir Sie so gerne einbilden möchte. Höchst eigennützig sind freilich alle diese Gedanken; welche Wonne sich mit gleichgestimmten Seelen zusammen zu finden! und auch all' mein äußeres Leid, die Pein, die mir die Sorge für die physische Existenz macht, wäre gehoben; ich übergäbe mich sammt allem was zu mir gehört der

lieben Mutter und alle meine Verwirrung wäre bald in Ordnung aufgelöst. Welche Träume! — —

Es will auch bei uns noch immer nicht recht Frühling werden, ein
unaufhörliches Regenwetter hält mich im Hause und in der Stadt zurück.
Ich habe mir für diesen Sommer einen ordentlichen kleinen Landsitz ge-
miethet; eine Mühle, eine kleine Capelle und ein Schlößchen machen den
kleinen Platz aus, den man Mariä-Einsiedel nennt und den ich diesen
Sommer bewohnen will. Nahe der Isar, mit einem großen Grasgarten
unter Felsen versteckt, im Mittelpunct der schönsten Partien unsrer Gegend glaube ich da recht vergnüglich zu wohnen; aber ich fürchte, es wird
noch eine Zeit währen, eh' ich dahin komme. Das Plätzchen ist nur eine
kleine Stunde von München, nur es führt der angenehmste Spaziergang
am Wasser über Wiesen dahin.

Diese Tage geht mein guter Freund Dr. Köhler zur Armee und läßt
seine arme kleine Frau, eine Tochter von Wiebeking, der kürzlich durch
einen russischen Orden sehr beglückt worden, hier zurück. Ich hoffte, sein
Weg sollte ihn auch über Gotha führen, und war nicht übel Willens, ihn
zu begleiten und mich dort bei guten Freunden als Militär einquartiren
zu lassen. Daraus ist nun nichts geworden; desto fester hoffe ich, auf
friedliche Art dorthin zu gelangen und nur desto freundlichere Aufnahme
zu finden.

— Ich küsse der lieben Mutter die Hände und grüße die Schwestern;
leben Sie wohl, beste Pauline!

Schelling.

Schelling an Schubert.

München, den 6. April 1812.

Länger will ich es nicht anstehen lassen, Ihnen, geliebter Freund, zu
schreiben. In Gedanken bin ich viel bei Ihnen gewesen und habe innigen
Theil genommen an der Fügung des Himmels, die eine treue, herz-, geist-
und liebevolle Gattin von Ihrer Seite rief. Trost will und kann ich Ihnen

nicht ertheilen; wo er nöthig wäre, faßt er nicht, wo er fassen würde, ist er unnöthig. Sie bedürfen keines. Natur und Offenbarung haben Sie mit der innigen, gegenwärtigen Gewißheit von dem höheren Zustand erfüllt, zu dem der Tod nur Uebergang ist, und nach dem, wenn wir ihn lebhaft ergreifen, unsre ganze Seele von Sehnsucht hingezogen ist. Wie oft war es mir schon Trost, nicht wegen der Abgeschiednen sondern wegen meiner selbst, wenn ich den Druck des Lebens innerlich schwer empfunden, jenes alte teutsche Sinngedicht:

Ob Sterben schrecklich ist, so bild' ich mir doch ein,
Daß seliger nichts ist als das Gestorbensein.

Auch diese Erfahrungen sind nur ein neues Band zwischen uns.

Wenn ich so glücklich bin das Werk zu vollenden, an dem ich, freilich unter so manchen Störungen, Verhinderungen und Unterbrechungen, schon so lange arbeite, so hoffe ich auch über Geisterwelt und jenseitiges Leben Einiges dem Menschen aufzuschließen, was wenigstens der Wissenschaft zuvor verborgen war.

In diesem Augenblick beschäftige ich mich lebhaft mit der Herausgabe der von mir angekündigten Zeitschrift, und werde ich bald auch Herrn Schrag *) darüber das Nähere schreiben.

Lassen Sie mich doch wissen, ob und wie bald ich auf Beiträge von Ihnen hoffen dürfte, die ich gar sehr wünsche.

Gott erhalte Sie gesund und froh, und verwandle allen Schmerz, wenn ja noch welcher da ist, in die innere wohlthuende Wehmuth.

Ich wollte nichts, als nach dem, was Sie betroffen, einen Augenblick Sie sehen und Ihnen sagen, was und wie ich mit Ihnen empfinde. Hiezu sind diese Zeilen genug von

Ihrem

treuen Freund

Schelling.

---

* Verleger der Zeitschrift in Nürnberg.

Pauline Gotter an Schelling.

Gotha, 16. April 1812.

Wie liebenswürdig ist es von Ihnen, bester Schelling! uns so bald
wieder zu antworten! Kaum traute ich meinen Augen, wie ich Ihre Hand
erblickte; nun soll Ihnen auch gleich auf der Stelle der schönste Dank dafür gesagt sein. Ihr lieber Brief sand uns auch wieder recht ruhigen
Sinnes, die unstäten Gäste hatten das Haus geräumt, die alte Ordnung
war wieder eingekehrt und alles Unangenehme vergessen. Die Militär-
straße ist nun auch von Gotha verlegt und für die nächste Zukunft wenigstens nichts zu fürchten; aber Ihre freundlichen Vorschläge über den
Tausch des Wohnplatzes haben uns doch nicht ganz unberührt gelassen,
wohl fänden wir es schön und wünschenswerth in solcher Nähe mit dem
lieben Freunde zu leben, wie angenehm und gemüthlich kann man sich das
ausdenken, welche Luft für ihn zu sorgen, ihm in allen Wünschen entgegen
zu kommen. Und doch bleiben es nur Träume, die in der Idee leicht auszuführen sind, denen aber in der Wirklichkeit tausend Schwierigkeiten entgegen treten. Um Ihnen nur eine zu nennen, so sind wir jetzt wie die
Schnecken an unser Haus gebannt, ohne es so leicht und bequem mit uns
nehmen zu können; wir haben wohl längst gewünscht es zu veräußern, in
der gegenwärtigen Zeit ist aber gar keine Hoffnung dazu. Vielleicht daß
die Zukunft etwas Günstigeres für unsre Wünsche heranleitet.

Endlich ist die Frühlingssonne durchgedrungen und Alles gewinnt
schon wieder ein munteres Ansehn; da werden denn auch die Anregungen
lebhafter, die Stadt zu verlassen und auf dem Lande das Erwachen der
Natur zu feiern. Meine Freunde in der jenaischen Gegend machen ihre
Ansprüche auf mich geltend, die schöne Jahreszeit wieder mit ihnen zuzubringen; aber Sie begreifen wohl, daß ich mir noch keinen Entschluß habe
abdringen lassen; die Aussicht Sie zu sehn, bester Schelling, ist so reizend
und jede andere Freude verschwindet so ganz daneben, daß so lange wir
diese noch im Auge haben, ich keine befriedigende Antwort geben könnte.
Richten Sie Alles nach Ihrem Wunsch und Willen ein in Rücksicht auf

Zeit und Ort, jeden Augenblick werden Sie uns lieb und willkommen sein; aber ich wiederhole Ihnen auch die Versicherung: sollte Ihre Reise mit weniger Schwierigkeiten für Sie verknüpft sein, wenn Sie die bayrische Gränze nicht überschreiten, so kommen wir Ihnen mit Freuden an den Ort entgegen, den Sie bestimmen.

Sie haben wohl gethan sich so einen artigen Landsitz zu miethen; aber fesseln darf er Sie nicht, lieber Schelling! Das Plätzchen muß gar hübsch und heimlich nach der Beschreibung sein. Wäre es doch statt von München, von Gotha nur eine Stunde, da sollte oft nach Mariä-Einsiedel gewallfahrtet werden.

Welche Sensation erregt Ihr Buch, bester Schelling! In Jena hat es eine solche Bewegung in die Gemüther gebracht, daß seit seiner Erscheinung an nichts Anderes gedacht, von nichts Anderem geredet, und nur für und wider gefochten und gestritten wird. Der größte Theil schlägt sich mit Feuer und Flamme zu Ihrer Fahne, und nur Wenige ergreifen Jacobi's Partei. Auch Goethe soll sich freuen, daß die Wahrheit siegt. Neulich hat er als Tischgespräch scherzhaft geäußert: Ihren Gott begriff' er zwar nicht; aber der Gott, der sich mit dem alten Jacobi und seinen beiden Schwestern amüsiren könnte, müßte doch ein kläglicher Gott sein.

Noch diesen Monat gedenkt Goethe nach Karlsbad zu gehn.

Die neue Einrichtung der Akademie ist Ihnen wohl angenehm, bester Schelling! in so fern Sie wenigstens nun nicht unmittelbar unter dem Präsidenten stehn? Wir wußten noch nichts davon, denn mit Jacobi sprechen wir fast nie von München, wir haben gegenseitig zu verschiedenes Interesse, und so ist es besser, wir schweigen beide, damit die Verhältnisse immer freundlich bleiben.

Leben Sie nun wohl, bester Schelling! die liebe Mutter und Schwestern sind alle wohl und grüßen herzlich, bleiben Sie unsrer immer eingedenk, wie wir Ihrer mit ganzer Seele.

Pauline.

Schelling an Pauline Gotter.

M.-Einf., den 1. Mai 1812.

Kaum, beste Pauline, habe ich von meinem kleinen Landhaus Besitz genommen und es mir etwas wohnlich gemacht, so ergreife ich die Feder, um Ihnen zu antworten. Der Himmel hat mich indeß recht begünstigt, letzten Montag den 27. gieng ich hierher, am nämlichen Tag entwölkte sich die Luft, und zugleich kam die Wärme, die gestern fruchtbare Gewitter-Regen, heute wieder den klarsten Himmel brachte. Kurz es scheint endlich mit dem Frühling Ernst zu werden.

Wie froh bin ich dieser Stille! Im Gedräng der Menschen, im täglichen Umtrieb der Geschäfte verlieren wir uns selbst. Die Einsamkeit erlaubt uns, auch wieder an uns selbst, an unser Liebstes und Bestes zu denken; da finden wir im eigentlichen Verstande unser Inneres wieder und freuen uns, daß es noch da ist. — Warum ist das Herz des Menschen auch darin wie die Erde, daß immer eine Seite ins Dunkel zurücktreten muß, damit die andere beleuchtet sei? — Diese Tage also habe ich mir selbst gelebt, meinen Erinnerungen und den wenigen, wenn auch nicht geringen Hoffnungen. Manche Zähre süßer Wehmuth ist dem heiligen Andenken geflossen; hier hätte sie so gern mit mir geweilt, es war der einzige Punct, der ihr recht gefiel.

Meine nächste Hoffnung geht darauf, die liebe Mutter, Sie, beste Pauline und, wenn es sein kann, auch die Schwestern zu sehen. Welche Wonne nach so langer Entbehrung sich einmal wieder unter treuen Freunden zu wissen, mit denen, ich fühl' es, mein Herz und meine Seele Eins ist! — Vor mir im Süden liegt, in der schönsten Perspective, das herrliche Gebirg, von dessen noch mit Schnee bedeckten Gipfeln die Sonne golden widerstrahlt; ich glaube in den Vertiefungen den Frühlingsdampf jener romantischen Seen zu erblicken, nach denen mich immer eine besondere Sehnsucht hinzieht. Aber eine mächtigere lenkt mir den Sinn nach Norden zu; und eh' ich unter jenen fernen Gipfeln wieder wandle, muß endlich der lange Wunsch des Herzens erfüllt sein, so theure Freunde zu sehen. Ja, beste Pauline, diesmal ist es nicht nur fester Vorsatz, es ist auch Alles so eingerichtet und berechnet, daß er ausgeführt werden kann. Sobald ich den nächsten Brief von Ihnen habe, glaube ich auch das Nähere schreiben zu können. Sie wiederholen das ungemein holde und freundliche Anerbieten, dahin zu kommen, wohin ich am leichtesten zu gelangen hoffen kann. Küssen Sie der lieben Mutter zum voraus die Hände für dieses freundschaftsvolle Entgegenkommen. Bestimmen kann ich freilich heute noch nichts; es muß noch wegen einiger Umstände Rücksprache genommen werden, eh' ich mich entscheide, wie weit mein Ausflug gehen kann und soll. Fordern es die Umstände, daß ich die bambergische Gränze nicht verlasse, dann will ich auch zutrauensvoll es Ihnen melden und hoffen, da wir doch einmal beschlossen unterwegs zusammenzutreffen, daß Ihnen der Weg von Hildburghausen etwa noch bis Cronach nicht zu weit sein werde. Ich schlüge gern Bamberg vor; aber außer dem, daß es denn doch weiter ist, würden wir da auch nicht so allein und ungestört sein, wie dort. Ich hoffe doch, es findet sich in Cronach ein leidliches Unterkommen; doch dies alles nur auf den Fall, daß es schlechterdings nicht anders geht; ich werde Alles anwenden um wenigstens bis Hildburghausen zu kommen. Schreiben Sie mir auch der lieben Mutter und Ihre Gedanten darüber, vielleicht wissen Sie einen andern und bessern Vorschlag.

Es hat mir recht wohl gethan, daß Sie meinen leichten Einfall, Sie sollten alle nach München ziehn, der offenbaren Eigennützigkeit ohnerachtet so freundlich aufgenommen, wenn auch, wie ich mir leicht vorstellen konnte, abgewiesen haben. Es ist jetzt überall ein schlimmes Ding um eigne Häuser. Doch halten Sie, liebe Pauline, nur einstweilen am Schneckenhaus fest, verlassen Sie Gotha nicht, eh' ausgemacht ist, wann und wo wir zusammenkommen. Die jenaischen Freunde haben sich Ihrer so manchen Frühling erfreut, einen Theil von diesem opfern Sie dem münchner Freund auf.

Herzlichen Dank für Ihre Nachricht von der Wirkung meines Buchs in Jena. Ich werde freilich die Hände voll zu thun bekommen; Jacobi bietet alle seine Mannen auf, aber ich weiß, was sie ohngefähr vermögen, und lasse mich's nicht anfechten. Wenn sie alle gesprochen haben, kann ich ja immer auch wieder kommen. Jacobi's Lage ist in der That nicht die beste, er sucht eben um Urlaub an, in ein Bad zu gehen, seine Gesundheit herzustellen; ich fürchte, er wird ihn erhalten und man wird veranstalten, daß er nicht wieder kommt. Mir wäre dies sehr Leid; ich wünsche daß er an seinem Platz bleibe bis zu Ende. — Meine Abhängigkeit von dem Präsidenten war eigentlich nie drückend, besonders seit ich durch die andre Stelle bei der Akademie der Künste fast ganz independent geworden. Allein die Ernennung des Königl. Commissärs ist für mich um so angenehmer, weil er ein durchaus rechtschaffner, kräftig handelnder, charaktervoller Mann und dazu seit den ersten Zeiten, daß ich in Bayern bin, bis jetzt mein beständiger, wahrer Freund gewesen ist.

Doch genug von diesen Dingen! Ich wende alle meine Gedanken gern vom Gegenwärtigen und dringe in die Zukunft und in die Ferne. Gern will ich in alle Verhältnisse zurückgehn, wenn ich nur erst Sie gesehn. Ein solcher Augenblick wiegt Jahre auf. Leben Sie gesund, herzlich gegrüßt sammt der lieben Mutter und den Schwestern von

Ihrem

ergebensten Freunde

Schelling.

M. 3. Mai 1812.

Sie werden sich verwundern, beste Pauline, daß ich so schnell hinter einander schreibe; es ist aber nur zu verhindern, daß Sie nicht in zwei Briefen schreiben müssen, was sich in Einem schreiben läßt. Nachdem ich die nöthigen Rücksprachen genommen, kann ich bequem Beides thun, nach Hildburghausen kommen und nach Cronach; ja ich werde auf jeden Fall einen Paß nehmen, mit dem ich nöthigenfalls nach Sachsen oder vielmehr Thüringen hereingehn könnte. Ich melde Ihnen dieses, damit Sie von Ihrer Seite es ganz und gar nach Ihrer Convenienz einrichten. Wählen Sie — inner- oder außerhalb der sächs. Gränze — denjenigen Ort, wo wir auf's Ungestörteste und doch zugleich nicht auf eine gar zu unannehm-

liche Reise zusammenkommen können. Bestimmen Sie zugleich Zeit und
so weit es möglich ist Tag, an welchem Sie am bestimmten Ort eintreffen
wollen. Bis Ihre Antwort kommt, werde ich meine nöthigen Vorkehrun-
gen getroffen haben, und es bedarf dann nur noch einiger Zeilen, die ich
einige Tage vor mir von hier abgehen lasse, um uns nicht zu verfehlen.
Wann Sie diese erhalten, läßt sich ohngefähr berechnen, wenn ich Ihnen
sage, daß ein Brief von Gotha nach M. 5 Tage geht; unstreitig eben so
viel von M. nach G. Wär' es Ihnen also z. B. gelegen am Sonntag
nach dem Pfingstfeste, oder um den 24. d. von Gotha abzureisen, so
könnte ich Ihnen noch ganz bequem so schreiben, daß Sie meinen Brief am
20—21. erhielten und, da Sie eine kleinere Strecke zurücklegen, doch
zur selben Zeit mit mir eintreffen könnten. Wäre es so zu machen, daß
man in Gotha gar nicht wüßte, daß Ihre Reise eine Zusammenkunft mit
mir zur Absicht hat, so wär' es mir in so fern lieber, als ich hier literarische
Zwecke vorgeben mußte um Urlaub zu erhalten. Doch da eins das andre
nicht aufhebt, so machen Sie dies, wie alles, nach Ihrer Bequemlichkeit.
— Wollten Sie ins Bayersche hereinkommen, so muß ich noch bemerken,
daß Sie alsdann eines Regierungs-Passes von Gotha bedürfen würden;
sonst aber wäre nichts Beschwerliches zu fürchten.

Verzeihn Sie, beste Pauline, die schlechte Handschrift; ich schreibe
dies in München mit der abgeschriebenen Feder, die ich allein da zurückgelassen.

Die herzlichsten Grüße auf, wie ich hoffe, baldige frohe Zusammenkunft; denn der Mai ist doch der eigentliche Monat zum Reisen.

S.

Pauline Gotter an Schelling.

Gotha, den 12. Mai 1812.

So sollen sie denn endlich in Erfüllung gehn, die schönen Träume,
die wir so lange und so gern hegten. Ja wir kommen, bester Schelling!
wir kommen alle und nichts in der Welt soll uns daran verhindern, mit

Freundschaft und Liebe schlagen Ihnen schon jetzt unsre Herzen entgegen.

Nur das Ziel unsrer Zusammenkunft wäre noch zu besprechen — die gute Mutter ist bereit bis über die Gränze zu gehn. In Hildburghausen haben wir viele Bekannte, die unser Beisammensein wohl stören würden; ich habe deswegen das kleine Oertchen Lichtenfels vorgeschlagen, 5 Stunden hinter Coburg, dicht bei Kloster Banz am Main, dessen freundliche Lage mir einmal bei einer Durchreise wohl gefallen. Sollten wir uns nicht angenehm dort befinden, so bleibt es uns ja noch immer übrig zusammen an einen andern Ort zu gehn. Genehmigen Sie dies, lieber Schelling, und könnten Sie uns schon künftigen Sonntag den 17. antworten, so erhielten wir Ihren Brief Sonntag den 24., da die Briefe von München hierher immer erst den 8. Tag eintreffen, und würden alsdann wohl nicht früher als Dienstag den 26. abreisen können, und erreichten dann den 27. Abends Lichtenfels. Sind Sie indeß verhindert in diesen Plan einzugehn, so haben Sie nur die Güte den Tag unsrer Abreise selbst zu bestimmen, da Sie nun berechnen können, wenn Ihre Antwort in unsern Händen ist. Möge die schöne Sonne, die uns gegenwärtig so begünstigt, auch bei unsrer Zusammenkunft noch freundlich scheinen, daß wir unter Blumen und Blüthen in Gottes schönem Frühlingsgarten zusammen wandeln können. Die Meinigen behaupten oft, ich sei unter so glücklichen Gestirnen geboren, daß ich nur etwas recht innig zu wünschen brauchte, so wäre die Erfüllung auch schon nah; ich will es mir diesmal selbst einbilden und recht vertrauungsvoll auf das schöne Wetter bauen. Leben Sie wohl, bester Schelling! bald sind wir bei Ihnen. Der Geist unsrer Caroline umschwebe uns.

Pauline.

Schelling an Pauline Gotter.

Schreiben kann ich Ihnen wohl heute, bestes Kind, denn es ist grade der liebliche Pfingstsonntag, an welchem ich Ihr Briefchen erhalte, dem ich mit großem Verlangen entgegengesehen. Ob aber diese Zeilen darum früher in Ihren Händen sind, als die am nächsten Mittwoch — (der einzige Tag außer Sonnabend, an dem man so viel ich weiß nach G. schreiben kann) — abgehen sollen, weiß ich nicht. Doch rechne ich darauf, daß es mit den 8 Tagen, die ein Brief nach G. gehen soll, nur so gemeint ist, daß er 8 Tage unterwegs bleibt, wenn er nicht genau an dem Tage auf die Post gegeben wird, an welchem diese abgeht. Ich habe mich schon sehr geärgert über diese eigensinnige Postroute, die schlechterdings nur zweimal in der Woche offen steht. Ich rechne also mit Einem Wort, daß dieser Brief so wie der am Mittwoch abgehende, von heute über 8 Tage, d. i. den 24. oder doch den 25. in Ihren Händen sein wird. Darauf gründe ich meine Hoffnung, daß Sie den 27. würden abreisen können und daß wir am 28. zusammentreffen. Ist nun dieses mein Gebäude auf Sand gebaut, so ist es freilich schlimm; wie wollen wir es aber anders machen? und bleiben kann ich ja immer da, wo ich Sie erwarte, wenn ich nur überhaupt weiß, daß Sie kommen. Einige Uebung in der Geduld würde es freilich abgeben; aber Jemand, der sich so oft darin üben müssen, empfindet es weniger. —

Nun zuerst den herzlichsten Dank, daß Sie kommen; meine Freude will ich gar nicht aussprechen.

Lichtenfels hat sich Pauline gar schön ausgedacht. Nur fürchte ich sind wir da nicht zum Besten; sodann sage ich Ihnen zum Voraus, daß ich die Paar Tage hindurch Niemand bei so lieben Freunden leiden werde als mich, und erschrecklich eifersüchtig auf sie sogar meinen Freund Marcus, der es sich nicht nehmen lassen würde, täglich wenigstens Einmal nach Lichtenfels zu kommen, auszuschließen suchen werde. Mein Gedanke wäre also dieser. Ich erwarte Sie im Posthause zu Gleußen, eine Station hinter Koburg, dessen ich mich als eines angenehmen und ansehnlichen Hauses zu erinnern meine. Da ich doch wohl früher am Ort bin, werde ich die Gelegenheit schon erkunden und nach Befund der Umstände den Quartiermeister da machen. Befände sich, daß es schlecht ist, so könnten wir ja den nämlichen oder folgenden Tag immer noch weiter. Vielleicht arrangire ich mich auf dem Hinweg mit Marcus darüber, und Er weiß uns noch ein besseres Quartier zu bereiten.

Gar zu traurig ist, daß uns armen Menschen, mir aber insbesondere
die Tage so kurz zugemessen sind. Indem ich voll Freude bin, Sie nun
einmal endlich zu sehen, kann ich nicht ohne Schmerzen daran denken,
nach wenigen Tagen mich wieder von so lieben Freunden trennen zu
müssen.

Fahren Sie nur fort, recht innig zu wünschen, liebe Pauline, da
Sie nach Aussage der Ihrigen so glücklich darin sind. Wirklich erfahre ich
in diesem Augenblick die Wirkung davon. Sie haben sich Lichtenfels vielleicht nicht einmal gewünscht, nur gedacht, und siehe da, am Ende meines
Briefs komme ich, fast ohne zu wissen wie, selbst auf den Ort zurück. —
Hintennach kommen auch die Gründe. Der erste ist, weil ich mir einmal
vorgenommen in solchen Dingen nie meinem Kopf zu folgen, sondern
wenn es sein kann, dem einer Freundin, wobei ich mich immer wohl befunden; es ist wahr, über die glückliche Divination der Frauen geht nichts.
Der zweite Grund ist, daß Sie, liebe Pauline, es gewünscht haben, der
geht über alle. Der dritte endlich ist von den verwünschten Zeiten her-
genommen; da wir nicht wissen können, ob in Gleußen, das an der
Hauptstraße liegt, nicht andre Quartiermacher als ich sich finden möchten.
Lichtenfels liegt verborgener, wenn schon auch an der Straße, doch nicht
an der Heerstraße. Die übrigen Bedenklichkeiten meines Neids und
meiner Eifersucht hoffe ich noch beseitigen zu können. —

Und so gebe denn der Himmel Glück und Heil zu unserm Zusammenkommen. Wenn Sie glauben, liebe Pauline, daß inbrünstige Gebete durch
den Himmel dringen, daß der reine Wille eine Kraft ist, die selbst die
Gottheit bewegt, so lassen Sie es Ihrerseits an Gebeten nicht fehlen.
Was das Wetter betrifft, hat sich nach einigen Regentagen der Himmel
schon wieder Ihren Wünschen geneigt. Aber das Wetter macht es nicht
allein, wenn gleich viel. Urlaub zu erhalten habe ich das vorläufige Versprechen; aber um Sie zu sehen lief ich auch ohne Urlaub fort, wenn es
nöthig wäre.

Nun also die Summa dieses nur flüchtigen Briefs kurz zusammen-
zufassen, so besteht sie darin:

die liebe Mutter sammt allen lieben Kindern kommt, wenn es

nur möglich ist, bis zum 28. Abends nach Lichtenfels, wo Sie
einen Freund finden werden, dem die 12 Tage von heute bis
dann wie ein Monat vorkommen werden.

Bleiben Sie nur fein alle wohl; grüßen Sie Mutter und Schwe-
ftern auf's Schönste.

Mar. Einf., den 17. Mai 1812.

In großer Eile.

N. S. Noch fällt mir bei, daß Sie um in's Bayerland herzinzu-
kommen durchaus eines Paffes bedürfen. Ich habe das Reglement darüber nachgesehen; es fodert nichts, als daß der Paß von einer bekannten
Behörde des Landes, aus welchem der Reisende kommt, ausgestellt sei, und
verlangt ein richtiges Signalement. Mit diesem wird es zwar nicht allzu
strenge gemeint sein; aber Sie werden schon, liebe Pauline, ein kleines
Gemälde in Worten von sich mitbringen müssen. Auch die Anzahl der
Personen muß genau bestimmt sein.

Aus dem Zimmer, wo noch alles Dich athmet, wenige Augenblicke
nach der Rückkehr von unsrer Trennung, schreibe ich Dir, holdseligstes
Leben, diesen Brief, zwar in dem festen Glauben, daß die Hand, die auf
ihm ruht, früher als er in der Deinigen ruhen wird, aber auch ergeben,
wenn es nicht sein kann, den glückseligsten Augenblick zu erwarten. Kommt
er nach mir, so siehst Du wenigstens, wie ich nach der Trennung empfinde,
und kannst damit das Gefühl vergleichen, das bei der Wiedervereinigung
mich mit Dir überströmt. Mein liebstes Kind, ich hoffe auf den Himmel,
er wird diese Abwesenheit nicht lange währen lassen, die mich (ich will es
Dir nur gestehen) ungemein schmerzt, ja mehr als ich dachte. Jetzt, Du
Engel, ist Zeit zu beten, mein Gespräch und Denken ist nichts als ein beständiges Gebet, sein Inhalt ist nur der Eine große, der meinem Leben
wieder Inhalt giebt. Dankte ich Dir nichts, so dankte ich Dir wieder den
Glauben an die Liebe, und dieses ist das Größte. — die Hoffnung einer

solchen reinen himmlischen Liebe, als ich kaum für diese Erde geschaffen
hielt. —

Doch Du willst nicht, daß ich mit Liebesworten Dich anrede; oder
Liebesschläge, die ich Dir leider nicht geben kann. Ich wünschte zu wissen,
mit wem Du nun diese unmäßig langen 6 Tage des Abends kicherst oder
in das Winkelchen Dich zurückziehn wirst, um vor der Zugluft verwahrt
aber von Küssen erwärmt zu werden. O einzige, unergründliche Anschläge,
die das muthwillige Kind während seines Hierseins alle erdacht; wer vermag es Dir gleich zu thun in unschuldiger Schlauheit und arglistiger
Unschuld.

Auf dem Rückweg durch den Wald habe ich ein einzig Maienblümchen
gefunden und dabei mich geärgert, Dich nicht mein Maienblümchen genannt
zu haben. Von vielen artigen Namen wäre dieser einer der wahrsten gewesen.

Da es Dir an nichts weniger als an Geist gebricht, so laß Dir sagen,
Maiblümchen, daß Du am besten thun wirst, in's Kraut oder wie Du
selbst sagst: in's Stroh zu wachsen, daß Dich nicht so leicht jedes Lüftchen
hin und her weht, so schön Du Dich auch wiegst und das Köpfchen neigst.
Man sagt, im Schlaf wachse und gedeihe der Körper. Du kannst diese
Zwischenzeit als Eine große Schlafzeit ansehen. Deine Sonne geht Dir
jetzt hinter dem Thüringer Walde weg, wie dem Polarländer unter seinem
Horizont. Doch ist es mit Dir anders, sechs Tage wird sie Dir fehlen
und viele, viele, lange Jahre Dir nicht mehr untergehn, Dich bescheinen,
an sich halten und drücken, wie die Sonne die Erde an ihr Herz drückt,
welchen Druck die dummen Leute die Schwere nennen. Schlaf, Maiblümchen, so lange denke nichts, se i nur, die Zuthaten des Seins laß alle
fahren, werde gesund, kräftig, zum völligen Aufblühen bereit, Du Braut
der brennenden Sonne. — Welche Einbildung! wirst Du wieder sagen,
aber besser ist, Du sagst nichts, sondern schläfst, einem Kinde gleich, das
Du ja wachend nicht minder bist, um zu gedeihen und hernach fröhlich zu
sein. Sollte nun der Brief doch glücklicher sein, als der ihn geschrieben,
so laß' Dich's nicht anfechten; auf jeden Fall ist er doch nur sein Vorläu-
fer und Morgenstern, fehlen kann es ja nicht; wir werden uns sehen und

nichts kann uns aus einander reißen, als der Arm, der uns zusammenge-
führt, und der will es nicht; kann er sich widersprechen? Küsse und herze
Mutter und Schwestern für mich; wer soll aber Dich für mich küssen?
Niemand, Kind; das kann nur ich allein. Vollende wohl Deine letzte Reise
als Märchen, Du mädchenhaftes Mädchen, Engel geleiten Dich Engel.

Pauline Gotter an Schelling.

Schleusingen, Donnerstag Abend.

Nun bin ich einen ganzen Tag von Dir getrennt, mein lieber, lieber
Freund! und wie lang ist er mir geworden! Wenn ich bedenke, daß noch
5 Tage so vergehn können, so weiß ich nicht, wie ich es aushalten werde!
Aengstige Dich indeß nicht, ich will recht vernünftig, recht ruhig sein und
mir alle Mühe geben Dich zu vergessen. Die Reise hierher ist mir gut
bekommen, ich bin nur sehr erschöpft und kann Dir deswegen nur wenig
sagen, wenn ich gleich viel auf dem Herzen für Dich habe; aber Du
weißt auch ohne Schreiben und Sagen, wie ich Dich liebe, und das ist
ja schon viel. Adieu geliebter, bester, liebster Freund! mit aller Innigkeit eines liebevollen Herzens schließe ich Dich in meine Arme.

P.

— — — —

Gotha, Sonnabend.

Von Schleusingen aus wirst Du wohl einige Zeilen erhalten haben,
mein liebster Freund! die Dich wenigstens über unsre glückliche Ankunft
beruhigt haben. Mehr kann ich Dir auch heute nicht sagen: ich bin noch
matt von der Anstrengung der Reise, eine bleierne Schwere hängt sich
an jeden Federzug, so sehr auch meine Freuden, Hoffnungen und Wünsche
dem lieben Freunde zufliegen. Die Stöße des Wagens, die Bewegungen

res Herzens haben mir beide zugesetzt um für den Augenblick ganz frisch zu sein, doch sollst Du mich sicher so finden. Mit einem gemischten Gefühl habe ich die Heimath wieder begrüßt; ich fühlte, daß sich mein Inneres schon von ihr losgerissen hatte, nur mein Auge ruhte noch mechanisch auf der mir sonst so lieben Gegend; ich empfand auf das Verhafteste die Kraft, die Gewalt in meinem Innern, die jedes Band, jedes Verhältniß zerreißt, das Neigung und Gewohnheit seit meinem Dasein knüpften, um auf ewig dem Manne zu folgen, dem sich meine ganze Seele hingiebt. Ja, liebster Schelling, mit unverbrüchlicher Liebe gehöre ich Dir, ich lebe nur in dem Gedanken: Gott hat Dich mir gegeben und Gott wird mir ja auch Kraft geben Dich glücklich zu machen. O es ist Wonne des Himmels, in einer schönen Gegend, in der lieblichsten Jahreszeit sich zum ersten Mal bewußt zu werden, daß man nicht allein steht, daß es noch ein Wesen giebt, mit dem man auf das Unauflöslichste verbunden ist. Die schönen, schönen Tage! Komm bald, Geliebter! daß sie uns wieder werden.

Hier wundert man sich eine so ruhige Braut an mir zu finden; aber ich wüßte nicht, wie ich anders sein könnte, es ist nichts, was in meinem Innern streitet, es ist alles Harmonie, und es ist nicht möglich ein gränzenloseres Vertrauen zu haben.

Lebe wohl, Geliebter, bald genieße ich die Seligkeit wieder mit Dir zu sein.

P.

— - - — —

Schelling an seinen Bruder Karl.

München, den 10. Juli 1812.

— — Dein Brief vom 2. dieses zeigte mir, daß Ihr in ziemlicher Unkunde über mein zeitheriges Thun gelebt habt und keine Nachricht, auch nicht einmal von hier aus zu Euch gedrungen ist. Es sollte mir nun recht lieb sein, wenn Du es noch nicht wüßtest und durch diese Zeilen zuerst erführst, daß ich seit 4 Wochen verheirathet bin. Wie es damit zugegangen,

und wie es gekommen, daß ich Dir und den lieben Eltern davon keine
Nachricht zugebracht, will ich Dir kurz erzählen. Also: Ende Mais kam
ich, wie ich Dir zuvor gemeldet, mit der Gotterschen Familie im Bambergischen zusammen. Ich hatte zwei Rücksichten zu nehmen, erstens diese
achtungswerthe Familie nicht zu compromittiren, zweitens so viel möglich
Zeit das Kostbarste, was ich jetzt habe, und Geld zu sparen. Aus jenem
Grunde mußte ich den Zweck meiner Reise so viel möglich verbergen. In
der andern Hinsicht mußte ich mit der Reise, welche über meinen Entschluß
entscheiden sollte, im Fall, daß er für die Heirath ausfiele, suchen zugleich
die Vollziehung des Entschlusses zu verknüpfen, um die zweimalige kost-
spielige Hin- und Herreise zu ersparen. Beides gelang. Wenige Tage
reichten hin mich zu überzeugen, in Pauline G. eine Frau ganz nach
meinem Herzen zu finden. Ohnerachtet ich nun erst die Königl. Erlaubnis
zu dieser Verbindung und Dispensation von der dreimaligen Ausrufung
von München aus verlangen mußte, so war doch Alles hier so gut unter-
legt, daß ich bereits am 11. Juni in Gotha getraut werden konnte. Am
14ten reiste ich bereits wieder ab.

Bevor die Sache gewiß war, wollte ich den Eltern, da sie im Allgemeinen davon wußten und die gute Mutter in ihrem mir nach Bamberg
nachgeschickten Brief ihre vorläufige Einwilligung erklärt hatte, nichts davon melden, und dachte also aus Gotha zu schreiben. Aber da war nicht
an Schreiben zu denken. Ein solches Gedränge von Besuchen, die ich theils
zu geben theils zu empfangen hatte, hat mich noch nie bestürmt. Die
ansehnliche Familie meiner Braut, die vielen freundschaftlichen Verhältnisse, in denen die Mutter lebt, das Aufsehen, das meine Anwesenheit zu
solchem Zweck erregte, das alles brachte eine Bewegung hervor, die mich
im wörtlichen Verstand keinen Augenblick finden ließ, den lieben Eltern
oder Dir zu schreiben. Man hat mir in Gotha viel Ehre erwiesen, besonders der Gen.-Superintendent Löffler, der den Vater kennt; auch bin
ich mehrmals bei dem Prinzen Friedrich und beim Herzog gewesen. Wie
ich nur eilte zurückzukommen, und binnen 4 Wochen mich verlobt, verheirathet haben und wieder zurück sein wollte, so hoffte ich den lieben
Eltern von hier aus, noch ehe sie von irgend einer andern Seite etwas da-

von hörten, Nachricht zu geben. Jetzt aber kommt die Kehrseite; auf das
Glück folgt Unglück; ich war schon einige Stunden von Bamberg und
hoffte gewiß, bereits am längsten Tage hier zu sein, als eine leichte Halsentzündung, die Folge einer tüchtigen auf der Altenburg geholten Durch-
nässung unterwegs sich so verschlimmerte, daß ich gerathen fand, nach
Bamberg zurückzukehren und mich von Marcus curiren zu lassen. Leider
hat dieser Unfall mich 14 Tage gekostet, während welcher mir theils unmöglich war zu schreiben, theils auch nicht gerathen schien, um nicht gerade
das Verdrießlichste zu melden. Am 2ten Juli reiste ich aus Bamberg; in
Nürnberg blieb ich einen Tag; am 6ten kam ich an; seit dem war so viel
zu besorgen und zu thun, daß dies der erste halb-ruhige Augenblick ist, da
ich Dir schreiben kann. Denn an die Eltern so wie es sich gebührt zu
schreiben, habe ich wirklich noch keine Minute finden können.

Ich bitte Dich nun, bei den lieben Eltern mich so gut Du nur ver-
magst zu entschuldigen, und was größtentheils ohne meine Schuld gefehlt
worden, durch gehörige Erklärung wieder gut zu machen.

Du und die lieben Eltern, auch die Schwestern, werden vor Allem
begierig sein zu wissen, welche vorzügliche Eigenschaften mich zu einem so
schnellen Entschluß bewegen konnten.

Vom Aeußern anzufangen, ist es schwer Pauline zu beschreiben.
Vielleicht hast Du noch ein Bild von ihr behalten, da Du sie mit mir einmal als Kind in Weimar gesehen. Sie ist 23 Jahre alt, groß, schlank,
und sieht fast mehr einem Werk der Phantasie als einem Werk der Natur
ähnlich. Ohne eine Schönheit zu sein, hat sie eine ihr ganz eigne Hold-
seligkeit in den Mienen, ein liebliches Wesen, das ihr alle Herzen gewinnt.
Sie ist zart und von leicht störbarer Gesundheit, aber durchaus frei von
allen weiblichen Kränklichkeiten, hat gesunde Säfte, gute Farbe und eine
unauslöschliche durch nichts zu störende Heiterkeit. In dieser Hinsicht
glaube ich kannst Du Dich beruhigen, da ich den Freund Marcus mit auf
die Brautschau nahm, der mir, nachdem er Alles wohl erkundet, zu der
Heirath rieth und sich gleichsam für mein Glück als Arzt verbürgte. In
der That hat sie sich bei dem nicht geringen bamberger Unfall, den Er-
mütungen der Reise in schlechter Witterung doch ziemlich aufrecht er-

halten, und ich hoffe, bayrische Luft, Kost und Bier wird ihr in Kurzem die volle Consistenz geben.

Was aber freilich über Alles geht, ist ihr ganz vortreffliches, von Jedem, der sie kennt, dafür erkanntes Herz, und daß sie mich mit der reinsten innigsten Liebe liebt. Ich habe nie ein Herz gefunden, in welchem der allgemeine Same des Bösen so wenig Wurzel geschlagen, es ist kein böses Aederchen in ihr, sie ist ganz Huld, Liebe und Güte; und wie sie mich dadurch beglückt, so hoffe ich, wird sie auch die Herzen anderer Menschen für sich gewinnen, was noch überall der Fall war und schon vorläufig bei den Personen der Fall ist, die sie hier von Gotha aus kennen. Hiezu kommt die größte Einstimmigkeit unserer Denkart über das, was zum wahren Lebensglück gehört, und daher auch über unsre Lebenseinrichtungen, in welchen ich mit Zuversicht hoffen darf, ganz meinem Geschmacke und meinen Neigungen, welche zugleich die ihrigen sind, folgen zu dürfen. Ihre häusliche Erziehung läßt mich auch auf eine gute Führung meiner Haushaltung hoffen. Ihre Mutter, eine in jeder Hinsicht vortreffliche, sehr moralisch und religiös gesinnte Frau, hat das Beste an ihr gethan, wiewohl ich glaube, daß nach dem glücklichen Naturell Alles nur darauf ankam, nichts an ihr zu verderben noch verderben zu lassen. — — Nach allen diesen Umständen hoffe ich, daß Du, daß die lieben Eltern und alle Geschwister und Verwandte mir zu dieser Verbindung Glück wünschen werden, von der ich nach allen Anzeichen keinen Augenblick zweifle, daß sie durch den Himmel gestiftet worden, der uns beide von Anbeginn für einander bestimmt hatte. Wenigstens weiß ich nicht, wo ich das Mädchen hätte auffinden wollen, das so in jeder Hinsicht für mich und für alle meine Umstände gepaßt, so viel Fähigkeiten gehabt hätte, mich glücklich zu machen. — —

Schelling an Pfister.

München, den 23. Aug. 1812.

Hoffte ich nicht, geliebter Freund, daß Dir das Gerücht irgendwoher meine neuesten Lebensereignisse zugetragen, so hätte ich viel zu schreiben,

um Dir einigermaßen zu erklären und mich zu entschuldigen, daß ich in
so langer Zeit auf Deine freundschaftlichen Briefe, besonders den letzten
vom 22. Juni, der Deine Abhandlung vom Ursprung der Bayern begleitete, nicht geantwortet. So aber glaube ich mit dem Geladenen im
Evangelio kurz sprechen zu dürfen: ich habe ein Weib genommen. Dazu
brauchte ich der Hin- und Herreise wegen 6 Wochen; als ich zurück war,
fand ich eine solche Menge von unaufschieblichen Arbeiten, als noch nie
der Fall war, weil durch die neuesten Veränderungen bei unserer Akademie
der Wissenschaften jetzt auch von dieser Seite mehr Ansprüche an unsre
Zeit und Kräfte gemacht werden.

Nun zuerst meinen herzlichsten Dank für die Uebersetzung Deiner
Abhandlung vom Ursprung des bayrischen Volks, die mich als von Dir
kommend und des Gegenstandes wegen doppelt, als Freund als bayrischen
Patrioten, interessirt hat. Ich möchte sagen, Deine Gründe sind so ein-
leuchtend, daß sie sogar mich, einen bloßen Laien, überzeugt haben, dem
Mannert's und Pallhausen's Meinungen schon immer theils unnatürlich
theils abgeschmackt vorgekommen sind. — Ich glaube, Deine Abhandlung
wird hier viel Aufsehen machen, weil man sich von oben herab für diese
Untersuchungen und ihr Resultat sehr interessirt. Alle sinnigeren Leser in
Bayern werden Dir großen Dank wissen. Mannert's Hypothese hat allgemeine Indignation, wie billig, erregt; Pallhausen's Roman wird nach
Gerechtigkeit beurtheilt; ich zweifle, ob außer ihm noch Viele auch nur an
den Hauptsatz, geschweige an die weiteren Ausführungen glauben. Ihn
selber wirst Du wohl kaum zu überzeugen hoffen, da er nach dem epischen
Schwung, den die Sache einmal in seinem Kopf genommen, seinem ganzen
Naturell gemäß schwerlich davon abzubringen sein möchte. — — Du
kannst mir keine größere Freundschaft erzeigen, als wenn Du mich recht
fleißig mit Beiträgen beehrst. Es ist mir von vielen Seiten und manchem
bedeutenden Manne Unterstützung zugesagt. Eine solche Zeitschrift, die
das Ganze unserer deutschen Wissenschaft und Bildung umfaßt und Festigkeit und Männlichkeit des Urtheils mit Freimüthigkeit verbindet, scheint
ein wahres Bedürfnis zu sein.

Ich hoffe nun auch wieder ganz in Ruhe der Wissenschaft zu leben.

Das Erste, was von mir erscheint, ist eben diese Zeitschrift. Zu Ostern 1813 kommen die Weltalter.

Ich wünsche von Dir 1) eine Anzeige von Breyer's Geschichte des 30jährigen Kriegs, 2) eine von Mannert's Kaiser Ludwig, der Dir ja hoffentlich zugeschickt worden. Uebernimmst Du dieselben, so bemerke ich, daß dem Zweck meiner Zeitschrift nur solche Anzeigen gemäß sind, in welchen der Verf. zugleich auf eigne Untersuchungen eingeht, und die gewissermaßen auch als Abhandlungen gelten können. — Die „Teutsche in fremdem Sold" lasse mir doch zukommen, sobald es möglich. Deinen Herzog Christoph, der ja doch zuerst für den Hofcalender bestimmt war, möchtest Du wohl nicht meiner Zeitschrift überlassen? Die Größe des Aufsatzes darf Dich nicht abhalten, wenn Du keine anderen Gründe hast. — — Ich bin mit der herzlichsten, unverbrüchlichsten Freundschaft ganz   der Deinige

Schelling.

— — — —

Schelling an seinen Bruder Karl.

Liebster Bruder!

Ich danke Dir für die mir gegebenen Nachrichten von den letzten Umständen und der Bestattung unsers verewigten Vaters, so schmerzhaft sie mir gewesen sind. Es wird mir schwer, an den Gedanken mich zu gewöhnen, daß der gute Vater nicht mehr unter uns ist. Ein Leben wie das seinige verklärt sich erst recht im Tode, wenn alles Außerwesentliche dahin ist und nur das reine Bild des inneren Menschen bleibt.

Dem Himmel sei Dank, daß die gute Mutter der Größe ihres gerechten Schmerzes nicht unterlegen ist. Tröste und stärke sie, wie Du weißt und kannst, auch physisch, damit sie uns erhalten werde; wir haben den Vater noch nicht ganz verloren, so lange sie lebt.

Ich habe freilich gedacht, sie würde bei Dir wohnen können. Wenn es aber nicht sein kann auf eine Art, die ihr gemäß und angenehm ist,

so finde ich beſſer, daß es nicht geſchehe. Ich wünſche in dieſem Fall, daß
ſie auch nicht fürs Erſte oder einſtweilen bei Dir wohne. Es hat nichts
Auffallendes, wenn ſie bei einem andern ihrer Kinder wohnt; aber es
würde auffallen, wenn ſie von Dir auszöge. Du wirſt ſchon Mittel und
Wege finden, ihr inzwiſchen ein anſtändiges Unterkommen zu verſchaffen.
Ich bitte Dich auch in meinem Namen zu thun, was möglich iſt. Wenn
die Mittel der guten Mutter nicht zureichen, ſo will ich ſchon Rath ſchaffen.
Ich habe, wie im prophetiſchen Geiſt, der Mutter gleich in dem Brief,
den Du hoffentlich erhalten haſt, geſchrieben, ſie ſollte doch zu mir
kommen. Ich habe alles mögliche Zutrauen zu der wirklich edlen Denkart unſres Schwagers, wie zu dem guten Herzen unſerer Schweſter. Ich
zweifle nicht, ſie werden Alles aufbieten, um der guten Mutter eine angenehme Lage zu bereiten. Aber können ſie immer, wie ſie wollen? — Du
weißt, daß ſie ſich ſelber einſchränken müſſen, und da die gute Mutter in
dem nämlichen Fall iſt, ſo fürchte ich, der kaum zu entfernende Anblick einer
gewiſſen Kümmerlichkeit werde der Mutter nicht zuſagen, die in ihrem
Leben ſo reichlich und gegen alle Menſchen freigebig zu leben gewohnt war.
Die Wohnungen in Stuttgart, die nicht theuer bezahlt werden, ſind ſo
unangenehm, eng und finſter. Hier kann man wohlfeil doch angenehmer
wohnen. Ich könnte mir die gute Mutter nicht in einem ſonnenleeren,
engen, ausſichtsloſen Stübchen denken. Ich habe eben ein kleines Quartier zu meiner Diſpoſition, das in dem nämlichen Haus und der nämlichen Etage mit meiner Wohnung iſt, ausnehmend heiter und mit der
ſchönſten Ausſicht. Die Mutter würde ſich darin vorkommen als wohnte
ſie auf dem Lande. Alle übrige Lebens-Gemächlichkeit könnten wir ihr
leicht bereiten, und ſo gering ihr Einkommen ſein mag, getrauen wir uns
doch Alles ſo einzurichten, daß ſie nicht nur anſtändig, ſondern auch angenehm und nach ihrer Weiſe leben kann. Ich habe mich auf den Fuß ge-
ſetzt, nur mit wenigen auserleſenen Menſchen umzugehen, ſtill und häus-
lich zu leben, was ich um ſo eher durchſetzen kann, als meine Frau und ich
beide hier fremd ſind. Kurz ich glaube, ſie würde es ſo bei uns finden,
wie es ihr gemäß und lieb iſt. Ich würde es als Glück und Segen betrachten, die Mutter in ihren alten Tagen bei mir zu haben, zugleich als

Ersatz für die frühe Trennung von unserer Familie, an der ich immer mit
so großer Innigkeit gehangen habe. Meine Frau hat die nämliche Gesinnung, sie ist heiter, verträgsam und ganz für ein friedliches, häusliches
Leben. Es wäre freilich ein großer Entschluß für die Mutter, ihr Ge-
burtsland zu verlassen. Aber sie würde sich doch bei mir wie zu Hause
fühlen; sollte sie ja sich nicht gewöhnen können, so wäre damit nichts verloren, ich könnte sie ja immer nach Verfluß eines Halbjahres oder Jahres
wieder zurückbringen. Ich zweifle aber keinen Augenblick, daß sie hier bei
uns sich heimlich und traulich fühlen würde. Ich schreibe Dir dies alles
nur zu dem Ende, damit, wenn die Mutter Lust dazu bezeigte, Du es ihr
nicht ausredest, sondern soviel möglich selbst zur Ausführung dieses meines
Wunsches behülflich seist. Ich weiß wohl, welche Verpflichtungen ich dadurch auf mich nehmen würde; aber ich gelobe auch Dir und unsern Geschwistern die treueste Erfüllung derselben. Daß sie diesen Winter schon
hier wäre, könnte ich nicht wünschen noch ihr zumuthen. Es gewöhnt sich
überall im Winter schwerer; auch wird die Reise mühseliger. Ich wünsche
also, daß Du für diesen Winter eine Einrichtung treffest. Ich weiß nicht,
ob der Schwager schon diesen Herbst seine Wohnung verändern kann;
wäre es nicht, so müßte ja doch die Mutter für sich wohnen. Wäre es
nun ihr Wille aufs Frühjahr zu mir zu kommen, so könnte Groß*) seine
Wohnung behalten, wenn sie ihm, wie ich denke, für seine Bedürfnisse
groß genug ist, und die Veränderung wäre ihm erspart. Aufs Frühjahr
würde ich dann die Mutter in Ulm abholen und bei dieser Gelegenheit das
Vergnügen haben, auch Dich wieder zu sehen.

Ich brauche Dich nicht zu bitten, liebster Bruder, Alles anzuwenden,
um die Lage der Mutter einstweilen so gut einzurichten als möglich; der
große Entschluß, nach München zu ziehen, muß freilich rein von ihr selbst
ausgehen. Bei solchen Ereignissen, wie das ist, das uns betroffen, bleibt
es immer das Schmerzlichste, wenn mit dem Tod des Familien-Hauptes
auch die Familie selbst sich auflöst. Dies wird bei uns nie sein; den Charakter der Einigkeit und inniger gegenseitiger Anhänglichkeit darf sie nicht

---

*) Schelling's Schwager.

verlieren, sie muß, auch unter dem jetzt unsichtbaren Oberhaupt unseres
verewigten Vaters, immer Eins in Treue und Liebe bleiben. — — Lebe
wohl, bleibe gesund und gedenke meiner in Liebe.

Dein

treuer Bruder

Fritz.

Schelling an seine Mutter.

München, den 23. Oct. 1812.

Liebste Mutter!

Es hat mich so sehr erfreut, wieder einen Brief von Ihnen zu erhalten, noch ehe Ihnen die meinigen zugekommen waren. Wie ich sehe,
erfahren Sie schon den Segen unseres theuren Vaters. Der Beschluß in
Ansehung Ihrer ehrt das Andenken unsres Vaters zugleich indem er Ihre
Tage erleichtert. Ach, beste Mutter, verlassen Sie sich nur darauf, es wird
gewiß für Sie gesorgt werden, auf alle Weise und von allen Seiten. Die
Worte unsres verewigten Vaters werden wahr werden an Ihnen. Er selbst
wird Sie trösten, ohne daß Sie es wissen, durch unmerklichen Einfluß —
auch über die großen Leiden, die er zuletzt noch ausgestanden, und die ihm
jetzt gewiß schon aufs Ueberschwenglichste vergütet sind. Ich freue mich
so sehr, daß Sie auch wegen einer guten Wohnung in Stuttgart schon beruhigt sind. Freilich verliere ich nun die Hoffnung fast, mit der ich mir
einige Tage recht viel Freude bereitet habe, die liebe Mutter bei mir zu
sehen. Es scheint, die andern Geschwister sind mit diesem Gedanken nicht
zufrieden gewesen; wenigstens antworten sie mir gar nicht darauf. Ich
kann es ihnen nicht verübeln, wenn Sie die liebe Mutter festhalten. Ich
muß hier freilich nachstehen; doch bleibt es so lange ich lebe bei meiner
Gesinnung: jetzt oder künftig, wann es der lieben Mutter gefiele, wird sie
ihre Stätte bei mir bereitet finden. Lassen Sie mich, liebste Mutter, doch
bald Ihre ganze Gesinnung wissen. Geben Sie Ihre Briefe nur g a n z

unfrankirt auf die Post; man kann von Würtemberg hieher ganz unfrankirt schreiben, und mich kosten sie nichts; man kann nur nicht durchaus frankiren. Karl behält Ihre Briefe so lange; der letzte, am 12. Oct.
geschrieben, ging erst am 17ten von Stuttgart ab. Schreiben Sie mir
noch genau Alles, wie es Ihnen geht und wie Sie sich befinden. — —
Aber was soll ich denn dazu sagen, liebste Mutter, daß Sie unter den
gegenwärtigen Umständen an die Trauben gedacht haben, um die ich Sie
unter so ganz anderen Hoffnungen gebeten habe? Es rührt mich innigst,
daß Sie in einem Augenblick, der so viel Lästiges hat, sich auch damit noch
in Ungelegenheit setzen wollten. Und noch dazu muß ich fast aus einem
Wort von Karl schließen, daß diese Trauben gekauft sind. Liebste Mutter,
so war es ja nicht gemeint. Nur wenn Sie einen Ueberfluß von solchen
haben, wollte ich Sie bitten, mir etwas davon zukommen zu lassen. Empfangen Sie meinen und meiner Frau herzlichsten Dank dafür. Sie sind
vortrefflich; wir haben sie unter tausend Wünschen für die liebe Mutter
genossen. Meine Frau ist trostlos, Ihnen, liebe Mutter, noch immer
nicht selber schreiben zu können. Wie viel hat sie Ihnen zu schreiben!
Dank, der den Vater nicht mehr erreicht, und den Ausdruck ihres lebhaft
gefühlten Schmerzes und aller andern Gesinnungen, worin sie mit mir
übereinstimmt. Sie hat ein gar gefühlvolles Herz. Die Nachricht vom
Tode unsres lieben Vaters hat sie sehr afficirt. Ich bereitete sie erst darauf
vor, als ich sie schon erhalten hatte. Aber ein nachfolgender Brief von
Karl, dessen schwarzes Siegel sie erblickte, sagte ihr mit Einem Mal was
geschehen war. Von dem Tag an wurde sie krank. — Nun der Himmel
erhalte Sie, liebste Mutter; geben Sie dem Schmerz und der Trauer nicht
zu viel Raum, erfüllen Sie Ihr Herz ganz mit Hoffnung, Glaube und
Liebe. Diese ist doch das Mächtigste. Lieben Sie auch uns wie bisher, ich
freue mich, bald wieder von Ihnen zu hören und bin

Ihr

treu-gehorsamer Sohn

Fritz.

Schelling an Georgii.

München, 5. Dec. 1812.

Ich freue mich ungemein, endlich wieder zum ruhigen Schreiben an Sie, mein innig verehrter Freund, zu gelangen. Mein gezwungnes Stillschweigen hätte mir zum wahren Kummer gereichen können, wenn es möglich gewesen wäre mir vorzustellen, daß Sie solches aus einem Unmuth oder Verdruß über die Aeußerungen Ihres letzten Schreibens herleiteten. Aber Sie kennen mich zu gut; Sie beurtheilen zu richtig unser ganz auf Redlichkeit und gemeinschaftliche Wahrheitsforschung gegründetes Verhältnis, um bei Ihnen einen solchen Gedanken voraussetzen zu dürfen. Sie wissen: ich will gegen Sie nichts scheinen, es ist mir um aufrichtige Einigkeit unsrer Geister zu thun. Seit ich Sie, dem Geist und Herzen nach, kennen gelernt, lege ich einen großen Werth darauf, mich mit Ihnen einig zu finden und meine Ueberzeugungen an die Ihrigen wie an einen Prüfstein anzulegen; aber ebendarum kann mir auch nur mit aufrichtiger Uebereinstimmung Genüge geschehn, und seit dieser Zeit kann ich auch nie an Ihnen irre werden. Sie mögen über mich und mein Thun urtheilen, wie Sie wollen. Sagen Sie mir auch künftig alle Ihre Gedanken grade heraus, ohne Verkleidung und Einhüllung; ich nehme alles an, was von Ihnen und also auch aus Ihnen kommt.

Sie fanden die Reaction in dem Buch über Jacobi nicht im Verhältnis der Action, zu viel Leidenschaft u. s. w. Sie glauben, daß dieser Fehler nirgends nachtheiliger auffallen und wirken konnte als in einer so heiligen Sache, wie die Untersuchung von Gott und göttlichen Dingen ist.

Ich kann nicht gut mein eigner Richter sein; ich habe auch Fleisch und Blut und kann zu weit gegangen sein. Daß ich es aber einsehe, kann ich nicht mit Wahrheit sagen; noch jetzt würde ich in der Hauptsache grade so, in Nebendingen vielleicht anders — wer weiß ob weniger scharf? verfahren.

Ich will nicht anführen, daß Ihnen Jacobi selbst unstreitig in einem viel günstigeren Licht erscheint, als er bei näherer Kenntnis erscheinen kann. Ich begreife dies um so eher von Ihnen, von einer Menge achtbarer Menschen, als es mir gerade ebenso mit ihm ergangen ist. Es haben nicht weniger als 6 volle Jahre, die ich in seiner Nähe und in speciellen Verhältnissen mit ihm zubrachte, dazu gehört, mich ihn so kennen zu lehren, wie ich ihn kenne. Was den Geist betrifft — denken Sie sich ein Maximum von dem, was wir in Würtemberg unter ausländischer Seichtigkeit uns vorstellen, und Sie haben ein ohngefähres Maß. — Dieser Mann, der ganz für Wahrheit, Recht, Freiheit und Ehre zu glühen schien, hat in der kurzen Zeit seiner hiesigen Laufbahn keine Art von Cabalen, Ränken, niedriger Schmeichelei u. a. verwerflichen Mitteln gescheut, um seiner persönlichen Eitelkeit Genüge zu thun. Diese Vorstellung von ihm ist nicht die meinige, sondern die allgemeine derer, die ihn hier beobachten konnten, und sogar seiner (von 30 Jahren her) gewesenen Freunde. Wenige, die durch ihn ihr Glück (was man so nennt) gemacht haben und sich unter seinen Schutz begeben hatten, weil sie sich selbst Achtung zu verschaffen unvermögend waren, machen eine Ausnahme hievon. Daher auch die Erscheinung, daß während man auswärts meine Schrift hart fand, hier, die eben erwähnten ausgenommen, Jedermann sie gerecht und der Person wie der Sache angemessen gefunden hat.

Ich will eben so wenig anführen, daß Jacobi es war, der zuerst die Beschuldigung des Pan- und Atheismus und überhaupt der gräulichsten Irrthümer gegen mich auf die Bahn brachte; (vor 1803, wo sein Ausfall erfolgte, schämte man sich doch noch, mir dergleichen zuzutrauen); daß ebenderselbe durch jede Art von Mittel, besonders durch Aufsätze, Recensionen u. s. w. in öffentlichen Blättern, die er durch seine Anhänger verfertigen ließ, diese Meinung immer mehr verbreitete und, weil ich schwieg, bei der Menge dergestalt befestigte, daß sie unstreitig noch jetzt die am meisten verbreitete ist.

Ich will dies alles nicht anführen, da es auf mich wirklich nur einen untergeordneten Einfluß gehabt hat. Was mich eigentlich antrieb und, wenn Sie wollen, in eine Begeisterung des Zorns versetzte, ist die nachtheilige Wirkung dieses Mannes in Bezug auf religiöse Ueberzeugung. Gerade diese Rau- und Halbheit ist es, durch welche unser Zeitalter zu

Grunde gegangen. Dabei der Heiligen-Schein des eifrigsten Religions-
ja sogar Christenthums-Lehrers, mit dem er sich umgeben und wodurch
er sogar manche eifrig religiöse Seelen (Claurius jedoch und ähnliche
ausgenommen) hintergangen hat, während er — ich will nicht sagen über
den Glauben — über die bloße Vorstellung einer unmittelbaren Offenbarung, der Göttlichkeit Christi und der Schrift — lächelt. Ich bin so
wenig intolerant gegen den Gläubigsten als gegen den Ungläubigsten,
wenn er es nur recht ist, weil mir scheint, daß jeder durch die offne Aeußerung dessen, was er denkt, sich von selbst an seine rechte Stelle setzt. Aber
solche Heuchler, wie sie die von mir angeführte Stelle der Offenbarung
darstellt, Menschen, die bei der Welt zwar den Ruf aufgeklärter, freiden-
kender Köpfe und bei Kindern Gottes den Namen der Gläubigen erhalten — Belial und Christus zugleich dienen wollen — diese waren und sind
mir ein Gräuel. Da ist es dann nicht möglich, „daß blos Geister sich im
edlen Wetteifer zeigen", die „Gemüther" müssen wohl auch Antheil nehmen. Ich kann Beides einmal in solchen Sachen nicht trennen; sagt doch
auch ein Heiliger: „der Eifer um dein Haus hat mich gefressen."
Ob es ein solcher reiner Eifer, ein göttlicher Zorn ist oder das Gegentheil, weiß der Herzenskündiger; doch wird man es auch dann zum
Theil beurtheilen können, wenn man sieht, wie ich meine Ueberzeugung
darlege und ob ich mich des Evangeliums von Christo schäme. Als mir
die Begriffe für eine göttlich geoffenbarte Religion fehlten, hatte ich es keinen Hehl; da ich noch nicht zu der vollen Tiefe der Ueberzeugung gekommen war wie jetzt, schwieg ich; wie ich jetzt reden werde, wird man sehen.
Ueberhaupt glaube ich, daß unserer Zeit nicht die Sanftmuth so gut ist
als die Strenge. Treibe ich es zu weit, so ist zu bedenken, daß mit diesem
Fehler mir vielleicht auch das wenige Gute genommen würde, das in
mir ist.

Legen also auch Sie, verehrter Freund, Eines gegen das Andre in
die Wagschale, wie ich hoffe, daß am Ende dieser Periode der Wissenschaft, der Philosophie und Theologie sich Manches ausgleichen wird, was
jetzt mistönt.

Es war zu erwarten, daß meine Schrift eine Menge Gegner auf-

regen werde. Je mehr Menschen sich noch kund geben, desto besser. Es
stand auch zu erwarten, daß sie alle auf die scheinbar behauptete Entfaltung und Entwicklung Gottes losgehen und mich verketzern würden. Dies
muß ich mir gefallen lassen, indem ich über diese Sache mich nur im ganzen Zusammenhang meiner Ansicht erklären kann. Ich glaube freilich, daß
es wörtlich zu verstehen ist: „Ich bin der da war, der da ist und der
da sein wird." (obgleich in diesen drei Perioden der nämliche ewige
Gott. Dieses ist unsern aufgeklärten Theologen ein Aergerniß. Ihre Erinnerung, statt Entfaltung — Offenbarung, Manifestation
zu setzen, werde ich indeß, bis ich allen Misverstand auch bei jenen Ausdrücken aufheben kann, dankbar mir zu Nutz machen.

Den Einwurf betreffend, von dem Sie sagen, daß Sie ihn nicht recht
aufzulösen wissen: „daß Gott (der persönliche) nur primus inter pares
sein würde, weil Er, wie alle endlichen Geister, nur aus dem Grunde
dem H sich emporhebe", so glaube ich, Sie werden ihn leicht lösen, wenn
Sie nur Folgendes in Erwägung ziehen, a) daß dieser Grund in Ansehung
Gottes doch immer ein zu ihm, auch als persönlichem Wesen, Gehöriges
wenngleich von ihm Verschiednes, ja sogar ihm als solchem Unterworfe-
nes ist; dagegen er von den endlichen Geistern ewig unabhängig bleibt,
Etwas, das sie nie in ihre Gewalt bekommen, — sowie daß dieser Grund
gleich uranfänglich in Gott selbst (seiner Totalität nach betrachtet) und nur
außer ihm (als Geist) ist, (was zu einem Wesen gehört, kann darum
doch außer ihm sein und umgekehrt); daß dagegen dieser Grund für jeden
endlichen Geist immer und ewig Etwas war, ist und bleibt, das außer ihm
— und zwar in jeder Beziehung außer ihm ist; b) (was die Hauptsache
ist), daß Gott sich aus diesem Grund durch eigne Kraft zur Persönlichkeit und Geistigkeit verklärt, (wie dies geschehe, bleibt hier freilich bei
Seite gesetzt); dagegen die endlichen Geister aus ebendemselben nur durch
den Willen und die Wirkung Gottes und zwar des persönlichen
Gottes, der sie aus dem, was rücksichtlich seiner ein οὐκ ὄν ist, er-
schafft, emporgehoben werden. Also ist Gott hiedurch so wenig primus
inter pares als der Schöpfer unter seinen Geschöpfen.

Manches wird Ihnen freilich auch hievon noch räthselhaft vorkom-

men; aber gedulden Sie sich noch kurze Zeit. — Endlich wird —
ich hoffe es zu Gott und bitte ihn darum — durch seine Hülfe das Werk
zu Stande kommen, wodurch ich dies alles verdeutliche. Ich meine die
Weltalter, die, so Gott hilft, zu Ostern kommen.

Ich höre, daß auch Herr Süßkind sich bewogen gefunden hat gegen
mich aufzutreten, und zwar mit einer höchst gemeinen, meine Sätze in
lauter Unsinn hinein arbeitenden Polemik, wie sich denn nichts Andres erwarten ließ, wenn dieser Kopf aus meinen bruchstücklichen Aeußerungen
ein Ganzes zusammensetzen wollte. Er meinte vielleicht, ich werde es diesmal wie mit seiner ersten Abhandlung halten, die ich erst mehrere Jahre
nach ihrer Erscheinung bei meinem Aufenthalte in Württemberg kennen
lernte. Allein ich bin diesmal entgegengesetzter Gesinnung. Von nun an
ist es Ernst. Wer sich gegen diese Sache auf den Kampfplatz begiebt, mag
sehen, wie er davon hinwegkommt. Ich habe zwar keine Lust, den Wust
von Unsinn mit ihm zu durchwaten, den er mit der ihm eignen Industrie
zusammengehäuft haben soll, (denn noch habe ich nur 4 Bogen des Pro-
ducts gesehen und weiß vom Ganzen nur durch einige Freunde , aber ich
werde die Anmaßung dieses unberufenen Beurtheilers in ihrer vollen Blöße
darzustellen für Pflicht halten. Sein Benehmen in anderer Hinsicht, da
er sich von je her als einer von denen gezeigt, die gern bei beiden Theilen
ihr Licht leuchten lassen, macht ihn ohnehin keiner Schonung würdig.

———

Ich habe bis jetzt von meinen persönlichen Umständen gar nicht geredet. Seit Sie mir geschrieben, habe ich meinen guten Vater verloren,
dessen Verlust für mich höchst schmerzlich und empfindlich war, auch darum,
weil er hinwegging, eh' ich ihm den vollen Tribut meiner Dankbarkeit
bezahlen konnte. Dagegen hatte ich ein Vierteljahr vorher wieder ein Weib
genommen und darin Ihren freundschaftlichen Rath erfüllt, noch eh' er
mir zukam. Gott sei Dank, ich habe gefunden, was ich bedurfte, ein Herz
nach meinem Herzen. In dieser kurzen Zeit habe ich schon manche häusliche Unfälle bestanden, die, äußerlich wenigstens, meine Ruhe nicht wenig
gestört und die Vollendung meiner Arbeiten — auch meine Antwort auf
Ihr freundschaftliches Schreiben — verzögert haben. Sonst ändert dieses

Berhältnis nicht in meinem eigentlichen Thun, meinem auf die Ewigkeit
gerichteten Streben, sondern soll es, hoffe ich, immer mehr fördern. Daß
auch Sie sich schon früher wieder in den ehlichen Stand begeben, habe ich
mit vieler Theilnahme gehört. Möge dieses Verhältnis dazu dienen, Sie
noch recht lange in voller Kraft und freudiger Wirksamkeit zu erhalten.
— Ich bitte Sie, mich Hr. Sup. Rieger und seiner Familie auf's Angelegentlichste zu empfehlen.

Ich werde Ihnen sehr danken, wenn Sie mir auch von dem Stand
der Wissenschaft, besonders der Philosophie und Theologie, bei uns von
Zeit zu Zeit etwas mittheilen wollen. Antworte ich nicht immer gleich, so
denken Sie nur, daß ich nicht müßig bin, sondern arbeite für das, was auch
Ihnen das Höchste ist, und dabei recht oft Ihrer gedenke und mit wahrer, auf Ewiges gegründeter Verehrung bin

Ihr

innigst ergebener
Schelling.

An Pfister.

München, den 2. Juni 1813.

Es hat mich sehr gefreut, nach langer Zeit wieder von Dir, liebster
Freund, zu hören. Um zuerst von Deinem Werk zu reden, so habe ich dieses bereits durchgelesen und mich höchlich erbaut an der durchscheinenden
Tendenz und besonders an den vielen höchst lehrreichen Einzelheiten, die
es enthält. In diesen kann mir wenigstens der Geschichtschreiber nicht zu
viel thun. Die Notiz über das Nibelungenlied war mir neu; woher hat sie
wohl Görres? Ich wünschte wohl, Du widmetest einmal diesem herrlichen Werk eine eigne Untersuchung. Hast Du Wilh. Schlegel's Abhandlung in seines Bruders Deutschem Museum gelesen? Sie enthält viel
Schönes, aber in historischer Hinsicht genügt sie mir nicht. Des Verfassers
Bestreben, Oestrich den Hof zu machen, leuchtet zu sehr hervor. Ich getraute mir eben so bündig und bündiger zu beweisen, daß es Bayern von

Passau aus, angehört. Der stuttgarter Bibliothekar Petersen rühmte sich
einmal (aber schon trunken) gegen mich, den wahren Aufschluß darüber
geben zu können; er hätte eine Notiz gefunden, woraus ganz unstreitig her-
vorgehe, daß es eine elende Mönchsarbeit sei (Urtheil, unserer
stuttgarter Schöngeister würdig!); da er aber viel weiß, hat er doch vielleicht ein brauchbares Körnchen gefunden. Ich will Dir gewiß nicht schmeicheln, aber Deine Art in der Historie fortzuschreiten und zu untersuchen,
kann das Gefundene darzulegen, zeigt mir immer mehr, daß Du dem rechten puncto gravitatis historiae Dich näherst, und daß Niemand wie
Du uns Hoffnung gewährt, den trefflichen Joh. Müller ersetzt zu sehen.
Laß nur ja Dein größeres Geschichtswerk rascher fortschreiten; sei nicht
karg mit Deinen Schätzen, theile mit, was Du von bezeichnenden, charak-
teristischen Einzelheiten hast, woraus ein anschauliches Bild des Lebens
unserer Altvordern und ihres ganzen Wesens allein entsteht. Könnten wir
nur zusammenleben! Vermöchte meine Aufmunterung etwas bei Dir, es
sollte von meiner Seite nicht daran fehlen. Daß ich Dich von Jugend auf
gekannt, daß Du früh mein Freund geworden und es geblieben bist, das
rechne ich mit zu den günstigen Fügungen in meinem früheren Lebensgang.
— — Deine Abhandlung Ueber den Ursprung der Bayern hat bis
jetzt von Seiten der bayrischen Gelehrten keine Reaction erweckt. Doch
muß ich bemerken, daß Pallhausen schon lange krank ist, auch fast ganz von
der Gelehrsamkeit (wenigstens von der Akademie) sich zurückgezogen hat;
Mannert hat einen Anfall gehabt, der für seinen Verstand sorgen ließ und
ihn mit einer gänzlichen imbecillitate animi bedrohte. Wer es am dank-
barsten erkennt, daß Du den Bayern ihre Urhaftigkeit vindicirt hast, ist
unser trefflicher Kronprinz. — In dem neuesten Band der Denkschriften*)
wirst Du eine große Abhandlung von Lang (Verf. der Geschichte von
Bayreuth) über die alte Territorial-Eintheilung von Bayern finden, wo
jener Punct der Herkunft und die beiden widersprechenden Hypothesen, doch
ohne eigentliche Entscheidung, auch berührt ist. — —

    Die Arbeit über Eschenmayer, die Du so gütig beurtheilst, ist an sich

---

*) Der Akademie der Wissenschaften in München.

ganz unbedeutend. E. hat sich in seinen Aeußerungen gar sehr verfangen; ich fühlte selbst, wie die Antwort geschrieben war, daß er mir zu vielen Vortheil über sich gegeben, wo dann die Ueberlegenheit leicht ist. Ich denke aber, er wird sich künftig mehr zusammennehmen, wozu ihn die tübinger Lehrstelle ohnedies auffordern muß. Es ist ganz etwas Anderes, gleichsam als Privatmann philosophiren, und den Beruf des Lehrers erfüllen. Da reicht man mit Manchem nicht aus, das zu Hause ganz leidlich aussah. Es sollte mir sehr leid thun, wenn E. übel von meiner Antwort afficirt wäre; denn er ist übrigens ein sehr achtungswerther Mensch und feiner Kopf. — — Nun da fast kein Raum mehr ist, muß ich Dir doch noch Glück wünschen zu Deinem häuslichen Segen. Dafür halte ich Kinder im eigentlichen Verstand. Meinen kleinen Pathen werde ich ja wohl einmal sehen und segnen können, wenn auch nicht dies Jahr.

Nun leb' wohl, liebster Freund, mit Deinem Weib und Kindern, sei fröhlich in Deiner Stille, nahe der Natur, und gedenke meiner in Freundschaft.

Dein

treuer Freund

Schelling.

Schelling an Georgii.

München, d. 8. Oct. 1813.

Es ist mir unmöglich, Hrn. Hofrath v. Breyer reisen zu lassen, ohne sein Anerbieten zu benutzen und mich in Ihr gütiges Andenken, verehrtester Freund, wieder einmal zurückzurufen. Welchen Werth ich darauf setze, einen Platz in Ihrer Erinnerung zu haben, wissen Sie längst; wie erfreulich mir darum das Schreiben war, das Sie mir durch meine gute Mutter schickten, brauche ich nicht zu sagen. Ich habe diesen Sommer über manches Glück genossen; keinen kleinen Theil daran hatte die Anwesenheit meiner Mutter, die wie ein guter Geist manche Sorgen von mir und meiner Frau hinweggenommen, in deren Gegenwart ich freilich den Verluft meines unvergeßlichen Vaters erst ganz fühlen, aber doch auch wieder mehr verschmerzen gelernt als zuvor. Unser Zusammensein war bis jetzt durch nichts gestört; zum Verwundern hat sich die alte Frau an das hiesige Klima gewöhnt und an Kräften merklich zugenommen. Dies hat mir auch den Muth gegeben, sie um einen längeren Aufenthalt anzusprechen, eine Bitte, die sie mit der größten Bereitwilligkeit zugestanden. Ich erkenne in dieser Fügung eine für mich gütig sorgende Vorsehung, welche mir diese treue Mutter zur Hülfe und zum Trost in einer Zeit gönnt, wo ich jene gewiß, diesen vielleicht doch öfters nöthig haben werde, indem die erste Entbindung meiner Frau im kommenden Winter bevorsteht. — Dies von mir und dem was mich angeht, weil ich Ihre gütige Theilnahme auch an meinem Ergehen kenne.

Alle Geister und Herzen sind jetzt voll von der großen wunderähnlichen Conversio rerum, die sich in den letzten Monaten ereignet. Es ist ein Gefühl, an das man sich noch gar nicht recht gewöhnen kann. Seit dem Unglück Deutschlands habe ich erst die Propheten recht verstehen lernen; jetzt lerne ich fühlen, was es heißt, aus der Gefangenschaft und mehr als babylonischen Knechtschaft erlöst zu werden. Die eingetretene Zerstörung der feindlichen Macht, die Auflösung, deren vollständige Resultate wir noch nicht einmal kennen, scheint in gar keinem Verhältnis mit den Niederlagen; diese Zerstörung kommt von innen durch einen eigentlichen Verwesungs- und Putrefactionsproceß. Moll's Zeitrechnung wird jetzt wohl einige Modification erleiden müssen, ob ich gleich immer glaube, daß sein Ende noch nicht so nah ist; verstehe ich etwas von dem wunderbaren Gang der Entwicklung, so wird er noch aufgespart; wenn alle seine Helfershelfer abgegangen sind, wird er noch leben, um den Kelch der Demüthigung bis auf die Hefen auszuleeren. — Das Benehmen im gegenwärtigen Krieg scheint auf eine noch tiefere Depravation zu deuten; ich glaube, seine ganze Energie hat, nicht wie man ihm zutraute, in einem blinden Fatalismus, der doch immer noch etwas in gewisser Art Erhabenes und Vernunftartiges hat, sondern in bloßem Casualismus, einer Vergötterung des Zufalls bestanden; seine Ueberzeugung scheint mir jetzt die gewesen zu sein, daß selbst nicht Verstand und Kunst, noch weniger freilich Moralität und

ein höherer Wille über das Gelingen der Unternehmungen entscheiden,
sondern reiner Zufall, der das Tollste gelingen macht, wenn er günstig
ist. — Ein guter Geist scheint bis jetzt auch über den politischen Verhandlungen zu walten; möge er bleiben! Deutschland hat es hoch nöthig;
ja ein Gesetzgeber, der vom Himmel käme, wäre zu wünschen, um den
Deutschen (da das Alte einmal nicht wohl wiederkommen kann) die Verfassung zu geben, die zu ihrem dauernden Glücke nothwendig ist. — Wie
es bei uns steht, wird Ihnen Hr. Hofr. v. Br. mündlich sagen können.

Die reinsten und innigsten Wünsche für mein besondres, hochgelieb-
tes Vaterland erwachen bei dieser Veranlassung in meiner Brust. Doch
gewiß, es wird gerettet werden, mit all' den Keimen des Guten, die selbst
in der bösen Zeit noch erhalten und wenigstens von einzelnen treuen
Herzen gepflegt worden sind. Die Trefflichkeit wohlhergebrachter Anstalten, die Tüchtigkeit und der herrliche Sinn einzelner Patrioten, worunter
ich Sie mit ganz besondrer Empfindung nenne, ist Ursache, daß wenigstens
das Volk, die Nation, viel wenigere Schritte zurückzunehmen hat, um sich
wieder ganz im Rechten und Guten zu befinden, als andre Völker.

Wegen der theologischen Lehrstelle in Tübingen scheint es noch immer anzustehen; ich schließe daraus, daß der gute Köstlin keine entschiedenen
Aussichten hat. Ich glaube zwar, wie Sie bemerken, daß er während
seiner Hofmeisterstelle die Theologie ziemlich an den Nagel gehängt haben
mag, indeß er ist ein empfänglicher Kopf, der leicht aufs Rechte zu lenken
sein würde. Aber warum denkt man denn auch jetzt nicht an den trefflichen
Helfer Renz in Lausen? Mag er auf dem Lande auch von den Studien
abgekommen sein: er ist der Mann sich bald wieder hineinzufinden, Alles
nachzuholen und die ziemlich veraltete, den Besseren schon lang' wider-
wärtig gewordene Lehrart mit ganz neuem Geiste zu beleben. Fast muß
ich glauben, eine herrschende Partei fürchtet sich vor ihm; ich weiß wohl,
daß er nie in ihren Wegen gewandelt, nie mit ihrer unnatürlichen Theologie zufrieden gewesen; aber wie seine Theologie beschaffen, kann man,
dünkt mich, aus der Wirkung seiner Predigten schließen, dergleichen meines Wissens nie weder die Gelehrsamkeit des sonst so achtungswerthen
Storr, noch die Süßkind'sche Mikroskopie hervorgebracht, oder hervorzu-

22 *

bringen gelehrt hat. Daß er auch jetzt noch, wie ehemals in Tübingen, an Talenten und gründlichem Geist weit über alle hervorragt, die etwa mit ihm rivalisiren können, glaube ich eben so gut annehmen zu dürfen, als daß sein vortrefflicher Charakter unverändert derselbe geblieben ist. Wenn auf einem Ausländer bestanden werden sollte, so gebe nur der Himmel, daß es kein Paulus oder ähnlicher sei, der, wie vor zwei Jahren ein gewisser Stephani (ehemaliger Zuhörer von Paulus und bayerscher Kirchen- Rath in Augsburg) in einer dem katholischen Klerus seines Sprengels zugeeigneten Brochüre gethan hat, die Einsetzung des Nachtmahls durch den Blutbecher zu erläutern fähig ist, der nach Sallust bei der Catilinarischen Verschwörung umhergegangen. Horresco referens! Unter den Theolo- gen, die ich im Ausland kennen gelernt, ist unser hiesiger Kirchenrath und Akademicus Dr. Martini noch einer der besten; nicht daß er in die wahre Tiefe gedrungen, aber wenigstens verdreht und verfälscht er die Schrift nicht durch Paulusische Auslegungen, die er verabscheut, und hat an pro- funder und ausgebreiteter theologischer, historischer und allgemein litera- rischer Gelehrsamkeit in Würtemberg jetzt schwerlich seines Gleichen. Soll- ten Sie einmal einen Fremden haben, so wollte ich Würtemberg diesen gönnen.

Was meine literarischen Arbeiten betrifft, (denn ich weiß, daß Sie daran einigen Theil nehmen), so warten die Weltalter auch auf bessere Zeit. In diesem Jahr voll Krieg, Sturm und Unruhe wollte ich sie nicht dem offnen Meer preisgeben; im Jahr 1814 wird man empfänglicher für diese Ideen sein. Dann werden sie aber auch gewiß nicht länger zu- rückgehalten.

Ich kann nicht schließen ohne Sie zu bitten, daß Sie mich Hrn. Superintendent Rieger auf's angelegentlichste empfehlen und mich ent- schuldigen, daß ich durch diese Gelegenheit nicht gleichfalls danke für die mir sehr erfreulich gewesene Lectüre seiner christologischen Abhandlung; die Zeit will es jetzt nicht erlauben, aber ich werde meine Schuldigkeit nachholen. —

Vielleicht daß es mir im kommenden Frühling oder Sommer so gut wird, meine gute Mutter hinaus zu begleiten. Dann freue ich mich ins-

besondre auch mit Ihnen wieder reden zu können von Angesicht zu Angesicht. Inzwischen erhalte Sie Gott der guten und gerechten Sache, der
treu geblieben zu sein in allen Umständen jetzt doppelte Freude bringt, da
die Phantome der falschen Weisheit, wie die Ausgeburten der Hölle, zer-
stieben. Fuit!

Ich bin und bleibe mit der treuesten Verehrung unverändert

Ihr

ganz ergebner

Schelling.

Goethe an Schelling.

Der werthe und gewiß auch Ihnen, noch von Alters her, höchst
schätzbare Freund, Hofrath Meyer, hat mir das Verlangen, wieder in
Ihrer Nähe zu sein, lebhaft rege gemacht, welches ich oft im Stillen empfinde, da ich nach so langen Jahren wohl einmal Ihres aufmunternden
und auferbauenden Gesprächs theilhaft werden, die herrlichen Kunstschätze
mit Ihnen genießen, vor Allem aber mich Ihres häuslichen Glücks erfreuen möchte. Indessen sucht meine Einbildungskraft eine so theuere
und geliebte Freundin an Ihrer Seite. Ich lasse mir gern erzählen, daß
es Ihnen wohlgeht, und schon hat Freund Meyer mir die individuelle
Lage Ihres Glücks schildernd wiederholen müssen.

Bei seinen so willkommenen Erzählungen empfand ich sogleich die
Neigung, mich auch wieder einmal schriftlich mit Ihnen zu unterhalten,
und nun giebt mir die Abreise eines jungen Künstlers, Namens Müller,
erwünschte Gelegenheit, diesem Verlangen sogleich Genüge zu leisten.
Mögen Sie diesem jungen Manne auf seinem Kunstgange einige Aufmerksamkeit schenken, so werden Sie mich verbinden. Es fehlt ihm nicht
an angebornem Talent. Sein zartes und einigermaßen melancholisches
Gemüth bedarf Theilnahme und Aufmunterung, so wie ihm die strengen
Kunstforderungen seiner neuen Lehrer gewiß förderlich sein werden.

Nur nun leben Sie recht wohl, gedenken Sie meiner in Ihrem Fa-

milien- und Freundeskreise, bleiben Sie überzeugt, daß ich allem, was
Sie öffentlich zu äußern für gut finden, die größte Aufmerksamkeit schenke,
um mich einigermaßen für den Verlust zu entschädigen, den ich dadurch
erleide, daß ich mich schon seit so langer Zeit nicht mehr so schnell wie
vormals durch Ihre geistreiche und gründliche Unterhaltung über die Angelegenheiten zurechte finden kann, die mich immerfort auf meine eigene
Weise beschäftigen.

    Mit den aufrichtigsten Wünschen mich empfehlend

    Weimar, den 28. April 1814.

                               Goethe.

Schelling an Gries *).

    Der Brief vom 1. dieses, werthester Freund, mit dem Sie mich er-
freut haben, hat etwas länger, als gewöhnlich ist, auf dem Wege zugebracht; dies entschuldigt, zum Theil wenigstens, die in etwas verspätete
Ankunft (Antwort?).

    Zuerst also den Ausdruck meiner herzlichsten Freude, daß Sie meiner
auf ein blos gedrucktes Schreiben **) gedenken wollten, und des unbe-
schreiblichen Genusses, den Sie mir durch Mittheilung des ersten Actes
eines von Ihnen übersetzten Calderonschen Schauspieles verschafft haben.
Ich freue mich, doch nicht ganz der Letzte zu sein, der Sie auf dieser neuen
Bahn bewillkommet. Sie ist ganz Ihrer würdig, und meisterhaft, wie es
sich nicht anders erwarten ließ, haben Sie auch mit den unübertrefflichen
Schönheiten dieses Dichters gerungen. Erhalte Sie Gott sammt allen
neun Musen bei dem herrlichen Gedanken, uns nach und nach den ganzen
Calderon zu geben, auf den wir von Schlegel's Hand, bei seinen neusten
exploits auf dem politischen und kriegerischen Welttheater, ohnedies so
leicht nicht hoffen dürfen. Sie, liebster Gries, werden gewiß weder einen

    *) Aus dem Leben von J. D. Gries. S. 97.
    **) Das Formular der Einladung zur Mitarbeit an der Zeitschrift von Deutschen
und für Deutsche.

Feldzug mitmachen, so viel Urfache Sie auch in der gerechten Erbofung über die Bedränger Deutſchlands und Zerftörer Ihrer ſo werthen Vater- ſtart*) hätten, noch diplomatiſche Werke verfaſſen; Sie werden den Muſen getreu bleiben.

Daß ich nun gar gewiſſermaßen zur Hebamme dieſer neuen Frucht Ihres Dichtergeiſtes erſehen worden, könnte mich ganz vergnügt machen, wenn ich nicht fürchtete dieſe Ehre wieder einzubüßen, weil ich leider nicht ſo bald, als Sie höchſt billiger Weiſe für jenen Fall zu erwarten ſcheinen, ein neues Heft der Zeitſchrift herausgeben kann. Es mag ſich damit wohl bis tief in den Herbſt, ja nach Umſtänden wohl bis zum Anfang von 1815 verzögern. Der Gründe ſind mancherlei, der Hauptgrund aber, daß an- dere nicht bei Seite zu legende Arbeiten mir für die Zeitſchrift vorderhand nichts zu thun verſtatten und ich doch nicht ſo ganz und gar, wie bisher, faſt blos auf dem Titel ſtehen will.

Nun mögen Sie, liebſter Freund, ſelbſt entſcheiden, ob die Hand- ſchrift ſo lange ungedruckt bei mir liegen ſoll oder nicht; im letztern Falle ſende ich ſie auf der Stelle ab; ſie gleich dieſem Briefe beizulegen kann ich doch nicht übers Herz bringen, und immer werde ich ſie ungern aus meiner Hand laſſen.

Die Unterhandlungen mit Schrop unternehme ich aber mit Ver- gnügen. — Deſto weniger Muth habe ich indeß in eine Unterhandlung mit dem hieſigen Theater zu treten. Ach, lieber Freund, Sie ſcheinen von der Schlechtigkeit deſſelben auch nicht einmal eine approximative Vor- ſtellung zu haben. Ich halte unſre Bühne für die beziehungsweiſe un- fähigſte in ganz Deutſchland. Ich habe verſchworen, kein Stück in Jam- ben mehr zu ſehen. Keiner dieſer ſogenannten Schauſpieler verſteht eine Schillerſche Periode, und doch iſt dies echte deutſche Hausmannskoſt gegen ſolche Ambroſia. Urtheilen Sie ſelbſt.

Da die Welt jetzt wieder frei oder doch freier iſt, ſo wollen wir doch nicht ganz aufgeben, uns irgendwo und irgendeinmal wiederzuſehen. Es

* Hamburg.

ist so Vieles geschehen, was man kaum hoffen durfte, warum sollte dies nicht geschehen?

Meine Frau empfiehlt sich Ihnen aufs beste. Sollten Sie je den Wanderstab in die Gegend setzen, wo wir leben, Sie würden an uns Freunde finden, die sich aufs herzlichste Ihrer erfreuten.

Schelling an seine Mutter.

München, 4. Sept. 1814.

— — Ach, liebste Mutter, wir vermissen Sie eben noch täglich, ja stündlich. Es ist gar nicht mehr so heiter bei uns, seit die freundliche, liebreiche Mama uns verlassen. Könnten Sie doch nur auch zuweilen wie zu Karl auf ein Stündchen zu uns kommen. Alles was wir Sie nun bitten, liebste Mutter, ist, daß Sie doch Alles anwenden sich recht gesund zu erhalten. Es ist das größte Glück, eine solche liebe gute Mutter noch zu besitzen. Ich hätte fast nicht mehr leben mögen, wenn wir Sie auch verloren hätten. Seien Sie noch viele Jahre unter Ihren Kindern; Sie sind aller Trost und höchste Freude. Wenn ich Sie auch nicht sehe, thut es mir doch wohl an Sie zu denken und mir vorzustellen, wie Sie unter meinen andern Geschwistern sind. Bis jetzt sind Sie in Stuttgart fast gar nicht zum Ausruhen gekommen. Von der Reise angegriffen, waren Sie die Tage unsres Aufenthaltes in beständiger Bewegung, dies und die Veränderung des Klimas und der Lebensart hat Sie wohl am ehesten krank gemacht. Gott sei ewig Dank, daß Ihnen hier nichts der Art zugestoßen, wo wir Ihnen einen Arzt wie Karl zu verschaffen vergeblich gesucht hätten. Jetzt ruhen Sie doch recht aus von allen Ihren Anstrengungen, sammeln Sie neue Kräfte, um auch den Winter gesund durchzubringen.

Unser kleiner Liebling gedeiht immer noch so fort wie sonst, nur giebt es Tage, wo er stark zahnt und dann etwas unruhig wird. Alle die gewöhnlichen und immer vorkommenden Sachen versteht er schon; man darf nichts von Spazierengehen sagen, denn da will er gleich fort, wenn es auch regnet. Leider findet sich auch der Eigensinn schon ein, der in diesem Alter schwer zu bezähmen ist. Ich glaube, wenn Sie jetzt wieder kämen, würde er Sie noch erkennen. —

Meine Frau grüßt und küßt die liebste Mama auf's zärtlichste; sie kann sich oft gar nicht drein finden, daß Sie nicht mehr hier sind, und wird Ihnen nächster Tage antworten. So bitte ich Sie denn auch, alle die lieben Unsrigen, Schwester und Schwager, den liebsten Karl und seine liebe Frau aufs herzlichste von uns zu grüßen. Ich bin jetzt auf meinem neuen Zimmer sehr fleißig und befinde mich viel besser. —

Gott erhalte Sie, liebste Mutter; ich bin und bleibe immer

Ihr

treu-geh. Sohn

Fr.

Schelling an Windischmann.

München, den 2. Nov. 1814.

Den Dank für Ihren freundschaftlichen Brief und das beigelegte Werk bin ich Ihnen so lange schuldig geblieben, daß ich nicht länger anstehen will ihn abzutragen, so unmöglich mir auch jetzt wird, Ihnen etwas Gefühltes und Gedachtes, wie sich wohl gebührte, über ein so vielfach interessantes und wichtiges Buch zu schreiben. Ihre Nachsicht in dieser Beziehung kann ich vielleicht um so eher ansprechen, als die Materie von der Art ist, daß man nicht darauf eingehen kann, ohne sofort ein Buch darüber zu schreiben, und daß nach der mir einmal anklebenden Beschränktheit ein streng wissenschaftlicher Zusammenhang für mich der faßlichste ist, dagegen ganz schwer, ja unmöglich, über ein Werk von der räsonnirenden Gattung gleich zur Total-Ansicht zu gelangen. Gewiß haben Sie durch dieses neue Werk viele Hunderte erbaut; mir hat es den Wunsch erregt, daß es uns möglich wäre, einmal uns wieder mündlich über so viele große Puncte, die Sie zur Sprache gebracht, mit einander zu erklären, ein Wunsch, dessen Erfüllung ich gerade jetzt nach der Verbindung, in welche Ihr Vaterland mit Bayern gekommen ist, am wenigsten für unmöglich halte, abgerechnet, daß ich für den nächsten Sommer eine Rhein-Reise fest beschlossen habe und dabei gewiß Aschaffenburg, wenn Sie noch dort befindlich sind, nicht vorbeigehen werde. Sollten Sie hieher jetzt oder künftig einmal kommen, oder sonst irgend etwas von hier aus wünschen oder hier betrieben wollen: so hoffe ich, daß Sie auf meinen Eifer und auf die herzliche Freundschaft rechnen, von der ich Ihnen so gern Proben geben möchte. Indes leben Sie wohl mit allen den Ihrigen, die Gott segnen möge. Mein kleiner bald ein Jahr alter Sohn gedeiht vortrefflich. Ich grüße Sie und bin mit aufrichtiger Freundschaft immer

der Ihrige

Schelling.

—— · ——

Schelling an Wagner.

München, den 2. Nov. 1811

Da ich auf alle Briefe, so ich Ihnen zur Franzosenzeit geschrieben, keine Antwort erhalten, muß ich Ihnen nun wieder schreiben, um Sie zu erinnern, daß Sie noch einen Freund meines Namens in der Welt haben. Es verlangt mich ungemein zu wissen, wie Sie leben, wie es Ihnen geht, was Sie arbeiten, warum Sie so still sind? Hoffentlich sind Sie an einem großen Werk beschäftigt. Lieber Freund, lassen Sie sich doch durch Nichts abhalten, alles das zu thun und zu erfüllen, wozu Sie von Natur berufen sind. Sie dürfen nur wollen, um etwas Außerordentliches zu leisten. Denn das gewöhnliche Kunstwesen, wie es so fortgeht und allgemein getrieben wird, ist Nichts für Sie. Sie sollen und müssen Ihren eignen Weg gehn. Bei uns ist es nun auch wieder leidlich; auch ich denke wieder darauf, etwas Rechtes zu thun und zu wirken; vorher war ein solcher dumpfer Druck, der sich auf Alles erstreckte, daß man an Nichts denken konnte. Wahrscheinlich haben Sie gehört, daß ich mich wieder verheira-

theil. Ich kann nicht anders sagen, als daß ich glücklich bin, auch habe ich
jetzt einen kleinen Jungen voll Leben, der mir nicht wenig Vergnügen
macht. —

Unsre hiesige Akademie der bildenden Künste hat Ihnen schon vor
zwei Jahren die Ehre angethan, Sie zu ihrem correspondirenden Mitglied
zu ernennen. Ich hoffe, das Diplom soll Ihnen durch irgend einen Agenten unsrer Regierung glücklich zukommen. Noch mehr aber hoffe ich, daß
Sie diese Ehre sollen zu schätzen wissen und nicht ermangeln werden, sich
bei der Akademie recht höflich zu bedanken. — Doch vielleicht sind Sie
noch immer der alte — — —.

Kann ich Ihnen hier zu irgend Etwas nutz sein, melden Sie es mir
ja gleich. So lange es auch her ist, daß ich Nichts von Ihnen höre und
sehe, bin ich doch in meinen Gesinnungen gegen Sie derselbe. Möcht' es mir
so gut werden, einen Theil meines Lebens mit Ihnen zuzubringen! Mir
ist, als hätte ich mich nicht leicht mit einem Menschen so verstanden, wie
mit Ihnen! Schreiben Sie mir ja recht viel von Ihnen selbst, von allen
Ihren Verhältnissen und andern Umtrieben. Wenn das große Werk fertig ist, über dem Sie brüten, müssen Sie doch einmal wieder den Fuß
über die Alpen setzen. Dies wäre für mich Labsal; denn wann ich dazu
kommen werde Sie, wie ich immer noch hoffe, in Rom zu sehen, das liegt,
wie Vater Homer sagt, auf den Knien der Götter.

Leben Sie recht wohl, mein theuerster Giovanni, lassen Sie mich
bald hören, wie es Ihnen geht und ob Sie auch meiner gedenken. Ich
bin und bleibe wie immer

Ihr

ganz ergebenster
Schelling.

— —

Hoffentlich, liebster Freund, ist Ihnen ein mit der Post abgegange-
ner Brief jetzt glücklich zugekommen; hier erhalten Sie ein ganzes Paket.

1. Zwei Exemplare des hiesigen Kunstprogramms; in dem einen
liegt Ihr Diplom, das Sie hoffentlich bei gesundem Leibe finden wird.

2. Briefe und Depeschen an die übrigen großen Kunstlichter Roms; denn da Sie ohnedies eine Art von Agenten dort vorstellen, so hoffe ich, daß Ihnen auch dieser diplomatische Auftrag nicht unangenehm sein werde. Ich verlasse mich darauf, daß Sie Alles und Jedes ordentlich an die Adresse abgeben.

Sehr leid hat mir gethan, bei Anfertigung Ihres Diploms noch nicht zu wissen, daß Sie statt des rauhen und etwas widerwärtigen Namens Martino jetzt den sanften, weiblichen Maria angenommen, der sich füglich zu Ihren übrigen Thaten nicht wohl packen will.

Letzteres habe ich aus dem Titel des herrlichen Geschenks ersehen, das Sie mir durch Eberhard zukommen lassen. Gottes Lohn dafür! Es sind herrliche Sachen, die mir großes Vergnügen gemacht haben. Schade daß Sie nicht auch eine Beschreibung Ihrer Reise nach Griechenland herausgeben. Manches mag zwar von der Art sein, daß es besser ist, wenn es erst nach Ihrem Tode bekannt wird. Doch nicht Alles! Im Ernst davon zu reden, es wäre sehr Schade, wenn Sie Nichts darüber aufgesetzt hätten oder noch aufsetzten, so lange das Andenken lebendig ist. Ich mache Ihnen den Vorschlag, mir Briefe darüber zu schreiben, die ich alsdann in den besten Stil bringen und mit einer Vorrede zu Ihrer größten Ehre herausgeben will.

Ihr Geschenk hat mich doppelt erfreut, auch als Beweis, daß Sie doch Ihren alten Freund nicht ganz vergessen haben, der wenn er sich ein recht ihm gemäßes fröhliches Leben denkt, sich immer denkt, in Ihrer Gesellschaft zu leben.

Ganz und immer der Ihrige
M. den 12. Nov. 1814.

Z

Goethe an Schelling.

„Haben Sie tausend Dank, werthester Herr und Freund, für das schöne und ehrenvolle Blatt, welches Sie mir übersendet, und sprechen gefällig gegen den Herrn Director und die ansehnliche Akademie mein dankbares Anerkennen mit freundlichen Worten aus. Durch die gute Aufnahme des jungen Müller wird unser Kunstkreis Ihnen verschuldet, es soll mich sehr freuen in der Folge zu sehen, wie jene Anstalten auch bei einem der Unsrigen Früchte erzeugen.

Mit Sehnsucht erwarte ich das mir angekündigte Werk. Ich bin geneigter als jemals die Regionen zu besuchen, worin Sie als in Ihrer Heimath wohnen. Je älter man wird, desto mehr verallgemeint sich Alles, und wenn die Welt nicht ganz und gar verschwinden soll, so muß man sich zu denen halten, welche sie aufzubauen im Stande sind.

Die Wahl einer so lieben Gattin gab mir die Versicherung Ihres häuslichen Glücks, und eine unmittelbare Nachricht davon ist mir höchst erfreulich. Erhalten Sie mir beiderseits einen freundschaftlichen Antheil, bis ich hoffentlich einmal so glücklich bin, Sie unter Ihren Kunstschätzen zu besuchen.

Da man von trefflichen Freunden entfernt ihnen oft länger als billig stumm bleibt, so sind die Stunden, die ich auf meine Arbeit wende, mir um desto angenehmer, weil ich hoffen kann, mich dadurch so manchem verehrten Geiste unvermuthet zu nähern und ihm für das längst Empfangene auch eine kleine Gabe hinzureichen.

Eine frische Ausgabe meiner Werke, die ich so eben vorbereite, wird manches Neue bringen. Möge sie Ihnen nicht mißfällig sein, vielmehr zur Erheiterung dienen. Leben Sie recht wohl und gedenken mein zu guter Stunde.

Weimar, den 16. Jänner 1815.

Treu verbunden
Goethe.

Erlauben Sie, daß ich als Nachschrift ein Paar kleine Angelegenheiten empfehle. Die erste betrifft unsern hiesigen geschickten Bildhauer Weiser, der eine Marmorbüste, Lucas Cranach vorstellend, für die Sammlung Ihrer Königl. Hoheit des Kronprinzen gearbeitet und solche vor einiger Zeit nach München abgesendet hat. Er sieht nun der Zahlung mit einiger Verlegenheit entgegen, da er, wie es Künstlern oft zu gehen pflegt, sich nicht eben in den reichlichsten Umständen befindet. So viel ich weiß, ist diese Zahlung nur durch die Abwesenheit Ihrer Königl. Hoheit verspätet worden, vielleicht könnten Sie, verehrter Freund, etwas zu ihrer Beschleunigung wirken; so würden Sie einen braven Mann, für den ich mich zu interessiren alle Ursache habe, sehr verbinden.

Das Zweite betrifft eine freilich sehr veraltete Sache: im Jahre 1803 erhielt ein bayrischer Künstler, Herr Hofmann, bei uns den Preis. Die Vorstellung war Ulyß und der Cyclop, seine Zeichnung ist dem Januar von 1804 der Allgemeinen Jenaischen Literatur-Zeitung copeilich vorgesetzt. Er machte mir darauf ein Geschenk des Originals, wünschte aber, daß solches in München zu seiner Empfehlung gesehen würde. Ich sendete sie auch dorthin ab, wenn ich nicht irre, an Herrn von Mannlich. Die erfolgten stürmischen Zeiten machten dieses Blatt, so wie manches andere, vergessen, und erst jetzt, da ich meine Zeichnungen der lebenden Künstler in Ordnung bringe, werde ich wieder daran erinnert.

Wollten Sie wohl die Gefälligkeit haben, Sich darnach zu erkundigen. Vielleicht ist sie aufzufinden, denn es war damals der Wunsch, daß sie der Akademie vorgelegt würde. Erhielt ich sie dann, durch Ihre Gefälligkeit und Sorgfalt, in gutem Zustande zurück, so würde dieses Document früherer und nicht ganz undankbarer Bemühung mir doppeltes Vergnügen machen.

                                              G.

Schelling an seine Mutter.

                          München, 22. Febr. 1815.

Unmöglich ist mir die Freude auszudrücken, welche mir über Ihr letztes Schreiben empfunden, liebste, beste Mama. Gott sei ewig gepriesen, daß er uns unsern guten Karl wieder geschenkt hat. Ich selbst lebe erst wieder auf, seit ich die Gewißheit davon habe. Vielleicht werden wir nun noch Ursache finden, die Verhängung dieser Krankheit mit einer

nützigen Absicht verbunden zu denken. Es war fast nicht anders möglich,
als daß Karl einmal eine solche Hauptkrankheit durchmachte. Ich habe sie
lang gefürchtet, besonders seitdem ich ihn das letzte Mal gesehen. Seine zur
Ruhe und Stille geneigte Natur konnte sich zu dem beweglichen, viel beschäftigten Leben nicht ohne Widerstreben verstehen. Jetzt wird, wie es bei
solchen Krankheiten gewöhnlich ist, seine Natur zum Theil sich umgestalten
und eine neue kräftige, nicht so bald wieder zu störende Verfassung annehmen. So wie mir die Krankheit beschrieben worden, kann ich sie doch
für nichts Andres als ein wahres Nervenfieber halten. Die Nachwehen
werden noch eine Zeit lang dauern, die Hitze im Kopf nicht gleich aufhören. Aber alle Zufälle sind jetzt unbedenklich, wenn Karl nur sich recht
schont und besonders seine Muskelkraft nicht zu früh brauchen will. Glücklicherweise geht die Jahreszeit jetzt auch dem Frühlinge zu. Da haben wir
denn einen Gedanken, den ich nur gleich äußern will, weil jetzt vielleicht
am ehesten der Entschluß gefaßt wird. Nämlich Karl soll, wenn er in
der Reconvalescenz so weit vorgeschritten, um das Reisen ertragen zu
können, zu seiner letzten Erholung und noch eh' er seine ärztliche Praxis
wieder anfängt, mit seiner lieben Frau hierher zu uns kommen und einige
Wochen unter andern Gegenständen und Menschen verweilen. Ich bin gewiß, eine solche Zerstreuung würde auf ihn den vortheilhaftesten Einfluß
haben, auch die liebe Schwägerin würde so schneller das Leid der früheren
Tage vergessen. Daß die liebste Großmama sich mit anschließt, um ihr
Paulemändele wieder zu sehen, versteht sich von selbst. Es ist nicht Scherz
von mir, sondern völliger Ernst. Bis dahin bin ich wieder frei von Arbeiten; wir können Alles recht gut und so einrichten, daß Sie drei einige
Wochen bei uns recht vergnügt sein sollen. Eine andere Aussicht habe ich
doch nicht, Karln und seine Frau auch einmal bei uns zu sehen. Wenn
diese Gelegenheit nicht benutzt wird, da er die gegründetste Ursache hat,
seine Praxis ruhen zu lassen und zugleich auch Reise-Erlaubnis zu begehren, so werden wir wohl nie dieses Vergnügen genießen. Nun wende
ich mich an die liebste, beste Mama, die soll den Gedanken zu Stande
bringen; es wäre ewig Schade, wenn er nicht ausgeführt würde. Ich bin
überzeugt, daß ihn alle Verwandte und Freunde passend, ja vortrefflich

finden müssen. Mit Zuversicht hoffen wir also, daß Sie, liebste Mama, dieses Gedankens sich treulich annehmen und Alles anwenden, daß er in Wirklichkeit gesetzt werde. Welche Freude, auch Sie, liebste Mama, wieder so bald, als wir uns kaum schmeicheln durften, wenn auch nur auf einige Wochen wieder bei uns zu sehen! Denken Sie nur an Ihr allerliebstes Paulmännchen, das Ihnen nun schon entgegengehen würde und das nie von der Großmama hört ohne zu jauchzen. Auch Dreyer's, die an Karl's Krankheit und Genesung, wie Sie selbst denken können, warmen Theil genommen, sind über eine dem Karl nöthige Reise mit uns Einer Meinung.

Was die Lüge von meinem Katholisch-werden betrifft, so ist sie zwar wahrscheinlich sehr böslich gemeint, indeß zu abgeschmackt, um mir wirklich schaden zu können. Ich bedaure nur, daß man auch Sie damit nicht verschont, ja dieselbe für Sie durch Zusätze noch verdrießlicher zu machen gesucht hat. Selbst sie zu widerlegen wäre ganz unter meiner Würde; sonst sollte mich die Rücksicht auf die hiesige Regierung nicht abhalten, was auch übrigens nicht nöthig wäre. Es wird aber schon von andern Seiten in die Zeitungen kommen, daß es eine Lüge ist. Ziehen Sie sich also doch die Sache nicht weiter zu Herzen; es wird meinen Feinden doch nicht gelingen; mein Glück und Wohlergehen steht nicht in Menschen- sondern in Gottes Hand.

Nun freuen Sie sich eben recht Ihres wiedergeschenkten Karlmännchens; könnte ich mich doch mit Ihnen freuen, und wenn auch nur mit Worten, doch Etwas thun zur Aufheiterung meines liebsten Bruders. Grüßen Sie ihn von mir viele tausend Mal, so wie seine liebe Frau und alle unsre Angehörigen. Denken Sie nur sein darauf, auch sich recht zu erholen und jetzt zu schonen, besonders aber lassen Sie sich meinen Lieblings-Gedanken empfohlen sein. Gott erhalte und stärke Sie!

Ich bin mit zärtlichster Liebe

Ihr

treu-gehorsamer Sohn
Fritz.

Schelling an Schubert.

München, 28. Febr. 1815.

Es war längst mein Vorsatz, Ihnen für das interessante Geschenk Ihrer Symbolik des Traums zu danken; die Arbeit, in der ich bin, ließ mich aber nicht Muße zu der Ausführlichkeit finden, die ich wünschte, um in der Ferne, worin wir uns befinden, nicht Misverstand zu veranlassen oder zu vermehren. Ich mußte nämlich aufrichtig bekennen, daß mich die Sache und die Gedanken mehr angezogen als die Art der Behandlung, die ich, wenn sie allgemeiner werden sollte, für einen Verderb unsrer eigenthümlich deutschen, ernsten und strengen Wissenschaftlichkeit halten müßte. Davon aber nun um so weniger ein Wort weiter, als ich auch heute wieder keine Zeit zur Rechtfertigung dieser Meinung gefunden, da Sie vielleicht mit Ihrer Form das Wesen verloren glauben, von dem ich gewiß bin, daß es erst in gesetzlich strenger Entfaltung seine ganze Herrlichkeit offenbaren kann.

An dem Unangenehmen Ihrer Lage, wovon Sie besonders an meine Frau geschrieben, nehme ich herzlichen Antheil. Doch will ich Sie als Freund ermahnen, Ihr Gemüth nicht zu sehr davon einnehmen zu lassen. Das beste Mittel gegen alles Verdrießliche ist Ergebung und Geduld; haben wir diese bewiesen, dann erst wird uns geholfen. Ich darf vielleicht hievon reden, als einer, der durch manches Feuer der Trübsal gehen mußte, und der außerdem nicht gewöhnliche Feinde hatte (selbst solche, denen ich Gutes gethan) und noch hat, die nichts Erdenkliches gegen mich unversucht gelassen; und doch bin ich noch da, lebe und hoffe mit Gottes Hülfe zu wirken, wie ich bis jetzt nicht gewirkt habe. Das Stündlein Ihrer Erlösung wird gewiß kommen; greifen Sie aber der Vorsehung nicht vor.

Ich setze ohnedies voraus, daß Sie sich selbst geprüft haben um zu wissen, daß kein eigenwilliges Bestehen auf einer selbstgefälligen Lehrart Veranlassung gegeben, da bei Instituten der Art Eltern und Vorsteher allerdings ein Recht haben zu fordern, daß Bestimmtes auf bestimmte

Weise gelehrt werde. In so fern wäre Ihnen eine Versetzung auf die Universität wohl zu wünschen und wir Ihnen bei der kräftigen Verwendung des B. L. kaum fehlen können, wenn erst etwas Ernstliches geschieht; nur sorge ich, daß Sie in Würzburg eben so viel Verdruß und viel weniger Ersatz finden als in Nürnberg. Nach meiner Erfahrung würde ich Ihnen rathen, einen protestantischen Ort jedem katholischen vorzuziehen.

Ich höre, daß Sie hier nachgefragt, ob ich wirklich katholisch geworden? Diese Frage könnte mich von Ihnen verwundern, wenn es noch etwas der Art könnte und wenn sie mir nicht zeigte, daß Sie mich eben gar nicht mehr kennen, oder vielmehr daß Sie mich nie gekannt haben. —

Gelegentlich schreiben Sie mir doch, ob das Lied: Es glänzet der Christen ꝛc. wirklich von dem C. F. Richter ist. Ich kenne es von Kind auf, halte es aber viel zu kräftig gegen die andern Sachen, die poetisch betrachtet doch gar zu erbärmlich sind. — Leben Sie recht wohl, empfehlen Sie uns beide unbekannter Weise Ihrer lieben Frau und sein Sie meiner freundschaftlichen Ergebenheit versichert.

Schelling.

Schelling an seinen Bruder Karl.

München, 20. April 1815.

Ich will Dir nur gleich heute schreiben, liebster Bruder; denn seitdem Du uns verlassen, kommt es uns so öde und einsam vor, daß wir meinen, Dich mit unsern Gedanken wieder herbeiziehen zu müssen. Gar zu kurz war die schöne Zeit, in der wir Dein genießen konnten, und weil kein Glück vollkommen sein soll, mußte ich auch noch so manchen Tag von den wenigen durch mein Kränkeln unfähig gemacht werden. Es ist uns jetzt, als hätten wir das Glück Dich zu besitzen noch mit viel mehr Freude und Dank gegen Gott genießen können; aber so geht es immer, eine große Freude macht uns zuerst wie verblüfft und verdutzt, und erst im Nachgefühl

wissen wir eigentlich, was wir empfunden. Hättest Du nur bis heute gewartet, denn schon kündigt sich eine Veränderung der Witterung bei uns
an, und Du würdest weniger vom kalten Wind leiden, als es gestern der
Fall war. Nehme doch ja Deine Gesundheit recht in Acht; wenn Deine
Pferde nicht in Stand sind, so hoffe ich, Du wirst Dich nicht mit ihnen
schleppen, weil Du mehr Schaden an Deiner Gesundheit davon haben
würdest, als die kleine Ersparung werth wäre. Ich wünsche nichts inniger,
als daß Dir die Rückreise durch keinen weiteren unangenehmen Vorfall
verdorben werde. Denn Du warst so gut und hast es Dir bei all unsrer
Beschränktheit so wohl bei uns gefallen lassen, daß wir doppelt wünschen,
die freundliche Erinnerung möge Dir ungetrübt bleiben. Wäre nur der
unfreundliche Wind nicht! — Paul sucht Euch unablässig in allen Zimmern und theilt so ganz die Empfindungen seiner Eltern. Dreyers haben
uns gestern gleich besucht uns in der Einsamkeit zu trösten, was auch sehr
nöthig war.

München, 24. Aug. 1815.

Ich danke Dir herzlich für Deinen theilnehmenden Brief. Es ist
auch ferner Alles gut gegangen. — Einer Aufrichtung, wie sie mir durch die
Geburt dieses geist- und lebensvollen (obschon kleinen und zarten) Kind-
leins geworden ist, habe ich bedurft, nachdem der unglückliche Fall mit
Wehlen an sich und noch durch besondre Umstände für mich sehr angreifend
wurde. Zwei Stunden vor seinem Ende erhielt ich noch ein mühsam aber
doch leserlich geschriebenes Zettelchen, worin er mich um Gottes Willen
beschwor sein Retter zu werden; als ich kam, schloß er mir seinen, wie er
sagte, ihm unerträglichen und jeder Dauer unfähigen Geisteszustand auf,
den er mit völliger Besinnung und dem richtigsten Ausdruck schilderte.
Alles, was er mir sagte und was sich durchaus auf eine physikalische oder
chemische Intuition bezog, dadurch der er Alles in Allem, nicht phantastisch
sondern wirklich, leibhaft zu sehen, Alles in Alles eben so verwandeln zu
können behauptete, zeigte mir, daß sein Geist schon im Weggehen vom

Körper begriffen sei. Dieser Zustand und seine Beschreibung erfüllte mich um so mehr mit Schauder, als ich seinen gewissen, aber noch von Niemand erwarteten Tod daraus voraussah. Ich habe an ihm den redlichsten und zuverlässigsten Freund verloren. Da er auch Dir besonders wohl wollte, wie er mir denn noch wenige Wochen vor seinem Ende das erste Heft seines pharmaceutischen Journals für Dich gab, das ich Dir gelegentlich überschicke, so will ich Dir von dem auch medicinisch merkwürdigen Fall noch etwas Genaueres schreiben, als von unwissenden Händen in die Zeitungen gesetzt worden. Er hatte bei einer eben angefangenen Reihe interessanter Versuche über Metallverbindungen durch denselben Proceß, der gewöhnlich Arsenik-Wasserstoffgas giebt, eine Luftart erhalten, an der er den gewöhnlichen Geruch vermißte. Theils sie zu prüfen, theils in der Meinung, eine verschiedne oder doch weniger gefährliche Luftart einzuathmen, mochte er höchstens ¼ Cubikzoll aus einem mit ihr gefüllten Gläschen durch die Nase eingezogen haben, als ihn kurz darauf heftiger Schwindel, tödtliche Schwäche, endlich ein Würgen des Magenmundes und Erbrechen befiel. Bei dem letzten Symptom blieb es fast die ganze Krankheit. Kolik gesellte sich nie dazu; Alles zeigte, daß die Vergiftung unmittelbar das Nervensystem betroffen, und vom reproductiven nur vorzugsweise die Magen-Nerven angegriffen waren. Uebrigens brach gleich die fürchterlichste Gelbsucht aus, die indeß (gewiß kein gutes Zeichen) am dritten Tag plötzlich und ohne eine Spur zurückzulassen verschwand. Die ganz eigne Art der Vergiftung, von der sich in allen möglichen praktischen Handbüchern, die sogleich nachgeschlagen wurden, kein Beispiel fand, wurde in deß wie eine gewöhnliche, Anfangs mit Schwefelleber, mit Bädern, dann auch mit andern doch meist ziemlich unwirksamen Mitteln behandelt. Sechs Tage mochte wohl die Täuschung gedauert haben, während welcher die Aerzte (darunter auch der Königliche Leibarzt) Rettung hoffen ließen, als er auf die oben angezeigte Art, ohne äußeren Kampf, wie durch eine bloße Dämpfung oder Erstickung des physischen Lebens, still und schnell endete. — Friede ist mit seinem Geist, denn er war in jeder Beziehung ein frommer, treuer und reiner Mensch.

Oft hatte ich Dich während der Zeit hergewünscht; denn gewiß konnte hier der Schlendrian nicht aushelfen. Wenn Du einigermaßen Zeit hast, laß mich doch Deine Gedanken über diesen Fall wissen.

Theile auch unsrer guten Mutter die Umstände mit; ihr Antheil und der über diesen Verlust geäußerte Schmerz haben mich wahrhaft gerührt; sie sind das schönste Zeugniß für den Werth des Verstorbenen. Gieb der lieben Mutter und dem Schwager die beiliegenden Briefe.

Nun, liebstes Brüderchen, leb' recht wohl, fahre fort durch alle Mittel Deine Gesundheit zu befestigen.

Gott mit Dir!   Dein

                                          treuer Bruder
                                               Fritz.

— — —

Schelling an Schubert.

Geliebter Freund!

Der ausführliche Brief, mit dem Sie noch vor der Abreise von Nürnberg mich begrüßten, hat meinem Herzen wohl gethan. Ich habe daraus Ihre Liebe erkannt und die Unauflöslichkeit unserer Verbindung. Eine Liebe, wie Sie mir bezeugen, kann man eigentlich nicht verdienen; um so höher schlage ich sie an; mögen unsere Wege äußerlich noch so weit aus einander gehen, innerlich, ich fühle es, sind sie mit einander verflochten, und nie können wir uns fremd werden.

Nach allen den vorausgegangnen Umständen, wie Sie mir solche gemeldet, glaube ich, Sie sollten und mußten dem Rufe folgen.[*] Haben Sie nun einen in mancher Hinsicht schwierigen Weg betreten, so muß dieses Sie stärken, daß so sichtbar höhere Führung dabei gewaltet. Ich urtheile um so unbefangener, je schwerer es in diesem Augenblick selbst mir auf das Herz fällt, daß wir für diese Welt vielleicht für immer von einander getrennt sind und uns in diesem Leben nicht mehr sehen werden. Ich will

---

[*] Schubert war Erzieher am Mecklenburgischen Hofe geworden; vgl. G. H. von Schubert, Selbstbiographie II, 509 ff.

diese wehmüthige Empfindung nicht durch den Vorwurf trüben, den ich in meinem Innern nicht ganz unterdrücken konnte, darüber, daß Sie nicht noch einige Tage darauf gewendet, Ihre Freunde, die es so oft gewünscht hatten, in München zu besuchen. Zwischen uns waltete darin ein eigenes Geschick. In Jena kamen Sie mir, nachdem ich Sie einmal gesehen, ich weiß nicht wie, aus den Augen; zweimal traf ich Sie nicht in Nürnberg, das dritte Mal drückte mich Krankheit nieder und wehrte jede innigere Bewegung und lebhaftere Schwingung des Geistes. Jetzt ziehen Sie in die Weite, ohne eine Hoffnung des Wiedersehens zurückzulassen. Es scheint, mein Weg soll immer einsamer werden, alle Freunde mir ferner. Ein harter Schlag nahm mir Gehlen hinweg, den Einzigen in München, der mir und dem ich ganz Freund sein konnte. Seltdem ist Pfetten auch mir genommen worden. Ist es ein Wink, daß meines Bleibens auch nicht hier sein soll? Bis jetzt war diese Einsamkeit mir heilsam; nahm sie mir die Anregung hinweg, so auch manche bedeutendere Störung. Vielleicht ist grade dieser Ort das Asyl, von dem aus ich für die Wahrheit wagen kann, was in anderen Verhältnissen ganz unthunlich wäre. Wie dem sei, so weiß ich, daß, sobald es mir hier zu eng' werden sollte, ein Ausgang mir bereitet ist. Haben Sie doch, bei den eingegangenen Verbindlichkeiten, gesorgt, auch Zeit für sich zu behalten?

Es liegt mir viel daran, durch Sie soviel möglich Genaues von Ihren dortigen Verhältnissen zu erfahren, und wie Sie sich in Ihrer ganzen Lage finden. Und da wir fast an den zwei Enden von Deutschland wohnen, bitte ich Sie, mir auch Mittel und Wege zu geben, Ihnen zuzusenden, was nicht bloßer Brief ist. Die Zeit meines Wiederhervortretens ist nahe, mehr und mehr, hoffe ich, soll auch der wissenschaftliche Bezug zwischen uns an Lebendigkeit gewinnen. Um größerer Sicherheit willen bitte ich auch um Ihre bestimmte Adresse.

Meine besten Wünsche haben Sie in Ihre neue Laufbahn geleitet; wie ich Sie beim ersten Blick erkannt, wird die innigste Ueberzeugung von Ihnen und die darauf gegründete Liebe immer in mir bleiben. Meine Frau dankt herzlich für Ihr Andenken, und bittet, sie, nebst mir, auch Ihrer l. Frau, unbekannter Weise, zu empfehlen. Der Herr sei mit Ihnen

und allem Ihren Thun! Dies ist der Segen und Wunsch Ihres alten
und treuen Freundes,

Schelling.

Schelling an Georgii.

Verehrungswürdigster Freund und Gönner!

Schon so lange habe ich nichts von Ihnen vernommen, und Sie auch
nichts von mir. Die Veranlassung gegenwärtiger Zeilen giebt eine eben er-
schienene Abhandlung, die ich Ihnen zusenden zu müssen glaube, auf die
Gefahr selbst, daß Sie solche nicht des Lesens werth halten. *) Freilich ist
sie mit vieler eitler Gelehrsamkeit nach Weltbrauch angefüllt; aber ihre
eigentliche Tendenz würden Sie darum nicht verkennen, besonders wenn
es Ihnen gefiele, auch die Anmerkungen zu lesen und was ich darin über
unsre alttestamentlichen Bücher gesagt. Dies alles, was ich auch treibe,
und, nicht bloß meinet, auch der Sache wegen, treiben muß, geht dennoch
nach dem Einen großen Ziel hin, das mich wie Sie einzig beschäftiget und
dem ich mich (Gott sei Dank) stufenweise nähere. Den schmerzlich empfun-
denen Tod des trefflichen Riegers (für dessen schöne Biographie ich Ihnen
noch nicht gedankt) empfinde ich in diesem Augenblicke aufs Neue mit
Schmerzen, da ihn, als berufenen Schriftforscher und Exegeten, Manches
in dieser Abhandlung unmittelbarer ansprechen mußte. Denn Wenige sind
der eigentlichen oder vielmehr so genannten Gelehrten, denen meine wahre
Absicht verständlich oder, wenn verständlich, gefällig sein wird. — Ueber
die große Angelegenheit unsres Vaterlandes schreibe ich jetzt nicht; daß sie
mich lebhaft beschäftiget, brauche ich nicht zu sagen. Die Wünsche aller
guten Menschen in allen Ländern Deutschlands sind für die gute Sache
und ihre Vertheidiger.

Meine Frau wünscht mit mir, Ihrer hochzuverehrenden Frau Gemahlin und Ihnen geh. empfohlen zu sein. Erhalten Sie mir immer ein kleines
Plätzchen in Ihrem Andenken, und erlauben es Zeit, Umstände und Ge-

---

*. Ueber die Gottheiten von Samothrake.

legenheit, erfreuen Sie mich wohl auch wieder mit einigen Zeilen Ihrer Hand. Mit unverbrüchlicher reinster Hochachtung

Ihr

M. 13. Oct. 1815.

gehorsamster
Schelling.

Schelling an Knebel.

Euer Hochwohlgeboren

habe ich noch immer nicht gedankt für das herrliche Geschenk Ihres Geistes, die schöne Elegie, die Sie mir im Jahre 1813 für meine Zeitschrift, die leider bald darauf in Stillstand gerieth, zu übersenden die Güte hatten. Die Erscheinung anliegender Abhandlung giebt mir die erwünschte Gelegenheit, jenen Dank schicklicher Weise nachzuholen. Diese Abhandlung ist freilich kein Geschenk, das sich mit einem Ihrem Geist entquollenen Gedicht messen dürfte; inwiefern sie jedoch das liebe alte Heidenthum betrifft, schmeichelt sie sich wenigstens mit einer nicht ganz ungünstigen Aufnahme, die auch der Verfasser hofft, dem noch in lebhaftem Andenken die Güte schwebt, mit der Sie ihn, da er gleich zuerst mit einer Bitte sich näherte, aufzunehmen würdigten.

Ich empfehle mich angelegentlich in Ihre Gewogenheit und bin mit der allerreinsten Verehrung

Euer Hochwohlgeboren

München, den 15. Oct. 1815.

gehorsamster Diener
Schelling.

Schelling an Silvestre de Sacy. [*]

Admirabilis eruditionis famam, in qua apud omnes es, non-
nisi TU ipse aequas eximia humanitatis laude, quam non minore
consensu optimus quisque TIBI tribuit. Quae etiam in causa fuit,
ut hunc libellum TIBI mitterem, homo aut prorsus ignotus aut
quem, si forte nomen fando inaudiveris, in longe alio literarum
genere occupatum crederes. Sed me inde a tenera juventute non
modo graecarum verum etiam orientalium literarum studia tenuere,
quarum primus magister pater mihi exstitit, jam defunctus, in
hoc doctrinae genere quondam apud nos haud ignobilis auctor,
deinde doctissimus Schuurrerus, quem scio etiam a TE magni
fieri et amici loco haberi. Ex hoc vero literarum genere est etiam
quem TIBI mitto libellus, etsi titulus alio vergere videatur. Non
ignoras, vir doctissime, fuisse etiam post Gerh. Vossium et Sam.
Bochartum alios, qui nomina deorum Cabirorum atque hoc ipsum
illis commune nomen e Phoenicum lingua derivata suspicarentur.
In qua opinione et ego fui, sed illorum explicationibus, quae mihi
veri minus justa similes visae sunt, alias substituendas putavi.
Quae si vera sunt, haud levis momenti res est ad universam sci-
entiam antiquitatis et praesertim mythologiam, ut et TU optime
perspicis et hic meus libellus pluribus demonstrat. Igitur, pro-
bandae sint necne, TU videas atque pronuncies velim, doctissime
Vir et harum rerum peritissime omnium arbiter! Non mei id fa-
cias, rogo, sed ipsius rei causa. Quin nec vestra illius Instituti,
quae ab antiquitatis studiis nomen habet, classis hoc ab se alienum
putare potest. Scilicet in Commentariis inclytae Inscriptionum
Academiae, in cujus locum ista successit, primus post antiquiores
illos de Cabirorum religione disserere instituit Freretus (etsi ejus
rationem haud probem), et ex eadem postmodum prodiit celebra-
tissimum de Mysteriis Veterum opus Sancta-Crucii vestri, quo et

[*] Nach dem Concept.

ego haud mediocriter usus sum. Haec igitur sunt quae mihi spem fecerunt fore, ut TU de his rebus ferre judicium haud sis dedignaturus. Quod sive recte sive minus recte opinatus fuerim, certe libello meo hunc debeo exoptatissimam opportunitatem litteras ad TE dandi, quibus meum erga TE animum et quem TIBI tribuo cultum licuit significare. Ita vale, Vir illustris, faveque

TUI nominis

D. Monachii ipsis Id. Oct..

MDCCCXV.   observantissimo Schellingio.

Schelling an Creuzer.

München, den 15. Oct. 1815.

Sie als Freund anzureden erlaubt mir gewiſſermaßen die zuvorkommende, von meiner Seite durch nichts verdiente Güte, mit der Sie mich bisher durch Ueberſendung Ihrer Werke (noch kürzlich des Plotinus beehrten. Längſt wünſchte ich durch irgend ein Gegengeſchenk — nicht die Ihrigen aufzuwiegen, aber doch meinen Dank mit etwas mehr als bloſen Worten auszudrücken. Aeußere Veranlaſſung hat eine der Arbeiten aus dem Ganzen heraus, das ſeit Jahren mich beſchäftiget, vielleicht immer noch zu früh, mir entriſſen. Daß ich in einem Haupt-Punct Ihnen widerſprochen, in einigen Nebenpuncten von Ihnen abgewichen bin, konnte mich nicht zurückhalten Ihnen dieſelbe zu überſchicken; denn theils bin ich mir bewußt, niemals jene Hochachtung gegen Sie, die mir eigen iſt, verletzt zu haben, theils überzeugt, daß Sie auch das, worin ich gegen Sie Recht haben könnte, wenn ich Recht hätte, als Gewinn anſehen würden, da es doch im Ganzen nach dem Ziel hinführt, nach welchem Sie dieſen Theil der Wiſſenſchaft richten wollten. Wohl aber könnte ich mich ſcheuen, Ihnen, deſſen Hervorbringungen alle das Gepräge der letzten und genaueſten Vollendung tragen, ein Werklein vorzulegen, deſſen Mangelhaftigkeit und durch die Nachläſſigkeiten des Drucks noch erhöhte Unvollenduung ich nur zu wohl empfinde. Dennoch hoffe ich eben von Ihnen die

billigste Aufnahme zu erfahren und in Ihren beifälligen oder widersprechenden, in beiden Fällen lehrreichen Bemerkungen reichlichen Erſat zu
finden für manche Unbill, die mir von Anderen drohen mag, in deren gelehrten Haushalt meine Anſichten nicht paſſen. Oft genug habe ich bei
dieſer wie bei der größeren Arbeit mich in Ihre oder Sie in meine Nähe
gewünſcht. Wie viel kürzer war dann mein Weg, vor wie manchem
Straucheln konnten Sie den Ungeübten ſchützen!

Inzwiſchen erhalten Sie mir auch in der Ferne Ihr freundſchaftliches
Andenken, wie ich Sie bitte, von der reinſten, aufrichtigſten Hochachtung
überzeugt zu ſein, mit welcher ich allſtets ſein werde

Ihr

ganz ergebenſter

Schelling.

Schelling an Gries. *)

Noch habe ich Ihnen, mein wertheſter Freund, für den herrlichen
Genuß nicht gedankt, den Sie mir durch Ueberſendung Ihres Calderon bereitet. Doch ſo groß dieſer war, freute mich noch weit mehr, daß Sie auch
bei dieſer Gelegenheit meiner wieder gedachten und in der Zeit, wo ſo
Weniges feſt iſt, mir ein neues Zeichen gaben, daß unſre Freundſchaft
fortdauert und ich noch einen Platz in Ihrem Andenken behaupte. Ueber
die Meiſterhaftigkeit Ihrer Bearbeitung des Spaniſchen Dichters haben
Sie die Lobſprüche ganz anderer und weit mehr als ich zuläſſiger Richter
vernommen, daher ich mit dem meinigen auf jede Weiſe zu ſpät käme.
Ich begnüge mich daher den innigen Wunſch auszudrücken, daß Sie nicht
müde werden und fortfahren und nicht aufhören, bis auch dieſer Proteus
ganz in unſerer Zunge ſingt und weiſſagt.

Was ich Ihnen hier überſende **), iſt weit kein Erſat für ſo köſtliche
Gaben als die Ihrigen, doch als Merkmal meines Dankes nehmen Sie

---

* Aus dem Leben von J. D. Gries, S. 109.
** Ueber die Gottheiten von Samothrake.

es wohl freundlich an. Sie sehen, ich habe mich einmal auch in die Gelehrsamkeit geworfen; was muß man in diesem langen Leben nicht alles
treiben! Doch ist noch etwas mehr dahinter, es ist der erste Schritt zur
Ausführung eines Plans, den ich Ihnen einst, wenn ich nicht irre, auf
der unvergeßlichen Reise zwischen Dresden und Jena vorphantasirt oder
vorgefaselt habe, und den Sie mit so vieler Heiterkeit aufnahmen. Jetzt ist
einigermaßen Ernst daraus geworden, d. h. Etwas davon könnte doch noch
wahr werden.

Nun seien alle neun Musen mit Ihnen, daß das herrliche Werk von
Calderon vorwärts gehe! In diesen Wunsch stimmt auch meine Frau mit
ein, die sich Ihnen schönstens empfiehlt. Grüßen Sie alle unsre Freunde,
und wenn einmal die Bäume wieder grünen, setzen Sie Ihren Wanderstab
vorwärts zu uns hier, um mit uns die herrliche Gebirgsnatur Bayerns,
Tyrols und Salzburgs zu besuchen. Da möchten manche Laute Ihres
Calderon noch erst ganz und vollends lebendig werden. Ich bin und bleibe
mit unveränderter Gesinnung

Ihr

treu ergebenster

Schelling.

Schelling an Friedrich Schlegel.

München, d. 10. Jan. 1816.

Der Auftrag der Königl. Akademie der bildenden Künste, das an-
liegende Diplom an Sie zu übersenden, giebt mir die angenehmste Veranlassung Ihnen zu schreiben. Nach Ihrem gütigen Urtheil über Geist und
Bestreben unserer Anstalt dürfen wir vielleicht annehmen, daß diese aus
der reinsten Anerkennung Ihrer Verdienste hervorgegangene öffentliche
Achtungsbezeugung nicht ganz werthlos für Sie sein werde. Vielleicht
ist sie Ihnen ein Beweggrund mehr, dieser nach Tüchtigkeit im Allgemeinen und nach lebendiger Eigenthümlichkeit im Besondern strebenden Anstalt ferner einige Theilnahme zu schenken.

Wir alle hatten uns geschmeichelt, Sie auf der Reise nach Frankfurt hier zu sehen. Meinen Wunsch, mit Ihnen über die großen geistigen Angelegenheiten, die uns gemeinsam beschäftigen, wieder in einige nähere und innigere Wechselwirkung zu treten, hatten Ihre freundlich entgegenkommenden Aufforderungen nur erhöhen können. Indeß hatten Zeit, Lebenswege und Richtungen uns so weit aus einander geführt, daß mündliche Unterredung wohl das einzige Mittel blieb, den Punct zu finden, wo wir anfangen, wo gegenseitig wieder anknüpfen konnten. Nun muß ich erwarten, ob ein günstiges Geschick uns einmal zusammenführen wird, oder ob eine umfassendere wissenschaftliche Arbeit, mit der ich mich seit mehreren Jahren beschäftige, vielleicht ein Mittel werden kann uns wieder zu finden. Möge die beiliegende kleine Arbeit Ihnen einstweilen wenigstens zeigen, wie ich in wissenschaftlichen und geschichtlichen Forschungen mehr und mehr aus dem Allgemeinen in's Einzelne zu gehen suche.

Ich bitte Sie, mich in geneigtem Andenken zu behalten und von der aufrichtigsten Hochachtung überzeugt zu sein, mit der ich verharre

Ihr

ergebenster
Schelling.

N. S. Durch eine Nachricht von dem gegenwärtigen Aufenthalt Ihres Herrn Bruders würden Sie mich sehr verpflichten.

Schelling an seinen Bruder Karl.

Liebstes Brüderchen!

Ich habe Dich immer als meinen guten Genius betrachtet und Deiner Stimme gern mehr als jeder andern von außen kommenden gefolgt. Jetzt ist ein Fall da, wo ich sie wieder vernehmen möchte. Unerwarteter Weise erhalte ich von dem alten geliebten Jena einen Antrag zur Lehrstelle der Logik und Metaphysik in der philosophischen Facultät. Man bietet

mir tausend Thaler (eine dort unerhörte Summe, die ich gewiß, der Erste
und bis jetzt Einzige, erhalten würde), das Primariat in der philosophischen Facultät und andere Vortheile. Das Einkommen wäre dem hiesigen
so ziemlich gleich, inwiefern die Facultätsgebühren nach dem geringsten
Anschlag auch 150 Reichsthlr. betragen, und ich schon an der Wohlfeilheit
der Wohnung 3—400 fl. gewinnen würde. Der Erwerb durch Vorlesungen wäre fast reiner Ueberschuß. Doch das gehört nur zu den Bedingungen, ohne welche ich nicht gehen könnte. Aber — daß ich wieder als Lehrer wirken kann in dieser bedeutenden und immer bedeutender werdenden
Zeit, wieder jene goldene Freiheit genießen, die man vielleicht an keinem
Orte der Welt und auf keiner Universität so wie in Jena schmecken kann,
das sind Motive, die in meinem Innern eine gewaltige Bewegung hervorbringen. Wieder blos Lehrer der Philosophie zu sein, würde mich nicht
in so hohem Grade reizen, aber der allmähliche und schickliche Uebergang,
den ich dort zur Theologie machen könnte und zu dem ich auf jeden Fall
die Mittel mir ausbedingen würde, der Gedanke, dadurch unter göttlichem
Segen für ganz Deutschland etwas Entscheidendes zu thun und ein wohl-
thätiges Licht anzustecken, wogegen die erste noch in der Jugend hervor-
gebrachte Bewegung nur ein unlauteres Feuer war: das sind Vorstellungen, die mich mit großer Gewalt treiben und fast zum Entschluß bringen.
Drei Dinge haben diesen bis jetzt zurückgehalten.

Zuerst die Nothwendigkeit, mich der höchsten Lauterkeit meines Entschlusses zu versichern, ohne welche doch kein wahres Glück für mich wäre.

Zweitens die Pflicht, meine Kräfte zu prüfen und wohl abzuwägen,
ob ich geistig und physisch auch dem allen gewachsen sein würde.

Drittens ein Gefühl von Rechtlichkeit in Bezug auf die bayrische
Regierung. — Subalterne haben mich im Anfang illiberal und unsittlich
behandelt, aber ich habe mich doch von der Wohlmeinung der Regierung
immer überzeugt, und die ersten Männer des Staats, in deren Händen,
Gott sei Dank, seit einer Reihe von Jahren mein Schicksal gelegen, haben
mir nie etwas Unwürdiges zugemuthet noch mich anders als mit Liberalität und nobler Denkart behandelt. Leichtsinnig abbrechen und abtrünnig
werden möchte ich grade in den gegenwärtigen Zeiten am wenigsten, wo

jeder Ehren-Mann, denke ich, auch in Verhältnissen zu Regierungen Charakter zeigen muß.

Nun bitte ich Dich, liebstes Herz, schreibe mir über das Ganze auch Deine Gedanken.*) Gehe mit Dir selbst zu Rath, höre auf Deine innere Stimme, frage auch besonders unsere gute Mutter, und laß Dir diese Angelegenheit recht empfohlen sein. Was Du mir dann schreibst, wird in der Wagschale meiner Entschließungen einen mächtigen Ausschlag geben. Es versteht sich übrigens, daß ich nicht wünsche, daß vorläufig Andern als den Unsrigen etwas davon bekannt werde.

Möge der Himmel Dir und allen den Unsern bei diesem ungünstigen Wetter Gesundheit erhalten! Ich umarme Dich in Gedanken und bin wie immer

Dein

treuer Bruder.

Frih.

Schelling an Eichstädt.**)

München, den 8. Febr. 1816.

Ihr Brief vom 26. Jan., der mir erst am 4. d. zugekommen ist, also 10 Tage unterwegs zugebracht hat, fand mich in einem Strudel von Geschäften, der mir bis jetzt fast keine ruhige Besinnung erlaubt hat. Das von Weimar gemachte Anerbieten hat mich, ich kann es wohl sagen, gerührt; es läßt mir über die Gesinnung und den Willen der in allen Fällen hochgesinnten Regierung keinen Zweifel. Wenn ich dessen ohnerachtet nicht gleich heute Ihnen meine völlige Einstimmung melde, so bitte ich, dieses keinem in der Sache liegenden Grunde, sondern nur meiner Gewissenhaftigkeit beizumessen. Ich muß noch einmal in einer ruhigen Stunde meine eignen Gesinnungen prüfen, meine Kräfte abwägen; ich muß die

---

*) Der Bruder erwiederte mit vielen Bedenken gegen die Annahme des Rufes.
**) Nach dem Concept.

völlige Ueberzeugung gewinnen, der Universität das sein zu können, was ich ihr unter den gegenwärtigen Umständen sein oder werden muß; es handelt sich nicht blos vom Entschluß, es handelt sich davon, daß er auf eine meiner und der dortigen Regierung würdige Weise gefaßt werde, und mir nebst den äußeren Vortheilen auch die innere Beruhigung zu Theil werde, nichts übereilt und nur dem reinen inneren Trieb gefolgt zu haben. Wenn ich Ihnen noch dazu bemerke, daß mich nichts von hier forttreibt, Manches im Gegentheil mich wieder zurückhält, daß es also der allerfreieste Entschluß ist, den ich in diesem Augenblicke zu fassen habe: so werden Sie, verehrtester Freund, so wird die groß und edel denkende Regierung mir gern die kurze Frist vergönnen, die nöthig ist, mich der höchsten Lauterkeit meines Entschlusses, ohne welche ich nie dort glücklich sein könnte, zu versichern und das ganze Geschäft nicht blos zu meiner äußerlichen, sondern auch zu meiner vollkommenen inneren Genugthuung abzuschließen. Ich ersuche Sie, würdigster Freund, dieses einstweilen nach Weimar zu melden, zugleich aber zu versichern, daß ehe vierzehn Tage vergangen sind, mein Entschluß in Ihren Händen sein wird. Erhalten Sie mir inzwischen das theilnehmende und freundschaftliche Wohlwollen, von dem Sie mir so viele Beweise gegeben.

Schelling.

——

Schelling an Wagner.

Liebster Freund!

Es scheint, daß auch jetzt noch die Briefe nach Rom nicht zum sichersten gehen. Ich habe Ihnen für die angefangene Reisebeschreibung nach Griechenland so schön gedankt und Sie um die Fortsetzung gebeten, daß ich wenigstens auf eine Antwort hoffte. Es sei nun wie es wolle, so schreibe ich Ihnen diesmal, um für einen andern Genuß zu danken, den Sie mir bereitet haben. Se. Königl. Hoheit der Kronprinz haben die Gnade gehabt, mir Ihre Beschreibung der äginetischen Statuen mitzutheilen. Wahrscheinlich hatte Sie der Kronprinz darum angegangen. Welche Erscheinung, welche Wunder! England mag den Raub von Athen behalten, wir werden die Werke besitzen, die allein den Schlüssel haben zur Erklärung jener sonst unbegriffenen Vortrefflichkeit. Diese treue Nachahmung der schönen Natur, gegen welche auch die treueste, die wir sonst kannten, nur auf der Oberfläche zu weilen scheint, war also der Weg zu der Kunst des Phidias! — Was die verwundersame Einförmigkeit und Gleichheit der Köpfe und der Bildung wie des Ausdrucks in den Gesichtern betrifft, so haben Sie, glaube ich, im Allgemeinen das Wahre getroffen. Nur kann ich mich davon nicht überzeugen, daß die Scheu, einen festen heiligen Typus zu verletzen, diese Einförmigkeit hervorbrachte. Kann da wohl von Typus die Rede sein, wo im Grunde gar kein Charakter herrscht? Wenn die Minerva oder jede andre Gottheit, ja wenn nur überhaupt alle Gottheiten sich auf solche Art glichen, so wäre das ein Typus; wenn aber alle, göttliche und menschliche, männliche und weibliche Bildungen, Sieger und Besiegte, wie Sie sagen, sich was die Köpfe betrifft, wie ein Ei dem andern gleichen — diesen gänzlichen Mangel von Abwechselung in den Bildungen nicht einer und derselben, sondern ganz verschiedner Persönlichkeiten weiß ich mir nicht anders zu erklären, als aus einem absichtlich, auch in Ansehung der verschiedenen Körpertheile stufenmäßigen Aufsteigen vom Niederen zum Höheren. Es ist so was Gesetzmäßiges in der ganzen Entwicklung der griechischen Kunst, daß es mir als ganz natürlich erscheint, wenn sie auch in dieser Beziehung mit Vorbedacht und Bewußtsein den Weg von unten auf genommen, wenn sie zufrieden die niederen Theile aufs treuste zu bilden, in Ansehung des edelsten so lange, bis sie auch dessen Meister geworden, lieber mit einer angenommenen (conventionellen) allgemeinen Form, als einer halbkünstlerischen Ausführung sich begnügte, Kopf und Gesicht lieber ruhen ließ als es weniger vortrefflich darstellte, wie sie vielleicht aus demselben Grunde früher sich versagt hatte, die Beine zu trennen und in Bewegung darzustellen. Eine andre als blos angenommene, gleichsam durch Verabredung geltende, wie nur symbolisch andeutende Form kann ich in den Köpfen nach Ihrer Beschreibung nicht sehen. Was halten Sie davon?

Und nun noch eine Frage. Ist es der Wille Sr. Königl. Hoheit oder ist es Ihre Absicht, daß Ihre Beschreibung über kurz oder lang gedruckt werde? Dies wäre sehr wünschenswerth, da schon so Manches davon gefabelt wird und jetzt, da die Werke in Rom von Manchen gesehen werden, da doch Vieles davon obwohl unvollständig verlautet, sich bald rüstige Federhelden finden werden, die Nachrichten davon ins Publicum senden. Auf diesen Fall würde ich mich Ihnen zur Herausgabe anbieten und für mich außer den etwa nöthigen Veränderungen des Stils keine andre Freiheit bedingen, als einige Anmerkungen und Nutzanwendungen beizufügen. Wären Sie damit einverstanden, so wollte ich Sie bitten, Sr. Königl. Hoheit dieses auf gute Art vorzuschlagen; ich möchte es weder überhaupt noch ohne Sie thun. Sonst fürchte ich, fällt über kurz oder lang die Sache einem unsrer hiesigen nordteutschen Magister in die Hände, von denen einer dieser Tage eine Abhandlung über die älteste Kunstepoche Griechenlands ohne allen Sinn und Kenntnis so geschrieben, daß es die Hunde nicht fressen möchten.

Endlich noch eine Frage! Kommen Sie denn diesen Sommer oder Herbst nicht zu uns? Wie sollte mich dies freuen, der ich mich alle Jahre mehr sehne Sie wieder zu sehn! In dem Fall, daß Sie kommen, bitte ich Sie mir das Eine oder Andre einige Monate vorher wissen zu lassen, um mich auch darnach einzurichten.

Wie steht es mit Ihren künstlerischen Arbeiten? Werden wir bald Ihr großes Gemälde sehen? Wenn Sie schreiben, so schreiben Sie mir nur recht viel von sich und Ihrem Thun und Treiben — die Reisebeschreibung gebe ich auch noch nicht auf. Lassen Sie mich nur nicht zu lange auf Antwort warten. Grüßen Sie auch den Hrn v. Gärtner recht schön von mir, wenn er noch in Rom ist, und leben Sie recht wohl. Ich bin und bleibe

Ihr

München, 4. April 1816.

getreuer
Schelling.

Schelling an seine Frau.

Dienstag, den 23. April 1816.

Ich schreibe Dir gleich heute wieder, denn, wie der Herr Posthalter behauptet, geht, des münchner Postbuchs ohnerachtet, die Post von hier nur einmal in der Woche nach München. Diesen Brief schreibe ich schon von meinem Palast aus, von dem Tisch, an dem ich ferner arbeiten werde. Mit der größten Bereitwilligkeit haben die guten Leute gleich Alles hergerichtet. Ich bin, was ich sonst vielleicht in meinem Leben nicht sein werde, Herr eines ganzen Hauses; verschließe ich die Hausthür, so ist Alles geschlossen. Ich beschreibe Dir einigermaßen Lage und Einrichtung. Par terre schlafe ich in einer Stube, die Morgensonne hat. Ueber dieser ist mein Studirzimmer, das zwei Fenster gegen Morgen und eines gegen Norden hat. Rechts von jenen steht mein großer Tisch, von dem ich den See sehe und höre. Um den Tisch so zu stellen, mußte ich eine Thüre cassiren, die von diesem Zimmer in ein andres führt, das ein Fenster gegen Morgen und eins gegen Mittag hat, aber etwas feucht ist, weil es unmittelbar auf den See geht. Wo der Ofen steht, ist die Mauer offen, und insofern ist doch für Luftcirculation gesorgt. —

Jetzt weißt Du, liebes Herz, ohngefähr meine Lage. Die helle Morgensonne hat doch in Etwas die Schwermuth zerstreut, die über der ganzen Gegend liegt. Es ist mir weniger unheimlich und ich glaube, ich werde mich wohl befinden, so weit ich dies kann in der Trennung von Dir und den Kindern. Noch 1—2 Tage und ich werde nicht mehr wissen, daß man anders wohnen kann. Ich befinde mich so wohl, daß ich hoffe, noch diesen Nachmittag meine Arbeit anzufangen. Sei also ganz beruhigt über mich. Ich thue mein Möglichstes mich auch über Dich zu beruhigen. Freue Dich Deiner Kinder. Küsse und herze sie viel tausendmal von mir. Wir haben heute starken Nordostwind, der die Wellen an mein Häuslein wirft; es wird bei Euch nicht besser sein, und unser kleines liebliches Fritzchen wird wohl nicht viel aus dem Hause kommen. Doch ist der Wind gut, inwiefern er das schöne Wetter erhält. Noch muß ich Dir sagen, daß ich in der Einsamkeit von zwei neben mir wohnenden Gensdarmen bewacht bin, die sich auch schon erboten haben, Stiefel und Kleider rein zu machen; der eine kann auch mit der Feder umgehen und könnte ich ihm im Nothfall dictiren.

Für jetzt, Du liebste Pauline, schließe ich, um vielleicht heute Nachmittag noch ein Paar Zeilen anzufügen. Ich befehle Dich und Deine Kinder dem lieben Gott, das ist doch der einzige Trost, der mir bleibt. Ich höre nie auf, an Dich Engel und an die Engelchen zu denken. Grüße auch Louischen von mir. Ich habe mir schon ausgedacht, wie wir, wenn Du kommst, ein Paar Tage hier recht vergnüglich zubringen wollen. Im hohen Sommer, wenn die Kinder im unteren Zimmer wären und Du begnügtest Dich ebenfalls damit, könnten wir allesamt recht wohl da wohnen. Doch Schleedorf ist besser! Dir, denke ich, könnte es kaum zwei Tage hier gefallen, so lange bis Du eben den ganzen Eindruck erhalten. Leb' wohl, Du Allertheuerste, herzlich Geliebte!

Schelling an Pfister.

Herzlich werther Freund!

Was wirst Du von mir denken, daß ich auf Dein Geschenk so lange nicht geantwortet und gedankt? Ein Frühlings-Aufenthalt in unsrem an Naturschönheiten reichen Gebirg, durch den ich mich gewöhnlich nach dem Winter auffrische, trägt die Hauptschuld dieser Nachlässigkeit. Ich bin zwar viel zu wenig Kenner von würtembergischer Geschichte und Verfassung, um den ganzen Werth einer Schrift zu beurtheilen, wo wie mir scheint ein jedes Wort ein pondus ist; indeß wird, bei der Anerkennung dieses Unvermögens, der Dank für den Beweis Deines Andenkens, so kahl er erscheint, nach unsrer jetzt fünfundzwanzigjährigen Freundschaft, für Dich nicht ganz werthlos sein.

Fahre fort, geliebter Freund, auf dem einzig richtigen Weg, den Du betreten, laß' nicht ab in Deinen Forschungen, durch welche, die alte Herrlichkeit unsres Schwabenlandes und wie es als Vorbild ächt teutschen Sinns und Verstandes in allen Zeiten geleuchtet, immer mehr in's Licht gesetzt wird.

Von Breyer, von unserer Akademie der Wissenschaften habe ich Dir gleichfalls den besten Dank für das überschickte Werk zu sagen.

Ich weiß nicht, ob ich Dir seiner Zeit meine Abhandlung über die samothrakischen Gottheiten geschickt habe; ist es nicht geschehen, so ist ein Gedräng von Geschäften in jenem Augenblick die einzige Ursache dieser Vergeßlichkeit. Indeß hast Du sie vielleicht aus einer verunglimpfenden Recension kennen gelernt, die aus der Jacobischen Werkstatt ausgegangen und von Herrn Köppen in Landshut verfaßt ist. Du kannst daraus sehen, wie Deinen Freund, dem man von Jugend auf blutwenig, aber doch Kenntnis von Sprachen zugestanden, ein offenkundiger Ignorant der Unkunde derselben zeiht. Doch davon wollte ich nicht reden, denn die eigene Ansicht der Abhandlung, wenn Du sie aufmerksam lesen wolltest, würde Dich überzeugen, daß die ganze Recension nur Eine Verdrehung in Unwahrheit ist; was ich Dir sagen wollte ist, daß es mir mit dieser Untersuchung Ernst ist, und ich glaube in Ansehung jenes ältesten Systems eine wahrhafte Entdeckung gemacht zu haben, die viel weiter greift, als ich vorerst andeuten konnte, und vielleicht selbst auf unser Urteutschthum und seine Herkunft ein neues Licht werfen wird. Doch hängt alles Einzelne so sehr mit meinem allgemeinen Gedanken-System zusammen, daß ich mich nicht wundre, wenn vor Bekanntwerdung des letzteren Vieles von jenem unglaublich scheint.

Was macht Deine Familie? Ist sie seitdem vermehrt worden? Gedeiht fröhlich, wie ich hoffe, mein kleiner Pathe? Mir hat seitdem meine Frau einen zweiten tüchtigen Knaben geboren.

Lebe nun wohl, empfiehl mich bestens Deiner Frau Gemahlin und behalte in gutem Andenken　　　Deinen

alten Freund
Schelling.

München, den 6. Juni 1816.

Schelling an seinen Bruder Karl.

München, den 8. Juni 1816.

Endlich muß ich Dir auch einmal wieder schreiben, liebster Karl. Es war uns wehmüthig, dies Frühjahr an die schönen Tage zu denken, die Du im vorigen uns geschenkt hast. Möchtest Du doch, obwohl erfreulicher veranlaßt, im Staute sein einmal diesen Besuch zu wiederholen. Daß wir diesen Sommer oder Herbst nach Stuttgart kommen, daran ist nach allen möglichen Aspecten nicht zu denken. Ich will durchaus mit den Arbeiten zu Ende sein, die mich beschäftigen, eh' ich mich auf solche Art vergnüge. Das einzige Reiseproject, ins bayr. Gebirg, unsern vorjährigen Aufenthalt, scheint für diesen Monat auch zu Wasser werden zu sollen. Der heutige heilige Medardus hat mir alle Lust vorerst dazu genommen.

Solltest Du dem Dr. Meyer wegen Marcus noch nicht geschrieben haben, so bitte ich Dich doch sehr es zu thun. Ich habe ihn sehr bedauert, zumal er in der letzten Zeit so viel ausgestanden. Uebrigens paßten wir schon lange nicht sonderlich mehr für einander, und so gern ich erkenne, daß er mir manchen guten Dienst gethan, so hat er doch auch durch seine Unvorsichtigkeiten und manchen Leichtsinn mir viel geschadet. Er ruhe in Frieden; Schmerz und Leiden mag ihn sehr geläutert haben, er hat als ein kluger Mann Alles gethan, sich für ein besseres Leben vorzubereiten.

Eschenmayer's Büchlein habe ich noch nicht erhalten. Die Sigwartische Disputation hebe mir auf, bis ich sie etwa verlange; wenn die Weltalter heraus sind und ich an seinen Protector in Stuttgart geben kann, werde ich all' dieser Polemik mit Einmal ein Ende machen.

Für Duttenhofer weiß ich hier nichts zu thun und, die Wahrheit zu sagen, es wäre mir Leid, wenn er unter das Künstler-Gezücht hieher käme. Er ist gewiß in Stuttgart weit besser, als er je hier sein könnte. Eine Stelle weiß ich für ihn nicht; da er aber ein Mann von eignem Vermögen ist, so würde ein Aufenthalt von 1—2 Jahren in München, wobei er als freier Künstler lebte, ihm insofern gewiß angenehm sein, als er an univer-

Gemäldegallerie und übrigen Kunst-Schätzen einen reichen Stoff für seine
Kunstbetrachtung und Studien fände. Mir für meine Person wär' er ein
sehr erwünschter Zuwachs zur hiesigen Gesellschaft, aber weder bei der
Akademie noch sonst wüßte ich irgend eine Stelle für ihn. Empfiehl mich
ihm und seiner Frau Gemahlin aufs beste.

Nun, liebstes Herz, bleib ferner wohl und gesund. Beiliegendes gieb
unsrer guten Mutter, empfiehl mich und meine Frau bestens der Deinigen
so wie ihrer ganzen verehrten Familie.

Dein

treuer Bruder
Fritz.

Schelling an Wagner.

Liebster Freund!

Ihr letzter Brief ist mir durch den Courier wohl überliefert worden,
da aber Hr. Roland sich nicht weiter bei mir sehen ließ, konnte ich Ihnen
nicht durch denselben antworten.

Wegen der Nummer des Morgenblatts, in welcher das Lamento über
Sie steht, habe ich nach Stuttgart schreiben müssen, weil ich es hier nicht
auftreiben konnte. Noch habe ich es nicht erhalten, werde aber diesen
Brief so lange zurück halten, bis ich es beilegen kann. Sollten Sie nach
genommener Einsicht nöthig finden etwas darüber öffentlich zu sagen, so
erbiete ich meine Dienste, theils es Ihnen zu redigiren, theils die Insertion
in ein öffentliches Blatt zu besorgen.

Wegen der äginetischen Köpfe muß ich nun wohl auf meine Ver-
muthung zurückkehren. Nur glaube ich eben so wenig, daß der Grund dieser
Einförmigkeit und der Inferiorität der Köpfe im Vergleich mit den übrigen
Theilen in einem gleichsam heiligen Typus zu suchen ist. Der würde die
Einförmigkeit der Köpfe mehrerer Statuen erklären, die eine und die-
selbe Gottheit, nicht aber die ganz verschiedne Persönlichkeiten dar-

stellen. Es bleibt also wohl nichts Andres übrig, als ein uns unbekannter historischer Umstand, etwa, daß durch die jetzt vorhandenen Statuen ältere Bilder ersetzt werden sollten. Wenn der Tempel auch nicht bis in die Zeiten des Aeacus zurückgeht, so ist er doch gewiß sehr alt. In einer älteren Zeit mochte sich die Kunst in solcher Kindheit befinden, daß sie wirklich nur einförmige Köpfe für alle, auch die verschiedensten Figuren zu Stande brachte. Beim Austausch der ältern mit neuern Bildern wollte man eine gewisse Portraitähnlichkeit mit den ersteren erhalten, aber die nun schon zu hoher Vollkommenheit gediehene Kunst konnte nicht zu jener Kindheit herabsteigen und sich selbst verläugnen, daher der Contrast der trefflichen Ausführung mit der Monotonie und geringen Schönheit der Formen.

Wenn Sie eine Fortsetzung Ihrer Beschreibung der äginetischen Werke an S. K. H. senden, so vergessen Sie mich dabei nicht, nämlich suchen Sie einzuleiten, daß ich auch die Fortsetzung zu lesen bekomme.

Herr v. Gärtner hat mir eine Zeichnung von dem Monumente geschickt, wozu ich bei Thorwaldsen auf Anordnung meiner sel. Frau die Basreliefs bestellt hatte. Es ist mir angenehm von dieser Sache einmal zu hören, da ich von Thorwaldsen immer keine Antwort bekam. Ich habe die Basreliefs bis jetzt in Rom gelassen, weil ich immer in Verlegenheit wegen der Aufstellung war; jetzt denke ich Hrn. v. Gärtner, wenn er früher oder später zurückkommt, darum anzugehen, daß er die Aufstellung an Ort und Stelle besorgt. Ich bitte Sie Herrn Thorwaldsen zu ersuchen, daß er sie noch so lange bei sich behält, bis ich auf solche Art darüber verfügen kann, wie es zu Versicherung der richtigen Aufstellung nothwendig ist. Sollte, wie ich in einer Zeitung gelesen zu haben meine, Hr. Thorwaldsen für einige Zeit Rom verlassen und diese Basreliefs nicht wohl in seinem Studio bleiben können, so hätten Sie wohl die Freundschaft für mich, sie entweder zu sich zu nehmen oder ihnen sonst ein Unterkommen zu verschaffen. Sobald Fritz Gärtner wieder im Lande ist, werde ich sie kommen lassen. Sie würden mich sehr verbinden, wenn Sie zugleich von Thorwaldsen auf gute Art erfahren könnten, ob er glaubt noch eine Forderung wegen der Bezahlung zu haben. Ich habe ihm zu verschiedenen Malen

Wechsel geschickt, aber ohne je von ihm eine Bestätigung des Empfanges
zu erhalten. Verzeihen Sie, daß ich mit diesen Aufträgen Sie belästige,
allein ich bin überzeugt, daß Sie dieselben aus Freundschaft zu mir und
auch aus Andenken an meine selige Frau gern übernehmen.

Den 22. Dec. 1816.

Ich schicke Ihnen, lieber Freund, das obige Brieffragment, wie ich es
im Mai dieses Jahres angefangen hatte zu schreiben, damit Sie sich wenigstens von der damaligen guten Absicht überzeugen, Ihnen gleich wieder
zu antworten. Immer wartete ich auf das fatale Stück vom Morgen-
blatt, am Ende erhielt ich es nicht; — so kam mir zuletzt auch dieser
Brief aus dem Gesicht. Ende Augusts sandten mir Seine Königl. Hoheit
Ihren ganzen Aufsatz zu, mit dem Bemerken, daß Sie gewünscht haben, ich
möchte die Herausgabe besorgen, und daß auch S. K. H. damit einstimmen. Es wäre nicht anders als meine Schuldigkeit gewesen, Ihnen
für das in mich gesetzte Vertrauen gleich herzlich zu danken. Glauben Sie
mir, daß ich den Werth desselben innig fühlte, aber es war mir damals
unmöglich zu bestimmen, wie bald ich die Herausgabe besorgen könnte. Ich
dachte von Woche zu Woche daran zu gehen, aber stets neue Hindernisse
setzten sich entgegen. Sie glauben nicht, wie traurig in dieser Hinsicht
meine Lage in München ist, fast nicht ohne Thränen lese ich oft, was
Winkelmann über seine goldene Freiheit, die Muße und Stille in Rom
schreibt. Endlich im vorigen Monat, nachdem ich fast die Hälfte des Oct.
und Nov. durch den Umzug in eine neue Wohnung verloren hatte, wollte
ich an die Redaction gehen, nun kam eine Krankheit, die mich an die vier
Wochen unthätig machte.

Jetzt endlich ist es so weit, daß morgen der Druck beginnt und auch
im Laufe des Januars das Ganze (bei Cotta) gedruckt erscheint.

Nun habe ich Ihnen zunächst über mein Verfahren Rechenschaft zu
geben. Ehe ich aber dies thue, kann ich nicht umhin, Ihnen über Ihren
meisterhaften und trefflich gearbeiteten Aufsatz, den ich jetzt erst mit ge-
höriger Muße und so recht con amore lesen und durchdenken konnte,

meine Freude zu bezeugen. — Es bleibt doch ewig wahr, daß wer in Einer
Sache ein gescheiter Mann ist, sich auch in andern als solcher erweiset.
Diese kleine Schrift trägt durchaus das Gepräge ihres reifen Urtheils, ge-
sunden Verstandes, einer recht tactfesten Dialektik und des Ihnen eignen
Humors. Ich will Sie hier nicht im Scherz, sondern im vollen Ernst
loben. Mir war's, als hörte ich Sie reden, und wieder kam mir's in die
Seele, was ich seit unsrer persönlichen Bekanntschaft so oft gedacht und
empfunden habe, daß ich Wenige oder Niemanden in der Welt gefunden,
mit dem ich mich getraute, freier, heiterer, geistreicher und nach völliger
Herzens- und Geisteslust zu leben als mit Ihnen, welches freilich wunderbar genug ist, da wir übrigens so ganz verschiedene Dinge betreiben.

Nach diesem Preambule werden Sie nun von selbst vermuthen,
daß ich bei der Bearbeitung Ihres Aufsatzes mit der größten Gewissenhaftigkeit zu Werke gieng, nichts daran zu verderben, ihm seine Eigenthümlichkeit so viel möglich zu erhalten und nur diejenigen Verbesserungen des
Styls vorzunehmen, welche schlechterdings vorgenommen werden mußten,
wenn der Aufsatz gedruckt erscheinen sollte.

Von selbst versteht sich, daß ich an dem Materiellen Ihrer Erklärungen und Aeußerungen um so weniger etwas geändert, da es lächerlich
sein würde, als Gelehrter, der die Gegenstände nicht einmal gesehen hat,
irgend etwas besser als Sie wissen zu wollen, der mit dem Auge des
Künstlers anhaltend und mit Ernst diese merkwürdigen Werke betrachtet.

Ueber Einen Punct bin ich noch nicht mit mir selbst einig, was zu
thun. Sie erklären sich so entschieden für die ägyptische Abstammung der
griechischen Kunst, ja für die Identität des äginetischen und des ägyptischen
Styls! Dieses nun ist eine Sache, die mir mehr als zweifelhaft scheint,
sobald man nämlich etwas Historisches darüber behaupten will. Denn
es ist so natürlich, daß auch das Verschiedenartigste und von einander Un-
abhängigste in den ersten Anfängen sich ähnlich ist; z. B. die unvollkommensten Pflanzen und die unvollkommensten Thiere sind nicht zu unterscheiden (rohe Pflanzenthiere, während die vollkommensten himmelweit aus einander stehen. In der Folgezeit aber unterscheidet z. B. Pausanias den äginetischen Styl sehr bestimmt vom ägyptischen. Ich werde

mir also vielleicht die Freiheit nehmen, über diesen Punct Ihre Aeußerungen nicht ins Gegentheil zu verändern, nur in etwas zu mäßigen.

Einige Anmerkungen werde ich beifügen, damit ich doch als Herausgeber auch etwas gethan habe. Doch werden diese Anmerkungen nicht Wi-
dersprüche, sondern mehr Erläuterungen Ihrer Ansichten enthalten.

Ueber den großen Punct, die Sonderbarkeit der Köpfe, wovon ich oben
noch nach dem ersten Eindruck, da ich Ihren Aufsatz nur flüchtig hatte
durchlesen können, geurtheilt habe, bin ich nun fast ganz Ihrer Meinung,
oder vielmehr, ich habe sie jetzt erst in allen ihren Bestimmungen und einzelnen Theilen recht erwogen und verstehen gelernt. Ich glaube jetzt, Sie
haben das rechte Maß getroffen, oder jene schmale Mittellinie, in welcher
die Wahrheit liegt. Mir erscheint das Problem jetzt allgemeiner; nämlich
es ist dasselbe Problem in Ansehung der ganzen Figuren: „Woher der Widerspruch zwischen dem Styl und der Ausführung?" Dieser Widerspruch ist nun natürlich bei den Köpfen und Gesichtern auffallender als bei
den übrigen Körpertheilen. Es scheint mir aber nun auch gar nicht so unbegreiflich, daß jene Künstler sich vorerst in der Ausführung zu vervollkommnen suchten und an die Forderung des Styls erst später dachten.
Daß indes die gegenwärtigen Figuren Wiederholungen von früheren sein
könnten und darin zum Theil der Grund jenes Widerspruchs liege, halte
ich noch immer für möglich; nur müßte die Nachahmung nicht zu grob ma-
teriell, sondern mehr geistig genommen werden.

Ihre Zusätze und Verbesserungen sind an den gehörigen Stellen ein-
geschaltet worden. Ich hoffe überhaupt, Sie sollen zufrieden sein. Mir
macht es nicht wenig Freude, Sie auf diese Art in die Schriftstellerwelt
eingeführt zu haben; ich zweifle nicht, daß Sie die beste Aufnahme finden.

Sollten Sie mir noch etwas mitzutheilen haben, das während des
Drucks noch benutzt werden könnte, so säumen Sie nicht damit.

Schreiben Sie auf, wie viel Exemplare Sie nach Rom zu erhalten
wünschen. Ich werde Ihnen diese nach Angabe S. K. H. durch das Haus
Curli et Comp. in Augsburg zukommen lassen.

Was Sie mir von der Aufnahme des neu-alt-deutsch. Wesens in Rom
schreiben, hat mich doch mehr noch belustigt als geärgert. Ich hoffte frei-

lich, solche Jungen, wie der M. aus Cassel, sollten mit einer tüchtigen
Tracht Schläge von Rom nach Hause geschickt werden, die einzige Curart,
die anschlagen möchte und deren sie werth sind. Es wird aber auch ohne das
vorübergehn, zumal, Cornelius etwa ausgenommen, doch kein eigentliches
Talent dieser Narrheit zu Hülfe kommt. Je nachtheiliger diese Störung
ist, desto mehr muß man wünschen, daß classische Werke wieder ein wahres Muster aufstellen. Jetzt werden Sie doch ruhig an Ihrem Orpheus
fortarbeiten? Wann hoffen Sie ihn zu vollenden? Hoffentlich bringen Sie
ihn selbst nach Deutschland. Verlieren Sie über allen diesen Tollheiten
Ihren guten Humor nicht, bleiben Sie Ihrer großen und rechten Gesinnung treu und lassen Sie, wenn jenes Gemälde vollendet ist, gleich eine
Anzahl von Werken auf einander folgen. Es kommt nur auf Ihren Willen an, um ein großes und rüstig wirkendes Beispiel aufzustellen.

Recht viele Grüße an Fritz Gärtner; bitten Sie ihn nochmals, sich
des oben erwähnten Monuments anzunehmen, danken Sie ihm vorläufig
für seine schöne Zeichnung, ich bin mit dieser ganz einverstanden, ich bitte
ihn sich mit Thorwaldsen deshalb zu benehmen, denn was dieser billigt, ist
mir recht. Leben Sie wohl, geliebter Giovanni. Ich bin Ihr alter getreuer ꝛc.

Schelling an seinen Bruder Karl.

München, den 7. Januar 1817.

Liebster Karl!

Es hat mich ungemein gefreut, nach so langer Zeit wieder einen Brief
von Dir zu erhalten, obwohl ich eigentlich nicht weiß, wer von uns beiden
dem andern Antwort schuldig war. Ich hätte Dir schon auch früher wieder
geschrieben, wenn ich nicht so eben erst von einer kleinen Krankheit genäse,
einem rheumatisch-gastrischen Fieber, mit dem wieder eine Halsentzündung
verknüpft war. Dieses Uebel hat mich an die drei Wochen Zeit gekostet, doch
bin ich leidlich, ohne sonderliche Nachwehen davon gekommen. — Du siehst
es diesem Brief wohl an, daß er schon bald vor drei Wochen angefangen

worden. Einmal daran gestört, konnte ich nicht wieder dazu kommen, ihn zu vollenden. Ich hatte nämlich eine Arbeit auf dem Gewissen, die ich übernommen hatte, nämlich einen Bericht des Malers Wagner über die unserem Kronprinzen gehörigen äginetischen Kunstwerke zu redigiren und für den Druck zuzubereiten, welches ohne Zusätze und Anmerkungen von meiner Hand nicht wohl abgehen konnte. Da hab' ich denn gleich nach der Krankheit mich drüber gemacht und nach meiner Gewohnheit unabgesetzt und in Einem Feuer dran fortgearbeitet, daß ich mit Neujahr fertig war. Diese Kunstwerke sind von der höchsten Merkwürdigkeit, ja wenn man darauf und nicht auf künstlerische Vollendung sieht, bei weitem merkwürdiger als die jetzt nach London gekommenen sogenannten Elginschen. Ich habe ihnen darum auch einen besondern Fleiß gewidmet, und glaube etwas geleistet zu haben, das meines Namens Gedächtnis auch in der Kunst-Geschichte erhalten soll. Ich hoffe, Cotta wird den Druck gehörig beschleunigen, das Manuscript ist schon abgegangen; kannst Du ihm noch calcar addere, so versäum' es nicht.

So wenig man auch auf Zeitungs-Lobsprüche geben mag, so sprechen doch die Thatsachen entschieden für den neuen König von Würtemberg. So viel sieht man, daß er einen festen Willen für Gerechtigkeit und überhaupt für ein moralisches Regiment hat, als bisher in der Welt geführt worden. Um so weniger freut mich, was man aus Zeitungen von den Entwürfen für die wissenschaftlichen Anstalten hört. Ist es denn wahr, daß die katholische Universität nach Tübingen soll verlegt werden? Ich habe Gelegenheit gehabt, die Folgen dieser Vermischungen zu sehen und mich durch Erfahrung zu überzeugen, daß sie höchst nachtheilig für beide Theile sind. Das wäre, meines Erachtens, doch ein Punct, wogegen die Landstände Einsprache thun müßten. Die Katholiken werden es am wenigsten zufrieden sein; denn es ist vorauszusehen, daß sie in Tübingen nur die Ecclesia pressa sein werden. Die wahre Toleranz besteht im Suum cuique. Auch daß man den besten Professor in die Hauptstadt ziehen will (Kielmeyer), leuchtet mir gar nicht ein, so wenig als das Lyceum, mit dem, wie Du schreibst, die Klosterschulen combinirt werden sollen. Gedenkt man denn diese aufzuheben? Wie sich die Unterrichtsanstalten in Würtemberg einmal bewährt haben, kann jede Veränderung, die das Wesentliche betrifft und nicht blos dahin abzweckt, sie in derselben Form und Art zu vervollkommnen und zu steigern, nur zum größten Schaden gereichen.

Eine eigentliche Akademie der Künste will mir auch, nach den dortigen Verhältnissen, nicht einleuchten. Erstens fragt sich cui bono? Bis jetzt hat Würtemberg an seinem Einen Bildhauer genug gehabt und diesen nicht einmal beschäftigt. Was soll denn aus zehn, zwanzigen werden, die sich bilden? Und dies ist nicht zu vermeiden. Gründet der Staat Lehranstalten, so nimmt er auch gewissermaßen die Verbindlichkeit auf sich, die, welche sie benutzen, zu versorgen. Bisher hat es in Würtemberg auch an Malern nicht gefehlt, so weit man sie brauchte, noch an Baumeistern. Freilich, kann man einwenden, würde Würtemberg auch den Dannecker nicht haben, wäre nicht die Karlsschule gewesen. — Wohl! also müßte man Mittel schaffen, daß auch wieder sich einer bilden könnte; aber eine Akademie? Meine Meinung ist, daß, wenn man die Abgüsse vermehrte und in ein Local brächte, wo sie gut beleuchtet wären und junge Leute darnach studiren könnten; wenn ferner in demselben Gebäude ein Saal eingerichtet würde, wo man im Winter täglich Abends nach der Natur studiren könnte (ein Zimmer auch etwa für das Studium bei Tag im Sommer), und man ernennte einige Mitglieder, die abwechselnd die Aufsicht bei diesem Studium hätten, überließe übrigens jedem Studirenden die Wahl seines Lehrers, daß es ein völlig freies Institut wäre, das Jedermann benutzen und nach eigner Wahl, Neigung und Trieb besuchen könnte: so wäre gewiß das Erforderliche geschehen, damit die Kunst in Würtemberg nicht ganz ausstürbe. — Was dagegen sehr nothwendig und nützlich schiene, wäre die Einrichtung einer Bauschule, in der alle zur Baukunst gehörigen Theile und Wissenschaften genau, theoretisch sowohl als, soweit möglich, praktisch gelehrt würden. Diese könnte mit dem andern Institute in Verbindung stehen, müßte aber doch eine davon unabhängige innere Einrichtung haben. — Ich habe dies geschrieben, weil Du mich um meine Gedanken über diesen Gegenstand ersucht hast. Etwas Anderes ist es allerdings in Bayern. Schon darum, weil dies zweimal so groß ist. Dann wegen der vortrefflichen Kunstschätze, die man jetzt um alles Geld nicht mehr zusammenbringen könnte. Deswegen müßte auch jene Lehranstalt in Würtemberg nur rahin gehen, den Schüler bis zu dem Grad von Fähigkeit zu bringen, wo er selbst studiren kann, und das Beste dabei müßten reichliche Stiftungen thun, von denen man die geschicktesten jungen Leute unterstützte, die eigentliche hohe Schule der Kunst, Rom, zu besuchen, nicht auf 1 oder 2, sondern wenigstens auf 5—6 Jahre. Lächerlich wäre, in Stuttgart eine vollendete und vollendende, oder überhaupt mehr als eine Vorbereitungs-Anstalt für die Künste haben zu wollen.

Ich habe Dir so weitläuftig über diesen Gegenstand geschrieben, daß ich nun nichts mehr beisetzen kann, als unsern herzlichen Glückwunsch zum neuen Jahr u. s. w.

Schelling an Wagner.

München, 7. Jan. 1817.

Es fällt mir mit Schrecken ein, daß ich letzten Sonntag vor 14 Tagen einen Brief an Sie abgehen lassen, der durch ein Mißverständnis recommandirt worden, ohnerachtet ich von der Wärterschen Familie gehört hatte, daß dieses in Rom die Wirkung hat, daß der Brief auf dem Post-Bureau liegen bleibt. Ich schicke also für diesen Fall gegenwärtigen Avis-Brief hinterdrein, um Ihnen zu sagen, daß ich Ihnen einen Brief geschrieben und daß Sie, wenn er Ihnen nicht gebracht worden sein sollte, selbigen abholen lassen. Ich gab Ihnen vorläufige Nachricht von der nunmehrigen öffentlichen Erscheinung Ihres Berichts, welche ich nun dahin bestätige, daß bereits das Ganze im Druck ist. Verschiedenes Anderes, so ich von meiner Arbeit erwähnt, war nach meiner ersten noch nicht völlig bestimmten Ansicht geschrieben, die sich während der Ausarbeitung und des weiteren Forschens noch gar sehr verändert hat. Ich glaube über äginetische Kunst und ihr Verhältnis zur attischen Einiges gefunden zu haben, das auch Ihnen nicht mißfallen wird. Pausanias ist freilich so trocken wie ein Kieselstein, aber ich habe mich doch bemüht, ein Fünkchen

heraus zu schlagen. Wegen des Widerspruchs zwischen den Köpfen ꝛc.
und dem übrigen Körper habe ich dahin geendigt, Ihrer Meinung Recht
zu geben. Was die schon erwähnte ägyptische Hypothese betrifft, so habe
ich sie in Ihrem Text stehen lassen und derselben nur in einer Anmerkung
die Deutung zu geben gesucht, welche unserm deutschen Standpuncte gemäß ist. Ueberhaupt habe ich am Ende gefunden, daß es am besten ist
in Ihrem Text durchaus nichts zu verändern, wohl mitunter einige Fehler
gegen den Sprachgebrauch, oder unnöthige Wiederholungen, oder nicht
wohl gebaute Perioden. Selbst Einiges, was mir offenbar Fehler schien,
z. B. von einem Künstler Mikon aus Aegina, dergleichen es gar keinen
giebt (es ist Onatas, Sohn von Mikon), habe ich stehen lassen, damit Jedermann um so gewisser sehe, daß was in dem Aufsatz steht, Ihr reines
Eigenthum ist. Sollten Sie aber wieder etwas der Art schreiben, so bitte
ich, nur mit den Citaten genauer zu sein, diese waren nach Ihrer Angabe
fast nie aufzufinden und haben mir viele Mühe gemacht. Uebrigens um
die Sache kurz zu machen, so hoffe ich, Sie sollen mit mir ganz zufrieden
sein. Nur antworten Sie mir recht bald und behalten Sie mich lieb, wie
ich Sie.

Ihr

ergebenster

Schelling.

N. S. Unser trefflicher Kronprinz ist, Gott sei Dank, wieder außer
Gefahr. Sechs Tage lang hatte man Ursache für sein Leben zu fürchten.

Sonntag nach Ostern.

Lieber Maestro Giovanni!

Hier kommt unser gemeinschaftliches Kind, ich hoffe, Sie werden es
nicht, wie schlechte Männer thun, verläugnen sondern für das Ihrige erkennen; auch hoff' ich, es soll kein Mischling geworden sein, da wir doch
Gott sei Dank! sonst so ziemlich zu einerlei Rasse gehören.. Ernstlich gesprochen wünsche ich, daß die äußere Form Ihnen gefalle und auch meine

Zuthaten nicht als Muttermäler, Leberflecken und dergl. Verunstaltungen erscheinen. Eher finden Sie vielleicht, daß ich des Guten zu viel gethan, nämlich aus dem Gegebenen zu viel geschlossen habe. Wegen der ägyptischen Herkunst hätte ich mich freilich noch anders ausgedrückt, hätte ich Ihren letzten Brief noch benutzen können. So wie Sie es da erklären, läßt sich gewiß nichts dagegen einwenden. In diesem Sinn meine ich aber auch die Verwandtschaft nicht bestritten zu haben. Werden Sie mir nicht böse werden über Lob und Beifall, noch Einwendung und Widersagen? — 'eins ist so gut gegründet wie das andre. Vieles wird sich noch besser sagen lassen, wenn Sie erst Ihre Zusätze schicken. Ich hoffe, Sie haben Exemplare genug, um etwa auch dem preuß. Gesandten Hrn. von Niebuhr ein Exemplar zu geben. Kennen Sie ihn noch nicht, so bitte ich Sie, ihm ein Exemplar in meinem Namen zu geben; er ist einer unsrer gründlichsten und achtungswerthesten Männer, dessen Gedanken, wenn er sich mit den Figuren etwas näher einließe, ich wohl zu hören wünschte.

Schreiben Sie mir doch ohngefähr, welcherlei Art Bücher Sie zu erhalten wünschen. Ich werde dann mein Bestes thun. Die beste Gelegenheit für mich nach Rom zu kommen wäre, wenn unser gnädigster Kronprinz mich mitnehmen wollte. Aber an so was denken die großen Herrn nicht von selbst, und mich zudrängen ist nicht meine Art. Einmal werde ich doch noch hinkommen, ist's nicht lebend, so doch als Geist.

Aber daß Sie nach Deutschland zu kommen versprechen, des erfreue ich mich höchlich. Wir wollen auf die alte Weise vergnügt sein; ich verspreche mir schöne Tage.

Daß Thorwaldsen nichts mehr zu fordern hat, dessen bin ich gewiß genug. Gelegentlich bitte ich nur die Sache so einzuleiten, daß ich auf nächsten Herbst die Basreliefs kann kommen lassen, und für mich gütigst zu überlegen, wie ich sie etwa gelegentlich auf's Wohlfeilste hierher bekomme.

Ein Courier nimmt keine Raison an und so muß ich plötzlich schließen. Addio carissimo Giovanni! Ganz und immer

der Ihrige

Schelling.

Schelling an seine Mutter.

Gastein, d. 5. Juni 1817.

Liebste beste Mama!

Es hat mich ungemein erfreut, in der hiesigen Abgeschiedenheit einen Brief von Ihnen zu erhalten. Karl wird Ihnen wohl erzählt haben, daß ich meiner Gesundheit wegen auf einige Wochen hierher ins Bad gegangen bin. Es ist uns schwer gefallen, von den Kindern uns zu trennen, und fällt uns täglich schwer auf's Herz, doch beruhigt uns, daß wir sie unter der Fürsorge unserer Verwandten aus Gotha zurückgelassen haben. Diese Entfernung von München war Ursache, daß ich Ihren Brief später erhalten habe und nicht früher beantwortete. Ich danke Ihnen für Ihre liebevollen Wünsche, die Sie in Ansehung meiner bei Gelegenheit der bewußten Vacatur *) hegen; es wäre freilich keine zu verachtende Sache und ließe sich unter gewissen Umständen wohl denken; allein ich würde nicht über mich vermögen, wegen dieser Sache einen Schritt zu thun, sollte derselbe auch in einem bloßen Briefe bestehen. Je mehr Ursache ich habe, mit meiner gegenwärtigen Lage zufrieden zu sein, je angenehmer die Vortheile sind, die sie mir gewährt, desto weniger bin ich geneigt, irgend eine Veränderung zu suchen und nach einer andern Lage zu verlangen, deren Vortheile und Nachtheile, Annehmlichkeiten und Unannehmlichkeiten gleich ungewiß sind; um so mehr glaube ich vielmehr Alles dem göttlichen Willen anheimstellen zu müssen, der, wenn er eine solche Absicht mit mir hätte, auch wohl Mittel und Wege dazu wissen und finden würde, und bitte darum auch Sie, liebste Mama, inständig und dringend, Ihre Wünsche gegen Niemanden, wer es sei, laut werden zu lassen, indem ich, je weniger eine Veränderung der Art in meinen Wünschen liegt, desto weniger auch den Schein haben will, eine solche gewünscht zu haben. Ueberlassen Sie vielmehr mit mir Alles der göttlichen Fügung, welche gewiß immer

---

*) In Tübingen.

und unter allen Umständen veranstalten wird, was uns am heilsamsten ist. —

Gott erhalte Sie und segne Sie; ich bin mit treuester Liebe

Ihr

ganz gehorsamer

Fritz.

Schelling an seinen Bruder Karl.

Liebster Karl.

Da ich von unserer lieben Mutter Dein abermaliges Uebelbefinden erfahren hatte, so konnte mich Dein Stillschweigen nicht wundern, nur seiner Ursache wegen betrüben. Es ist doch eine leidige Sache, der beständigen Wiederkehr einer solchen — wahrscheinlich rosenartigen? — Entzündung unterworfen zu sein. Ich wünsche sehr, daß die projectirte Reise ins untere Neckarthal Dir in dieser Hinsicht ersprießlich sei, obgleich ich zwischen Stuttgart und Mannheim in der Temperatur und Milde der Luft keine große Differenz annehmen kann. In anderer Hinsicht wird Dir die Zerstreuung sehr wohl thun. Unsre bayersche Gebirgsluft ist freilich für eine solche Reizbarkeit der Haut nicht sehr vortheilhaft, doch auch gewiß nicht nachtheilig. Indeß darauf dringen, daß Du hieher kommest, will ich nicht, obwohl in der bessern Jahreszeit ich auch besser für Deine Zerstreuung und Erholung, als das letzte Mal, sorgen könnte. — Was die tübinger Stelle betrifft, so bin ich fest überzeugt, daß Du, trotz einem gewandten Diplomaten, ganz das Rechte und wie man sagt, den Nagel auf den Kopf getroffen hast. Ich glaube, daß Wangenheim es wirklich für eine Ehrensache ansieht, mich nach Würtemberg zu bringen, zugleich daß er mich in Tübingen lieber weiß als in Stuttgart, und da dies mit meiner Neigung zusammentrifft, warum sollt' es mir nicht lieb sein? Doch bitte ich Dich recht sehr, jeden Gedanken von Sollicitiren zu entfernen, quod equidem procul habeo. Kommt es, gut; kommt's nicht, auch gut! Aus persönlichen Gründen kann es ohnehin mein Wunsch nicht sein,

nur aus wissenschaftlichen. Ich habe durch langes Zaudern, fortgesetzte
Contemplation, eine Reise der Ausbildung und zugleich einen Standpunct meiner Gedanken erlangt, bei dem ich eine akademische Wirkung
nicht sowohl als vortheilhaft für mich, wie für diese verworrene Zeit und
Welt halten kann. Doch bitte ich Dich, die dargebotene Gelegenheit nicht
zu versäumen, und auch ein anständiges Mittel nicht zu verschmähn, Dich
Wangenheim wieder zu nähern, der denn doch in so manchen Beziehungen,
besonders aber vergleichungsweise, aller Achtung werth ist. Wenn also
die neue Somnambüle kommt oder Stoff zur Mittheilung giebt, so sei
nicht spröde noch geizig. Wenn die allgemeine Rede mich, gleich zuerst,
etwas mehr ergriffen und betroffen hat, so ist es hauptsächlich darum,
weil ich diesen Weg, den die öffentliche Stimme bezeichnet, eigentlich für
den einzigen halte, meinem Vaterlande so nützlich zu werden, als ich überhaupt vermag, und ebendarum auch für den meiner einzig würdigen.
Nur auf den Fall, daß aus der Sache Ernst und Du gefragt würdest,
bitte ich Dich gleich es so zu lenken, daß die sämmtlichen geistlichen Würden auf die andern, würdigeren Häupter übergehen, und ich bloß als
Canzler und Professor der Philosophie in Anregung komme. Denn obwohl es möglich ist, daß ich von da einmal einen Uebergang auch zur eigentlichen Theologie mache, so will ich doch dieses nur als Philosoph thun
und die Freiheit, die ich als solcher genieße, nicht gegen eine beschränktere
Würde vertauschen. — Hier hast Du meine Gedanken im Allgemeinen;
ob etwas und was, im besondern Falle noch zu thun wäre, überlasse ich
gänzlich und zutrauensvoll Deiner Beurtheilung. Solltest Du W. sehen,
so ist das allgemeine Gerücht ein wie mir dünkt, höchst natürlicher Anknüpfungspunct, den zu ignoriren auch wieder allzu störrig und wunderlich scheinen könnte. Dann magst Du im Zusammenhang sagen, daß Du
Gründe habest zu glauben, diese Bestimmung werde mir nicht unangenehm sein, daß ich mir aber einmal in den Kopf gesetzt, nichts selbst dafür
zu thun, ja auch nicht einmal Veranlassung zu geben, weil ich dergleichen
zu meiner eignen Beruhigung durchaus als höhere Fügung müsse betrachten können. — Ueberhaupt bleibe nur sein auf dem Weg, wie bisher,
nichts zu versäumen oder abzuweisen, was sich anbietet, aber auch durch

keinen nicht motivirten Schritt den Standpunct zu verändern, den Du
selbst in Deinem Brief angegeben und den wir durchaus festhalten müssen,
daß nicht ich so sehr froh zu sein Ursache habe als die, welche die Sachen
leiten. —

Ich wünschte sehr, von Dir auch einige Mittheilungen über Deine
neuesten Erfahrungen und Ansichten vom thierischen Magnetismus ꝛc. zu
erhalten. Erst in diesen Tagen habe ich die Eschenmayersche Zeitschrift gelesen und nicht ohne Verwunderung gesehen, wie weit zurück in der Ansicht dieses großen Phänomens noch die sämmtlichen Herausgeber sind.
Die erzählten Geschichten vorn und die theoretischen Raisonnements hinten
machen den seltsamsten Contrast. E. will noch immer ein durch allerhand
Organe und Instrumente vermitteltes Wunder daraus machen. Er ist
durchs Lehren eben nicht weiter gekommen, sondern der alte, ja fast scheint
mir, weniger geistreich wie ehemals. Die Erzählung des Dr. Nick hat
mir eigne Empfindungen verursacht. Die unendliche Merkwürdigkeit des
Factums, und zwar wie mir scheint in bonum et malum partem, auf
der einen Seite und die schlechte Benutzung, unmethodische Behandlung
auf der andern Seite können nur Unmuth erregen. Schreibe mir doch
nur mit zwei Worten, wie viel oder wie wenig man, zufolge Deiner Kenntnis oder Meinung, von der Sache für wahr halten darf. — Sind Dir
bei Somnambülen auch actiones in distans bekannt? Hier suchen wir
jetzt das sogenannte Anmelden von Sterbenden, desgleichen allerhand
Spukgeschichten, ex. gr. Ohrfeigen oder Rippenstöße von unsichtbarer
Hand, auch da unterzubringen. —

Leb' recht wohl; ich hätte so viel mit Dir zu reden, aber das Papier
faßt es nicht. Kürzlich war Steffens auf einige Tage aus dem Karlsbad hieher gekommen mich zu besuchen. Er ist ganz der alte in jedem
Sinn; ich freute mich nicht wenig, ihn einmal wieder zu sehn.

Vale iterum atque iterum.

Dein

treuer Bruder
Fritz.

München, den 3. Aug. 1817.

— Viel Einfluß *) mag freilich auch haben — Umgebung und ein öffentlich so wenig wirksames und nützliches Leben, dessen Bemerkung auch leicht mismuthig macht. Da wäre denn freilich das beste Mittel das, von dem Du in Deinem letzten Briefe schreibst **), und das ich mit Vergnügen in mehr als einer Hinsicht annehmen würde, so gering auch die Wahrscheinlichkeit ist, daß es mir werde geboten werden. Vielleicht wollte man blos Dich ausholen, erfahren, ob ich nicht etwa Lust hätte, ob ich keinen Schritt gethan? Wenn es übrigens Gottes Wille ist, so wünsche ich, daß es baldmöglichst geschieht; es wäre eben noch rechte Zeit. Indes bleibe ich auch jetzt bei meinem Vorsatz nichts zu thun, obwohl es auch sein könnte, daß ich nun das ihm sicher befremdliche Stillschweigen, (das er sich aus allerhand Ursachen vielleicht erklärt,) gegen Wangenheim brechen dürfte, um diesen Zweck zu erreichen. Allein diesen Beruf wünsche ich, so viel möglich, rein und lauter durch göttliche Schickung zu erhalten, wenn ich ihn wünsche. Einleuchtend, fast zum nothwendigen Gedanken ließe sich diesem die Sache schon machen, von dem ich noch nicht glauben kann, daß er mich ganz aufgegeben und nicht früher oder später sich Mühe um mich geben werde. Eine bessere Gelegenheit würde sich aber nicht finden. In Stuttgart ist, wie mir scheint, durch Kielmeyer, der Platz mir versperrt, und nach Tübingen könnte ich doch Ehren halber nur an diese und keine andere Stelle gehen. Große Schwierigkeiten könnte es auch eben nicht haben, wenn man einmal von dem Gedanken abgegangen ist, der Canzler müsse nothwendig ein Theologe sein. Auch weiß ich, was mit Gottes Hülfe durch mich für die Universität geschehen könnte. Doch genug davon. Meine Hoffnung ist sehr gering; ich fürchte, der gegenwirkenden Ursachen sind zu viel, selbst unter solchen, die mir übrigens in anderer Beziehung nicht übel wollen. Ich bin mit dem, was Du H. geantwortet,

---

*) Den ersten Theil des Briefes füllen Klagen über hartnäckiges Hämorrhoidalleiden, dadurch verursachte Verstimmung und Arbeitsunfähigkeit.
**) Die Berufung nach Tübingen.

vollkommen zufrieden. Ich muß es Dir überlassen, ob Du nicht, in Erwägung, daß doch von unserer Seite gar nicht angefangen worden und
gar kein Anlaß gegeben worden ist, die freiwillige Anrede und Aeußerung
von H. als eine derjenigen Veranlassungen betrachten wollest, die nur
durch höhere Fügung gegeben werden und welche zu vernachlässigen unrecht sein würde. Mir scheint, Du hättest, ohne Dich oder mich bloß zu
stellen, allen Grund, H. zu erzählen, daß Du mich befragt und daß ich
geantwortet habe: Neigung fühle ich wohl, zweifle aber, ob man in Würtemberg an mich denke. Auf jeden Fall wolle ich nichts thun; dies sei auch
der Grund, warum ich Wangenheim noch nie geschrieben, vielleicht selbst,
warum ich nicht nach Würtemberg gekommen, um auch den Schein zu
vermeiden, und damit, wenn ja etwas der Art beschlossen sein sollte, es
rein an mich komme, ohne von mir gesucht zu sein. Das Uebrige, nämlich einige Auseinandersetzung des Natürlichen und Einleuchtenden in dem
Gedanken, würde sich von selbst geben. Ueberlege dies auch mit der lieben
Mutter und andern Freunden und sieh zu, was das Beste ist. Du thust,
was Du willst, so wird es mir recht sein. —

Dein

Fritz.

Schelling an seine Mutter.

Liebste, theuerste Mama!

Ihren verehrten Brief vom 28. Juli habe ich zugleich mit einem
Schreiben von Karl erhalten, das mir ohngefähr die nämlichen Nachrichten
ertheilte. Ich müßte ohne alles Gefühl sein, wenn Ihr sehnlicher Wunsch,
mich im Vaterland zu sehn, und Ihr lebhafter Ausdruck desselben mich
nicht rührte. Der Himmel weiß, daß nächst der Rücksicht auf meine
Söhne der Gedanke, in der Nähe meiner lieben Mutter zu sein und ihr
bisweilen zum Trost werden zu können, das mächtigste Motiv eines ähnlichen Wunsches für mich sein würde, wenn ich nicht besser hielte. Wünsche,
von denen die Erfüllung nicht mit naher Wahrscheinlichkeit vorauszusehen,

lieber gar nicht aufkommen zu lassen. Durch die Aeußerung von Hartmann, dessen vertraute Freundschaft mit H. v. W. ich wohl kenne, hat
freilich die Sache wieder einen andern Anschein bekommen. Nicht daß ich
selbst darum einen Schritt thun könnte; dieses verbietet mir mehr als Ein
Grund, welche zu melden allzu weitläufig sein würde. Wenn ich aber
früherhin äußerte, daß auch von Seiten der Meinigen kein Schritt, ja
keine Aeußerung in der Sache, meines Erachtens, geschehen sollte, so hat
sich dies nunmehr einigermaßen verändert. Ich war dieser Meinung, weil
ich von der Voraussetzung ausgieng, es sei an keinen Canzler der Universität zu denken, als der zugleich Professor der Theologie wäre. Allein
dieses zu werden, ist mit solchen theils in mir selbst, theils in den Vorur-
theilen der Mehrzahl gegründeten Schwierigkeiten für mich umgeben, daß
ich allen Gedanken gleich aufgeben mußte, so bald diese Voraussetzung statt-
fand. Nun ist man darüber, wie es scheint, hinaus, indem man einen
Juristen dazu machen will. Unter diesen Umständen kann zwar immer
von meiner Seite nichts geschehen, aber ich glaube es wenigstens den Meinigen freistellen zu dürfen, ob sie etwas dafür thun wollen. In diesem
Sinne habe ich gestern auch Karln darüber geschrieben. Was er aber und
wie er es thun — oder durch Andere thun lassen — wolle, darüber kann
ich nichts bestimmen. Hierüber werden Sie und ganz zuverlässige Freunde,
dergleichen Sie gewiß z. B. an H. Min. v. Bellnagel haben, am besten zu
Rathe gehn. Zu überlegen kommt dabei noch, daß eine jetzt stattfindende
Verzögerung kaum die Erwartung einer späteren Erfüllung übrig läßt.
Theils ist auf das kurze Leben auch des ältesten Mannes nicht zu zählen,
theils wird die Stelle, einmal in den Händen eines Juristen, diesem nicht
wieder zu entreißen sein, theils sehe ich nach dem natürlichen und fast nothwendigen Lauf der Dinge voraus, daß inzwischen auch mit mir eine Veränderung vorgehen wird. Ich habe zwar bis jetzt jeden Antrag nach Berlin zu gehn mir fern gehalten; allein es wird am Ende doch noch kommen,
und wenn ich sonst keine meinen Wünschen entsprechendere Wirksamkeit in
der Nähe erhalten kann, werde ich mich, wenn auch noch so ungern, entschließen, in den fernen Norden zu gehen. Ich glaube daher, daß, was
geschehen kann, jetzt geschehen müßte. Dieses ließe sich auch bei H. v. W.

geltend machen, der mehr als Einmal, mündlich und schriftlich mir versichert hat, er werde nicht ruhen, bevor er mich meinem Vaterland wieder-
gegeben, der auch sicher noch diese Idee und diesen Willen hat und dem
nur bemerklich gemacht werden müßte, daß die gegenwärtige Gelegenheit
die einzige sei. Daß übrigens Alles immer mit der äußersten Vorsicht
und Ueberlegung geschehen müsse, brauche ich Ihnen und Karl nicht zu
sagen. Vielleicht aber sind wir allen Gedanken an diese Sache in diesem
Augenblick schon enthoben, nur in diesem Fall bitte ich Sie nur, liebste
Mama, auch dieses für das anzusehn, was es gewiß ist, für eine glückliche Fügung. Denn wenn ich jeden Schritt mir verbiete, so ist ein Hauptgrund eben die Ungewißheit, ob und in wie weit auch der gewünschte Erfolg zu meiner wahren Zufriedenheit ausschlagen werde. —

Ich bin und bleibe mit zärtlichster Verehrung

Ihr

treu-gehorsamster
Fritz.

Schelling an seinen Bruder Karl.

München, den 7. Nov. 1817.

— Es freut mich, wenn Hr. v. Neurath an unserer Gesellschaft
einigen Geschmack gefunden. Von der bewußten Sache, nach Deiner Meinung, mit ihm zu reden, habe ich nicht gut finden können. Es ist mir Leid,
wenn auch nur Wangenheim meine Geneigtheit erfahren, besonders wenn
damit die Idee verbunden worden, ich wolle in die Theologie, was nie
meine Absicht war. Ich bin überzeugt, daß jetzt gar nichts zu thun und
die Sache schon früher verpaßt und verdorben war. Lassen wir sie ruhen,
was um so leichter ist, je ungewisser, was alles noch werden wird.

Schelling an Wagner.

München, 11. Nov. 1817

Womit soll ich mich entschuldigen, daß ich Ihnen, lieber werther
Freunde, so lange nicht geschrieben. Ich bin leider seit geraumer Zeit sehr
wenig Meister meiner Zeit, tausend Kleinigkeiten zerreißen meinen Kopf.
Wie oft sehne ich mich aus dem Geräusch und geistzersplitterndem Treiben
der hiesigen Stadt in die großartige Stille Roms; ja oft wollte ich lieber
auf einem Dorf leben als in diesem Gewimmel, wo je der dritte Mensch
ein Soldat ist. Zu allem dem kam, daß ich diesen Sommer einmal etwas
für meine Gesundheit thun mußte und in ein Bad reiste, das mich auch so
ziemlich wieder auf die Beine gebracht hat. — Ich freue mich, daß Sie mit
meinen Zuthaten zu Ihrer Beschreibung der äginetischen Figuren im Allgemeinen wenigstens zufrieden sind. Man muß Kunstwerke freilich selbst
sehen, um mit Sicherheit darüber zu urtheilen. Auch hatte ich die Zeit
nicht, Manches, z. B. das Verhältniß zwischen griechischer und ägyptischer
Kunst mehr auszuführen. Aus der blosen Aehnlichkeit der Formen und
des Styls läßt sich, meines Erachtens, nur der historische Satz herausbringen: Die Griechen haben ihre Kunst von den Aegyptern erhalten. Ich
sage mit Mayer: nicht jeder, der jüdisch aussieht, ist darum ein Jude.
Freilich kann man damit auch nicht das Gegentheil herausbringen. Diese
Frage hängt ab von allgemeinen Untersuchungen über die älteste Geschichte
Griechenlands, die Herkunft griechischer Religion, Mythologie und Bildung überhaupt. Da ich nun nothgedrungen aus andern Gründen anerkennen muß, daß in dem griechischen Wesen ursprünglich noch ein ganz
anderes Princip als das ägyptische gewaltet hat, so muß ich für möglich
halten, daß sie auch die ersten Anfänge der Kunst wenn nicht selbst erfunden, doch nicht aus Aegypten erhalten haben. Bilder kommen überall
mit der Religion zugleich und sind Götterbilder; daß nun die Griechen
ihre Religion nicht zuerst aus Aegypten erhalten haben, des bin ich gewiß.
Was soll ich also von der Kunst sagen? — Wenn ich Gelegenheit finde,
diesen Brief mit einem Courier fortzubringen, so lege ich eine kleine Ab-

handlung bei, die ich schon vor zwei Jahren über die Kabiren geschrieben
habe und aus der Sie ungefähr meine Meinung über diesen letzten Punct
(den der Religion) abnehmen können. Es soll mir sehr erwünscht sein,
wenn Sie Ihr Versprechen erfüllen und mir Ihre Ansicht über das ganze
Gebäude der früheren Kunst im Zusammenhang mittheilen wollen.

Es läßt sich noch viel tiefer kommen als bisher, wenn man nur
Pausanias recht benutzt. Es ist allerdings ein Uebelstand, daß in Ihrem
Bericht mehrmals verwiesen wird auf Beweise, die Sie in der Folge führen
wollen und die alsdann nicht geführt werden. In der Folge kann aber
auch heißen: in einer spätern Schrift. Da Sie nun ohnedies auch an der
materiellen Beschreibung Verschiedenes zu ändern und zu bessern finden,
Einiges durchaus nachtragen müssen, wie von den Schuppen an der Be-
kleidung der Bogenschützen und der Aegis der Minerva (im Vorbeigehn
zu sagen: daß diese Notiz ausgeblieben, ist nicht meine Schuld, ich habe
sie nicht erhalten), so ersuche ich Sie recht sehr, Beides zu verbinden
und was Sie sowohl über den ersten Gegenstand (Herkunft und Fortbil-
dung griechischer Kunst), als über das Zweite noch zu sagen haben, zu-
sammenzuschreiben, ohne daß Sie sich viele Mühe mit der Anordnung
und der Schreibart geben, dafür will ich schon sorgen. Dieses wird dann
füglich als ein Nachtrag erscheinen können. Doch wäre es vielleicht besser
damit zu warten, bis Herr Aloys Hirt mit seinen Noten herausgerückt
ist, die er, wie er mir hier sagte, zu Ihrem Bericht und zu meinen Noten
zu machen Willens ist. Er hatte bei sich eine von Cockerell gemachte
Gruppirung der äginetischen Figuren, wie solche in den Giebelfeldern gestanden haben sollen, und gründet darauf eine ziemlich wahrscheinliche Erklärung der vorgestellten Fabel, welche Erklärung auch Ihnen nicht wird
unbekannt geblieben sein. Nur wegen der Zusammenstellung selbst bin
ich noch zweifelhaft, ob vielleicht alle Schenkel und Beine untergebracht
sind. Die eine weibliche Figur, die er ober dem Giebel setzt, hält er für
einen bonus eventus; ich würde, im Fall die Stellung sich bewährte,
die beiden Figürchen für homerische Keren erklären. — Wegen der Umrisse
Ihrer Zeichnungen zu Schiller's Eleusinischem Fest habe ich noch keine
Antwort von Cotta, hoffe dieselbe aber jeden Tag zu erhalten. Hoffentlich

haben Sie darüber noch nicht disponirt. Ich hätte früher Cotta gefragt, wartete aber immer auf das Exemplar, das Sie mir schicken wollten, um es ihm vorzulegen. Sollte Cotta nicht annehmen, so werde ich einen Versuch bei Artaria machen. Vielleicht lasse ich diesen Brief noch liegen, um Ihnen gleich die Antwort melden zu können. —

Nun will ich vor der Hand schließen; geht in einigen Tagen ein Courier, so erhalten Sie den Brief durch diesen, und dann auch die Antwort von Cotta. Wo nicht, so will ich dies Schreiben nicht aufhalten und schicke diese Antwort mit anderer Gelegenheit.

Leben Sie recht wohl, bester Giovanni, zählen Sie immer auf meine innigste Freundschaft und bleiben Sie mir wie sonst gut und freundlich.

Ihr

treuer Freund
Schelling.

Den 2. Dec.

Auch dieser Brief ist nun wieder fast einen Monat liegen geblieben. Die Ursache war, daß Hr. v. Cotta mir schrieb, er wolle die Antwort selbst bringen, indem er hier durch nach Italien reise. Allein seine Ankunft verzögerte sich bis gestern. Er kommt nun also selbst nach Rom. Ich werde ihm zwar nicht diesen Brief an Sie mitgeben, weil Herr v. Cotta vor Ende Dec. nicht in Rom eintrifft, aber einen andern, damit Sie sogleich seine Bekanntschaft machen. Ich hoffe gewiß, er soll Ihr Werk übernehmen, wenigstens eher als auf meine Empfehlung, da er seit zum Grundsatz sich gemacht, nicht nach Empfehlungen zu handeln. —

Daß der Aufsatz über die affectirt alt-teutsch-religiöse Kunst unter den Künstlern nicht wenig Bewegung machen würde, war zu erwarten. An Besserung ist freilich bei diesen Leuten nicht zu denken. Der Aufsatz ist übrigens nicht von Goethe selbst, sondern von Meyer. Das Schlimmste ist, daß über diesen Bestrebungen die Kunst selbst vernachlässigt wird und auch die Bessern misleitig werden. Nehmen Sie mirs nicht übel, lieber Giovanni, aber Sie konnten und könnten noch jetzt, wenn Sie wollten, der Kunst eine andre und bessere Richtung geben. Es ist Sünde und

Schande, daß Sie nicht Mehreres und Größeres schneller ausführen. Ich weiß wohl, daß die Geschichte für den Kronprinzen Ihnen viel Zeit geraubt, aber ganz können Sie sich damit nicht entschuldigen. Sie wären der Mann, sich jenem Unsinn kräftig und werkthätig entgegen zu stellen. —

Diesen Herbst hatten wir Kunstausstellung, die viele Kritiken veranlaßt hat. Besonders sind die beiden Langer hart angegriffen worden; der jüngere hat sich jetzt in die Manier von Correggio geworfen, aber wie mir scheint, sehr unglücklich. Sein früheres Bild (ein Altarblatt für eine hiesige Kirche) war unvergleichlich besser als die letzten Gemälde. Nun Gott befohlen, und lassen Sie mich bald wieder von sich hören.

Schelling an Schubert.

München, 13. Nov. 1817.

Endlich, mein lieber, werther Freund, komme ich auch wieder dazu, Ihnen zu schreiben. Ihren Brief vom 24. Juli d. J. erhielt ich am Tag der Rückkehr von einer Badereise, während welcher sich andre, ganz unaufschiebliche Geschäfte gehäuft hatten. So vergiengen erst Wochen und endlich Monate, bis ich zu dieser Antwort kam. — Was soll ich Ihnen über den Inhalt Ihres letzten Schreibens sagen? Zuerst, daß ich Ihnen für die treue Darstellung aller Umstände danke. Ich sehe daraus, daß Sie mir so weit vertrauen, als ein Mensch dem andern vertrauen soll, und Sie haben sich in mir nicht geirrt, wenn Sie auf meine herzliche Theilnahme rechneten. Könnte ich nun nur mehr thun, als blos diese mit Worten beweisen, mit Rath, wenn auch nicht mit That beistehen! — Denn daß Sie in der gegenwärtigen Lage in die Länge nicht bleiben können, sehe ich völlig ein. Inzwischen tragen Sie dies Kreuz mit Geduld, unter Glauben und Hoffnung. Es wird gewiß anders werden, wenn wir es auch gleich jetzt nicht einsehen noch begreifen. Wie manche schnelle und unerwartete Veränderung ereignet sich in unseren Tagen! Ich wollte so gern etwas dafür thun, daß Sie zum zweiten Mal in Bayern eine Lage

fänden, die Ihnen wenigstens das würde, was die in Nürnberg war.
Aber ich bin allzu unvermögend dazu. Ihre andern Freunde, Emil H.
und unmittelbarer noch Hr. v. L—t könnten das Beste thun. Aber es ist
eben Alles zerrissen und aus den Fugen und oft kaum der Zweig zu finden, worauf sich ein armer, gejagter Vogel niederlassen könnte. Oesters
habe ich in der letzten Zeit mich gefragt, warum Sie bei Ihren Ueberzeugungen und dem offenbaren inneren Beruf sich schon früher dem geistlichen Stand entzogen, und warum Sie nicht in diesem, selbst jetzt noch,
die Zufluchtsstätte sehen, wo es Ihnen vielleicht wohler ums Herz sein
würde, als am Hof oder auf der Universität. Freilich ist die Verderbnis
in alle Stände gedrungen, der Friede flieht selbst die Hütte des Geistlichen,
dem man sonst, wenn er äußerlich seine Pflicht nach Kräften erfüllte, auch
noch einen weiteren Spielraum für den innern Menschen gönnte. Aber
die Intoleranz unsrer sich tolerant nennenden Zeiten, der Geist der Bosheit und des Neides, der gleichsam in jeden fährt, dem auch nur ein wenig
Gewalt verliehen, und der ihm nicht zuläßt, irgend Jemanden still glücklich und ruhig zu sehen, ohne seiner Ruhe nachzustellen, dieser Geist macht
vielleicht auch diesen Ausweg unmöglich. So bleibt denn nichts als das
stille Harren, unter der gewissen Zuversicht, daß wo die Noth am größten,
die Hülfe am nächsten. Der leidigste Umstand ist die Wirkung der dortigen
Umgebung und Verhältnisse auf Ihre liebe Frau. Suchen Sie also diese
vor allem auf andre Gedanken und ihr Herz wieder in die Höhe zu richten. Dieses ist, was ich Ihnen jetzt schreiben kann — wenig, wenn mit
meinem innigen Wunsch verglichen, Ihnen irgendwoher Hülfe oder doch
kräftigen Trost zu zeigen. Allein diesen giebt nur der innere, mit uns lei-
dende, unsre Schwachheit sanft theilende, aber auch uns vertretende, hel-
fende, rettende Geist. Diesem empfehle ich Sie und bitte Sie, festzu-
halten in der Liebe zum Gemeinsamen und durch dieses auch zu dem, der
Ihnen hierin verbunden ist und bleibt. Ich bin mit inniger Freundschaft
und mit der Bitte, daß Sie mir doch öfters schreiben,

Ihr

treuergebener
Schelling.

Schelling an seinen Bruder Karl.

Liebster Karl!

— Wegen des Briefs an Neurath bitte ich Dich, ihn gelegentlich von der Mutter zu erbitten und dann zu vernichten. Er bezog sich auf Gespräche, die ich hier mit ihm hatte, und Ideen, auf die er einzugehen schien. Allein die Umstände haben sich seitdem gänzlich geändert. Der Kampf zwischen Regenten und Landständen beruhte auf einem (wenigstens von Seiten der Landstände) ganz unklaren Puncte. Der Regent will Würtemberg zum selbständigen Reich und Staat machen; diese wollen, daß Würtemberg ein Land bleibe, und sträuben sich eben darum gegen die Umwandlung von Provincial- oder Land- in Reichsstände. Ich bin in dieser Hinsicht desselben Wunsches mit ihnen, nämlich, daß Deutschland ein Staat oder Reich sein möge, die einzelnen Länder aber — Länder bleiben. So lang die Illusion des deutschen Bundes und des Bundestags besteht, ist dieser Wunsch sehr verzeihlich. Ist zwischen Regent und Volk gar nichts Drittes mehr, dann verändert sich freilich der ganze Standpunct. Da aber grade Würtemberg ein gemeinsames Deutschland durch mehrere Erklärungen anerkannt hat, so glaubte ich, es würde nicht unmöglich sein, die landständischen Verhandlungen von dem hohen Pferd, auf das sie besonders Wangenheim gesetzt, wieder auf einen tiefern Standpunct herabzubringen und so vielleicht Würtemberg etwas von seiner mehr häuslichen Verfassung zu erhalten. Ich sehe jetzt wohl ein, daß daran nicht mehr zu denken ist und die einmal gegebene Impulsion, jedes einzelne Land und Ländchen zu einem Staat zu machen, durchgeführt werden muß. Was geschehen soll, wird am Ende doch — aber es wird nur durch eine neue Krisis — geschehen.

Hiernach bitte ich Dich den Brief zu beurtheilen, wenn Du ihn etwa liesest, übrigens ihn, wie gesagt, Niemandem weiter mitzutheilen und dann zu vernichten.

Grüße auf's Zärtlichste von uns die liebe Mutter, Deine liebe Frau
und unsre Schwester.

Dein

Frih.

- -

Schelling an von Neurath.*)

Ew. Excellenz

haben meine Aeußerungen über die Würtembergische Verfassungs Angelegenheit, so unbestimmt und schwankend sie nach dem damaligen Stande
der Dinge sein mußten, mit solcher ungemein gütigen Nachsicht aufgenommen, daß in dem Augenblick, wo die letzte Veränderung neue Hoffnungen
und damit entschiednere Aeußerungen verstattet, ich von der Erlaubniß,
über diesen Gegenstand Ihnen zu schreiben, Gebrauch zu machen mich
gedrungen fühle. Es ist auf jeden Fall durch diese Veränderung die ganze
Angelegenheit wieder res integra geworden, da man, ungebunden durch
frühere Aussprüche, Alles wie von vorn nach andern Gesichtspuncten und
Ansichten beginnen kann, ohne das Ansehen des der tiefsten Verehrung
würdigen Regenten im Geringsten aufs Spiel zu setzen. Der Eine Name
nimmt Alles mit sich hinweg, alle Bitterkeiten und alle Erinnerungen von
Fehlgriffen; und gleichwie bei dem ersten Auftreten des — in so vielen
Hinsichten übrigens ehrenwerthen Vermittlers, noch unter dem verewigten
König, kein Würtemberger sich von dessen Raschheit und Voreingenommen
heit für eine sehr allgemeine Theorie etwas Gutes oder Gedeihliches mit
Sicherheit versprach; so fühle ich jetzt gleichsam in die Seele meiner Lands
leute, wie alle Herzen sich wieder der Hoffnung öffnen, vorausgesetzt, daß
nicht sonst ein böser Dämon dazwischen getreten und nicht etwa, was ich
nimmermehr glauben kann, mit dem bisherigen Verfahren auch aller Vorsatz aufgegeben ist. Es ist jetzt wieder wie nach dem Tode des vorigen

---

*) Nach dem Concept

Königs, inwiefern man jetzt wie damals Alles in seiner Gewalt hat und der großen Angelegenheit jede erwünschliche Richtung geben kann. Möge dieser Moment nach seinem ganzen Vortheil benutzt werden!

Ich komme nun noch entschiedner zurück auf die Meinung, welche ich Ewr. Exc. mündlich nur unbestimmt äußern konnte, daß der Anfang zu jedem gedeihlichen Fortgang, der einzige Weg aus dem Labyrinthe in das man gerathen herauszukommen, dieser sein würde: einen altwürtembergischen Landtag — so weit es sein kann nach den alten Formen — zusammenzurufen und von diesem einen verstärkten Ausschuß erwählen zu lassen, um mit demselben über eine allgemeine Verfassung zu unterhandeln. Aus diesem Zusatz folgt schon von selbst, daß jene Zusammenberufung nicht als eine definitive Herstellung der alten Verfassung anzusehen sein würde.)

Ich fühle wohl, wie der dem ersten Blick auffallende Schein der Unausführbarkeit dieses Gedankens nur durch die genaueste Angabe der Modalitäten der Ausführung zu besiegen sein würde, und diese Modalitäten anzugeben fühle ich weder den Beruf noch die Einsicht und die Kenntnis der Umstände. Nur daß dieselben zu gegenseitiger Zufriedenheit zu finden sein würden, — des glaube ich gewiß zu sein, und betrachte das Auffinden derselben als die eigentliche gegenwärtige Aufgabe der erleuchteten Staatsmänner Würtembergs. Es ist gewiß, daß, wenn man von der einen Seite aus dem alten Rechte ein Idol sich gebildet, so von der andern zum Theil ein Schreckbild erschaffen hat, das bei festem Blicke verschwindet. Was wäre es denn nun auch, wenn — um das Aeußerste zu nennen — dieser Ausschuß einstweilen sogar die Steuern einsammelte, wofern man sich nur zuvor, was **unter dieser Voraussetzung nicht schwer sein würde**, der gehörigen Ergiebigkeit derselben versichert hätte. Gegen ein Fachwerk von Theorie mag dies wohl fehlen, aber ein so entsetzlicher Gräuel ist es nach Zeit und Umständen doch nicht. Daß die volle Zahl der Prälaten fehlt, ist keine Schwierigkeit, da auch bei einem ehemaligen Landtag mehrere Prälaturen erledigt sein konnten, ohne daß der Regent dazu ernannte.

Dieses nur, weil ich wünsche, daß nicht der unläugbaren Schwierig

keiten der Ausführung wegen der Gedanke selbst gleich aufgegeben werde,
der, wie mir scheint, durch die ganze jetzige Lage der Dinge und Verhältnisse motivirt ist. Denn

1) ist einmal kein Heil noch Friede als bei dem Recht. Gleichwie die
Theilung von Polen noch als Schuld auf Europa lastet, so wird, ehe dem
Recht des würtembergischen Volks Recht widerfahren, stets ein unberuhigtes
und unbefriedigtes Bewußtsein zurückbleiben, — und dieser Friede des Be-
wußtseins geht doch über Alles, es ist der Hausfriede im allerengsten Sinn,
alles Andere ist nur täuschende Ruhe. Gleichwie, wer mit Gewalt von
einem andern Prätendenten aus dem Besitz eines Hauses geworfen worden, von jedem Gericht erst wieder eingesetzt werden muß und dann erst
der Rechtsgang beginnt, dessen Ende vielleicht ist, daß er es wirklich räu-
men muß : so werden die Altwürtemberger nie beruhigt sein, ehe ihre alte
Verfassung eben so factisch hergestellt wird, als sie factisch aufgehoben
worden, — nicht hergestellt, um zu bleiben, sondern um als Keim einer
neuen zu dienen. Denn dieses ist der Gang der Natur, gegen den keine
Menschengewalt etwas vermag. Nichts, das ein Vergangnes wird, hört
darum ganz auf zu sein, es lebt in dem Gegenwärtigen fort, dem es zum
Entwicklungsgrunde dient. Die Zeit hat der altwürtembergischen Verfassung ihre Bestehungskraft entzogen; aber ehe sie ins Grab gelegt wird,
diese von so Vielen geliebte Mutter, muß sie ein Kind gebären, eine neue,
aus ihrem Fleisch, ihrem Blut erwachsene Verfassung.

Wenn solche, obwohl nicht speculative sondern rein praktische, aus
der Natur, aus der Erfahrung aller Zeiten, ja aus dem sich immer gleichen
Herzen des Menschen geschöpfte Gründe auf der Wagschale der Politik oft
nicht so viel wiegen, als sie wiegen sollten, und leider nicht selten andere Er-
wägungen den Staatsmann nöthigen, in dieser Eigenschaft zu verwerfen,
was er als Mensch selbst anerkennen muß, so ist dieses doch hier nicht der
Fall, da die wichtigsten äußeren Gründe eben so nach dieser Seite hin
treiben, zu welcher jetzt auch, nach langem Schwanken, Preußen sich neigt.
Denn

2) es ist einmal gegen die Natur, daß die Neuwürtemberger, welche
nur ein unbestimmtes Recht auf eine Verfassung überhaupt haben, mit den

Altwürtembergern, denen ein bestimmtes auf eine articulirte Verfassung
zusteht, mit gleichem Rechte stimmen, und so oft man beide zusam-
menbringt, wird das Resultat dasselbe sein, d. h., die letzten werden stets behaupten, durch die ersten nicht überstimmt werden zu
können. Daß beide getrennt werden müssen, oder vielmehr, daß man zuerst mit den Altwürtembergern sich verstanden haben muß, ehe man die
Neuwürtemberger hinzuzieht, denen auf jeden Fall nur ein Recht der
Theilnahme an der Verfassung von Altwürtemberg zukommt, betrachte
ich als ein durch die letzten Erfahrungen für immer klar gewordenes
Axiom.

Erkennt man aber erst dieses an, so kann man in Altwürtemberg nur
einen Landtag nach der alten Verfassung zusammenrufen, weil
die Neuwürtemberger an diesem Theil zu nehmen natürlich keinen Anspruch
haben; ruft man aber eine Ständeversammlung, nach neuer Form, ohne
sie zusammen, so werden sie sich über diese Zurücksetzung mit allem Recht
höchlich beschweren. Sodann und

3) ist dies das einzige Mittel, den mediatisirten Adel, von dem man
gewiß sein darf, daß er jede mögliche Verfassung hintern
wird, weil Verfassungslosigkeit allein die Krisis herbeiführen kann, auf
die er hofft, — diesen hohen, sage ich, und von nicht minder ehrgeizigen
Leidenschaften als der französische im Anfange der Revolution, umgetrie-
benen Adel vorerst von den Verhandlungen entfernt zu halten und, nach ge-
wonnener Einstimmigkeit mit den Volksvertretern, durch das Volk
selbst in die gehörigen Schranken zu weisen und in denselben zu erhalten.

Man hat, allzugütig, bei den bisherigen Verhandlungen angenommen, an die von dem verewigten König herrührende ganz willkürliche und
durch nichts rechtskräftig gewordene Ertheilung von Virilstimmen gebunden
zu sein. Anstatt diese Voraussetzung selbst aufzuheben, wollte man sie
durch die zwei Kammern unschädlich machen, ein Institut, das Würtemberg aus seinen Schranken zieht und auf einen politisch-hohen Standpunct
stellt, auf welchem nur absolut selbständige Staaten sich erhalten können.
Eben so klar ist aber, daß, wenn man unter jener Voraussetzung und bei
solchem Uebergewicht des Adels Volk und Adel in Einer Kammer ver-

26 *

einigte, dieses zu gänzlicher Unterdrückung der Volks-Freiheit oder so lange jener Stand die bisherige Rolle fortzuspielen gut findet, zur beständigen Aufwiegelung des Volks gegen die Regierung führen würde.

Man hat also keine Wahl, als den hohen Adel in dieselbe Kammer mit den andern Repräsentanten zu setzen, aber in dieser ihn als einen dritten — oder im Fall man den ritterschaftlichen Adel noch unterscheiden und nicht entweder zu derselben Classe oder, wie in der weimarischen Verfassung, zu der blosen Classe der Begüterten rechnen wollte — als einen vierten Stand in dieselben Verhältnisse zu setzen wie den geistlichen Stand, welcher in der neuen Verfassung gewiß keine sich selbst, sondern nur ihren Stand vorstellenden Repräsentanten haben wird.

Diese Veränderung in Bezug auf den Adel scheint mir wesentlich und in jedem Fall nothwendig. Das außerordentliche Uebergewicht, das dem aristokratischen Element in den früheren Entwürfen gegeben werden, ist ganz gegen die Natur und den in großem Sinn bürgerlichen Charakter von Würtemberg, mit dessen Zerstörung die eigentliche Kraft dieses Landes zerstört und mit dieser die politische Kraft des Regenten selbst gehemmt würde, welcher jenes übermächtige Princip überall nur sich entgegenstellen würde.

Die Wiener Congreßacte giebt dem hohen Adel das Recht der Landstandschaft, aber über die Art der Ausübung derselben ist durch sie, so viel ich weiß, nichts bestimmt.

Die Frage ist nur, wie der Adel zur Annahme geringerer Verfassungsrechte genöthiget werden könne, da ihm die größeren nicht genügten. Und durch diese Frage komme ich endlich auf den Hauptpunct.

Da die altwürtembergische Verfassung keinen landständischen Adel kannte, so bringen die Umstände mit sich, daß der hohe Adel, wenn der Würte nach der erste Stand, in der Ordnung oder Folge der Verhandlungen der letzte sei oder nachstehe, weil frühere und bestimmte Rechte immer späteren und unbestimmten vorgehen und diese nach jenen, nicht umgekehrt jene nach diesen sich bequemen müssen; es liegt eben so in der Natur der Umstände, daß die Rechte der Neuwürtemberger so lange beruhen, bis man mit den Altwürtembergern verstanden ist; es gebührt sich, daß

der Kern des Volks und des Landes, Altwürtemberg, welches wenn nicht
facto doch jure eine bestimmte Verfassung schon hat, gemeinschaftlich
mit dem angestammten Regenten die Bestimmungen ausmittele, unter
welchen die Verfassung sich über das ganze Reich ausdehnen könne, ferner
die Bedingungen festsetze, unter welchen sowohl Volk als Regent,
die beide vorher von keinem Adel wußten, sich die Theilnahme des Adels
an der Landstandschaft gefallen lassen; — und gewiß, wenn das ange-
stammte Volk mit dem angestammten Regenten über diese Puncte einig ist,
wird kein Bundestag und keine auswärtige Macht vermögend sein, ja keine
wird es wagen, den Regenten von dem Volk loszureißen zu wollen; der
Adel wird die Bestimmungen annehmen müssen, die der
Regent, im Verein mit dem angestammten Volk und eingeschränkt durch
die nothwendige Rücksicht auf die älteren Rechte desselben, ihm vorlegt;
und so möchte, bei völlig verändertem Gesichtspunct, den man je eher je
lieber annehmen und herauskehren müßte, das altwürtembergische Recht
noch selbst zum Schilde dienen, um die durch auswärtigen Einfluß nur zu
sehr begünstigten Anmaßungen eines nur so in allen seinen Planen
zu durchkreuzenden Standes kräftig abzuwehren. Nur müßte, den
Erfolg zu sichern, von nun an die Regierung selbst den vorher bekämpften
Standpunct streng festhalten: — im Verein mit diesem wird sie unüberwindlich sein.

Es wird allerdings für Manche schwer sein, nach dem so lang und
beständig wiederholten Predigen gegen dieses altwürtembergische Recht,
wobei man zum Theil Phantome bekämpfte und den wahren Feind ruhig
stehen ließ, sich in diesen veränderten Gesichtspunct, gleichsam in diese
Umkehrung der Pole zu finden, da man anstatt Alt- mit Neuwürtemberg
zu zwingen, jenes vielmehr als den Unterstützungspunct — das Ἰλοῦ στῶ
— annimmt, von wo aus Neuwürtemberg (den Adel mit inbegriffen) bewegt wird; aber ruhige Ueberlegung — und nicht das verruchte Divide et
impera, aber die Erfahrungswahrheit, daß in der bestehenden Welt ein
neues und höheres Organisches nur aus einem schon vorhandenen sich entwickeln kann, so wie daß oft, was simultan zu Stande zu bringen — unmöglich war, successiv leicht und mit geringer Mühe gelingt — wird

hinreichen, diesen Gesichtspunct als denjenigen zu bezeichnen, von dem man gleich zuerst hätte ausgehen müssen, hätte nicht der Entwurf des verewigten Königs gleich im Anfang den Standpunct verrückt; so wie ich überzeugt bin, daß bei der vielfach verwickelten Lage der Umstände und der einmal ausgesprochenen Gesinnung der Altwürtemberger, der nothwendige Gang der Dinge früher oder später auf diesen Standpunct zurückführen wird. Mag er jetzt, im ersten Augenblick fremd scheinen: hat man nur erst das Bisherige in die gehörige Ferne gerückt, so wird er von selbst einleuchten. Muß doch auch im gemeinen Leben, wer mit Vielen im Streit ist, sich erst Einem wieder fest anschließen, um mit diesem die Andern zu gewinnen oder zu besiegen! Ist es nicht erste Regel der Strategie, den Feind en détail zu schlagen? Für das Successive, Stufenweise der Verhandlungen spricht der praktische Menschenverstand; dieses vorausgesetzt, wo fände der König einen sicherern Anknüpfungspunct als bei seinen ältesten Unterthanen? Ja, das Herz des Königs wird wieder zu seinem Volk und das Herz des Volks wieder zu seinem König gewendet werden. Wenn nur erst jenes Blendwerk einer nebelhaften und für die wirkliche Welt viel zu unkräftigen Theorie zerstreut ist, das hinderte die Dinge zu sehen, wie sie sind, wird man vielleicht auch den altwürtembergischen Repräsentanten wieder verzeihen können, die, wenn sie fehlten, wenn sie ihrer Gründe nicht immer klar bewußt waren, doch vermöge eines blinden Gefühls sich gegen eine Verfassung sträubten, welche ihr Volk und Vaterland ganz aus seinem Charakter zu werfen drohte, und die — erst dagegen gesichert, nicht mehr zwischen den König und den Adel gestellt, sondern blos und rein mit ihrem König unterhandelnd — eben so viel Bereitwilligkeit zeigen werden, als sie vorher Störrigkeit und Widerstreben bewiesen.

Ewr. Exc. brauche ich wegen der Geradheit dieser Aeußerungen keine Entschuldigung zu machen. Eben diese Freimüthigkeit ist der Ausdruck meiner hohen Verehrung und meines unbedingten Vertrauens in die Reinheit und Vortrefflichkeit Ihrer Gesinnungen. Ich folge überdem der eigenen gütigen Aufforderung Ewr. Exc., ohne die entfernteste Anmaßung entweder etwas Wahres sagen zu können, das Sie selbst nicht weit besser

fühlten, oder etwas Unstatthaftes, für das ich hoffen könnte Sie durch
meine Worte zu gewinnen. Aber Uebereinstimmung wie Widerspruch, ja
der Irrthum selbst dient zur Anregung und bringt die richtige Idee oft
schneller zur Reise.

Wenn übrigens die letzten Veränderungen insofern eine erfreuliche
Seite darbieten, als sie im Allgemeinen wenigstens die Hoffnung einer
andern Wendung der großen Angelegenheit eröffnen, so darf man Würtemberg mit desto entschiednerer Zuversicht dazu Glück wünschen, daß
Ew. Exc. durch dieselben der Person des Königs noch näher gestellt sind;
in Ihre Hände könnte jeder Würtemberger ruhig die allgemeinste und
größte Angelegenheit seines Vaterlandes gelegt sehen.

Wie zweifelhaft ich auch immer über die Meinung sein mag, welche
Ew. Exc. von meinen Gedanken haben mögen, glaube ich doch, soweit Ereignisse in der Ferne sich beurtheilen lassen, darin nicht zu irren, daß ein
neuer Wendepunct eingetreten ist, von dessen vortheilhafter Benutzung
Alles abhängt.

Die klare Ueberzeugung davon hat mich bewogen, ohne Verzug meine
Gedanken, so unvorbereitet und in so roher Gestalt, als sie hier erscheinen,
zu Papier zu bringen und der Prüfung Ewr. Exc. vorzulegen.

Genehmigen Sie mit gewohnter Güte die Versicherung der reinsten
und tiefsten Verehrung, mit welcher ich verharre

Ewr. Exc. ꝛc.

N. S. Indem ich den Brief überlese, finde ich in Bezug auf den
Adel noch Folgendes zu bemerken:

In die Würtembergische Verfassung gehört von den Rechten
des hohen Adels nur, was sich auf seinen Antheil an der Repräsentation
bezieht. Welche Befugnisse ihm damit gegeben werden, hängt davon ab,
1) welche Rechte der Repräsentation im Allgemeinen zugestanden, 2) welcher Theil an dieser Repräsentation ihm gegeben wird.

Die Ansprüche des Adels in dieser Hinsicht sind also offenbar
beschränkt und bedingt durch die früheren Rechte Altwürtembergs, wie sie
auch durch die Congreßacte unbestimmt gelassen sind.

Was diejenigen besondern Rechte betrifft, auf welche die Mitglieder des höhern Adels als ehemalige Reichsunmittelbare Anspruch machen zu können glauben, z. B. allgemeine oder beschränkte Steuerfreiheit,
befreiter Gerichtsstand u. s. w. — so gehören diese schlechterdings nicht in
die würtembergische Verfassung; denn es sind Rechte, die aus
der allgemeinen Verfassung des teutschen Bundes fließen, oder die in Folge
diplomatischer Verhandlungen aus besonderer Rücksicht auf mächtige Für-
sprache bewilligt werden.

Man hat also nicht wohl gethan, diese Rechte wenigstens als An-
oder Connexa der würtembergischen Verfassung zu behandeln, wodurch
man den Mediatisirten nur Veranlassung gegeben, unter dem Vorwande
dieser Rechte das würtembergische Verfassungswerk zu hemmen. Je mehr
dies Verfassungswerk vereinfacht wird, je entschiedener besondere Ansprüche
des Adels von der würtembergischen Verfassung ab- und den allgemeinen
teutschen Verhandlungen zugewiesen werden, desto leichter wird es von
statten gehen. Man muß nicht zu viel umfassen wollen, um desto gewisser
das Nächste oder vielmehr das Eine, was Noth thut, zu erlangen.[*]

Schelling an Johann Conrad Orelli.[**]

Eure Hochehrwürden

diese Zeilen zu schreiben veranlasset mich Ihre Ausgabe des Arnobius. Indem ich mich der ungemeinen Erleichterung freue, welche das
Studium und die Benutzung dieses eben so schweren als trefflichen Autors
durch diese reich ausgestattete Ausgabe erhalten, glaube ich mich durch den
in der Vorrede ausgedrückten Wunsch, über die sehr dunkle Stelle von
den Diis Consentibus auch die Meinung anderer Gelehrten zu erfahren,

----

[*] Im Sept. 1819 schrieb Sch. an seinen Bruder: „Interessant würde mir auch
für einen Aufenthalt in Stuttgart der gegenwärtige Augenblick sein, wo die alle Erwartungen übertreffende neue Verfassung ins Leben tritt."
[**] Nach dem Concepte.

besonders berechtigt. Ewr. Hochehrw. eine von mir schon i. J. 1815 herausgegebene Abhandlung über die Gottheiten von Samothrake (Tübingen
bei Cotta) anzuführen, in welcher ich eben jene Stelle behandelt und auch
eine Meinung über die Consentes geäußert habe. Diese Meinung hat sich
mir durch fortgesetzte Untersuchungen mehr und mehr bestätigt, besonders
aber glaube ich die dort gegebene Etymologie des Namens Kabiren, welcher
zu Folge dieses Wort genau eben das bedeutete, was Consentes und
Complices, gegen alle Einwendungen vertheidigen zu können. Was die
Worte: miserationis parcissimae betrifft, so war meine Bekanntschaft
mit Arnobius damals noch so neu, daß ich die Conjectur des Fulvius Ur-
sinus für die Lesart einer Handschrift hielt. Wäre sie dieses, so würde ich
das memorationis auch jetzt noch vertheidigen; denn nomina ignota sind
auf keinen Fall nomina prorsus et omnino omnibus ignota, sondern
nur nicht in vulgus nota, (geheime), womit sich dann die s e l t e n e Erwähnung gar wohl verträgt. Da es aber blos Conjectur ist, so glaube
ich Vermuthung gegen Vermuthung setzen und miserationis paratissi-
mae vorschlagen zu dürfen, welches sich theils durch den Sinn (da diese
Gottheiten wirklich als die stets bereiten und gegenwärtigen Nothhelfer
gedacht worden), theils durch die Bemerkung empfiehlt, daß auch sonst in
Handschriften paratissimus und parcissimus nicht selten verwechselt
werden.

Ewr. Hochehrw. Prüfung lege ich auch diese Vermuthung vor; im
Fall Sie in der Folge einmal zu Arnobius zurückkehren sollten, würde ich,
wenn es Ewr. Hochehrw. angenehm wäre, noch verschiedene theils Verbesserungen theils Erklärungen andrer Stellen mittheilen können, die sich
mir bei einem längeren Studium dieses lehrreichen Schriftstellers darge-
boten.

Indem ich Ihnen noch zu dem schönen um Arnobius erworbenen
Verdienste herzlich Glück wünsche, habe ich die Ehre mit wahrer Hochachtung zu sein

Ewr. Hochehrw. ꝛc.

München, 28. Febr. 1818.

Sch.

Schelling an seinen Bruder Karl.

Liebster Karl!

Ich danke Dir aufs Herzlichste für Deine wohlwollenden, ächt brüderlichen Einladungen und Anerbietungen. Sei überzeugt, daß ich ohne
allen Anstand davon Gebrauch machen würde, 1) wenn ich es für nöthig
hielte, 2) wenn es sich mit andern nicht zu verändernden Umständen in
Uebereinstimmung bringen ließe. Was das Erste betrifft, so habe ich mich
einstweilen durch einen kurzen Aufenthalt auf dem Lande so ziemlich wieder
herausgerissen und will, da die Umstände meiner Frau meine weitere
Entfernung nicht wohl zulassen, für den übrigen Theil des Sommers ein
Arbeitszimmer ¾ bis 1 Stunde von der Stadt nehmen, wo ich dann
täglich genöthigt bin, diese Bewegung zu machen. Denn ich finde, daß
die freiwillige Bewegung, wenn auch noch so regelmäßig geübt, nicht die
Wirkung hat, wie die gezwungene — und die Landluft scheint mir jeden
Sommer weniger entbehrlich. Was das Andre betrifft, so würden zwar
meine Frau und Kinder, obwohl nicht ohne große Beschwerde Deiner
lieben Frau, sich bei Dir wohl einrichten können; ich aber muß diesen
Sommer endlich mein Werk vollenden, wozu ich der größten Ruhe und
Muße bedarf, die ich selbst in dem Fall, daß ich eine Wohnung für mich,
etwa in Cannstadt, nehmen wollte, wegen des Menschen-Andranges und
Geräusches dort schwerlich finden würde, so wie mich überhaupt diese Reise
vor der Hand nur abermals zerstreuen und aus meiner Arbeit herausrei-
ßen würde.

Außer diesem bin ich auch von dem gegenwärtigen Ministerium,
ohne meinen Wunsch und Ansuchen, zum Secretär meiner Classe in der
Akademie ernannt worden, ein Amt, das ich eben jetzt zu übernehmen
habe und das ich nicht gleich Anfangs verlassen möchte. Ferner besteht
jetzt eine Commission zur Verbesserung der Verfassung und Einrichtung
unsrer Akademie, wovon ich nebst drei Andern Mitglied bin; bei dieser
thätig zu sein fordert nicht blos die Pflicht sondern auch mein eigner Vortheil, da ich doch einmal diesem Institute angehöre, also mit demselben

auch steige und falle. Unter diesen Umständen wirst Du es ganz natürlich finden, wenn ich mich ohne die äußerste Noth nicht entfernen will.

Empfang' inzwischen für Dich und Deine liebe Frau meinen und
meiner Frau innigsten Dank für dies liebevolle Anerbieten, und die Versicherung, daß wenn ich es für meine Gesundheit oder Erhaltung nöthig
finden sollte, ich gewiß entweder allein oder mit meiner ganzen Familie
von Deiner treu-brüderlichen Einladung Gebrauch machen werde. Ich
bitte Dich einstweilen, mich nur durch Deinen ärztlichen Rath zu unter-
stützen.

<hr>

Schelling an seine Frau.

Wallersee, (Ende März 1815) halb Acht Uhr Abends.

Ich grüße Dich, Du liebe Seele, und schreibe Dir, daß ich ½7 Uhr
glücklich hier angekommen bin. Der Tag war herrlich, in den Mittags-
stunden kaum die Hitze auszuhalten, und Alles, je weiter man gegen den
Kochelsee kommt, dampfend in Frühlingsduft, obgleich die Bäume noch
nirgends grün sind. Die Abhänge der Berge und die Ränder der Wiesen
beblumen sich, aber die Blümchen, die ich Dir und Paulchen hier schicke,
sind die ganze jetzige Flora. Die blauen sind von Wolfartshausen, die
gelben von Königsdorf, die rothen vom Kesselberg. Lache mich nicht damit
aus, es sind doch immer die ersten Kinder des Frühlings in dieser armen
Gegend, und ich habe sie für Dich gepflückt. Der Kutscher fuhr bis
Königsdorf, wo ich für 27 Kreuzer zu Mittag speiste; am Abhang der
Wiesenhügel hinter den Häusern des Dorfes sieht man die Colosse zuerst
recht deutlich in ihren Umrissen, auch den Landsitz der Madame Happach,
— das Closter Beierberg und ein altes Schloß Eurasburg — es ist ein
schöner Punct, wo ich Dich doppelt zu mir wünschte. In diesem Dorf
hat mich der Mittenwalder Bote, durch den alles, was gefahren wird, von
München hieher kommen muß, ihn hinten aufsitzen zu lassen, was ich ihm
bewilligte, da der Kutscher nichts dagegen einzuwenden hatte. Der hat

sich dann mit Dankbarkeit erboten, Alles von mir und an mich aufs
Beste zu bestellen. Er, sagte mir, das kleine Haus sei von den Gensdarmen occupirt — doch wie sich nachher fand, nur der untere Theil und
auch von diesem nur ein kleines Nebengebäude. In Kochel machten wir
wieder Halt. Kommen wir zusammen dahin, so müssen wir den Weg von
Kochel nach dem Joch zu Fuße machen; das ist ein einziger Anblick, noch
schöner als von Stengel's Hügel. Ueberhaupt kann ich Dir sagen — die
Größe und Herrlichkeit der Berge, die Schönheit des himmelblauen Sees
hat alle Bilder, die ich davon behalten, noch immer weit übertroffen. Es
ist ein herrlicher Fleck der Erde. Das liebe Closter und die Kirche von
Schleedorf sah ich im Schatten von ferne liegen, am deutlichsten auf einem
Absatz des Kesselbergs; ich konnte nicht ohne Wehmuth hinblicken, da ich
vor diesem schönen Oertchen, wo ich mit Dir war, vorbeiziehen mußte.
Schon am Fuße des Kesselbergs mußt' ich eine Strecke durch Schnee gehn;
solche Stellen wiederholten sich von Zeit zu Zeit je nach dem Schatten, den
Wald und einzelne Hügel warfen. Nicht ohne Anstrengung überstieg ich zu
Fuß diesen wilden Berg und kam endlich auf der andern Seite in das
schauerliche Thal, das wenigstens für einige Wochen mein Wohnplatz sein
soll. Vertraut mit dem Eindruck desselben war ich doch dem Schrecken nicht
gewachsen. Man kann es nicht beschreiben. Von meinen künftigen Fenstern aus hat man zunächst vor sich den, wenn er ruhig ist, schwarzen,
wenn er sich bewegt, metallisch oder stahlblank glänzenden See, am Ufer
den dunkeln Tannenwald und hinter diesem die Berge, die wie hell polirt
Silber vom Scheitel bis zum Fuß von Schnee glänzen — denke Dir
diesen wunderlichen Contrast. — Noch liegt Schnee bis in die Landstraße
herein und überall am Ufer des Sees. Fast schien es, als ob ich nicht
bleiben würde. Der Posthalter kam mir gleich damit entgegen, daß ein
geistlicher Herr, der ehemals im Closter Ettal gewesen, in das Haus
ziehen wolle und sein Versprechen habe. Am Ende ließ er sich jedoch
willig finden, der geistliche Herr kann sehen, wo er unterkommt, oder auch
mit den untern Stuben sich begnügen. So werde ich denn bleiben — ich
gestehe Dir aufrichtig, zunächst blos darum, weil ich hier regelmäßiger
Nachrichten von Dir und den Kindern haben kann; denn übrigens gehört

einige Seelenstärke dazu; man könnte sich hier wie ein Gestorbener vorkommen, der plötzlich in einer schauerlichen Gegend in der andern Welt erwacht wäre. Vielleicht aber gewöhne ich mich mehr daran, als ich jetzt meine; wenigstens werde ich recht arbeiten, etwas Andres bleibt hier nicht übrig. Inzwischen darfst Du Dir die Zimmer nichts weniger als splendid denken — zwei neben einander mit Einem ungeheuren Ofen, das eine etwas feucht, doch wird's, ja es muß gehen. Noch habe ich Dir nichts von Dir geschrieben. Mein liebes Kind, ich will Dich nicht weich machen und darum lieber weniger zärtlich schreiben, als es mir ums Herz ist. Gott wird sich Deiner und Deiner lieben Kinder annehmen und uns wieder glücklich zusammenführen. Ich weiß zwar immer, was ich an Dir habe, aber seit ich von Dir weg bin, mit dem Gedanken, eine Weile von Dir getrennt sein zu müssen, fühle ich doppelt das Glück, das ich in Dir genieße. Du liebe, zarte Seele hast Deinem Mann schon manches Opfer bringen müssen; bring' auch dieses noch, künftig wird eine solche Trennung nie mehr nöthig sein. Was Du thust, ängste Dich nicht um mich, ich habe ein Vorgefühl, daß Alles gut gehen werde. Herze und liebkose die guten Kinder für mich. Ich muß jetzt schließen. Ich wollte Dir Sälblinge von hier schicken, aber der Herr Posthalter versichert, daß sie, auch gekocht, sich bis München nicht halten. Das versparen wir also, bis Du mich abholst. Du adressirst einfach: An — —, abzugeben auf dem Posthaus zu Wallersee.

Leb' wohl, Du Liebste, Beste. Ich bin allezeit bei Dir und den Kindern.

— · — ——— ·

[Wallersee.] Samstag [zu Anfang April 1818].

Das hat Dir ein guter Engel eingegeben, mir über Murnau zu schreiben. Höre, und wundre Dich! Gestern Abend blieb ich auf, bis ich das Horn des Briefreiters hörte, mehr als Paul darüber erfreut, denn ich erwartete nichts gewisser als einen Brief von Dir. Aber kein Brief, nicht einmal ein Briefchen! Wie es damit zugegangen, weiß ich nicht, genug

es ist so! Sahst Du nicht oder vergaßest, daß der Brief schon Vormittags, ich glaube spätestens 11 Uhr auf der Post sein muß? Oder wurde er
nicht richtig bestellt? Oder ist er auf der Post liegen geblieben? Denk Dir
nun meinen Zustand! Er war wahrlich nicht beneidenswerth. Noch war
Hoffnung, Dein Brieflein sei nach Mittenwald mitgegangen, weil hier das
Paket nicht eröffnet wird, und er komme heute von dort zurück. Wieder
nichts! Nun bekam ich solche Sorge, trotz eines Traumes in der Nacht,
der mich zu trösten schien, daß ich beschloß, Knall und Fall nach Haus zu
reisen. Alles war so gut wie gepackt, ein Einspänner bestellt, der mich
den Nachmittag noch nach Benedictbeuren brachte — nun auf einmal kam
Dein Brief, ein Mann brachte ihn, von Schleedorf, wo er beim Wai-
ziger Bier geholt hatte. Denke Dir mein Erstaunen, wie ich las? „weil
der Brief erst am Freitag fortkomme, wollest Du mich so lang' nicht ohne
Nachricht lassen und den andern Weg versuchen." Dazu freilich hat nun
Dein Mittwochs-Brieflein nicht gedient, es kam erst am Samstag, aber
es sollte ein anderes Mißgeschick gut machen, woran ich nicht und Du
noch weniger dachtest. Sage nun, sehe ich nicht wieder augenscheinlich,
daß meine liebe Frau unter dem Einfluß guter Geister steht, ja selbst mein
guter Geist ist? Dafür halte ich Dich ganz und gar; möchtest Du mir nur
in Allem rathen, gefragt und ungefragt, und immer und in allen Dingen
mein Orakel sein! Wenn ich glücklich wieder zu Dir komme, maß es Dir
an, mein Liebchen; oder maß es Dir vielmehr nicht an, übe nur, wozu
Du berufen bist. In Dir ruht mein Glück, und noch inniger, als vor
jetzt bald vier Jahren, wünsche ich 40 im Ganzen mit Dir leben zu können.
Du gutes Kind. Gott geb's, jetzt wünsch' ich es recht, vorher war mir
Sein oder Nichtsein ziemlich gleichgültig. — Nun ich Dein Brieflein hatte
und doch nur drei Tage alte Nachrichten, schien es mir Thorheit zu gehen;
in einem Augenblick waren meine kleinen Habseligkeiten wieder ausge-
packt, in einer Viertelstunde Alles in der alten Ordnung. Gott sei gepriesen, daß Alles so gut steht — Du (denk nur auch und zuerst an Dich!)
so wohl, und die Kinder so wohl! Ich blieb in so weit gern, als ich im
besten Thun war, als ich gewiß bin, daß, wenn mir Gott Gesundheit und
Leben erhält, ich diesmal gewiß das Werk zu Stande bringe. — Höre

nun, wie ich mir Alles ausgedacht hatte. Zuerst sollte der Schrank vor meiner einen Thüre weg, damit ich nicht nöthig hätte, Abends Leute zu sehen; kann mit Deiner Bewilligung alle zu mir führenden Thüren wohl geschlossen werden; hierauf mit Dir zu Rathe gegangen, ob wir nicht lieber Mariä-Einsiedel für 100 fl. miethen wollten, wo, so lang' es noch frisch und nicht heißer Sommer wäre, ich allein im untern Zimmer hausen wollte, all' ander Tage entweder Dich in München besuchend, oder von Dir besucht, oder mit Dir unterwegs zusammentreffend. Im hohen Sommer, bis wohin ich mit meiner Arbeit gewiß fertig war, solltest dann auch Du mit den Kindern herausziehen, und ich entweder in den Saal, oder in die Stadt. Was hälst Du nun von diesem Plänchen, dessen Kosten durch Abrechnung dessen, was mein hiesiger Aufenthalt und die in jenem Fall aufgegebene Reise nach Schleedorf erfordert hätte, gewiß wären gedeckt gewesen? Ich gestehe Dir, dieses Plänchen hat einen rechten Stein bei mir im Brett, oder vielmehr: es ist mir ein Stein auf dem Herzen, daß es mir nicht früher eingefallen, denn es vereinigt alles, was ich nur wünschen konnte. Ich will Dir noch mehr gestehen, aufgegeben ist es nicht ganz. Fahre ja einmal, wie Du im Sinn hattest, mit Paulchen dorthin, lade Frau von Gärtner und ihren Schwiegersohn dazu ein, das Häuslein anzusehen, ob es noch einen Sommer bewohnbar ist, d. h. nicht plötzlicher Einsturz droht. Mein Zweck würde dort so gut erreicht als hier, nur störte mich nicht die Sorge für Frau und Kinder. Denke immer ein wenig darüber nach, und zwar gleich, nämlich ob es Dir anständig ist, und ob es sich bald und leicht ausführen läßt. Denn daß ich heute hier geblieben, ist noch immer kein Beweis, daß ich nicht einmal über Nacht mich entschließe wegzureisen. Denn wohl wird es mir hier doch nur in meiner Arbeit, oder wenn ich an Dich schreibe oder von Dir ein Brieflein erhalte; ich bin nicht krank und nie in der Arbeit durch Uebelbefinden gestört, aber doch auch nicht ganz wohl, weil ich sehr im Unterleib leide, sei es das ungewohnte Essen, die hier noch immer rauhe Luft, sei es daß ich alt genug bin, um die zarte Pflege einer geliebten Frau nicht ganz entbehren zu können. Laß' Dich durch keinen Umstand dabei bestechen, folge Deinem gerathen Sinn und Urtheil; aber leuchtet es Dir ein, so können wir unsre

Trennung sehr abkürzen, und am liebsten wäre mir, wenn ich sogleich, ohne erst nach München zu gehen, dort einrücken könnte; dazu gehörte weiter nichts, als mit des Müllers Wagen mein Bett hinaus schicken, meinen Schreibtisch (den in der Speisekammer) und ein Paar Stühle.

Gestehe nun meine große Genügsamkeit; den Freitags-Brief habe ich noch nicht, nur das Brieflein vom Mittwoch, und doch bin ich glücklich und zufrieden. Nachrichten hoffe ich keine als höchstens am Montag durch den Mittenwalder Boten, wenn Du ihn anders nicht, in der Meinung die Post gehe zweimal in der Woche, diesmal noch versäumt hast. Also vor Freitag keine gewissen Briefe! Und vielleicht auch kann nicht, wenn es den gnädigen Herrn auf der Post nicht gefällt. Und doch preise ich Gott, daß ich heute den Trost gehabt habe die Zeilen von Dir zu erhalten. Du scheinst inzwischen nur den einen Brief von mir erhalten zu haben, den ich mit dem Kutscher abschickte, mehr läßt sich aus Deinem Brieflein nicht abnehmen. Seitdem habe ich Dir noch zweimal geschrieben, einmal durch die Post, das andremal (vorgestern) durch einen Münchner Kutscher, dem ich ein Trinkgeld versprochen, wenn er den Brief überliefere. Schreibe mir jedesmal genau, wie viele Briefe Du erhalten. Dieser hier ist No. 4.

Du schreibst mir von Fritzchen nichts insbesondre; das Bild des Kindes erquickt mich in bloßen Gedanken. Wenn ein Brief von Liebstadt kommt, den mach' auf und schreibe, im Fall es nöthig wäre, ich sei verreist. Den von Cotta mach' nur auch auf und schick' ihn mir bald.

War nun Gottes Wille, daß ich noch länger hier bleibe, so versäume mir ja den Mittenwalder Boten nicht. Eigentlich darf er keine versiegelten Briefe mitnehmen, außer es ist Geld drin. Lege also jedesmal einen Zwölfer hinein. So bekomm' ich doch in der Woche zweimal Nachrichten. Den Brief, den Du auf die Post giebst, schicke Freitag Vormittags 10 Uhr hin und adressire so:

　　　　An — —, abzugeben auf dem Posthaus
Man bittet den Brief in's Be-　　　　　in
nedictbeurer Felleisen zu thun.　　　Wallersee
　　　　　　　　über Benedictbeuren.

(Dies setze bei uns laß es sagen!)

Für heute schließe ich nun und drücke Dich und die Kinder in Gedanken an mein Herz. Was mir noch beigeht, setz' ich morgen bei. Gott segne Dich, Du Liebste!

Da in der Welt nichts unmöglich ist, so könnte wohl gar dieser Brief wieder hieher nach Wallersee gehen, wenn ich ihn an mich überschriebe, darum an Dich! — Sage mir, ob andre Briefe richtig ankommen, die vom Ausland nämlich.

Sonntag Miseric. [5. Apr.] Diese letzte Abendstunde sei Dir geweiht, Du liebes Herz. Denn ich bin müde vom Arbeiten und würde, wie gern! diese Stunde mit Dir verplaudern. Warum können wir es doch zu Hause nicht auch so einrichten, daß ich den ganzen Tag so stetig arbeite und dann den Abend mit Dir in freundlichem Gespräch feire? Wie mancher Genuß entgeht uns dadurch! Es kann doch, unabwendliche Fälle ausgenommen, nur an dem Willen liegen — meinem, und auch Deinem? und an der Einrichtung. Denke einmal recht darüber nach und entziehe mir Deinen klugen und verständigen Rath nicht, denn ich will mein Leben durchaus auf diesen Fuß setzen. — Wenn und wann Du nach Schleedorf gehen willst, schreibe mir doch aufrichtig und wolle mich nicht überraschen. Auch darum nicht, weil ich nicht weiß, wie gesagt, ob ich nicht einmal über Nacht aufbreche; und wenn dies auch nicht geschieht, wer will mir wehren einmal einen Besuch in München zu machen, da ich es so lange, als meine Arbeit bei der schnellsten Beendigung dauert, ohne Dich und die Kinder gesehen zu haben nicht aushalten kann, auch wohl einmal ein Abschnitt kommt, bei dem ich schlechterdings ein Paar Tage ausruhen muß. Das kann ich hier nicht; arbeit' ich nicht, so habe ich keine Unterhaltung, und verreis' ich nach Schleedorf oder sonst wohin, so gehe ich eben so leicht, ja am Ende wohlfeiler nach München, da ich eine solche Reise, nach eingezogner Erkundigung, sehr wohlfeil einrichten kann. Und weit fröhlicheren Sinns, neu gestärkt und ermuthigt würde ich zu einem zweiten Aufenthalt zurückkehren; es wäre denn, Du wolltest um die Zeit eben nach Schleedorf gehen, dann wäre es ein Anderes. Aber wissen muß ich dies durchaus. Denn es wäre doch gar zu traurig, wenn ich nach M. reiste und Du indeß nach Schleedorf; doch verlange ich nur die Woche, nicht den

Tag zu wissen. Nun schlaf' wohl für heute, Du Liebe, mit Deinen süßen
Kindern, ich bin müd' vom Schreiben und die Augen müssen ausruhen.

Donnerstag, den 25. Apr.

Liebste, beste Frau!

Ich hätte heute die schönste Gelegenheit, mit einer ganz leeren Re-
tour-Kutsche wieder zu Dir und meinen lieben Kindern zu kommen. Da
ich aber D e i n e Ansicht noch nicht weiß, so habe ich mich, bis mein Orakel
sich äußert, um so mehr entschlossen, noch, so schwer mir die Trennung
von Dir und meinen lieben Kindern fällt, hier zu bleiben, da mich der
liebe Gott so sichtbar in meiner Arbeit fördert und außer dem Gram, nicht
bei Dir und den Kindern zu sein, nichts mich stört, nicht die Nebel, die
seit vorgestern jeden Morgen aufsteigen, nicht das Regenwetter, das heut'
eingefallen ist. Denn ich denke nur an zwei Sachen, an meine Lieben zu
Hause und an meine Arbeit; ich würdige den See keines Blicks, die Berge,
die mich sonst erhoben, gefallen mir nicht — für nichts Andres habe ich
Sinn. Da ich aber nicht selbst mit dem Wagen komme, will ich doch die
Gelegenheit nicht vorbeilassen, Dir (ich weiß, es geschieht damit) durch ein
Paar flüchtige Zeilen meine Liebe zu bezeugen. Schreiben kann ich Dir
freilich nichts, als das Alte doch ewig Neue, wie sehr ich Dich liebe und
die Kinder, wie schwer mir die Trennung täglich, ja stündlich aufs Herz
fällt, doch zugleich, daß es mir außerdem völlig nach Wunsche geht, daß
wenn Ort, Jahreszeit und Gelegenheit erlaubten, Dich mit den Kindern
hier, wär' es auch in einem Bauernhaus unterzubringen, nichts zu meinem Glück fehlte; denn ungestörter kann man nicht sein, selbst das Ca-
pellen-Glöckchen neben mir ertönt täglich nur zweimal, es ist bei Tag so
still wie in der Nacht, ja stiller als an manchen Orten; die Leute sind so
gut, freundlich und gefällig, als man sich nur denken kann; ein gutes
Rindfleisch habe ich jeden Mittag, trefflichen Spießbraten jeden Abend,
der Ofen Morgens Einmal geheizt wärmt den ganzen Tag; Morgens

5½ Uhr ist mein Caffee da; ich gehe gewöhnlich 9½ Uhr zu Bett, obschon meine Natur sich noch nicht gewöhnt hat so früh zu schlafen, oder
sind es die Gedanken an Dich und die Kinder, die mich nicht schlafen
lassen? Denn daß ich um diese Zeit mich am meisten nach Haus sehne, ist
natürlich.

Nun muß ich schließen. Erspare mir, meine Empfindungen für Dich
und die Kinder auszudrücken. Ich kann nichts thun, als Euch Gott be-
fehlen. Was Du thust, sorge für Deine Gesundheit. Weiß ich Dich
wohl und guter oder doch leidlicher Dinge, so ficht mich nichts an. Die
lieben Küchlein schlummern und wachen sicher unter Deinen Flügeln.
Nun nur noch den Wunsch, daß Du den Brief lesen könnest, den so eben
der Kutscher abholt.

Dein
Sch.

Schelling an seinen Bruder Karl.

München, 13. Juli 1818.

Du hast mir, lieber Bruder, eine höchst schmerzliche Botschaft gemeldet. Was ich mit unsrer guten Mutter verliere, kann ich nicht ausdrücken, mein ganzes Herz hieng an ihr, besonders seitdem ich so glücklich
gewesen war, sie einige Zeit noch bei mir zu haben; der Gedanke an sie
war der aufrichtendste, den es für mich in der Welt gab. Gott lohne ihr
reichlich! eine herrlichere, liebevollere Seele werden wir nie wieder sehen.
Mich schmerzt, daß ich ihr so wenig sein konnte, und besonders, daß mir
nicht vergönnt war, sie nur noch einmal zu sehen in diesem Leben. Doch
tröste ich mich mit dem innigen Bewußtsein, daß Sie mich zärtlich geliebt
hat, und daß sie mir jetzt näher ist als im Leben; ich bin gewiß, daß sie
mich nicht vergißt und auch dort für mich wirkt und thätig ist, wie sie es
hier war, und die vereinigten Seelen unsrer Eltern unsre Schutzgeister
sein werden. Auch wie ich ihr danke und sie beweine, wird ihr nicht ver-

27 *

i h r e r unermüdeten Pflege seine Gesundheit, vielleicht sein Aufkommen
verdankt, dem jüngeren, dessen liebes stilles Gemüth sie innig angezogen
haben würde, vielleicht auch Carolinen, in der Jedermann das leibhafte
Ebenbild von ihr sehen will.

Noch weiß Pauline von diesem Verluste nichts.

Leben Sie recht wohl und behalten Sie uns in gutem Andenken.

Ihr

gehorsamer Sohn
Sch.

Schelling an Wagner.

Liebster Freund, wenn ich Alles wohl zusammenrechne, so ist es gewiß über Jahr und Tag, daß Sie von mir keinen Brief erhalten haben.
Meine Schuld ist es nicht. Nachdem ich aus Ihrem Letzten vom 27. Juni
d. J. gesehen, daß Sie wenigstens zwei, wo nicht drei Briefe, die ich
Ihnen durch die Post geschickt, nicht erhalten haben, gab ich es ganz auf
Ihnen durch diese zu schreiben. Ob es davon kommt, daß noch immer bei
uns das saubere Franzosensystem des Brief-Erbrechens oder Unterschla-
gens herrscht, oder ob Sie in Rom gute Freunde haben, welche Briefe an
Sie weglapern, weiß ich nicht. — Mir war es höchst unangenehm, da
ich in diesen Briefen Manches geäußert hatte, was man nicht gern in Je-
dermanns Händen weiß. Endlich kommt Hr. v. Br., der als dänischer
Agent nach Rom geht und sich erbietet, einen Brief mitzunehmen. Ich
wünsche, daß Sie sich mit ihm verstehen mögen. Er hat große Achtung
für Sie als Künstler und Mensch, und ich glaube in ihm einen biedern
und treuherzigen Mann erkannt zu haben. —

Wenn ich mich recht erinnere habe ich Ihnen noch gar nicht wieder
über unser gemeinschaftliches Kind, „die äginetischen Bildwerke", geschrieben.
So viel ich sehen kann, ist es in Deutschland sehr wohl aufgenommen,
auch ist nach Landessitte schon viel darüber geschrieben worden. Unter

geworden und hat sogar etwas von ihrer Magerkeit verloren. — Die übrigen Kinder sind völlig gesund.

Mitten in diesem glücklichen Verlauf hat mich eine sehr schmerzhafte Botschaft betroffen. Meine gute Mutter ist nicht mehr. Wohl ihr! Mitten in der Freude und der ganzen Regsamkeit ihres Thuns und Wirkens hatte sie nicht aufgehört, nach der Wiedervereinigung mit ihrem vorangegangenen Manne sich zu sehnen, mit dem sie vierzig Jahre in glücklicher Ehe gelebt hatte. Aber für uns ist der Verlust groß und unersetzlich. Ein liebevolleres, herrlicheres Gemüth werden wir nicht mehr sehen. Sie starb auf eine für sie glückliche, für uns ebenfalls schmerzliche Weise: nicht in ihrem Hause, in Cannstadt ereilte sie der Tod, wohin sie den Tag nach der Nachricht von dem neugeborenen Enkelchen mit meiner Schwägerin und einer anderen Bellnagel'schen Tochter in der Frühe gefahren war und (ohne Karls Wissen) ein Bad nahm, das ihr, wie sie sagte, trefflich bekam. Auch hatte sie sich noch angekleidet und das Zimmer aufgeschlossen; als aber die Schwägerin kam sie abzuholen, fand sie die gute Mutter an der Erde sitzend, ihren Kopf gegen ein Tischchen lehnend und unfähig vernehmliche, passende Antwort zu geben. Der Badearzt war gleich bei der Hand, kurze Zeit später Karl mit meiner Schwester. Alles wurde angewendet, auch erlangte sie für einige Augenblicke wieder völlige Besinnung und Sprache; aber das Uebel war nicht aufzuhalten und Abends machte ein Stickfluß, der sich zu dem Schlagfluß gesellt, vollends auf sanfte Art ihrem Leben ein Ende. Man ließ sie die zwei ersten Tage in Cannstadt, wo ihre Kinder abwechselnd Tag und Nacht bei ihr blieben, am dritten Tag holten sie sie feierlich nach Stuttgart, am vierten (den 11. d.) wurde sie begraben. Friede über der guten Mutter und ewiger Lohn! Sie hat uns alle im Herzen getragen mit immer gleicher Liebe, Geduld und Bereitheit zu jeder Aufopferung; unter unscheinbarer Form verbarg sie ein äußerst reiches, in Liebe gegen Alle überfließendes Gemüth. Mir muß ihr Tod am schmerzlichsten sein, da ich im Leben so früh von ihr getrennt und stets nur wieder auf kurze Zeit mit ihr vereinigt wurde. Auch meine Kinder haben viel an ihr verloren; noch einige Monate und sie hätte diese Enkel noch gesehen, den ältesten, der, jetzt ein lieblich blühender Knabe,

— Bau-Praktikant. Das ist so ohngefähr das Neuste wenn auch nicht das Beste, was ich Ihnen von hier mittheilen kann. Außerdem werden wir nun noch in diesem Monat die erste Ständeversammlung erleben. Wie viel dabei herauskommt, wird sich 'zeigen. Bis jetzt ist des Guten von Veränderungen nicht viel zu spüren. Die Leute, die was verstehen, sind bei uns zu dünn gesäet. Kommen Sie jetzt bald einmal zu uns heraus und bleiben Sie wenigstens eine Weile da, denn für immer wollte ich es Niemand rathen; wenigstens finde ich, daß ich jedes Jahr ungerner in München bin. Auch für Ihr herrliches Werk, das eleusinische Fest, haben Sie wohl meinen Dankerguß erhalten? An Goethe habe ich es gleich geschickt; hat er Ihnen nicht geschrieben oder doch danken lassen? Auch dieses Werk hat mich wieder mit Bewunderung Ihres Styls und Ihrer herrlichen Kraft erfüllt. Schade, wenn Sie dieselbe ruhen lassen. Nun bitte ich Sie noch, mir doch recht oft, sei es durch Courriere oder durch die Post, zu schreiben. Ihre Briefe kommen ganz richtig an.

Nun Gott befohlen, lieber Freund. Rechnen Sie auf die völlig unveränderte Freundschaft

Ihres

ganz ergebenen
Schelling.

Schelling an seinen Bruder Karl.

Andechs, den 4. Sept. 1818.

Liebster Karl!

Ich danke Dir herzlich für Deinen Brief vom 28. v. M. Du bist so gut, mich zur Beschleunigung meiner Reise nach Würtemberg aufzufordern. Ich muß Dir aber sagen, daß ich die Idee derselben fast aufgegeben habe. Meine Gesundheit hat sich durch den kurzen Genuß der Landlust sehr gebessert, zugleich bin ich in voller Arbeit und werde kaum vor

Ende nächsten Monats in die Stadt zurückkehren. Die Reise nach Stuttgart verträgt sich also nicht wohl mit meinem nächsten Lebensplan. Ich
komme so selten dazu, ruhig und ununterbrochen arbeiten zu können. Die
Zerstreuung und oft unangenehme Unterbrechung, der ich in der Stadt
ausgesetzt bin, ist mit eine Ursache meines oft schlechten Gesundheitszu-
standes; es ist mir nur recht wohl, wenn ich auf meine Art arbeite. Wollte
ich nun durch eine solche doch immer ansehnliche Reise mich unterbrechen,
so wäre es Schade um den guten Zug, in dem ich jetzt bin. Ich fühle sehr
wohl, wie viel ich durch diesen Entschluß in anderer Hinsicht verliere, allein
ich muß dies Opfer bringen und bringe es willig. —

Seit Kurzem waren unmittelbar nach einander zwei Franzosen bei
mir, beide geborene Pariser, der eine Professor an der Universität in
Straßburg, der andere in Paris, die auf eine für mich ganz unerwartete,
ja fast unbegreifliche Weise von der deutschen Philosophie ergriffen sind.
Der erste kam meinetwegen nach München, der zweite, da er mich nicht
fand, ist mir hierher nachgereist. Diesen kenne ich noch nicht genug, aber
der erste hat alle Eigenschaften, um zu Gunsten der deutschen Philosophie
eine völlige Revolution in Frankreich zu bewirken. Der zweite brachte
mir eine Empfehlungscarte von Kielmeyer, der, wie er versichert, jetzt
meine Schriften liest, sie ihm selbst vorgezeigt hat u. s. w.

Dein

treuer Bruder

Fritz.

Schelling an B. Cousin.

Munich, le 28. Janvier 1819.

Monsieur,

Il m'a été bien agréable d'avoir de Vos nouvelles; je Vous
fais mon compliment de Vos succès politiques et de l'énergie, que
Vous aussi semblez avoir développée à cette grande occasion. Je

présume, que c'est dans l'exaltation, qui Vous en est restée, et
tout plein encore de cette tactique politique, que Vous Vous êtes
avisé de me donner des régles et des conseils sur ma conduite politique; mais tout ceci est de fort peu d'application chez nous, ce
n'est pas une lutte à mort, c'est une évolution lente, mais sûre,
infaillible et surtout sans danger, par laquelle tout doit s'opérer
chez nous, et quelques soient les voeux, que je puisse former pour
la consolidation politique de l'Allemagne, non seulement mes
idées, mais les circonstances mêmes sont de nature à n'imposer
aucune nécessité de les cacher ou de voiler ses pensées. Tout ce
que je pense à ce sujet, peut être dit et sera dit publiquement
aussitôt que j'y serai amené. D'ailleurs tout ce qui ne peut pas
se faire d'une manière droite, franche et loyale, est tout-à-fait hors
de mon charactère, et je crois, que Vous devez me connaître à
cet égard.

Pour sentir la grande différence, qu'il y a de la position, où
Vous êtes, à celle, où nous nous trouvons, Vous n'avez qu'à
prendre Votre propre exemple. Chez nous aucun professeur, don-
nant un cours de droit politique, n'aurait à craindre l'autorité,
à moins qu'il ne se départît pas de la ligne droite de la science.
En forme de doctrine tout est accueilli chez nous, et ce qui n'est
pas marqué au coin de la science, quelque apparence qu'il puisse
se donner, est bientôt conculqué et foulé aux pieds par l'opinion
publique, sans que le gouvernement ait besoin de s'en mêler.
Voilà pourquoi le seul point, auquel presque l'entier de l'Allemagne est sensible, ce sont nos universités. Vous avez dû voir
dans les journaux, comme on en a usé à cet égard avec Mr.
Stourdza. Ce sont des corps vraiment représentatifs, plus anciens
et plus réels que tous ceux qu'on va établir, parcequ'ils représen-
tent l'opinion nationale par excellence, les idées dominantes, les
idées fondamentales et régulatrices de toute la vie humaine. Ju-
gez après cela, si je pourrais être tenté de me faire élire député
quand même cela pourrait se faire), l'influence, que me donne la

science aussitôt que je veux m'en servir, étant incomparablement
plus vaste et allant bien plus au loin que toute influence, qu'on
pourrait exercer dans un corps représentatif quelconque.

J'applaudis à Votre résolution de Vous retirer de la politique
(au moins pour un moment) et de Vous vouer entièrement aux
recherches philosophiques. Le fruit de ces recherches viendra
sans doute trop tard pour pouvoir encore influer sur la marche politique de Votre nation. Vous touchez déjà au but, que semblent
s'être proposé les coryphées de doctrine politique en France, bientôt Vous aurez démoli tout l'édifice et ôté jusqu'au dernier reste du
poétique ou romanesque, qui accompagne la monarchie. Qu'im-
porte! Pensez toujours, qu'avancé, comme Vous êtes, devant
peut-être la totalité de Vos compatriotes dans l'étude des idées
fondamentales, Votre mission est pour la science, que Vous avez
à conquérir pour Votre nation. Je serai bien charmé d'avoir de
Vos lettres sur des matières de sciences et sur les problèmes
qui Vous occupent; écrivez-moi toujours, puisque cela même
Vous servira, mais n'exigez pas, que je réponde toujours exacte-
ment, puisqu'au point, où Vous êtes, on doit à l'intérêt de la
science de se garder même de toute influence, qu'on pourrait avoir
sur la marche de Vos idées. D'ailleurs je suis moi-même dans
ce moment tout-à-fait enfoncé dans mon travail, je ne vois per-
sonne et ne m'occupe que de l'exécution de ce vaste plan scienti-
fique, dont j'ai eu le plaisir de Vous donner l'idée et quelques
soutiens principales.

Je me suis bien réjoui du portrait, que Vous m'avez fait de
Mr. Goerres; je ne doute pas, qu'il ne soit bien ressemblable. Je
ne sais pas précisément ce que je peux Vous avoir dit à l'égard
de Mr. Goerres; tout ce dont je me souviens, est d'avoir souhaité,
que M. G. entreprit un nouveau journal, qui fût pour la litéra-
ture ce que le Mercure avait été pour la politique.

Je Vous salue avec affection et avec une amitié sincère —

Schelling.

Schelling an Atterbom.

München, 29. Jan. 1819.

Endlich, mein geliebter Freund, weiß ich den Ort, wo ein Brief Sie
erreichen kann. Ich hätte Ihnen gern nach Rom geschrieben, aber Sie
hatten vergessen mir Ihre Adresse anzugeben, und lieber als auf die Gefahr, daß mein Brief in andre Hände geriethe, wollte ich nicht schreiben,
und dies um so mehr, je gewisser ich hoffte Sie bald wieder hier zu sehen.
Auch diese Hoffnung muß ich nun aufgeben. Dr. Töngstroem wollte mich
wahrscheinlich trösten, indem er äußerte, es wäre nicht ganz unmöglich,
daß Sie noch von Berlin hieher zurückkämen. Ihr Brief aus Wien sagt
mir deutlich genug, daß daran nicht zu denken ist, und so will ich mich
denn, so schmerzhaft es mir ist, ganz von dem Gedanken losreißen. Sie
haben im vorigen Winter mich in einer für mich traurigen Zeit gesehen.
Meine Frau gefährlich krank, dann wenigstens kränkelnd, ich selbst in
gleichem Zustande! Nach Ihrer Abreise war noch Vieles zu bestehen.
Meine gute Frau ward aufs Neue krank, und wurde auch nicht wieder gesund bis zu ihrer Entbindung Anfang des Juli. Im April verlor ich meinen Verwandten und Jugendgenossen Breyer; kaum war meine Frau
entbunden, so erhielt ich die Kunde von dem plötzlichen Tode meiner zärtlich geliebten Mutter — diese wiederholten Schläge untergruben endlich
noch meine Gesundheit völlig, und nur ein fast dreimonatlicher Aufenthalt
auf dem Lande am Ende des Sommers konnte mich wiederherstellen. Endlich ist nun Friede und Ruhe zu uns zurückgekehrt, meine Frau wurde mit
der Entbindung zugleich auch der Krankheit entbunden, und genießt nun
einer besseren Gesundheit als je. Um so schmerzlicher ist, daß Sie jetzt,
wo Sie uns Alle gesünder, heiterer, fröhlicher finden könnten, nicht zu
uns zurückkehren sollen. Doch es soll nicht sein, und so sein Sie mir wenigstens noch am Rande Deutschlands, ehe die fernen Nebel des hohen
Nordens Sie verschlingen, schriftlich begrüßt.

Ihre beiden Briefe, der aus Rom und der letzte aus Wien, athmen
so viel Liebe, Treue und Freundschaft für mich, daß ich wahrlich nicht

weiß, wie ich mir dieselbe habe erwerben können. Ich kann diese meinem Herzen theuren Versicherungen mit nichts Anderem erwiedern als dem schwachen Ausdruck meiner ganz aufrichtigen und aus dem Innersten kommenden Empfindungen für Sie. Das weiß ich, daß Niemand sein kann, der inniger mit Ihnen fühlt, und so habe auch ich die Gewißheit, daß auf dieser Lebensreise Wenige mich berührt haben, die so wie Sie, mich gefühlt und verstanden. Hieraus schöpfe ich die zuversichtliche Ueberzeugung, daß wir durch jede weitere Entwickelung uns nur näher kommen können.

Sie hätten mir nicht schreiben sollen, ohne Ihrem Briefe von dem, was Sie in Italien gedichtet, wenigstens das Mittheilbarste beizulegen. Sie sind überzeugt, daß bei mir alles in treuer Verwahrung liegt und alles, was Sie mir blos für mich mittheilen, in keine andre Hand noch in fremdes Ohr kommt. Darum bitte ich Sie, mir noch von Berlin alles das zu schicken, wovon Sie recht gut überzeugt sein können, daß es mir Freude verursacht.

Ich halte mich nun an Ihren Brief aus Wien, um ihn Punct für Punct zu beantworten. Sie fragen, was die Weltalter machen? Nach dem, was ich Ihnen oben erzählt, können Sie leicht denken, daß ich eben keine große Neigung haben konnte, an diesem Werk im vorigen Winter und Frühling zu arbeiten. Auch meinen ländlichen Aufenthalt mußte ich mehr zu Herstellung meiner Gesundheit anwenden. Wenn ich übrigens bisher gezögert und mich selbst nicht überwinden können auch nur die letzte Hand anzulegen, so war es hauptsächlich, weil ich noch immer fühlte, das Ganze nicht so ganz und völlig nach meinem Sinn ausführen zu können, als ich wollte. Wenn ich von dieser eigensinnigen Forderung abgieng, konnte ich das Werk längst in die Welt schicken. Aber es war doch billig, einmal auch blos auf die eigne Genugthuung zu sehen, und was kann man am Ende für ein höheres Glück begehren, als nur sich ganz auszusprechen? Niemand geht so rein durch seine Zeit, daß sich ihm nicht Vieles anhängt, was seinem eigentlichen Wesen gar nicht angehört. Diese Schlacken wegzuläutern, sich von allem Fremden, Hemmenden loszumachen und so in völlige Freiheit zu setzen, ist eigentlich das Schwere, und indes das Positive meines Werks mit Leichtigkeit und gleichsam im seligsten Genusse

schnell und fertig sich bildete, hat jenes negative Geschäft mich Jahre gekostet und nicht wenig Mühe. Denn immer blieb noch etwas Störendes
zurück, das meinem Ideal eines durchaus unbefangenen, in Stoff und
Form lautern und, daß ich so sage, allgemein menschlichen Werks entgegen
war, und es kostete Arbeit, dies zu entdecken. Nun aber ist auch dies
überwunden: ich stehe auf dem Punct, wo ich stehen wollte, und es gehören nur noch wenige von Zerstreuung und andrem Geschäft freie Stunden dazu, um das Ganze völlig zu meiner eignen Genugthuung zu beenden. Ob darum auch zur Genugthuung des befangnen Theils meiner
Zeitgenossen, ist eine andre Frage. Allein nach dieser habe ich niemals
gestrebt und lasse übrigens gern Jedem die Freude, sich mit seinen Fesseln
zu brüsten, und die Freiheit mit den Ketten zu klirren. Ich stehe jetzt auf
dem Punct, nach dem ich immer gestrebt; der Himmel gebe mir die Kraft,
auf ihm mich zu behaupten und alles auszuführen, was von ihm aus
möglich ist. Bei dem mir gegebnen Wort, das Werk gleich in die nordische Heldensprache zu übersetzen, halte ich Sie fest; nur Sie können es;
ich weiß mit völliger Gewißheit, daß Sie mich ganz darin empfinden, daß
Sie mein Werk wie Ihr eignes fühlen werden. Auf Geister und Gemüther wie die Ihrigen, zähle ich dabei mit voller Zuversicht; alle diese (ich
weiß es, die noch nicht meine Freunde sind, werden es durch dieses Buch
werden.

Unsres Freundes Steffens Caricaturen habe ich so eben auch mit
großem Vergnügen gelesen. Ich will zwar nicht behaupten, daß ich überall den wissenschaftlichen Zusammenhang eingesehen; aber darauf kommt
es hier nicht an, und ganz würdig seiner ritterlichen Gesinnung ist dieser
lose Angriff, dies freie Wort über das seelen- und geistlose Treiben einer
aufgeregten Menge, welche den leeren Verstand, die herzensarme Seichtigkeit, die sie in der Wissenschaft nicht durchsetzen konnte, nun im Gebiet
des öffentlichen Lebens und des Staates verwirklichen will. Es war hohe
Zeit, daß einer dagegen anstrat. Steffens hat in ein Wespennest gestochen,
aber die Wespen werden ihm nicht viel anhaben; mehr hat er unstreitig
von denen zu fürchten, die hinterlistig dem Unfug zusehen und um das
Ansehn von Häuptern nicht zu verlieren, in einer wahrhaft niederträchtigen

Gleichgültigkeit sich vor dem Für und dem Wider gleich klüglich hüten. Wie Sie mir Fr. Schlegel schildern, habe ich ihn genau bei seiner Durchreise durch München gefunden, und fast der bloße Anblick reichte hin, die entschiedne Abstoßung hervorzurufen. Eine solche entsetzliche Veränderung habe ich nie gesehen; was er auch unternehmen möge, von diesem Menschen kann nie mehr, ohne Wunder, etwas Reines kommen. Unsern Freund Fr. Baader sehe ich seit einiger Zeit sehr wenig, und bin damit ganz wohl zufrieden. Das Letzte, was ich von ihm hören mußte, war, daß der Teufel nun wirklich Zeichen gebe und ihn B., in seinem Hause aufsuche und verfolge. Unter Anderm sei seine Tochter, (die ich als ein reines lieblliches Kind kannte), jetzt in Ekstase verfallen, in welcher der böse Geist ihr gottlose und unzüchtige Reden abdringe. Er sprach davon wie von einem erfreulichen Phänomen (so groß ist die Liebhaberei), und schien sich nicht wenig darauf zu gute zu thun, daß der Teufel nun endlich Notiz von seinen Angriffen genommmen. Das Schriftlein Sur la notion du tems ist erschienen; so viel ich davon gelesen, berührt es meine notion durchaus nicht. — Im verflossenen Sommer erlebte ich ein merkwürdiges literarisches Phänomen: zwei Nationalfranzosen, der eine Professer in Paris, der andre in Straßburg, die hieher kamen, um Aufklärungen über mein System zu erhalten, beide zu meiner Verwunderung weit vorgerückt in der Kenntnis des teutschen Wesens. Den Ersten halte ich für fähig, die philosophische Revolution in Frankreich wirklich einzuleiten und vielleicht zu Stande zu bringen, da er mit dem seiner Nation eigenen Scharfsinn viele Energie des Charakters und die bestimmteste Einsicht in die Schlechtigkeit und ganz unhaltbare Seichtigkeit alles dessen verbindet, was seit Pascal und Malebranche in Frankreich für Philosophie gegolten hat. Er hat zugleich die Klugheit, es mit den Liberalen zu halten, die ihm dieser Verdienste wegen nachsehen und zu gut halten, was ihnen nach Aberglauben, Mysticismus u. s. w. schmeckt und was mit den notions abstraites et arides, in denen es Benj. Constant am weitesten gebracht zu haben scheint, sich nicht verträgt. Merkwürdig wird es sein, wenn durch die Beiden teutsche Ideen französisch zubereitet hervortreten, und nicht ohne Nutzen für die Wissenschaft. Die Beiden, besonders der Erste, hat

mich wenigstens, so viel ich urtheilen konnte, wohl verstanden; jedoch versteht sich, daß dies alles mit der französischen Form sich vertragen muß,
obwohl sie, zu meiner Verwunderung, die barbarischen Ausdrücke, von
denen wir uns in Deutschland so ziemlich losgemacht, nachdem wir sie
nicht mehr bedürfen, z. B. Subject-Object und sogar subject-ob-
jectivey ganz geläufig brauchen.

Sie werden es diesem Brief wohl ansehen, daß er mit vielen Unterbrechungen geschrieben worden, wie ich denn nicht weiß, ob ich ihn auch
nur heute (5. Febr.) beenden werde. Doch, so viel ich verstehe, bleiben
Sie den ganzen Winter in Berlin, und so wird er Sie auf jeden Fall noch
treffen. Wir leben gegenwärtig hier in großer aber erfreulicher Bewegung.
Seit vierzehn Tagen sind zum ersten Male die Deputirten einer bayrischen Stände-Versammlung hier eingetroffen, gestern war der Tag der
Eröffnung. Eine feierliche, schöne, ja rührende Handlung. Wenn nicht
alle Vorzeichen trügen, so wird die Einführung dieser Verfassung und
vielleicht schon die erste Stände-Versammlung Epoche für uns machen.
Auch in geistiger Hinsicht. Das System des öffentlichen Unterrichts wird
und muß Veränderungen erfahren. Unabhängig davon ist man damit beschäftigt, die fast ganz zusammengemachte (?) Universität Landshut durch
ihre Verpflanzung nach München wieder zu erheben und zu erfrischen.
So wenig ich die Verlegung der Universitäten in die Hauptstädte wünschenswerth finde, so glaube ich, daß in dem besondern Fall, in welchem
sich Bayern befindet, diese Verpflanzung von den heilsamsten Folgen für
das Ganze sein würde. Mir soll es auch darum erwünscht sein, weil diese
Versetzung mir Gelegenheit zu nützlicherem Wirken auch als Lehrer wieder
geben würde, ohne mich zu Aufhebung meiner übrigen, in so manchem
andern Betracht vortheilhaften und angenehmen Verhältnisse zu nöthigen.

6. Febr. Nun muß ich doch schließen, wenn ich nicht auch den heutigen
Posttag wieder versäumen will. Ich ersuche Sie, liebster Freund, mir
noch noch von Berlin aus zu schreiben und den deutschen Boten nicht zu
verlassen, ohne mir bestimmte Mittel und Wege anzugeben,
deren ich mich bedienen kann, Ihnen nach Schweden zu schreiben.
Am besten wäre, mir irgend eine Gesandtschaft anzugeben, an die ich die

Briefe schicken könnte. Die Ihrigen dagegen können ohne alle Zwischen-
hand füglich auf dem gewöhnlichen Weg an mich abgehn. Von Berlin
werden Sie mir recht viel Interessantes mitzutheilen haben; ich bitte Sie
also, mir recht ausführlich zu schreiben, die Canzone zu Ehren der Cäcilia,
das Gedicht über Rom und Sorrento nicht zu vergessen. — Nun noch
von allen Ihren Freunden und Freundinnen die herzlichsten Grüße! Alle
Ihre hiesigen Bekannten beklagen gar sehr, daß Sie nicht wiederkommen,
besonders meine Frau, die sich von Ihrer Hieherkunft so viel Genuß für
sich und mich versprochen hatte. Meine Kinder gedeihen immer gleich,
Paul liest nun ganz richtig und fängt an, auch Verstand und Gefühl für
das Gelesene zu zeigen. Ich weiß, daß Sie uns nicht vergessen. Seien
Sie von Ihrer Seite überzeugt, daß Ihr Bild in unsern Herzen lebt, daß
Sie uns immer theuer sein werden. In allen Verhältnissen und was
Ihnen auch begegnen mag (doch was sollte Ihnen Anderes als Glückliches
und Wünschenswerthes widerfahren?), denken Sie immer, daß Sie an
uns Freunde finden, die Sie verstehen, fühlen und an allem, was Sie
betrifft, den innigsten Antheil nehmen. Freude und Heil sei mit Ihnen!

Ihr

treu-ergebenster

Schelling.

Franzensbrunn in Böhmen, d. 19. Aug. 1819.

Hierher, geliebter Freund, habe ich Ihren Brief vom 3. vorigen
Monats erhalten. Wenn ich frühere Nachricht von Ihnen hatte, wider-
stand ich vielleicht der Versuchung nicht, Sie nach Karlsbad einzuladen;
gern kam ich auch etwa die Hälfte Wegs, Sie noch einmal, bevor Sie den
deutschen Boden verlassen, zu umarmen und zu sprechen. Nun, hoffe ich,
sollen wenigstens diese Zeilen Sie noch in Berlin finden, denn zu einem
ordentlichen Briefe kann ich es den Tag vor der Abreise und an das
müßiggängerische Bardeleben seit acht Wochen gewöhnt, nicht wohl mehr

bringen. Herzlichen Dank für Ihren liebevollen, innigen Brief, für die
Mittheilung Ihrer schönen Gedichte, deren Genuß sich erhöhen wird, wenn
ich die Sonnette der zweiten mit denen der ersten Ausgabe verglichen.
Wann wir uns wiedersehen, ist nun gar sehr ungewiß, doch verzweifle ich
nicht daran, fürchte auch nicht, daß wir uns gegenseitig vergessen könnten.
Sobald sich Ihre Lage in Schweden etwas gestaltet hat, lassen Sie mich
davon wissen. Auch von allem, was Sie hervorbringen, erhalte ich wohl
Kunde. Die Weltalter schicke ich Ihnen, sowie sie die Presse völlig verlassen haben. Gehen Sie nun Ihren Weg, geleitet von guten Sternen,
und denken Sie am heimischen Heerd unter den Vielen, denen Sie in
Deutschland theuer und lieb geworden, auch meiner mit herzlicher Gesinnung. Auch meine Frau grüßt Sie bestens. Ich bin und bleibe mit
treuer Freundschaft stets

der Ihrige

Schelling.

Schelling an seinen Bruder Karl.

München, 14. März 1820.

Liebster Bruder!

Schon längst hätte ich Dir wieder schreiben sollen. Verzeih' meine
Saumseligkeit der Art von Unfähigkeit, die mich noch oft befangen hält.
Ich leide an keinem wesentlichen Uebel, aber das traurige Gefühl, nicht
völlig gesund werden zu können, trübt mir den Geist und hindert, mit
körperlichen Beschwerden vereint, mich selbst am Briefschreiben, geschweige
an ernstlicherer Arbeit. Die unangenehme Witterung, welche hier eine
Menge Krankheiten erzeugt, ist das größte Hinderniß meiner Genesung.
Noch habe ich bis jetzt nur Einmal — seit fast drei Monaten das erste
Mal — wieder ausgehen können, es war ein schöner und sonniger Tag,
aber seitdem leide ich auch am heftigsten Schnupfen mit Kopfweh, wozu

sich denn auch die gewöhnlichen Unterleibsleiden gesellen. Es scheint aber,
als solle ich nie wieder gesund werden, in dem hiesigen Klima wenigstens.
Du wirst, wenn ich nach Stuttgart komme, Deine Kunst und Wissenschaft
an mir beweisen können; vielleicht findest Du wenigstens, wo der Grund
des Uebels liegt, was alle meine bisherigen Aerzte nicht vermochten. Ich
hoffte sicher, mit Anfang des Frühlings oder doch Ende dieses Monats
die Reise antreten zu können; aber die Masse Schnee, die der Himmel
wieder zwischen uns geworfen, und das durchaus ungesunde, zwischen
Aufthauen und Frieren oft binnen einer Stunde wechselnde Wetter schiebt
die Erfüllung dieser Hoffnung noch in ziemliche Ferne hinaus. Eh' ich die
Reise wagen dürfte, müßte ich doch wenigstens längere Zeit zuvor mich
der Luft ausgesetzt und wieder angefangen haben, wie ein andrer Mensch
zu leben. Aber eben diese Verübungen leidet die Witterung und mein bisheriges Befinden nicht. Noch immer habe ich auch den Schmerz in der
linken Seite, eben da, wo ich während des Fiebers das Stechen empfand.
Der Schmerz weicht und wankt nicht, eher nimmt er bisweilen zu als ab.
— Doch genug von diesen unangenehmen Dingen. — —

Ich sehne mich recht, bald zu Dir zu kommen, aber noch bin ich weit
davon. Leb' recht wohl.

Dein

treuer Bruder

Fritz.

Schelling an Atterbom.

München, den 16. März 1820.

Erschrecken Sie nicht, geliebter Freund! wenn Sie am Ende dieses
Briefes meinen Namen und übrigens die fremde Hand, mit der er geschrieben ist, wahrnehmen. Es hat damit nichts auf sich, als daß es mir
gegenwärtig leichter wird, Briefe zu dictiren als selbst zu schreiben.
Meine Krankheit, von der ich nicht geglaubt hätte, daß die Zeitungen das

28*

Gerücht davon bis nach Schweden bringen würden, ist glücklich beseitigt,
bis auf einige Nachwehen, die Frühling und günstigere Witterung, hoffe
ich, auch vollends hinwegnehmen sollen. Nun gebe der Himmel, daß ich
mit dem neuen Blut, das ich mir anschaffen mußte, auch einen neuen
Menschen angezogen habe, und die Beschwerden und Kränklichkeiten des
alten mit dem von den Aerzten reichlich vergoßnen Blut hinweggeschwemmt
worden seien. Dies thut mir vor allem hohe Noth; sollte es übrigens bei
dem alten bleiben, so wäre es fast gleichgültig, ob ich noch zu leben schiene.
Ihr Brief vom ersten Februar hat mich ungemein erfreut und erquickt.
Ihre Stimme war mir unter denen, die mich in diesem Leben wieder begrüßten, nahezu die lieblichste; aber besonders erheiternd war mir das
heitere, bewegliche Gemüth, das mich aus ihm ansprach, während aus
Ihren italienischen Briefen und selbst noch den berlinern, eine gewisse
Gedrücktheit und Trübheit sich leicht abnehmen ließ. Ist es die starke nordische Luft, der Odem des Vaterlandes, der Sie so erheitert, oder sind es
die allerdings schönen und angenehmen Verhältnisse, in die Sie sich bei
Ihrer Rückkehr wie durch einen Zauberschlag versetzt sehen? Denn ich halte
es wahrlich für eine sehr günstige Fügung, welche Sie aus dem einsamen
und einförmigen Leben auf der Universität plötzlich an den Hof versetzt hat.
Wen die Natur zum Dichter geweiht hat, den muß das Glück vollenden;
ihm muß diese launenhafte Göttin das Leben in allen seinen Gestalten, in
seinen Höhen und Tiefen zu sehen vergönnen und alle scheinbare Herrlichkeit der Welt vor ihm aufschließen, damit er die wahre, deren Bild er den
Menschen zeigen soll, desto inniger empfinde. Und der Prinz, mit dem
Sie in so naher Beziehung stehen, scheint nach Ihrer Beschreibung wirklich ein Jüngling zu sein, an dem sich das Gemüth erfrischen und erheitern
kann. Es ist ein besonderes Glück, daß dieses südliche Gewächs sich dem
nordischen Himmel so angepaßt hat; man kann nicht sagen, was aus dieser
Mischung zweier verschiedener Naturen mit der Zeit entstehen kann. Auch
als gutem Deutschen ist es mir wichtig, da ich überzeugt bin, daß unser
und unserer skandinavischen Brüder Schicksal stets im innigen Zusammenhang bleiben wird.

Nach allem, was Sie von Ihren eigenen Arbeiten und denen Ihrer

Freunde schreiben, sollte man nun billig anfangen in Deutschland Schwedisch zu lernen. Denn so kräftig und eigenthümlich Sie z. B. unsere Sprache handhaben, dürfte man Ihnen doch nicht zumuthen, was Sie schwedisch geschrieben, auch gleich deutsch niederzuschreiben, und wenn Sie sich zwischen Deutsch und Schwedisch theilten, müßten wir immer auf die eine Hälfte Verzicht thun. Unter den zwanzig Gedichten, die Sie in dem poetischen Taschenbuch für 1820 bekannt gemacht haben, befinden sich doch wohl noch mehrere entweder ursprünglich deutsch gedichtete oder leicht zu übertragende, die ich nicht kenne. — Außer dem an Steffens und dem herrlichen Lied in den Kärnthner Alpen kenne ich keines derselben. So wünsche ich denn besonders auch von Ihrem Freunde Geijer etwas lesen zu können, am meisten reizt mich seine Abhandlung über Feudalismus und Republicanismus, ein herrlicher Stoff, über den man jetzt leider so viel Verkehrtes hören muß. Auch ich habe in der letzten Zeit mich mehr und tiefer als je mit diesen Gegenständen beschäftigt; es ahndet mir fast, daß ich mit Ihrem wackeren Landsmann in den Hauptpuncten übereintreffen möchte. Die Sache ist ernsthaft genug und wird es täglich mehr. Sie scheinen sich zwar von unserer politisch-literarischen Lage in Schweden etwas wunderliche Begriffe zu machen, wenn man dort von deutscher Lamms-Geduld 2c. 2c. redet. Es ist freilich nicht zu verwundern, da in allem, was öffentlich erscheint, die wahre Gestalt der Dinge zum Theil absichtlich, zum Theil nothgedrungen verhüllt wird. Die Karlsbader Beschlüsse, so wie den größten Theil der preußischen Maßregeln kann zwar kein Wohldenkender billigen, da Sie großen Theils unzweckmäßig sind und durch Vermischung des Unschuldigen mit dem Schuldigen gerade die entgegengesetzte Wirkung hervorbringen müssen, Alles nämlich zur Opposition zu vereinigen. Aber diejenige Opposition, gegen welche dies alles ursprünglich gerichtet ist, kann man doch wahrlich auch nicht vertheidigen; es wird täglich klarer, daß doch nichts Anderes dahinter steckt, als die dürren altjacobinischen Ansichten und die seichte Aufklärung, die alles Tiefere in Wissenschaft, Religion und Staat zugleich vertilgen möchte. Daher die allerdings gewaltige Ausbreitung dieser Opposition; es ist das gesammte Reichsanzeiger-Publicum, das gesegnete deutsche Philisterthum, was diese

Lehren und Begriffe ganz herrlich und sonnenklar findet. Traurig ist freilich, daß unsere Großen so wenig ahnten, wo der Grund des Uebels liegt, und daß Sie selbst den größten Theil haben an dem Umsichgreifen solcher Seichtigkeit. Haben sie doch selbst alles begünstigt, was platt und gemeinverständlich ist, alles Tiefere und über das gemeine Ergreifungsvermögen Erhabene als Mysticismus verdammt und verfolgt, ohne zu bedenken, daß die Hauptideen, auf denen der Monarchismus beruht, gar sehr mystischer Natur sind. —

Ich weiß nicht, wie ich mich vor vier Wochen — (denn so lange ist es, daß dieser Brief angefangen worden) — so weit in die Politik des Augenblicks eingelassen habe; vielleicht ist es noch eine Folge meiner Krankheit, denn man thut wahrlich dem armseligen Treiben, von dem im Vorhergehenden die Rede war, zu viel Ehre an, sich dagegen oder dafür zu ereifern, und — den Staat wird es doch nicht umwerfen.

Unser gemeinschaftlicher Freund Hjort hat so ziemlich den ganzen Winter hier zugebracht, und ist erst gestern von hier nach Stuttgart abgereist, wohin ich ihm in wenigen Tagen folgen werde. Es scheint ihm doch besser in München behagt zu haben als Ihnen, der uns aller seiner Versprechungen unerachtet vorbeigieng.

Im Begriff eine Reise anzutreten, von der ich nicht weiß, wie bald ich zurückkehre, muß ich diesen Brief, nachdem ich dessen Beendigung so lange aufgeschoben, wegen der mancherlei Arbeiten, die mir noch obliegen, nun schnell abbrechen.

Ich füge nichts bei als die Bitte, meiner nicht zu vergessen und mir gegen den Herbst wenigstens wieder zu schreiben, und den Wunsch, daß es Ihnen in allen Stücken wohl gehe. Auch mir wird es mit Gottes Hülfe wieder so wohl werden, wieder in einen lebendigeren Verkehr mit der Welt und zunächst mit meinen Freunden zu treten, unter denen mir keiner inniger und näher ist als Sie.

Nochmals herzliches Lebewohl von

Ihrem

Schelling.

20. April 1820.

Schelling an seinen Bruder Karl.

Nürnberg, den 25. Juni 1820.

Liebster Bruder!

Wir sind glücklich hier angekommen, seit Ellwangen auch von der Witterung begünstigt; nur über den Kutscher hatten wir uns zu beklagen, der ohnerachtet der häufigen Vorspannen am dritten Tag uns nur bis Closter Heilbronn brachte. Indeß ließen wir uns dies nicht anfechten, da wir wohl, und die Kinder vergnügt waren. Noch lange, nachdem wir uns getrennt hatten, wiederholte Clärchen klagend ihr Ta, Ta, und den ganzen Tag hindurch brach noch oft unversehens dieser Laut hervor; fragte man sie, wo die Tante wäre, so sah sie zum Wagen hinaus nach der Seite, wohin die Tante sich entfernt hatte. Auch Paul fieng von Zeit zu Zeit wieder an recht von Herzen zu weinen, und versprach alles mögliche Gute, um in der Folge wieder zu dem Onkel kommen zu dürfen. Fritz blieb in seinem Gleichmuth, nur begegnet ihm noch täglich, wenn er von der Mutter heftig etwas begehrt, liebe Tante! zu rufen. Clärchen aber wird keinen Abend ausgekleidet, ohne ihre Aermchen mit Weh, Weh! O, O! zu zeigen. Jeden Abend ist sie neuglücklich, in einem andern Bette zu schlafen und ist vor Vergnügen kaum zur Ruhe zu bringen. Als wir gestern Vormittag hier ankamen, ließen wir für die Kinder auf dem Zimmer decken; da kam der Kellner mit noch drei andern Couverts und kündigte Gäste an, es waren die erlanger Enkelchen der Frau von Niethammer, die mit den Ihrigen zufällig eben auch hier war; bei Tisch fand sich auch noch Herder (der Erschwiegersohn von Mme Huber) dazu, so daß wir unter lauter Bekannten an table d'hôte speisten. Gestern Nachmittag brachten wir bei Roth auf dem Garten seines Schwiegervaters zu, die Mädchen giengen mit Lisette, Fritz mit einem weiland Stubenmädchen meiner Frau spazieren, die sich auch zufällig auf der Straße zu uns gefunden hatte. Von den Erlangern wurden wir beredet, bis dorthin noch gemeinschaftlich zu fahren, weil der Weg von da nach Baireuth schöner,

beſſer, auch die Erlanger Kutſcher wohlfeiler wie die hieſigen ſeien. Wir
ließen uns dies gern gefallen, unter Anderm auch darum, weil wir uns
einen Tag Ruhe gönnen wollten, zumal mir die letzte Nacht in Heilbronn
(wo ich übrigens noch die Zeit wahrnahm, die ſchöne Cloſterkirche, mit
mehreren merkwürdigen Bildern Michael Wohlgemuth's, Albr. Dürer's
und Anderer, die älter als irgend eines der Boiſſerée'ſchen Sammlung tief
bis ins 11. Jahrhundert zurückgehen, und den prächtigen Grabmonu-
menten ehemaliger Markgrafen von Ansbach (darunter eins von dem be-
rühmten Erzgießer Peter Viſcher, Dürer's Zeitgenoſſen) in Begleitung des
ſehr geſprächigen Herrn Pfarrers zu beſchaun) — — — eine lange Par-
entheſe — — — ſchlecht und faſt ſchlaflos vergangen war; denn in dem
ſchlechten und ekelhaften Wirthshaus zu Ellwangen mochte ich etwas ge-
geſſen haben, gegen das mein Magen ſich empörte. Eine heftige Kriſis
nach oben ſtellte mich her, ließ mich aber ziemlich entkräftet zurück. — So
werden wir denn heute nach Tiſch Erlangen zu fahren, wo wir morgen
früh uns trennen, Frau und Kinder mit dem ſtuttgarter Kutſcher Bamberg, ich Baireuth zu. Wir haben den ſtuttgarter behalten, weil er einmal bekannt iſt und weil er nun, da nicht mehr tageweis' mit ihm accordirt iſt, wahrſcheinlich beſſer fahren wird. So weit unſre Reiſebeſchreibung
bis hieher; ich glaubte, Dir und Deiner lieben Frau werde es nicht zuwider ſein, wenn ich ausführlicher ſchriebe, wie es uns bisher ergangen.

Nun wünſchte ich noch im Stande zu ſein, Dir und der liebſten
Schwägerin zu danken für die große Liebe und Güte, die Ihr beide während unſres langen Aufenthaltes uns erzeigt habt. Allein ich fühle mich
ganz unfähig dazu, und gleichwie ich in Stuttgart ſelbſt mich ſo vieler und
alles Maß überſchreitender Liebe nicht erwehren und ſo nur mit ſtummem,
ohnmächtigem Gefühl alles das Gute hinnehmen konnte, das für mich ge-
ſchah, ſo fühle ich auch jetzt, nur mit Schweigen, nicht mit Worten, danken zu können. Möge der Himmel Dir und Deiner lieben Frau mit dem
Höchſten menſchlichen Glückes lohnen! Dies iſt alles, was wir ſagen
können! Die großen Kinder küſſen dem Onkel und der Tante die Hand;
wir wiederholen der Tante und Dir, was wir noch beim Abſchied erklärt
haben, daß Clärchen Dir jederzeit zu Gebot ſteht, beſſer, als in ſo liebe-

vollen Händen, können wir sie niemals wissen. Meine Frau wird von
Gotha, ich von Karlsbad aus Nachricht geben. Allen theuren und verehrten Freunden und Verwandten empfiehl uns aufs Herzlichste, wiederhole insbesondre in der Akademie, bei Herrn von Haller und Wächtern,
wie lebhaft wir die Güte empfinden, mit der wir uns die Kinder auch von
ihnen aufgenommen wurden. Die herzlichsten Grüße an Beate, an Bruder August und seine Frau. Leb' wohl, liebster Karl, leben auch Sie wohl,
theuerste Schwägerin, unsrer bleibenden Dankbarkeit und innigsten Liebe
versichert!

Dein

treuer Bruder
Fritz.

Karlsbad, den 30. Juni 1820.

Liebster Bruder!

Wie ich Dir schon geschrieben, fuhren wir Sonntags Nachmittags
nach Erlangen, wo ich einen Theil des Abends in Gesellschaft einiger
Professoren, worunter auch Schubert, Pfaff sich befanden, ganz vergnügt zubrachte. Hier machte der Kutscher, den wir mit den Kindern
vorausgeschickt hatten, einen rechten Schwabenstreich, indem er aus eigner
Macht in das nächste beste Wirthshaus fuhr, das ihm ein andrer Kutscher empfohlen hatte; bei unsrer Ankunft mußten wir daher die Kinder
erst holen lassen und auslösen. Am andern Morgen fuhren wir noch
drei Stunden zusammen, da trennten wir uns auf der Landstraße, meine
Frau mit den Kindern zog gen Bamberg, ich Baireuth zu. Paul weinte
sehr und flehete laut, daß ich ihn doch mitnehme, um nicht so allein zu
sein; der gute Junge dachte in dem Augenblick nicht daran, daß er mir
mehr zur Last als zum Vergnügen sein würde. Fritz dagegen, der immer
erklärt hatte, mit mir hieher gehn zu wollen, und der es auch gethan haben
würde, sagte sein Adieu! so trocken, als wenn er auf einen Spaziergang
sich begäbe. Meine Frau kam des Tages noch nach Lichtenfels, wo sie

Abends durch den Anblick eines Sackes, der die nothwendigsten Dinge, die man täglich auf der Reise braucht, für mich enthielt und der leider in ihrem Wagen geblieben war, in großen Schrecken und Noth, mehr als billig, versetzt wurde. Den andern Morgen vier Uhr, da ich eben in den Wagen steigen wollte, trat ein Postknecht mit dem unglücklichen Sack herein, den sie mir noch par estafette in der Nacht geschickt hatte. Sie hätte wohl verdient, in dem Posthaus zu Lichtenfels, wo ich vor acht Jahren mich mit ihr versprochen hatte, mit einer solchen Alteration verschont zu werden. Seitdem habe ich natürlich noch keine Nachricht von ihr. Ich kam desselbigen Tages noch bis Eger und am folgenden bei guter Zeit hier an, wo ich zwar bei meinem alten ehrlichen Büchsenmacher die Wohnung schon besetzt, dagegen eine andre bei Verwandten von ihm, die auch ganz gute und ehrliche Leute sind, bestellt fand, so daß ich denselben Abend schon ruhig und in Ordnung war und im eigenen Bette schlief. Und so befinde ich mich denn wieder an diesem wunderlichen Orte, dessen Wasser ich gleich gestern mit wahrer Gier zu schlürfen begann, und der mir diesmal weit besser als das erstemal gefällt, wahrscheinlich, weil ich schon in besserem Zustande hier angekommen und natürlich heiterer bin, nach einem fast achtwöchentlichen Aufenthalte bei meinem lieben Bruder, der, wie die andern theuren Freunde und Verwandten, die ich durch ihn erhalten, alle Mittel mich aufzuheitern verschwendete. Auch der Himmel ist mir günstig, denn es scheint sich zu einem recht beständigen, schönen Wetter anzulassen, auch der kalte Nordwind weht schon etwas sanfter. Das Wasser scheint mir diesmal gleich Anfangs besser anschlagen zu wollen, ohne daß ich erst wie im verflossenen Jahr durch ein Purgatorium von höchst widerwärtigen und krankhaften Empfindungen zu gehen brauche. Wenn ich nun vollends mit erwünschten Nachrichten von meiner lieben Frau und den Kindern erfreut werde, so bleibt mir weiter nichts zu wünschen, als daß es so fortgehn möge, wie es angefangen hat. Von alten Bekannten habe ich bis jetzt wenige getroffen, wenn nicht manche erst nachkommen; dagegen wird es an neuen Bekanntschaften nicht fehlen! Meine Wohnung ist heiter, unter meinen Fenstern fließt die Töpel, springt der Sprudel, wandelt Morgens und Abends die Hälfte der hier versammelten Welt, gegenüber

ganz nah die waldbewachsenen Berge, über denen die Felsen hervorragen.
Ach, daß Du mit Deiner lieben Frau täglich nur ein Stündchen hier sein
könntest! Es würde Dir gewiß gefallen. Sorge doch auch für Deine Gesundheit und gehe wenigstens auf acht Tage nach Göppingen und pflege
Dich dort einmal recht gründlich. Auch wir haben Dir viel von Deiner
gewohnten Ruhe und Gemächlichkeit geraubt, Du aber achtetest nichts,
wie Deine liebe unermüdlich thätige, unerschöpflich gütige Frau. Lebe
recht wohl, empfiehl mich überall und grüße alle die lieben Unsrigen, besonders aber die geliebte Schwägerin aufs Herzlichste. Von Zeit zu Zeit
will ich Dir schreiben, wie es mir ferner hier ergeht; ich lebe der besten
Hoffnung und denke diesmal meine Gesundheit auf gründlichen Fuß zu
setzen. Schreibe mir doch auch! Noch einmal leb wohl!

Dein

treuer Bruder

Fritz.

Adresse: im halben Monde auf dem Kirchenplatz.

—

Liebster Bruder!

— In diesen Tagen wird Hr. von Seutter zu Dir kommen, der als
Vice-Präsident der Regierung von hier nach Speier geht, ein höchst ehren-
werther Mann, den ich theils darum, theils auch weil er Clärchens Pathe
ist, Dir zur freundlichen Aufnahme empfehle. Er wird Dir auch viel von
mir sagen; aus der Art seiner Aeußerungen kannst Du abnehmen, wie
mein Entschluß, in Ansehung dessen ich übrigens nach den Aussprüchen
von Dr. Grossi keine Wahl mehr hatte, allgemein von verständigen Männern hier angesehen wird. Ich konnte allerdings, bei diesem Stande der
Dinge, auch etwa einen unbedingten Urlaub auf mehrere Jahre mir erbitten, und würde ihn wohl erhalten haben. Ich konnte dann auf so lange
nach Würtemberg oder in irgend ein andres mir besser zusagendes oder noch
milderes Klima ziehen. Allein der Ungewißheit eines solchen, übrigens

amt- unt bestimmungslosen Aufenthaltes wollte ich die Sicherheit unt
Gewißheit eines zugleich mit amtlicher Thätigleit verbundenen vorziehen.
Uebrigens ist noch nichts von Seiten des Ministeriums entschieden; ich
zweifle jedoch nach den vorliegenten Umständen nicht, daß die Entscheidung
meinen Wünschen gemäß ausfallen werde, wahrscheinlich mit Beibehal-
tung meiner hiesigen Verhältnisse unt der Erlaubnis, meinen Wohnort in
Erlangen zu nehmen. Um eine Stelle an der Universität habe ich nicht
nachgesucht, sondern nur mich erboten, mich dort durch Vorlesungen nützlich zu machen. So viel, damit Du Bescheit geben lannst, wenn etwa
das Gerücht davon der Entscheidung zuvoreilen und theilnehmende Freunde
Dich darum befragen sollten.

Dein

treuer Bruder

Fritz.

Liebster Bruder!

Ich melde Dir vorläufig, daß mein Wunsch, lünftig in Erlangen zu
leben, unt mein Anerbieten dort, so weit es meine Gesundheit erlaubt, Vorlesungen zu halten, mit einer Liberalität und Großmuth genehmigt werden
ist, wie man sie nur von unserer Regierung erwarten lann. Nachdem
nun mein gnädigster König unt Herr, Maximilian Joseph, dies gut gefunden, wird es sich mein gestrenger Bruder, hoffe ich, auch gefallen
lassen; auch denke ich mich dort so einzurichten, daß mir der (wenn gleich
unverdiente) Vorwurf der Lust zum Wechsel auch nicht mit dem geringsten
Scheine gemacht werden lann. Dies im Scherz! Das Erfreulichste ist,
daß mir der Aufenthalt zu Erlangen, mit meinem ganzen Gehalt von
beiden Alademieen, auf unbestimmte Zeit gestattet unt zugleich ausgesprochen ist, daß ich in der Folge von meinen gegenwärtigen Stellen
völlig ablommen lann, wenn entweder meine Gesundheit nicht hergestellt
sein sollte, oder wenn ich nur überhaupt wünsche, mich dem alademischen
Lehramte ausschließlich zu widmen, dergestalt, daß ich vor jetzt völlig frei

dastehe, berechtigt zu lesen und nicht zu lesen, ohne doch von der andern Seite diese Veränderung des Aufeuthalts als eine blos temporäre betrachten zu müssen, und daß der Rücktritt in, oder der völlige Austritt aus meinen gegenwärtigen Verhältnissen gänzlich in meine eigne Wahl gestellt ist. Dies ist alles, was ich wünschen, und ehrenvoller, als ich mir träumen konnte; dazu hat sich Alles so leicht und mit so weniger Mühe wie von selbst gemacht, daß ich schließen zu dürfen glaube, es sei nicht blos der Menschen sondern ein höherer Wille. Nun werden wir auch nicht säumen von hier abzugehen; wir haben die Aussicht auf eine gute und schöne Wohnung, und da wir alle unsre Sachen mitnehmen, so hoffe ich Ende dieses Monats schon wieder in der Hauptsache in Ordnung zu sein.

Schelling an Creuzer.

München, 11. October 1820.

Noch habe ich Ihnen, hochverehrter Herr und Freund, für das köstliche Geschenk des 2. Theils der neuen Ausgabe Ihrer Symbolik nicht gedankt; bis Ende Augusts abwesend erhielt ich dasselbe erst spät, kaum war ich bis jetzt im Stande, einen Blick in diesen Theil zu werfen, und muß mir den Genuß des Studiums desselben nun noch länger versagen. Vielleicht hat Ihnen Fama schon zugetragen, daß ich noch diesen Monat München — auf unbestimmte Zeit wenigstens — verlassen werde. Seit einer Reihe von Jahren fühlte ich die nachtheiligen Einwirkungen des hiesigen Klimas, dessen Eigenthümlichkeit durch die hohe Lage von München (1600' über dem Meere) bestimmt ist, auf meine Gesundheit, ohne daß ich mich doch entschließen konnte, Bayern oder überhaupt das südliche Deutschland zu verlassen. Dringender noch wurde die Aufforderung zur Veränderung durch die gefährliche Krankheit, die im vergangenen Winter mir eine neue Entwicklung des Uebels ankündigte. Unter diesen Umständen hat mir die Gnade des Königs den erwünschtesten Ausweg eröffnet, indem ich München verlassen werde, ohne mich von diesem Lande, noch selbst vor der Hand gänzlich von meinen hiesigen Verhältnissen zu trennen. In dem verhältnismäßig weit mildern Klima von Franken hoffe ich meine schon sehr gebesserte Gesundheit völlig herzustellen; dem rein literarischen Leben zurückgegeben werde ich mit den unschätzbaren Vortheilen eines durchaus freiwilligen Lehramtes jene ungestörte Muße genießen, die ich unter den — nicht bereuenten aber doch zeitraubenden — Geschäften meiner hiesigen Aemter, den unvermeidlichen Zerstreuungen einer geräuschvollen Hauptstadt und dem Zeitverlust, den das Herbeiströmen von Freunden verursacht, oft schmerzlich vermißte. Durch dies alles glaube ich mich auch Ihnen wieder näher gerückt, da ich der zuversichtlichen Hoffnung bin, es soll mit dieser Veränderung auch eine neue Periode meiner wissenschaftlichen und literarischen Wirkung anheben, der ich leider durch die bisherigen Verhältnisse nur zu sehr entzogen wurde. Möge denn unsre Verbindung immer inniger und für das Gemeinsame wirksamer werden!

Um diesen Brief doch nicht mit blos Persönlichem anzufüllen, will ich in Bezug darauf, daß Sie, wie ich gesehen, meiner Etymologie des Kabiren-Namens die Ehre der Erwähnung gegönnt haben, anführen, was ich vor längerer Zeit gefunden, daß eben dieser Name in dem — meiner festen Ueberzeugung nach uralten und vormosaischen — Buche Hiob wirklich, und zwar an einer Stelle vorkommt, wo der in hebräischer Poesie so entscheidende Parallelismus mit Söhnen Canaans (Phöniciern) nicht zweifeln läßt, daß unter den חברים *) wirklich Kabiren (als Volksname nach Suidas) verstanden werden. Doch dieses einstweilen blos für Sie! —

Mögen Sie einen glücklichen und allen Ihren Arbeiten gedeihlichen Winter verleben, und zuweilen auch freundlich meiner gedenken,

Ihres

aufrichtigen Verehrers und Freundes

Schelling.

*) So in dem freilich copirten Manuscript; gemeint ist Hiob 40, 30, wo aber חברים steht.

———

www.ingramcontent.com/pod-product-compliance
Lightning Source LLC
Chambersburg PA
CBHW031052110726
47900CB00003B/895